켄타우로스의 비평

국립중앙도서관 출판시도서목록(CIP)

켄타우로스의 비평 : 김형중 평론집 / 김형중 지음.
— 파주 : 문학동네, 2004
　p. ;　　cm — (문학동네 평론집)

ISBN　89-8281-859-6 03810 : ₩15000

813.609-KDC4
895.7309-DDC21　　　　　　　CIP2004001531

켄타우로스의 비평

김형중 평론집

문학동네

책머리에

1

『근대의 서사시』의 한 구절에서 프랑코 모레티는 이런 말을 한다. "공평을 기하자면 켄타우로스적 비평가가 필요할 것이다. 반쯤은 '어떻게'를 다룰 줄 아는 형식주의적 비평가이고 또 반쯤은 '왜'를 다룰 줄 아는 사회학적 비평가 말이다. 주의하라. 꼭 반반이다. 합리적인 타협의 여지는 없다."

그가 왜 융통성 없이 '꼭 반반'이라고 강조했는지에 대해서는 두고두고 생각해볼 일이지만, 어쨌거나 나는 가능한 한 '왜'와 '어떻게'를 반반씩 다루는 켄타우로스적 비평가가 되고자 노력했다. 그러나 여기저기 산발적으로 발표한 소설 관련 글들을 한 권의 책으로 묶어놓고 보니 정작 이 글들이 일관성 있게 '켄타우로스적'이었는지 자신이 서질 않는다. 다만 그 안에 그럭저럭 시대의 변화가 문학에 대해 갖는 의미를 밝히려는 안간힘도 보이고, 시대가 글의 모양새를 어떻게 바꿔놓고 있는가에 대한 호기심도 보여 다행일 뿐이다.

2

나는 내 글을 읽은 이들로부터 듣곤 하는 말 중 '재미있다' 란 말을 가장 선호하는 편이다. 하긴 가장 많이 듣는 말이 그 말이기도 하다. 탁월하다, 훌륭하다, 번뜩인다 등등의 찬사는 이미 내 몫이 아닌 듯만 싶다. 다들 그냥 재밌단다. 딱히 칭찬할 만한 구석이 없는 글들, 그러나 그 글의 주인이 면전에 있는 경우 나 역시 그와 같은 표현을 자주 쓰거니와, 그 속뜻을 내 모르는 바 아니다. 하지만 그럼에도 나는 그 말이 그다지 싫지가 않다. 욕심이겠지만 나는 내 글들이, 다루고 있는 작품들에 대한 선행지식이 없는 독자들에게도 '재미있는' 글이었으면 좋겠다. 비평은 모름지기 문학에 '대한' 글만이 아니라 그 자체로도 훌륭한 문학작품이 되어야 한다고 나는 믿는 편이다. 비평이 소설처럼 재미있게 읽히고, 그래서 그 스스로 독자적인 하나의 작품이 되기 위해서는 나름의 문체, 수사, 리듬, 구성을 갖추어야 할 것인바, 독자들에게 내 글이 그렇게 읽혔으면 좋겠다.

3

제1부는 내가 가장 많은 관심을 가지고 있는 작가군에 대한 글들을 묶었다. 백민석, 김연수, 김종광, 김경욱, 류소영 등이 속하는 이 작가군은 대개 70년대 초반 태생으로, 80년대 끝자락 혹은 90년대 초입에 대학을 다닌 세대들이다. 그들이 공유하는 여러 역사적 체험들(유신 정권의 개발독재, 컬러 TV 방영, 스포츠산업과 문화산업의 대대적인 확장, 전교조 출범, 동구사회주의권 몰락, 91년 분신 정국 등)은 이들의 작품 속에 다양한 방식으로 화인(火印)을 남겼다. 개별 작가마다 각각 다른 경

로를 밟고 있긴 하지만(이들 세대만큼 개개인의 개성이 강한 작가군도 찾기 힘들다), 그럼에도 불구하고 그들의 소설 속에서 공통된 어떤 세대감각을 추출하려는 시도는 무의미한 것이 아닐 줄 안다. 질적으로나 양적으로 이즈음 이들 작가군의 글쓰기는 머지않아 한국 소설계의 주류를 점할 기세인데, 이들의 소설들을 꾸준히 지켜보는 것은 한국소설의 미래를 지켜보는 것과 맞먹는 행위라 여겨진다. 다만 대부분의 새로운 세대들에 대한 기대가 그렇듯이 과장과 성급함이 작품들의 객관적인 해석을 가로막지나 않았는지 스스로 우려될 뿐이다.

제2부는 80년 5월 광주항쟁 관련 소설들에 대한 글 두 편을 모았다. 광주에서 나고 자란 나에게 80년 5월은 여전히 부채이다. 매년 한 편 정도 80년 5월에 관한 글을 쓰겠다고 작심한 바도 있었으나 그대로 되지는 않았다. 여기 실린 두 편의 글은 기존의 광주항쟁 관련 평문에서 보이는 작품 소개 수준의 나열적 글쓰기와 과도한 정치적 수사는 가급적 피하고, 대신 이제 거의 화석화·제도화되어가는 5월 광주를 어떻게 '여전한' 한국소설의 자양분으로 유지해낼 수 있을까 고민한 과정에서 나온 산물이다. 80년 5월은 정치적으로나 사회적으로 이제 더이상 논란거리가 아니다. 아무런 금기나 억압도 그 주변을 감싸고 있지 않기 때문이다. 이 말은 이제 광주항쟁이 자칫 더이상의 담론적 생산력을 갖지 못한 채 화석화될 위험에 처해 있다는 말에 다름아닐 것이다. 그렇다면 이제 '5월'은 다른 방식의 형상화 방식을 요구한다고 봐야 한다. 즉 '총체성'과 '재현'이라고 하는 의심스러운 범주(이 범주들은 또한 '5월'을 80년 당대의 열흘로만 국한시키기도 하거니와)를 벗어나 다양한 방식의 '실험'과 '절합'을 통해 5월을 항상 현존하는 어떤 에너지의 덩어리로 만들 필요가 있을 것이다. 제2부의 두 편의 글은 이런 문제의식하에 쓰여졌다.

제3부와 제4부의 글들은 일정한 주제로 모으기 힘든 것들이다. 그럼

에도 이 글들에서 굳이 어떤 일관된 문제의식을 찾자면, 아마도 '반파우스트'적 소설 읽기라고나 할 수 있겠다. 나는 스스로를 포스트모더니스트라고는 생각하지 않는다. 포스트모더니즘이란 어휘는 내게 자주 거품이란 어휘를 연상시킨다. 그러나 루카치나 모레티적 의미에서 파우스트가 대변하는 서구, 남성, 이성 중심주의적 근대에 대해 내가 가진 감정은 그리 좋은 편이 아니다. 아도르노나 알튀세 혹은 프로이트나 모레티처럼, 포스트모더니스트로 분류되기 힘든, 그러나 근대에 대해서는 적대적인 이론가들의 이름이 내 글에 자주 등장하는 이유도 여기에 있을 것이다. 나는 문학이 재앙으로서의 근대와는 다른 어떤 상태를 지시할 수 있다고 믿는다. 그 상태란 게 실현 가능한 것인가라는 문제는 문학적 질문이 아니다. 문학은 실현 불가능한 상태를 지시한다는 점에서 환상과 동류이지만, 그 환상이 현실에 대해서는 모종의 '막대 구부리기' 효과를 발휘한다는 사실에 대해 눈감아서는 안 될 것이다.

4

의아할 때가 많았다. 도대체 무슨 재주로 저 많은 책의 주인들은 책 서문에 감사해야 할 사람들의 이름을 몇몇씩만 골라낼 수 있었을까? 이 시대는 누군가 한 사람이 문학을 하기 위해서는 수백까지는 아니더라도 최소 수십의 사람이 다소간의 희생을 치러야 하는 그런 시대이다. 그 수십의 사람 중 몇몇의 이름만을 호명하는 것이 가능할까? 그러나 나도 이제 그 짓을 치러야 할 때가 와버리고 말았다. 통칭 은사님들, 동료들, 선후배들에게 감사한다. 부모님(돈이 많은 것도 아니었는데, 특이하게도 내가 문학을 하겠다고 했을 때 단 한 번도 반대하시지 않으셨다), 장모님(이분이 아니었다면 두 아이들이 그나마 많지 않은 내 시간마저 다

뜯어먹었을 거다), 청년글방 식구들(망해가는 인문사회과학 서점에서 이들과 함께 한 공부가 아니었다면 내 글 중 반은 씌어지지도 못했을 것이다)에게 감사한다. 나무와 선범이(너희들 보는 재미로 내가 산다), 아내(내 앞에서는 잔소리가 많지만 밖에 나가서는 내 글 자랑 많이 하는 거 내가 다 안다. 최근 내 글을 잘 읽어주지 않아 다소 불만이긴 하지만)에게 감사한다. 내 글의 골격을 세워주었으니 프로이트와 아도르노, 모레티(이들이 나를 알아줄 리 없는 줄 알지만) 등에게 감사한다. 내가 아는 한 가장 정확한 문장력을 갖고 있는 문학동네 편집부, 그리고 나를 문학의 길에 들어서게 해준 문학동네 편집위원들께 감사한다. 내 글 속에 거론된 모든 작가들에게도 감사한다. 그리고 무엇보다도 초등학교 4학년 여름방학, 외가에서 우리집에 도착한 낡은 세계문학전집(군데군데 이가 빠져 있었던)에 감사한다. 그날부터 내 꿈이 문학이었으니 말이다.

차례

제4부 징후들

녀석들에게 무슨 일이 일어났던가?

—백민석론

1. 창림이가 운다

그는 고개를 들어, 다시 한번 둔덕 전체를 일별했다. 거기 목화밭이 있었다. 잔디밭은 간 데 없고, 이번엔 목화밭이 있었다. 초여름 햇볕이 쨍, 쨍, 날카롭게 울리며 목화밭에 가득 내리쬐이고 있었다. 그는 알 수 없었다. 어째서 여기가 목화밭인가? 씨는 아직 뿌리지도 않았는데, 언제부터 목화밭인가? 그는 볼 수도 없었다. 둔덕 전체에 모자이크 처리가 돼 있었다. 둔덕 가득, 까맣거나 진초록인 사각형 반점들만이 가득할 뿐이었다. 그는 목화밭이 어떻게 생겼는지 몰랐다. 그는 삽을 놓고, 두 손을 들어 눈을 가린 다음 울기 시작했다. 누군가 그의 입 속에 비닐 빵봉지를 쑤셔넣은 것 같았다. 커다란 쇠뭉치를 그의 입에 처넣은 것 같았다.(백민석, 『목화밭 엽기전』, 280쪽)[1]

---

1) 이 글에서 인용, 참조한 텍스트는 다음과 같다. 백민석, 『목화밭 엽기전』, 문학동네, 2000 ; 백민석, 『불쌍한 꼬마 한스』, 현대문학북스, 1998 ; 백민석, 『내가 사랑한 캔디』, 김영사, 1996 ; 백민석, 『헤이, 우리 소풍 간다』, 문학과지성사, 1998 ; 백민석, 『16믿거나말

창림이가 운다. 애초부터 녀석은 그리 엽기적인 녀석이 못 되었다. 속을 들여다보면 지상에 이해 못 할 인간이란 존재하지 않는 법이다. 나는 종종 그렇게 느끼는데 인간이란 애초에 무(無)여서 후에 덧칠해진 인성이네, 가치관이네, 품성이네 하는 것들은 모두 세상 탓이다. 분명히 "사회는 주체보다 앞선다"(아도르노) 혹은 인간이란 이미 앞서 존재하는 사회에 의해 "호출당한다"(알튀세).

녀석도 그랬다. 나는 녀석의 과거를 안다. 그는 원래 도서관에나 틀어박혀 창 밖으로 흘러가는 하얀 구름 구경에 넋을 잃던 '불쌍한 꼬마 한스'(『불쌍한 꼬마 한스』)였고, 캔디를 너무 사랑한 여리디여린 양성애자(『내가 사랑한 캔디』)였으며, 신기하기만 한 컬러 TV 속 만화 주인공을 동경하던 딱따구리(『헤이, 우리 소풍 간다』)였다. 그 순둥이 창림이 녀석을 엽기적 살인마로 만들고 급기야 "아무리 지랄을 쳐도 자기가 태어난 이 사회에 한 뼘 손톱 자국조차, 한 뼘 이빨 자국조차 낼 수 없는 무력한, 비극적인 존재"(『목화밭 엽기전』)로 스스로를 규정하며 모자이크 처리된 목화밭 앞에서 절규하게 한 그 사건들이란 무엇이었던가?

게다가 자세히 들어보면 창림이의 그 울음이 자꾸 녀석 하나의 울음 소리로 들리질 않는다. 녀석의 울음에 수십 수백이 넘는, 내가 아주 잘 알고 있는 것만 같은 다른 녀석들의 울음이, 마치 무슨 비극적이고 분노로 가득 찬 노예들이 부르는 돌림노래나 되는 것처럼 겹쳐지고 겹쳐지고 겹쳐지기를 그치지 않는다. 바로 그런 이유로 오늘 나는 그 녀석들에 대해 이야기할 참이다.

그러나 일단 이야기를 꺼냈으니 녀석들의 정체를 먼저 밝히는 것이 순서겠다. 그런데 그게 쉽지가 않다. 이유인즉 그들이 이제서야 겨우겨

거나박물지』, 문학과지성사, 1999.

우 제 목소리를 내기 시작한, 그러나 아직 어떠한 정의나 규정도 제 몫으로 챙기지 못한 상태─그러므로 불운하지만 아주 건강한 상태─에 있기 때문이다. 그렇다면 결국 그들을 지칭하는 최초의 이름을 만들어야 한다는 얘기인데, 분명 그것은 두려운 일임에 틀림없다. 명명(命名)이란 하이데거 식 용어를 빌려 표현하자면 결국 '존재적인 것'들을 '존재론화' 하는 행위가 아니겠는가? 비동일적인 것들을 동일화하고 분류하고 고정시켜 합리화하는 것이 명명작업 아니겠는가? 허나 이야기를 시작한 바에야 그들이 누구인지를 밝힐 수밖에는 없는 일이다. 그러니 내키지 않는 대로 궁여지책을 택하는 도리밖엔 없겠다.

그리하여 일단 그들을 397세대라 부르기로 한다. 숫자놀음으로 만들어진 이런 식의 세대 규정이 갖는 내포상의 부정확함에도 불구하고, 이제 갓 삼십대에 진입했고, 1990년 전후에 대학을 다녔으며, 70년대 초반 출생인 이들─문학판에 발을 들여놓은 이 세대들로 우선 떠오르는 이들은 백민석, 김종광, 이명원, 홍기돈, 고명철 등이 있다─을 지칭하는 데 우선은 이보다 적합한 명명법을 찾기 힘들기 때문이다. 단, 이 명명법이 오래가지 못할 것임은 각오할 필요가 있겠다. 나이 들어 업그레이드가 필요하게 되면 그들 또한 497세대로 이름을 바꾸어야 할 뿐 아니라─386세대들의 일부가 벌써 486으로 업그레이드되었듯이─목 좋은 유흥가에 이들의 이름을 간판으로 내건 느끼한 분위기의 바들이 늘거나, 이들 중 일부가 거들먹거리는 의원 나리가 되어, 결정적으로 나 같은 사람들이 이 명명법 자체를 후회하게 될 때가 올 것임은 불을 보듯 뻔한 이치이니, 그때까지만 이 명명법은 유효한 것으로 해두자.

그들에게 무슨 일이 일어났던가? 이제 그 이야기를 할 차례다.

2. 그들에게 무슨 일이 일어났던가?

모자이크 처리된 목화밭의 풍경 앞에서 망연자실 울고 서 있는 창림이에겐 상처가 많다. 소설 주인공치고 상처 없는 이가 있을까마는 유독 녀석을 두고 재차 상처 운운하는 것은 이른바 '문화형성 소설'(우찬제)의 주인공들과 녀석을 구별하기 위함이다.

소재로만 소설을 분류하는 것이 온당치 못한 것이 사실이라면 백민석의 소설을 동시대 다른 젊은 작가들의 소설들과 동렬에 두는 것은 명백히 오류이다. 이유인즉, 백민석의 소설들에는 대중문화나 엽기 취향으로부터 소재를 취하는 다른 작가들의 소설과는 다른, 시쳇말로 '뭔가 특별한 것'이 있기 때문이다. 그는 상업적인 이유나 유행으로, 혹은 문화적 댄디들 특유의 얄팍한 과시용으로 대중문화 체험을 소설화하지 않는다. 그의 소설에는 문화적 이차 체험에 선행하는 원체험들, 그것도 한국 현대사의 중요한 여러 국면과 직접 관련되는 역사적 체험들의 냄새가 짙게 배어 있다. 말하자면 그에게는 역사적으로 자신의 세대가 어디에 속해 있는가 하는 질문과 그에 대한 나름의 대답이 아직도 중요한 화두이다. 역사라고 하는 것을 쉽게 내던지지 않고 있단 얘기다.

이런 사정은 그의 작품에 등장하는 주인공들 모두에게 그대로 적용된다. 70년대 초반에 태어나 개발독재의 가장 어두운 그늘 밑에서 자랐고(『헤이, 우리 소풍 간다』), 생물학적 아버지 대신 컬러 텔레비전과 대중문화의 주인공들, 즉 문화적 아버지를 통해 오이디푸스 콤플렉스를 겪었(지 못했)으며(『헤이, 우리 소풍 간다』), 이 땅 최초로 공교육기관의 타락과 허위를 몸소 체험한 전교조 제1세대(『내가 사랑한 캔디』). 대학에 와서는 이미 아우라를 상실한 80년대적 저항의 신화 밑에서, 신념도 고뇌도 없이 투쟁의 포즈만 배워버린 세대. 297세대라고 하기엔 너무 늙었고, 386이라고 하기엔 너무 젊어서, 그야말로 역사 속에서 자기 지분을 요구하기 힘든 세대. 창림이를 포함한 백민석의 모든 주인공들은 사실상 이런 세대감각과 자의식으로 가득 차 있다. 그러니 그들을 포즈화된 저항과, 연원을 알 수 없는 선험적 절망으로 고통스러워(운 척)하는 다른 '문화형성 소설'들의 주인공들과 동렬에 둘 수는 없는 노릇이다.

가령 『16믿거나말거나박물지』에서 이십대의 한창림에 해당하는 '나'가 펨프의 입을 빌려 "진정한 펑크나 그런지는 아빠가 빵에 있고 엄마는 주정뱅이인 그런 애들한테서 나와야 해. 기탈 배울 시간도 기탈 살 돈도 심지어는 헨드릭스를 접해볼 라디오 하나 없는, 그런 애들한테서. 기타가 있대도 즐기기보담, 일찌감치 팔아버릴"이라고 말할 때, 그는 일찌감치 순화되고 곱상한 김영하 유의 댄디즘과 자신을 구별하고 있는 셈이다. 과연 한창림들의 모든 언어들은 순화하고 통제할 수 없는 아웃사이더들의 언어, 비어, 속어, 욕설로 가득 차 있다. 말하자면 다른 문화형성 소설들의 주인공들이 사용하는 언어가 록발라드쯤에 해당한다면, 그의 언어는 슬럼 가 흑인들이 직접 부르는 갱스터랩이나, 전혀 길들여지지 않은 데스메탈에 해당한다고나 할까?

그러니 유행에 따라 그들을 디지털 글쓰기 시대의 전형적인 인물이라거나, 판타지 문학을 본격문학에 파격적으로 도입한 N세대 작가의 창조물로 분류하려는 짓은 그만두자. 차라리 도대체 그들에게 무슨 일이 일어났던가를 차근차근 따져보는 편이 창림이들을 이해하는 데는 훨씬 도움이 된다.

Home! Sweet Home!

백민석의 소설들을 하나의 전체로 가정하고, 한창림 세대들의 전기를 재구성해볼 때, 그의 첫번째 상처는 가족으로부터 비롯되었음이 확실하다.

내가 단 한 번도 온전히 가져보지 못했던 하나의 가족, 그것인지도 모른다. 그처럼 평범한, 가족이란 것이 자기 자신에게조차도 결코 설명해줄 수 없는, 그런 신비일 수도 있는 것이다.(「요람 속의 고양이 둘」, 『16 믿거나말거나박물지』, 111쪽)

「요람 속의 고양이 둘」에서 인용한 이 부분은 동생 ─ 사실은 자신의 아들이자 어머니의 손자이기도 하다 ─ 을 낳으러 어머니가 병원에 간 사이, 여자친구를 불러와 의미 없는 정사를 나누던 남자주인공 ─ 창림이의 십대 후반쯤 되겠다 ─ 이 자신의 가족에 대해 언급하고 있는 부분이다. 어머니는 처음엔 아버지를 '소유'하려고 했다가, 아버지가 다른 여자와 바람을 피우자 다음으로 고양이 '베이비'를 소유하고자 했다. 그러나 그 고양이마저 자기만의 가족을 이루자 그 일가족을 아예 차로 뭉개버리고, 이번에는 아들인 자신을 유혹해서 정사를 나눈다. 그러나 이는 오이디푸스 신화의 번복이 아니다. 신화와 달리 아이는 자신을 유혹하던 어머니를 '갈보'라고 말할 만큼 경멸한다.

사실상 가족에 대해 언급하고 있는 거의 모든 백민석의 소설들 속에서 녀석들의 아버지들은 순수하긴 하지만 노쇠하고 병들어 있어서 전혀 위엄이 없거나(『헤이, 우리 소풍 간다』), 돈푼이나 뜯으러 한 번씩 상경할 뿐이거나(『목화밭 엽기전』), 심한 경우 아들의 눈에 아예 연탄집게를 쑤셔박기까지(『헤이, 우리 소풍 간다』) 한다. 어머니들도 별반 다를 바가 없다. 아들의 몸을 포함해서, 흥분하면 무엇이나 질겅질겅 씹어버린다거나(『헤이, 우리 소풍 간다』), 아빠에게 두들겨맞고 그날로 짐을 싸 가출해버린다거나(「음악인협동조합 1」, 『16믿거나말거나박물지』), '성처녀리지보든양' 밴드의 〈나는내아버지를죽였는데너는왜네엄마를살려두니〉 같은 노래의 제목에나 등장할(「음악인협동조합 2」, 『16믿거나

말거나박물지』) 뿐이다. 그러니 그들에게 가족이란 다만 "한 번도 온전히 가져보지 못했던" "신비"일 따름이다. 황종연의 말마따나 "그들의 가족사에는 그토록 흔한 오이디푸스 콤플렉스조차 발동할 소지가 없는 것처럼 보인다. 가족을 포함한 어떤 사회 집단도 그들의 세계에서는 윤리적으로 조화로운 삶의 형식이 되지 못한다".

나아가 이십대의 창림이는 다음과 같이 프로이트의 가족 로망스를 비웃기까지 한다.

"설마 아들이 아버지를 연주하는 그런 무대를 원하는 것은 아니겠지? 그건 구세대 것이야. 60년대에나 제법 인기 있었지."
"그게 무슨 말이에요?" 내가 되물었다.
"아들이 아빠를 죽이고 제 엄마랑 씹하는 거 말야." 펨프가 추억에 젖어서 중얼거렸다. "프로이트 이후로 가장 인기 있는 무대였는데, 이젠 제 아버지가 누군지도 몰라들 하는데 어떻게 아빠를 죽이겠어? 차라리 발가벗은 아버지 열댓 명과 함께 한 방에 들어가 노는 게 요즘 추세라고."
(「음악인협동조합1」, 『16믿거나말거나박물지』, 174쪽)

그러나 이 구절은 창림이들이 프로이트를 불신한다는 의미로만 읽히지는 않는다. 그는 프로이트를 빌려 자신들의 세대에 대해 이야기하고 있다. "이젠 제 아버지가 누군지도" 모르는 시대에 자신들이 속해 있음을 그들은 명민하게 알아차린다. 박스바니도 일곱 난장이도 요술공주 새리(『헤이, 우리 소풍 간다』)도, 70년대 후반의 유소년기를 헐려가는 판자촌에서, 술에 취하고 포악한 아버지와 간교하고 음탕한 어머니 들 밑에서, 혹은 그들마저도 없이, 어찌해볼 수 없는 가난과 분노 속에서 보냈다. 개발독재의 사회학적 의미는 국가적 폭력과 빈익빈 부익부의 가속화였고, 그것의 심리학적 의미는 부성적 권위에 대한 강력한 반항,

즉 패륜이었다. 권위 있는 아버지와 사랑해주는 어머니가 없었으므로, 어떤 금기나 법도 그들은 체득하지 못했다. 그들은 거세공포도 모르고, 상징계의 질서도 무시하고, 이데올로기에 의해 호출당하지도 않는다. 어떠한 에피스테메도 그들의 사유에 중심을 부과하지 못한다. 폭력과 조롱과 패악과 패륜으로 얼룩진 백민석 소설의 주인공들은 이때 이미 '체험으로부터' 탄생했다고 해야 옳다. 다만 성인이 된 창림이가 자신의 '태생'에 대해 의식적으로 발언하기 시작한 이제 와서야 우리들이 그들을 '발견'하게 된 것이다.

학교 이데올로기

창림이의 두번째 상처는 학교로부터 비롯된다. 그냥 학교라고 하지 말고, 근대 이후 가장 강력한 영향력을 행사해온 '이데올로기적 국가기구'라고 하자. 알튀세에 따르면, "학교는 적령기에 처한 모든 계급의 아이들을 수용, 아이들이 가족 국가기구와 교육 국가기구 사이에 끼여 가장 '민감한 감수성을 보일 때'인 수년 동안 신구를 막론한 방법을 동원, 아이들에게 지배 이데올로기로 포장된 상당량의 '노하우'(국어, 산수, 박물학, 과학, 문학) 혹은 단순한 순수상태의 지배 이데올로기(도덕, 시민교양, 철학)를 되풀이하여 주입한다". "그 어떤 다른 이데올로기적 국가기구도 자본주의사회 구성체에서 일 주일에 오륙 일, 하루 여덟 시간 동안 전체 어린이들에게 강압적으로 이러한 이익들을 (최소한 자유롭게) 주입시킬 수는 없다."

우리의 경우, 그 공고한 이데올로기적 국가기구가 최초로 공개적 위기를 맞았던 시기가 바로 80년대 말이다.

"우리들은, 자기가 지금 딛고 서 있는 학교교육이라는 기반이 통째로 썩은 것이라는 걸 공식적으로 확인하고도, 어쩔 수 없이 그 기반 위에서 자라고 커야 했던 세대라고요. 또, 선생님들이 쫓겨나고 국가적인 스캔들이 될 때, 우리는 성인이 되어 천천히 경험해도 될 더러운 꼴들을 스무 살이 채 되기도 전에 다 경험해버린 셈이었단 말이에요. 우린, 고등학생이었단 말이에요! 어른들이 보시기에 우리 세대가 좀 정상적이지 못한 데가 있다면, 그건 당연한 거지요. 우리가 비정상인 건 정상이에요, 선생님."(『내가 사랑한 캔디』, 84쪽)

아마도 이 설명조의 대사는 창림이처럼 80년대 말, 90년대 초에 고등학교와 대학을 다녔고, 이제 갓 삼십대에 접어들어 과거를 반추할 만한 나이가 된 세대의 가장 정확한 내면 독백일 것이다. 부모에 의해 온전한 주체로 탄생하기에 실패한 그들이 이번에는 학교를 통한 이데올로기의 호출에도 응답할 수 없는 상황이 벌어진다. 자신들이 "딛고 서 있는 학교교육이라는 기반이 통째로 썩은 것"임을 공식적으로 확인함으로써, 그나마 아버지를 대신하여 그들에게 금기를 부여하고 질서나 체계의 감각을 길러줄 수도 있었던 — 그러나 그러지 못했으니 얼마나 다행인가 — 국가의 부성원리가 시효정지당한다. 그러므로 그들이 "비정상인 건 정상"이다. 그들이 취할 수 있는 가능성은 이제 흔한 말로 '탈주' 외에는 없다. 그러므로 창림이의 '엽기'에는 이유가 있다고 말해야 한다. 오이디푸스 콤플렉스에 의해서도, 이데올로기의 호출에도 제대로 응해볼 기회를 가져보지 못한 주체에게 그것은 거의 필연이다.

Post-1980s

창림이들의 세번째 상처는 그들의 대학 시절, 즉 1990년 전후의 시대 상황에서 비롯된다. 70년대 개발독재하의 판자촌에서 유년을 보내고,

80년대 말 그간 받아왔던 교육 전체가 얼마나 허위로 가득한 것이었던 가를 확인한 후, 90년 전후에 대학에 들어간 그들은 "1980년대의 시위 가 지니고 있던 모든 아우라가 소멸된"(강상희) 시대에 "자동소총인 척, 방독면인 척, 추격전인 척, 정의의 사자인 척, 악당인 척…… 총잡 이인 척"(『내가 사랑한 캔디』) 거리에 나섰던 세대에 속한다. 그러다보 니 "어찌어찌해서 시위 현장에 있었고, 그리 멀리 떨어지지 않은 곳에 서 성대생 김귀정이 토끼몰이 식 진압에 못 이겨 사망"(김연수)하는 장 면을 목격하기까지 했지만, 그것이 이념이라거나 해방된 미래에 대한 신념으로부터 비롯된 것은 절대 아니었다. 거리엔 오히려 이념 없는 폭 력과 미학화된 전투의 포연만이 자욱할 뿐이었다. 김지하가 '죽음의 춤 판' 운운하던 시절이었다.

반장은 농구화를 신은 발로 사복체포조의 얼굴을 짓이겨놓고 있었다. 아스팔트의 요철에 그의 살점들이 뻘겋게, 점점이 맺혀 있었다. "그저께 김귀정이 죽을 때, 내가 거기 있었다."
"그래서 이러는 거야? 나도 거기 있었어!"
그건 사실이었다. 김귀정이 죽어가고 있을 때, 나는 바로 그 옆골목을 달리고 있었다. 나는 발길질을 계속하고 있는 반장을 뜯어말리며 소리질 렀다.
"니가 걔하고 아는 사이였어?"
"아니!" 반장은 씩씩, 숨을 몰아쉬며, 아니, 라고 했다. "전혀 몰라. 하 지만 오늘 내가 이 자식을 죽여버린다. 누굴 죽이고 싶었는데 마침 핑곗 거리가 생긴 거지."
"세상에!" 나는 기가 막혀서 그렇게 중얼거리곤, 한 발짝 물러났다.(『내 가 사랑한 캔디』, 114쪽)

이렇게 해서 그들은 또 한번 이데올로기에 의해 호출당하는 데 실패한다. 이번의 이데올로기는 지배 이데올로기가 아니다. 아직도 이런 표현이 가능하다면 그것은 해방의 이데올로기였고, 복원된 황금시대에 관한 이데올로기였으며, 실현되어야 할 조화로운 공동체에 관한 이데올로기였다. 아슬아슬하게 그들은 이 이데올로기마저 비켜간다. 조금, 아주 조금만 영향받은 채로.

목화밭이 모자이크 처리되어 있는 이유이다.

Natural Born Killers

그런데 왜 하필 목화밭은 '모자이크 처리' 되어 있을까? 왜 목화밭은 아지랑이 너머로 보일 듯 말 듯 아름답게 아롱거리거나, 검은 휘장 속에서 실체는 보이지 않는 채로 흥겨운 노동요 소리만 들린다거나 하지 않고 흐려진 TV 모니터 형상을 하고 있을까?

올리버 스톤 감독의 〈Natural Born Killers〉란 영화가 있다. 이 영화 속에서 아무렇지도 않게 부모를 살해한 남녀 두 주인공은 그야말로 엽기적인 살인행각을 벌이면서 격렬하게 탈주한다. 그들이 정사를 나누는 모텔 창문은 브라운관이다. 달이 떴다 지고, 석양에 늑대가 울지만 그 모든 것은 창문을 대신하는 브라운관 안에서이다. 환영(幻影) 속 관객들의 박수갈채와, 그들 이전 살인마들의 행적을 다룬 TV 시리즈물, 각막을 대신하는 브라운관에 비친 미학화된 빛의 입자들이다. 비유컨대 그들의 머릿속 뒤통수 가까운 곳에 빛을 주사하는 프로젝터가 돌아간다. 프로젝터는 방송국과, 데스메탈 공연장과, 심야 토크쇼 녹화장과 연결되어 있다. 프로젝터로부터 발사된 빛이 그들의 망막과 수정체에 상을 만든다. 말하자면 그들은 아버지나 이데올로기가 아니라, 이미지에 호출당한 주체들이다. 브라운관 밖의 외부세계는 존재하지 않는다.

창림이들에게도 이런 일이 일어났다.

　　80년 겨울, 컬러 텔레비전 방영이 처음으로 시작됐다. 박스바니와 친구들은 근동에서 처음 컬러 텔레비전을 마련한 새리네 집으로 몰려갔다. 80년 그리고 81년에 걸쳐, 새로운 컬러 만화영화 주인공들이 탄생했다. 딱따구리, 오로라 공주와 손오공, 마이티 마우스, 집 없는 소년, 달려라 뽀빠이, 요술공주 새리, 그리고 박스바니와 그의 친구들 등등이 그것이었다. 이 새로운 주인공들이 텔레비전 브라운관을 누비기 시작했다.
　　이 주인공들은 박스바니와 친구들을 열광케 했다.(『헤이, 우리 소풍 간다』, 146쪽)

아직 어렸던 그들에게 1980년은 '학살'이나 '폭동' 같은 단어들과 직접 연결되지 못한다. 1980년 5월은 사라진 "그것들"(『헤이, 우리 소풍 간다』)로부터 풍겨오는 먼 곳의 냄새 같은 것에 불과했다. 오히려 1980년은 그들이 드디어 새로운 아버지를 만난 해로 기록되어야 한다.

1980년 겨울에 시작된 컬러 TV 방송은 오이디푸스 단계를 거부한 그들에게 새로운 아버지를 가져다주었다. 박스바니는 그들의 대장이자 그들의 아버지이다. 모두들 아버지 대신 그로부터 폭력과, 유희와, 죽음을 배운다. 그들은 자신들의 이름 — 아버지로부터 물려받은 — 마저 거부하고 스스로를 '딱따구리'나 '요술공주 새리' '오로라 공주와 손오공' '마이티 마우스' '집 없는 소년' 등으로 부른다. 이름이 정체성의 기표임에 틀림없다면 그들은 TV 만화 시리즈로부터 정체성을 부여받은 것이다. 이데올로기 대신 이미지들이, 만화 주인공들이 그들을 주체로 호출한다. 그러나 그렇게 호출된 주체가 온전할 수는 없을 것이다. 애초에 만화라는 것이 현실원칙은 아예 무시한 채 쾌락원칙만을 용인하기 때문이다. 그렇다면 달리 말해 그들은 쾌락원칙에 의해 호출된 주체들이다.

그러나 만화만이 그들의 주체를 형성했다면 그들이 그처럼 포악하고, 분열적이지는 않았을 것이다. 이즈음의 수많은 문화담론들의 주장에도 불구하고 대중문화가 홀로 그처럼 진지할 수는 없기 때문이다. 가난했던 유년의 증오가, 학교로부터의 배신이, 이념은 없고 폭력만 남은 80년대의 아우라가 만화적 이미지들과 합쳐진다. 가난과 고아의식, 학교로부터의 배신과, 전망 없는 시대의 허무, 그 모든 것들에 대한 증오가 하위문화의 쾌락적이고 파괴적인 기호들을 통해 증폭된다. 그래야만 그야말로 엽기적인 백민석적 주체들의 기나긴 탄생과정이 완결된다. 다른 문화형성 소설들에서와 달리 창림이에게 상처가 많다고 했던 이유는 바로 이것이다.

기대하시라, 이제 그 상처가 파괴를 시작한다.

패륜

불만스러운 것은 죽이거나 버려라. 『목화밭 엽기전』의 한창림 부부처럼.

하고 싶은 것은 설사 남의 목숨을 빼앗는 일일지라도 하라. 『헤이, 우리 소풍 간다』의 딱따구리들처럼.

도덕이나 청결함에는 신경 쓰지 마라. 「음악인협동조합1」의 〈너흰창녀보지만제일인줄알지〉나 〈삶은콩방귀포대〉의 퍼포먼스처럼.

고상한 척하는 모든 것들은 비웃어주어라. 예를 들어 「Green Green Grass of Home」의 부르주아 생태주의자 '그린맨' 같은 것들, 「음악인협동조합1」의 진짜 가난이 뭔지도 모르는 하얀 손의 펑크록 가수란 것들, 『내가 사랑한 캔디』의 이제는 고작 대장염 환자에 불과한 전교조 투사 선생 같은 것들, 「믿거나말거나박물지 식 다이어트」의 그 온화하고 날씬한 여의사 같은 것들, 『목화밭 엽기전』에서 딱따구리들에게 살해 당한 부자들, 살찐 것들, 항상 시간에 쫓기는 부지런한 것들 모두, 모 두, 모두……

'완다'(「완다라는 이름의 물고기」, 『16밀거나말거나박물지』)나 '캘리 포니아산 나무 개'(「캘리포니아산 나무 개」, 『16밀거나말거나박물지』) 같 은 동물을 길러 존재하는 모든 것을 체계 속에 집어넣고 말겠다는 이 시 대의 얼굴에 오줌을 갈기게 하고, '풀풀풀풀풀풀' 웃어줄 수 있으면 그 비웃음은 더 통쾌해질 수도 있다. 그러니 그렇게 하라.

집은 '과천정부종합청사'와 '동물원' 사이에, 말하자면 관리되는 위 험과 관리되는 위생이 미치지 못하는 외진 주변에 낡고 음험한 모습으 로 지어라. 정원을 하나 두고 거기에 스너프 필름용 포르노 모델들의 시신으로 거름을 준 목화밭을 만들면 금상첨화다.(『목화밭 엽기전』)

어머니로 하여금 나의 아들을 낳게 하되 아무런 죄책감이나 애정 없 이 그렇게 하라.(「요람 속의 고양이 둘」)

소설을 쓰려거든 인체에 대해 특히 죽어가는 인체에 대해 극사실주 의적으로 자세히 묘사하라. 가령 이런 식으로.

그 환자는 배가 한 뼘 정도 길쭉하게 벌어져 있었다. 내장이 뒤틀려 피 를 한 양동일 쏟곤 수술을 받았는데, 꼬매도 꼬매도 쩬 자국이 아물지 않 았다. 죽을 줄 알고 운동화 끈 매듯 대충 꼬맸던 의사 탓도 있었다. 메스 로 쩬 자국이 아물지 않아 명치부터 아랫배까지 길쭉하게 벌어져버렸던 것이다. 그 자국은 숨을 쉴 때마다 물고기 아가미처럼 달싹거렸다. 난 처 음엔 진짜 아가미인 줄 알았다. 거기로 숨을 쉬는 줄 알았다.(「열네 개의 병원 침대」, 『16밀거나말거나박물지』, 139쪽)

만약 성욕이 생기거든 헤어진 아내의 세번째 남편의 딸─그녀가 상

중이면 더욱 좋다—을 찾아가 이렇게 말하라. "……예쁜이보지 아직
팔 생각 없니? 잘 쳐줄게, 이백오십?……"(「음악인협동조합2」, 『16밀거
나말거나박물지』) 그녀와 사랑을 하여 아이를 낳으려거든 최소한 이쯤
은 아무렇지도 않게 말할 정도로 똑똑한 사내아일 낳아라. "채시라 누
나, 누나 보지는 도끼에 정통으로 찍혔나보구나!"(「그분」, 『16밀거나말
거나박물지』)

그러나, 세상이…… 이제 더이상 아이도 아닌…… 그들을…… 그
냥…… 그대로…… 내버려둘까?

퇴행

당연히 세상은 그들을 그냥 내버려두지 않는다. 『헤이, 우리 소풍 간
다』의 주인공들처럼 음주운전중 몰살당하거나, 『목화밭 엽기전』의 한
창림 부부처럼 보이지도 않고 소리도 없는 거대한 '삼촌(아버지를 대신
하는)/권력'에 의해 윤간당하고 배신당한 채 비참한 최후를 맞아야만
한다. 그들은 '과천 서울랜드'나 '믿거나말거나박물지 종합병원 중환
자실'처럼 죽음과 모험마저도 위생적으로 관리되는 사회에서 추방되어
본래 자신들이 태어난 곳으로 되돌아가야 한다. 즉 퇴행해야 한다. 그
들은 "정상적인 인간성을 초과하는"(황종연) '괴물들'이기 때문이다.
과연 창림이들은 어딘가로 '되돌아가고' 싶어한다.

자궁을 연상시키는 '욕조' 속에서 '아이들'의 대장 박스바니를 기억
하며 '잠'이 드는 스물일곱 살의 극작가 K의 모습은 그가 언제나 과거로
부터의 기억에서 자유롭지 못한 자임을 암시한다. 그를 부르는 호칭(나
이와 상관없이 그는 여전히 '아이'이다), 그리고 '또'라는 어사에서 볼
수 있듯이 그는 일종의 '유년기 퇴행욕망'에 사로잡혀 있는 자인 것이

다. 어른이 된 '아이들'이 과거로부터의 호출 이후 찾아간 곳이 결국 초
등학교 뒷산에 위치한 '동굴(구멍, 자궁)'이었다는 점 역시 이러한 추정
을 뒷받침한다.(신수정, 「텔레비전 키드의 유희」, 『푸줏간에 걸린 고기』,
185쪽)

여기에 「요람 속의 고양이 둘」에 나오는 요람의 이미지, 이 소설의 남
자주인공이나 『목화밭 엽기전』의 박태자가 모두 동생에 대한 강한 미움
을 지니고 있다는 사실 등을 추가할 수 있다. 어쨌거나 이런 구절들을
마르쿠제의 분류(『에로스와 문명』)에 따라 '개체발생' 차원에서의 퇴행
이라 부를 수도 있겠다. 한 개체가 심리적으로 유년기 혹은 그보다도
이전, 어머니의 자궁으로 되돌아가려고 하는 성향을 『헤이, 우리 소풍
간다』의 K는 적절히 보여준다.

그러나 그 퇴행이 순탄하게 진행되지는 않는다. 퇴행이 성공하기 위
해서는 사실상 오이디푸스 단계가 전제되어야만 한다. 즉 아비지의 이
름, 그가 부여한 금기, 질서, 체계에 대한 감각이 있고 나서야 그 이전
단계에 대한 그리움, 그곳으로 돌아가고픈 욕망도 생기는 법이다. 그러
나 이미 살펴보았듯이, 창림이들이 오이디푸스 단계를 정상적으로 겪
지 못한 존재들임을 확인한 바 있다. 그러므로 『헤이, 우리 소풍 간다』
의 K들이 되돌아간 초등학교 건물 뒤편 동산의 동굴은 자궁의 은유가
아니다. 언어적 상징계의 질서로 편입되기 이전, 아직 아무런 결핍도,
차이도 존재하지 않던 '상상계'라거나 '코라'에 대한 은유도 아니다.
그곳은 현실에 적응하지 못한 그들이 다시 한번 만화 주인공들의 부름
을 받아 되돌아간 TV 모니터 속과 같은 공간이다. 박스바니가 새리를
겁탈하고 스스로 목숨을 끊었던 그곳은 그들의 유년이 끝났던 지점이
지 시작되던 지점이 아니다. 그러므로 그들의 낙원은 전혀 자연의 낙
원, 즉 어머니의 자궁일 수 없다. 그곳은 인공 낙원이다. 그들을 사로잡

았던 브라운관의 치직거리는 빛들만이 존재하는.

그곳에서 그들은 다시 한번 만화주인공들이 되어 어린 날 안 선생님이 가르쳐준 '고아들의 노래'를 연주하고, 우연하지만은 않은 살인을 저지르고, 결국 폭주하던 중 차가 뒤집혀 집단자살―그들의 죽음은 분명 자살이다―하고 만다.

창림이들에게 존재하는 또다른 퇴행욕망, 그것은 앞의 퇴행욕망과 대비해서 '계통발생' 차원에서의 퇴행욕망이라 부를 만하다. 즉 개체가 아니라 인류 전체가 통과한 역사적 의미에서의 오이디푸스 콤플렉스 단계 이전으로의 퇴행욕망을 말함이다. 독재자이자 수탈자인 아버지 족장을 죽인 형제들이, 아버지의 살을 의미하는 제물을 나누어 먹으며 의례를 치르는 행위, 그로부터 화해와 금지가 탄생한다. 문명이 금지와 함께 발생하는 순간을 프로이트는 그렇게 묘사한다.

『목화밭 엽기전』은 소설 전체가 어떤 면에서는 문명 이전 상태로의 퇴행욕망에 대한 알레고리로 읽힌다. "세포핵 염색체들 안에서, 이미 수천 세대 전에 잠들어버린, 그런 비활성 유전 물질들만이 겨우 기억하고 있을, 그런 냄새"에 대한 강한 집착이 그렇고, 동물의 세계를 방불케 하는 수컷들의 영역다툼과 힘겨루기가 그렇고, 무엇보다도 어떠한 도덕이나 윤리, 인간성 따위를 무시한 무정부적 야성상태에 대한 동경이 그러하다.

그러나 창림이들은 '계통발생' 차원에서의 퇴행에도 성공하지 못한다. 이미 확인했듯이 그가 거름 주어 가꾸었던 목화밭은 결국에는 복원된 야성에 대한 은유가 되지 못하고 모자이크 처리된 브라운관 너머의 아득한 '부재'로 판명되지 않았던가? 『헤이, 우리 소풍 간다』에서 K의 연극 속 DJ가 그토록 가고 싶어하던 프랑스 남부 어디의 '퐁텐블로'는 자주 급사 아이의 '뽕뗀블루'와 혼동되다가 결국엔 존재 여부 자체가 미지 속으로 묻히고 말며(『헤이, 우리 소풍 간다』), 「플로리다 산 오렌지

주스」에서 "진짜 플로리다가 등장하는 것은 맨 끝장면, 래초 리초가 조 버크의 어깨에 고개를 떨굴 때, 그때뿐"이지 않던가! "게다가 그건 플로리다의 풍경조차도 아니었"고, "차창 밖의 잠깐 비쳐드는 플로리다의 햇빛 한줄기였을 뿐"이지 않던가?

3. 다시 목화밭 앞에서

가족을 가지고 있지 않으므로, 오이디푸스 왕의 존재 자체를 모르고 살았던 이들, 그들이 그 이전 단계를 기억하지 못하는 것과 마찬가지로, 어떠한 이데올로기에도 호출당하지 못한 그들에게 복원되어야 할 과거란 고작해야 '부재'(不在)에 불과했던 것이다. 목화밭을 가리고 있는 모자이크 처리는 그러므로 창림이 세대들이 체험한 상처들, 그것들이 보내는 퇴행 불가능성의 약호들이다. 그리고 그것은 또한 진행 불가능성의 약호이기도 하다.

퇴로와 진로가 모두 막혀버린 창림이들이 여전히 모자이크 처리된 목화밭 앞에서 울고 있다. 정치와 문화 사이, 혁명과 유희 사이, 기성 세대와 N세대 사이, 유토피아와 허무 사이, 분노와 상업주의 사이, 80년대와 90년대 사이 어디쯤에서 여전히 그들이 울고 있다.

오로지 시간이라는 이름의 독약만이 그들에게 평안이라는 저주를 내리거나, 영원한 노마디즘(Nomadism)이라는 축복을 선물하거나 할 것이다.

(2001)

'뒤늦은' 세대의 출범을 고(告)함
─ 류소영론

1. 세대론 재론

엄밀한 의미에서 어떤 세대가 출범하기 위해 필요한 것은 평론가들이나 저널리즘의 선포식이 아니다. 상업적인 이유로, 혹은 문학권력을 두고 벌어지는 인정투쟁에서의 주도권 쟁취를 위해 인위적으로 고안된 세대 규정이란, 그 규정에 합당한 세대적 자의식을 갖춘 작가와 작품들의 뒷받침 없이는 공소한 선언에 불과한 것이 되기 십상이기 때문이다.

몇 년 전 위세를 떨치던 '신세대론'이 그러했다.

당시 즐겨 거론되던 작가들간에 글쓰기 방식상의, 혹은 다루는 소재나 주제상의 유사성이 발견됨을 인정한다 하더라도, '신세대론'에는 어떤 커다란 허점이 있었다고 봐야 하는데, 그 허점이란 이 담론이 '역사'라고 하는 것을 거의 고려하지 않았다는 데에서 비롯된다. 말하자면 일군의 작가들을 하나의 세대로 분류할 때, 반드시 염두에 두어야 할 역사적 경험의 공유 여부에 대해 '신세대론'은 침묵했다. 고작해야 '동구 사회주의권의 몰락과 그에 따른 마르크스주의적 전망의 철회' '탈근대 담론의 적극적 수용' '문화산업의 대대적인 확산'과 같은 굵직굵직한 정세들만이, 그들 세대의 고유한 경험인 것처럼 나열되는 선에서 멈추었을 뿐이다. 실상 그런 식의 정세 변화들이란 너무도 일반적인 것이어서 딱히 그들만의 고유한 역사적 경험으로 보기엔 무리다.

그리 많은 시간이 지나지도 않은 지금에 와서 보면, '신세대'에 속했던 작가들 중 이미 그 작가적 창조력이 소진했다고 보아 무방한 이들도 여럿이고, 도저히 같은 그룹에 분류하기 힘들 만큼, 이질적인 작품세계들로의 내부 분화도 역력하다. 신세대 담론이 애초부터 노정하고 있었던 허점에 대해 이만한 방증은 없을 것이다. 다만 일군의 작가들을 하나의 세대로 묶어내려면 '역사'가 필요하다는 말에 대해서는 약간의 설명이 더 필요하겠다.

세대를 규정하는 데 있어 필수적인 것은 무엇보다도 외상(trauma)적 경험들의 공유 여부이다. 물론 이때의 외상이란 심리학적인 것이 아니라 역사적인 것이다. 예를 들어 6·25나 4·19, 혹은 5월 항쟁이나 6월 항쟁과 같은 거대한 역사적 사건을, 연령으로는 같은 시기에, 강도에 있어서는 거의 존재를 뒤흔들어놓을 정도의 충격으로, 그리하여 이후의 삶 전체가 그 사건들의 기억에 의해 지배받지 않을 수 없게 되어버릴 만큼 강렬하게 체험한 일군의 또래집단을 일컬어 '세대'라 칭할 수 있다는 말이다. 물론 그 외상적 경험이 한 번에 국한되지는 않을 것이다. 가령 같은 시기에 비슷한 조건에서 4·19를 맞았던 세대는 동시에 비슷한 조건에서 5·18을 맞았을 것이다. 혹은 전후세대는 5·16을 비슷한 한 연령의 비슷한 사회적 위치에서 맞게 되었을 것이다. 말하자면 세대란 동일한 사건들을 서로 유사한 조건 속에서 여러 차례에 걸쳐 함께 체험함으로써 감수성과, 세계관과, 역사에 대한 감각을 공유하게 된 일군의 사람들을 지칭한다고 해야 맞다. 그러고 보면 신세대 담론의 허점은 너무 다양한 연령에 속한 작가들을 일회적인 외상(90년대 초반의 급격한 정세 변화)의 공유라는 조건만으로, 그리고 작품경향상의 유사성만 가지고 쉽사리 동일한 세대로 규정하려 했다는 데에 있다. 예를 들자면, 소재나 주제상의 공통점에도 불구하고 장정일과 백민석은 결코 동세대일 수 없다. 이유는 간단하다. 여러 외상적 경험들을 같은 시기에 같은 조건에서 겪지 않았기 때문이다. 그리하여 세계관이 다르고, 감수성이 다르며, 역사를 보는 감각 또한 다르기 때문이다.

그에 비하면, 엉성해 보이기 그지없는 '386'이란 숫자놀음은 오히려 적확한 데가 있다. 삼십대여야 하고, 80년대에 대학을 다녔어야 하며, 60년대 생이어야 한다는 이 좁은 세대 규정은, 다른 말로 하면 역사가 건네준(그것이 선물이었건 저주였건) 외상적 경험들을 유사한 연령과 조건 아래서 같이 겪었어야만 한다는 말에 다름아니기 때문이다. 물론 이 규정은 이제 그 세대 중 일부가 기득권에 포함됨으로써 애초의 건강성을 상실하고, 또한 유흥가의 여러 술집 간판에 오르내리면서 일상화되고, 그리고 무엇보다도 나이 든 축들이 486으로 업그레이드되면서 그 시효성을 다해가고 있긴 하지만 말이다.

과장 없이 말하건대 이런 관점에서 볼 때 이즈음의 우리 소설계에는 또하나의 세대가 출범중이다.

2. 90년대 소설, 이제야 시작되다

그 첫 징후는 백민석이었다. 예를 들어 다음과 같이 말할 때 그는 자신이 속한 세대 특유의 역사적 외상들 중 하나에 대해 이야기하고 있다.

"우리들은, 자기가 지금 딛고 서 있는 학교교육이라는 기반이 통째로 썩은 것이라는 걸 공식적으로 확인하고도, 어쩔 수 없이 그 기반 위에서 자라고 커야 했던 세대라고요. 또, 선생님들이 쫓겨나고 국가적인 스캔들이 될 때, 우리는 성인이 되어 천천히 경험해도 될 더러운 꼴들을 스무 살이 채 되기도 전에 다 경험해버린 셈이었단 말이에요. 우린, 고등학생이었단 말이에요! 어른들이 보시기에 우리 세대가 좀 정상적이지 못한 데가 있다면, 그건 당연한 거지요. 우리가 비정상인 건 정상이에요, 선생님."(백민석, 『내가 사랑한 캔디』, 84쪽)

물론 *그*가 겪은 역사적 외상은 전교조의 출범만이 아니다. 70년대 초반에 출생했고, 90년을 전후하여 대학에 입학했던 이들 세대가 겪었을 외상들이란 유추하건대, 유년기에는 박정희 식 개발독재와 그것이 결과한 여러 부수적 현상들(이농 문제, 도시빈민 문제, 새마을 운동이라는 이름의 폭력적 계획경제 등등), 소년기에는 1980년의 5월 항쟁(그러나 너무 이른 나이여서 결코 그 진상은 알지 못한 채 어른들 세계의 역겨운 신비 중 하나로만 남았을)과 같은 해 12월에 시작된 컬러 TV 방영(백민석이 『헤이, 우리 소풍 간다』에서 탁월하게 그려낸), 사춘기에는 1987년 6월 항쟁(아버지나 삼촌, 혹은 형이나 오빠들의 늦은 귀가와 최루탄 냄새로나 남았을, 혹은 의미도 모른 채 달떠서 군중 속을 배회했던 기억으로나 남았을)과 전교조 출범(류소영이 「이 문으로 들어가면 좁다」(『피스타치오를 먹는 여자』)에서 차분하고 담담하게 그려낸, 그리고 위의 인용문에서 보듯 백민석이 학교라는 이데올로기 장치가 완전히 부패했음을 공식적으로 확인했던), 그리고 마지막으로 대학에 입학해 겪어야 했던 또다른 5월 투쟁(김지하가 '죽음의 굿판'이라 질타해 마지않았던, 그리고 김귀정이 죽고, 여러 학생 노동자들이 분신을 감행했던, 그러나 80년대와는 달리 뭔가 맥빠지고 아우라는 없어 보였던, 그래서 더러는 리비도의 집단적 과잉 집중이 낳은 일시적 열정상태로 해석될 수도 있는) 등을 들 수 있을 것이다. 사실 이 모든 외상적 경험들이 백민석의 소설에는 거의 모두 등장하거니와 그는 분명 이 세대의 선두주자였음에 틀림없다.

이 세대의 출범을 알리는 두번째 징후는 김종광이었다. 표면상의 상이함에도 불구하고 그의 작품세계는 백민석의 작품세계와 공유하는 면들이 적지 않다. 예를 들어, 그의 대부분의 소설들이 보여주는 민중적 아나키즘, 혹은 카니발(백민석은 문화적 아나키스트라 부를 만하다)이 그렇고, 권위에 대한 아예 생래적이다시피 한 거부, 그리고 90년대 시위 체험에 대한 다소 냉소적인 후일담 등이 그렇다. 그리고 무엇보다도 제사(題辭)로 인용한 구절들이 보여주듯이 전망 없음에 대한 고통스러운 시인과 그럼에도 불구하고 그 전망 부재상태에 그다지 심각하게 절망하지 않는다는 점이 그렇다. 거기에 그들의 언어가 행정권력의 언어, 즉 표준어가 아니라 주로 권력을 교란하는 민중언어(김종광의 사투리)이거나 속어(백민석의 욕설)란 점을 더할 수도 있을 것이다.

이와 같은 특징들은 그들 세대가 고유하게 겪어온 역사적 외상들에서 비롯된 바가 크다. 그들은 매번 그 외상들을 '부정적(negative)'으로만 겪어왔다. 말하자면 그들은 매번의 외상적 경험에 있어 너무 어렸던 탓에 진상은 파악하지 못한 채 충격만을 흡수했거나, 이제 자라서 진상을 파악할 준비가 되었을 때는 되레 진상 자체가 오리무중에 빠져버렸던 그런 세대에 속한다. 그들은 70년대의 개발독재나 1980년 5월의 진상을 이해하기에는 너무 어렸었고, 1990년쯤에 이제 역사라고 하는 것의 전모를 이해할 준비가 되었을 때에는 파악할 만한 전모 자체가 '모스크바에서 몰아친 삭풍'과 함께 소멸해버린 뒤였다. 이전 세대의 신화화된 투쟁담이 남아 있긴 했지만, 그러나 오히려 그 신화는 그들에게 벗어날 수 없는 부채이자 거대한 그늘로서의 의미만을 가진 것이었다. 어떤 경험도 그들을 '긍정적'으로 매료시킨 바 없으니 그들이 전망을 세울 수 없다거나, 삐딱하다거나, 심지어 "비정상인 건 정상이다". 그들은 말하자면 항상 '뒤늦은' 세대였던 것이다.

그리고 이 '뒤늦은' 세대의 출범을 알리는 마지막 징후가 바로 류소영이다. 그러나 류소영의 소설들은 더이상 징후라고 말하기 힘든 데가 있는데, 왜냐하면 그녀의 소설들은 아주 명백하고 담담하게 자신이 속한 세대들의 경험을 직접화법으로 진술함으로써 징후를 넘어서고 있기 때문이다. 그녀로 하여 이 '뒤늦은' 세대의 뒤늦은 출범식은 완성된다. 그리고 '90년대 소설'이란 말을 90년대에 '씌어진' 소설이 아니라, 90년대에 '관한', 그리고 90년대를 누구보다도 실감나게 몸소 살아냈던 작가들이 쓴 소설로 재규정할 때, 또한 그녀로부터 90년대 소설이 본격적으로 시작된다.

3. '뒤늦은' 세대의 후일담

류소영 소설의 반쯤은 후일담에 속한다. 그러나 이때의 후일담이란 들리기 시작한 지 얼마 지나지 않아 우리가 일제히 비난하기를 서슴지 않았던 80년대에 관한 후일담(돌이켜보면 그때의 후일담은 너무 잦아서 문제였던 것이 아니라, 너무 깊이 미치지 못해서 문제였다)이 아니다. 바로 그 이후 세대, 즉 이제 시효정지상태에 이른 '386' 직후 세대들이 온몸으로 살아냈던 90년대에 관한 후일담이다. 90년대에 관한 소설이 본격적으로는 류소영으로부터 시작된다는 말은 이런 의미이다. 그녀로 인해 90년대는 '문학이 후기 자본주의의 문화산업에 편입된 시대' 혹은 '의사소통 불가능성의 시대' '대중문화와 문학이 사랑에 빠진 시대' '디지털 글쓰기 시대' '포스트모던한 시대' '이미지 범람의 시대' 등과 같은 막연한 추상으로부터 빠져나와 그 시대를 앓았던 구체적 개인들에게 일상적 삶이라는 옷을 입혀주기 시작한다.

그러나 그 옷은 너무도 남루하다. 그리고 그 남루함이란 이들 세대가 견뎌냈던 시대, 즉 90년대 자체의 남루함이기도 하다. 다음을 보자.

활동가의 길은 이제 주변 사람들의 빛나는 격려와 매일매일의 싸움과 고난으로 점철된 것이 아니다. 그러나, 그는 묵묵히 제 할 일을 했다.

(……)

활동가들의 앞길이란 서글프지만 일정하게 정형화되어 있는 셈이다. '현장'이라는 말이 우리의 가슴에서 생경해지기 시작하면서, 더러 조금이라도 진보적인 진출을 꿈꾸는 자들은 신문사나 기타 진보적인 언론지 혹은 야당이나 재야단체에 들어가곤 했다. 그렇지 않은 많은 사람들은 학생회 일로 인해 나빠진 학점 때문에, 대학 시절의 학점을 묻지 않는 국가고시 준비에 몰두하는 것이다. 그도 아니면, 어깨를 축 늘어뜨린 채 뒤늦게 공부를 하고 대학원에 진학하는 것…… 그것이 어쩌면 내가 헤아려볼 수 있는 활동가들 앞길의 전부일지도 모른다.

윤선배는 7급인가, 9급 공무원 시험을 치고, 지금 강원도에 살고 있다. (류소영, 「심연에서 졸다」, 『피스타치오를 먹는 여자』, 178쪽)[2]

---

2) 이 글에서 인용한 류소영의 작품은 모두 『피스타치오를 먹는 여자』(문학동네, 2001)에 실려 있다. 그밖에 인용, 참조한 텍스트는 다음과 같다. 백민석, 『헤이, 우리 소풍 간다』, 문학과지성사, 1998 ; 김종광, 「경찰서여, 안녕」, 『경찰서여, 안녕』, 문학동네, 2000 ; 백민석, 『내가 사랑한 캔디』, 김영사, 1996.

　"활동가의 길은 이제" "주변 사람들의 빛나는 격려와 매일매일의 싸움과 고난으로 점철된 것이 아니다"라는 문장은 의미심장한 데가 있다. '이제'라고 하는 부사는 사실 비교 대상이 될 만한 어떤 과거를 전제하고 있는데, 그 과거란 다름아닌 80년대임에 틀림없다. 그렇다면 이 문장은 '80년대와 비교할 때'라고 하는 조건절을 숨기고 있는 셈인데, 그 시대에 활동가들은 매일매일의 싸움과 고난으로 점철된 삶을 살았을지라도, 자신들에게 쏟아지는 주변 사람들의 빛나는 격려를 느낄 수 있었으며, 바로 그런 이유로 영웅적이고 신화적인 데가 있었다. 게다가 그들은 현장 투신과 계급 이전을 통해 그 영웅신화를 완성할 수 있는 가능성(그러나 그 가능성은 대개 실패로 끝나긴 했다)을 가진 세대들이기도 했다. 그들에 비할 때, 류소영의 세대는 고작 국가고시를 준비하거나 대학원 진학, 혹은 잘 되었을 경우 진보적인 언론기관이나 정당(그러나 80년대와 비교해볼 때 과연 정당이나 언론기관이 진보적일 수 있단 말인가?)에서 일하는 길 외에 스스로의 영웅됨을 증명할 방법이 없었던 그런 세대이다. 노학연대가 물 건너간 시점에 현장 투신이나 계급 이전이란 말은 한갓 영웅적 낭만주의에 불과한 것이 된다.

　말하자면 끝물에 뒤늦게 역사의 등에 올라탄 그들은 정작 역사가 영웅들을 필요로 하고 영웅들을 만들기도 했던 시절에는 다들 너무 어렸다. 그리고 그들이 이제 영웅이 될 준비가 되었을 때, 역사는 이미 영웅들을 비웃고 있었다. 그들이 스스로를 역사의 주역이라고 믿고 살았던 90년대 초반의 상황은 비유컨대 이와 같았다.

　어느 시인이 그랬다. 이북방송을 들어야만 마음이 편하던 시절이 있었다고. 그러나 그것도 방해전파가 없었다면 진즉에 코미디 프로그램이었을 것이라고. 그때는 외설이 죄다 예술이 되었지만 굳이 말리지 않으니

까 예술이 모두 외설이 된다고. (「이 문으로 들어가면 좁다」, 203~204쪽)

외설이 예술이 되기 위해서는 검열이 있고, 탄압이 있어야 한다. 대남방송이 해방의 메시지로 들리기 위해서는 방해전파가 있어야 한다. 그러나 그들의 90년대는 방해전파도, 검열도 모두 사라져버린 그런 시대였다. 그러나 그들은 여전히 이북방송을 들었거나, 선배 세대들의 무용담으로부터 고무되었을 것이며, 레닌을 읽고 혁명에 대한 신념을 앞선 세대와 부분적으로 나누어 가졌을 것이다. 그러나 이미 그것은 더이상 사회에 대해 치명적인 위험이 되지 않는다는 것을 그들을 제외한 누구나가 다 알고 있었다. 어쩌면 그들 자신도 알고 있었을 것이다. 그런 그들이 학교를 졸업하고 뒤늦게 자신을 돌아보기 시작했을 때, 결국 자신들이 걸치고 살아온 90년대식 의상들이란 얼마나 남루했을 것인가?

그럼에도 그들은 남루한 그 옷을 내내 벗어던지지 못한 채로 오늘에 이르는데, 그 이유는 아마도 이미 외상화되어버린 기억들 탓(덕)이 클 것이다. 그리고 이미 말했듯이 이 기억들이 그들을 하나의 세대로 묶어준다.

"87년 생각을 했더랬어요. 그때 중학교 3학년이었는데 부산의 남포동 같은 번화가에서는 거의 매일 집회가 있었거든요. 학교 마치고 매일 구경 나갔었어요. 뭔가 끔찍한 것 같으면서도 어딘가 모르게 은성한 축제의 기운이 느껴지는 그 거리가 참 좋았거든요. 그런데 어느 날 하루는 좀 느낌이 달랐어요. 아마도 6·29를 얼마 남겨놓지 않은 날이었을 거예요. 시위는 격렬했고, 최루탄은 어느 정도 면역이 된 나에게도 몹시 괴로울 정도였죠. 그날 한 극장 골목에서 몹시 토하고 있는 여대생 하나를 보았어요. 창백하고 아름다운 얼굴이었는데, 토하다가 문득 얼굴을 들어 나를 볼 때의 그 충혈된 눈이 강하게 남아 있어요. 87년 생각을 하면 지금

도 구토, 충혈된 눈, 창백한 얼굴이 연결되죠. 그러니 도망온 거죠, 충혈
된 눈을 피해서.”(「내 마음 속, 가족 사진」, 85쪽)

아직 성인이 되기 전 사춘기에 경험했던 1987년 6월 항쟁이 이들에
게 어떤 인상을 남겼는지를 얘기하고 있는 부분이거니와, 그들에게 강
렬한 의무감, 분노, 의협심 같은 것들을 불러일으켰을 외상적 사건들은
그들이 대학에 입학한 이후에도 더 있었을 것이다. 예를 들어, 매년 돌
아오는 4월(4·3항쟁, 4·19혁명), 5월(광주 민중항쟁), 6월(1987년 6월
항쟁), 7~8월(1987년 노동자 대투쟁)은 그들에게 일 년의 몇 달을 인위
적으로라도 분노 속에 살도록 만들었을 것임은 충분히 짐작가고도 남
음이 있다. 게다가 이때는 이전 세대들이 그들, 즉 사춘기에 이미 어른
들 세계의 역겨운 신비를 경험해버림으로써 분노할 준비는 충분히 되
어 있었으되 분노의 이유는 절실하지 않았던 이 뒤늦은 세대들에게 아
직 막강한 영향력을 행사할 수 있었던 때였다.

너무 젊었던 이유로, 매달 기념되는 사건들의 전모를 직접 경험한 바
없음에도 불구하고, 그들은 인위적으로 추후에 재구성된 기억들이 외
상적으로 고착화되는 데에 저항하지 못한다. 젊음은 경험의 매개 없이
도(아니, 경험이 부족하기 때문에 더욱더) 신념과 분노와 당위를 쉽사리
연결시켜준다.

그렇게 사후적으로 외상화된 기억 이미지들 탓에 그들은 그 남루한
옷을 내내 벗어던지지 못한다. 말하자면 적은 이미 사라졌거나 다른 모
습을 취하고 있는데도, 적에 대한 옛적의 분노는 그대로 살아 있는 형
국이다. 분노는 리비도 집중을 낳거니와, 과녁을 잃어버린 공격성 리비
도는 그들을 달뜨게 하고, 고통스럽게 하고, 폭발 직전의 상태로 몰아
넣는다. 비난을 무릅쓰고 말하건대, 1991년 5월의 분신정국은 사실상
김지하의 ‘죽음의 굿판’이란 표현에 부합하는 데가 있었던 셈이다. 굿

이란 필요 이상으로 집중된 리비도(그것을 한이라 불러도 좋고, 원이라 불러도 좋고, 애도작업이라 불러도 좋다)를 일순간에 배출하는 의식(儀式)이기도 하기 때문이다. 그들의 90년대는 80년대에 대한 사후애도작업이었다. 그리고 애도작업이란 의식이 끝나는 순간, 썰물과 같은 고요를 불러오는 법이다.

그리하여 사후애도작업이 끝나고, 몇 년의 세월이 흘러 대학을 졸업한 이 세대들이 현실과 직면하게 되었을 때, 그제서야 그들은 자신들이 겪어야 했던 한 시대의 전모를 일정한 거리를 두고 파악할 수 있게 된다. 뒤늦게 이들은 스스로가 속한 세대가 항상 '뒤늦은' 세대였음을 이해하게 되는 것이다.

61학번과 88학번과 92학번…… 우리 모두는 약속이나 한 듯이 한 발 늦게 우리 현대사에 뛰어든 사람들이다. 그것 때문에 비슷하게 괴로웠고, 또한 그것으로 인해 비슷하게 덜 괴로웠을 것이다. 우리가 피해간 괴로움이 명료한 괴로움이라면, 우리가 그 괴로움을 비껴가면서 새롭게 맞닥뜨려야 했던 괴로움은 무정형의 괴로움이었고, 그런 의미에서 그 괴로움의 파장이 길고도 깊었던 것이다. 우리는 오래오래 할말이 없을 것이지만, 또 우리는 오래오래 가슴에 많은 걸 묻어야 할 터였다.(「이 문으로 들어가면 좁다」, 218쪽)

이런 이야기들이 류소영의 후일담들에는 곳곳에, 길게, 혹은 스쳐 지나가듯이 배치되어 있다. 류소영을 두고 '뒤늦은' 세대의 출범을 알리는 마지막 징후라고 했던 이유는 여기에 있는데, 이처럼 명백하게, 그리고 담담하게, 직설화법으로 자신의 세대가 처했던 역사적 지위에 대해 말하기 위해서는 아무래도 확고한 자기 정리가 전제되어야 할 것이기 때문이다. 그녀 덕에 90년대와 그 시대를 살았던 젊음들이 비껴간 괴로움들, 그리고 그 비껴감으로 인해 새롭게 맞닥뜨려야 했던 무정형의 또다른 괴로움의 의미가 드러난다. 이런 의미에서 보자면 백민석과 김종광이 못 했던 일을 류소영이 하고 있다고 말해도 무방할 것이다.

그러나, 마치 애늙은이 같은 어투로 자신이 겪었던 90년대를 돌이켜보며, 자신의 세대를, 아버지 세대에 대한 지극한 애정을 섞어, '한 발 늦게 우리 현대사에 뛰어든' 세대로 규정할 때, 그 규정의 정당성에도 불구하고 류소영은 어떤 위험에 노출된다.

애늙은이 같다고 했거니와, 류소영의 주인공들이 더러 남발하는 잠언풍의 문장들은 나이에 걸맞지 않아 보인다. 젊은 나이에 무슨 혜안의 과시냐고 탓하는 말이 아니다. 그것은 어쩌면 필연적인 현상처럼 보이기도 하는데, 현상의 배후엔 원인이 있게 마련이겠다. 그리고 그 원인이란 사후애도의 종결과 그로 인한 리비도의 급격한 탕진이라 할 만하다. 그리하여 이 세대는 또한 '조로(早老)'의 위험에 노출된 세대가 된다. 가령 다음을 보자.

> PS. 준명아! 너는 계속 나아가라. 누가 뭐라 하든지.
> ─준명이를 참 좋아하는 현강이 누나 씀.(「그러나 계속 나아가기 위하여」, 36쪽)

> 그날 명은 그 서예작품들을 버리고 있었던 것입니다. "아니, 왜 그러세요? 그만 하세요, 그만…… 도대체 왜……" "됐다, 말리지 마라. 이게 다 뭔가 싶다."
> (……) 명이 나빠요. 명의 그 말이 제게 감염되어버렸지요.(「동그라미 그리려다」, 110쪽)

> "지금 아버지 걸음하고 제 걸음하고 딱 맞는 거 알아요?"

“……”

“어렸을 때요, 아버지하고 어디 갈 때면 저는 옆에서 막 뛰었잖아요. 저 그때 아버지가 굉장히 걸음이 빠르다고 생각했었어요. 아버지로서는 천천히 걷는다고 걸으신 거였겠지만요.”

(……)

“아버지 그런데요, 고2나 고3쯤 되었을 때는 아버지하고 같이 걸으면 제가 아버지 걸음에 맞추어서 천천히 걸어야 했었어요. 아버지는 눈치채지 못하셨을 테지만요. 가끔 아버지는 내 속도 모르고 그랬거든요, ‘은아야, 그렇게 서두를 것 없다’.”(「이 문으로 들어가면 좁다」, 213~214쪽)

위의 구절들로만 미루어볼 때, 백민석이 아직 사후애도작업을 끝내지 않고 폭발 직전의 상태를 유지한 채 자기 세대 몫의 분노를 쏟아내고 있는 데 반해, 혹은 김종광이 특유의 사투리 구사를 통해 공격성 리비도를 카니발성 리비도로 전화시키고 있는 데 반해, 류소영의 사후애도작업은 너무 일찍 끝나고 있는 것만 같다. 아직 그녀는 삼촌 세대의 “너는 계속 나아가라. 누가 뭐라 하든지”라는 유언풍의 잠언을 조카에게 그대로 되돌려줄 만큼 쇠약해져서는 안 될 텐데 말이다. 그녀의 할머니 세대에 속하는 여인의 “도대체 이게 다 뭔가 싶다”라는 식물성 허무주의에 감염될 만큼 조로해서도 안 될 텐데 말이다. 혹은 4·19 이후로 내내 침묵 속에서만 살았던 아버지 세대의 보폭에 맞추어 걸을 만큼 일찌감치 여유로워져서도 안 될 터인데 말이다.

그러나 다행히도 소설 「이 문으로 들어가면 좁다」의 마지막 부분이 있다.

은아야 너는 지금 니가 빠질 구덩이를 니 손으로 파고 있구나. 아버지 아파요, 지금 제 발을 꾹 밟고 계시지 않습니까. 아버지 무거워요. 발톱

이 퍼렇게 썩어들 지경이라구요. 산에 왔으니 물을 마셔라 은아야. 아버지 저는 목마르지 않아요. 마시지 않겠어요. 아버지처럼 물 마시고 어, 시원타 그러지는 않겠어요, 아버지.(「이 문으로 들어가면 좁다」, 220쪽)

은아에겐, 아니 류소영에겐 아직 아버지가 모르는 어떤 꿍꿍이가 있긴 있는 모양인데, 이 꿍꿍이가 바로 류소영 소설의 가장 빛나는 부분이다. 류소영 소설의 나머지 반쯤이 이 꿍꿍이에 바쳐진다.

4. 부적응자들의 연대

류소영이 아버지와 쉽사리 화해하지 않고 몰래 감춰둔 꿍꿍이를 잘 표현해주는 어떤 자세가 있다. 이 자세는 인간이 취할 수 있는 가장 아름다운 자세들 중 하나이기도 하다. 어찌 보면 이륙 직전인 것도 같고, 어찌 보면 착륙 직후인 것도 같은, 그런 자세. 영화 〈버디〉, 혹은 〈성스러운 피〉의 주인공들처럼 이상주의자이면서 동시에 섬약하기 그지없는 사람들만이 드물게 취할 수 있는 그런 자세. 류소영의 주인공 '명(明)'(「동그라미 그리려다」)이 그런 자세를 자주 취한다. 살을 좀 덧붙이자면 (류소영이 원체 소설에 살 붙이기를 싫어하는 편이니) 그 자세란 지상과 자신 몸과의 접면을 가급적 줄이려는 듯이, 눈은 간절하게 하늘을 향해 두고 있고, 오로지 발바닥과 엉덩이의 일부만이 지상과 겨우 맞닿아 있을 뿐인 자세, 막 날아오르려는 새의 모습을 닮은, 혹은 막 내려앉으려는 새의 모습을 닮은 그런 자세이다.

식물들만을 주로 섭취하고, 가족에 대해서는 무연히 지켜볼 수 있는 정도로만 거리를 제한하고, 그림을 많이 사랑하고, 선거일에 투표하지 않으며, 가끔 '이게 다 뭔가 싶다'란 말을 연발하는 노인 '명'의 이 자세는, 사실상 류소영 소설의 나머지 반쯤, 즉 후일담에 속하지 않는 소설 전체가 말하고자 하는 바를 집약하고 있다. 지상이 싫어 막 그곳을 떠나려는 자의 자세, 그러나 영영 그 지상을 떠나지는 못하고 다소 머뭇거리는 듯한 그 자세는 이름하여 '부적응자'의 자세이다.

과연 류소영 소설들 중 후일담에 속하지 않은 작품들은 거의 모두가 부적응자들을 주인공으로 하고 있다. 아니 아예, 이런 인물들의 습관, 취미, 식성, 말투를 그려내는 데 소설 전체가 할애되고 있다고 해도 과언이 아니다. 예를 들어 「그러나 계속 나아가기 위하여」의 삼촌은 "무척이나 섬세한 기질"을 가진, 그리고 "늘 기타를 품고 살았"던 "희곡작가 지망생"이었고, 대학 졸업 후 취직하고 나서도 특별한 일도 없이 "자주 술에 절어 늦게 귀가"하는, 게다가 "퇴근길에 동숭동으로 향하는 발걸음이" 필요 이상으로 잦은 지독한 부적응자이다. 「해에게서 海에게」의 주인공들이 우연히 만난 곳은 금연클럽인데, 뒷자리에 앉아 키들거리다가 클럽을 나오기가 무섭게 담배를 꼬나무는 중학생 애들보다 더하면 더했지 못하지는 않은 인생들이 모여 우울한 일상에 대한 비관이나 토로하는 모임을 만들고, 신년 첫날 일출 여행을 떠났다(이 여행은 당연히 실패로 끝난다)고 하니 그들 또한 부적응자들임에는 틀림이 없겠다. 「피스타치오를 먹는 여자」의 김연두 역시 마찬가지다. 연두색으로 된 무슨 자궁이나 되는 것처럼, 혹은 우주의 씨앗이나 되는 것처럼 피스타치오 열매의 껍질을 숭배하는 이 인물의 퇴행벽은 「달 뜨는 날이면 봉숙이를 만나야 한다」의 주인공 봉숙이와 함께 부적응자 주인공의 절정을 장식한다. 「동그라미 그리려다」의 주인공 '명'에 대해서는 더 말할 필요가 없을 줄 안다. 문제는 그 봉숙인데, 그녀에 대해서는 말이 좀 길어질 필요가 있겠다.

류소영 소설을 통틀어 가장 사랑스러운 주인공이 바로 이 봉숙이다. 이유는 간단하다. 그녀가 우울하거나 심각하거나 비관적이지 않기 때문이다. 다른 소설의 부적응자들이 우울하고, 비관적이며, 때로는 부적응으로 인해 고통받기도 하는 데 비하면, 이 봉숙이는 화자이자 그녀의 친구인 '나'가 아니더라도, '달 뜨는 날' 그녀를 만나는 누구나가 다 즐거워지고, 그야말로 '달뜨게' 될 것만 같은 그런 인물이다. 그렇다고 봉숙이를 흔하디흔한 경박녀로 어림짐작해서는 곤란하다. 신파(新派)체를 빌리자면 '그녀에게도 상처는 있다'. 그리고 그 상처는 그녀를 병적인 지경에까지 몰아넣을 만큼 심각한 것이기도 했다. 일단 그 병인(病因)이 되었던 상처에 대한 설명은 미뤄두고 병명을 밝히자. 그 병은 '나'의 표현으로는 "과다세심증"이지만, 증세로 미루어보건대 좀더 과학적인 언어로는 '반복강박'이라고 해야 맞다. 다음은 그녀의 증세이다.

초기 증세는 상표집착증세. 주방용 세제는 L회사 것만 쓰고, 비스킷은 H회사 것만 먹고, 스낵은 N회사 것만 먹는다. Y회사 샴푸로만 머리를 감고, D회사 화장품만 쓰고 K회사 구두만 신는다.(「달 뜨는 날이면 봉숙이를 만나야 한다」, 40쪽)

봉숙이의 심각성이 발휘되기 시작한 것은 2단계 증세이다.
장소집착증세. 종로에 나오면 어느어느 밥집에서 청국장을 먹어야 하고, 또 어느어느 전통 찻집에서 모과차를 마셔야 하는 것. 신촌에 나오면 신촌시장 골목의 어느어느 술집에서 낙지볶음에 소주를 마셔야 하고, 단골 포장마차에서 꼬치어묵과 튀김을 먹어야 하는 것.(41쪽)

아무튼 가기 싫은 곳에 가야 할 때면 걷는 규칙을 정해놓는다는 것이다. 나와 부딪힌 그날의 걷는 규칙은 한 번은 블록의 안을 딛고, 한 번은 블록과 블록 사이의 금을 딛는 방법이었다는 것이다.(43쪽)

정상인으로서는 아무것도 아닌 사소하고도 복잡한 규칙을 정해두고 이 규칙을 거의 병적으로 되풀이하는 증세를 일컬어 '반복강박'이라고 하거니와, 인용된 봉숙이의 행동은 거의 전형적으로 그 증상을 답습하고 있다. 그녀는 분명히 반복강박증 환자이다.

이쯤 되면, 잠시 덮어두었던 병인이 궁금해진다. 봉숙이가 고백하는 병인은 이렇다.

"집에 들어가기 싫었어. 어렸을 적 말야. 초등학교 다닐 무렵이었나 그랬을 거야. 아버지가 무슨 사업을 하셨는데 그게 어려움이 크셨나봐. 그래서 집에 빚이 많았어. 예전엔 우리집에 자주 놀러 오기도 하고, '우리 봉숙이, 우리 봉숙이' 하면서 날 예뻐해주던 아줌마들이 아주 살벌한 모습으로 우리집에 죽치고 있었어. 아버지는 늘 집을 비웠고. 나는 학교가 끝나면 아줌마들만 그득한 집에 들어가기가 너무 싫었던 거야."(「달 뜨는 날이면 봉숙이를 만나야 한다」, 62쪽)

이런 이유로 봉숙이는 "늘 집에 돌아가는 사소한 방식 같은 걸 정해놓곤" 했었던 것인데, 그 사소한 방식이란 "연필 깎는 칼로 학교에서부터 큰길가까지 쭉 심어진 가로수에 하나 건너 하나씩 작은 흠집을 내거나, 우리집 가는 길까지 늘어서 있는 상점들 중에서 내 얼굴을 아는 곳이면 모두 들어가 '아저씨, 안녕하세요' 하고 인사를 하고 지나가거나 하는 것들"이다. "그러던 게 점점 자라" "나중에 그 아줌마들도 모두 사라지고 귀갓길이 편해졌지만, 그 습관은 고스란히 남았"던 것이다.

그러나 병인에 대한 이런 식의 자술(自述)은 '이차가공'의 혐의를 벗기 힘들다. 말하자면 실제 병인은 무의식적으로 감춘 채, 각성상태에서 스스로 유추해낸 논리적인 설명을 갖다붙인 것에 불과하다는 말인데, 그것은 마치 꿈을 팔면서 전혀 논리에 닿지 않는 장면들을 논리적으로 재구성하여 줄거리를 만들고, 합당한 이유를 가져다붙이는 것과 같은 이치이다. 깊은 병인은 따로 있었을 것이다. 그리고 아마도 그 깊은 병인이란 대부분의 반복강박이 그렇듯이 오이디푸스적 외상에 그 원인을 두고 있었으리라 미루어 짐작할 수 있다. 그러나 봉숙이를 최면상태에 빠뜨리거나 침대에 눕혀 반수면상태에서의 자유 연상을 끌어낼 수 없는 바에야 무의식 깊은 곳의 병인을 밝혀내기는 아무래도 무리다. 게다가 지금 중요한 것은 봉숙이의 병인이 아니기도 하다. 보다 중요한 것은 반복강박의 메커니즘이다.

반복강박의 요점은 '고통스러운 되풀이'이다. 아주 오래 전에 어떤 외상 경험이 있었다고 하자. 대부분의 사람들은 이 외상을 극복하거나 무의식 저 깊은 곳에 묻어두고 가급적 되풀이를 피하는 것이 상례인데, 강박증 환자의 경우 묘하게도 이 고통스러운 외상적 순간을 자주 되풀이한다. 프로이트는 이 고통스러운 외상 경험의 반복으로부터 '죽음충동(thanatos)'을 발견하기도 하거니와, 봉숙이에게는 그 죽음과도 같은 되풀이가 살벌한 모습의 아줌마들(제2, 제3의 엄마들, 말하자면 무수한 연적들일 수도 있는)이 득실대던 집으로 돌아가기 싫어하던 기억의 되풀이이다. 사소하지만, 자신에게는 거의 죽음과도 같은 고통을 피하는 유일한 방책이었던 규칙들, 예를 들자면 이유 없이 가로수에 흠집을 내면서, 혹은 볼일도 없이 여러 상점들을 기웃거리면서 집에 도착하는 시간을 늦추었던 그 규칙들을 그녀는 성인이 된 지금도 꾸준히 반복하고 있는 것이다. 오히려 그 규칙들은 꾸준히 자가증식해서 이제는 아예 봉숙이의 일상 전체를 지배하고 있다.

그런데 흥미로운 것은 봉숙이가 그 반복을 전혀 고통스러워하지 않는다는 점이다. 그녀의 '반복강박'은 전혀 고통스럽지 않은 외상의 되풀이이다. 그녀는 자가증식한 일상의 규칙들을 '유희'로 승화시키는 법을 터득한 강박증 환자이다. 그녀 스스로 이름 붙인 '달 뜨는 날'('달

뜨다'란 동사를 상기시키는)이 그 유희를 가능하게 한다. 달 뜨는 날이란 이런 날이다.

　이쯤에서 봉숙이의 달 뜨는 날에 대해 설명을 해야겠다. 봉숙이의 달 뜨는 날은 봉숙이가 철칙으로 지키고 있는 이러저러한 세부원칙들이 무장해제를 당하는 날이다. 봉숙이는 밥집이나 커피점에 가면 분명한 메뉴로 주문하는 것을 원칙으로 한다. 가령 커피면 커피고 유자차면 유자차지, 비엔나커피라거나 아메리칸커피라거나 카페오레 같은 것은 시키지 않는다. 밥집에 가서도, 가령 그 밥집 이름을 딴 '소나무 스페셜 정식' 같은 모호한 메뉴는 주문하지 않는다. 봉숙이의 달 뜨는 날에 우리는 느지막이 만나 소나무 스페셜을 먹고, 커피점에 가서 브레머 스페셜 커피를 마시거나 카페오레를 마신다.(「달 뜨는 날이면 봉숙이를 만나야 한다」, 44쪽)

　말하자면 달 뜨는 날이란 봉숙이 스스로 정한 말도 안 되는 규칙들을 즐겨 무장해제시키는 날이다. 강박이 세워놓은 엄격하고 반복적이며 숨쉴 틈 없이 빡빡한 규칙들의 방벽이 가차없이 부서지는 날이 바로 달 뜨는 날이다.

　그렇다면 어떤 때 봉숙이에게는 달이 뜨는가? 당겨 말하자면 답은 '아무 때나'이다. "봉숙이가 달 뜨는 날을 정하는 방식은 꽤나 단순하고, 또 즉흥적"이어서, 고작 "하루 일과를 시작하는 아침의 사소한 기미들"과 함께 정해지기도 하고, 그렇기 때문에 "어떤 주기 같은 게 없"으며, "있다고 해도 꽤나 불규칙하다". 게다가 이 달 뜨는 날들은 "한없이 길어질 수도 있고, 또다시 얼굴 보기가 싱거울 정도로 짧아질 수도 있다". 그렇다면 이렇게 말해도 무방하리라. 봉숙의 달은 아무 때고, 어디서나, 어떻게든 뜨는 것이다. 말하자면 봉숙이는 매일매일, 순간순간

'달뜰 수' 있는 것이다.

봉숙에게 강박적 규칙들이란 오히려 이 달 뜨는 날의 유희를 증폭시키기 위해서만 존재하는 것 같다. 규칙이 없다면 그것을 어기는 기쁨도 존재하지 않는 법이다. 방해전파 없는 대남방송이 코미디에 불과해지는 것과 같은 이치이다. 봉숙이는 이 점을 잘 안다. 그래서 그녀는 스스로 매일매일 규칙들을 만들어내기도 하는데, 그러나 오로지 달 뜨는 날 그것을 어기기 위해서만 만들어낸다.

봉숙이의 이러한 유희는 즉각 예의 그 자세, '명'이 취하던 바로 그 자세를 연상시킨다. 날듯 혹은 주저앉을 듯, 떠나지도 남아 있지도 못하는 그 자세. 중력의 법칙을 인정하되 오로지 어기기 위해서만 인정하는 그 자세. 세상을 떠나고 싶을 만큼 혐오하되, 또한 떠나지 못할 만큼 사랑하는 이들, 부적응자들이 자주 취하는 바로 그 자세. 봉숙이는 그처럼 일상의 규칙들(자기 자신이 만들기도 한)을 따르되 오로지 그것을 허물어버림으로써, 조롱하기 위해서만 따르는 것이다.

류소영의 수인공들을 '탈주자'라는 거창한 이름으로 부르지 않고, '부적응자'라는 다소 소극적인 이름으로 불렀던 이유도 여기에 있다. 탈주란 규칙의 무시이다. 그러나 류소영의 주인공들은 봉숙이가 그렇듯이 일상의 규칙들을 아예 무시하지 않는다(혹은 못한다). 그들은 정상적이고 순응적인 삶에 대한 균형감각이 있다. 피스타치오를 즐겨 먹으며 퇴행심리를 보상받는 김연두가 그토록 히스테리컬하고 자학적이기도 했던 이유, 금연클럽의 부적응자들이 1998년의 벽두에 모여서도 결코 즐겁지 못했던 이유, 희곡작가 지망생이자 연극광이던 삼촌이 현강에게 "너만은 계속 나아가라"고 했던 이유가 다 여기에 있다. 그들은 모두 규칙을 무시하지는 못한 채로, 그 규칙 안에 남아 그 규칙을 비웃으면서, 혹은 그 규칙 때문에 괴로워하면서 살아간다. 아마도 내파(內破)라고 불러도 좋을 이들의 태도는 그러나 더러는 '탈주'를 호언하는 이들보다 솔직하고, 파괴적이며, 전염성이 강할 수도 있다.

무시하려거든 역동일시하라, 그러나 싸우려거든 반동일시하라는 말은 진리다. 그렇다면 일상의 규칙들(그것을 체계라거나 지배라 불러도 좋겠고, 미시권력이나 규율권력이라 불러도 좋겠다. 굳이 원한다면 자본주의 체제라는 다소 환원적인 명명도 불사할 수 있다)에 대해 역동일시하지 않고 그 내부에서 반동일시하는 류소영의 주인공들은 모두 싸우고 있다. 그렇다, 류소영의 주인공들은 목하 '규칙'과 매일매일 전쟁중이다. 어떻게 전쟁중인가 하면 '부적응자들의 연대'를 만들어 전쟁중이다.

90년대에 씌어진 소설들 중 상당수는 '의사소통의 불가능성'으로 인해 고통받는 주인공들에게 바쳐진 바 있다(예를 들어 90년대가 낳은 탁월한 작가 중의 하나 조경란의 소설들을 보라). 그러나 이들 주인공들과는 판이하게 류소영의 주인공들은 의사소통 불능으로 인해 고통받는 일이 전혀 없다. 그들이 모종의 연대를 형성해내기 때문이다. 이 점이 탈주자들과 부적응자들의 차이이기도 할 텐데, 「민정(旻庭)과 이견(異見)」의 두 주인공이 쏟아붓는 수다는 완벽한 의사소통의 모범 아니겠는가? 「동그라미 그리려다」에서 '나'는 드러나지 않는 청자에게 단 한 번의 제지도 받지 않고 '명'에 대한 기나긴 이야기를 들려주거니와, 심지어 「이 문으로 들어가면 좁다」의 은아는 계급 장벽보다 높다는 세대의 장벽을 넘어 4월 세대인 아버지와 허물없는 의사소통에 성공한다. 이유란 단 한 가지다. 서로가 부적응자들이기 때문이다. 그들이 서로 부적응자라는 연대감으로 묶여 있기 때문이다.

정치가 가능하겠다. 연대가 생겼으니……

요컨대 류소영 소설의 가장 빛나는 지점이 바로 여기다. 그녀로 하여 우리 소설은 (항상 배제당하고, 손가락질당하며, 격리되고 훈육되기 일쑤인) '탈주'가 아닌 방식으로, 탈근대적 주체들의 연대정치를 고려해볼 만하게 되는 것이다. 아직 그 연대가 섬약한 비관의 연대여서 심지어 류소영 자신에게마저도 너무 멀리, 너무 모호하고 묘연한 모습으로 존재하는 것이긴 하지만 말이다.

5. 희망의 노예는 아니거니와

고재종 시인의 시 한 구절을 적는다. "나는 희망의 노예는 아니거니와……"

그래, 얼마 전까지만 해도 우리는 모두 희망의 노예였다. 이제 그 희망이 강요한 것 또한 절망의 다른 이름이었거나, 사랑스런 현강이들, 은아들, 봉숙이들, 연두들의 엄청난 희생에 기반한 것이었음이 밝혀진 지금, 다시 희망을 말하려는 모든 이들은 조심해야 한다. 희망이 또 한 번 무정형의 절망에 괴로워하는 세대를 낳지 않도록, 희망이 너무 비대해져서 되레 짐이 되고, 억압이 되지 않도록.

그러니 조심을 다해서 말하건대, 희망은 다시 그들, '뒤늦은' 자들로부터 시작해야 할 터이다. "전염병이 창궐한 도시"(「해에게서 海에게」)를 떠나지 않은 채, 녹색 허무주의에도 물들지 않고, 문화산업의 벗이 되지도 않고, 조로하거나, 방랑벽에 몸을 상하지도 않은 채로 행해지는 부적응자들의 연대가 곧 희망이다.

(2001)

젊은 영화 도상학자의 초상
— 김경욱론

1. 풍경들

산아제한이 제아무리 심했던 70년대 초반이었다 할지라도 아이들은 태어났을 것이다. 그리고 모든 세대들에게 다 그렇듯이 그 아이들이 자라는 사이 그들의 뇌리에서 결코 잊혀지지 않을 몇 가지 굵직굵직한 사건들 또한 일어났을 것이다. 가령 70년대 내내 자행된 박정희 식 개발독재는 유년의 그들에게 박정희주의자 아버지나 개발지상주의자 삼촌 하나쯤을 선물했을 것이고, 마치 밤새 노년의 파우스트가 메피스토펠레스와 함께 다녀가기라도 한 것처럼, 순식간에 반듯반듯 경지정리되어버린 땅을 떠나 허름한 판자촌으로 이주해야 했던 추억을 선물하기도 했을 것이다. 물론 '새벽종이 울렸네, 새아침이 밝았네'로 시작하는 노래를 들으며 '멸공소년단' 단원의 임무(고작해야 일요일 이른 아침의 마을 청소에 불과한 것이었지만)를 수행해야 하는 부지런함도 그들 몫이었을 것이다. 재미있는 일도 아예 없지는 않았을 터인데, 인간의 뱃속에서 뿜어져나오는 소량의 가스(일명 방귀, 혹은 便香이라고 한다)를 모아 연료화한다는 기상천외한 발상의 실험이 실패로 돌아가는 한국적 근대의 블랙유머를 지켜볼 수도 있었을 것이고, 아까운 곡식 축내는 쥐를 잡았다는 증거로 꼬리를 잘라 쥐꼬리만큼의 돈과 바꾸는 스릴도 누릴 수는 있었으리라.

육영수 여사의 죽음에 눈물 흘리던 아버지와 어머니를 보며 같이 슬퍼하기도 했을 것이고, 1980년 봄쯤엔 남녘의 한 도시에서 일어난 전대미문의 학살에 대한 풍문을 어떤 경로로건 전해 듣기도 했을 것이며, 같은 해에 국민들에게 정말정말 미안하다는 듯이 시작한 총천연색 컬러 TV 방송에 환호했던 기억 또한 빼놓을 수는 없을 것이다. 1987년엔 더러 거리에 나가 최루탄을 뒤집어쓰며 진정성은 없는 채로라도 '독재타도, 호헌철폐'를 외쳐보기도 했을 것이고, 그리하여 급기야는 세상이 구호를 통해서도 변할 수 있음을 실감했을 것이며, 1989년쯤엔 아마도 선생님들이 스스로 노동자임을 천명하면서 아주 폭력적으로 학교를 떠나는 모습을 분노 가득한 눈으로 지켜보아야 했을 것이다. 물론 그사이 프로야구며 로큰롤이며 이소룡의 영화들을 보고 듣고 흉내냈던 체험들도 빼선 안 된다. 이제 막 사춘기에 접어든 그들에게 80년대 중반 이후 문화산업의 대대적인 확산이 미친 영향은 거창하게 말해서 인식론적으로나 존재론적으로, 그리고 가치론적으로도 어마어마한 것이었음에 틀림없다. 그들 세대로부터 한국에서는 역사상 거의 유례가 없는 계급, '문화 룸펜'(그럴듯한 표현으로는 '문화적 댄디')들이 나타나기 시작했다는 사실은 그에 대한 훌륭한 방증들 중 하나에 불과하다. 그들은 한국 역사상 최초로 분노와 대중문화를 두 가지 양식 삼아 자라난 세대였던 것이다.

그리고 그들이 대학에 들어가기 시작한 90년대 초반의 어느 시점이 도래한다.

동구권과 소련의 사회주의가 무너지고, 서독은 지구에서 유이(唯二)

한 민족분단상황을 사회주의 동독에 대한 '흡수통합'을 통해 종결지었으며, 모스크바에서는 그로부터 얼마 지나지 않아(참담하게도) 레닌의 목에 오랏줄이 걸리던 바로 그즈음이다. 그러나 이렇듯 전 세계적 차원에서는 이전 세기 내내 거의 유일했던 희망의 패러다임이 몰락해가고 있었음에도 불구하고, 시청 앞 광장과 주요 도시들의 거리마다에는 1987년 상황이 다시 재현되기라도 할 듯, 수십만 인파와 최루탄과 화염병이 난무하고 있었다. 박승희를 필두로 강경대, 김귀정 등 여러 대학생, 노동자들, 심지어 시위와 별 관련이 없어 보이는 고등학생까지도 진압에 의해 타살당하거나 자발적으로 분신자살하고 있었고, 급기야 시인 김지하는 "죽음의 굿판을 걷어치워라"라고 조선일보에 사설을 썼다. 말하자면 20세기 내내 가장 강력했던 인류의 희망 중 하나가 실패로 귀결되고 있던 시점, 한 세기를 풍미했던 바로 그 '희망'에 대한 가장 격렬한 '사후애도'가 한국에서 진행되고 있었다. 그것은 사후애도에 틀림없었다. 변혁운동이라는 이름으로 대상세계에 퍼부어지던 엄청난 양의 '카섹시스(cathexis)'가 그 지향점을 잃고 주체를 향해 되돌아왔으니 그 넘쳐나는 잉여 리비도를 달리 어떻게 소모할 수 있었으랴. 80년대 내내 전 세계적으로 유래를 찾아볼 수 없을 정도로 격렬했던 한국의 변혁운동은 또한 90년대 초반, 유례를 찾아볼 수 없을 정도로 극렬한 리비도 과잉 분출을 낳았다. 그 극단의 표출방식이 죽음이었다.

바로 그즈음의 몇몇 풍경들이다.

1991년 5월 말, 1971년생이자 작년에 서울 인근 한 위성도시(서울이 아니라 지방 소도시란 점, 이 점이 중요하다)인 언론시의 언론대학교에 입학한 '양다인'. 그녀는 지금 막 5월의 여왕 선발대회장 단상의 마이크를 빼앗았다. 그녀는 분하다. 그리하여 다음과 같이 포효한다. "민주 언론인 여러분! 지금 조국은 싸우고 있습니다. 경대, 승희, 세용이, 철수, 이들이 대체 누굽니까. 이들을 벌써 잊으셨단 말입니까? 정녕 이들이

뿌린 피를 헛되이 할 것입니까? 여러분, 싸움은 끝나지 않았습니다. 백만 학도의 사랑, 투쟁, 영광은 이 시간에도 계속되고 있습니다. 여러분, 경대의 죽음을 헛되이 하지 맙시다!"(김종광, 『71년생 다인이』). 이미 그녀의 온몸은 시너와 석유로 흠뻑 젖어 있는 상태다. 그리하여 그녀는 일장의 포효 후에 라이터를 꺼내들고 분신을 기도할 것인데, 다행히도 분신은 실패로 돌아가고, 학우들은 그간 미루어두었던 웃음을 한꺼번에 터뜨릴 것이고, 그녀는 그 웃음만큼 마음에 커다란 상처를 입을 것이지만 그러고도 여러 해를 어김없이 '련'이나 '운동본부'나 '연합'이 붙어 있는 단체들에서 아무런 금전적 보상 없는 노력 봉사를 하게 될 것이다. 물론 빼놓지 말아야 할 것은, 그녀는 결국 귀농한 아버지, 농사짓는 삼촌(물론 그들은 충남 보령의 사투리를 쓸 터인데)과 화해할 것이란 점이다. 김종광의 주인공들에게 주어진 축복이다. 혹은 김종광 식 주인공들이 탄생하는 순간이다.

같은 시기, 1970년생 소설가이자 소설 속 주인공이기도 한 '김연수'는 "취침시간이 지난 깜깜한 텐트 안에서 빗소리를 들으며 눅눅한 육군 수첩에다가"(김연수, 『가면을 가리키며 걷기』, 95쪽) 뭔가 끼적거리고 있었다. 이 시절의 김연수를 기억하는 사람은 다 알겠지만 그 기록은 감동의 기록이다. 소련에서 개혁파가 실각하고 공산정권의 재집권이 이루어졌다는 보도를 접한 후의 감동(그것이 정말 감동적인 소식인지는 물론 따져봐야 할 일이다). 물론 이 감동은 그리 오래가지 못한다. 그로부터 "삼 일인가가 지난 뒤에, 비가 이렇게 오는데 도대체 연대에서는 왜 철수명령이 오지 않는 거야라며 모든 사병들이 툴툴거리기 시작했을 때 중대장은 다시 공산세력이 실패하였음을 천명"할 것이기 때문이다. 이 두번째 소식은 그로 하여금 자신이 가졌던 모든 확신을 부정하게 만드는데, 그리하여 제대하자마자 김연수는 이전 시대의 패러다임과 새로운 패러다임을 나란히 놓고 비교해보는 지적인 소설 한 편을 쓴다.

『가면을 가리키며 걷기』가 바로 그것이다. 당연히 이 소설은 이전 시대의 가치들과 그 가치들을 부정한 90년대 초반 학번들의 완전히 상이한 세계관의 갈등과 모순이 해결 이전의 상태로 나란히 병치되어 있다. 그리고 그 거의 해결 불가능해 보이는 이 갈등은 김연수가 시인 이상과 '꾿빠이' 할 때까지도 계속될 만큼 뿌리깊고 근본적인 성질의 것이기도 하다. 좌뇌가 주로 인식론적으로 발달한 김연수 식 주인공들의 발생론적 기원이 바로 여기이다.

다른 주인공도 있다. 백민석의 소설 『내가 사랑한 캔디』의 1971년생 주인공은 그즈음, 한 해 재수를 하는 바람에 대학 1학년 재학중이었다. 그는 1991년 5월을 거리에서 맞았는데, 심지어 김귀정이 죽어가고 있을 때 바로 그 옆골목에 있기까지 했다. 지금은 고등학교 동창 '동현' 과 같이 있다. 동현은 방금까지 소위 백골단이라 불리던 사복체포조 한 명을 피곤죽으로 만들고 있던 참이다. "누굴 죽이고 싶었는데, 핑곗거리가 생긴 거"(『내가 사랑한 캔디』)라고 말하는 걸로 보아 동현이 그토록 잔혹하게 구는 이유는 딱히 없어 보인다. 굳이 이유를 들자면 그들이 다른 누구가 아닌 바로 백민석의 주인공들, 이십 년 동안 소외와 분노와 하위문화를 자양분 삼아 발효되어왔던 바로 그 엽기적인 주인공들이었단 점을 들 수밖에. 이후에 이들은 『헤이, 우리 소풍 간다』의 그 광포한 '딱따구리' 들이 될 것이고, 『목화밭 엽기전』의 비극적인 연쇄살인마 '한창림' 이 될 것이다. 백민석의 주인공들은 70년대 생들 중에서도 유독 불우한 유년을 겪었고, 그리하여 진짜로 파괴적인 것이 무엇인지를 일찌감치 체득해버린 경우에 해당한다. 백민석 특유의 육중하고 폭력적인 아나키스트 주인공들 또한 이 순간 활동을 시작했던 것이다.

그리고 마지막 주인공 '강준호' 가 있다. 그는 그즈음 다른 주인공들과 달리 1991년 분신 정국으로부터 탈출을 감행하고 있었다.

김종광의 주인공 양다인이 지방 소도시의 한 대학에서 분노에 찬 포효를 토하던 1991년 5월 말의 어느 날과 거의 같은 시점이다. 그는 지금 낙향중인데, 바로 며칠 전 세 학기 동안 몸담았던 문학동아리의 선후배들 앞에서 '메이어홀드'의 그 유명한 반사회주의리얼리즘 연설을 자학적으로 흉내냄으로써 극적으로 결별을 선언한 바 있다. 그에겐 "이분법적 선택만을 강요하는" 90년대 초반의 대학을 더이상 견뎌낼 여력이 남아 있지 않다. 그는 거의 선천적으로 탈정치적인데다가, 최근 자살해버린 애인 세현과의 추억으로부터 헤어나질 못하고 있는 상태이기도 하다. 잠시 그가 아크로폴리스를 떠나가는 모습을 지켜보자.

나는 사뭇 비장한 기분마저 느끼고 있었다. 공중전화부스에서 빠져나온 나는 문득 자신이 살풍경한 허허벌판에 내던져진 기분이었다.
그것은 사막이었다. 영화 〈아라비아의 로렌스〉의 그것처럼 가도 가도 끝이 보이지 않는, 작열하는 태양빛과 그 태양빛에 금방이라도 타올라 흔적조차 없어질 것만 같은 새하얀 모래들.(김경욱, 『아크로폴리스』, 279~280쪽)[3]

떠나는 자들이 흔히 그렇듯이 추억을 정리하는 의례로서 죽은 애인 세현에게 전화를 걸고, 강준호는 전화부스 밖으로 나섰다. 그때 그 앞에 열린 세계는 사막과 같다. 어떤 사막인가 하면 〈아라비아의 로렌스〉

---

3) 이 글에서 인용, 참조한 텍스트는 다음과 같다. 김종광, 『71년생 다인이』, 작가정신, 2002 ; 김연수, 『가면을 가리키며 걷기』, 세계사, 1994 ; 김연수, 『꾿빠이, 이상』, 문학동네, 2001 ; 백민석, 『내가 사랑한 캔디』, 김영사, 1996 ; 백민석, 『헤이, 우리 소풍 간다』, 문학과지성사, 1998 ; 백민석, 『목화밭 엽기전』, 문학동네, 2000 ; 김경욱, 『아크로폴리스』, 세계사, 1995 ; 김경욱, 『바그다드 카페에는 커피가 없다』, 고려원, 1996 ; 김경욱, 『모리슨 호텔』, 열림원, 1997 ; 김경욱, 『베티를 만나러 가다』, 문학동네, 1999 ; 김경욱, 『황금 사과』, 문학동네, 2002.

에서 보았던 사막이다. 아다시피 〈아라비아의 로렌스〉는 영화 제목이
다. 그렇다면 그는 고향을 향해 나선 것인가? 영화 속의 사막 안에 들어
선 것인가?

2. 영화처럼 쓰다

〈아라비아의 로렌스〉만이 아니다. 강준호는 이미 아크로폴리스를 떠
나기 전부터 세계를 영화적인 방식으로 이해하고 있음을 여러 군데에
서 드러낸다. 가령 다음과 같은 구절을 보자.

> 나는 읽던 시집을 던져버리고 방구석에 아무렇게나 널브러져 있던 검
> 은 코트(영화 〈나인하프 위크〉에서 미키 루크가 입었던 것과 비슷한)를
> 역시 아무렇게나 몸에 걸치고 무작정 비오는 거리로 나섰다.(『아크로폴
> 리스』, 165쪽)

굳이 미키 루크가 입었던 검은 코트가 아니라도 상관은 없었을 줄 안
다. 〈매트릭스〉에서 키아누 리브스가 입었던 검은 코트냐, 〈영웅본색〉
의 주윤발이 입었던 검은 바바리냐가 중요한 것이 아니다. 중요한 것은
김경욱의 주인공들이 대상세계를 '영화와 같이' 혹은 '영화적인 방식'
으로 받아들인다는 점이다.

그러나 이때까지만 하더라도 김경욱의 주인공 강준호는 아직 90년대
초반의 현실에 굳건히 뿌리를 내리고 있는 상태여서, '김상민'이라고
하는 친구와 '참여/순수' 논쟁을 벌이기도 하고, 선배 '정민욱'과는
계급론 논쟁을 벌이기도 한다. 아크로폴리스(광장이란 얼마나 정치적인
곳이던가?)와 완전하게 결별한 상태는 아니었던 것이다.

그러나 메이어홀드의 반사회주의리얼리즘 선언을 빌려 '아크로폴리스'와 결별을 고한 이후부터 '정치' 이면에 잠재해 있던 '문화'는 급속도로 귀환한다. 김경욱의 주인공들은 역시 대중문화를 성장의 양식으로 삼은 첫번째 세대였던 것이다(물론 그 점에 있어서는 같은 세대에 속하는 백민석이나 김연수의 주인공들도 별반 다를 바가 없다. 다만 그것의 사용에 있어 백민석은 다분히 과격하게 무정부적이고, 김연수는 다분히 인식론적인 반면, 김경욱의 경우는 영화적이란 차이가 있을 뿐이겠다. 물론 김종광의 경우는 다소 예외적이긴 하다. 그러나 나로드니키적인 면모에도 불구하고 그의 작품 속에서 자주 차용되는 여러 기법들, 예를 들면 다수의 화자들, 시점의 잦은 변동, 거침없는 유머 등의 특징은 대중문화 체험으로부터 매개된 것임을 부인하기 힘들어 보인다).

오로지 작품집 『바그다드 카페에는 커피가 없다』 한 권에서 별다른 기준 없이 발췌한 아래의 몇 인용문들은 '아크로폴리스'와 결별한 후 김경욱의 주인공들이 세계를 어떻게 인식하게 되었는가를 잘 드러내준다.

전기의 공급이 중단된 빌딩은 공포영화의 무대로 심심치 않게 등장하는 도시 한복판의 거대한 납골당을 연상시켰다.(「9층과 10층 사이에는 뭉크가 있다」, 86쪽)

시험을 망쳤으니 영화 〈십계〉에서처럼 바다가 두 쪽으로 갈라지는 기적이 일어나기 전에는 성적은 꽁지에 불붙은 비행기처럼 까마득히 추락했을 것이 분명했다.(「이유 없는 반항」, 174쪽)

〈대부〉에 나오는 말론 브란도처럼 근엄한 표정을 지으며 멍하니 앉아 약속을 묵살해버릴지도 모른다는 불안감.(「릴케를 위하여」, 200쪽)

　자네는 언제라도 호주머니에 두 손을 찔러넣고 고개를 떨구고 시선을 땅바닥에다 쑤셔박은 채 걷곤 했지, 〈택시 드라이버〉의 로버트 드니로처럼.(「릴케를 위하여」, 202쪽)

　세상 물정을 하나도 모르던 더스틴 호프만에게 〈졸업〉은 풀장 위의 일광욕과도 같은 권태와 무기력, 성년으로 나아가는 통과의례로서의 섹스와 좌충우돌식의 사랑의 쟁취였다면 우리들의 졸업은 과연 무엇이란 말인가.
　우리들에겐 노골적으로 유혹해오는 로빈슨 부인도 없을뿐더러 교회에서 결혼식을 벌이고 있는 도중에 낚아채올 로빈슨 부인의 딸 캐서린 로스도 없었다.(「지존무상」, 261~262쪽)

　비유란 세계를 보는 방식이다. 가령 시인 천상병이 '죽음'을 '소풍의 끝'에 비유할 때, 혹은 작가 김승옥이 무진의 안개를 두고 "마치 이승에 한(恨)이 있어서 매일 밤 찾아오는 여귀(女鬼)가 뿜어내놓은 입김과 같았다"라고 쓸 때, 그들은 자신들이 세계를 보는 방식을 누설하고 있지 않은가? 비유란 곧 '내게 대상세계는 마치 ~처럼 보인다'라는 고백에 다름아닌 것이다.
　그렇다면 전기 공급이 중단된 빌딩을 영화 세트에 비유하고, 성적의 추락을 액션영화에서 흔히 보는 꽁지에 불붙은 비행기에 비유하고, 누군가의 근엄한 표정으로부터는 〈대부〉의 말론 브란도를 연상하며, 사색적이거나 고독한 사내의 표정을 〈택시 드라이버〉의 로버트 드니로에 비유하는 김경욱의 경우는 어떠한가? 모든 현실 경험들이 영화적 도상학(圖像學, iconography)에 맞추어 지각되고 해석된다. 그가 대상세계를 인식하는 방식이란 '태초에 영화부터 있었다'란 문구에 값할 만하다.

억압으로부터 귀환하여 소설의 전면에 등장한 영화적 기호들은 단순히 문체상의 변화만을 유발하는 데 그치지 않는다. 『바그다드 카페에는 커피가 없다』의 몇몇 작품과, 장편 『모리슨 호텔』 전체, 그리고 두번째 단편집 『베티를 만나러 가다』에 실린 상당수의 작품들은 김경욱이 영화를 소재로 삼아 소설을 쓴다거나, 영화적 비유를 즐겨 사용하는 문체를 구사한다거나 하는 수준을 넘어서고 있음을 보여준다. 가령 『바그다드 카페에는 커피가 없다』에 실린 「이유 없는 반항」이란 작품의 구성을 보자.

이 작품은 제임스 딘이 주연한 영화 〈이유 없는 반항〉의 주요 장면들과, 고등학생 '민석'의 현실 체험들이 차례로 교차 서술되는 구성을 취하고 있다. 영화로 치자면 '교차편집'에 해당하는 기법을 소설로 옮겨 놓았다고 보아도 무방하겠다. 교차되는 현실세계의 사건들과 영화 속 세계의 사건들은 서사에 있어서도 정확히 조응하도록 배치되는데, 예를 들면 〈이유 없는 반항〉에서 주인공 '짐'(제임스 딘)이 '겁쟁이 경주'(절벽까지 차를 몰고 가되 가장 늦게 차에서 뛰어내린 사람이 이기는 경주)에 참가하는 장면은, 곧바로 현실세계에서 민석이 소위 '회식'(본드 흡입)에 참가하게 되는 장면과 나란히 교차편집된다.

이 경우 교차되는 두 장면의 순서가 중요해진다. 왜냐하면 현실세계의 장면이 먼저 제시되고 이에 상응하는 영화 장면이 뒤따라 교차될 경우, 우리는 여전히 작가 김경욱이 '현실을 영화 〈~〉처럼 인식하고 있다'라고, 즉 영화를 현실에 대한 보조관념으로 차용하고 있다고 말할 수 있겠지만, 그 반대의 경우에는 작가 김경욱이 '영화 장면에 따라 오히려 현실을 재구성하고 있다'라고 말할 수밖에 없기 때문이다. 예상했겠지만 김경욱의 교차편집은 후자의 순서에 따른다. 영화가 아니라 현실이 보조관념이 된다.

이처럼 영화 도상학적인 구성법을 취하고 있는 또다른 작품으로는 장편 『모리슨 호텔』이 있다. 이 작품은 소위 '왕가위적 구성'을 취한다. '왕가위적 구성'이란 왕가위 감독이 〈중경삼림〉〈타락천사〉〈아비정전〉 등의 영화에서 보여준 구성법을 일컫는데, 옴니버스 식 구성의 변형된 형태라고 보면 되겠다. 소설로 치자면 『난장이가 쏘아올린 작은 공』의 구성을 떠올려도 좋겠지만, 그러나 조세희의 구성과 왕가위의 구성에는 어떤 차이가 있다. 특별히 후자의 구성은 '관계의 엇갈림'이라고 하는 주제를 위해 고안된 면이 강하다. 가령 첫번째 에피소드의 주인공 장국영은 장만옥을 좋아하지만, 두번째 에피소드의 주인공 장만옥은 양조위를 좋아한다. 그리고 세번째 에피소드의 주인공 양조위는 첫번째 에피소드에서 장국영에게 버림받은 여자를 좋아할 수도 있다. 『모리슨 호텔』은 정확하게 이런 구성법을 취한다.

첫번째 에피소드의 화자(그는 교통사고로 이미 죽어버린 화자이다)인 '고운하'는 '마리'(윤말희)를 사랑하지만 마리는 그를 떠난다. 두번째 에피소드의 주인공 아성(비디오숍 배달 점원. 아성이란 이름은 〈아비정전〉의 주인공 아비와 겹치는 데가 있다)은 은미를 좋아하지만 은미 역시 자살한다. 첫번째 에피소드와 두번째 에피소드를 연결시켜주는 매개는 마리이다. 마리의 전화를 받은 아성이 코엔 형제의 영화 〈바톤 핑크〉를 배달하면서부터 두번째 에피소드가 시작되기 때문이다. 세번째 에피소드의 주인공은 마리이다. 마리의 시점에서 첫번째 에피소드의 사건들이 다시 반복된다. 동일한 사건이지만 시점의 변화에 따라 얼마나 의미가 달라지는지를 실험한 영화 〈오! 수정〉을 연상케 하는 이 에피소드의 마지막에서, 마리는 방황을 접고 운하를 만나러 떠나지만, 독자들은 이미 운하가 죽어버린 후임을 알고 있다.

결국 장편 『모리슨 호텔』 역시 도상학의 산물임은 말할 필요도 없다. 모델이 되는 도상은 왕가위의 영화 〈아비정전〉이다. 김경욱은 원텍스트로 영화 〈아비정전〉을 설정한 후, 그 구성법을 차용한다. 필연적으로 그 구성법에 가장 걸맞은 '관계의 엇갈림'이라는 주제마저 소설 속으로 따라 들어오게 되고, 그리하여 왕가위적 구성과 주제에 맞도록 현실의 사건들은 재구성된다.

단편 「우체부와 올리비아 핫세와 로버트 레드포드」(『베티를 만나러 가다』) 또한 명백하게 이러한 구성법을 따르고 있거니와, 이외에도 영화로부터 제목을 취해온 많은 소설들(「바그다드 카페에는 커피가 없다」 「시네마 천국」 「아웃사이더」 「이유 없는 반항」 「택시 드라이버」 「지존무상」 「베티를 만나러 가다」 「변기 위의 돌고래」)이 직간접적으로 이러한 구성법의 영향 아래에 있다면, 김경욱은 영화 도상학자임에 분명하다. 그는 작고한 키에슬로프스키 감독(문학에 비하면 영화는 고작 기술에 불과하다고 믿었던)과는 확실히 견해를 달리하고 있는 것이다.

그리하여 이전까지 우리 문학사를 통틀어 전혀 볼 수 없었던 새로운 인류가 탄생한다. 이들 새로운 주인공들은 김동리나 황순원의 주인공들과 달리 세계를 무속적으로 혹은 종교적으로 보지 않으며, 염상섭이나 채만식 혹은 카프 작가들의 주인공들과도 달라서 세계를 경제적으로 보지도 않는다. 물론 장용학이나 김성한 혹은 이청준이나 박상륭의 주인공들과도 달라서 세계를 철학적으로 재단하지 않으며, 당연히 세계사를 합목적적인 계급투쟁의 역사로 보던 지난 세대의 주인공들과도 판이하게 다르다. 이 새로운 주인공들은 (그간 너무나도 문화에 굶주려 왔다는 듯이) 대상세계를 오로지 문화적 기호들을 통해서만 지각하고 해석한다. 1991년 5월 세대들, 특히 김경욱의 소설이 갖는 의의는 이런 관점에서 평가되어야 한다.

3. 차원이동

　물론 제아무리 신인류라 한들, 자의식이 없을 순 없겠다. 제가 누리고 있는 문화적 기호들의 낙원(가령 쳇 베이커의 음악을 들으며 눈을 뜨고, 밥은 굶더라도 매일 샤워는 해야 하고, 밤에는 짐 모리슨의 〈Light My Fire〉를 들으며 오럴 섹스를 나누고, 술은 가급적 근사한 이름의 와인이나 칵테일, 혹은 밀러나 하이네켄 같은 외제 맥주를 마셔야만 하는)이 어쩌면 '커피가 없는 카페'와도 같이 공허한 것일지도 모른다는 위기의식 말이다.

　아다시피 문화란 애초부터 잉여이다. 가령 원시시대의 어느 시점으로 돌아가 문화의 발생순간을 더듬어본다고 하자. 내 앞에 막 잡은 매머드 한 마리가 놓여 있다. 여느 짐승들의 식사와 마찬가지로, 부위의 구별 없이, 그리고 아무런 조리의 절차 없이 그 살을 먹어치운다면 그건 문화가 아니다. 어느 순간 우연히 불에 익힌 고기가 더 맛있다는 사실, 우연히 바닷물의 증발로 얻은 소금을 곁들이면 더더욱 맛이 나아진다는 사실을 터득하는 순간, 문화가 발생한다. 부위별 구분이 생기고, 또한 복잡한 조리법이 발달하고, 먹는 데 사용되는 기구들이 고안되며, 거기에 절차와 관습이 더해지면 그를 일러 음식 '문화'라 한다. 말하자면 필요를 넘어서는 잉여적 소비행위가 문화를 탄생시키는 것인데, 생리적 필요에 따른 영양섭취만이 목적이라면 굳이 복잡한 조리법과 기구, 절차 따위는 필요 없었을 것이기 때문이다.

　식사를 마치고 나니, 질겨서 먹지 못한 가죽이 남았다. 말려서 몸에 두른다. 그러다보니 아무래도 칼질을 좀 해서 몸에 맞도록 모양새를 바꾸는 게 더 편리할 듯하다. 이리저리 자르고 기워 소매를 만들고, 꼬리가죽으로는 허리띠를 한다. 물론 여기까지는 문화라 하기 힘들다. 아직 필요를 넘어서는 잉여적 소비행위가 더해지지 않았기 때문이다. 어느 날 우연히, 정말 우연히 옆 부락의 가와이치쿠타파츄(이름이야 아무래도 좋다) 추장이 익룡의 깃털 하나(익룡에게 깃털이 있었나?)를 자기도 모르는 채로 머리에 달고 나타난다. 보기에 싫지 않다. 너나 나나 머리에 깃털을 꽂는 유행이 만들어지고, 그로부터 소위 의복문화가 발생한다. 머리에 꽂는 깃털 하나는 추위를 막을 필요를 넘어선 잉여적 소비이기 때문이다.

문화란 아무래도 그 태생부터 잉여적이라는 말을 하려는 참이다. 문화란 필요적 소비를 제외한 잉여적 소비행위에서 시작한다. 아무런 대가나 재생산에 대한 기대 없이, 내가 가진 자산과 시간의 일부를 멋과 아름다움과 휴식을 위해 기꺼이 탕진할 때만 진정한 문화는 탄생한다. 다소 도식화를 무릅쓰자면 '습득된 생산물－필요에 따른 소비＝문화'이다. 요컨대 문화란 애초부터 '절실한' 것은 아니었다.

'딴따라'에 대한 사회적 경멸, 기타 두들기는 아들에 대한 어머니의 폭압, 엥겔계수가 높은 전세 생활자에 대한 성실한 집주인들의 비아냥 등이 모두 여기서 유래한다. 김경욱의 주인공들이 종종 보여주는 문화 룸펜으로서의 자의식도 물론 마찬가지 연원을 갖는다.

예를 들어, 단편 「시네마 천국」의 주인공 '강명수'는 자립적인 생활력이라곤 전혀 없어서, 부모님이 차려준 비디오숍을 운영하며 종일 데이비드 린치 감독의 영화 〈블루 벨벳〉에 묻혀 사는 문화 룸펜이다. 그는 시야에서 사라지는 애인을 두고 "그녀의 모습이 페이드아웃되었다"라고 말할 만큼 '문화적'이다. 그런 그가 단골 고객이었던 '김석호'의 삶을 얼핏 들여다보게 되면서 문화 기호의 낙원으로부터 탈출한다는 것이 이 소설의 기본 줄거리이다. 김석호라는 사내 역시 하루가 멀다 하고 홍콩 무협영화를 빌려가던 문화광이다. 그러나 사건이 진행됨에 따라 김석호가 무협 비디오들을 빌려갔던 이유는 그의 직업이 영화 간판 그리기였기 때문임이 드러난다. 그는 철저하게 '생활적'인 이유로 '문화적'이었던 것이다. 게다가 김석호의 생활세계는 지금 과로로 유산한 아내의 정신이상과 가출로 인해 심각하게 훼손된 상태이다. 김승옥의 표현을 빌리자면 잉여인간 강명수가 '진짜'를 만난 셈이다. 김석호는 기호 속에서 절망의 문화적 제스처를 취하고 있는 것이 아니라 절실하고도 현실적인 이유로 인해 '실제적으로' 절망하고 있는 사내다. 결국 잔뜩 취한 문화 룸펜 강명수는 소설 말미에 이렇게 결심한다. "내일은 아무래도 할 일이 많을 것 같았다. 김석호씨와 해장국도 사먹고 기철이에게 전화도 하고 그리고 윤미에게는 그녀가 좋아하는 안개꽃이라도 한 다발 사들고 가야겠다." '기철이'를 만나면 직업을 얻게 될 것이고, 안개꽃은 청혼의 기호가 될 것이다. 말하자면 그는 생활계로 복귀할 것임을 천명하고 있는 것이다.

이런 종류의 자의식은 「베티를 만나러 가다」의 주인공이 채팅이나 망원경의 렌즈를 통해서가 아니라 생활계에서 '베티'와 직접적으로 '연결'되기를 꿈꿀 때, 혹은 「택시 드라이버」의 주인공이 우루과이 라운드 반대 시위행렬로부터 1980년 5월 광주 금남로의 군중을 떠올릴 때, 그리고 「지존무상」의 주인공이 영화와는 달리 현실의 카드게임에서는 마지막 패를 자신이 내보일 수 없음을 한탄할 때, 종종 드러나곤 한다.

요컨대 김경욱의 주인공들은 차원을 이동하여 인공적인 문화낙원 너머의 생활계에 연결되기를 기대한다. 그러나 문제는 그들의 생활계로의 차원이동이 항상 실패한다는 데에 있다. 「베티를 만나러 가다」를 예로 들어보자. 이 소설의 주인공 '나'(ID 阿飛)는 말한다. "나는 누군가와 그 무언가와 연결되어야만 한다." 물론 그는 연결을 시도한다. 그가 누군가, 혹은 무언가와 연결을 시도하는 방식은 두 가지이다. 첫째는 망원경 렌즈, 둘째는 컴퓨터 모니터. 망원경 너머에 비친 이웃의 '베티'는 단 한 번도 제 모습을 온전히 드러내질 않는다. 시야를 가리는 장애물들이 가리고 있는 그녀의 일상을 메우는 것은 오로지 '나'의 상상력

뿐이다. 연결은 불완전하게만 이루어진다. 인터넷을 통한 연결의 시도 역시 항상 성공하지 못하긴 마찬가지인데, "완벽한 익명성"으로 이루어진 사이버 공간 안에서 그들이 주고받는 대화란 "이를테면 스파게티를 삶는 법, 극장 전화예약의 편리함, 칸 영화제 시상식의 뒷이야기 따위. 햄버거나 피자를 먹으며 들이켜는 콜라 같은 이야기들. 하루만 지나면 무엇을 이야기했는지조차 기억하지 못할 그런 이야기들" 뿐이다. 차원이동이 필요해진다. 말하자면 관음증과 익명성을 벗어나 실제세계를 살아가고 있는 구체적인 개체로서의 베티와 내가 직접 대면하는 순간이 필요한 것이다. 그리하여 베티와 나는 생활계에서 직접 대면할 것을 약속한다. 토요일 오후 세시. 그러나 예상했던 대로 베티는 네시가 지나도록 나타나질 않는다. 차원이동은 실패로 끝나고 연결에의 욕망은 좌절된다.

역방향을 취하는 차원이동도 있다. 즉 문화계에서 생활계로의 이동이 아니라 생활계에서 문화계로의 이동. '지금-여기'로부터 '이곳과는 다른 시공'으로의 차원이동. 이 경우 김경욱의 주인공들은 백이면 백 모두 차원이동에 성공한다.

단편「9층과 10층 사이에는 뭉크가 있다」의 주인공은 어느 날 단전된 건물 12층까지 비상계단을 이용해 올라가다가 우연히 차원이동을 경험하게 된다. 9층과 10층 사이에서 뭉크의 화랑을 발견한 것이다. 사무용 건물에 애초부터 뭉크의 화랑이 존재했을 리는 만무할 터이니, 그 공간은 다른 차원에 속하는 것임에 틀림없다. 쳇바퀴처럼 돌아가던 생활계에 균열이 생기고, 그 균열 속에 새로 열린 시공에서 그는 헤어졌던 옛 애인(그녀는 뭉크의 〈불안〉을 유독 좋아했다)과의 추억을 되찾는다.

이젠 더이상 성기도 발기하질 않고, 승진은 남의 얘기일 뿐인데다, 아내와의 의사소통도 제대로 이루어지지 않는(그럼에도 그는 매사 순조로운 편이라고 강박관념처럼 되뇌인다) 아서 밀러 형 사내「변기 위의 돌고래」의 주인공은 어느 날 출근길 전동차에서의 긴 잠을 통해 차원이동에 성공한다. 출근을 포기하고 그가 찾아간 곳은 낡은 건물 지하에 있는 재개봉관. 그곳에서 그는 고향에 돌아온 듯한 안온함을 얻는다. 〈그랑부르〉를 좋아했던 옛 애인과의 추억들도 회복된다. 어둠과 지하 건물의 눅눅함이 주는 안락함은 자궁으로의 퇴행이라는 오래된 주제를 반복하는 듯 보이기도 하지만, 특별히 그 장소가 '영화관'이란 점에 주의할 필요가 있겠다. 뭉크도 재개봉관도 문화계에 속한다. 그곳에서는 피를 말리는 경쟁도, 초를 다투는 속도도, 통계도 액수도 존재하지 않는다. 비슷한 유형의 작품들인 「블랙 러시안」 「앨리스는 앨리스가 아니다」 「화성의 역습」 등에서도 신인류 김경욱의 주인공들에게 생활계로부터 문화계로의 차원이동은 이처럼 손쉽다.

사실 이들의 차원이동은 이미 예비된 바 있다. 앞에서 언급했듯이 문화란 애초부터 절실한 필요 이후의 파생물로, 생산이나 축적 등의 생활계 가치와는 다른 가치인 '소모'를 본질로 한다. 요컨대 문화적 인간은 호모 루덴스적 인간형에 속하는 것이다. 그러니 그들에게 생활적인 가치들, 이를테면 근검, 절약, 성실, 축적, 생산 등등이 달갑게 받아들여질 가능성은 "영화 〈십계〉에서처럼 바다가 두 쪽으로 갈라질" 가능성에도 미치지 못한다. 문화계에서 생활계로의 차원이동은 반드시 실패하지만, 생활계에서 문화계로의 차원이동은 반드시 성공하는 이유도 여기에 있다. 그들은 아무래도 호모 루덴스에 속해 있는 것이다.

4. 『황금 사과』─〈장미의 이름 : episode 1〉

그 차원이동의 정점에 놓여 있는 것이 최근의 장편 『황금 사과』이다. 물론 발문에서 김연수가 주장하고 있듯이 『황금 사과』는 김경욱이 드디어 일인칭 고백체의 세계로부터 탈출하기 시작했음에 대한 증거이기도 할 것이다. 김경욱과 김연수, 김종광과 백민석이 속한 세대는 이십대 특유의 고백체 형식이 곧 시대의 형식이기도 했던 행운을 누린 세대임에 틀림없다. 그리하여 김연수의 말에 따르자면 그들이 이십대를 벗어나고, 고백체 형식도 더이상 시대의 형식이 아니게 되었을 때, 어쩔 수 없이 삼인칭 소설 쓰기를 배워야 하는 입장에 처하게 된다. 김경욱에게는 『황금 사과』가 아마도 그런 모색의 첫 단계에 해당될 것이라는 게 김연수의 주장이다. 거기에 김연수 자신의 『꾿빠이, 이상』과, 백민석의 『목화밭 엽기전』을 더할 수도 있으리라. 세 작품은 모두 '나'가 개입할 수 없을 만큼 철저하게 비자전적이고, 인위적인 구성과 순정의 허구로 이루어진, 그리하여 고백체 형식과는 완전히 다른 서사를 보여준다. 확실히 이들은 거의 비슷한 시기에 삼인칭 소설 쓰기를 시도했고 성공했다는 점에서도 한 세대에 속한다.

그러나 나로서는 여전히 그들의 삼인칭이 이전 세대의 삼인칭과는 다른 데가 있다는 점을, 어쩌면 그것은 여전히 일인칭 고백체 형식과 동일한 심리적 메커니즘의 산물이 아닌가를 의심하는데, 가령 『꾿빠이, 이상』에서는 여전히 90년대 초반 김연수가 겪었던 인식론적 상흔이 발견되며, 『목화밭 엽기전』의 한창림에게서도 여전히 '불쌍한 꼬마 한스'와 '캔디'의 침울하고 일그러진 표정의 여운이 발견되기 때문이다. 『황금 사과』도 마찬가지이다.

『황금 사과』는 김경욱의 삼인칭 소설 쓰기의 시작이기도 하지만, 일인칭 소설 쓰기의 결정판이기도 하다. 『황금 사과』는 이제 김경욱이 90년대 초반, 대상으로부터 거두어들인 카섹시스를 나르시시즘적인 문화 탐닉으로 발산하던 시절을 벗어나 리비도를 대상세계에 재투사하기 시작했음에 대한 증거로 보이기도 하고, 여전히 '지금-이곳'이 아닌 다른 차원, 다른 시공을 몽상하는 데에 대상 카섹시스를 소모하고 있음에 대한 증거로 보이기도 한다. 사실 몽상과 고백은 심리적 메커니즘에서는 동일한 과정의 상이한 결과에 불과하다. 양자 모두 리비도 집중 대상을 주체 외부에서 찾지 못한다는 점에서는 동일한 것이다.

결국 삼인칭 소설 『황금 사과』는 김연수와 시각을 약간만 달리하면, 그간 김경욱의 소설에서 내내 보아왔던 나르시시즘적 영화 탐닉의 산물, 그것도 프랑스에서 올 로케이션으로 촬영한 '포스트모던 역사 패러디 스릴러 장르 영화', 곧 〈장미의 이름 : 에피소드1〉이기도 한 것이다.

요컨대 김경욱은 지금 갈림길에 서 있다.

(2002)

형상기억 브래지어를 벗어던지다
—김연수 장편소설 『사랑이라니, 선영아』

1

그닥 젊지 않단 생각을 하게 될 때가 있다. 가령 김연수의 소설을 읽을 때 그러하다. 학번 따지고 나이 따져서 호형호제의 서열을 정하자고 이러는 게 아니다. 이제 슬슬 젊음이 부러워질 낫새는 되었다고, 유독 굵고 뻣뻣한 새치 몇 가닥에도 흰머리 운운하는 심사로 이러는 것도 아니다. 문단에서의 나이 셈이란 시대의 흐름에 역행하는 데가 없지 않아서, 쉰 넘어서야 중견 소리 듣기 십상인데다 사십 줄 들어 '젊은 작가' 특집에 실리게 되었다 해도 별로 억울할 것 없는 줄 모르는 바 아니다. 어른들이 듣자면 이맛살 찌푸리지 않기 힘든 소리지만, 그럼에도 김연수의 소설을 읽다보면 자주 그 두세 살 차이를 따져보게 된다. 1986년과 1989년의 차이는 그냥 햇수 삼 년 차이가 아니다.

십수 년이 지난 이즈음에 와서야 극명해지게 된 그 차이는 이를테면 광수의 친구 태현과 태현의 조롱 속에 등장하는 떠벌이 이사의 차이와 같다. "바야흐로 대망의 영문학과 89학번 2002년 송년회 겸 광수와 선영이 집들이가 열린, 12월 초의 서늘한 밤이 점점 더 깊어가고 있을 무렵" 태현이 말꼭지를 딴다.

"서로 얘기를 나눈 지 십 분도 되지 않아 현대사회에서 인간을 신뢰한다는 게 얼마나 위험한 일인가를 몸소 보여준 인간은 내 생에 그 인간이 처음일 거야. 박노해는 사상적 동지고 조용필은 절친한 선배, 정몽준은 인생의 스승이래. 더 웃긴 것은 지 아버지 집이 하도 많아서 전국 어디에 몇 채가 있는지도 모른다고 떠벌리던 새끼가 서울지검 김모 공안검사의 악랄한 획책으로 수배가 떨어졌을 때는 은신처를 못 구해 경남하고도 양산 어딘가에서 농사꾼으로 일 년간 숨어 지냈다는 거지. 그러면서 서울지검 김모 공안검사가 북한에는 김정일, 남한에는 박정일이라고 그랬다는 얘기가 지금도 운동권들 사이에서는 전설처럼 내려온다고 떠벌리더라. 그래서 진우, 너는 아는가 싶어서 물어본 거야."(김연수, 『사랑이라니, 선영아』, 86쪽)[4]

요컨대 두 사람의 차이는 '망상'과 '냉소' 간의 차이다. 십수 년이 지난 이즈음 삼 년의 차이는 망상과 냉소 간의 차이만큼 멀다. 더러 김연수의 세대에게서도 망상이 나타나지 않는 것은 아니나(대개 소설이 아닌 평론의 형태로 나타난다), 일반적으로 '떠벌이 이사'가 보여주는 유형의 망상은 보다 깊숙이 80년대에 개입했던 세대에게서 주로 나타난다. 그러한 망상의 '증상 형성과정'에 대해서는 가장 김연수다운 주인공 진우의 말을 들어보는 것도 좋겠다.

---

4) 이 글에서 인용, 참조한 텍스트는 다음과 같다. 김연수, 『사랑이라니, 선영아』, 작가정신, 2003 ; 김연수, 『가면을 가리키며 걷기』, 세계사, 1994 ; 김연수, 『7번 국도』, 문학동네, 1997 ; 김연수, 『꾿빠이, 이상』, 문학동네, 2001.

"난 후일담 소설만 보면 형상기억 브래지어가 생각나. 세탁기에 돌리면 일반 브래지어가 좀 상하듯이 사회에 나가면 적당히 망가져야만 하는데, 그러지 못하는 사람이 많거든. 졸라리 많아. 망가지는 게 정상인데, 자꾸 옛날의 기억으로 돌아가니까 이거 문제가 많은 거지. 자기 젖은 AA컵이 됐는데, 브래지어는 아직도 D컵뿐이니 그 빈자리가 얼마나 허전하겠냐? 그러니까 자꾸만 돈에 미치거나 과대망상에 빠지거나 잃어버린 세월을 돌려달라고 말하는 거지. 그 문제 해결하는 건 간단하거든. 새로 AA컵 사면 돼."(93~94쪽)

너무 냉소적이라는 비판은 감수해야 하겠지만, 진우와 태현의 말은 전혀 틀린 말이 아니다. 그러나 80년대 중반 세대들은 그런 식으로는 말하지 못한다. 그것은 마치 제가 낳아놓은 자식이 아무리 못났어도 제 자식 아니라고는 말하기 힘든 것과 같은 이치이다. 그러나 김연수 세대는 그런 식으로 말할 수 있다. 객쩍은 나이 타령의 이유가 여기에 있다. 아마도 그 이삼 년 차이가, 1987년 6월과 1991년 5월 간의 차이만큼, 이한열과 박승희의 차이만큼, 혹은 기만적이었지만 평생을 두고 잊지 못할 정도로 거대하기도 했던 승리와 열광적이었지만 대상을 잃어버려 막막하기만 했던 분노 간의 차이만큼은 거대한 것이었기 때문일 것이다.

80년대 중후반의 그 많던 유명무명의 민중문학 작가들이 침묵의 나락 속에서 헤어나지 못했던 이유도 여기에 있다. 그들은 모두 제 젖에 맞는 브래지어를 구하지 못했다. 그들의 브래지어는 자꾸 옛 형상을 고집했다. 그러나 김연수의 세대는 달랐다. 김종광은 오래된 충남 보령산 형상기억 브래지어를 21세기형 신모델로 바꾸어 착용했고, 백민석은 꽹과리와 징 모양의 얇고 넓은 형상기억 브래지어를 온갖 하위문화 기호로 콜라주된 활동성 브라탑으로 교체했다. 몇몇 이름들을 더할 수도 있을 것이다. 영화 도상학자 김경욱, 시장통 페미니스트 이명랑, 뒤늦은 세대의 대변자 류소영 등. 물론 그들의 시도는 비난의 대상이 아니다. 그간 우리 소설이 자주 잊어버렸던 것들 중 하나가 바로 '좋은 낡은 것 위에 세우지 말고, 나쁜 새로운 것 위에 세워라'라고 하는 브레히트의 경구였기 때문이다.

2

　이들 세대에게 '나쁜 새로운 것'은 일차적으로 대중문화이다. 그렇다면 다음과 같은 진우의 대사로부터 〈개그콘서트〉(차이나는 반복, 리토르넬로의 대중문화판 기호임에 틀림없는)의 '옥동자'를 떠올릴 수 있는가 그러지 못하는가는 결코 작은 차이가 아니다.

　"공안검사 비트 파는 소리 하네. 북한에는 김정일, 남한에는 장정일이지. 문학도 모르는 것들이 잘난 척하기는."(87쪽)

　다른 예들도 있다. 술 취한 진우가 친구 광수와 결혼을 앞둔 옛 애인 선영을 자신의 원룸에까지 데려와서는 다음과 같이 소리친다. "사랑해, 사랑해. 선영아, 사랑해."(어디서 많이 듣던 소리다. 모르겠거든 인터넷에서 여성 포털사이트를 뒤져볼 일이다.) 선영이 아무렇지도 않게 진우의 사랑고백을 거부하자, 다시 그가 말한다. "어떻게…… 사랑이 변하니?"(역시 어디서 많이 듣던 소리다. 모르겠거든 유지태를 만나보거나 '봄날이 가기'를 기다릴 일이다.) 결국 참다못한 선영의 일갈은 아무래도 이만교의 소설 제목, 혹은 엄정화가 나온 영화 제목을 닮았다. "너도 소설가라고 결혼이 미친 짓인 줄 아니?" 요컨대 김연수 역시 90년대 중반 문학 속으로 대거 이주해 들어온 대중문화 기호들을 자신의 소설세계에 정착한 새 주민으로 인정하고 있음에 틀림없다.

이러한 구절을 읽고 서슴없이 웃는가 엄숙한 척 헛웃음치는가의 차이 역시 결코 작은 차이가 아니다. 그 차이는 바로 문학적 자양분의 차이이자 '세대차이'(계급차이만큼이나 적대적인)이기 때문이다.

3

그러나 김연수의 소설을 '문화형성 소설'이나 '문화적 댄디즘'의 소산으로 보아서는 곤란하다. 그의 소설세계 속에는 문화탐닉자들이나 문화애호가들만 사는 것이 아니라 아주 지적이고 냉철한 다른 주민들 또한 자리를 잡고 살고 있기 때문이다. 가령 다음은 '광수 생각'이다.

결혼식을 치르고 난 뒤에야 광수는 결혼이 남녀 사이가 아니라 집단 사이에 싱립되는 상호증여의 한 형식이라는 레비-스트로스의 말을 이해할 수 있었다. 결혼식에는 관련된 모든 집단의 구성원들이 참여한다. 서로 인사하고 축하하고, 먹고 마시고, 웃고 떠들고. 거기에 참여하지 못하는 사람은 앞에 서서 사랑을 맹세하는 두 남녀뿐이다. (26쪽)

레비-스트로스만이 아니다. 광수는 낭만적 사랑에 대한 진우의 자본주의 이데올로기론에 대해 울리히 벡과 벡-게른샤임 부부의 논리를 가져다 반박하기도 하고, 자신의 '쫀쫀한' 강박사고(호접란의 부러진 꽃대로부터 결혼의 파탄을 예감하는)를 프로이트의 『일상생활의 정신병리』에 맞춰 해석해보기도 할 만큼 지적이다. 아마도 김연수의 지력에 대한 보다 많은 예시를 필요로 하는 사람이 있다면 그가 같은 세대 동료 소설가인 김경욱의 『황금 사과』에 붙인 발문을 읽어보는 것으로 족할 것이다. 평론가 밥그릇을 넘봐도 무리가 없을 만큼 그는 항상 공부하는 작가임에 틀림없다.

물론 그처럼 첨예한 지식들이 소설 속에서 돌출되어 있다거나, 훈계와 계몽적인 설명조로 제시되어 있다면 그것은 김연수의 소설이 아니다. 『사랑이라니, 선영아』 전편을 통틀어 현학을 과시하는 지식의 생경한 노출은 찾기 힘들다. 김연수는 아무리 어려운 얘기를 해도 '소설적'으로 한다. 이번 소설의 경우 다소 해학적이면서도 따뜻한 웃음이 광수와 진우의 현학과 지리멸렬함을 감싸 숨긴다. 그리하여 유례를 찾기 힘들 만큼 재미있고 지적인 '사랑론' 하나를 소설로 만들어놓는다.

그 지적 잡식성, 말하자면 자본주의 이데올로기로서의 '낭만적 사랑'이 갖는 허구성에 대한 예리한 지적과 여성 포털사이트의 광고문안이었던 '선영아, 사랑해'를 나란히 병치시켜놓아도 아무런 생경함을 느낄 수 없게 만드는 그 능력이 김연수를 김연수답게 한다. 이전 세대의 작가들에게 자신의 소설 속에서 〈개그콘서트〉와 레비-스트로스를 나란히 양립시키면서도 아무런 엄숙함의 포즈를 취하지 않기를 기대하는 것은 거의 불가능한 일이다. 혹은 전혀 가치관이 다른 진우와 광수를 나란히 병치시켜놓고, 그 누구의 편도 들어주지 않은 채 소설을 전혀 계몽적이지 않은 방식으로 끝맺을 만큼 '비도덕적'(그러나 도덕이란 예술에 대해 얼마나 악덕이던가?)이기도 불가능한 일이다. 삼 년의 세월이 단절적으로 느껴지는 이유가 여기에 있다. 김연수는 이제는 다소 촌스러워진 엄숙성, 결벽성, 계몽주의에 대해 부채감을 느끼지 않는 작가이다. 그리고 그 자유로움이 그의 소설에 웃음과 진지함, 아날로그 글쓰기와 디지털 글쓰기, 좌뇌와 우뇌가 어느 하나에 폭력적으로 통합됨 없이 사이좋게 공존하는 풍경이 연출될 수 있도록 해준다.

4

　이즈음 김연수를 김연수답게 하는 특징들은 더 있다. 최근 특히 그가 관심을 갖고 있는 것은 문체인 듯하다. 소설『사랑이라니, 선영아』의 몇 부분은 일종의 '어휘용례사전' 처럼 읽히는 데가 있다. 가령 그가 진눈깨비를 두고 "아령칙하다라는 형용사에 어울리는 물질"이라고 정의할 때, 혹은 광수의 캐릭터를 설명하는 데 쓰인 '쫀쫀하다' 라는 형용사와 그 반대의 뜻인 '얼멍얼멍하다' 라고 하는 두 단어로 소설 전체의 주제를 개관할 때, 나아가서는 '알다' 라는 의미의 영어 단어 know를 플라톤의『향연』과 성서「창세기」로까지 소급하여 어원학적 설명을 시도할 때, 우리는 혹시 이 소설이 몇 개의 어휘를 중심 얼개로 삼은 어휘 도상학적 소설은 아닌지 의아해할 지경에 이른다. 왜냐하면 이 각각의 어휘들에 따라 인물들이 배치되다시피 하고 있고, 소설의 주제 역시 이들 어휘와 밀접한 관련을 맺고 있기 때문이다.

　사실 광수는 '쫀쫀하다'. 그리고 그의 짝패(double)인 진우는 '아령칙하다', 혹은 '얼멍얼멍하다'. 광수는 'know' 의 의미를 과신한다. 반면 진우는 'know'의 의미를 알맞게 폄하할 줄 안다. 예를 들어 이 소설 전체를 통틀어 두번째 압권(첫번째 압권은 앞서 언급한 난장판 송년회 장면이다)에 해당하는 '노래방 결투 장면' 은 이 두 사람의 성격 차이를 극명하게 보여준다. 팽팽한 긴장과 함께 노래방에 마주 앉은 두 사람, 쫀쫀한 광수는 온 영혼이 질투에 사로잡혀 있다. 그가 알고 싶은 것은 오로지 한 가지 사실, 진우가 선영이와 잤는가 자지 않았는가이다. 노래방 기계에서 흘러나오는 배경음악은 희극적이게도 두 사람이 전혀 그 가사의 의미마저 이해할 수 없는 민요〈양산도〉이다(절묘한 미장센이다. 이 세대는 전통에 대해 아무런 부채의식도 없다). "양덕맹산 흐르는 물은 감돌아든다고 에루아 부벽누하로다." 광수가 집요하게 묻는다.

"너 선영이하고 잤지?" 이때 진우의 대답이 이렇다.

　"내가 하고 싶은 말은 이거야. 모든 건 너한테 달린 문제야. 네가 알고 싶다면 내가 그때 선영이에게 뭐라고 말했는지 말해줄 수 있어. 하지만 진실을 다 알고 난 뒤에는 니 생각이 얼마나 잘못됐는지 알게 될 거고 네가 책임져야만 하는 일도 생길 거야. 나는 세상만사의 진실을 샅샅이 알아낸다고 해서 더 나아지는 건 없다고 생각해. 그러나 니가 정 원한다면 말해줄 수는 있어. 얘기해줄까?"(120쪽)

　'알다'라는 동사를 대하는 두 사람의 태도가 이처럼 다르다. 광수는 팔레노프시스 꽃대 하나가 부러진 이유까지도 알고 싶어한다. 반면 진우는 세상에는 더러 그 진실을 모르는 편이 살아가는 데 도움이 될 수도 있는 사실들이 있는 것이라고 생각한다. 그리고 이 차이는 그들이 '사랑'을 바라보는 차이로 직접 연결된다. 광수는 '낭만적 사랑', 즉 나를 먼저 알고, 나를 먼저 내보이고, 상대를 속속들이 이해하는 사랑이라고 하는 감정을 믿는다. 반면 진우는 그렇지 않다. 사랑에 관한 한 진우에게 가장 적합한 대사는 이 소설의 제목이기도 한 '사랑이라니'이다. 사랑이라니!

　결말에 가서 작가가 누구의 편을 들었는가는 그다지 중요하지 않다. 사실은 누구의 편도 들지 않기 때문이다. 다만 여기서 다시 확인해두어야 할 것은, 김연수가 이즈음 언어를 다루는 방식이다. 그는 이즈음 사전을 들고 어휘를 뒤지는 일에 몰두해 있다. 무수한 실험(추리소설적 관습의 도입, 메타픽션, 상호텍스트적 글쓰기, 하이퍼텍스트적 글쓰기, 가상 역사소설 쓰기 등등)을 거쳐 이즈음 김연수가 실험중인 것은 어휘 도상학적 글쓰기이다. '어휘 도상학'이란 말이 다소 어폐가 있을지 모르나, 몇몇 어휘 주위로 인물들을 배치하고 그 어휘가 소설의 주제를 감싸안게 하고, 그 어휘를 통해 서사를 풀어가는 방식의 글쓰기는 아무래도 유례를 찾기 힘들다.

문체와 관련해서 이번 소설이 흥미로운 지점은 그가 사용하는 비유에서도 나타난다. 굳이 이름 붙이자면 '문어체 인공 직유'라고 해야 맞을 듯한 비유의 용례들이 여기에 있다.

미혼남에서 유부남으로 바뀌는 과정은 달에서 지구로 귀환하는 일과 비슷하다.(17쪽)

미혼녀에서 유부녀로 바뀌는 건, 뭐랄까 호두를 깨무는 일과 비슷하다.(19쪽)

빈탄의 텁텁한 저녁 바람에서 돌아온 광수에게 현실이란 이제 다양한 종류의 가방들을 토해내는 길다란 수하물 수취대의 맨 앞 구멍이었다.(20쪽)

그럴듯한 설명이 없다면 보조관념과 원관념 간의 유사성을 전혀 짐작할 수 없는 낯선 비유들, 마치 러시아 형식주의자들의 문학 정의를 예증이라도 하려는 듯한 인공적인 비유들이 속출한다. 그는 완전히 관습과 결별한 비유를 '만들고' 있다. 첫번째 비유는 유부남이 느끼게 될 여섯 배의 중력을 염두에 두고 있다. 두번째 비유는 호두 속의 보잘것없음과 관련된다. 세번째 비유는 수하물 수취대에서 나오는 가방이란 절대로 가벼운 법이 없다는 사실을 염두에 두어야만 이해가 된다. 이런 비유를 더 찾는 것은 시간 낭비일 것이다. 대강 헤아려도 수십 개의 이와 같은 비유들이 『사랑이라니, 선영아』 전편에 산재해 있다. 그러나 그 하나하나의 비유들은 마치 아이젠슈타인의 몽타주들과 같아서 읽는 사람을 식상하게 하는 법이 없다. 다만 너무 긴 문어체 비유들인데다 지적인 사유를 동원하지 않고서는 이해하기조차 만만치 않아서 외워둘 수 없다는 점이 문제라면 문제겠다. 그가 이즈음 실험중인 것이 '문체'라고 했던 두번째 이유이기도 하거니와, 이러한 실험은 좌뇌가 승한 그의 글쓰기에 참으로 어울려 보인다.

5

좌뇌가 승하다는 이야기는 그간 김연수가 써온 소설들에서 보이는 '구성의 우위'를 염두에 둔 말이다. 김연수의 소설은 처녀작인 『가면을 가리키며 걷기』 시절부터 이미 '고백'과는 거리를 두고 있었다. 『가면을 가리키며 걷기』는 소설 형식에 대한 대위법적 구성의 실험이었다. 이후 『7번 국도』는 여러 개의 단편적 시퀀스들이 상호 링크되어 있는 하이퍼텍스트적 구성을 보여주었고, 바로 그러한 구성의 우위 정점에 『꾿빠이, 이상』이 있었다. 진우가 후일담을 싫어하는 것만큼이나 그는 고백과 사담을 멀리 한다.

김연수가 매번 발표하는 작품마다 새로운 변모와 발전을 거듭해온 이유도 여기에 있을 것인데, 그는 소설 속에 빠져 허우적거리는 대신 자신의 소설 전체를 장악한다. 그리하여 인위적임에 분명하지만 의미로 가득 차 있고, 개연성을 포기하는 대신 상징의 수위까지 육박하는 명장면들이 김연수 소설 속에서는 자주 연출된다. 물론 『사랑이라니, 선영아』의 경우에도 그러한 명장면(이 장면은 이 소설의 세번째 압권이기도 한데)이 있다. 광수와 결혼한 선영이 임신했단 사실을 확인한 진우가 하릴없이 고궁을 거닐다 중늙은이 사진사를 만난다.

"그거 한 번 찍는 데 얼맙니까?"

중늙은이는 아무런 대꾸 없이 한쪽을 가리켰다. 영어, 중국어, 일본어, 한국어 등으로 "사진촬영 후 이십오 분 완성됩니다"라고 써놓은 푯말이 보였다. 그 아래에는 각종 궁중의상을 입고 찍은 사람들의 사진이 샘플로 전시돼 있었다. 가격은 1500엔. 13달러. 15000원. 진우는 주머니에서 돈을 꺼냈다. 중늙은이는 한복이 걸어놓은 옷걸이를 가리켰다. 옷걸이에 걸린 옷을 이리저리 살펴보다가 진우는 익선관에 홍곤룡포를 택했다.
(……)

"그런데 지금 혼자 사진 찍을 거요?"

사진관처럼 꾸며놓은 가건물 안으로 들어가 디지털 카메라를 들고 오며 중늙은이가 말했다.

"예. 안 됩니까?"

"안 될 거야, 없지요. 곤룡포 걸쳤으면 왕비가 옆에 서야 하는데, 아쉬워서 그러지요."(153쪽)

마치 타르코프스키의 미장센처럼 철저하게 구성되었음에 분명한 이 장면은 오래오래 숙고해볼 필요가 있을 듯만 싶다. 중늙은이 사진사가 익선관에 홍곤룡포를 입은 진우 앞으로 걸어나온다. 자칭 문학계의 서태지라는 진우가 익선관에 홍곤룡포를 입은 사실도 흥미롭지만, 중늙은이의 손에 들린 카메라가 디지털 카메라란 점은 더욱 흥미롭다. 기술 복제와 아우라의 경계를 뚫고, 옛것과 새것의 벽을 허물며, 한 세대의 격차를 무마하면서 걸어나오는 그는 "시방 위험한 짐승"인데, 만약 김연수의 소설이 또 한번 변한다면 진우와 이 늙은 사진사가 연출하는 다소 기괴한 화해의 풍경으로부터일 것이기 때문이다.

(2003)

제2부
'봄날' 이후

세 겹의 저주
— 최윤 중편소설 「저기 소리없이 한 점 꽃잎이 지고」 다시 읽기

1

비가 온다.
그러니 우선 이 책이 그저 비에 관한 책이 되기를.
—루이 알튀세

난분분, 난분분, 꽃잎이 진다. 에피쿠로스의 원자들만큼이나 무수한 꽃잎들이 이리저리 흩어져 수직으로 낙하하다가, 한숨만큼밖에 안 되는 작은 바람에도 살짝…… 기꺼이 떠올랐다가, 다시 하강……하강……하다가…… 이내 방향을 잘못 잡기라도 한 듯 건물들과, 그것을 쥐어보려는 사람들의 손짓과, 그늘 아래 연인들의 상기된 볼을 스쳐, 이 길이 아니었다는 듯이 몸을 획 비틀기도 하면서, ……진다. 그러니 우선 이 글이 그저 꽃잎에 관한 글이 되기를. 이십 년 전에 떨어졌으나 아직도 이 산하 곳곳을 궤도도, 일정한 속도도, 심지어 형체도 없이, 때로는 그 속을 알 수 없을 만큼 겹겹으로 된 여자의 음순과도 같은 모

습으로, 때로는 우리가 한 번도 그 내면을 들여다보지 못한 채 영원히
타자의 지위로 배제해버린 광기의 모습으로, 아무런 거리낌도 없이, 가
벼이, 그러나 고통과 원죄의 기표가 되어 떠도는 꽃잎에 대한 글이 되
기를.

2

　역사적 사건에 대해, 그것도 1980년 5월처럼 도저히 언어화할 수 없
을 만큼 고통스럽고, 흉흉했던 역사적 사건에 대해 문학이 할 수 있는
일은 무엇일까?
　고발? 그러나 1980년 5월은 더이상 고발의 대상이 아니다. 왜냐하면
고발하기엔 이 역사적 사건이 더이상 미확인의 풍문이 아니게 된 지가
너무 오래되었으므로. 『죽음을 넘어 시대의 어둠을 넘어』로부터 시작한
수많은 취재기들, 여러 차례의 학술 심포지엄들, 불법적으로건 합법적
으로건 볼 사람은 다 본 기록영상물들, 그리고 〈꽃잎〉을 위시한 상당수
의 영화나 드라마들을 통해 5월은 충분히 고발되고 홍보되었지 않던가.
　같이 분노하고, 같이 슬퍼하기? 그러나 어떻게? 같이 분노하고 슬퍼
하기로 치자면 1980년 당시 어느 이름 모를 청년, 노동자, 혹은 아이를
업은 아낙의 주름진 손을 떠나, 광주 도청 앞 분수대 위를 꽃잎처럼 날
던 삐라들보다 더할 수 있을까? 수많은 나약하고 선한 시민들의 영혼
을, 칠판에 못을 긁듯 긁어대면서, 그 초여름 몇 날 밤, 광주 도심의 여
러 거리를 처절하게 메아리치던, 한 여성 전사의 '당신의 아들딸이 지
금 도청에서 죽어가고 있습니다' 라는 육성의 절규보다 더할 수 있을
까? 혹은 지금도 5월 묘역 한켠, 하얀 웨딩드레스를 입은 영정 앞에 새
겨진 '여보 당신은 천사였소' 라는 비문보다 더할 수 있을까? 현장을 벗

어난 뒤늦은 언어가 얼마나 무력한지, 소위 문학, 특히 소설의 역사적 사후성에 대해 다시 언급할 필요는 없을 것이다.

그렇다면 다시 문학이 5월에 대해 할 수 있는 일은 무엇일까?

임철우의 길이 있다. '사후적으로나마' (혹은 사후적이기 때문에) 그 역사적 사건을 현대사의 거대한 문맥 속에 위치지우고, 그리하여 그 역사적 의미를 규정하고, 디테일을 부여함으로써 그 총체적 면모를 언어적으로 재구성해내는 일. 그러나 그토록 지난한 각고의 작업에도 위험은 있다. 5월을 문학적으로 완결짓고자 하는 욕망. 가능한 한 더이상 5월에 대해서는 말할 것이 없을 정도로 많은 것을 말하려는 욕망. 본질을 규정하려는 욕망. 최종적인 '5월 정신'을 드러내려는 욕망. 말하자면 '총체성'과 가능한 한 완벽한 '반영'에 대한 욕망. 5월에 대한 남성적 글쓰기라 할 만한 이 길의 절정에 『봄날』이 있다.

이와는 반대 편 길에 최윤의 한 소설이 있다. 이 소설은 언어화가 거의 불가능해 보이는 그 충격적이고 불합리한 역사적 경험의 총체적인 반영에는 거의 관심이 없다. 사건의 실체는, 광기 속에 유폐된 한 소녀의 왜곡된 의식을 통해 묘연하게, 부분적으로만, 그래서 전모를 알 수 없는 소문인 채로 우리에게 전달될 뿐이다. 소녀의 행로는 일정한 궤도나 규칙을 만들지 못하고, 따라서 그녀를 쫓는 '우리'들의 시도는 항상 너무 이르거나 너무 늦다. 말하자면 이 소녀는 '하나코'와 마찬가지로 포착할 수 없는 여성성 그 자체이자 기의를 떠나버린, 그래서 의미화가 불가능한 기표가 된다. 그러므로 그녀가 언제 어디서 우리에게 나타나 예의 그 홀린 듯한 미소를 건넬지 알 수 없다는 불편함의 소설. 바로 「저기 소리없이 한 점 꽃잎이 지고」(『저기 소리없이 한 점 꽃잎이 지고』) 가 그 소설이다.

3

최윤의 데뷔작이기도 한 이 중편소설은 끊임없이 우리를 불편하게 하고, 원죄의식에 시달리게 하는 재주를 가지고 있다. 말하자면 이 소설은 심리적 바이러스와 같아서, 읽고 난 그 누구도 작품 속의 소녀에 대해, 그 소녀가 체험한 5월에 대해, 화자들인 '우리'나 '장'과 같은 부채의식에서 벗어나지 못한다. 그러므로 최윤 스스로가 말했듯이, 소설 「저기 소리없이 한 점 꽃잎이 지고」는 무엇보다도 감염의 소설이다. 임철우가 『봄날』에서 택한 정공법 대신, 최윤은 자신의 소설을, 5월이라는 전대미문의 역사적 폭력이 만들어낸 '원죄의식'을 국토 곳곳에 바이러스처럼 퍼뜨리고 다니는 한 소녀에 대한 이야기로 구성한다.

나는 이 작품의 숨결인 느린 리듬의 비극성, 돌림노래처럼 여러 사람의 목소리로 이루어진 협화음의 분위기를 사랑할 수밖에 없다. 모두들 잊고 싶어하는 이 이야기를 내가 사랑하지 않으면 아무도 사랑하지 않을 것이므로. 그리고 또, 하나의 책이 읽는 이들에게 전달하는 감동이라는 감염처럼, 비극적 경험의 한 주인공이 산하를 가로지르면서 만나는 무수한 사람에게 전달하는 역사적 사건의 은밀한 감염의 경로를 보여주고 싶었다. 이것을 돌림노래의 구성이 아닌 다른 어떤 것으로 전달할 수 있었겠는가.(『수줍은 아웃사이더의 고백』, 99~100쪽)

이 감염력의 비밀이 인용문에서 보듯 우선 그 시점의 다양한 변화에 있음은 주지의 사실이다.

여럿이서 번갈아 부르는 돌림노래, 그러나 같은 가락을 돌아가면서 부르도록 작곡되지 않은 이 노래는, 끝없이 계속되는 변주곡처럼, 내레이터의 저주와도 같은 서곡과, 소녀의 슬픈 독창과, '우리'들의 지루한 합창과, '장'의 장송곡풍 세레나데가 꼬리를 물면서 이어진다.

소녀의 시점에서 기술될 때, 소설은 5월이라는 역사적 폭력에 의해 광기 속에 유폐되어버린 한 소녀의 자기 징벌과, 잃어버린 외상적 기억의 탐구에 관한 독백이 된다. 소녀는 스스로 '검은 휘장'을 쳐버린 5월의 어느 순간에 대한 기억을 찾아 온 국토를 떠돌아다닌다. 그러나 그 여행은 결과적으로 자신을 위한 여행이 아니다. 그녀가 만나는 모든 사람들(사실상 남자들, '장'이나 '김' 혹은 '벙어리 사내'나 그녀를 범한 동네의 많은 남자들)은 그녀로 인해 상처받거나, 그녀에게 상처를 줌으로써, 그녀에게 감염된다. 그녀는 5월의 불쾌한 메신저이다. 그녀가 받아들인 '파랑새'의 숫자만큼, 세상은 5월이라는 역사적 폭력에 대한 괴로운 부채감과, 자신도 그 음산한 풍문에 연루되었을지 모른다는, 그리고 언제 어디서 그녀를 다시 만나게 될지 모른다는 불안감에 시달리는 남자들로 넘쳐난다.

'장'의 시점(엄밀하게는 '장'에 대해서만 전지적인 시점)에서 기술될 때, 소설은 이 소녀와의 만남으로 인해 그가 역사적 폭력의 무자비함을, 그리고 그 폭력의 직접적인 피해자인 소녀의 광기 너머 어두운 심연을 이해해가는 과정에 대한 관찰이 된다. 처음 소녀를 만나면서부터 그녀에 대해 '장'이 품게 되는 폭력적인 적의는 사실상 자기 방어에 다름아니다. 소녀는 거대한 제의에 바쳐진 희생양과 같아서 그녀를 보는 모든 사람은 단번에 그녀가 흉흉한 소문의 도시에서 일어났던 살상과 관련되어 있음을 직감한다. 그녀를 범한 모든 남자들과 '김', 그리고 '장'도 마찬가지다. 자신도 모르게 몸을 휘감는 폭력에의 충동. 도저히 이해할 수 없는 일, 그래서 부인하고 싶은 일이 눈앞에 미쳐버린 소녀의 모습을 하고 나타났을 때 그들이 할 수 있는 일은 아마도 그것 외에는 없었으리라.

오로지 '장'만이 그 폭력 충동을 넘어, 이 소녀를 헤아리고자 노력하고, 드디어 자신의 사고 범위 너머에 있는 그녀의 심연을 어렴풋이나마 이해하게 된다(그러나 온전히는 아닌 채로).

……그는 그녀 뒤를 쫓으면서 언뜻 지하 저 깊은 곳, 여자애가 거주하고 있는 광기에 가까운 그 지대를 언뜻 보고야 말았다. 그곳에 이르는 길은 무한할 것이다. 각기 다른 사연으로 묘지에 와 통곡하는 사람들이 이 땅의 사방에서 수만 갈래의 다른 길을 통해서 몰려들 수 있는 것처럼 남자는 이렇다 할 계기도 없이, 그녀에 대해 더 알아낼 것도 없이, 서서히 광인들만이 사는 지하지대로 미끄러져 내려가는 느낌이었다. 그녀의 행동이 이상해 보이지도 않았고, 그녀가 중얼거리는 말을 듣지 않아도 무조건 받아들일 수 있었다고나 할까. 그 지하지대가 남자에게는 백색으로 보였다. 시신이 타고 난 다음의 뼛가루의 그 백색. 그러니까 이야기될 만한 고통거리마저, 타버린 살처럼 모두 제거된 곳.(「저기 소리없이 한 점 꽃잎이 지고」, 『저기 소리없이 한 점 꽃잎이 지고』, 270쪽)[5]

"지하 저 깊은 곳, 여자애가 거주하고 있는 광기에 가까운 지대를 언뜻" 봄으로써 그는 5월에, 여자에, 광기에 가장 심하게 감염된 남자가 된다. 그러므로 그가 동료들에게 "꼭 무슨 열병에 감염된 것 같다"고 말한다거나, "꼭 흑사병에 감염된 것만 같은데 그런 병이 요즈음에도 있느냐"고 농담처럼 묻는 것은 결코 과장이 아니다.

'우리'의 시점에서 기술될 때, 소설은 이미 기의를 벗어나 포착할 수

---

5) 이 글에서 인용한 최윤의 작품은 모두 『저기 소리없이 한 점 꽃잎이 지고』(문학과지성사, 1992)에 실려 있다. 그밖에 인용, 참조한 텍스트는 다음과 같다. 『죽음을 넘어 시대의 어둠을 넘어』, 전남사회운동협의회 편, 황석영 기록, 풀빛, 1985 ; 임철우, 『봄날』, 문학과지성사, 1997 ; 최윤, 『수줍은 아웃사이더의 고백』, 문학동네, 1994 ; 최윤, 「하나코는 없다」, 『문학사상』 1994년 6월호.

없게 되어버린 기표에 대한 허망한 탐색담이자, 5월이라는 이름을 가진 바이러스의 감염 경로에 대한 병적학적(病跡學的) 진술이 된다. 친구의 누이가 처한 불행한 상황에 "이미 가버린 친구의 누이를 안심시키려고" 혹은 "그날, 그 도시, 그 이후 무언가를 했어야 했기 때문에" "그렇지 않고서는 더이상 사는 일이 불가능했기 때문에" "미성숙한 고통을 섣불리 치유하기 위해서" 말하자면 모두 자신들만의 이유를 가지고, 그녀를 찾아나선 이들에게 소녀는 「하나코는 없다」의 하나코와 마찬가지로 결코 그 실체를 확인할 수 없는 그 무엇이다. 이성과 죄책감만으로는 도저히 상상할 수 없는 저 너머에 그녀는 존재한다. 그러므로 그녀는 "매번의 추적에서" "우리를 멀리 멀리, 시간적으로, 공간적으로 앞지르는 수밖에 없었고, 그 거리만큼 그녀의 흔적은 절망적으로 희미해"진다. 소설의 결미에 이르러 '우리'가 "많은 시간이 흐른 뒤"에야 "착시 속에서 흘끗 본 그녀의 미소의 뜻"을 이해하고 "자연스럽게 어느 날 그녀가 그 미소를 머금고 우리에게 나타날 것을 기다"리게 되기 전까지, 그녀의 흔적조차 발견하지 못하는 것은 그러므로 당연하다. 한숨만큼의 바람에도 휙 궤도를 바꿔버리는 그 가볍고 예측 불가능한 꽃잎을 결코 손에 쥘 수는 없기 때문이다.

마지막으로 하나의 시점이 더 있다. 그것은 바로 프롤로그에 등장해서 청유형의 언어로 독자에게 말을 거는, 최윤 자신이기도 하고, 사건의 모든 진실을 알고 있어 미리 읽는 이들에게 경고와 저주를 아끼지 않는 예언자이기도 한, 내레이터이다. 그의 역할은 간단하지만 중요하다. 여러 화자들이 부르던 돌림노래를 이 소설을 읽은 세상의 모든 사람들도 같이 부르게 하기, 그럼으로써 감염의 경로를 소설 밖의 모든 장소와 시간들 속으로 무한 확장시키기.

당신이 어쩌다가 도시의 여러 곳에 누워 있는 묘지 옆을 지나갈 때 당신은 꽃자주빛깔의 우단치마를 간신히 걸치고 묘지 근처를 배회하는 한 소녀를 만날지도 모릅니다. 그녀가 당신에게로 다가오더라도 걸음을 멈추지 말고, 그녀가 지나간 후 뒤를 돌아보지도 마십시오. 찢어지고 때 묻은 치마폭 사이로 상처처럼 드러난 맨살이 행여 당신의 눈에 띄어도, 아무것도 보지 못한 듯 고개를 숙이고 지나가주십시오. (……) 당신의 길을 잠시 막아서는 그녀를 구타하고 넘어뜨리고 짓밟고 목을 졸라 흔적도 없이 없애버리고 싶은 무지스런 도피의 욕구가 일어난다 해도 말입니다. 설령 당신이 그렇게 한다 해도 또다른 수많은 소녀들이 여전히, 언젠가는, 실성한 시선과 충격에 마모된 몸짓으로 젊은 당신의 뒤를 쫓아와 오빠라 부를 것이기 때문입니다.(205~206쪽)

내레이터에게 이 소설을 읽은 모든 사람은 '당신'이다. 그가 우리에게 경고하는 것은 바로 '당신'도 소설 속의 '장'과 마찬가지로 언제 어디서 어떤 방식으로 이 소녀와 만나게 될지 모른다는 점이다. 그래서 '장'이 그랬던 것과 똑같이 그녀에게 무차별의 폭력 충동을 느끼게 되더라도, 그것은 '도피의 욕구'에 불과한 것이라는 점, 그러니 그럴 수만 있다면 (그러나 정말 그럴 수 있을까?) "아무것도 보지 못한 듯 고개를 숙이고 지나가"보라는 것이다. 그러나 용케 당신이 이 소녀를 피한다 하더라도 뒤이어 무수한 그 소녀들이 "당신의 뒤를 쫓아와 오빠라 부를 것"이라는 것이다. 그렇다면 사실상 이 정중한 존댓말 투의 언어 속에 감추어진 반어적인 진실은 '저주'에 다름아니다. 이 프롤로그로 인해 이 소설을 읽는 그 누구도 이제는 소녀가 그리는 궤도의 자장권 밖으로 도주할 수 없다. 그러므로 돌림노래는 이 소설 속의 등장인물들만의 것이 아니다. 이 소설을 읽는 모두들, 설사 읽지 않았다 하더라도 이 땅에 사는 모든 이들이 어느 순간 어떤 방식으로 이 돌림노래에 동참해야 할지 알 수 없는 무방비상태로, 궤도 없이 하강하는 꽃잎에 노출되어 있다.

내레이터가 과거시제와 미래시제를 혼용해서 사용하는 것, 또한 '장' 과 소녀가 만난 시점을 '모년 모월 모일 오후 세시' 로 정한 것도 다 이런 이유로 보인다. 이 소설을 읽음으로써 정해지지 않은 어느 날이고 우리는 '오후 세시' 만 되면 주위를 돌아보아야 하는 저주에 걸린다.

그 저주로 인해 온 산하가, 그 속에 사는 모든 사람들이, 속속…… 감염된다.

4

그러나 아직, 이 내레이터의 청유형 저주에 대해 할말이 남아 있다. 먼저 산문집 『수줍은 아웃사이더의 고백』에 실려 있는 다음과 같은 진술을 살펴보자.

너 : 상상 속에서 존재하는 가장 이상적인 독자(107쪽)

'너' 를 최윤의 소설 속에 등장하는 모든 이인칭으로 확대해도 무리는 없을 것이다. 예를 들어 「갈증의 시학」의 '너' 는 '나' 와 쌍둥이인 모든 독자들, 물화의 극을 달리는 시대에 아예 즐거이 물질이 되고자 하는 우리들 모두를 대상으로 하고 있다고 해석할 수 있다. 또한 「속삭임, 속삭임」의 이인칭 '이애' 는 여성적 포용성과 수용성(水溶性)을 두루 갖춘 '여자' 로 자라 전대에 아재비와 아버지가 나누던 그 비극적 역사의 속삭임을 중화시킬, 딸을 염두에 둔 것이다. 마찬가지로, 「숲에서 숲으로」의 '너' 역시 연애를 경험한 누구나를 두루 지칭하는 이인칭이다. 요약하자면 최윤의 모든 이인칭 소설들은 "상상 속에서 존재하는 가장 이상적인 독자"를 향하고 있다.

이런 사실은 「저기 소리없이 한 점 꽃잎이 지고」에서도 마찬가지이다. 프롤로그의 내레이터가 '당신'이라고 부르는 이들을 이 소설의 이상적인 독자로 볼 수 있다는 말이다. 그런데 흥미로운 것은 이 소설에서는 그 이상적인 독자가 남성으로 제한된다는 점이다. 이미 인용한 바 있는 프롤로그의 다음 부분을 보자.

　설령 당신이 그렇게 한다 해도 또다른 수많은 소녀들이 여전히, 언젠가는, 실성한 시선과 충격에 마모된 몸짓으로 젊은 당신의 뒤를 쫓아와 오빠라 부를 것이기 때문입니다.(206쪽)

소녀가 '오빠'로 부르는 대상은 당연히 남성일 수밖에 없다. 그렇다면 이 소설은 주로 남성 독자들을 대상으로 한다.

이와 함께 우리는 앞에서 여러 번 암시한 대로, 이 소녀에 의해 감염되는 이들이 대개 남성들이라는 점, 예를 들어 '장' '김' '벙어리 사내' 그리고 '강가에서도 여러 번 부리를 틀고 내 몸 속으로 들어왔'던 파랑새의 주인들 모두 남성이라는 점에 주목할 필요가 있다. 또한 성별이 밝혀지지 않은 화자인 '우리' 역시 오빠의 동료들이었다는 점, 그들이 끝내 이 소녀가 지나간 흔적 하나 붙잡지 못했다는 점으로 미루어 '남성'으로 보아야 할 것이다. 다만 옥포댁만이 유일한 여성 감염자인 셈인데, 그러나 정확히는 이 옥포댁은 소녀의 모든 것을 알고(혹은 굳이 알려 하지도 않고), 옷과 돈을 주어 그녀 갈 길을 터주는 역할을 할 뿐 소녀로부터 고통과 공포를 전염받지 않는다. 결국 이 소설은 주로 남성들에게 할말이 많은 소설인 셈이다.

이미 우리는 이 소녀가 5월일 뿐 아니라 '여자'이기도 함을 전제했다. '우리'의 계속되는 추적에도 불구하고 결코 그 행로의 궤도를 보여주지 않는, '장'이 고백했듯이 "분명 그로서는 알 수도 없고, 다가가기에는 너무 먼 어떤 다른 나라에서, 그쪽 세상의 질서로는 지극히 정상적인 생활을 하고 있는지도 모르는" 이 소녀, 그녀를 오랜 세월 남성성의 세계로부터 유폐되었던 타자, 즉 '여자'라는 단어 외에 무엇으로 지칭할 수 있을까? 그가 아무리 노력해도 결국 '언뜻'으로밖에는 볼 수 없었던 '저 지하 깊은 곳', 그녀의 심연을 '여성성'이란 말 외에는 어떤 단어로 표현할 수 있을까? 혹은 외상의 순간부터 "죽은……, 오빠, 검은……, 구멍, 빨간 구멍……"처럼 환유의 결핍(그러므로 논리적이고 완결된 문장의 결핍)에 시달리는 은유구조의 문장들을 '여성적'이라고밖에 무엇이라고 형용할 수 있을까? 아마도 이 소녀로 하여 5월이 '여자'가 된다는 사실을 피할 수는 없으리라.

그렇다면 이 소설은 5월을 여자로 이해해달라는 내레이터의 청유형 언어들로 시작하는 셈이다. 다시 말하자면 너무 가벼워서, 혹은 일정한 틀이나 규칙이 없어, 남성적 언어로는 '파악'하거나 '규정'하거나 '의미화'가 불가능한 '꽃잎'과 같은 존재로서의 여자와, 결코 듣지도 보지도 못할 만큼 부조리한, 그래서 도저히 언어화가 불가능할 것 같은 역사적 폭력으로서의 5월을 동일한 것으로 봐달라는 부탁, 그로부터 소설이 시작한다. 이 소설을 두고 5월에 대한 여성적 글쓰기의 절정에 있다 함은 바로 이런 이유에서이다. 그러므로 다음과 같은 문장들에서 '남자'란 단어는 사실상 '장'을 대신하는 지시대명사보다는 '남자' 일반을 지칭하는 일반명사로, 그리고 '여자애' '그녀' 등의 단어는 '여자'나 '여성성'이라는 일반명사로 읽힐 필요가 있다.

이후 남자는 사방에서, 무한한 하늘에서, 강변의 모래사장에서, 흰 쌀밥이 담긴 공기 속에서 후에 멀쩡해진 여자애의 살갗에서, 사방에서 이 자국들을 보게 될 것이다. 남자는 이날 밤, 바로 이 영원히 각인된 상처 조각과 그 상처 조각이 숨쉬고 있는 수치스런 흔적들과 정사했다.(214~215쪽)

다만 그것이 무엇인지 남자로서는 알 길이 없어 매번 그녀의 행동이 이상스럽게 보이는 만큼, 어쩌면 그 자신도 그녀에게 이상하게 비치리라는 생각이 들어 남자는 급히 시선을 거두었다. 그러나 저애 머릿속에 생각이라는 것이 들어갈 틈이 있기나 할까.(215쪽)

남자는 그녀와 똑같이 되어, 그녀 속에 들어가서 어딘가에 망가진 장치가 있다면 그걸 고쳐주고 싶었다.(243쪽)

무언가 그의 한정된 상상력을 훨씬 뛰어넘는 것, 더 강한 색깔, 더 끔찍한 무엇이 있을 것만 같은데, 거기까지 다가가기도 훨씬 전에 그는 두통으로 상상을 포기하기도 했다. 어쩌면 그 끔찍한 어떤 일의 한중간에서 엉뚱하게 자기 자신의 얼굴이 그녀를 그렇게 만든 장본인처럼 드러날 것이 무서워 남자는 더 생각하기를 멈추었는지도 모른다.(244쪽)

언제부터인가 여자애의 상처들이 남자의 몸에 하나하나 구멍을 뚫어내는 것 같았다. 꼭 그녀의 상처가 눈에 거슬려서가 아니라 남자는 그녀를 대하는 매순간이 고통스러웠다.(262쪽)

남자는 이렇다 할 계기도 없이, 그녀에 대해 더 알아낼 것도 없이, 서서히 광인들만이 사는 지하지대로 미끄러져 내려가는 느낌이었다.(270쪽)

'여자'라는 존재의 우발성, 무규정성은 (최소한 당분간은) 남성들의 이해영역 밖에 있다. 그 영역은 언어화가 불가능하고 따라서 모든 종류의 분류와 규정을 거부하므로 당연히 공포와 불안의 영역이다. 설사 일시적인 폭력으로 그 공포와 불안을 누른다 해도, 그것은 한갓 순간의 도피에 불과하다. '사후 복수를 준비하는 억압된 것들의 영역'이라 불려 마땅할 이 영역에, 5월을 위치시킨다 함은 무슨 의미일까? 답은 그리 어렵지 않다. 그것은 또다른 저주이다.

'그처럼 5월도 영원히 공포의 대상이 되리라.' '그처럼 5월도 불안과 죄책감의 대상이 되리라.'

언제 어디서 어떻게 당신의 영혼의 건강을 심하게 해칠 소녀를 마주치게 될지 모르니 조심하라는 저주와, 남성적 언어로는 포착이 거의 불가능한 여자처럼 5월 역시 그러하리라는 저주가 합쳐져 5월은 거의 '원죄'가 된다.

5

원죄란 인류 공통의 죄악이다. 이미 선조의 선조의 선조가 이후의 인류까지를 대표해 저질러버려, 후손들은 어쩔 수 없이 짊어질 수밖에 없는 죄, 그 죄악을 직접 실행한 자건, 그로부터 멀리 있었던 자건, 아예 그 죄악을 모르는 채로 태어나고 자라난 자까지도 충분히 자기의 죄임을 인정하고, 받아들이고, 따라서 죽을 때까지 그로부터 자유로울 수 없는 그런 죄악을 원죄라고 한다. 이 소설이 노린 것이 아마도 그것이었으리라. 언제 어디서 어떻게 마주치게 될지 알 수 없는, 우리가 어떻게든 연루된 죄악의 증거를 기꺼이 맞을 준비를 하게 하는 소설이 바로 「저기 소리없이 한 점 꽃잎이 지고」라고 하면 과장일까?

그러나 행여 아직 5월을 원죄로 받아들이지 않을 이들이 있지 않을까? 조금 더 지독해져야 하지 않을까? 누구나가 자신도 한번쯤은 저지른 적이 있을 법한 죄악 속에 5월을 삽입하는 방법은 없을까? 있다. 최윤처럼 심리주의적인 글쓰기에 능숙한 이에게는 그리 어려운 일도 아닌 방법이 있다.

　　……그녀 또한 혼자 말하듯이, 그러나 김을 똑바로 쳐다보면서 엄마가 구멍이 뚫려 죽어 오빠 찾아 서울 간다고만 말했다.(252쪽)

　　……누가 나를 가만 내버려두겠어. 나 때문에 모든 사람들이 미쳐버릴지도 몰라. 나는 숨쉬기가 힘든 정도인데, 언젠가는 나를 가두어버리고 얼굴과 목을 으깨고 그 위에 두껍게 뻥기칠을 해버릴 거야. 차라리…… 나는 없어져버렸어야 했어. ……척 둘로 접혀지던 엄마 몸에 순식간에 구멍들이…… 사람 몸에 그렇게 빨리 구멍이 나고…… 그리고는 모든 게 끝이야. 내가 지금 뭐라고 했지. 엄마라고 했나. 우리 엄마. 구멍나버린 우리 엄마. 내가 조금 더 빨리 뛰어나왔다면. 나를 휘어잡는 팔을 빼내는 데 걸린 시간이 없었다면…… 모든 일이 바뀔 수 있었을까. ……내가 엄마 손아귀의 뼈마디를 느꼈을 때 구멍은 이미 콸콸 흐르는 피에 엉겨 보이지도 않았어. 엄마가 내 손에 얼마나 힘을 주었을까. 아니 내가 엄마 몸에 구멍이 나는 걸 봤다고 생각하는 그때에 시커먼 휘장이 펄럭거리고 다가와 나를 덮쳤고 내 손을 움켜쥔 엄마와 같이…… 그냥 엎어졌나? 벌써 수천 번이나 생각해봤잖아. 그 휘장 다음은 아무것도 없어.(215~217쪽)

　　"엄마가 구멍이 뚫려 오빠 찾아 서울 간다"라는 한 문장을 만약 아무런 단서 없이 프로이트에게 내밀었다면 프로이트는 어떻게 분석했을까? 야훼에게 우리가 모두 원죄란 빚을 지고 있듯이, 우리 모두 어머니에게 진 빚이 있다. 그녀의 거세를 확인하고, 내 손을 쥐고 놓지 않는 그 거세된 신체의 집요한 공포를, 잠시나마 그녀의 거세를, 그녀의 여성됨을 부인한 죄. 그리고 그로부터 파생하는 공포. 나 자신도 거세될 수 있는 존재라는. 혹은 이미 거세된 존재라는. 어떻게든 이 사실을 피해야 한다는.

그러므로 '검은 휘장을 친 나'와 '검은 휘장을 걷으려는 나'의 분열이 극복되고, 후자의 일시적인 승리가 확고한 것이 되고 난 후, 그녀가 발견한 장막 속의 외상적 기억은, 누구에게나 다 근원적 공포로 자리잡고 있는, 부인하지 않고는 어른이 될 수 없었던, 그런 이유로 전혀 의식 바깥으로 절대 튀어나오지 못하도록 오래 부인해왔던, 어린 시절의 거세 콤플렉스를 발동시킨다.

소녀의 언어가 꼭 이 지점에 이르러서는 환유의 결핍을 보이며 온전한 문장의 형태를 취할 수 없었던 이유, 그리고 이후 소녀가 자신의 거세된 몸을 그토록 혐오하고 학대한 이유가 아마 여기에 있을 것이다. 이는 또한 어머니의 몸에 뚫린 구멍의 반복되는 이미지가 그토록 우리를 불편하게 했던 이유이기도 하다. 소녀에게서와 마찬가지로 우리들 모두의 무의식 속에 깊이 각인되어 있던 구멍난 신체, 거세된 어머니, 나 자신의 거세 가능성에 대한 공포가 되살아난다. 소녀가 그러했듯이, 어머니의 몸에 난 구멍을 목격함으로써, 역사적 외상과 동시에 심리적 외상을 함께 경험하게 되는 것이다.

독자들은 한 번 더 저주받고, 5월이 마지막으로 한 번 더 원죄화된다. 거세 공포와 역사적 공포가 겹쳐짐으로써. 달리 말하자면 5월이라는 역사적 외상을, 그보다 훨씬 보편내재적인 개개인의 심리적 외상으로 전이시킴으로써. 그리하여 5월은 이 소설을 읽는 우리 모두에게 바로 나 자신의 상처, 나 자신의 공포, 나 자신의 죄악이 된다.

이 세 겹의 저주를 벗어날 가능성은 거의 희박해진다.

6

에피쿠로스는 세계 형성 이전에 무수한 원자가 허공 속에서 평행으로 떨어진다고 설명한다. 원자들은 항상 떨어진다. 이는 세계가 있기 전에는 아무것도 없었다는 것을, 동시에 세계의 모든 요소들은 어떤 세계도 있기 전인 영원한 과거부터 실존했다는 것을 함축한다. 이는 또한 세계의 형성 이전에는 어떤 의미도, 또 어떤 원인(Cause), 어떤 목적(Fin), 어떤 근거(Raison)나 부조리도 실존하지 않았다는 것을 함축한다. 의미의 비선재성은 에피쿠로스의 기본적 테제이며, 이 점에서 그는 플라톤에도 아리스토텔레스에도 대립한다. 클리나멘이 돌발한다. ……클리나멘은 무한히 작은, "최대한으로 작은" 편의로서, "어디서, 언제, 어떻게 일어나는지도 모르"는데, 허공중에서 한 원자로 하여금 수직으로 낙하하다가 "빗나가도록", 그리고 한 점에서 평행낙하를 극히 미세하게 교란함으로써 가까운 원자와 마주치도록, 그리고 이 마주침이 또다른 마주침을 유발하도록 만든다. 그리하여 하나의 세계가, 즉 연쇄적으로 최초의 편의와 마주침을 유발하는 일군의 원자들의 집합이 탄생한다.

— 루이 알튀세

새로운 묘역이 망월동에 들어서고, 대대적인 기념행사가 도청 앞 광장에서 '한스밴드'의 축하(?)공연과 함께 열리고, 무수한 심포지엄과, 공연과, 전시회가 열린다 해도 이 세 겹의 저주를 벗어날 가능성은 거의 희박해진다. 아무리 5월이 역사적으로 자리매김되고, 그 본질 규정 작업이 착착 진행되고, 아시아 인권운동에 미친 영향을 인정받는다 해도, 여전히 소녀가 '아직 우리가 한 번도 보지 못한' 예의 그 미소를 지으며 우리 주변을 떠돌고 있기 때문이다.

그대로 그렇게 그녀가 꽃잎처럼 온 산하를 배회하고 다녔으면 좋겠다. 아무렇게나 날다가 언제 어떻게인지도 모르게 우리 어깨 위에 슬며시 내려앉아 우리를 전율케 하고, 다시 한번 그 전대미문의 폭력에 대해 치를 떨며 수치스러워하게 하는 그런 꽃잎이었으면 좋겠다. 우리가 배제한 무수한 타자들의 온갖 고통스러운 기억들을, 몸 세포 구석구석까지 다 일깨워놓는 그런 꽃잎이었으면 좋겠다.

그녀가 무수히 수직낙하하는 에피쿠로스의 원자, 그 빗줄기들에 작용하는 아주 작고 하찮은 편의, 영원한 클리나멘(clinamen, 궤도이탈)이었으면 좋겠다. 그로부터 무수한 빗방울들이 궤도수정하고, 그래서 마주치고, 마주치고, 다시 마주쳐, 가능한 한 크고 단단하게 응고할 수 있도록.

(2000)

『봄날』 이후
―광주항쟁 소재 소설들에 대한 단상

1. 5월은 지금도 계속되고 있다?

> 아내는 모를 것이었다. 그의 가슴속에 이제는 굿을 해도
> 나가지 않을 귀신을 묻은 사실을.
> 기석이, 상준이, 효남이 그리고 이름도 알 수 없는 그 소년.
> 그들의 넋이, 아내가 말하는 오일팔 귀신들이 이제는 영영
> 그의 가슴 한복판에 씨앗불로 남아 이글대고 있음을.
> 그 씨앗불의 힘으로 그가 살아갈 것임을 아내는 모를 것이다.
> ―공선옥, 「씨앗불」

「씨앗불」의 주인공 '위준'의 이와 같은 결심에도 불구하고, 시간은
독이다. 그 어떤 혁명적인 사건도 시간의 독을 이기지는 못한다. '5월'
도 마찬가지이다. 많은 이들의 기대와 달리, '5월'은 확실히 오래된
'역사적 사건'이 되어가고 있다. 주관적인 기대('5월은 지금도 계속되
고 있으며, 계속되어야 한다!')가 아무리 절실해도 객관적 사실을 덮어
버릴 수는 없다. 이십이 년이 지난 오늘, 당시 시민군들의 나이만큼 자

란 젊은이들에게 5월은 다시 '가정의 달'이고 '신록의 계절'이며 '계절의 여왕'이다. 논술고사를 위해서는 한 번쯤 알아두면 좋을 한국현대사의 아픈 비극(아, 이 상투적이고 관습적인 표현)이 일어났던 역사적인 달이기도 하지만, 용인에선 장미 축제가 있는 달이기도 할 것이다.

물론 이제 기록 사진첩에 '합법적으로' 남아 있는 '엽기적인' 시신들의 형상을 한 번쯤 떠올리는 이들도 있기는 하겠다. 혹은 오랫동안 팔리지 않은 채로, 서점 맨 안쪽 서가에 먼지만 잔뜩 묻은 채 꽂혀 있던 김남주의 시집을 사서 앞 세대들의 기대에 보답하는 이들도 있을 수는 있겠다. 그러나 설사 그렇게 일반명사 5월을 고유명사 '5월'과 연관시키는 이들이 있다 하더라도, 그들에게는 '5월'이 '4·19'가 내게 그랬던 것만큼 낯설고 멀다. 이십이 년이면 그럴 때도 됐다. 시간의 독이 퍼질 만큼은 세월이 충분히 흐른 셈이다.

그러니 이제 선언투의 당위명제를 사실명제와 (다소 영웅적으로) 혼동하는 일은 그만두자. '5월은 아직도 계속되어야 한다.' 그러나 '5월이 아직도 계속되고 있는 것은 아니다.' 이대로라면 '5월'은 망월동 신묘역에 거대하고 위압적으로 솟은 기념탑과 함께, 매년 5월이면 금남로 도청 앞 광장을 쩌렁쩌렁 울려대는 관습적인 기념식이며 문화 이벤트와 함께(더러 몇몇 의원 나리들이며 혁명시인은 이 소란을 틈타 슬쩍 유흥 주점 나들이를 하기도 하는바), 제3세계 지식인들을 대거 초청해서 벌이는 대대적인 학술 심포지엄과 함께, 딱딱하게 메마르고 굳은 채로 기록되고, 보관되고, 전시되는 데에나 소용될 처지를 면하기 힘들 것만 같다. 5월은 확실히 제도화되어가고 있다.

2.『봄날』이후

> 당시의 상황을 재현해내는 작업 자체가 참으로 고통스런
> 반복 체험에 다름아니었다.
> 지난 십 년 동안 나는 내내 5월 그 열흘의 시간을 수없이 다시 체험해야만 했고,
> 수많은 원혼들과 함께 잠들고 먹고 지내야 했다.
> 그러는 동안 가끔은 정서적으로나 정신적으로
> 몰라보게 피폐되어가는 듯한 내 자신을 깨닫고 깜짝깜짝 놀라기도 했다.
> 고통스런 기억의 반복 체험이란 것이 얼마나 사람을
> 소모시키는 것인지, 처음으로 알았다.
> ―임철우, '책을 내면서', 『봄날』

제도화된 역사적 사건은 기록보관소에나 처박히기 십상이다. 또한 대개 역사적 사건의 제도화는 해당 사건의 사실복원작업이 진행되는 과정과 나란히 가게 마련이다. 기록된 사실만이 기록보관소에 보관될 수 있기 때문이다. 본의 아니게, 사실에 대한 면밀한 진상규명은 사건의 제도화에 일조하는 셈이다.

가령 4·19가 제대로 복원되거나 복권되기 전까지, 그래서 아직 논의의 여지가 남아 있었던 동안에만 그것은 파괴적이었다. 말하자면 제도화되기 힘든 에너지를 뿜어낸다. 그러나 너도 나도 4월을 혁명이라 부르고, 희생자의 수며, 사건의 규모며, 역사적 문맥에서 그것이 차지하는 위상이나 한계가 만천하에 드러나자마자, 그것은 급속도로 제도화된다. 국가기념일이 되고, 급기야는 검은 양복을 입은 관료들의 비장한 묵념 대상이 된다(이들 중 얼마나 많은 이들이 4월 혁명의 정신에 반하는 인물들이었던가?).

'5월'에 대해서도 우리는 같은 말을 할 수 있을 것이다. 『죽음을 넘어 시대의 어둠을 넘어』로부터 수년 동안, 신변의 위협을 느끼지 않고서는 일반명사로서의 5월마저도 입에 담기 힘들었을 때, '5월'은 차라리 파

괴적이었다. 그러나 5·18 청문회가 유야무야 끝나고, 집단 배상이 아니라 개인적인 보상 차원에서 당시의 희생자들에 대한 보상금이 지급되고 (당시 얼마나 많은 돈이 광주에 풀렸던가, 그래서 광주 지역경제에 얼마나 커다란 변화를 몰고 왔던가 하는 점은 아마도 훌륭한 사회학 논문 주제가 될 줄 안다), '5월' 주체들이 민주시민으로 당당하게 복권되고, 5월 18일이 국가기념일로 제정되고, 망월동에 거대한 신묘역(공원에 가까운)이 들어서고, '5월제'('5월'이 정기적인 축제가 될 줄 누가 알았을까?) 기간 동안 아무런 제지 없이, 당국의 지원을 받아, '합법적으로' 금남로에서의 집회가 가능하게 되면서부터, 5월은 급격하게 제도화되기 시작한다. 학살자들이 제대로 처벌되지 않은 채로, 1980년 광주의 5월은 이제 누구나 말할 수 있는 사건이 되었지만, 바로 그 순간부터 5월은 아무런 중요한 논란거리가 아니게 된다. 열흘간(오로지 열흘간!)의 축제가 끝나면 그뿐, 5월은 더이상 파괴적인 에너지를 뿜어내지 못한다.

'5월'을 다룬 소설들에 대해서도 우리는 같은 말을 할 수 있을 것이다. '5월'을 형상화한 소설들이 정말로 위험한 예술작품이었던 시절은 오히려 '5월'에 대한 문학적 복원작업이 '총체적으로' 이루어지기 전, 그러니까 임철우의 역작 『봄날』(문학과지성사, 1997)이 나오기 전까지였다. 『봄날』은 '5월 문학사'의 거대한 분수령이다. 1980년 5월 이후, 한국문학의 주요하고도 오래된 과제 중 하나였던 5월 항쟁의 대하소설화 작업이 이 작품에 의해 이루어졌다는 점에서도 그렇고, '5월'에 대한 문학적 사실복원작업의 정점에 이 작품이 있다는 점에서도 그렇다. 게다가 우연하게도 이 작품의 완간은 시기적으로 '5월'의 제도화 과정과 맞물려 있었다. 임철우는 '5월'이 제도화되기 이전에, '5월'을 가장 극적으로, 가장 총체적으로, 가장 사실에 가깝게 형상화한 마지막 작가였던 셈이다.

바로 그런 이유로, 『봄날』 이후부터 '5월 문학사'는 제2단계에 들어선다. 『봄날』 이후로, '5월'은 문학에 대해 다른 과제를 부과하고, 다른 형상화 방식을 요구한다. 이유는 간단하다. '5월'이 계속되어야 하기 때문인데, 이미 보았듯이 더이상의 '진상규명' 작업은 기록보관소에 안치될 문서들의 양을 늘려주거나, 세부 사실들의 풍요로움은 더해줄 수 있을망정, 5월이 제도화 과정을 벗어나 애초의 그 파괴적인 에너지를 재충전하도록 만들어주지는 못하기 때문이다.

3. 5월의 사회과학 : 홍희담 단편소설 「깃발」

> "예술이 어떤지는 잘 모르겠고요. 이 판화를 그린 화가도 5월 항쟁에 참가했대요.
> 얘기하려는 것이 분명하고 값도 싸요."
> —홍희담, 「깃발」

『봄날』이 나오기 전까지, 즉 '5월 문학사'의 첫번째 단계 내에서 '5월'이 소설에 부여한 과제는 사실상 '역사학적' 과제나 '사회학적' 과제와 구분되지 않았다. 그 말은 곧 『봄날』 이전까지 소설은 '5월'에 대해 여전히 '사실복원'과 '진상규명'의 짐을 벗기 힘들었다는 말에 다름아니다. 제대로 알려져 있지 않은, 그러나 동시대의 나머지 구성원들에게도 반드시 알려져야 할 만큼 충분히 거대한, 그런 역사적 외상 경험에 대해 문학이 가질 수 있는 최초의 욕망은 당연히 고발과 폭로였을 것이다. 그러니 이제 매력을 상실한 사실복원작업의 성과물들을 두고 많은 시간이 지난 이즈음의 시각으로 왈가왈부할 일은 아니다. 게다가 이 시기에 탄생한 작품들의 상당수가 80년대의 사회과학적 패러다임 내에 있었음을 감안하면 더욱 그러한데, 한 시대를 지배한 패러다임으로부터 자유로울 수 없기는 작가들 또한 마찬가지이기 때문이다.

그럼에도 이 시기의 몇 작품은, 작품의 성취도와는 별도로 그것이 제기하는 문제들의 중요성으로 하여 지금에 와서도 거론될 만한 가치가 있는데, 특히 「깃발」(홍희담, 『창작과비평』 1988년 봄호)이 그렇다. 「깃발」은 '5월 문학'과 관련된 논의에서 항상 빠지지 않았던 작품이다. 게다가 이 작품에 대해 주어진 찬사는 '5월'의 본질에는 접근하지 못하고 변죽만 울렸다고 치부된 다른 많은 작품들(가령, 한승원의 「어둠꽃」이나 최윤의 「저기 소리없이 한 점 꽃잎이 지고」와 같은 작품은 그것이 5월 체험을 정신병리화했다는 이유로 과소평가되었고, 윤정모의 「밤길」이나 정도상의 「십오방 이야기」는 5월의 총체적 진실에 접근하지 못하고 주변부 정황만 주로 그렸다는 이유로 폄하되었다. 이제 와서 다시 생각하면 동의하기 힘든 평가들이다)에 비하면 거의 예외적일 정도였다.

그 이유는 명백하다. 앞당겨 말하건대, 「깃발」은 문학이 '5월'과 같은 역사적 사건에 대해 행할 수 있는 사회학적 작업('문학적' 작업이 아니라)의 최대치를 보여주었던 것이다. 사실상 「깃발」 속에는 '5월'에 대해 문학이 '사회학적으로' 말할 수 있는 거의 모든 것이 들어 있다. '윤강일'로 대표되는 지식인 계급의 무책임함은 '순분' '형자' '영순' 등으로 대변되는 노동계급의 단호함과 자주 대비되며, 5월 19일 호남동 성당에서 열린 농민대회는 농민계급의 우유부단함을 보여주는 적절한 예증이 된다. 1980년 5월, 광주에서의 열흘은 역사를 관통해 전봉준의 농민전쟁이나 일제시대의 항일유격대 활동과 일직선적인 연속성을 확보하며, 미국이 항공모함을 끌고 광주 시민을 구출하러 올 거라는 소문은 오히려 학살에 대한 미국의 개입설을 입증하기 위해서만 제시된다. 수습위원회의 내부 갈등이 계급갈등으로 소급되고, 학살의 궁극적인 원인은 '분단 모순'에 그 뿌리를 두고 있음이 주장된다. 그리하여 최종적으로 '순분'과 사랑에 빠진 시민군 '김두칠'의 다음과 같은 유언은 신파가 아니라 역사의 진보에 대한 낙관적 확신이 된다.

"죽는 건 두렵지 않아요. 어디 산에 파묻히기라도 하면 다행이죠. 살이 썩으면 흙은 영양분을 얻게 되어, 이름 모를 풀꽃을 피우게 할 수도 있겠죠. 재수가 좋으면 진달래를 피울 수도 있구요. 어릴 때 배고프면 산에서 진달래를 많이 따먹었지요. 내가 죽어서 피운 진달래를 배고픈 어린애들이 따먹으면 내가 다시 살아나는 것이 아니겠어요."(4쪽)

만약 사회학적 기준으로만 평가한다면 '5월'에 대해 이 이상 더 말할 것이 무엇이 남을지 의문이다.

그러나 이러한 낙관론이 다시 신파가 되는 데 걸린 시간은 그리 길지 않았다. 80년대를 멀리 떠나보내버린, 그래서 영악해진(?) 지금의 독자들 중 누가 이 순진하기까지 한 낙관론에 감동할 것인가? 아니나 다를까, 「깃발」은 종종 출간되곤 하는 '5월' 기념 소설집을 제외하면 이즈음 어디에서도 거론되지 않는다. 가장 많은 찬사를 받았던 작품이 십여 년 사이에 아무도 거론하지 않는 작품이 될 수도 있다니! 일반적으로 훌륭한 문학작품에 바쳐지는 찬사들, 가령 '영원한 감동'이라거나 '시대를 초월하는' 등과 같은 수사를 무효화하는 이보다 더 적절한 예를 찾기도 힘들 정도인데, 이쯤되면 나로서는 「깃발」이 과연 '5월'에 대한 '문학적' 형상화 시도였던가 하는 근본적인 질문을 던지지 않을 수 없다. 좋은 문학작품은 시대를 초월한다는 믿음을 버리기 전에는 그렇다는 얘기다.

「깃발」은 과연 '5월'의 '문학적' 복원작업이었던가? 그 '사회과학적' 완벽함으로 미루어보건대, 아마 아니었을 것이다. 그것은 '문학적'이라기보다는 '사회학적'이었다. 혹은 알튀세적인 의미에서 '철학적'이었다. '5월'을 보는 공식이 먼저 있고 나서, 그것을 문학적으로 '적용'한 예가 「깃발」이었음을 부인하기는 어렵단 얘기다. 「깃발」은(최소한 『봄날』이 나오기 전까지는), '5월'을 당대의 다른 작품들에 비하면 월등하게

'총체적으로' '직접적으로' '계급적 관점에서' 그려낸 작품임에 틀림없지만, 안타깝게도 온전한 문학작품이 되는 데에는 실패했던 것이다. 자신에 대한 찬사를 가능케 했던 개념들, 범주들이 더이상 환영받지 못하게 되자마자 스스로를 지탱하지 못하게 되는 작품, 역사의 예기치 않은 충격 앞에 너무도 쉽사리 전언의 유효성을 상실해버리는 작품, 가혹한 얘기지만 「깃발」은 '5월 문학'이 아니라 '5월의 사회과학'이었다. 「깃발」의 운명이 80년대 사회과학의 운명과 같았던 이유도 여기에 있다.

작품이 산출된 맥락을 무시하고, 막무가내로 「깃발」을 폄하하자고 이런 이야기를 하는 것은 아니다. 지금 중요한 것은 「깃발」의 문학적 성취도가 아니라, 이 시점에서 「깃발」을 읽을 때 그것이 제기하는 문제들이 과연 어떤 것들인가 하는 점이다.

「깃발」의 사례는 우선 다분히 '수용미학적'인 문제를 제기한다. 다른 말로 하자면 작품의 '효과', 즉 감동의 지속성 문제를 제기한다. 사회과학적인 완결성을 갖춘 작품과 문학적 모호성(은유나 상징, 다양한 시점의 적절한 활용, 열린 결말, 독자의 개입 가능성 등과 관련되는)을 특징으로 하는 작품(나는 지금 특히 최윤의 「저기 소리없이 한 점 꽃잎이 지고」를 염두에 두고 있다) 중 어떤 작품이 더 오래 작품으로서의 효과를 산출하는가, 하는 질문이 그것이다.

이미 가치평가에의 유혹을 받아들인 지 오래이므로 머뭇거릴 필요는 없겠다. 사회과학적으로 이미 완결된 텍스트가 주는 감동은 그리 오래 가지 못한다. 이 경우 사회학적 패러다임의 성패 여부가 곧 작품의 성패 여부로 직결되기 때문이다. 「깃발」이 주는 교훈은 따라서 첫째로는 이런 것이다. 역사적 외상 경험에 대한 사회학적 '진상규명' 작업은 특정 시기가 지나면 제 효력을 상실한다. 그렇게 규명된 사건은 대개 제도화되게 마련이고, 사건이 제도화되는 순간 진상규명에 바쳐졌던 문자들 또한 매력을 상실한 채로 순식간에 기록문서보관소에 어울리는 세월의 켜를 덮어쓰게 되기 때문이다. 사회학적 혹은 역사학적 '사실'과 문학적 '진실'에 대한 오래된 이분법의 지혜를 되새기게 되는 지점도 바로 여기다. 문학작품이 오래 남는 것은 그것이 사실을 다루는 것이 아니라 진실을 다루기 때문이다.

'5월은 계속되어야 한다' 는 당위적인 명제와 관련시켜볼 때에도 「깃발」은 중요한 문제를 제기한다. 단선적인 코드, 즉 사회과학적이거나 역사학적인 코드만으로 '5월'이라고 하는 전대미문의 역사적 사건을 읽을 경우, '5월'의 효과는 지속되지 않는다. 복원작업이 끝나는 순간, 5월에 대해서는 더이상 할말이 없어지기 때문이다. '5월'에 대해 무수한 이야기들이 계속되고, 논란이 가중되고, 그리하여 '5월'이 그 특유의 파괴적 생산력을 계속해서 확보하기 위해서는 역사적 사건으로서의 '5월' 또한 열려 있어야 한다.

여러 개의 5월들이 가능해야 한다. 페미니즘적 5월, 소수자적 5월, 생태학적 5월, 유령학적 5월, 교육학적 5월, 아나키즘적 5월 등등(더러 현학을 즐기는 이들은 알튀세의 '우발적 마주침'이라거나, 들뢰즈의 '탈주' '접속' 같은 개념을 떠올리기도 할 것이다). 『봄날』 이후로는 더욱 그렇다. 반복하거니와, 『봄날』과 함께 '5월'에 대한 문학적 진상규명작업은 하나의 분수령을 넘었기 때문이기도 하고, 『봄날』이 출간되던 즈음, 역사적 사건으로서의 '5월' 또한 급속도로 제도화되기 시작했기 때문이기도 하고, 바로 그런 이유로 문학은 '5월'로부터 또다른 과제를 부여받았기 때문이기도 하다.

결국 그 과제란 이런 것이다. 사회학적 진상규명작업으로부터 벗어날 것, 그리고 '5월' 자체가 제도화되지 않고, 끝없는 증식을 계속하도록 할 것. 전자를 내용의 문제로, 후자를 형식의 문제로 환원해도 무방할 줄 안다.

사실상 이러한 과제는 문학을 포함한 예술에 가장 적합한 것이기도 한데, 예술만큼 '불가능한 것을 요구하라'는 파괴적인 경구에 잘 어울리는 영역도 없을 듯하기 때문이다.

4. 5월의 윤리학 : 송기숙 장편소설 『오월의 미소』

나는 광주항쟁에 족쇄가 채워진 꼴이어서 광주항쟁으로 소설이라도
한 편 써야 풀릴지 모르겠다 싶어
마침 박기서씨 사건을 계기로 소설을 구상하고 있던 참인데
우리 현실은 나보다 앞서서 소설을 만들어가고 있었다.
이 소설은 이런 현실의 뒷전에서 거세게 고개를 젓는 사람들 이야기이다.
—송기숙, '후기', 『오월의 미소』

『봄날』 이후로, 제도화되는 5월에 반하여 '5월의 지속'을 선언한 주목할 만한 작품으로는 우선 송기숙의 『오월의 미소』가 있다. 『오월의 미소』는 비록 중반부의 상당 부분이 1980년 5월 시위 현장의 긴박한 장면들에 대한 묘사들로 이루어져 있음에도 불구하고 '사실복원' 작업을 의도로 씌어진 작품이 아니다. 이 작품은 사실상 『봄날』 이후에 제기된 상기의 문제들에 대한 송기숙의 소설적 대응이다. 그는 '5월은 계속되어야 한다'란 명제를 당위적으로 반복하는 대신, 구체적으로 90년대 후반 이후 '5월'이 떠맡게 된 과제, 아직도 '5월'이 계속되어야 하는 필연적인 이유에 대해 이야기한다.

　그 이유가 어렵고 복잡한 것은 아니다(지혜란 사실 얼마나 단순한 것이던가). 항쟁 당시 "이제 졸병 한두 놈이 문제가 아니었다. 저런 명령을 내린 책임자를 언젠가 기어코 죽이고 말겠다고 쇠파이프를 틀어쥐었"던 주인공 '정찬우'의 손에 항쟁으로부터 이십여 년이 지난 지금 쥐여진 권총의 의미는 자명하다. 그것은 다름아니라, 박기서씨에 의해 마

치 김구 암살범 안두희가 방망이에 맞아 죽었듯이, 그리고 소설 속에서는 '김중만'에 의해 '하치호'가 맞아 죽었듯이, "다른 작자들도 모두들 제 갈길을 찾아 보내줘야" 한다는 복수의 결의이자 복수의 실현 가능성이다. '정찬우'는 친구 '유용찬' 그리고 일단의 조직원들과 함께 그야말로 '주도면밀하게' 그리고 '구체적으로' 복수의 날을 준비한다.

송기숙에게 아직도 '5월'이 계속되어야 하는 이유는 그것만으로도 충분한 셈이다. 1997년 대선 정국을 맞이하여 너도 나도 화해와 용서 그리고 사면을 약속하는 가운데 이루어진 '정찬우'의 이 간담 서늘한 결심은 "광주항쟁에 족쇄가 채워진" 노장의 다부진 오기를 엿보게 하기에 족하다. 송기숙은 여전히 '5월'이 계속되어야 하는 이유를 찾았다. 마치 친일파에 대한 숙청이 제대로 이루어지지 않아 나라가 이 모양이 되었던 것과 동일하게, 5월이 아직 끝나서는 안 되는 이유는 간단하게도 학살자들이 아직 제대로 처벌되지 않았기 때문이다. 소설의 나머지는 이 단호한 결심에 대한 증빙 자료들로 채워진다. 가령 송기숙 소설에는 흔치 않게 형식 실험적인 대화체로 이루어진 '총(銃) 문화론'은 총기 소지와 민주주의, 동등한 폭력의 소유와 테러의 정당성에 대한 근거가 된다.

그러나 송기숙의 소설은 예서 더 나아간다. 나는 지금 『오월의 미소』의 주요 등장인물인 '세모눈'과 '김중만' 그리고 「북소리 둥둥」의 주인공 '유기체' 노인을 염두에 두고 있다. 흥미롭게도 이 두 소설에서 가장 강렬한 인상을 남기는 이 인물들은 하나같이 소위 '보상금'을 신청하지 않은 사람들이다. '세모눈'과 '김중만'은 항쟁 당시 강경파에 속해 있던 인물들로, 보상금 신청을 했더라면 적지 않은 액수를 만질 수도 있었던 인물들이다. '유기체' 노인 또한 월남 피난민이었던 사실까지 보태져 당한 가혹한 고문으로 인해 심각한 후유증으로 고통받고 있긴 마찬가지이다. 그러나 그들은 공히 보상금 신청을 하지 않는다.

당시 시민군들이 당한 고역에 값하는 보상금이란 액수로 환산할 수 있는 성질의 것이 아니다. 그러니 당사자가 아닌 사람으로서는 보상금을 신청한 그들을 비난할 도덕적인 근거가 없긴 하다. 그럼에도 송기숙이 자신의 가장 매력적인 등장인물들로 하여금 보상 신청을 하지 않도록 한 이유는 무엇일까? 송기숙의 소설들은 바로 이 지점에서 '5월의 윤리학'이라 불릴 만한 문제를 제기한다. 90년대 후반 이후, 만약 철저하게 윤리적(자주 번복되고 예외도 많게 마련인 일상 시기의 윤리는 아니다. 그것은 '5월'의 윤리라 부를 만하겠다)인 잣대를 들이댔을 경우, '5월'에 대해 한 점 부끄러움도 없는 사람이 있다면 바로 이들이 아니겠는가? 보상금을 두고 빚어졌던 이러저러한 스캔들이며, 5월 단체들의 이익단체화 과정들을 지켜보면서, '5월' 자체를 부정하지도 않고, 당시 시민군들의 영웅적인 정신을 비난하지 않기도 힘들었던 송기숙의 고심이 엿보이는 부분이 바로 여기다. 비록 직접적이고 가혹한 비판은 아니라 할지라도 확실히 송기숙은 지금 『봄날』 이후의 '5월'에 대해 불만이 많은 것이다. 그들이 예의 "거세게 고개를 젓는 사람들"이었던 것이다. 그리고 바로 그들로 하여 '5월'은 계속될 수 있을 것이다.

5. 5월의 형이상학 : 정찬 소설 『광야』, 김신운 소설 『청동조서』

> 역사의 영혼은 권력의 영혼과 근원적으로 다르다.
> 이 서로 다른 생명의 영혼들은 마주 달리는 기차의 모습과 흡사하다.
> 역사의 변혁은 두 영혼의 충돌에서 일어난다.
> '5월 광주'는 영혼의 전율스러운 충돌이었다.
> 『광야』를 세상 밖으로 내보내는 것은 그 충돌의 심연을 우리가
> 아직까지 제대로 들여다보지 못하고 있기 때문이다.
> ―정찬, '작가의 말', 『광야』

송기숙이 '학살자 처벌'이라고 하는 미해결의 과제, 그리고 '5월 주

체’들의 개량화 과정에 대한 우회적 비판을 통해 ‘5월 효과’의 지속 근거를 확보하고 있다면, 정찬과 김신운은 ‘5월’에 대한 새로운 접근 방식을 제안함으로써, ‘5월’ 담론의 영역을 확장시킨다. 제사(題詞)로 인용한 『광야』의 ‘작가의 말’ 부분만 보더라도 우리는 『광야』에서 ‘5월’을 표현하는 어휘들이 이전의 작품들에서와는 다른 어떤 변화를 수반하고 있음을 금방 감지하게 되는데, 그것은 바로 ‘영혼’ ‘권력’ ‘생명’ ‘충돌’ ‘심연’과 같은 형이상학적 뉘앙스의 명사들, 그리고 ‘들여다보다’라고 하는 내면 지향적 동사의 사용이다. 당겨 말하자면, 정찬의 『광야』와 김신운의 『청동조서』는 ‘5월’의 영역을 형이상학적인 데까지 성큼 넓혀놓는다. 가령 다음과 같은 구절을 보자.

광주가 다시 피로 물드는 것을 막기 위해서는 무기 반납이 불가피하다는 비항쟁파와, 그 동안 흘렸던 피의 값을 얻기 전에는 무기를 반납할 수 없다는 항쟁파의 헤게모니 싸움은 치열했다. 그것은 일상세계와 절대세계의 충돌이었고, 삶과 꿈의 충동이었다. 이 충돌을 융화시키는 공간은 불행히도 존재하지 않았다. 그들이 회의장에서 상대를 향해 빈번히 소리 지르고, 총을 들이대는 이유가 여기에 있었다. 하지만 절대는 일상의 무게를 견디지 못했다. 꿈이 삶을 이길 수는 없는 법이다. 무기 회수가 질서 회복의 차원을 넘어서서 무장 해제로 나아간 것은 필연이었다.(『광야』, 199쪽)[6]

이 구절은 사실상 『광야』가 5월에 접근하는 방식을 가장 극명하게 보

----

6) 이 글에서 인용, 참조한 텍스트는 다음과 같다. 정찬, 『광야』, 문이당, 2002 ; 임철우, 『봄날』, 문학과지성사, 1997 ; 『죽음을 넘어 시대의 어둠을 넘어』, 전남사회운동협의회 편, 황석영 기록, 풀빛, 1985 ; 홍희담, 「깃발」, 『창작과비평』 1988년 봄호 ; 송기숙, 『오월의 미소』, 창작과비평사, 2000 ; 김신운, 『청동조서』, 문학과의식, 2001 ; 구효서, 「더 먼 곳에서 돌아오는 여자」, 『현대문학』 2001년 5월호.

여준다. 총을 들고 싸웠던 시민군들은 이미 삶과 죽음, 즉 에로스(Eros)
와 타나토스(Thanatos)가 아무런 구별 없이 혼융되어 있었던 '절대상
태'에 대한 경험을 가지고 있다. "산 자와 죽은 자의 경계가 허물어진
그 희귀한 세계는 너와 나의 구분을 무의미하게 만들었다. 너는 곧 나
였고, 우리였다. 아무도 '너는 누구인가?'를 묻지 않았다." 그러나 막
상 해방 광주가 이루어지자마자 사정은 달라진다. 잠시 죽음이 물러간
자리에 이제 일상의 세계가 다시 끼어들고, 그리하여 그 해방적인 카오
스 상태는 '수습' 국면을 맞는다. '우리' 대신 다시 '나'가 등장하고,
그리하여 신분과 계급이 다시 문제되기 시작한다. 뒤늦게 나타난, 그래
서 그 절대상태를 경험하지 못한 비항쟁파와의 갈등은 바로 그런 이유
로 전혀 피할 수 없는 것이 된다. 양자는 전혀 다른 세계에 속해 있었던
것이다.

　요는 지금 정찬이 「깃발」과는 완전히 다른 방식으로, 말하자면 항쟁
파와 비항쟁파와의 헤게모니 싸움을 계급간 갈등으로 소급하는 대신
에, 그것을 '절대세계 / 일상세계', 혹은 '삶 / 꿈'이라고 하는 형이상학
적 이분 대립으로 설명하고 있다는 사실이다. 달리 표현하자면, 정찬은
지금 '5월'의 사회학적 사실복원을 시도하거나, 그것의 역사적 위상을
(진보사관에 입각하여) 맥락화하는 대신, 죽음과 삶이라고 하는 형이상
학적 문제를 '5월'에 끌어들여, 그것의 외연을 확장하고 있는 것이다.
그 결과 주인공 '박태민'의 싸움은 민주주의와 평등이라고 하는 가치
를 수호하기 위한 것일 뿐만 아니라 동시에 '죽음'과 '삶'을 융합시키
기 위한 싸움이 되기도 하고, 도예섭 신부의 순교는 지상과 천상의 구
분을 와해시키는 '요한적 존재'의 상징이 된다. '5월'에 새로운 차원이
열리는 셈이다.

　김신운의 『청동조서』는 여기서 한 발 더 나아간다. 『청동조서』의 무
대가 되는 한반도 남쪽의 어느 도시는 이제 더이상 1980년 광주라고 하

는 역사특수적인 공간으로서의 의미를 상실할 정도로 추상화된다.

작품의 무대가 되는 이 도시에서는 여러 시간대가 고도로 중첩되고 병치되어 있어서 일상적이고 현실적인 시간감각이 통용되질 않는다. 가령 혁명위원회 간부 중 하나가 자신들의 연대(聯隊)는 "남해안의 섬에서 발생한 폭동 진압 임무를 띠고 출동 명령을 기다리고 있던 중"이었는데, "자기들의 임무는 명백히 동족상잔에 해당하는 것이기 때문에, 이 반민족적 처사에 항거하는 것이 자기들의 최후 선택일 수밖에 없었다"고 작금의 상황을 설명할 때, 이 도시는 육십 년쯤 저쪽의 여수 순천과 곧바로 연결된다. 그러나 이후에 선창가 매립지 광장에서 벌어진 반혁명분자들에 대한 공개재판은 금세 몇 년을 뛰어넘어 인공치하의 어떤 소도시를 연상케 하며, 게다가 혁명위원회에서 작성한 '혁명선언서'의 세 가지 내용, 즉 '민족 개조를 위한 역사적 사명' '정의로운 사회 건설' '보통인민들의 최대 행복'이란 구호들은 각각 유신정권과 5공, 그리고 6공이 내걸었던 통치이념과 정확하게 일치한다. 이렇게 이 도시는 여순사건 이후 한반도에서 일어났던 모든 역사적 폭력의 시간대들이 한꺼번에 응축된 초현실적 초역사적 공간이 된다.

인물들 또한 마찬가지인데, 각각 고리대금업자 신문기자 시인 동화작가 신부 완구점 주인 선원의 직업을 가진 주요 등장인물들은 모두 상당 부분 알레고리화되어 있고 추상화되어 있어서, 구체적으로 특정 시기 특정 공간을 살았던 인물들로 보이질 않는다. 철필이나 필경사와 같은 초시대적인 문물들이 그대로 남아 있다거나, 신화적인 풍모로 내리는 비, 전갈, 거미, 안개와 같은 고대적 보조관념들의 잦은 사용 등의 문체적 특징들을 더한다면 이 소설은 확실히 카프카의 세계와 유사한 탈역사적 초현실 공간을 창출한다.

이를 통해 작가 김신운이 노리고 있는 효과는 명백하다. 김신운은 지금 '5월'을 역사특수적인 맥락 내에 확정시키는 역사학적 작업 대신,

헤로도투스의 역사 4단계설이라고 하는 신화적 역사관 속에 재배치하려는 신화학적 작업을 시도하고 있는 중이다. 다음을 보자.

> 고대 희랍인들의 해석에 의하자면, 세계는 처음 황금시대로 시작되었다. 인류만이 아니라 지상에서 생명 있는 모든 것들이 행복했던 시대였다. 황금시대가 끝나자 그보다 못한 은의 시대가 되었다. 그런데 은의 시대의 종말과 함께 청동인종이 출현했다. 물푸레나무에서 열매처럼 떨어진 족속으로, 그들은 최초로 청동제 무기를 사용했다. 그리고 육식을 하였으며, 게으르고 무자비하여 전쟁을 즐겼다.(60쪽)

신들의 시대까지는 아니더라도 호메로스의 『일리아드』와 『오디세이아』가 다룬 시기까지는 소급이 가능할 청동시대의 기나긴 보편사 속에 '5월'이 재배치된다. 그리하여 5월은 청동기 시대의 무자비한 폭력성이 한반도 남쪽 어느 도시에서 다시 한번 악의에 찬 본모습을 드러냈던 사건이 된다. 이런 관점에서 보자면, 굳이 '5월'이 다른 역사적 폭력들과 구별될 필요는 없다. 청동시대는 어느 시대 어느 장소에서건 조건만 주어지면 폭력을 일상화하고, 죽음의 축제를 벌이며, 무자비하게 전쟁을 일으킨다.

『청동조서』의 무대가 되는 그 남해의 소도시가 탈역사화되어, 중첩된 여러 시간대들이 뒤섞인 초현실적 공간으로 상정된 이유가 여기에 있다. 역사는 동일한 모습으로 반복된다. 크게 보면 각각의 역사적 시간대들이 모두 청동시대라고 하는 거대한 보편사의 한 계기에 불과하기 때문이다. 청동시대가 끝나지 않는 한, 나아가서는 그 이후에 오게 될 철기시대가 지나가기 전까지도, 폭력은 시대를 초월하여 반복된다. 김신운에게 '5월'은 '트로이 전쟁'이기도 했고, '4·3'이기도 했고, 아프가니스탄에 쏟아진 수많은 폭탄들이기도 했던 것이다. 그러니 그것들이 서로 중첩된다고 해서 달라질 건 없는 셈이다.

'5월'을 역사특수적인 맥락으로부터 유리시키고, 그리하여 '5월'을 궁극적으로는 형이상학적인 혹은 신화적인 사변 속으로 해소시키고 있지 않은가, 라는 비판(이 글에서 깊이 다루지는 못하지만, 이런 질문은 사실상 중요한 질문임에 틀림없다)이 필요하다는 사실을 인정한다 하더라도, 우선은 반가운 일이다. 그간 '5월'은 너무 오래 1980년 주변을 벗어나지 못했기 때문이기도 하고, 지금 우리가 다루고 있는 것이 사회학이나 역사학 저작들이 아니라 '문학작품'이기 때문이다. 문학은 많은 것을 허용한다. 정찬과 김신운의 시도로 하여 '5월'은 심연을 얻고, 광대무변한 시간을 얻는다.

6. 5월의 정신병리 : 구효서 단편소설 「더 먼 곳에서 돌아오는 여자」

청년이 약속을 지켜주었다면 어쨌든 이곳을 떠나지는 않았겠지.
그럼 지금쯤 나는 무얼 하는 여자로 커 있을까,
무얼 하는 사람으로 자라 있을까.
여자의 얼굴에 쓸쓸한 회한의 미소가 어렸다.
— 구효서, 「더 먼 곳에서 돌아오는 여자」

거대한 역사적 폭력 앞에 속수무책으로 내몰렸던 개인들은 오랜 기간 동안 그 악몽에 시달리게 마련이다. 이런 사정으로 인하여 역사적 폭력의 소설화 작업 중 상당수가 외상적 경험의 정신병리학적 결과를 다루는 데 바쳐진다. 가장 쉬운 예로 소위 '전후세대'에 속하는 손창섭이나 장용학 같은 작가들의 작품 속 주인공들이 있겠다. 그들의 우울증(손창섭), 그들의 망상(장용학)은 모두 외상으로서의 전쟁 체험으로부터 기인한다. '5월'의 소설화 과정에서도 사정은 마찬가지인데, 『봄날』

이전부터 이 주제는 상당한 수의 작품들에서 나타나고 있다. 그런 작품들로 정찬의 「완전한 영혼」, 이순원의 「얼굴」, 최윤의 「저기 소리없이 한 점 꽃잎이 지고」, 공선옥의 「목마른 계절」, 한승원의 「어둠꽃」, 임철우의 단편 「봄날」 등이 있다.

이 작품들의 공통된 특징은 정신장애를 1980년 5월의 상처가 아직도 지속되고 있다는 증거로 삼고 있다는 점이다. '5월'을 온몸과 영혼으로 앓아내고 있는 사람들이 존재하는 한 '5월'은 끝난 것이 아니다. 흥미로운 점은, 증상으로 미루어보아 이 소설 속의 주인공들이 앓고 있는 장애가 대개 '강박'이란 사실이다. 프로이트에 따르면 '강박'의 요점은 '반복', 그것도 '고통스러운 반복'에 있다. 말하자면 지금의 장애에 원인을 제공했던 외상적 순간으로 끊임없이 되돌아가 반복적으로 순간을 체험하는 증상이 바로 강박이다.

「완전한 영혼」의 '지성수'는 '5월' 이후, 일정한 조건만 주어지면 반복해서 비명을 듣는다. 「얼굴」의 '김주호'는 항쟁 당시 공수복을 입고 시민군을 진압중인 자신의 얼굴이 혹시나 자료화면에 녹화되지 않았는지를 확인하기 위해 삼십 차례도 넘게 테이프를 되돌려 본다. 「저기 소리없이 한 점 꽃잎이 지고」의 '소녀'는 어머니의 몸에 구멍이 나고 목이 꺾이던 순간의 기억 속으로 고집스럽게 되돌아가기를 아직도(!) 반복하고 있다. 그들 모두에게 '5월'은 지금도 여전히 '강박적으로' 되돌아온다.

그런 점에서, 그간 이 유형의 소설들에게 주어진 폄하적 평가들(항쟁을 개인화하고, 총체적인 진실에 접근하지 못한 채 병리적인 개체의 왜곡된 시야 속으로 축소시켜버리고, 전체 역사 속에서 '5월'을 자리매김하지도 못한다는 식의)에도 불구하고 '5월은 지속되어야 한다'라는 당위명제에 대해 이 유형의 소설들은 이미 충분히 답하고 있다고도 말할 수 있겠다. 지금와서 읽더라도 이 유형의 작품들은 여전히 감동적인데, 아도르노적인 표현을 빌려 얘기하자면 이 작품들이 아우슈비츠 이후의 예술작품이라면 반드시 갖추어야 한다는 예의 그 '고통'의 문제를 제기하기 때문이라고 볼 수도 있겠다. 5월이 제아무리 제도화된다고 하더라도, 그들에게 5월은 끝없이, 고통스럽게 되돌아온다. 그렇다면 절대 '5월'은 끝나지 않는다.

이 유형의 작품들 중에서도 최윤의 「저기 소리없이 한 점 꽃잎이 지고」(1988)의 경우는 특별한 주목을 요한다. 사실상 이 작품은 『봄날』이전에 『봄날』이후의 '5월 문학'을 선취한 드문 예에 해당한다. 우선 이 작품은 '5월'에 대한 '여성적 글쓰기'의 거의 유일한 예이다. 말하자면 1990년대 이후의 급진적인 페미니즘과 '5월'을 접속시켜 얻을 수 있는 효과가 얼마나 충격적인 것인가를 미리 보여준다. 또한 이 소설이 차용하고 있는 다양한 시점들의 변화는 마치 돌림노래와 같은 효과를 산출하면서, 내용 차원에서의 '강박'을 형식 차원에서의 '강박'과 결합시켜내는 실험의 성공적인 예를 보여주기도 한다. 그러나 오늘의 관심사는 아무래도 『봄날』이후의 작업들에 있고, 또한 이 소설에 관해서는 이미 다른 글에서 자세하게 분석한 바 있으므로(이 책 89~105쪽, 「세 겹의 저주」참조) 여기서는 더이상의 언급을 피하기로 한다. 『봄날』이후로 시선을 돌리자.

『봄날』이후, 주목할 만한 이 유형의 소설로는 구효서의 「더 먼 곳에서 돌아오는 여자」(『현대문학』 2001년 5월호)가 있다. 이 소설의 형식상 특징은 동일한 인물이 한 공간에서 두 개의 시간대를 동시에 경험하도록 사건들이 배치되어 있다는 점이다. 먼 곳으로부터 한 여자가 돌아왔다. 그녀를 스쳐 지나가는 사람들의 사투리로 보아 거기는 전라도 어느 지역이다. 그 여자와 동일한 공간에 한 소녀가 나타난다. 한참 후에 밝혀지지만 그 소녀와 여자는 동일인물이다.

연 날리기를 좋아하는 이 소녀의 할머니가 죽고, 고아가 되고, 입양되고, 양부에게 겁탈당하고, 포르노 배우의 처지까지 몰렸다가 다시 이곳으로 돌아오는 데에는 이십일 년이 걸렸다. 여자는 지금 그 이십일 년을 거슬러올라 자신의 불행의 시초를 확인하러 이곳에 와 있다. 소설의 말미까지 독자들은 이 여자의 고통스런 삶의 원인이 바로 '5월'이었음은 물론, 아예 이 소설이 '5월'에 관한 소설이란 사실조차도 파악할 수 없다. 한 청년이 소녀를 보육원으로 데려갈 참이었다. 그 청년만 왔더라면 그녀의 삶은 완전히 달라졌을 것이다. 그러나 청년은 약속을 지키지 않았고, 이십일 년이 지난 오늘에서야 여자는 그 청년이 오지 못한 이유를 이해한다. 무심코 들어간 어떤 건물(5월 묘역이다)에서 그녀는 청년을 발견한다. 그러나 청년은 "무수한 금들로 갈라져 있었고, 그나마 일부는 유실되어 있었고, 갈라진 금들 사이엔 초콜릿같이 검고 진득거리는 피가 엉겨붙어 있었다". 청년은 1980년 5월 그날 죽었던 것이다.

이십일 년이란 기나긴 시간을 거슬러, '5월'이 되돌아온다. 순간, 여자는 자신의 그 처참했던 미국에서의 이십일 년이 바로 그해 5월에 시작되었음을 이해한다. 이십일 년의 세월이 순식간에 무화되면서, '5월'은 현재성을 확보한다. 이십일 년 전의 시간과 현재의 시간을 합쳐놓음으로써 구효서는 '5월'을 '지금 여기'로 데려다놓는 실험에 성공했던 것이다.

구효서의 이 작품은 그러므로 최윤의 소설이 그랬던 것처럼 '5월'과 소설 형식의 문제를 제기한다. 5월은 이십이 년의 세월로부터 그냥 되돌아오지는 않는다. 그것을 되불러오려는, 그것을 영원한 강박으로 만들려는 작가들의 실험과 고안 없이는 말이다. 『봄날』 이후의 '5월'이 소설의 형식에 부과한 과제가 이것이다.

7. '효과'로서의 5월

1980년 5월에 대해 내가 아는 것은 단 하나, 그것이 지속되어야 한다는 것 외엔 없다. 문제는 그 지속의 방식일 텐데, 『봄날』 이후로는, 아무리 생각해도 '재현'이나 '복원' 같은 어휘들이 그에 대한 적절한 답은 아닌 것만 같다.

역사적 사실을 복원하려는 시도는 언제나 대상의 실체 혹은 본질과, 그것의 최종적인(그리고 '총체적인' !) 복원 가능성을 전제한다. 가령, 누가 더 본질에 근접하게 '5월'을 기록했는가, 누가 최종적으로 '5월'을 그 세부적 사실까지 정당하게 복원했는가, 누가 '5월'을 역사적(대개 이렇게 지칭된 역사엔 종말목적이 있게 마련이다) 문맥 속에 정확하게 자리매김(주로 승리적 관점에서)했는가, 하는 질문들 속에는 '5월'은 최종적으로 복원 가능한 본질을 갖는 것, 그리하여 그 복원작업은 응당 종결 가능한 것이란 전제가 깔려 있다.

그러나 '5월'이 갖는 본질, '5월 정신', '5월의 참의미' 등으로 명명되는 그 실체를 가정하는 이상 '5월'은 언제나 체계화되고 분류되고 폐쇄된, 그래서 안정적인 구조 속으로 갇히고 만다. 왜냐하면 그러한 본질주의는 단 한 번의 '5월', 1980년 당시의 '5월'을 위해, 이후의 무수했던 '5월' 그리고 앞으로 더 무수히 다가올 '5월'에 대해 자신을 열어두지 않기 때문이다. 알튀세 식으로 표현하면 지극히 '철학적'인 이러한 시도는 '5월'을 다만 하나의 의미를 가진, 그때의 열흘로 가정하지 않고서는 불가능하다.

그런 의미에서 '광주는 아직도 제대로 밝혀지지 않았다'와 같은 당위적 발언들은, 당시에 총을 들고 직접 싸우지 않은 많은 이들을 주눅 들게 할 수는 있을망정 '5월'이 세대를 넘어서 계속적으로 그 '효과'를 발휘하게 하는 데에는 그다지 도움이 되지 않아 보인다. 혹은 '광주는 아직도 계속되어야 한다'라는 선언체의 문장은 그에 걸맞은 시간적 공간적 확장의 몸짓들이 이루어지지 않는 한 아무런 내포를 갖지 않는 공허한 되풀이로밖에 들리질 않는다.

그러나 안타깝게도 그간 '5월' 기념사업의 주된 방향이 그러했고 진보적인 논자들이 '5월'을 논하는 방식도 그러했다. 사건을 역사화하려는 시도들(만)이 성공할 경우, 대개 그러한 성공은 의도와는 무관하게 한 사건의 기념비화, 제도화, 화석화에 기여했다는 점을 기억해야 한다. 이십이 년이 훌쩍 지나버린 1980년 광주의 5월이 지금 그런 위기에 처해 있다.

그런 이유로, 우리는 '5월'이 세대를 넘어 그 효과를 지속하기 위해서는 아무래도 '탈피'가 필요하다고 본다. 즐겨 재생과 부활의 상징으로 소용되는 파충류들이 그렇듯이, 사뭇 달라진 패러다임과 문화 속에서도 '5월'이 그 생장을 거듭하기 위해서는 허물 벗기가 필요하다. 이 말은 곧 '5월'이 '5월' 아닌 것들의 영역으로 외연을 확장해야 한다는 말이기도 하다. '5월'은 '5월'로부터 벗어나 '5월' 아닌 것들과 부딪쳐야 한다. 기념관과 유적지와 묘지를 벗어나 거리로 도심으로 스며들어가야 하고, 역사와 문자를 벗어나 일상의 생활과 다양한 매체들 속으로 진입해야 하며, 아직도 논란거리로 남아 있는 첨예한 문제들(가령 여성, 환경, 교육, 소수자운동 등등의)과도 해후해야 한다. '마주쳐야'(알튀세)하고, '접속해야'(들뢰즈) 한다.

이제부터 '5월'은 그 '본질' 규명작업 차원에서 접근할 것이 아니라, 그 '효과'의 지속성 차원에서 접근해야 하는 시점에 이른 것이다. 비약과 과도한 의미 부여의 혐의를 무릅쓴 이유이다.

(2002)

제3부

소설에의 매혹

마르시아스를 불러오기 위한 열한 개의 단장(短章)
―심상대론

1. 마르시아스를 위한 제사(題詞)

마르시아스는 실레노스였다. 실레노스란 염소 발굽에 털복숭이 꼬리를 한 반인반수족(半人半獸族)을 이르는 말인데, 그중에서도 마르시아스의 생김새는 더더욱 내놓을 만한 것이 못 되어서, 웃자란 이끼처럼 덥수룩한 머리카락, 공처럼 불쑥 튀어나온 앞이마, 게다가 입과 눈 사이에 수평으로 뚫린 두 개의 구멍이 아니고서는 분간조차 힘든 납작코에, 녹아내리다 굳어버린 밀랍 반죽처럼 아무렇게나 생긴 귀를 가진, 한마디로 추악하고 기괴한 괴물의 모습이었다. 하는 짓도 가관이었는데, 하루 종일 온 숲속을 선불 맞은 멧돼지처럼 쏘다니며 온갖 짓궂은 장난으로 하루를 모두 소모해버리기 일쑤인데다, 꿀에 요정 호리는 재주는 유별나 그가 사는 프리기아 늪지대의 황혼녘은 그로 인해 내지르는 요정들의 교성과 탄성으로 노을마저 아예 핑크빛으로 보일 지경이었다고 한다. 그렇다면 아테네의 나무 피리를 줍기 전까지 그는 아주 행복한 편이었겠다.

그러나, 설사 그가 아테네가 버린 나무 피리를 줍지 않았다 한들 그 행복이 지금까지 계속될 수 있었을까? 갈고닦은 피리 연주 솜씨를 굳이 아폴론의 기타라 연주와 겨루지만 않았더라면, 미다스 왕이 눈 딱 감고 아폴론의 손을 들어만 주었더라면, 패배에 격분한 아폴론이 이번엔 악기를 거꾸로 연주하자는 내기로 그를 기만하지만 않았더라면 ― 기타라야 현악기니 그렇다 치고 피리를 어떻게 거꾸로 분단 말인가 ― 그는 지금도 프리기아의 숲속에서 장난스런 악동의 모습 그대로 바람과 나뭇잎 사이를 헤집으며 요정들을 호리고 다닐 수 있었을까? 온몸의 껍질이 벗겨져 고통스럽게 파닥거리는 심장과 핏줄의 움직임, 뼈 마디마디에 달라붙은 힘줄들까지도 다 드러낸 "거대한 상처"(오비디우스)의 형상이 아닌 채로 말이다. 아닐 것이다. 마르시아스의 죽음은 대세였다. 아폴론은 태양 곧 빛과 계몽의 신이었고, 아테네는 지혜 즉 이성과 책략의 신이었을진대, 바야흐로 시작되려는 올림포스의 이성신들 ― 질서정연하게 위계화된 ― 의 시대는 언제 어떠한 방식으로든 그를 지상으로부터 추방하고야 말았을 것이다.

아도르노는 '이성의 투사(投射)를 통한 자연의 합리화'라는 계몽적 욕망이 이미 신화에서부터 출발하고 있다고 말하거니와, 그러고 보면 마르시아스는 인류 최초의 '이성적 개인'이었던 오디세우스에게 패퇴당한 수많은 자연신·지방신들과 동일한 운명을 공유하고 있다. 인류가 자연에 대해 '지배'를 행사하기 시작한 순간부터, 위계, 서열, 수치화, 분류, 체계화와 같은 합리의 용어로 재규정이 불가능한 존재들은 모두 마르시아스처럼 이성의 책략에 걸려 온몸의 껍질을 벗기우는 ― 해부에

의한 신체의 이성적 정복을 연상시키는 — 형벌 앞에 무릎을 꿇는다. 사이렌의 치명적인 노래는 이제 단순히 감상용 음악으로 '중화' 되고, 로터스의 가축들은 '주체' 적이지 않다는 이유로 경멸당하며, 키클로페스는 순진하게도 오디세우스의 '유명론' 에 기만당한 채 눈먼다.

그 이후로 마르시아스가 흘린 피는 강물이 되었고, 벗겨진 껍질은 오로지 프리기아 풍의 노래 소리가 울려퍼질 때만 숲속에 우뚝 솟은 높은 나뭇가지에 걸려 진동하곤 한단다. 더이상 위험스럽지 않게 중화된 자연, 태양신들에게 더이상 도전하지 못하도록 순화된 예술의 상징이 됨으로써만 그의 영혼은 겨우겨우 연명하고 있는 셈이다.

마르시아스 이야기는 그러므로 인간과 제휴한 태양신들의 이성에 의해 자연이 합리적으로 관리되기 시작했음을 알리는 우화이다. 그리고 이 이야기의 막강한 효력은 푸코의 말대로 "인간이 마치 해변의 모래사장에 그려진 얼굴이 파도에 씻기듯 이내 지워지게"(『말과 사물』) 될 때까지는, 현재진행형이다.

2. 개명

마르시아스가 이런 존재일진대, 그 이름을 자신의 것으로 하겠다는 이가 있다면 그는 분명 계몽 이전 혹은 이후의 '자연 자체' 에 대한 탐구자가 되기를 자청한 자이다. 그가 바로 작가 마르시아스 곧 심상대인데, 그는 그러한 탐구에 스스로 "요동과 우연"이라는 명칭을 부여한다.

요동(搖動)과 우연(偶然)

(……)

미적 완성을 목표로 하는 모든 예술가는 자신의 작품이 자연과 닮기를

꿈꾼다. 모든 예술가의 작업은 자연에 대한 외경심으로부터 출발하는 법
이며 자연에 대한 모방을 거쳐 종국에는 자연의 일부를 이룩해냄으로써
그 완성을 꾀한다. 결국 예술가는 자연의 가장 진정한 모습인 우연과 변
화의 불안정한 양상을 자신의 작품을 통해 구현해내고자 하는 것이다.
때문에 내가 이 작품을 통해 형상화하고자 했던 구체화할 수 없지만 구
체화해야만 했던 이러저러한 형태는 의식적으로나 무의식적으로나 자연
의 모습을 닮으려는 지고지순한 예술가의 본능에서 비롯한 것이다.(「피
크닉」,『떨림』, 213~214쪽)[7]

거의 여섯 쪽에 걸쳐 상술된 이 예술론은 삼단논법을 취하고 있는데,
그 대전제는 '예술가는 자연의 모습을 닮으려는 지고지순한 본능을 가
진 자다' 라는 명제다. 소전제는 '자연의 가장 진정한 모습은 우연과 변
화의 불안정한 양상으로 특징지어진다' 이다. 마지막 명제는 당연히
'고로 예술가란 모름지기 우연과 변화의 불안정한 양상을 탐구하고 구
현해야 한다' 가 되겠다. 실레노스 마르시아스의 형상과 행위에서 보았
듯, 자연이 원래 그렇기 때문이다.
　소설적 형상화에 의해 뒷받침되지 못한 채 홀로 생경하게 돌출되어
있기도 한데다, 개념적이고 동어반복적인 난삽함 또한 아예 없는 것은
아니지만―어쩔 것인가? 예술가란 개념적으로 사유하는 자가 아닌 것
을―이 예술론은 작가 마르시아스가 써온 일군의 소설들이 탐구해온
주제의 정곡을 꿰뚫는 데가 있다. 심상대의 개명에는 이유가 있었던 셈
이다.

---

7) 이 글에서 인용, 참조한 텍스트는 다음과 같다. 심상대,『떨림』, 문학동네, 2000 ; 심상
　대,『묵호를 아는가』, 문학동네, 2001 ; 심상대,『사랑과 인생에 관한 여섯 편의 소설』, 명
　경, 1998 ; 심상대,『늑대와의 인터뷰』, 솔, 1999 ; 발터 벤야민,『발터 벤야민의 문예이론』,
　반성완 옮김, 민음사, 1992.

3. 우연

『떨림』이전의 초기작들에서부터 작가 마르시아스의 '우연'에 대한 애착은 각별한 데가 있었다. 그의 수많은 '이야기체' 소설들이나 우화체 소설들이 보여주는 형식상의 우연성에 대해서는 일단 제쳐두더라도, 「자전거 도둑」(『묵호를 아는가』), 「내 生에 없는 두 시간」(『사랑과 인생에 관한 여섯 편의 소설』), 「백조아파트 119사건」「문학을 향해 쏴라」「맹춘」(『늑대와의 인터뷰』)이 각각 '우연'에 대한 탐구를 주제로 삼고 있다. 또한 이미 언급한 네번째 소설집 『떨림』의 「피크닉」에서는 '요동과 우연'이라는 제하(題下)의 예술론이 여섯 쪽에 걸쳐 상술될 뿐 아니라, 연작 전체가 무작위적으로 떠올린 기억이 또다른 기억을 부르고 한 이야기가 또다른 이야기를 부르는 식으로, 플롯의 우연한 전개에 기대고 있다.

시골 초등학교 교사 정숙과 교감선생님과의 어느 가을날 하루 동안의 성적 일탈을 아이들의 자전거 훔쳐 타기 놀이와 ― 마치 영화의 교차편집처럼 ― 대비시켜 다소 풍자적인 동화구연 풍의 문체로 풀어낸 깔끔한 소품이 「자전거 도둑」인데, 소설 말미에서 이미 전말을 알아버린 교감선생님 사모님을 만나러 가는 정숙의 대사는 이렇다.

정숙은 갑자기 킥, 하고 웃음을 터뜨렸습니다. 손을 들어 웃음을 가리며 정숙은 도리질했어요.

"나는 아무 죄도 없어! 그건 현기증 탓이거나, 햇살 탓이거나, 아니면 가을 탓이야."

턱을 도도하게 치켜들고, 그리고 정숙은, 콧방귀를 홍! 날려보냈습니다.

홍! 홍!(「자전거 도둑」, 268쪽)

왜 그랬느냐고 묻는다면 정숙은 아마도 '우연히' 혹은 '그냥, 가을
햇살이 좋아서요'라고 답할 작정인 모양이다. 「내 生에 없는 두 시간」에
서 역시 '우연히' 남편의 제자를 만나 생에 없을 것 같던 두 시간 동안
의 러브호텔 사랑을 나누는 주인공이 등장하는데, 그 일탈의 이유 또한
이렇다.

> 그리고 다른 한 가지는 바람이었다. 머리카락을 뒤척이고 목덜미를 어
> 루만지며 차 안으로 들이닥치는 사월의 바람은 나긋나긋하다 못해 간지
> 러울 지경이었다. 바람은 연두색 블라우스의 깃을 들치며 가슴으로 스며
> 들어 방금 전까지 치밀어오르던 짜증을 말끔히 몰아내면서 옆이 터진 짧
> 은 치맛자락을 들추려고 까불어댔다. 그 간지러운 바람을 한껏 들이마시
> 느라 고개를 젖히고 가슴을 내밀면서 수경은 두 다리를 비틀어 포갰
> 다.(「내 生에 없는 두 시간」, 125쪽)

두 작품에서 공히 일탈의 이유란 그저 꽃과 바람, 즉 자연의 변화이
다. 간단히 말하자면 마땅한 이유란 애초부터 존재하지 않는다. 그러나
일탈에 대해 별다른 이유를 제시하지 않고 그 자리에 '우연히' 혹은
'그냥'을 삽입함으로써 역설적으로 이 소설들은 충분히 이유 있는 소설
이 된다. 인간이, 입고 있던 옷과 함께 가끔씩 모든 문명적인 겉치레들
을 다 털어버린 알몸으로, 마르시아스의 영혼과 접신(接神)할 수 있는
유일한 통로가 '성(性)'이라면, 그것이 아무리 일탈적인 것이라 하더라
도 투명한 가을 햇살이나 나긋나긋한 사월의 봄바람, 혹은 철부지 아이
들의 오후 한나절 자전거 훔쳐 타기 놀이와 마찬가지로 여하한 도덕적
질타의 대상이 되지 않는다는 항변이 이 두 인용문에는 숨겨져 있다.
자연과 우연이 그의 소설 속에서 이렇게 해후한다.
　반면 우연하게 찾아든 자연에 대해 솔직하길 거부하는 주인공들이

있는데, 그들은 결국 '관음증'이나 '도벽'과 같은 도착상태에 이르게
된다. 자연이 자신을 거부한 이들에게 주는 벌이다.「맹춘」의 혜선이 그
렇다.

　　"그래. 아주 이쁜 팬티다."
　　곁에 누가 있기라도 한 듯 혜선은 고개를 끄덕이며 말했다. 그러면서
치마를 걷어올리고, 다리를 벌리고서, 팬티 속으로 손을 넣었다. 하늘은
아주 맑았다. 발 아래로 보이는 백목련 꽃더미는 맑고 파란 하늘로 한 잎
한 잎 휘날리며 날아오를 것만 같았다.
　　"아아아아……"
　　혜선은 손대자마자 이내 흥분했다.(「맹춘」, 224쪽)

　　이웃한 신혼부부네 집에 성장(盛裝)을 하고 몰래 들어가 신부의 팬티
를 만져보며 자위행위를 하는 혜선의 모습이다. 역시 봄날의 햇볕이 혜
선의 몸 속에 감추어져 있던 마르시아스의 영혼을 불러냈겠지만, 그러
나 수경과 달리 자연의 법칙인 우연에 몸을 내맡기지 못하는 혜선은 이
제 세 사람분의 쌀을 훔쳐 남편과 아이와 자신의 식탁을 준비하러 돌아
갈 참이다. 물론 집에 쌀이 없어서는 아니다.
　　그러나 수경은 다르다. 수경은 어렴풋하게나마 자연의 본질, 즉 우연
을 꿰뚫는다.

　　"순서가 없어. 매화가 피고 개나리가 피고 진달래가 피고 복숭아꽃 살
구꽃이 피어야 하는데, 그게 모두 한꺼번에 피어버리네."
　　"오래된 질서에 질렸나봐, 꽃들도. 릴레이 식으로 피든 한꺼번에 피든
아무런 문제가 없는데 말이야. 이젠 꽃들도 단순히 종족번식만을 위해
피는 게 아닌가봐, 응? 그냥 피는 거야. 피는 게 즐거우니까. 확! 벌이 오

든 나비가 오든, 수분을 하든 수태를 하든, 그런 생리적 목적엔 관심이 없나봐. 그냥…… 쾌락으로 피는 거야."(「맹춘」, 227쪽)

지금 수경은 인용문의 대화 상대자인 대학 동창과 흩날리는 벚꽃 아래에서 격렬한 카섹스를 치르고 난 직후이다. 두 사람의 카섹스는 전혀 추하거나 음탕하게 묘사되지 않는다. 생동감 있고 활력에 차 있으며, 어두컴컴한 연립주택에서 남의 팬티를 만지작거리며 벌이는 혜선의 자위행위에 비하면 오히려 아름답기까지 하다. 말하자면 그녀는 혜선과는 달리 우연을 자연의 법칙으로 당당하게 승인한 인물로 묘사되는데, 그래서 그녀에게 있어 꽃들은 목적도 순서도 없이 "그냥" 핀다. "오래된 질서에 질"려서 "쾌락"으로, 말하자면 아무런 규칙도 없이 '우연히' 핀다. 실레노스 마르시아스의 장난에 아무런 이유가 없었듯이, 거기에 덧붙여야 할 이유란 없다. 자연이란 원래는 아무런 체계도 분류도 모르는 하나의 거대한 리좀적 덩어리와 같은 것이었다. 그 앞에서 인간이 후에 발명한 도덕이라거나 이성적 체계라거나 하는 것은 한갓 허섭쓰레기에 불과하다. 수경은 그러한 인식 바로 직전에까지 도달한다.

4. 요동

'요동'을 그의 설명에 따라 다시 번역하자면 "변화의 불안정한 양상"이며, 항상 "아직도 생성중"인 우주의 본모습이다. 하이젠베르크의 불확정성 이론을 연상시키는 이러한 자연관에서, '불안정한 변화의 양상'을 온전히 설명할 만한 일관된 법칙은 물론 용인되지 않는다. 유일한 법칙이 있다면 그것은 '우연히' 혹은 '그냥'이다. 그러나 무릇 모든 생성과 변화에는 아무래도 에너지가 필요하겠고 그 에너지의 소모가 변화를 낳는 법이다. 그러니 문제는 어디에서 그런 요동을 발견할 것이며 그 에너지는 또한 어디에서 찾을 것인가이다.

굳이 바타유나 클로소프스키, 혹은 마르쿠제나 라이히 같은 이름을 거론하지 않더라도 대체로 짐작할 수 있겠거니와, 아직 인류가 통제하지 못한 채로 보존된 요동의 원초적인 모습은 대개가 '성(性)'의 영역에 속해 있다. 가장 말썽 많고, 가장 해방적이며, 그런 이유로 관리와 통제가 가장 힘든 영역이 바로 성의 영역이다. 그래서 작가 마르시아스는 자연의 요동하는 모습과 그 요동의 에너지를 성욕과 그 실현에서 찾는다.

아니나 다를까, 그는 우연과 함께 성에 대해서도 남다른 관심을 기울여온 바 있다. 이미 언급한 우연 탐구의 소설들에서도 항상 중심에 성이 자리하고 있었음은 말할 것도 없고, 두번째 소설집『사랑과 인생에 관한 여섯 편의 소설』의 의문형 제목을 단 작품들, 즉「한 남자에겐 몇 명의 여자가 필요한가」나「여자는 언제까지 사랑을 원할까」에 대한 작가의 대답은 '될 수 있는 한 많이' 그리고 '죽을 때까지'였다. 또한 세번째 소설집『늑대와의 인터뷰』의 표제작인 동명 소설에서는 처조카와의 짐승 같은 성교를 통해 인간 내부에 감추어진 늑대를 발견하기도 하고,「신금오신화 제2편」에서는 동서양의 모든 성 지침서를 동원한 갖가지 방중술을 선보이기도 한다.

그러나 성에 관한 탐구에 있어서는 뭐니뭐니 해도 여덟 편의 성애담으로 이루어진 최근의 작품집『떨림』을 들지 않을 수 없겠다. 이 작품집에 실린 모든 성애담의 절정에서 그는 지고지순한 아름다움, 즉 자연의 본질인 태초의 요동을 본다. 예를 들어, 그가 "꿈길을 걷는다거나 구름 속을 거닌다는 표현이 있지만, 그녀의 그 형용할 수 없는 도취와 희열은, 그 낮고 긴 교성은, 아마 인간이 인간과의 관계로부터 이끌어낼 수 있는 최고조의 환락과 평화를 표현하는 것이 아닐까 나는 생각한다"(「딸기」)라고 말할 때, 성은 문명이 앗아간 태초의 아름다움, 즉 요동의

미학을 완성하기 위한 도구이자, 요동 그 자체이다.

5. 성욕으로 글을 쓰다

그러나 그의 요동에 대한 탐구는 이러한 직설적인 성 예찬을 넘어서는데, 그 넘어섬은 그가 성을 주제로만이 아니라 소설 쓰는 방법론의 차원으로까지 끌어올릴 때 가능해진다. 성욕은 그의 쓰고자 하는 욕구를 위해 기꺼이 '승화'—엄밀한 의미에서 승화가 제대로 일어났는지에 대해서는 다시 거론할 필요가 있겠지만—된다. 이유인즉 이 소설집의 작품들은 '성에 대해' 말하고 있을 뿐만 아니라, 그 자체 '성을 통하여' 씌어지고 있기 때문인데, 이미 황현산은 이를 "방법으로서의 소모"라 부른 바 있다.(『떨림』) 다음을 보자.

> 그러나 기실 나는 바다보다는 산, 그것도 가을날의 야산을 바라볼 때 아주 극한 성욕을 느끼는, 그러한 정서를 가지고 있다. 때문에 나는 우선 단풍 든 활엽수와 잎을 떨군 덩굴식물이 마른 덤불로 우거져 있는 가을날의 야산과, 만추의 햇살이 포근히 내려앉은 마른 풀밭 위에 팔을 벌리고 누운 처녀의 나신을 이야기하면서 스스로의 감정을 추스리고 부풀려야 하겠다.(「나팔꽃」, 『떨림』, 77쪽)

소설의 초입에 화자는 이미 "주체할 수 없는 우울증에 빠진" 서른아홉의 이혼남과 "힘주어 만지면 감귤 알갱이처럼 달고 신 내를 풍기며 탁탁 터질 것만 같은" 이십대 초반의 체대 출신 여자를 주인공으로 정해 두고는 "오늘까지 근 사십 일을 긍긍대며 안절부절못하고 있"는 상태임을 고백한 바 있다. 그리고 그가 이 글쓰기의 답보상태를 타개해가는 방법이 바로 인용문에 제시되어 있다. 그는 자신의 성적 취향에 따라 가을날의 야산에서 있었던 또다른 성애담으로부터 이야기를 먼저 시작할 참이다. 그러는 과정에 스스로의 감정이 추슬러지고 부풀려지면 다시 그 두 주인공에 대한 이야기로 되돌아갈 것이다. 그렇게 추슬러지고 부풀려진 감정이란 당연히 성욕이겠고, 그 성욕의 소모가 이야기를 이끌어가는 동력이 된다. 「우산」에서도 사정은 마찬가지다.

이만큼 써둔 어느 비 오는 이른 여름날 나는 한 여자의 냄새를 만나러 해변의 숲속 깊숙이 숨어 있는 여관에 갔었다. 유난히 향수를 좋아하는 여자였다. 그녀는 내가 쓰는 소설에 관심이 많았고, 나는 가끔 여자에게 소설 쓰기의 어려움을 잔뜩 부풀려 토로하기도 했다.(「우산」, 『떨림』, 120쪽)

역시 불러일으켜진 성욕과 소설 쓰기의 어려움에 대한 잔뜩 부풀려진 토로 ― 이것 또한 말의 낭비이자 소모이다 ― 가 에너지원이 되고 그렇게 얻은 에너지의 소모에 의해서만 그의 소설 쓰기는 계속될 수 있어 보인다. 그러니 이 소설들은 '성에 대한' 소설들이자 동시에 '성을 통한' 소설들임에 분명하다. 그는 성욕으로 글을 쓰는 것이다.

6. 꽃을 먹다

성욕의 소모란 곧 배설이다. 작가 마르시아스의 소설은 그렇다면 배설의 결과다. 과연 배설에 관한 한 그는 그전부터 전문가였다. 「병돌씨의 어느 날」(『묵호를 아는가』)의 똥, 「희복씨의 부동산」(『묵호를 아는가』)의 오줌이 그렇고, 『떨림』 연작 전체는 화자와 그가 숭배하는 모든 여성들의 육체에서 배출된 땀과 정액, 애액과 타액으로 그득하다. '요동과 우연'의 예술론을 가능케 했던 "우주"라는 제목의 조형물 역시 "소똥"으로 만들어진 것이다.(「피크닉」) 그 모든 배설물들은 실레노스 마르시아스의 세계와 잘 어울린다. 그것들은 모두 무정형적으로 흘러넘치며, 생산과 축적보다는 소모와 탕진을 향한다. 말하자면 도구적 이성과 생산 중심주의적 가치관에 대한 거부가 이 배설행위들에 깃들어 있다.

대변업(代便業)에 종사하는 병돌씨는 합리적으로 관리되는, 그리하여 이제는 생산과 축적 외에는 다른 용도를 완전히 상실한 시간들의 대변자이다. 이 시간 속 어디에도 소모로서의 배설이 들어설 자리는 없다. 서울과 같은 합리화된 세계에서 생산이나 축적과 관련되지 못한 소모행위들은 모두 배제당한다. 그 일을 대신하는 이가 바로 병돌씨인데, 아니나 다를까 그는 애초부터 고도로 소외된 서울의 삶에 적응하지 못하는 주변인이다. 한가로이 목욕탕에서 서울 남성들의 성기 크기나 가늠해보는 유희본능이 그를 지배한다.

이에 비하면 희복씨의 오줌은 경멸과 분노의 배설이다. 삶의 터전이던 바다로부터 떨어져나와 도시생활에 적응하기 위해 발버둥치던 그에게 서울이 준 선물은 고작 청소부 — 이 역시 소모되고 남은 잔여분을 처리한다는 점에서는 대변업(代便業)이다 — 라는 직업과 코딱지만한 판잣집이다. 그나마 그 집도 이제 비워야 할 처지다. 그런 그가 할 수 있는 유일한 일은 화려한 서울의 네온사인들을 내려다보며 도시 전체를 향해 야유하듯 오줌을 갈기는 일 외에는 없다. 배설로 서울에 맞서는 셈이다.

80년대적 민중주의에 침윤되어 다소 교훈적이고 도식적인 데가 있는 이들 두 작품에 비하면 『떨림』 연작의 배설들은 그야말로 아무런 이유 없는 '우연한' 소모들로 가득 차 있다. 그러나 성과 소모에 대한 이야기를 다시 할 필요는 없겠다. 대신 꽃 이야기를 하자.

작가 마르시아스에게 있어 '꽃'에 대한 탐구는 거의 의식(儀式)적이다. 「묘사총」(『묵호를 아는가』)의 꽃들이 뿜어내는 원색의 귀기(鬼氣)는, 필요 이상으로 화려해서 그로테스크하기까지 한 무속화나 민화를 방불케 하고, 「망월」(『늑대와의 인터뷰』)에서 달빛을 받은 수십 가지 꽃의 너울거리는 자태들은 아들을 잃은 어머니의 꼿꼿하고 자애로운 독백에 대한 단순한 배경이나 은유로서의 지위를 넘어서는 데가 있다. 달리 말해, 이 작품들에서 꽃은 하나의 소설적 장치나 배경이라기보다는 오히려 작품의 유기성이 부과한 요구를 마다한 채 독자적인 영역을 요구하는 잉여들로 보일 지경이다. '에르곤'을 넘어서는 '파레르곤'들(데리다)이라고나 할까. 그처럼 난무하는 원색의 꽃송이들이 하나의 지향을 얻는 것이 『떨림』의 「나팔꽃」이다.

소설 「나팔꽃」에 나오는 모든 꽃들은 여성의 성기를 연상시킨다. 칸나나 달맞이꽃이야 그렇다 치더라도 심지어는 코스모스나 장미와 같은 꽃들마저도 모두 발기한 여성의 성기와 연결된다면, 그 말은 사실상 모든 꽃은 여성이라는 말에 다름아니다. 그렇다면 소설 말미의 "피어나고 스러지고 다시 피어나"는 수억만 송이 나팔꽃들은 소모의 욕망으로 넘쳐나는 여성들에 대한 은유이겠는데, 화자는 그 사이를 또한 발기한 성기를 곧추세우고 아무런 법칙 없이 여행한다. 그 여행은 탕진의 여행이자, '꽃을 먹는' 여행이다. 작가 스스로가 여성과의 사랑을 '먹다'라는 행위로 표현하기 때문이다. 예를 들어, "그때가 계기는 아니었겠지만 나는 지금도 먹는다는 표현을 아주 생리적이라 생각한다. 어쨌든 그날의 성욕은 성욕이라기보다는 극도의 허기가 아니었던가, 오랜 시간이 지난 지금 생각한다"(「나팔꽃」)라고 직설적으로 '먹다'란 동사에 대해 의미심장한 설명을 덧붙일 때 말고도, 그는 여러 소설들에서 여성을 '먹는다'라고 표현하는 데에 ― 마치 예상되는 페미니스트들의 비난에 대해 의도적으로 무감하겠다는 듯이 ― 거리낌이 없다.

'꽃을 먹다' 라는 이 행위는 즉각 아도르노가 오디세우스의 귀향길을 방해하던 자연신 중의 하나인 로터스와 그의 연(꽃)에 대해 부여한 의미들을 떠올리게 하는 데가 있다.

연에게 부여된 유혹하는 힘은, 농업이나 가축 기르기, 심지어는 사냥보다, 한마디로 어떤 '생산' 보다 오래된, 땅이나 바다로부터 채집을 하던 단계로의 퇴행을 의미한다. 이 서사시가 꽃을 먹는 행위를 놀고먹는 인생과 결부시키는 것은, 오늘날 그러한 생각을 따라가기는 어렵지만, 우연이 아니다. 꽃을 먹는 행위는 삶의 재생산이 의식적인 자기 유지와 무관하고, 행복한 포만감이 유용성의 원칙에 입각해 만든 영양관리와는 다른, 어떤 상태를 약속해준다.(테오도르 아도르노, 『계몽의 변증법』)

아도르노에 따르자면 '꽃을 먹는' 행위란 그것이 자아의 '자기 유지' 욕구에 대해 아무런 소용도 가지고 있지 않다는 점에서, 그리고 생산과 축적의 원리에 반하는 게으름과 포만감, 즉 실레노스 마르시아스적 세계에 대한 은유적 기능을 수행할 가능성이 있다는 점에서 배설행위가 가진 반계몽적 함의와 등가이다. 꽃을 먹는 행위란 결국 작가 마르시아스에겐 배설행위와 함께 '요동과 우연' 에 대한 탐구의 한 변주였던 셈이다.

7. 쾌락의 활용

'성욕과 식욕' 이란 쾌락의 양대 축이다. 인간이 누리는 모든 쾌락은 이 두 가지 행위로부터 말미암지 않는 것이 없다. 그런 이유로 작가 마르시아스는 쾌락을 활용하여 계몽 이전, 혹은 이후의 자연을 탐구하고 있다고 해도 과장은 아니겠다. 그러나 이미 보았듯이 아쉽게도 '쾌락의 활용'은 아직 그의 소설에서 부정적인 기능만을 수행하고 있을 뿐이다. 즉 계몽적 이성과 그 산물에 대해 던지는 조롱과 야유를 위해서만 소용된다. 그렇다면 이제 남는 문제는 '쾌락의 활용'을 어떻게 '구성적' 원리로 만들어 긍정적 기능을 수행하도록 할 수 있겠는가이다. 부끄러운 일이지만 그 답은 인간이 아니라 유인원 '보노보 원숭이' 종족에게서 찾아야 할지도 모르겠다.

「밀림」이란 작품의 시작에 직접 개입한 화자는 다음과 같이 말한다.

보노보는 특별하게 진보된 성을 통해 그들 사회에 존재하던 폭력을 제거해버린 셈이다. 만일 무리 내에서 싸움과 같은 사태가 벌어지면 이들은 긴장을 해소하기 위해 성행위를 한다. (……) 보노보는 지구상에 존재하는 어떠한 생물도 이룩하지 못한 평화와 화해, 공조의 방법을 극히 이기적일 수밖에 없는 성이라는 매개를 이용하여 이룩한 유일한 생물이다.(「밀림」, 『떨림』, 167쪽)

이렇게 보노보 원숭이 종족 내에 존재하는 '쾌락의 활용'을 묘사하면서 시작한 소설은 자신이 경험한 사이좋은 혼음(混淫)의 에피소드들을 거쳐 다음과 같은 물음으로 끝난다.

이제 나는 인간의 한 개체로서, 나를 포함한 모든 인간에게 묻는다. 우리 인간의 성적 진화는 과연 올바른 방향을 택했던가?(「밀림」, 193쪽)

말하자면 그는 성과 해방적 유토피아라는 오래된 마르쿠제적 물음을 독자들에게 환기시킴으로써 자신의 소설들을 단순한 섹스 무용담의 수준에서 철학적 언술의 수준으로 끌어올리려고 시도한다. 그러나 이러한 시도는 그다지 성공하지 못한다. 작가가 유인원 보노보 종족이 아닌 인간세계에서 그러한 '쾌락의 활용'을 찾아내지도 실현시키지도 못하기 때문이다. 이 소설에 실린 성애담들은 소재 차원에서 혼음과 관련되어 있다는 것 외에 보노보 종족이 이룩한 성적 진보와 어떠한 본질적인 면도 공유하지 못한다. 소설적 형상화에 의해 전혀 뒷받침되지 못한 채, 생경스럽게 삽입된 이 보노보 종족의 우화가 갖는 함의는 영탄과 회고조로 아름답게 다듬어진 문체만으로는 감당하기에 벅찬 주제인 것처럼 보인다. 그렇게 그의 요동에의 탐구 또한 여기서 멈춘다.

8. 멈추다

박철화의 말마따나 그는 "더 끝까지 밀고 나가지 않는다".(『떨림』 발문) 이제까지 그의 소설을 빛나게 하던 장점이 이제부터는 한계로 작용한다. 그는 '성을 통해' 우연과 요동에 대한 탐구를 그나마 진척시켜왔지만, 오로지 '성에만' 집착한 나머지 그 한계를 돌파하지 못한다.

실레노스 마르시아스는 사랑의 신만은 아니었다. 그는 계몽 이전의 자연신이어서 고도로 위계화된 질서 속에서 특정한 영역과 특정한 능력만을 할당받은 올림포스의 신들과는 아예 범주가 다른 존재였다. 그는 모든 것이었다. 그는 피리를 잘 부는 예술의 신이기도 했고, 종일 숲속을 난장판으로 만들고 다니는 유희의 신이기도 했으며, 또한 숲과 늪의 수호자이기도 했다. 그는 요정들의 정부였고, 염소였고, 인간이었고, 또한 신이었다. 물론 그는 사랑의 '신이기도' 했지만, 사랑의 '신만은' 아니었던 것이다.

그러나 이미 본 대로 작가 마르시아스의 작품들에서 '요동과 우연'은 오로지 성적 일탈, 그것도 겨우겨우 숨어서 지탱되는 불륜에 대한 합리화를 위해서만 소용되는 측면이 강하다. 그의 내부에 존재하는 무엇인가가 탐구의 진척을 방해하면서 소설을 자꾸 '성적 원망 충족'으로 끌어간다. 그로 인해 실레노스 마르시아스가 누리던 '모든 것들의 신'으로서의 다성성은 '사랑' 혹은 '성'의 신의 지위로 단성화된다. 미리 당겨 말하자면 그 방해물은 작가 자신의 '망상' 적 성정(性情)으로부터 기인한다.

9. 피가 식기 전까지

망상을 흔히 쓰는 대로 '과대'란 말과 짝을 이루는 합성용 용어나, 상식적인 의미의 '자기 과시'를 뜻하는 말 정도로 이해해서는 곤란하다. 엄밀한 의미에서 망상은 소설가를 포함한 모든 예술가들의 심리적 필요조건이다.

태초에 리비도가 있었다. 이 태초의 리비도는 오로지 자기 자신이 속한 육체 외에는 알지 못한다. 유아란 본질적으로는 다성도착증 환자라고 할 때, 이 말은 유년기의 인간이란 그 태초의 리비도를 대상세계가 아닌 자신의 육체와 자신의 욕망을 위해서만 사용한다는 말에 다름아니다. 일정한 계기 — 오이디푸스 콤플렉스 단계를 말한다 — 와 함께 대상애를 습득해야만 하는 상황에 처한 유아는 이제 자연스럽게 태초의 리비도를 대상세계에 투여하기 시작한다. 거듭되는 교육과 훈련, 금지와 체계의 습득을 통해 '정상적인' 주체는 리비도를 제 육체로부터 철회하는 대신 대상세계에 투여하는 법을 배우게 되는 것이다. 그러나 더러 어떤 주체들은 대상애를 거부하고 거기에 투여되어야 할 리비도를 다시 제게로 거두어들이기도 한다. 외상적 경험과 같은 일정한 조건하에서 이런 일이 일어나는데, 우울증 환자들이 모두 여기에 속하거니와

우울증—사랑하던 대상을 상실한 자의 완전한 허탈—을 극복하려는
무의식의 의지가 '망상증'을 결과한다. 말하자면 자아를 향해 되돌려
져 주체할 수 없을 정도로 비대해진 잉여 리비도를 소모하기 위한 궁여
지책이 망상을 만들어내는 것이다. 유명한 슈레버 판사의 증례는 이런
메커니즘을 통해 신경증 환자가 만들어낼 수 있는 최고로 정교하고 최
대로 거대한 망상의 사례를 제공한다. 이때 슈레버 판사는 예술가 직전
에 있었다고 말할 수 있을 것이다. 예술가에게도 그와 유사한 일이 일
어나기 때문이다.

대상으로부터의 리비도 철회에 이르는 과정에 관한 한 예술가는 망
상증 환자와 동일한 메커니즘을 겪는다. 흔히 예술을 '세계와의 불화'
라는 멋진 경구로 표현하는 경우를 자주 보는데, 이 경구는 분명 본질
을 꿰뚫는 데가 있다. 불화라 부르건, 환멸이라 부르건, 예술가가 세계
와 겪게 되는 갈등이란 대상으로부터 리비도를 철회할 때의 구실이 되
는 셈이다. 그렇게 철회된 리비도가 망상을 낳느냐 예술작품을 낳느냐
가 망상증 환자와 예술가와의 유일한 차이이다. 특히 소설 장르는 망상
과 아주 유사한 면모를 보여주는데, 망상의 대부분이 '정교하게 꾸며
진 이야기'의 형식을 취하기 때문이다. 슈레버 판사도 신에 의한 인류
의 구원과 그 구원의 거대서사에서 자신이 해야 할 역할에 관한 정교한
이야기를 꾸며내는 데에는 남다른 소질이 있었던바, 그 역시 분명 이야
기꾼임에는 틀림없었던 셈이다.

물론 망상과 소설을 구분하는 기준은 있다. 우선은 그것이 예술적 언
어와 장치의 옷을 입고 있는가 아닌가, 즉 각고의 '이차가공' 과정을 제
대로 거쳤는가 아닌가 하는 기준이 있다. 그러나 뭐니뭐니 해도 본질적
인 차이는 그렇게 만들어진 이야기가 개인의 '원망 충족'에 소용되는
가, 아니면 인류 전체의 원망 충족, 즉 '탐구'를 위해 소용되는가일 것
이다. 예술가란 대상으로부터 철회되어 남아돌게 된 리비도를 작품을

통해 세계와 인간의 탐구에 기꺼이 바치는 자이다. 이 점이 망상과 소설을 구분짓는 결정적인 차이다.

그렇게 볼 때, 어떤 작가의 소설들이 '이야기체'를 취하는 경우가 잦다는 말은 그가 고도로 치밀한 이야기꾼이 아닌 한, 쉽사리 망상적 원망 충족의 욕망에 노출되기 쉽다는 말이기도 하다. 우리가 익히 알고 있는 대로, 오래된 옛 이야기들의 상당 부분이 망상적인 이유도 여기에 있다. 권선징악의 결말, 현세에서의 복락, 핍진과 개연으로부터의 자유와 같은 요소들이 옛 이야기들의 망상적 특징에 대한 증거가 된다. 그것들은 모두 망상적 '원망 충족'의 요건들이기도 한 것이다.

안타깝게도 작가 마르시아스는—이문구, 성석제, 김종광과 같은 이야기꾼들과 달리—고도로 치밀한 이야기꾼에 속하지는 않는 듯하다. 그가 가장 즐겨 쓰는 '이야기체 소설들이 망상적 요소들에 무방비상태인 채로, 개인적 '원망 충족'으로 빈번하게 기운다. 이미 언급한 대로 마르시아스적 세계에 대한 일관된 탐구를 방해하는 것도 바로 이 망상적 기질 탓이다.

「문학을 향해 쏴라」(『늑대와의 인터뷰』)의 화자는 망상에 대한 훌륭한 예를 제공한다. 청탁도 강연도 없는 삼류 작가 처지인 그가 택한 상황 타개책은 복수다. "민첩성과 저돌성은 젊은 시절 해병대에서 단련한 바 있"으니 이제 그는 총알 세 발을 장전한 권총을 가지고 은행으로 직행할 참이다. 한 발은 돈, 한 발은 목숨, 그리고 한 발은 위대한 명작을 위한 것이다. 물론 이처럼 한심한 화자의 원한에 사무친 모습을 곧이곧대로 받아들일 수는 없다. 그 속엔 상업화된 문학계와 독자들의 무지에 대한 작가의 자못 진지한 분노가 깃들어 있음을 이해할 수 있다. 그러나 의도가 항상 작품 속에서 그대로 실현되지는 않는 법이다. 이 작품이 성공하기 위한 관건은 당연히 '아이러니'에 있다. 화자의 희한한 발상에 대해 작가가 전혀 편들지 않고 엄정한 거리를 유지하면서 그를 완전히 희화하는 데 성공할 때만―채만식의 「치숙」을 보라―아이러니는 발생한다. 그러나 이 작품에서는 아이러니가 생겨나질 않는다. 화자와 작가가 공유하는 교집합이 너무 많은데다, 「치숙」의 사회주의처럼 상대적으로 화자를 희화할 만큼 이상적인 비교 기준이 없기 때문이다. 아이러니를 통해 자신의 '원망'을 결연히 작품과 분리시키지 못함으로써 결국 소설의 반쯤은 온전히 작가의 보상심리를 메우는 쪽으로 기울고 만다. 다른 소설 「신금오신화 제2편」에서의 망상은 그 정도가 더 심하다.

"보아하니 생의 뜻은 참으로 장하기 그지없네. 허나 아직 그 뜻을 한 번도 세상에 펼쳐보지 못하였으니 이는 참으로 옥덩이가 먼지 이는 벌판에 버려져 있고 황금덩이가 진흙 속에 묻혀 있는 것만 같네. 아아, 이 어찌 애석타 하지 않을 수 있겠는가."(「신금오신화 제2편」, 『늑대와의 인터뷰』, 132쪽)

소설 초입에서 밝힌 대로라면 소설가인 화자 "심생"은 "방구석에 틀어박혀 소설이라는 걸 쓰기 시작한 지 이미 몇 해"째인 낙방 문인이다. 생계는 "어머니께서 푼푼이 벌어오시는 몇 푼 안 되는 돈으로 책을 사 보고 침식을 해결하는 처지라 그 애닯기가 여간치 아니"한 상태다. 그런 그가 깜빡 원고지 위에 엎드려 잠든 후 꿈속에서 옥황상제―죽은 안중근 의사―를 만나 듣게 되는 극찬이 위와 같다. 낙방 문인에게 이만한 원망 충족은 없겠다.

망상은 여기서 끝나지 않는다. 김시습, 박지원, 김삿갓, 사르트르 등 이루 셀 수 없는 동서고금의 문호들로부터 아낌없는 극찬을 받은 심생이, 이번에는 그 보답으로 주지육림의 진경을 몸소 체험하게 되는데 그가 맛보는 음식이 대개 "금표범의 태, 낙타의 혹, 말벌의 집, 붉은 양의 꼬리, 청예의 갈비, 백학의 간, 거북 족발, 봉황의 골수" 등등과 같고, 황진이를 필두로 한 천하절색의 기녀들과 쉬지 않고 나누는 운우지정이 또한 이러하다.

　팔박이심으로 시작하여 좌삼우삼 사왕생환을 거듭하고, 좌와서권 언복개장 측배전각 출입심천의 방도를 구가하고, 구법 삼법 칠손 팔익을 용의주도하게 구사하며, 사강을 헤치고 금구로 더듬어들어 옥리를 깨무는가 하면, 신전 곡실을 어루만지고, 금현 맥치를 간질이고, 벽용 영녀를 짓밟고, 유곡으로 들어서서 단혈을 침범하여, 찌르고, 베고, 불지르고, 들쑤시며, 출성을 마다하고 우산운수를 거듭하며, 비는 무너져내려 아우성치며 투항하는 것이었다.(「신금오신화 제2편」, 112쪽)

여전히 아이러니는 없고, 그간 낙방 문인으로서의 화자가 가슴 깊이 묵혀왔던 모든 원한만이 큰 비에 봇물 터지듯 지칠 줄을 모르고 쏟아져 나온다. 그러니 소설의 말미에 옥황상제로부터 하사받은 "배달의 거울"로 친일 매국노들을 발각해 씨를 말리겠다는 화자의 결연한 다짐이 오히려 아이러니랄밖에는 다른 도리가 없다. 이쯤 되면 망상과 소설이 거의 구별 불가능해진다.

　극단적인 두 작품을 예로 든 것이지만, 이야기체 소설의 또다른 변주로 보이는 우화나 동화풍의 소설들 중 상당수가 이러한 망상의 메커니즘에 부분적으로라도 노출되어 있다. 「나무꾼의 뜻」(『묵호를 아는가』)의 패러디는 송곳 같은 풍자보다는 '민족적 형식에 민중적 내용'을 부르짖던 80년대 독자들에게나 어울릴 법한 기복담(祈福談)의 결말로 기울며, 「몬드리안과 로스코를 위한 구성」(『묵호를 아는가』)에서는 부조리한 살인 욕구의 망상적 실현이 형식 실험보다 우선한다. 또한 「한 남자에겐 몇 명의 여자가 필요한가」「여자는 언제까지 사랑을 원할까」

(『사랑과 인생에 관한 여섯 편의 소설』) 같은 작품들은 소설집 제목과 달리 '사랑과 인생'에 대한 탐구 정신의 소산이라기보다는 영원한 사랑을 원하는 화자 자신의 방랑벽에 대한 합리화라는 인상이 짙다. 형식에 있어서도 현실과의 긴장을 완전히 상실한 채, '어른들을 위한 동화' 수준으로 퇴보하고 만다.

그러나 작가 자신도 어렴풋하게나마 자신의 소설이 갖는 망상적 경향에 대해 인지하고 있다는 점은 참으로 다행이다. 『떨림』 연작 중 하나인 「발찌」에서 그는 이렇게 실토한다.

나는 어쩌면 아직 밤새워 소설을 쓰기에는 너무 뜨거운 피를 가지고 있는지도 모른다는 생각이 들었다. 컴퓨터 자판 앞에 멍하니 앉아 곧 새벽녘의 햇살이 들이칠 시간임에도 누군가 나를 유혹해주지나 않을까, 내가 사정하는 동안 암사마귀처럼 내 몸을 머리부터 씹어 먹어버릴 여자는 없을까 하는 기대를 가지고 있었다.(「발찌」, 269쪽)

"너무 뜨거운 피를 가지고 있는지도 모른다"라는 구절을 달리 해석할 방법은 없을 것이다. 그는 이 문장을 통해 성욕이 되었건 작가로서의 성취욕이 되었건 그것을 통제하기 힘들었던 자신의 소설 쓰기에 대해 고백하고 있다. 그 말은 곧 자신의 소설에 스스로의 원망이 너무 많이 개입했다는 점, 자신의 소설을 온전히 '탐구'에 바치지 못한 채, 그 원망의 충족으로 이끌려가도록 방치해둘 때가 많았다는 점에 대한 시인이기도 하다. 더욱더 다행한 것은 이 고백의 시제가 과거형 서술을 취하고 있다는 점이다. 적당히 피가 식어가고 있다는 증거가 되기 때문이다.

10. 「양풍전」 재론

이야기체 형식의 차용이 갖는 위험은 그것이 망상적인 원망 충족으로 작가를 이끌기 쉽다는 점에만 국한되지 않는다. 이야기체 형식의 소설들이 갖는 또다른 위험은 그 형식이 과연 '아직도 타당한가' 라고 하는 역사적 유효성의 문제와 직결된다. 이에 관해서는 벤야민이 오래 전에 근대 이전의 '이야기꾼' 과 이후의 '소설가' 간 차이를 논하는 자리에서(「얘기꾼과 소설가」, 『발터 벤야민의 문예이론』)—『떨림』의 문체보다 더 향수 어린 문체로 얘기꾼의 소멸을 아쉬워하며—소설과 달리 전시대의 '이야기' 는 '경험과의 친연성' '얘기 내용의 유용성', 그리고 이 이야기를 들어주고 전승시켜줄 만한 '언어공동체' 를 전제로 한다고 했던 사실을 떠올리는 것도 좋겠다. 그리고 그 모든 것들의 와해가 소설을 낳았다. 그 말은 이제 다시 그 소설의 위기 시대가 도래했다고 하여 절로 이야기의 복원작업이 유의미해지는 것은 아니란 말이기도 한데, 이유인즉 이야기가 소설적으로 복원된다 한들, 원래 이야기가 가지고 있던 유용성, 이야기가 탄생하고 전승되고 소멸하는 태반으로서의 언어공동체마저 복원될 수는 없는 노릇이기 때문이다. 역사를 되돌릴 수는 없는 법이다.

소설에 있어 이야기체의 차용과 관련된 모든 탐구는 여기서부터 출발해야 한다. 오늘 여기에서 '이야기꾼' 이 된다 함은 어떤 의미가 있는가? 그것은 가능한가? 역사적으로 유효한가? 가능하다면 어떻게 가능할 것인가? 등등. 그런데 놀랍게도 작가 마르시아스는 그러한 탐구를 이미, 그러나 딱 한 번 시도한 바 있다. 그 딱 한 번의 시도란 그가 지금까지 써온 몇 편의 걸작들[8] 중 하나인 「양풍전」이다.

---

8) 이 작가의 특성 중 하나가 작품들의 완성도가 지극히 들쭉날쭉하다는 점이다. 평균작 이하의 작품이 지금 주로 거론되고 있지만, 「묘사총」 「양풍전」(『묵호를 아는가』), 「첫눈 조

「양풍전」은 절대 이야기체 소설이 아니다. 그러나 분명히 '이야기'에 대한 탐구이다. 그것도 놀랍도록 깊이 있는 탐구이다. 이 소설의 등장인물은 딱 두 사람이다. '어머니' 그리고 화자인 '나'. 소설은 아무런 장치 없이 두 사람이 주고받는 대사만으로 이루어진다. 흥미로운 것은 소설가로 보이는 화자의 이야기는 판소리로 치자면 추임새 정도의 부차적인 역할을 할 뿐, 실제로 이야기를 풀어내는 사람은 어머니란 점이다. 이제 어머니는 처녓적 읽었던 양풍 이야기를 지나, 일제시대와 한국전쟁의 와중에 생로병사와 이합집산의 온갖 풍파를 다 겪는 한 가족의 역사를 길게 늘어놓을 참이지만, 소설가인 화자는 이 장황한 이야기에 대해 아무런 간섭도 하지 않는다. 가끔 자신이 이해하기 힘든 점만 독자들에 대한 배려 없이 되물을 뿐이다. 직업상, 이차가공을 통해 어머니의 이야기를 연대기적으로 재배열하고, 그리고 독자 혹은 청자들이 이해할 만한 보편적인 언어로 — 굳이 표준어가 아니더라도 — 이차가공할 만도 한데 그런 작업을 애초부터 포기한다. 그런 이유로, 지독한 강원도 사투리에, 두서도 없고, 등장인물들의 계보도 분명치 않은데다, 드러나지 않은 텍스트 바깥의 문맥을 통해서만 이해가 가능한 공백과 얼버무림 탓에 어머니의 이야기는 독자들에겐 완전히 해독 불능이다. 화자가 전혀 도와주질 않는 것이다.

그나마 아들이자 소설가 자신이기도 한 화자는 어머니의 이 난해한 이야기들을 겨우겨우 이해하기는 한다. 그 이유는 간단하다. 그가 어머니와 같은 언어공동체, 같은 가족공동체, 같은 역사공동체 내에 속했던 경험을 가지고 있기 때문이다. 그나마 둘의 대화로 미루어보건대 그런 연대감 역시 많이 느슨해진 상태다. 그러니 그와 같은 공동체에 속해본

<hr>

심」(『사랑과 인생에 관한 여섯 편의 소설』), 「망월」, 그리고 특별히 올해 현대문학상 수상작 「美」는 작품의 성취에 값하는 주목만 주어진다면 한국문학사상 길이 남을 걸작의 반열에 오르는 데 무리가 없을 것이다.

적이 없는 독자들에게 어머니의 이야기란 암호나 진배없다.

　그러므로 이 작품의 감동은 어머니가 들려주는 파란만장한 가족사에서 비롯되는 것이 아니다. 오히려 감동은 메울 수 없는 세대간의 문화적 감수성의 차이, 이제 더이상 언어와 경험과 감동의 공동체, 이야기꾼들을 기르고 자라게 하고 그들의 이야기를 전승시키고 또한 소멸하게 했던 그런 공동체가 존재하지 않는다는 서글픈 최종 확인으로부터 온다. 이제 화자는 서울로 되돌아가 다시 소설을 쓸 것이지만 그 소설 또한 온전한 의미의 '이야기'가 되지는 못할 것임을 굳이 거론할 필요는 없겠다. 이런 식으로 결국 「양풍전」은 우리 시대에 '이야기'가 처한 상황에 대한 서글픈 확인작업에 바쳐진다.

　그러나 서글프다고 하더라도 그것이 진지한 탐구의 소산이자, 정확한 역사적 사실이라면 어쩔 수 없는 노릇 아닌가? 어쩌겠는가, 거기에서 다시 '이야기'에 대한 탐구를 이어갈밖에. 그러나 이미 살펴본 대로 이후 작가 마르시아스의 이야기 탐구는 「양풍전」으로 돌아가지 않는다. 그는 너무 쉽게 이야기의 복원을, 그것도 '망상'에 대해 단단한 보호벽을 세우지 못한 채로 선언하고 만다. 그 대가는 짧지 않은 십여 년간 그가 써낸 소설들 중 가장 안 좋은 모양새의 작품들로 나타나고야 마는데, 그렇다면 그는 이제 「양풍전」으로 다시 돌아올 필요가 있겠다. 이야기공동체의 소멸에 대한 그 서글프지만 적확한 확인작업으로 말이다.

11. 적당히 피가 식었을 때 : 「美」

　이제 미루고 미루었던 「美」에 대해 말해야 할 차례다. 어떤 작가들에게나 그간의 모든 글쓰기를 일단락짓는 획기적인 계기가 되는 작품이 있게 마련이다. 그런 작품은 이제까지의 작업에 대한 중간 결산이 되기도 하고, 또한 그간 범해온 시행착오를 무마하는 전기가 되기도 한다. 작가 마르시아스에게는 「美」가 그런 작품이다. 「美」는 그가 그간 탐구해온 주제의 가장 아름다운 결정체이자, 그가 범한 오류들의 거의 완전한 보완물이다.

　이러한 찬사의 근거는 우선 '아름다움'을 대하는 겸허함에서 비롯된다. 근자의 다른 작품들과 다르게 이야기체 형식을 빌리지 않은 이 소설에서 화자는 망상에의 경도를 극복한다. 그리하여 그는 작품 속 화자의 입을 빌려 "나는 늙고 병든 풍각쟁이가 지고 다니는 손풍금이 풍겨내는 음악에 관해서는 관심이 없었다. 그보다는 아름답고 순결한 어린 딸의 모습에만 탐닉해 있었다. 늙은이의 손풍금 소리야말로 상처입고 버림받은 영혼들만이 가 닿을 수 있는 곳에서 울려퍼지는 진정한 음악이라는 사실을 깨닫게 된 것은 그로부터 오랜 세월이 지난 뒤였다"라고 지난날 원망 충족에의 경사를 스스로 반성할 줄 알게 된다. 그러나 무엇보다도 그의 변화를 실감케 하는 것은 아름다움에 대한 관점 자체의 변화이다.

　이전의 작품들에서 화자는 스스로 아름다움에 대한 해설자이자 성을 통해 아름다움을 실현하는 자이기를 고집했다. 거기에 망상에의 위험이 도사리고 있었던 것인데, 이 작품에서의 화자는 끝내 아름다움의 이데아에 대해 주변인으로서의 처지를 감수한다. 그는 어머니와 동생으로 이루어진 '요동'의 밀실을 그저 관음증적으로 훔쳐볼 수 있을 뿐이며, "어느 날 그 무채색의 세상을 진하디진한 유채색의 범벅으로 물들"였던 사건의 현장인 미장원에도 끝내 발 한 번 들여놓지 못한다. 그러나 그것은 아름다움에 대한 탐구의 포기가 아니다. 오히려 화자로서는 이해할 수 없는 불가지의 영역에 아름다움의 이데아를 위치시킴으로 해서 '미'는 절대적인 어떤 것이 된다. 범접할 수 없는 것만이 절대적인 법이다.

미의 이데아를 절대적인 것으로 만드는 것은 또 있다. 모호함이 그것이다. 절대미가 완성된 현장인 미장원에 있었던 사람은 오로지 네 사람뿐이다. 무모증에 동네 온갖 남정네들의 정액 냄새를 풀풀 풍기고 다니던 어머니가 그중 한 사람이다. 두번째로는 아버지가 아닌 남정네의 성기를 손에 쥔 채 경배하듯 무릎 꿇은 자세로 뜻 모를 통곡을 토해내던 그 어머니를 유일하게 이해해주고, 자신의 한쪽 눈을 멀게 한 형의 실수를 오히려 제 잘못으로 돌렸던 동생이 있다. 세번째는 온 마을 청년들을 달뜨게 할 만큼 아름답고 순결한 읍장댁 딸, 그리고 마지막으로 그 읍장댁 딸의 머리를 만지다 그 아름다움에 취해 결국 살인을 저지르는 미용사가 그 넷이다. 읍장댁 딸의 목에 가위를 꽂고도 그녀는 한참 동안 시신의 머리를 스스로 만족할 때까지 오래오래 다듬는다.

이 네 사람이 표상하는 미의 요소들을 각각 '몰아(沒我)' '순수' '오만' '도취'와 같이 도식화하는 짓은 오직 편의적인 방편에 불과할 것이다. 그러기엔 그들 네 사람이 만드는 미의 이데아는 훨씬 더 복잡하고 모호한 데가 있다. 그날 미장원에서 일어난 일은 광기이기도 했고, 살육이기도 했고, 도착이기도 했고, 나르시시즘이기도 했으며, 아름다움에 대한 한없는 추구이기도 했다. 또한 그 네 인물은 가장 추악한 짓을 서슴없이 저질렀으며, 음탕했고, 고귀했고, 충실했으며, 비도덕적이었고, 또한 투철했다. 말하자면 인간이 보여줄 수 있는 모든 모습이 그들에 의해 그곳에서 일어났다. 그날 그 미장원은 추한 것과 아름다운 것이 구분되기 이전의 '요동과 우연' 그 자체였던 것이다.

꽃의 우연한 만개 앞에서 '우연'의 본질을 꿰뚫을 수도 있었던 수경의 탐구, 방상적 기질에 의해 원망 충족으로 주저앉지만 않았다면 틀림없이 성공했을 『떨림』의 '요동'에 대한 모든 탐구들이 범했던 오류들이 보상된다는 말은 이 점을 염두에 둔 것이거니와, 이 작품은 그가 그간 주로 탐구해온 '요동과 우연'의 미학이 보여줄 수 있는 절정의 자리에 놓여 있다. 이 작품에 이르러 '너무 뜨거운 피' 탓에 그가 범해온 적지 않은 오류들을 무마함으로써, 작가 마르시아스는 대상으로부터 철회된 리비도를 망상이 아니라 온전한 예술적 '승화'로 돌릴 수 있을 만큼의 연륜을 얻는다.

그렇다. 그날 그 미장원에는 오로지 실레노스 마르시아스만이 있었던 것이다. 그가 있었다면 모든 것이 있었던 셈이다. 그 모든 것이 덩어리져 '미'의 이데아를 구성한다. 그렇다면 이렇게 말해도 되겠다. 작가 마르시아스가 이제서야 온전히 실레노스 마르시아스를 발견했다고. 오로지 스스로의 피를 적당히 식힘으로써, 그리고 망상에의 욕구로부터 자신을 해방시키고 겸허하게 한 발 물러앉음으로써, 중화되고 순화되었던 실레노스 마르시아스의 영혼을 지상에 다시 위험스러운 존재로 부활시켰다고……

이제 어쩌면 부활한 실레노스 마르시아스의 본모습을 자주 보게 될지도 모를 일이다.

(2001)

정치적 좀비(zombi)
—정영문 소설 『더없이 어렴풋한 일요일』

만약 우리가 살아 있는 모든 것은 '내적인' 이유로 인해서 죽는다 ─ 다시 한번
무기물이 된다 ─ 는 것을 하나의 예외 없는 진리로서 받아들인다면,
우리는 '모든 생명체의 목적은 죽음이다' 라고,
또한 뒤를 돌아보면서 '무생물체가 생물체보다 먼저 존재했다' 라고
말하지 않을 도리가 없다.
─ 프로이트, 『쾌락원칙을 넘어서』

죽음이란 존재에 의해 훼손되었던 무의 완전성을 회복하는 일,
그것이 죽음에 대한 나의 정의였다.
─ 정영문, 『핏기 없는 독백』

죽음이라는 '문제'

죽음은, 항상은 아닐지라도(죽음이 삶과 사이좋던 시절도 있었을 것이
니) 아주 오래 전부터 금기와 침묵의 영역으로 추방당한 채로만 존재해
왔다. 죽음은 설사 그 그림자만이라도 절대 우리의 삶 속에 나란히, 공
공연하게 존재해서는 안 된다는 듯이, 척결하고 극복하고 퇴치하기 위
해서만, 우리는 죽음에 대해 호들갑을 떨거나 쉬쉬해왔을 뿐이다. 매일
매일의 교통사고 관련 소식, 재앙에 희생당한 사망자들의 숫자에 대한
과도하고도 과상된 관심들, 혹은 유령담과 공포영화를 통해 죽은 자들
에게 퍼부어지는 악의에 찬 경멸과 조롱으로 미루어보건대, 죽음이란
뭔가 우리가 사는 세계와는 잘 어울리지 않는, 어색한, 화해할 수 없는
어떤 것임에 분명하다.

그와 같은 배제에는 분명 이유가 없지 않았을 터인데, 근대 이후의 생산 중심주의만큼 그에 대한 강력하고도 합당한 이유를 찾기는 힘들어 보인다. 죽음이란 무엇보다도 아무것도(그것이 이윤이 되었건, 종족의 새 구성원들이 되었건) 생산해내지 못하게 된 신체의 특정 상태를 일컫는 말에 다름아니기 때문이다. 그러니 '生者는 假借也라' 와 같은 장자(莊子) 유의 잠언들이 허무에 대한 찬양으로 배척받는 것도 예상 못할 바는 아니다. 그처럼 삶이 죽음과 죽음의 연속 사이에 끼어든 한낱 소풍과 같은 것이 되어서야, 노동과 축적이 가치로울 이유란 없기 때문이다. 나아가 삶 전체가 공허의 다른 이름이 되기 십상이기 때문이다. 생동하는 신체, 정력적인 신체, 굳건한 신체만이 근대적 생산 중심주의에 걸맞은 신체로서의 지위를 부여받는다. 그에 비하면 광인들, 부랑아들, 병자들, 그리고 주검들이란 일종의 비정상적인 상태를 지칭하는 다른 이름들일 뿐인데, 그리하여 훈육과 교정과 관리와 격리수용만이, 이제 그들 몫이다(어린 시절, 그 많던 부랑아들은 다 어디로 갔을까?).

이와 같은 이유로 죽음이란 그것을 거론하는 행위 자체만으로도 이미 문제적인데, 정영문의 소설들이 문제적인 것도 일차적으로는 바로 이런 이유 때문이다. 그는 우리 문학사에서는 아직 낯선 것임에 분명한 죽음을 소설 속으로, 그것도 본격적으로 끌어들인다. 장용학이나 손창섭, 박상륭 같은 선구자들이 아예 없었던 것은 아니나, 정영문만큼 '일관되게' 그리고 '순수하게' '죽음에 대해서만' 이야기한 작가는 없었다.

앞당겨 죽음을 누리다

정영문의 주인공들은 모두 살아 있는 채로, 죽음을 앞당겨 누린다. '누린다' 란 표현을 문제 삼을 필요는 없겠다. 그들이 원하는 것, 그리고 실제로 유지하고 있는 상태가 바로 죽음과 별반 다를 바가 없으니 그들에게 죽음은, 혹은 죽음과 유사한 상태는 차라리 축복이다.

앞당겨진 죽음은 우선 그들의 신체에, 명백한 화학적 변화의 증상으로 출현한다. 가령 작품 「후각 상실」의 다음과 같은 구절들을 보자.

널빤지에 박힌 커다란 못이 그의 신발에 박혀 있었다. 신발을 벗자 양말 밖으로 피가 흘러나왔다. 하지만 통증은 느껴지지 않았다. 신발에 박힌 못을 빼낸 후 그는 목재소를 나왔다.(「후각 상실」, 202쪽)[9]

그 음식에서는 그가 익숙하게 알고 있는 아무런 맛도 나지 않았다. 결국 그는 몇 숟갈을 떠먹다가 말았다. 그는 음식 위로 고개를 숙인 채로 코를 킁킁거리며 그가 알고 있는, 그 음식에서 나는 냄새를 떠올리려 했지만 소용이 없었다.(208쪽)

후각이 상실된 그 상태가 지속될 수도 있다는 생각에 약간은 우려가 되기도 했지만 어떤 기대 또한 동시에 느꼈다. 그것은 그의 삶의 어떤 상태를 반영하는 것처럼 느껴졌다. 그는 음식점을 서둘러 나왔다.(213쪽)

내가 어떻게 이상해진 것 같아, 그가 물었다. 뭐랄까, 넋이 나간 사람 같아요, 여자가 말했다.(217쪽)

먼저 통각(痛覺)이 사라진다. 발이 못에 뚫려도 아프질 않다. 그리고

---

9) 이 글에서 인용한 정영문의 작품은 모두 『더없이 어렴풋한 일요일』(문학동네, 2001)에 실려 있다. 그밖에 인용, 참조한 텍스트는 다음과 같다. 정영문, 『나를 두둔하는 악마에 대한 불온한 이야기』, 세계사, 2000 ; 정영문, 『핏기 없는 독백』, 문학과지성사, 2000 ; 정영문, 『겨우 존재하는 인간』, 세계사, 1997.

미각과 후각이 사라진다. 음식에서는 맛이 느껴지질 않으며, 냄새도 맡아지질 않는다. 흥미로운 것은 세번째 인용된 구절인데, 화자는 감각의 상실상태에 약간의 우려가 없는 것은 아니지만, 동시에 그 상태의 지속을 기대하기도 한다. 그와 같은 감각 상실이 '그의 삶이 처한 어떤 상태'를 반영하는 듯하기 때문인데, 그 어떤 상태란 당연히 주검이 처하게 되는 상태에 다름아니다. 육체에 감각이 없다는 것은 죽었다는, 혹은 거의 죽었다는 말과 같다. 그의 삶이 처한 어떤 상태란 그러므로 가사(假死)상태이다. 마지막 인용문은 옛 아내였던 여인의 목소리로 그 죽음의 상태를 확인하는 장면인데, "넋이 나간 사람 같아요"란 말은 사실상 전혀 비유가 아닐 것이다. 그는 실제로 '넋이 나간', 즉 이미 죽음을 누리고 있는 사람이기 때문이다.

정영문 소설에서 이런 예들은 아주 흔하다. 이르게는 「괴저」(『나를 두둔하는 악마에 대한 불온한 이야기』)로부터 시작된 죽음의 화학변화는, 이번 창작집의 경우 「배회」의 화자가 마치 유령처럼 눈길에 발자국마저 남기질 않는가 하면, 「불면증」의 화자는 자신이 "어떤 공간을 차지하고 있다는 게 신기"할 만큼 존재감을 느끼질 못한다는 식으로 다시 변주된다. 죽음과 삶의 경계가 무너짐과 동시에, 육체가 하나의 실체로서 존재하기 위해서는 필수적으로 지니고 있어야 할 무게, 혹은 체적마저 상실할 지경이라면, 확실히 그들은 죽은 자들이다.

게다가 다음과 같이 직접적으로 죽음을 향한 강렬한 충동을 화자가 고백하는 구절들 또한 헤아릴 수 없을 만큼 많아서 그것들로부터 프로이트의 타나토스(Thanatos) 개념을 연역해내려는 행위 자체가 되레 식상하고 번거로울 지경이다.

사파리 여행을 한 후, 초원 위에 누워 선잠이 든 상태에서 맹수들의 사냥감이 되어 죽고 싶어. 그런 죽음이라면 용인할 수 있을 것 같아. 가슴

벅찬 느낌일 것 같아. 차례를 기다린 하이에나와 독수리들에 의해 남김 없이 없어지는 거야. 실제로 그런 일은 없겠지? 하지만 내 의식 속에서 그와 같은 일은 항상 일어나고 있지.(「불면증」, 152쪽)

여기에 그의 모든 소설의 주인공들이 병이나 자해로 인해 죽어가고 있거나, 죽을 지경으로 노쇠해 있거나, 심지어 죽어 있는 채로 말을 하는 경우까지 있다는 사실, 그들을 둘러싼 거주 환경이 모두 관 속과 같은 어둠과 밀폐로 특징지어진다는 사실을 더한다면, 그가 얼마나 일관되고도 순수하게 '죽음에 대해서만' 이야기하는 작가인지 더 거론하는 것은 다만 사족에 불과할 것이다.
　정영문의 화자들(그들은 모두 주인공들이기도 하다)은 확실히 모두 살아 있는 시체들, 즉 좀비들이다.

살아서 열반에 들다

그렇다면 이제 죽음의 어떤 점이 정영문의 화자들로 하여금 서둘러 그 상태를 흉내내고, 그 속에 들기를 동경(비록 이 단어가 정영문에게는 전혀 어울리지 않는 것이기는 하지만)해 마지않도록 했는가를 물을 차례다. 죽음은 미리 앞당겨 그 상태를 누리고 싶을 만큼 충분히 매혹적인가?
　죽음에 매혹당했던 몇몇 근대인들에게, 특히 프로이트에겐 '그렇다'. 죽음은 사실상 우리가 그것이 주는 적지 않은 공포와, 그 상태에 이르기 위해서는 부수적으로 따를 수밖에 없는 또한 적지 않은 고통과, 남겨둔 것들에 대한 미련과, 사라짐에 대한 슬픔만 이겨낸다면(다행히도 대개 이것들은 순간적인데), '과학적'으로 그리고 '객관적'으로 삶보다 우월한 존재의 양태이다. 화학적으로나 생물학적으로나 무생물이 생물보다 안정적이기 때문이다. 동물보다는 식물이, 식물보다는 광물이 더 불멸에 가까운 이유도 여기에 있는데, 그것들은 이미 죽어 있으므로, 아무런 동요도 긴장도, 그리하여 불안정한 에너지의 변동도 없다.

인간이 화학적으로 그 상태에 도달하는 방법이란 오로지 죽음 외에는 없겠다. 죽음의 상태, 즉 내·외적 자극과 반응의 아무런 드나듦이 없는 상태, 오로지 그로 인해서만 인간 존재(그런 상태에 처한 존재를 인간이라 부르기는 좀 뭣하긴 하지만)는 항상적인 안정의 상태를 회복하게 된다. 정영문이 "죽음이란 존재에 의해 훼손되었던 무의 완전성을 회복하는 일"(『핏기 없는 독백』)이라고 할 때 염두에 두었던 것도 아마 이런 의미였을 것이다. 죽음을 통해서만 인간이란 존재는 그 완전성, 즉 화학적으로나 물리적으로나 불안정한 에너지 변동에 휘말리는 일 없는, 안정된 상태로 되돌아간다.

프로이트는 이를 일러, "모든 생명체의 목적은 죽음이다"(『쾌락원칙을 넘어서』)라고 공언한 바 있으며, 나아가 "만약 우리가 살아 있는 모든 것은 '내적인' 이유로 인해서 죽는다 ─ 다시 한번 무기물이 된다 ─ 는 것을 하나의 예외 없는 진리로서 받아들인다면", 우리의 신체와 정신 과정 내부에는 그 무기물의 상태로 돌아가고자 하는 어떤 경향이 존재한다는 사실을, '이론적으로' 그리고 '임상적으로' 확인한다. 그 경향이란 그가 죽음의 신의 이름을 붙여준 소멸의 충동, 즉 타나토스다. 우리 삶을 지배하는 동일한 그 원리를 페히너는 '안정 추구 성향', 혹은 '항상성(恒常性)의 원칙' 이라 불렀고, 바바라 로우는 조금 더 시적으로 '열반 원칙' 이란 이름으로 불렀다.

이러한 경향은 심리학적으로도 마찬가지로 확인될 수 있다. 심리적으로 인간이 느끼는 모든 불쾌감은 사실상 충족되지 못한 욕망, 혹은 방출되지 못한 리비도 집중이 낳은 결과이며, 역으로 모든 쾌감은 리비도의 과도한 집중으로 인해 발생한 긴장의 격렬한 해소로부터 유래한다(가장 간단한 예로 몽정을 상기해보자). 죽음은 어떠한 양의 리비도도 대상에 집중하도록 하는 법이 없으며, 그리하여 어떠한 쾌감도 불쾌감도 만들어내지 않는다. 불쾌가 없으니 쾌감도 없다. 이처럼 모든 정서적 긴장은 리비도 집중에서 유래하는 것인데, 죽음은 완벽하고도 영원한 우울증(사랑하는 대상의 상실로 인해 그 대상에 집중되었던 리비도의 철회가 낳는 가공할 만한 공허, 침묵, 혹은 사후애도)의 상태와 같아서 대상으로부터 모든 리비도 집중(cathexis)을 철회한다. 그리하여 원한도, 애정도, 증오도, 사랑도, 질시도, 욕망도 없어지는 것이니, 참 편안하겠다. 불교에서 말하는 해탈도 이런 것이 아닐까 싶다.

사실상 정영문의 주인공들이 '미리 앞당겨 죽음을 누린다' 라고 할 때 염두에 둔 것은 그들이 모두 이런 상태를 동경하고, 부분적으로는 실현하기도 한다는 의미에 다름아니다. 그들은 열반 원칙의 소설적 실현자들이다. 그들은 소설 속에서 산 채로 무기물의 상태를 회복한다. 영원한 안정상태를 누린다(최소한 누리려고 노력한다).

최소운동의 법칙

그러나 이미 예상할 수 있었던 바이지만, 정영문의 주인공들이 제아무리 미리 당겨 열반에 들고자 하더라도, 그것이 불완전한 열반에 그칠 것임은 당연한 이치이다. 그들이 실제로는 아직 살아 있어서, 리비도 방출 0의 완벽한 안정상태에 들 수는 없는 노릇이기 때문이다. 산 채로 열반을 누리는 방법을 그들은 터득해야 할 판인데, 이제 그 방식엔 어떤 것들이 있는지를 살펴야 할 차례이다.

첫째로 그들은 무감(無感)해진다. 모든 관계를 소멸시키고 소멸이 불가능한 관계는 부인하며, 그 관계로부터 야기되어야 마땅할 어떠한 관심이나 책임, 의무, 감동 등등과도 절연한다. 다시 말하자면 모든 대상 리비도를 '인위적으로'(실제적인 죽음만이 그것을 영원히, 자연스럽게 철회할 수 있을 뿐이다) 철회한다. 그들이 심각한 우울증의 상태와 유사한 과정을 겪는 것도 이런 이유인데, 어떠한 대상에 대해서도 아무런 감정을 가지지 않게 된 인간의 상태가 바로 우울이기 때문이다. 가령 작품 「끝」과 「무게 없는 부피」에서 발췌한 다음의 인용문들을 보자.

나는 깨어 있는 것을 견딜 수가 없었고, 그래서 거의 필사적으로 잠을 잤어. 하루의 거의 대부분을. 거의 아무것도 먹지 않았지. 거의 아무것도 먹지 않아 거의 기운이 없었고, 거의 기운이 없어 거의 잠만 잤고, 거의 잠만 자 거의 기운이 없었고, 거의 기운이 없어 거의 아무것도 먹지 않았지. 아무런 의욕이 없었던 거야. 하긴 언제나 그랬지.(「끝」, 23쪽)

사랑에 대한 나의 생각을 말하면, 사랑 같은 건 없다고, 단지 사랑이라는 것이 있다고 믿고 있는 사람들이 있을 뿐이라는 거지, 이 세상의 모든 관념들이 그런 것처럼.(25～26쪽)

그녀의 입술은 아무런 맛도 전해주지 않았어. 좋지도 나쁘지도 않았어. 정말로 아무렇지 않았어, 어떻게 이렇게까지 아무렇지 않을 수 있지, 하는 생각이 들 정도로. 그녀 또한 마찬가지인 것 같았어.(27쪽)

너를 낳은 건 실수로 점철된 나의 인생에서도 가장 큰 실수였다. 나의 실수는, 조금의 실수도 용납되어서는 안 되었던 상황에서 이루어진 것이었고, 그래서 그만큼 더, 실수로는 돋보이는 것이었다. 너는 적어도 나의 계산에는 없던 존재였다.(「무게 없는 부피」, 60쪽)

식욕을 포함한 모든 의욕들과의 인위적인 절연, 사랑에 대한 위악적인 부인, 성적 불감증, 가족관계에 대한 혐오가 인용문들에 각각 나열되어 있거니와, 범위를 작품집 전체, 혹은 그의 모든 소설들로 확대할 경우, 인용문의 분량은 끝이 없어질 것이다. 이를 다른 말로 표현하자면 정영문 소설의 화자들은 거의 편집증적으로 리비도의 방출을 자제한다고 할 수도 있겠다. 마치 소설 전체가 방출되려는 리비도와의 전쟁으로 읽힐 지경이다. 감정이란 리비도의 효과이기 때문이다. 그렇게 고이는 리비도와의 무한한 전쟁을 통해서만, 그들은 무감하게, 겨우겨우, 산 채로 열반을 누린다.

정영문의 주인공들이 앞당겨 열반을 누리기 위해 강구하는 다른 방식으로는 '운동의 최소화'가 있다. 가급적 움직이지 않기, 한 자세를 일단 취했으면 그 자세를 가능하다면 영원히 유지하기. 그리고 이미 그 자세는 오래 전부터 우리에게 익숙한 정영문 특유의 자세이기도 하다. 『겨우 존재하는 인간』의 화자는 거의 소설 내내(장편임에도 불구하고) 공원 벤치에 앉아 움직이질 않는다. 『핏기 없는 독백』의 화자는 그 역시 장편임에도 불구하고 소설 내내 한 발짝도 떼지 않은 채로 어두운 어딘가에 누워 혼자 중얼거리고 있을 뿐이다. 마치 영원히 그럴 것처럼.

이번 창작집의 주인공들도 예외는 아니다. 그들은 그저 누워서 죽음을 기다리고 있거나(「끝」), 휠체어에 앉아서 무의미한 유언을 반복하고 있거나(「무게 없는 부피」), 고문실에 줄곧 마주 보고 앉아서 아무 사실도 밝혀내지 못한 채 의미 없는 대화만 계속하거나(「고문하는 고문당하는 자」), 창 밖에 비가 오는지도 모르는 채로 비스듬히 누워 전화기를 하염없이 붙잡고 있거나(「불면증」), 수용소나 정신병원의 침대나 소파에서 누워 지내거나(「자폐증」「보이지 않는 균열」), 설사 어렵게 발을 움직여 걷는다 하더라도 그 걸음이 타인과의 접촉이나, 어떤 사건을 만들어내지 않는 범위 내에서만 이동할 뿐이다(「배회」「더없이 어렴풋한 일요일」).

　아무래도 한 자세(특히 그들이 자주 그렇듯이, 누워 있는 자세)의 고수
가 열반의 상태를 유지하는 데 유리하긴 하겠다. 에너지의 유동이 없으
니 말이다. 대상에 대해 무관하기에도 편한 자세일 듯하고, 관계를 만
들지 않을 수도 있으며, 그리하여 삶에 아무런 변화도 일으키지 않을
테니 말이다. 그 끔찍한 안정만이 그들로 하여금 가까스로 의사 열반상
태를 누리게 하는 셈이다.

　그러나 그럼에도 불구하고 그들이 이 ‘최소운동의 법칙’ 을 보다 철저
히 고수하기 위해서는 어떤 다른 수단의 도움이 필요하다. 그 이유는
다시 반복하거니와, 그들이 아직은 살아 있는 존재들이기 때문인데, 그
들이 살아 있는 한 그렇게 ‘인위적으로’ 거두어들인 대상 리비도를 소
모하지 않을 도리가 없기 때문이다. 재소모되지 않는 한, 대상으로부터
철회되고, 최소운동의 법칙에 의해 소모를 중단당한, 그래서 남아돌게
된 리비도는 불쾌한 긴장을 낳고, 다시 그 긴장은 하다못해 자위행위로
라도 분출되지 않고서는 ‘항상성의 원칙’ 을 배신하게 마련이다. 죽은
신체가 아니고서야 이 과정이 소멸될 수는 없다. 그리하여 정영문의 주
인공들은 ‘말’ 의, 끊임없고 의미 없는 말의 도움을 받는다.

　다소 멀리 돌아왔지만, 이제 정영문이 소설 쓰는 사연을 말할 차례가
된 셈이다. 요컨대 ‘말’ (이제 살펴보겠지만, 대개의 경우 의미 없는)을 통
해서만, 정영문의 주인공들은 최소한의 리비도를 방출함으로써 겨우
겨우 의사 열반 상태를 유지하고, 바로 그렇게 뱉어낸 그들의 말이 정
영문의 소설을 이룬다. 바꿔 말하자면, 항상성의 원칙이 지켜지기 위해
필수적인 리비도 양의 조절을 위해서는 어떤 배출행위가 필요한데, 그
것이 정영문의 주인공들에겐 무의미한 중얼거림으로서의 ‘말’ 이고, 그
말이 정영문의 손을 거쳐 문장을 이룬 후, 일군의 텍스트의 형태로 모
일 때, 그토록 어둡고, 지루하며, 무의미하고, 동시에 형이상학적인 ‘이

야기 사슬' 즉, 소설(소설이라 부르는 외에 다른 도리가 없는 어떤 말들의 조합)이 탄생한다.

정영문의 소설이란 가까스로 살아 있는 좀비들의 중얼거림에 다름아 니다.

입만 살아 있는

그는 다시 줌인 버튼을 끝까지 누른다. 이제 그의 입술이 텔레비전 화 면 전체를 차지한다.

작품 「무게 없는 부피」에서 인용한 위 구절만큼 정영문의 주인공들이 처한 상황을 단숨에, 그러나 극명하게 보여주는 예도 달리 없다. 텔레비 전 전체를 차지하고 있는 거대한 입의 이미지, 신체의 다른 부위는 전혀 중요하지 않다. 그 입은 먹는 입, 키스를 하는 입이 아니라 오로지 말하 는 입이다. 게다가 그 입이 뱉는 말들은 부조리하며, 급기야 그 부조리 한 말마저 녹화가 종료되는 순간 그 입의 주인에 의해 다시 지워진다.

그럼에도 정영문의 주인공들이 그 입을 통해 얻는 이득은 적은 것이 아니다. 그 입은, 그리고 그 입이 뱉어내는 부조리한 언어들은, 무엇보 다도 그 입의 주인인 화자들에게 최소운동 법칙의 최대 실현을 보장한 다. 말을 통해, 혹은 말하는 행위를 통해 그들은 움직임을 줄인다. 다음 의 인용문들을 보자.

끝내는 게 쉽지는 않겠죠, 하지만 나는 할 수 있을 거예요, 그녀가 말 했어. 나는 수긍과 지지의 의미로 두 번 고개를 끄덕였어. 아무런 도움이 되지 않을게, 아무런 소용이 없을 테니까, 내가 말했어.(「끝」, 30쪽)

내가 하게끔 되어 있는 것으로 내가 생각하는 것들 중에 내가 할 수 있
는 것은 무엇이 있을까, 또는 꼭 해야 하는 건 아니지만 선심을 쓰듯 해
볼 수는 있는 일에는 무엇이 있을까, 하고 나는 소리를 내어 말하지. 그
리고 잠시 후면, 할 수 없는 것들을 하지 않는 것을 할 수는 있다는 자연
스런 결론에 이르게 되고, 그때부터 마음껏 아무것도 하지 않지. 아무것
도 하지 않는 것을 할 수 있는 능력에서 나를 따를 사람은 없을 거야.(「무
게 없는 부피」, 50~51쪽)

내 주를 가까이…… 그는 한 소절을 따라 한다. 하지만 그는 박자를
맞추지 못한다. 그는 노래를 따라 하기를 그만둔다. 반주가 시원찮아, 그
가 중얼거린다. 그리고 내 주를 가까이 하는 게 생각만큼 쉬운 일이 아
냐. 가까이 하려 하면 할수록 멀어질 뿐이야. 그건 주께서도 마찬가지겠
지? 나를 가까이 하는 게 쉽지 않을 거야.(「더없이 어렴풋한 일요일」,
260쪽)

쉽게 물러가지 않는 쥐를 쫓아버리기보다는 내가 자리를 피하는 게 낫
겠지, 하고 나는 생각하며, 마치 그곳을 떠날 사람처럼 한 발을 떼다가
말고는 다시 발을 모았다.(「배회」, 91쪽)

발췌해온 작품들이 다르고 주인공들이 처한 상황도 다 다르지만, 그
럼에도 이 여러 인용문들에서 '말'이 빚어내는 결과는 동일하다. 그 결
과란 말에 의한 행위의 소멸, 혹은 입에 의한 사지운동의 유보이다. 첫
번째 인용문의 경우 "아무런 도움이 되지 않을게, 아무런 소용이 없을
테니까"라는 '말'은 즉각 화자에게 아무런 도움의 '행위'를 보여주지
않아도 되는 상태를 보장해준다. 두번째 인용문의 경우, "내가 하게끔

되어 있는 것으로 내가 생각하는 것들 중에 내가 할 수 있는 것은 무엇이 있을까, 또는 꼭 해야 하는 건 아니지만 선심을 쓰듯 해볼 수는 있는 일에는 무엇이 있을까"라는 '말'은, 곧바로 "할 수 없는 것들을 하지 않는 것을 할 수는 있다는 자연스런 결론"으로 이어지고, 그 당연한 결과로 화자는 "마음놓고 아무것도 하지 않는다". 세번째 인용문에서는 "반주가 시원찮아" "그리고 내 주를 가까이 하는 게 생각만큼 쉬운 일이 아냐. 가까이 하려 하면 할수록 멀어질 뿐이야. 그건 주께서도 마찬가지겠지? 나를 가까이 하는 게 쉽지 않을 거야"란 장황한 '말'이, 박자를 맞추어 노래를 부르는 '행위'를 대신하며, 마지막 인용문에서도 역시 "쉽게 물러가지 않는 쥐를 쫓아버리기보다는 내가 자리를 피하는 게 낫겠지"라는 '말'이 쥐를 찾아 쫓는 '행위'로부터 화자를 면제시켜준다.

요컨대 정영문의 화자들에게 말이란 행위에 대한 면죄부이자, 행위를 지우는 수단이다. 말로 인해 행위는 유보되며, 사지는 운동을 멈추게 된다. 오로지 입만이 유일하게 살아 사지가 죽음의 상태를 유지할 수 있도록 돕는다. 만약 그렇게 하지 않으면 사지가 운동을 해야 하는 상황이 벌어지고, 육체가 이동해야 하며, 당연히 타인과의 접촉이 발생하고, 그로부터 관계가 형성되며, 최종적으로는 접촉한 대상에 대한 애정이나 증오, 원한과 질시가 생겨나게 될 것이기 때문이다. 즉 대상 리비도의 어쩔 수 없는 집중이 발생할 것이기 때문이다. 그 모든 불행한 사태에 반해서 그들을 의사 열반 상태에 묶어두는 중차대한 임무를 예의 그 화면을 가득 메운 입이 수행하고 있는 셈이다.

최소의미의 법칙

그러나 입이 행위를 지우는 임무만을 수행하는 것은 아니다. 그 입은 이제 이중의 과제를 짊어지게 되는데, 나머지 하나의 과제란 행위를 지우기 위해 뱉은 그 말마저 지우는 것이다. 왜냐하면 그 말마저 지워지지 않는 한, 그래서 뱉어진 말이 어떤 의미를 가지게 되는 한, 리비도는 소멸하지 않기 때문이다.

어떤 말이 의미를 지닌다는 것은 그 말이 지시하는 지시대상과의 접촉을 유지한다는 말에 다름아니다. 지시대상과 그것을 지시하는 기호인 말의 결합만이 의미를 산출한다. 그러므로 의미 있는 말을 한다는 것은 지시대상과 화해로운 관계, 혹은 원한적인 관계를 유지한다는 말과 등가이다. 화해가 되었건 원한이 되었건 그것이 또 한번의 리비도 집중을 필요로 하는 것은 당연한 일이다. 말에서 의미를 지우지 않는 한, 말은 또다시 리비도 집중을 요구한다. 설사 그것이 행위를 지우기 위해 고안된 말이라 할지라도 그렇다. 그리하여 정영문의 말들은 이번엔 스스로의 의미를 지우기 시작한다. 그래야만 그 말의 주인들이 의사 열반상태를 유지할 수 있다.

그의 말들은 어떻게 스스로의 의미를 지우는가? 다음을 보자.

……그다지 집중해서 듣지는 않았는데, 그건 그 이야기들이 그다지 집중을 요구하는 이야기들이 아니었기 때문이었어. 그녀가 하는 이야기들은 대체로 두서없는 이야기들이었으니까. 그럼에도 그녀는 이야기를 마친 후면 번번이, 내가 하는 얘기 들었어요, 하고 묻곤 했어. 그러면 나는, 그래, 처음부터 끝까지 빠뜨리지 않고 들었어, 하고 말했지. 그러면 그녀는, 어땠어요, 하고 말했어. 그러면 나는, 당신이 하는, 당신의 얘기 같았어, 그래, 조금은 이상한 이야기이기도 했어, 아니, 조금도 이상할 게 없는 이야기였어, 내게는, 하고 말했어. 그러면 그녀는, 내가 무슨 얘기를 한 거죠, 이렇게 얘기를 끝낸 후면 무슨 얘기를 했는지 기억이 안 나요, 내가 무슨 얘긴가를 했다는 건 알겠는데, 하고 말했어. 그러면 나

는, 그냥 두서없는 얘기였어, 하고 말했어. 그러면 그녀는, 두서가 없었다고요, 하고 말했어. 그러면 나는, 그래, 두서가 없었어, 두서도, 두서라곤 없었지, 하고 말했어. 그러면 그녀는, 그래서 내가 그런 얘기를 할 수 있었을 거예요, 하고 말했어. 그러면 나는, 그렇지만 어쨌든 좋았어, 하고 말했어. 그러면 그녀는, 내가 왜 그런 얘기를 했는지 모르겠군요, 어쨌든 내 얘기를 끝까지 들어줘서 고마워요, 하고 말했어. 그러면 나는, 당신이 내게 이런 얘기를 해줘서 고마워, 하고 말했지.(「끝」, 24~25쪽)

가능할지 모르겠으되, 인용한 구절을 요약하자면 대강 이런 말이다. 자신이 무슨 말을 하는지도 모르고, 하고 난 후에도 또한 무슨 말을 했는지를 기억 못 하는 여자가 어떤 이야기를 했는데(여기서 그 말의 중요도는 형편없이 떨어진다. 화자 자신도 그 의미를 알 수 없는 말이기 때문이다), 이야기를 다 한 여자가 화자에게 내가 하는 얘기를 들었느냐고 묻자, 건성으로 그 두서 없는 이야기를 듣는 척만 하고 있던 화자는 그 이야기는 당신이 하는 얘기 같았는데(청자의 답말에 대한 신뢰도 여기서 완전히 무너진다. 그가 듣지 않았기 때문이다), 조금은 이상하기도 하고 이상하지도 않은 두서도 두서라곤 없는 이야기였다고 답한다(이상하고도 이상하지 않다는 형용모순에 의해 이 문장은 성립이 불가능하다. 이미 지워진 문장이다). 이에 대해 여자는 그래서 자신이 그런 이야기를 할 수 있었을 것이며, 그러면서도 왜 그런 이야기를 했는지 모르겠다고 말하고(이야기를 한 것과 하지 않은 것이 같아진다), 이어 화자는 또 그래도 좋은 이야기였다고 하니까(듣지 않은 이야기를 좋은 이야기라고 하니 이 문장 역시 이미 의미 없는 문장이다), 마지막으로 여자가 자신의 이야기를 끝까지 들어줘서 고맙다고 하고, 화자는 그에 대한 답례로, 그런 얘기를 해줘서 고맙다고 한다(원 참!). 그 많은 말들을 했음에도 불구하고 말하자면 둘 다 아무 말도 하지 않은 것이나 다름없다는 얘기다. 다 하나마나 한 이야기들이었으니까.

　며느리는 안방에서 낮잠을 즐기고 있겠지? 그녀는 잠을 자는데 내가 소리를 내 방해를 하면 몹시 싫어하지. 그런다고 내가 조심을 하는 건 아냐. 나는 누구의 눈치를 보며 뭘 하거나 하지 않거나 하지는 않아. 뭘 하거나 하지 않으면서 누구의 눈치를 보는 일이 없다고는 할 수 없지만, 어쨌든 나는 집 안에 있을 때면 될 수 있는 한 조용히 하려고 하지. 물론 가끔은 조용히 하려다보면, 그러한 노력의 결과로 나도 모르게 소리를 지르게 되는 일이 있긴 해. 목청을 다해, 목청이 부서질 것만 같은, 하지만 실제로는 아무 소리도 만들어내지 못하는 소리를 내지르기도 하지.(「무게 없는 부피」, 41쪽)

이 인용문 역시 마찬가지인데, 이 화자는 일단 며느리가 잠을 자는데 소리를 내 방해하는 것을 꺼린다. 그럼에도 그는 소리내기를 마다하지 않는데(앞 문장 혹은 절의 의미를 지운다), 그가 누구의 눈치를 보지 않기 때문에, 아니 꼭 그렇다고는 할 수 없지만(앞 문장 혹은 절의 의미를 지운 문장 혹은 절의 의미를 지운다), 그와 무관하게 집 안에서는 소리를 내지 않는 편이라서 조용히 하는데, 물론 그 조용히 하려는 의지와는 무관하게 너무 조심하다보니 되레 소리를 버럭 지르는 일이 있긴 하다(다시 앞 문장 혹은 절의 의미를 지운 문장 혹은 절의 의미를 지운 문장 혹은 절의 의미를 지운다). 그 소리는 너무 커서 목청이 부서질 지경이긴 하지만, 실제로는 소리로 되어 나오지 못하는 소리다(문단 전체가 지워진다, 원 참!). 읽고 나서도 읽지 않은 것과 아무 차이가 없는 문장들에 분명하다. 의미가(意味價) '0'인 문장들이 장황하게 나열되어 있어 결국 확인하는 건, 말을 위한 말을 이 자가 하고 있군, 하는 느낌 외에는 남는 것이 없는 그런 문장들이다. 이런 예를 들자면 끝이 없거니와 인

용 대신 이를 수식으로 간단하게 표현하자면 아마 이렇게 될 것이다 ;
'$(1-1)+(1-1)+(1-1) \cdots\cdots = 0$'

꼬리에 꼬리를 무는 무의미한 문장들의 나열은 결국 소설 전체를 무의미한 것으로 만든다. 그리하여 정영문의 소설은 끝없는 동어반복, 그저 시간을 지우고 의미를 지우는 순환적인 이야기 사슬 외에는 아무것도 아니게 된다. 덕분에 그의 화자들은 의사 열반 상태를 가까스로 유지한다. 항상성의 원칙을 유지하기 위해 그들이 방출해야 할 최소한의 리비도를 그 무의미한 말들이 대신 방출함으로써 입을 제외한 모든 사지들은 최소운동의 법칙을 실현할 수 있게 되기 때문이다. '말' 덕분에 사지는 안정적으로 죽음을 누린다.

좀비들의 배회

그러나 어떤 경우(잦지는 않지만), 입만 살아 있는 채로 관 속과 같은 어둠 안에 주검의 자세로 누워 있어야 할 정영문의 좀비들이 (가까스로) 거리를 배회하게 되는 경우가 있다. 그럴 때 그들의 배회는 의외로 살아 있는 자들의 세계에 어떤 희극적인, 그러나 정치적인 사건들을 몰고 오는데, 이제부터 그 사건들을 살펴보아야 할 차례다. 정영문이 의도하지 않은 그 사건들을 말이다.

당연히 유폐되어 있어야 할 죽음이 청결과 위생으로 숨이 막힐 지경인 산 자들의 세계로 어슬렁어슬렁 산책을 나선다. 예기치 않은 접촉이 발생하고(원하지 않았다면 그들은 거리에 나서지 않았어야 했다) 모든 정치가 그렇듯이 그 접촉으로부터 정치적인 함의를 가진 어떤 '효과'(그러나 리비도 집중은 아닌)가 발생한다.

애국심만큼 못난 감정도 없다는, 그리고 애국심에 호소하는 것만큼 못
된 것도 없다는 생각을 하고 있었지.(「무게 없는 부피」, 62쪽)

이곳에서의 일과는 나름대로 규칙적이다. 그것은 식사 후의 휴식과 휴
식 후의 식사와 식사 후의 휴식과 휴식 후의 식사와 식사 후의 휴식과 휴
식 후의 수면으로 이루어져 있다.(「자폐증」, 179쪽)

정영문의 좀비들이 국립묘지에 출몰했을 때, 애국심이 처하게 된 지
위를 보라. 혹은 그들이 병원이나 수용소에 출몰했을 때, 우리들 자신
의 일상과 너무도 유사한 환자들의 일과가 얼마나 무미건조하고 권태
로운 것으로 드러나게 되는가를 보라.
그러나 이보다 훨씬 통쾌하고 격렬한 정치는 아무래도 그들이 경찰
서(!)에 들렀을 때 발생한다.

물론 평소에도 나는 길을 걷는 도중에 경찰관들의 숱한 제지를 받곤
했다. 경찰관뿐만이 아니었다. 경찰관을 비롯해 경비원, 공원지기, 간호
사, 검표원 등 온갖 종류의 제복 착용자들이 나를 마주하기를, 그들의 명
령과 설득과 윽박을 통해 나를 상대하기를 즐겨 한 걸 보면 나는 그들에
게 인기가 좋은 게 틀림없었다.(「배회」, 95쪽)

정영문의 좀비들은 지금 제복과 마찰을 일으키고 있거니와, 제복만
큼 권위적인 의상을 우리는 알지 못한다.

좀 편한 의자에 앉을 수는 없나요, 내가 물었다. 편한 의자에 앉고 싶
은 욕망은 거의 갈구에 가까운 것으로 바뀌었다. 여기가 자네 집 안방인
줄 알아, 그대로 가만 있어, 그 말을 하면서도 그는 그의 옆에 있던, 비닐

커버의 쿠션이 있는, 좀더 편한 의자를 밀어, 내가 그 위에 앉도록 허락
했다. 나는 그가 그렇게 하리라는 것을, 나를 쳐다보는 그의, 어쩐지 너
그러운 시선에서 알 수 있었다. 하지만 그 의자는 좀더 편하긴 했지만 여
전히 불편한 것이었다.(「배회」, 108쪽)

정영문의 좀비들은 지금 권력의 언어가 얼마나 번복이 잦고, 실제 행
위를 배신하는가를, 즉 바로 자신들의 언어와 얼마나 닮아 있는가를 경
찰서에서 확인하거니와, 권력의 언어만큼 부조리한 언어를 우리는 알
지 못한다.
그들의 배회는 여기서 멈추지 않는다.

아들놈은 세상을 헤쳐나가려면 힘을 가져야 한다고 생각하지. 그는 강
한 것이야말로 아름답다고 생각해. 그 점에 있어 그는 그의 할아버지인
내 아버지를 닮기도 했지. 내 아버지만큼 내가 싫어하는 점을 그토록 골
고루 갖춘 사람도 없었지. 그에게 바람직한 것이 내게도 바람직한 경우
는 드물었어. 그는 항상 강해야 한다고 말했지, 강한 것만이 살아남는다
고. 그에게 타자는 목적인 아닌 수단일 뿐인 존재였지, 그가 오르고자 하
는 곳에 이르게 되는 데 있어 발판 같은. 그가 주장한 것은, 한마디로 강
자의, 더 나아가, 가해자의 입장에 서보라는 것이었어. 강자의 논리, 그
것만큼 우습기 짝이 없는 것도 없지.(「무게 없는 부피」, 48쪽)

정영문의 좀비들은 신생아실의 유아들처럼 희망의 이데올로기에 즐
겨 소용되는 모든 생기 있는 것들, 아카시아 나무의 뿌리처럼 무시무시
한 생명력으로 무장한 것들, 약육강식의 논리를 신봉하는 자들 모두를
‘우습다’고 말하거니와, ‘자본’보다 생동하는, 번식력 강한, 강한 것을
찬양하는, 다른 것을, 우리는 알지 못한다.

　　그리하여 정영문의 좀비들은 스스로가 살아 있는 자들이 세운 법 밖에 있음을 인정받게 되는데, 법 안에서 법과 싸운다는 이들이 얼마나 법과 친근한 관계를 유지하는지, 법과 자신을 동일시하게 되는지, 누구나 누누이 목도해왔던바, 그들만큼 '법 밖에서' '탈정치적으로' '정치적인' 주인공들을, 우리는 근래의 소설에서 만나본 적이 없다.

　　나는 잠시 아무 말도 하지 않았다. 하지만 조금 후 내 입에서 튀어나온 말은 내가 듣기에도 놀라운 것이었다. 나를 당신들의 법에 따라 처리해주시오, 라고 나는 말했던 것이다. 그 말이 그에게 어떤 감명을 준 모양이었다. 왜냐하면 그는, 아니 그사이 내가 모르게, 내게 호기심을 느끼고 나를 바라보고 있던 옆 책상의 형사 두 명까지 웃음을 터뜨렸으니까. 그러고 싶지만 그럴 수가 없어, 형사가 아쉬운 듯 말했다. 그건 자네가 법의 위는 아니지만, 법의 옆에, 정확히 말해, 법의 바깥에 있기 때문이지.(「배회」, 105쪽)

　　……정영문 자신의 부인(否認)을 무릅쓰고 말하건대, 그토록 철저하게 지켜지는 열반 원칙의 실현에도 불구하고(정확히는 바로 그 이유로), 그가 생각하는 것보다 그의 소설들은 훨씬 더 정치적이다. 또한 그만큼 '의미' 심장하다.

(2001)

머꼬네, 혹은 '마콘도' 그 이후
—이만교 소설 슬프게 읽기

1

'오늘의작가상' 수상 소감에서 이만교는 작가로서 자신의 꿈을 이렇게 말한다.

내 꿈은, 영화만큼이나 빠르게 읽히면서 만화만큼이나 킥킥대는, 그러나 소설답게 독자를 깊은 생각에 빠뜨려놓는 글을 쓰는 것이다.

그 꿈의 '반쯤'은 이루어졌다. 그가 바랐던 그대로, 많은 독자들이 영화만큼이나 빠르고(실제로 그의 소설은 영화화되기도 했다) 만화만큼이나 유쾌한 그의 소설들을 읽으면서 그간 충분히 킥킥댔으니 말이다. 게다가 이만교 소설의 경쾌함에 대해서는 일찍이 그를 작가의 길로 들어서게 했던 여러 평자들 사이에도 의견의 일치가 이루어진 바 있다. 가령 1998년, 그가 소설가가 되었음을 맨 처음 알렸던 『문학동네』 문예공모 소설부문 심사평에는 이런 구절이 있다.

디테일의 과감한 생략, 재빠른 장면 전환, 단문형의 경쾌한 화법으로 상쾌하게 이야기를 펼쳐가는 솜씨는 주목할 만한 것이었다. 젊은이다운 감성과 재치가 발랄하게 발휘되었고, 변화하는 풍속에 대한 민첩한 감각도 엿보였다.

소설가 이만교의 장점은 '경쾌함'에 있다는 말이겠는데, 이후 그가 '오늘의작가상'을 수상했을 때, 수상작 『결혼은, 미친 짓이다』에 대한 평가에서도 유사한 구절들은 쉽사리 발견된다. 심사위원 김화영은 그의 소설 특유의 '가벼움과 속도'를 두고 "아우라가 사라진 시대의 소설답다"면서 "리모컨을 장착한 새로운 소설가의 출현"을 축하했고, 또다른 심사위원 조성기는 "디지털 영상시대에 소설이 살아남을 수 있는 길을 제시하고 있는 듯한 작품"이라는 찬사를 아끼지 않았다. 확실히 작가 이만교의 꿈은 반쯤은 이미 이루어진 셈이다.

그러나 나머지 반은? 다시 이만교의 수상 소감으로 돌아가보자. 그는 독자들이 자기 소설을 읽고 킥킥대기를 꿈꾸었다. 그러나 거기에 한가지 단서 달기를 잊지 않았는데, "소설답게 독자를 깊은 생각에 빠뜨려놓는 글"이 그것이다. 요컨대 그는 자신이 재미있으면서도 사색적인 소설을 쓸 수 있기를 바랐던 것이다.

그러나 안타깝게도 그의 소설을 읽으면서 "깊은 생각"에 빠진 독자가 있었는지는 의문이다. 사실 예의 그 평자들은 이 점에 있어서도 이미 의견의 일치를 본 바 있다. 다음은 앞서 인용한 『문학동네』 문예공모 심사평 바로 뒤에 이어지는 부분이다.

그러나 이만교씨의 작가적 잠재력에 대해서는 다소의 논란이 있었다. 삶을 해독하는 방식이 지나치게 즉물적이고 평면적이라는 점, 주로 재담에 의존하여 담론을 전개한다는 점이 심각한 단점으로 제기되었다.

이와 유사한 구절을 '오늘의작가상' 심사평에서 찾는 것도 그리 어려운 일은 아니다. 김화영은 이렇게 말한다.

이 작품을 수상작으로 선정할 수 있느냐를 두고 많이 주저했다. 이미 제목에서부터 숨김없이 느껴지는 지나친 가벼움과 일종의 '속취(俗臭)' 때문이었다.

정리하자면, 이만교의 소설은 영상시대에 걸맞은 '경쾌함'이 장점이 되 그것이 너무 지나친 데가 있어서 삶을 해독하는 깊이가 모자란다는 말이겠다. 게다가 이즈음 한국 소설의 지형을 보건대, '경쾌함'이 유독 이만교만의 트레이드마크인 것도 아니다. 성석제(『황만근은 이렇게 말했다』『인간의 힘』), 김종광(『모내기 블루스』『소주와 짬뽕의 힘』)의 웃음도 이만교 못지않은데다, 최근에는 이명랑(『삼오식당』)과 김연수(『사랑이라니, 선영아』)도 그 웃음의 대열에 합류했다. '웃음'은 이즈음 한국 소설의 트렌드다.

꿈이 반쯤만 이루어졌다고 말했던 이유도 여기 있는데, 작가 이만교로서는 고민거리가 아닐 수 없겠다. 이만교에게는 지금 자신의 소설을 읽고 "깊은 생각"에 빠져줄 독자가 필요한 것이다. 그의 작품 표면에 흘러넘치는 웃음을 한 꺼풀만 벗겨내고 나면, 거기 엄연히 존재하는(그리고는 이내 소멸하고 마는) 한국형 '마콘도'(마르케스, 『백년의 고독』)의 서글픈 연대기를 읽어줄 독자가.

2

이만교의 소설세계를 몇 개의 연작으로 구성된 하나의 텍스트로 가정하고, 각 작품들을 소설적 시간의 순서에 따라 재배치한다고 할 때, 화자의 나이로 보나 다루고 있는 사건들의 연대기 순으로 보나 맨 앞에 위치해야 할 작품은 장편『머꼬네 집에 놀러 올래?』다. 게다가 이 작품은 이만교 소설들 중 '슬픔'의 함유량에 있어서도, 다루고 있는 주제의 깊이에 있어서도, 가장 앞자리를 차지해 마땅한 작품이기도 하다.

소설은 '변신술에 능했던' 할아버지 이야기로부터 시작하는바, 곧바로 "앞을 향하여 껄껄 웃어젖히며, 나아가는 듯하지만 실제로는 초연히 뒤로 물러나"는 아버지의 독보적인 걸음걸이 이야기, 그 아버지가 "억울하게 빼앗겨버린 산봉우리의 저녁노을과 산들바람 따위들을 되찾"고자 꼬박 닷새를 헤매다녔던 사연을 거쳐, 급기야 다음과 같은 구절에 이른다.

재수생만도 박군 외 7명, 시골에서 농사짓다 상경한 총각들만 해도 김 씨 외 13명, 대우자동차 직공들 유씨 외 9명, 가난한 신혼부부 12쌍. 뿐인가, 세상의 허락을 받지 못해 숨어서 동거하던 동성동본혼 부부 4쌍, 빚에 쪼들려 숨어살던 실업가로 유씨 외 3명, 심청이 부녀를 비롯한 생활보호대상자 72명, 경찰과 선량한 시민들의 눈을 피해 쫓겨다니던 긴급조치 위반자들로 김근태씨 외 7명, 젊어서 고생 좀 했다 싶은 사람 중에는 우리집을 거쳐가지 않은 사람이 거의 없었다.

그중 임창정, 이주일, 함중아, 최진실 씨의 어머니 외에 시인 김남주와 천상병 씨 등은 이후 손꼽을 만한 유명인이 되었다. 이런 소문이 퍼지자 심지어 어떤 국회의원 후보는 우리집으로 주소를 옮겨놓고 유세하다가 후에 위장전입이라는 상대후보의 비방에 곤욕을 치른, 실로 웃지못할 해

프닝을 벌인 적도 있었다.(『머꼬네 집에 놀러 올래?』, 18~19쪽)[10]

몰락하는 가세를 다시 세우기 위해 어머니가 궁여지책으로 세를 놓는데, 그 셋방을 거쳐간 인사들의 숫자와 면면이 이와 같다. 이쯤 되면 독자는 이내 이 소설이 주로 '과장'에 기대고 있음을 짐작하게 된다. 웃음도 거기서 유래한다.

과장은 거듭 반복된다. 가령 머꼬네 대가족의 가난한 나들이는 "발가벗고 물구나무서서는 나무 모양으로 가랑이를 쩍 벌리고 일광욕을 즐기"거나, "자지를 꺼내 마치 그것이 무슨 곤봉인 양 시치미 떼며 빙글빙글 휘둘러 보이기도" 하는 유한 계층들의 세태와 비교되고, 나물을 캐다가 껍질을 발라서 내다파는 것으로 IMF를 타개하겠다던 사돈어른은 "자면서 자기도 모르게 머리맡 식칼을 들고 자신의 검지손가락 껍질을 얌전히 발라놓"고도 내처 잠을 자는가 하면, 외할머니가 돌아가시자 찾아온 끝도 없는 문상객에는 "육이오 때 돌아가셨던 외삼촌, 내가 어릴 때 키웠던 똥개 '메리', 재작년에 돌아가신 작은할아버지"까지 포함된다.

비유와 사실이 뒤엉키고, 꿈과 현실이 한 공간을 앞다투어 차지하고 있는 이 과장된 풍경이라니! 그렇다, 어디선가 한번 본 듯도 한 풍경이다. 어디서 보았던가? 오래 기다릴 것도 없이 이내 과장의 정체는 밝혀진다. 작가 스스로 작품 속에 단서를 남겨놓았던 것이다.

---

10) 이 글에서 인용, 참조한 텍스트는 다음과 같다. 이만교, 『머꼬네 집에 놀러 올래?』, 문학동네, 2001 ; 이만교, 『결혼은, 미친 짓이다』, 민음사, 2000 ; 마르케스, 『백년의 고독』, 민음사, 2000 ; 프랑코 모네티, 『근대의 서사시』, 조형준 옮김, 새물결, 2001 ; 이만교, 「나쁜 여자, 착한 남자」, 『세계의 문학』 2002년 여름호 ; 이만교, 「눈빛과 마주치다」, 『현대문학』 2001년 11월호.

"우리 공장에 와서 일하는 해외근로자 중에 콜롬비아에서 온 아우렐리아노라는 사람 있잖아. 그 사람도 얼마 전에 아기를 낳았는데 돼지 꼬리 달린 아이를 낳았는데, 병원에서는 아마 공장의 중금속에 중독된 때문일 거라고 그러더래."(『머꼬네 집에 놀러 올래?』, 77쪽)

내내 숨겨져 있던 원텍스트로서의 『백년의 고독』이 가시화되는 순간이다. 콜롬비아 사람 아우렐리아노는 『백년의 고독』의 부엔디아 집안 마지막 자손이다. 근친상간을 범했고, 그 벌로 돼지 꼬리를 단 아이를 낳았다. 아이는 일찍 죽었고 그 아이의 죽음과 함께 부엔디아 가문의 기나긴 고독도 끝이 난다. 그렇다면 외국인 노동자 아우렐리아노의 돼지 꼬리 아이에 대한 언급은 『백년의 고독』의 문법에 따라 자신의 소설을 읽어달라는 일종의 주문이거나, 숨겨진 단서다. 이제 그렇게 소설을 읽어보자. 그렇게 읽을 때 '머꼬네'는 한국판 '마콘도'다.

3

마콘도의 마술적 현실 속에서는 죽은 자도 자신이 살았던 공간을 떠나지 않으며 살아 있는 자 또한 죽은 자를 알아보고 그들과 대화한다. 미녀 레메디오스는 비유로서가 아니라 '실제로' 천사처럼 승천하고, 죽은 아들의 귀에서 흘러나온 피는 정확하게 마을을 가로질러 어머니(우르술라, 그 넉넉한 대지의 모신!) 눈앞에 당도한다. 요컨대 마콘도 마을은 모레티의 말대로 '마술'이 전혀 비유나 상상력의 산물이 아니라 '현실로' 존재하던 어떤 시대(근대 직전, 혹은 아직 마술적 세계관이 채 사라지지 않은 근대 초기), 어떤 공간(자본주의 세계체제에 포섭되기 직전, 혹은 포섭 초기의 주변부)의 아이콘이다. 그리하여 마콘도의 창설자

아르카디오가 죽던 날에는 다음과 같은 놀라운 일이 일어나기도 한다.

그들은 호세 아르카디오 부엔디아의 방으로 가서 그를 온 힘을 다해 흔들어보고 귀에 대고 소리를 지르고, 콧구멍 앞에 거울을 갖다댔지만, 그를 깨울 수가 없었다. 잠시 후 목수가 관을 만들기 위해 그의 몸 치수를 재고 있을 때, 그들은 창 밖으로 작은 노란 꽃들이 보슬비처럼 떨어지는 것을 보았다. 그 꽃비는 조용한 폭풍우처럼 밤새도록 내려 지붕들을 덮고 문들은 막아버렸으며 밖에서 잠을 자던 짐승들을 질식시켜버렸다. 너무나 많은 꽃들이 하늘에서 쏟아졌기 때문에 아침이 되자 거리가 폭신폭신한 요를 깔아놓은 것처럼 되어버려서 장례 행렬이 지나갈 수 있도록 삽과 갈퀴로 치워야 했다.(마르케스, 『백년의 고독 1』, 212쪽)

아직 마술적 현실을 거처로 삼고 있는 주인공의 죽음이란 이와 같아서, 우주 만물이 제 질서를 어지럽혀서라도 그의 죽음을 애도한다. 이와 같은 일이 머꼬네에서도 일어난다.

그때 나는 보았다. 하늘은 이상하게도 햇빛이 창창한 가운데 솜을 뜯어 던지는 것 같은 커다란 함박눈이 또다시 펑펑 쏟아져내리고 있었다. 그리고 왼편으로는 오색 무지개가, 오른편으로는 하얀 드레스의 꼬마 천사들이 허공에 떠서 오직 아기만이 들을 수 있는 깊고 고요로운 천상의 음악을 들려주고는 하늘로 총총히 사라져가는 거였다. 그리고 마지막 천사의 탁구공만한 하얀 발바닥 뒤꿈치가 하늘 속으로 빨려들어가는 그 순간, 분만실로부터 아기의 웃음소리가 튀어나왔다.(『머꼬네 집에 놀러 올래?』, 128쪽)

아직 마술적 현실을 거처로 삼고 있는 주인공의 탄생 또한 이와 같아서, 우주 만물이 제 질서를 어지럽혀서라도 그의 탄생을 축하한다.

어찌된 일일까? '비동시대적인 것들의 동시대성'(프랑코 모레티,『근대의 서사시』)이 아직 존재하는 공간, 그것도 머나먼 라틴 아메리카 어디쯤의 마콘도에서나 가능했던 마술이, 거의 예외 지역 없이 자본주의 세계체제 내에 포섭되어버린 한국의 한복판에서 일어난다. 믿을 수 없는 일이다. 그러나 머꼬네 집이 자리하고 있는 위치를 살펴보면 이 궁금증의 비밀은 금세 풀린다.

그러나 그 어떤 행운도 우리집은 비껴갔다. 소방도로는 건너편 동네로 뚫렸고 전철역은 우리집을 가운데 두고 이등변삼각형 꼴로 들어섰다. 이 도시의 땅값은 아카시아나무로 가득한 성주봉 약수터를 구심점으로 두 개의 원을 그렸는데, 우리집은 그 원주가 서로 맞닿는 바로 그 지점에 자리했던 것이다.(『머꼬네 집에 놀러 올래?』, 17쪽)

그 어떤 행운도 머꼬네 집을 비껴갔다. 머꼬네 집은 불행하게도(그러나 이것이 불행일까?) 전철역과 약수터가 각각 원주를 이루고 있는 두 개의 원 사이에 위치한다. 다른 말로 하자면 파우스트적 개발 논리가 마지막으로 남겨놓은 예외 지역에 머꼬네 집이 있다. 마콘도가 자본주의 세계체제와 마술의 세계 사이에 존재했듯이, 머꼬네는 한국적 개발 독재의 손이 아직 미치지 못한 '경계'에 존재한다. 아슬아슬하게, 머꼬네는 마콘도의 '경계적' 상황을 물려받고 있었던 것이다. 그리고 우리가 익히 알다시피 '모든 경계에는 꽃이 핀다'.

그 경계에 핀 꽃들이 바로 머꼬네 집에 아직 '잔존'해 있는 '대가족제도'와 따스한 웃음을 자아내는 '화목'의 윤리, 그리고 이미 살펴본 바 있는 '마술적 과장'이다.

4

그러나 IMF 시대 한국의 마콘도와 근대화 초기 콜롬비아의 마콘도가
마냥 같을 수만은 없다. 머꼬네는 마콘도보다 현실적이고, 공허하고,
슬프다. 말하자면 더 현대적이다. 다음의 예를 보자.

어스름에 밀려 굴러떨어지듯 우리는 산을 내려왔다. 그렇게 이박 삼일
간 일대를 둘러보고 나니, 우리가 잃어버린 것 중에서 가장 되찾고 싶은
것과, 우리가 가져보지 못한 것 중에서 가장 가져보고 싶지만 영영 누려
보지 못할 게 뻔한 것, 이 두 가지 사이에 저 육중한 원형 콘돔은, 얼핏 졸
부들의 치졸한 이발소 그림판 같은 곳에 서 있는 저 콘돔은, 그 두 가지
사이의 가랑이쯤을 정확히 겨냥하여, 제대로 그야말로 제대로 꽂혀 있다
는 것을 인정하지 않을 수 없었다.(『머꼬네 집에 놀러 올래?』, 42쪽)

이박 삼일, 머꼬네 가족 나들이의 결론이다. 머꼬네는 마콘도와 달라
서 노을과 별을 영영 잃어버렸다. 가장 되찾고 싶어하는 게 그것들이지
만, 노을이나 별은 고작해야 거대한 원형 콘도미니엄 근처에서나 빛난
다. 게다가 그들은 인공 자연의 혜택 또한 영영 누려보지 못할 게 뻔하
다. 머꼬네를 둘러싼 현실은 부엔디아 가문이 처했던 상황과는 달리 생
산관계, 즉 계급 격차에 의해 심하게 '결정' 되어 있기 때문이다. 경계에
고립된 한 가족을 제외하고는 그 어느 누구도 별과 노을을 기억하지 못
하는 시대, 그리고 자본주의가 필요 이상으로 충분히 발달해 있어서 마
콘도에서와 같은 마술적 공동체도 사실상 완전히 불가능해져버린 시대
를 홀로 꿋꿋이 견뎌내고 있는, 그래서 백년의 고독보다 더 고독한 가
족이 바로 머꼬네 가족이다. 그런 이유로 머꼬네의 '마술적 현실' 에는
물리적 현실의 침입이 잦다.

예를 들어, 다음 구절을 마콘도 마을 신부님의 '공중부양'과 비교해
보라.

어머니는 이 모든 사태가 자신 때문에 벌어진 일이라도 되는 듯 내 탓
이요, 내 탓이로소이다를 외며 당장 다음날부터 반찬 수를 하나 더 줄이
고, 잔소리를 서너 배로 늘렸다. 수돗물 잠그고 샤워해라, 코드는 뽑아놓
고 텔레비전 봐라. 양말은 뚫린 채로 신어라, 쓰레기를 아껴가며 버려
라…… 심지어는, 구두 뒤꿈치 빨리 단다고 바닥에 끌리지 않게 걸으라
고, 걸을 때마다 잔소리하는 바람에 그 잔소리 듣기 귀찮아 우리는 가까
운 데 갈 때면 아예 3밀리쯤 공중에 떠서 다니는 습관이 들게 되었다.
(『머꼬네 집에 놀러 올래?』, 45쪽)

머꼬네 가족들도 마콘도 마을의 신부님과 마찬가지로 공중부양을 한
다. 그러나 신화적 아우라를 보장받은 신부님의 행복한 공중부양과는
차원이 다른 공중부양이다. 머꼬네 가족의 공중부양은 IMF, 즉 자본주
의 세계체제의 억압이 강요한 공중부양이다. 마술은 일어나되 슬프게
만 일어나고, 현실의 억압으로부터 자유롭지 못한 상태로만 일어난다.
아니 오히려 그 억압에 의해서만 일어난다.

그런 예들은 수없이 많다. 어머니가 "주무실 때나 목욕하실 때나 심
지어 아버지와 섹스할 때조차도 허리춤에 차고 있던, 때에 찌든 검은색
전대"를 푸는 장면을 보라. "시집오기 전에 허리에 묶고는 처음으로 푸
는" 그 전대에 묻어나는 살점은 마술적 '현실'이기보다는 오히려 어머
니가 느끼는 고통의 크기에 대한 '비유'에 가깝다. 그리하여 그 조그만
전대에서 이틀밤을 꼬박 새워 쏟아져나온 "이천오백육십만사천칠백구
십원"의 돈은 웃음을 만들기보다는 눈물을 만든다.

나름대로 가계에 보탬이 되고자 너무 바쁘게 살던 가족들이 "같은 지

붕 아래 모여 살면서도 어떤 경우는 보름 만에, 심지어는 육 개월 만에 전철역에서 마주치곤 서로 악수하며", "어? 매형! 요즘 어떻게 지내요?" "아, 처남! 나야 뭐 그럭저럭 잘 지내지. 어머님은 요즘 어떠셔?" "잘 지내시나봐요. 저도 못 뵌 지 꽤 오래됐어요"라고 인사를 나눌 때, 머꼬의 탄생 후 고작 한 달 만에 몸이 퉁퉁 부은 채로 누나가 공장을 향할 때, 바쁜 탓에 제 딸 머꼬의 얼굴조차 보기 힘든 매형의 손에 들린 일그러진 불량품 인형들을 대하게 될 때, 어머니의 장롱 속에서 나온 무수한 가난의 기호들(고장난 흑백 텔레비전, 전기 다리미, 라디오, 복숭아밭에서의 숨바꼭질, 장갑, 밥 먹으라고 공터까지 부르러 왔던 큰누나 목소리, 다리가 세 개뿐인 의자, 찢어진 우비, 초코파이 하나로도 지극히 만족스러웠던 입맛, 아까워서 조금씩만 사용하다가 그만 통째로 잃어버린 크레파스 등등)을 마주치게 될 때도 마찬가지다. 세간의 평과 달리 이만교 소설을 읽으면서 키득거리고만 있기는 불가능해진다.

마콘도와 머꼬네의 차이로부터 발생하는 서글픔 때문이다. 그리고 그 차이는 또한 소설과 마술의 차이이기도 하다.

5

모레티는 라틴아메리카에서 '마술적 리얼리즘'이 가능할 수 있었던 조건을 다음과 같이 설명한다.

이것은 유럽과는 전혀 다른 문학적 진화의 산물이다. 물론 여러 가지 이유가 있었지만 무엇보다 큰 이유는 3세기 이전에 이단 심문관들이 라틴아메리카에서 유럽 소설을 판매하는 것을 금지했기 때문이다. 이것은 아주 분명한 의도를 가진 검열행위였지만 참으로 기이한 결과를 가져왔다. 왜냐하면 일단 소설이 제거되자 소설의 체제(다른 것은 똑같다고 할 때)가 유럽보다 빈곤해지기는커녕 훨씬 더 풍요로워졌기 때문이다……유럽과 달리 그렇게 됨으로써 모두 휩쓸어버렸을 다른 모든 형식들이 그대로 보존될 수 있었던 것이다.(프랑코 모레티, 『근대의 서사시』, 361쪽)

라틴아메리카의 소설이 지금의 영예를 누리고 있는 이유는 역설적으로 라틴아메리카에서 소설이 억압받았기 때문이라는 것, 그리하여 근대적 장르로서의 소설이 제구실을 못 하는 곳에서 근대 이전의 서사형식들, 예를 들면 신화나 전설, 민담, 로망스 등이 살아남게 되었고, 바로 그 서사형식들이 마술적 리얼리즘의 근간을 이룬다는 것이 모레티의 요점이다. 마콘도에는 '실제로' 마술이 존재했던 것이다.

그러나 머꼬네는 이와 다르다. 한국에서는 이광수 이후 근대적 장르로서의 소설이 억압당한 적이 없다. 오히려 한국에서의 소설은 마치 일제가 식민지 조선에 폭력적으로 근대를 주입했던 것과 동일한 방식으로, 단절적이고 급속하게 기존의 모든 서사형식으로부터 자신을 단절시켜버렸다. 달리 표현하면 개화기 이후 소설은 제반 전근대적 서사형식들을 제압해버렸다. '토속' 혹은 '우리 것'이란 이름으로라도 소설의 관심 대상이 되지 못한 경우, 그 어떤 서사형식도 살아남지 못했다. 특히 이만교의 세대에 와서는 더욱 그랬다.

그 말은 곧 한국의 근대화가 심지어는 문학의 영역에서마저, 지극히 폭력적으로, 단시간에 진행되었다는 말이기도 하다. 『머꼬네 집에 놀러 올래?』 특유의 과장된 수사들이 제아무리 웃음을, 아득한 유년을, 향기로운 자연에 대한 향수를 유발한다 하더라도 결코 '마술적 리얼리즘'을 실현하지 못하는 이유가 바로 이것이다. 머꼬네 집은 현대 한복판에 남은 완전히 고립된 섬이다. 화목한 대가족제도만으로 그 고립을 극복하기는 역부족일 것이다. 그리하여 어쩔 수 없이 대홍수가 준비된다.

소설 말미, 마콘도에서처럼 머꼬네 집에도 비가 내린다. 헤엄을 쳐야 건넌방에 이를 수 있을 만큼, 그리고 거대한 선박 ‘금강호’가 대문 밖까지 항해해올 만큼 큰 홍수가 진다. 물론 홍수는 종말의 상징이다. 사십여 일의 긴 비 후에 부엔디아 가문은 몰락한다. 동일하게 머꼬네도 몰락한다.

홍수로 집을 잃은 후 화자는 이렇게 말한다.

다시 그 자리로 돌아가 앉기에는 지난 일이 년의 세월이 너무 억울할 것만 같았다. 우리가 잠시라도 방심하면 그들은 세상을 늘 이 모양 이 꼴로 만들어놓는 것이다. 역사의 흔적들이 단 한 번도 우리집을 할퀴지 않고 지나가준 적이 있었던가. 우리집은 이 나라의 가장 변두리에 위치해 있으면서도 언제나 그 한복판의 상처를 받았다. 그러나 우리집을 지나간 그 어떤 정치경제사의 불운과도 무관하게 우리는 또 행복할 수 있었다! 얼마간의 시간이 지나보면 그러나 그 행복은 우물 안 개구리의 안일한 자기 만족이었을 뿐, 결국 위정자들의 부정부패를 도와준 꼴이 되어 있었다. 그렇게 모든 행복은 한순간의 물거품이 되어버렸고 다시 뉴스 앞에 모여앉아 개탄과 핏대를 세워야만 했다. 이 어긋나면서도 맞물려가는 지긋지긋한 두 개의 나사바퀴로부터 나는 잠시나마 벗어나고 싶었다.
(『머꼬네 집에 놀러 올래?』, 238~239쪽)

아무런 갈등도 없던 머꼬네 집에 폭력적인 역사에 대한 인식이 등장하고, 정치경제적 불운에 대한 원한이 스며든다. 현실 원리가 이제 머꼬네 집마저 지배하기 시작한다. 그것만으로도 머꼬네는 충분히 몰락한 셈이다.

그렇다면 머꼬네 가족들은 또한 근대주의자 파우스트에 의해 살해당한 신화시대의 기호, 바우키스와 필레몬이기도 했던 셈이다. 신들은 대

홍수로부터 신앙심 깊은 그들을 살려두었지만, 파우스트는 오로지 그
들만을 살해했었다.

6

　머꼬네의 종말과 함께 이만교의 소설세계에 존재하던 유일한 '아르키
메데스의 점'은 사라져버렸다. 그렇다면 이제 홍수를 피해 가까스로 살
아남은 이만교의 인물들이 택할 수 있는 삶의 방식도 뻔하다. 자본주의
세계체제의 논리에 적응하거나, 아니면 적응하지 못한 채 소멸하거나.

　다행인지 불행인지 이만교의 주인공들은 홍수 이후에도, 그럭저럭
자본주의적 일상에 잘 적응했다. 아니 사실은 필요 이상으로 잘 적응했
다. 군에 입대했고(「투레질」, 『문학동네』 1998년 겨울호), 대학원에 진학
해 대학에서 강사 노릇을 하거나(『결혼은, 미친 짓이다』), 직장 생활에
적응해(「농담을, 이해하다」, 『세계의문학』 2003년 여름호), 중역의 지위
에까지 오르기도(「나쁜 여자, 착한 남자」, 『세계의문학』 2002년 여름호)
했다.

　그러나 그들의 적응은 아도르노적인 의미에서 '책략'처럼 보이기도
하는데, 왜냐하면 이만교의 주인공들은 현실세계에 스스로를 체념적으
로 동화시키는 듯하지만 실제에 있어서는 오로지 현실세계의 불합리성
을 적나라하게 들추어내기 위해서만 그렇게 하기 때문이다. 이미 그 행
복한 경계 지역, 한국형 마콘도, '머꼬네'가 사라져버렸으므로, 그들은
자본주의적 일상에 몸을 맡긴다. 소멸하고자 하지 않는다면 그 방법 외
엔 없다. 그러나 대신 그들은 '냉소'를 터득한다. 적응하되 비웃어주자
는 식이다. 이만교 소설의 화자들에게 특유한 '다변'은 바로 그 냉소의
언어적 결과물이다. 그리고 대부분의 다변이 그렇듯이 비록 진정성은

느껴지지 않는다 하더라도 그들의 언어에는 예리한 구석이 있다.

머꼬네 집을 나선 이만교의 주인공들이 최초로 경험한 세계의 불합리성은 '데자부 강박(dejavu compulsion)'을 통해 표현된다. 이만교의 주인공들은 언젠가 한 번쯤 와본 것 같은 장소, 언젠가 한 번쯤 만나본 것 같은 사람, 언젠가 한 번쯤 맞닥뜨려본 듯한 상황에 자주 직면한다. 기시감에 대한 강박 사고가 그들을 사로잡는다. 특히 단편 「투레질」과 장편 『결혼은, 미친 짓이다』는 소설 전체가 이 기시감에 대한 이야기인바, 그 근저에 놓여 있는 것은 물론 소비자본주의 사회 특유의 '패턴화' 경향이다. 가령, 『결혼은, 미친 짓이다』의 화자는 다음과 같이 말한다.

"사람이 너무 많으니까 사람과 사람 간의 구별점이 생겨나지가 않아. 어딘가에는 반드시 나와 같은 상표의 옷, 똑같은 헤어스타일, 혹은 똑같은 책을 읽고 있는 사람이 몇 명은 더 있을 거란 말야."

"아하, 이거랑 똑같은 재킷을 입은 남자, 방금 지나가는 거 나도 봤어."
(『결혼은, 미친 짓이다』, 90쪽)

심지어 '개성'이란 단어의 의미를 "직장 상사의 취향이거나 리어카에서 구입한 귀고리에 불과한 것"으로 정의하기까지 하는 화자에게 기시감은 당연한 현상이다. 소비자본주의 사회에서 개인이란 고작해야 패턴화된 상품들이나 역시 패턴화된 취향들의 조합에 불과해진다. 채널을 돌릴 때마다 바뀌는 뻔한 배역 같은 것이 된다. 사실 누구나 한 번쯤 본 사람들인 것이다.

패턴화된 삶에 대한 아주 길고 징밀하게 고안된 은유가 바로 『결혼은, 미친 짓이다』의 두번째 장(章), 「2. 텔레비전」이다. 얼마나 정밀하게 고안되었던지 다음과 같은 표를 그리는 것이 가능할 정도이다.

*표 : 대홍수 이후, 어느 수요일 아니면 목요일 저녁, '머꼬네' 가족의 TV 시청표

	아버지	어머니	형	형수	나	여동생	조카
8:30 일일 드라마		●			○		
8:55 광고				●	○	●	
9:00 뉴스	●		○	○	○		○
9:40 스포츠 뉴스			●		○		
10:00 수목 드라마		●		●	○	●	
11:00 심야 토크쇼					●	●	
12:00 심야 토론	●				○		

●표는 주시청자를 나타낸다. 그리고 ○표는 보조시청자다. 시간의 전개에 따라, 아니 정확하게는 시간대별 TV 프로그램 편성표에 따라 주시청자가 바뀐다. 어머니는 홈드라마, 광고는 형수와 여동생, 그리고 뉴스는 아버지 몫이다. 이때 형수와 형이 보조시청자로 끼어드는데, 매개가 되는 것은 코소보에서 수신된 인터뷰 화면 때문이다. 기자와 인터뷰한 코소보 군인이 가수 윤수일을 닮았다는 사실 때문에 그들은 보조시청자가 된다. 그러고 보면 이 도표는 세대별 취향의 실태 조사표이기도 하다.

조카, 즉 제법 자란 머꼬도 아홉시 뉴스의 보조시청자로 끼어든다. 뉴스 초입에 보도된 꽃 소식과 코소보 전란이 이제 막 사물들의 이름을 배우기 시작한 머꼬를 보조시청자로 만든다. 머꼬는 TV 속의 '꽃'과 '탱크'를 알아본다. 홍수 이후 머꼬도 변한 모양이다. 오로지 TV라는 창을 통해서만 머꼬는 사물의 이름을 배운다. 머꼬에게 TV브라운관은 세계를 보는 창이다. 아마도 머꼬는 지금쯤 『머꼬네 집에 놀러 올래?』 말미에 외삼촌이 입에 물려주던 이 집안의 두번째 가보 '요술 사탕'(첫번째 가보는 먹어도 먹어도 살을 내놓는 '요술 돼지'였다)의 맛을 잊었을

것이다.

이후 스포츠 뉴스는 형 몫이고, 수목드라마는 다시 여자들 몫이다. 입담 좋은 젊은 연예인들이 출연하는 심야 토크쇼는 화자와 여동생의 몫으로 돌아가고, 그리고 실직당해 종일 집에 있느라 피로를 모르는 아버지가 대미를 장식한다. 심야 토크쇼는 '구조조정' 문제를 다룬다. 그러나 응접실을 끝까지 지키는 것은 안됐지만 사람이 아니라 TV다. 아버지 또한 이내 잠들어버리기 때문이다.

물론 화자는 거의 모든 프로그램의 보조시청자가 되지만, 그건 그가 특별히 응접실에서의 가족간 대화를 즐겨서가 아니다. 그는 말 많고 끼어들기 좋아하는 다변의 관찰자일 뿐이다. 『머꼬네 집에 놀러 올래?』 말미에 "개탄과 핏대"의 양자택일적 상황을 벗어나기로 결심한 이후 그는 매일매일의 사건에 대해 논평은 하되 아무런 개입도 하지 않는 냉소적이고 말 많은 지식인 캐릭터가 되어버렸다.

요컨대 이 장 전체가 어느 수요일이나 목요일 저녁의 TV 프로그램 시간 편성표에 따라 구성되어 있다. 초점은 응접실에 고정되어 있다. TV를 중심으로 시간의 순서에 따라 가족 중 몇이 등장했다 사라진다. 그리하여 몰래카메라에 잡힌 어느 가족의 저녁 일상을 방불케 하는 이 가족의 풍경은 이내 이와 전혀 다를 바 없는 우리들의 저녁 풍경을 어느 순간 '낯설게 한다'. 우리의 일상이 그와 같이 구성되어 있고 패턴화되어 있지 않던가!

그리하여 소설의 말미, 화자가 다음과 같이 다소 직설적으로 소설의 주제를 누설할 때, 우리는 흔쾌히 그의 주장에 동조하지 않을 수 없게 된다.

심지어 우리 모두는 탤런트가 되어버렸다. 탤런트의 배역과 역할을 좌우하는 것은 탤런트 자신의 의견이 아니라 광고주와 시청자들의 반응과

방송국 소유주이듯, 우리들은 끝없이 광고로부터 욕구를 전달받고, 타인의 시선에 의해 조절당하고, 우리의 물질적 소유주인 직장 상사나 부모로부터 간섭을 받는 세대다.

　내 안에, 언제부터인가, 텔레비전이 들어와 있는 것이다!

　그리고 우리의 결혼과 직장 생활은 정해진 대본처럼 상투화되어가고 있다.(『결혼은, 미친 짓이다』, 280쪽)

　그렇다면 세간의 평가와 달리, 『결혼은, 미친 짓이다』는 결혼에 관한 신세대 세태소설이 아니라 텔레비전에 대한 소설, 말하자면 사람이 아니라 패턴화되고 정형화된 이미지들이 지배하는 시절에 대한 냉소였던 것이다.

7

　그렇다고 패턴화된 세계의 무의미성으로부터 탈출하는 방법이 따로 있는 것 같지도 않다. 이유는 간단하다. 제아무리 아름다웠다 할지라도 대개 과거란 미화되거나 이상화되게 마련이어서, 사라진 마콘도를 되불러오는 행위는 고작해야 '기원의 형이상학'을 벗어나기 힘들 것이기 때문이다. 게다가 체제로부터의 탈출 시도는 위험하기까지 하다. 가령 「눈빛과 마주치다」의 주인공을 보라. 비일상적 존재들(죽은 친구, 오래전 연인)과 마주친 그에게 내려진 형벌은 다음과 같다.

　순간, 나는 이번에도 마찬가지로 지반째 어긋장나는 것 같은 혼란과 현기증이 느껴지면서 인생이란 아주 허망한 일순간이고 인연이란 너무나 작위적이며 모든 느낌 또한 다만 하나의 헛것에 지나지 않는 것이고 우리가 소중히 간직하는 의미란 것도 한낱 미망에 불과한 게 아닌지 하는 의심에, 그만 허방에 빠지듯이, 아뜩해지는 거였다.(「눈빛과 마주치다」, 『현대문학』 2001년 11월호, 127쪽)

지반이 흔들리는 느낌, 혼란, 현기증, 허탈감, 아뜩함. 이처럼 일상을 벗어나려는 모든 시도는 허방을 예비한다. 존재감의 상실과 불안이라는 형벌이 그들을 기다린다. 그렇다면 남은 선택은 하나다. 계속 그 일상에 적응해서 살아가기, 더욱더 기만적으로, 더욱더 책략적으로, 그래서 모든 인간적, 윤리적 가치가 무화되는 지경에까지 가보기. 위악으로 가득한 작품 「나쁜 여자, 착한 남자」가 거기까지 간다.

　머꼬의 외삼촌이었음에 분명한 화자는 이제 중년의 고위급 회사원이 되어 있다. 그에게는 같은 회사에 다니는 어린 연인이 있다. 그녀와 화자가 나누는 대화다.

　"안락사 같은 거 말이지?"
　"아니, 기왕이면 교통사고로 죽어야죠."
　"교통사고?"
　"보험금이라도 받아 남은 가족들에게 주면, 누이 좋고 매부 좋고 아니, 아빠 좋고 딸 좋곤가. 헤헤."
　"딸만 좋은 거지!"
　"딸이라도 좋아야죠!"
　"그래도 그렇게 말하는 거 아냐. 말이 씨가 돼."
　"그래요? 그럼 계속 말하고 다녀야겠다."(「나쁜 여자, 착한 남자」, 『세계의문학』 2002년 여름호, 22쪽)

부모의 죽음으로 받게 될 보험금에 대한 이야기다. 목적과 수단의 전

도, 모든 도덕과 가치의 상실, 아도르노와 호르크하이머가 일찍이 사드
의 여주인공 줄리에트를 통해 보여주고자 했던(『계몽의 변증법』 3부) 바
로 그 세계가, 머꼬네 집이 홍수로 소멸한 지 채 몇 년이 지나지 않아 이
만교의 소설 속에서 실현된다. 자본주의 세계체제의 폭력성을 드러내
줄 준거, 혹은 비교 기준으로서의 마콘도가 사라져버린 결과가 이와 같
다. 그러나 그 위악은 또한 이만교의 주인공들 뇌리를 영원히 떠나지
않을 마콘도의 '효과'이기도 할 것이다.

8

　최근의 작품들(「농담을, 이해하다」「눈빛과 마주치다」「그녀, 번지 점프
를 하다」)로 미루어보건대, 마콘도를 잃고 원한에 사로잡힌 이만교의
주인공들은 아마도 당분간 위악적으로, "우정이나 친절 따위보다 탐욕,
자만, 질투, 욕심이 성공적인 경제를 일구는 토대다!"(「나쁜 여자, 착한
남자」)라고 외치고 다닐 모양이다. 그것 역시 자본주의적 일상에 숨겨
져 있는 '지배'의 본모습을 드러내는 데에 유용한 글쓰기 전략임에는
틀림이 없다. 게다가 재담꾼 이만교에게는 더없이 잘 어울리는 글쓰기
방식으로 보이기조차 한다.
　아니나 다를까, '오늘의작가상' 수상 소감에서 이만교는 또한 이런
말을 했다.

　내 성격에 딱 맞는 방식을 찾은 것 같아 기분이 좋다. 늙어서도 이런
자세로 산다면 나는 내 꿈을 이룰 게 뻔하다.

　그다운 재담이다. 빛나는 감각과 글재주를 가졌으니 아마도 그는 꿈

을 이룰 게 뻔하다. 그러나 나는 위악을 글쓰기의 방법으로 삼은 작가
들의 고통에 대해 들은 바가 많다. 김승옥이나, 손창섭이나, 김수영이
나 모두 꿈을 이루었다. 그러나 그들 모두 채 늙어볼 겨를도 없을 만큼
고통스럽게 꿈을 이루었다. 그들처럼, 그가 재담 뒤로 숨지 말고 그 고
통을 온전히 제 몫으로 감당해내기를 바랄 뿐이다.

(2003)

마술(魔術)
―성석제론

1. 마술(魔術)

일찍이 성석제를 만나본 시인 황인숙은 그의 됨됨이를 단박에 알아보고는 다음과 같이 말한 바 있다.

"아아, 성석제. 그가 근엄한 체해도 속지 마라."(『문학동네』 1998년 가을호, 30쪽)

그러나 만약 그의 소설들을 읽기 전에 먼저 이 충고를 읽었더라면 성석제에게 속아넘어가지 않을 수 있었을까? 하다못해 박완서 선생처럼 그의 『재미나는 인생』을 읽다가 마침내 사람 많은 지하철 안에서 비죽비죽 웃기 시작하고야 마는 불미스러운 사태는 막을 수 있었을까? 그러기 힘들었을 것이다. 알고도 속고 모르고도 속는 게 성석제의 소설이다. 뻔한 거짓말인 줄 알면서도 훌쩍훌쩍 웃고, 그러다간 넘나간 이처럼 키들키들 눈물을 닦기도 하다가, 다시 울음 반 눈물 반의 모호한, 말하자면 '황만근 같은'(「황만근은 이렇게 말했다」,『황만근은 이렇게 말했다』) 표정으로 책을 덮지 않을 수 없는 게 성석제의 소설이다. 가령 다음과 같은 구절을 보자.

거기까지 듣던 피눈물은 게으른 고양이처럼 하품을 길게 하고는, 헬리콥터처럼 제자리에서 뛰어올랐다. 그리고는 두목의 용건을 복창하고 있는 부두목과 서열 6위의 눈두덩이를 두 발로 동시에 가격했다. 주먹이 아니었다. 발바닥으로 친 것이다. 그 다음 믿을 수 없다는 표정으로 멍청히 서 있는 두목을 연속 여섯 번의 발차기로 거꾸러뜨렸다. 여섯 번의 발차기에 걸린 시간은 대략 삼 초 내외였다고 다리 위에서 언제 '입회식 빳따'를 치나 기다리던 부하들이 기억했다.
　"또 용건 있어? 없으면 꺼지시고."
　땀 한 방울 흘리지 않고, 숨도 몰아쉬지 않으면서 피눈물이 한 말이었다.
　"분하구나. 너는 그 발차기를 어디서 배웠느냐."
　"배우긴 뭘 배워. 매일 들에서 소 다섯 마리 여물 해다 먹이고 산에서 나무 세 짐 하고 집에서 가마니 열 장씩 짜다보니 이렇게 된 거지."(『순정』, 185쪽)[11]

소위 '피도 눈물도 없는 고양이'란 자가, 방금 대략 삼 초간에 걸쳐 보여준 절세 무공의 초식에 걸맞은 명칭이 없을 수 없겠거니와, 작가 성석제는 바로 이어서 그토록 화려한 초식을 가능케 했던 비급의 이름

---

11) 이 글에서 인용, 참조한 텍스트는 다음과 같다. 성석제,『순정』, 문학동네, 2001 ; 성석제,『재미나는 인생』, 강, 1997 ; 성석제,『황만근은 이렇게 말했다』, 창작과비평사, 2002 ; 성석제,『홀림』, 문학과지성사, 1999 ; 성석제,『내 인생의 마지막 4.5초』, 강, 2003 ; 성석제,『궁전의 새』, 하늘연못, 1998.

을 살짝 흘려준다. 이름하여, '정통 농업 무술'! 이쯤 해서 웃지 않는
이가 있다면 그는 곽영출(「이무기」, 『홀림』)임에 틀림없다. 또한 이로부
터 개연성이라거나 현실의 반영이라거나 하는 어휘를 떠올리는 이가
있다면 그는 이치도(『순정』)다. 오로지 웃음을 위하여 개연과 핍진은
사라진다. 그러니 새빨간 거짓말이 주는 웃음과 과장된 무협지적 '액숀
스펙타클' 외에 성석제의 소설에서 찾아낼 것이 뭐가 있단 말인가? 성
석제는 무협지 작가 아닌가?

　그러나 혹시나 해서 말하건대, 성석제는 물론 무협지 작가가 아니다.
위에 인용한 부분도 『의천도룡기』(김용, 서울플래닝)나 『녹정기』(김용,
서울플래닝)의 일부를 발췌해온 것이 아니다. 무협지 작가는 자신의 주
인공을 그처럼 우습게 만들지 않는다. 그렇게 먼 거리에서 자신의 주인
공이 독자들에게 웃음거리가 되는 걸 지켜보고 같이 키들거리고 있지
도 않는다. 영웅의 풍모에 걸맞게 장렬하게 죽게 하거나, 통쾌하게 재
기하도록 해야 무협지답다. 창용이처럼 '엄마 무서워' 하고 죽어서도
안 되고(「내 인생의 마지막 4.5초」, 『내 인생의 마지막 4.5초』), 이치도처
럼 빈털터리가 되어 과거 애인의 집에 도둑처럼(이치도에겐 칭찬이겠지
만) 숨어들게 해서도 안 된다(『순정』).

　게다가 무협지 작가는 「협죽도 그늘 아래」(『홀림』)와 같은 슬프고 아
름다운 운문체 소설을 쓰지 못한다. 또한 「유랑」의 전설 같은 순애보도,
「새가 되었네」의 주인공이 처한 전혀 복구 불가능한 파산상태도, 『순
정』의 말미, 이치도의 성기가 왕두련의 손 안에서 일으키는 가련한 경
련 후의 허탈감이나, 왕두련이 아비의 비역질을 목격하고 타락을 작정
할 때의 극한적인 절망감에 대해서도 쓰지 못한다. 아무런 비급도 없이
'황만근' 같은 바보를 선사(禪師)의 경지로까지 끌어올리지 못할 뿐 아
니라, 더욱이나 자신의 독자들로 하여금 그 모든 이야기들이 새빨간 거
짓말인 줄 번연히 알면서도 웃고 울게 하는 마술을 부리지는 못한다.

그렇다! 마술이다. 성석제의 소설은 뻔히 눈뜨고도 속고, 까맣게 눈 감고도 속을 수밖에 없는 마술이다.

2. 마술의 기원

성석제의 이 마술은 어디서 유래한 것일까? 그의 목소리를 직접 듣는 게 가장 좋을 텐데, 그를 직접 데려올 수는 없으니(그가 영원한 이야기꾼이 될 수 없는 이유가 여기에 있다. 이야기꾼은 대개 이야기를 듣고 싶어하는 이들이 부르면 온다. 그러나 소설가는 못 온다), 장편『궁전의 새』에 그가 직접 쓴 약력 중 일부를 소개하기로 하자. 황인숙의 경고를 염두에 둘 때, 역시 돌다리도 두들겨 가는 조심을 다해야겠으나, 그나마 알려진 바로는 성석제의 신상에 대한 자술 중 이 부분이 가장 자세하고 믿을 만해 보인다.

　　—2학년 때 담임선생은 여성은 여성이었으되 영국의 대처 수상을 연상케 하는 강철 같은 의지와 철권의 소유자. 감히 딴마음을 품을 수 없어서 책으로 관심을 돌림. 집에 있던 책들은『옥루몽』『금병매』『수호전』『연산군』같은 소설에『그림으로 보는 이야기 성서』(『이야기로 읽는 그림 성서』였나?),『축산전서』, 정체 불명의 일본 추리소설,『사랑이 메아리칠 때』같은 저자 불명의 연애소설, 경향잡지(가톨릭 교회에서 간행하는 잡지) 따위. 그걸 읽고 또 읽고 또 읽고 또 읽고 하다보니 학교에서 보고 배우는 이야기는 한마디로 우스웠음. 따라서 학교에서 내내 실실 웃고 지냄.(『궁전의 새』, 299쪽)

그리고 여기에 3학년 때 읽은『아라비안나이트』와『햄릿』, 중학교 때 읽은 무수한 무협지들, 그리고 조부모, 종조모, 부모, 고모 셋, 아홉 살 위인 형, 여섯 살 위인 큰누이, 세 살 위인 작은누이, 머슴까지 합해 열세 명이나 되는 대식구로 이루어진 가정환경을 더할 수 있을 것이다. 말하자면 그는 이야기꾼이 되기 위한 천혜의 조건 속에서 나고 자랐던 것인데, 대가족 중심의 농경공동체와 그가 읽은 무수한 '옛날얘기들'보다 더이상 이야기꾼에게 필요한 것은 없을 터이다. 이야기란 대개 전승을 통해 생명력을 얻거니와 전승이 가장 용이한 환경으로서의 농경공동체는 이야기의 태반이자 탯줄이다. 거기에 성석제 특유의 잡학과 박식이 더해진 형국이다.

그리하여 우리는 그의 많은 작품들이 어찌하여 고풍스런 '전(傳)'자 유 고소설의 형식을 취하고 있는지(「조동관 약전」「황만근은 이렇게 말했다」「내 인생의 마지막 4.5초」『순정』을 비롯한 기타 작품들), 어찌하여 대개의 소설들이 걸음 가벼운 키치적 상상력으로 기울고 있는지(특히 여러 소설에 겹치기 출연하는 조창용이나 마사오, 혹은『순정』의 피눈물이나 「이무기」의 곽영출 같은 이들이 서로 싸우는 장면을 보라. 혹은 「꽃 피우는 시간」의 노름 박사 피스톨 송이 연설하는 장면을 보라), 어찌하여 개연과 핍진을 읽는 이의 즐거움을 위한 산문율을 위해 기꺼이 포기하고 있는지(그의 모든 소설들이 다 그렇다)를 이해하게 된다. 그는 이미 1960년 7월 5일 미명, 태어나는 순간부터 이미 이야기꾼이 될 운명에 처해 있었던 것이고, 무협지와 만화책과 동서고금의 고전들과 벗해 자라면서 그 운명에 소질과 훈련을 더해갔던 것이다.

3. 마술의 비밀

그러고 보면 그가 시(詩)에서의 실패(?) 이후 소설을 택하게 된 사정, 그것도 순전 구라에 가까운 '어처구니없는'(그는 물론 어처구니는 있다고 우기겠지만) 이야기들을 즐겨 쓰게 된 사정도 이해가 되는데, 그의 잡학과, 성장한 환경이 그에게 남긴 생리적 다변(多辯), 그리고 그가 살았던 농경공동체(오룡리로, 중간시로, 은척으로 변주되는)에서의 수많은 추억과 모험들은 아무래도 그를 시인보다는 이야기꾼에 가깝게 했을 것이다. 그러나 이야기꾼이라니! 포스트모던 사이버 하이퍼 스피디 자본주의 사회에 이야기꾼이라니!

이쯤 해서 벤야민과 같은 이야기꾼 이론가의 이름을 들먹이려는 시도는 난관에 봉착한다. 왜냐하면 벤야민은 이야기꾼의 두 종류를 구분하긴 했으되, 다만 사후애도를 위해서만 그랬기 때문이다. 벤야민에게 이야기꾼이란 그것의 전승 기반이었던 언어공동체, 생활공동체의 근대적 와해와 함께 더이상 이전의 인기를 누리지 못하고 은퇴해야만 할 처지에 놓인 종합 민중 예술가였다. 그런 사정은 농부형 이야기꾼이 되었건 선원형 이야기꾼이 되었건 마찬가지다. 근대는 말을 글로, 청중을 독자로, 공동체를 개인으로 바꿔놓는다. 이야기꾼의 탯줄은 잘리고, 태반은 으깨어지며, 입은 봉해진다. 요컨대 이야기꾼은 안타깝지만 이제 소설가에게 자리를 내주고 역사의 뒤안길로 물러앉은 처지란 말이다. 그런고로 벤야민의 이론을 따르자면 아예 성석제에게 따라다니는 이야기꾼이라는 수사를 철회해야 할 판이다. 아니면 벤야민의 이론을 틀렸다고 하거나.

그러나 세계적인 차원에서 볼 때, 아무래도 성석제보다는 벤야민이 더 유명하다고 하는 것이 사실에 가깝겠다. 국수주의는 시대의 대세를 거스르는 발상 아니겠는가? 그러니 벤야민이 틀렸다고 말해서는 안 된다. 그렇다고 한국일보문학상에, 동서문학상, 그리고 최근에는 이효석문학상에 동인문학상까지 받은 우리 시대의 문재(文才) 성석제를 돌연변이 취급하는 것도 말썽의 소지가 많다. 그렇다면 길은 하나, 이야기꾼이 존재할 수 없는 시대에 아무렇지도 않게 이야기꾼 행세를 하는 법, 성석제가 습득한 바로 그 마술에 가까운 글쓰기에 어떤 비밀이 있다고 말하는 것이 가장 자연스럽겠다.

당겨 말하건대, 그 비밀은 그의 주인공들이 사는 '공간'에 감추어져 있다. 그 공간은 검은 휘장이 드리워진 마술사의 무대와 같아서, 일단 그곳을 배경으로 삼으면 휘장과 마찬가지로 검은 장갑을 낀 마술사의 가볍고 날렵한 손놀림의 비밀을 알아차릴 관객은 없다. 더러 그 공간은 '은척'으로(『순정』), '오룡리' 혹은 '오봉리'로(「이무기」), 때로는 K시 (「꽃 피우는 시간」)나 신대리(「황만근은 이렇게 말했다」)로 불리기도 한다. 그러나 어떻게 불리든 명칭이 중요한 것은 아니다. 일단 그 공간이 소설 속에서 누리는 혜택, 혹은 그 공간으로 하여 소설이 누리는 혜택이 무엇인가가 중요하다. 그중 아름다운 황만근의 마을을 예로 들어보자.

신대리에서 나서 살아온 여자들은 때려죽여도, 아니 맞아죽어도 신대리 사람에게는 시집을 가지 않으려고 했다. 그래서 신대리 총각들은 이십 리쯤 떨어진 낙양군 봉대면 면소재지 저잣거리에 가서 '처녀 구함'이라는 팻말을 목에 걸고 서 있다가 그에 혹한 처녀를 잡아채어 신대리로 돌아오든가, 그게 여의치 않으면 중간에 사람을 놓아 험난한 시절 딸을 팔아서라도 살아남으려는 사람들에게서 처녀를 구해 장가를 갔다. 후자의 경우를 두고 중매라고 하는 사람도 있고 그렇게 해서 마을에 들어온 처녀를 '민며느리'라는 이름으로 부르는 사람도 있는데 이름이야 어떻든 그런 경로로 신대리에 들어온 처녀들은 해가 가기 전에 아이를 낳게 마련이었다.(「황만근은 이렇게 말했다」, 19~20쪽)

일단 이 신대리가 시간적으로 현재에 속해 있지 않은 것만은 확실하다. '중매'네 '민며느리'네, '험난한 시절'이네, '딸을 팔아서라도 살아남으려는 사람들'이네 하는 말들이 증거다. 아마도 성석제의 유년기 쯤 되는 시절의 어떤 농촌 마을로 보는 것이 타당하겠다. 『순정』의 은척도 그러했고, 『궁전의 새』에서 장원두가 살던 마을도 그러했다. 다음으로 이 마을이 암암리에 무법천지였다는 점이 지적될 필요가 있다. '처녀 구함'이란 팻말을 버젓이 들고 서 있다가 처녀를 납치해와서도 별탈 없이 살았다는 구절이 그렇고, 그렇게 신대리에 들어온 처녀들이 해가 가기 전에 아이를 낳았단 구절이 그렇다. 정상적인 유법천지라면 해가 가기 전에 아이를 낳을 수 있는 여자는 1월과 2월에 결혼한 여자에만 국한되어야 한다.

물론 여기에 다른 여러 가지 공간적 특성들을 덧붙일 수 있다. 가령 남자들은 대개 무능력한 대신 술과 싸움질과 노름을 즐겨 한다거나, 그런 남자들과 결혼한 여자들이 낳은 아이들은 대개 버르장머리가 없고, 일찍부터 오입까기를 즐겨한다거나 하는 등등의. 그리고 무엇보다도 대개 이런 마을에는 황만근이나 곽영출 같은 바보들이 사는 법이다. 혹은 이치도 같은 도둑이나 마사오와 조창용 같은 깡패들, 성억제 같은 피카레스크 식 소설가들이 산다. 그리고 그들 모두는 피가 터지고 갈빗대가 나가는 싸움을 구경하면서도 '자네 아들이 월남 가서 테레비라는 걸 보냈다면서'(『순정』)라든가 '어제 공설운동장에서 개싸움 하는 거 본 사람 없어' 혹은 '서곡 사는 차서방이 딸을 여읜다는데? 그 집 딸래미가 곰보라는 거 신랑 집에서 아나?'라고 안부를 물을 만큼 서로의 은밀한 속사정에 훤하다.

요약하자면, 오래된 생활의 공동체, 성(性)의 공동체, 가난의 공동체, 범죄의 공동체, 그리고 무엇보다도 소문의 공동체가 바로 성석제의 마술 무대 뒤에 펼쳐진 검은 휘장 구실을 한다. 그러나 그것이 왜 마술 무대의 검은 휘장인가? 성석제의 이야기 마술을 가능하게 해주기 때문이다. 이제는 존재할 수 없는 이야기꾼이 당당하게 이야기꾼으로 등장하게 해주기 때문이다.

이미 언급한바, 공동체의 소멸은 이야기꾼의 소멸에 대한 가장 중요한 이유가 된다. 그러나 성석제는 마술사답게 자신만의 무대, 자신만의 이야기공동체를 소설 속에 먼저 마련한다. 일단 무대가 마련되면 이야기꾼 아니라 이야기꾼 할애비라도 소설 속에 나타날 수가 있다. 이런 사정은 설사 무대가 공간적으로 서울과 같은 도시로, 시간적으로는 현재로 바뀐다 하더라도 마찬가지다. 그의 모든 주인공들은 모두 이곳 신대리 출신이며, 신대리에서의 유년을 목걸이처럼 달고 다니며, 그리하여 신대리에서처럼 행동하더라도 제지당하지 않는다. 신대리에서 난 서울 깡패는 신대리 깡패인가 서울 깡패인가? 최소한 성석제 소설 속에서는 신대리 깡패이다. 그들은 여전히 이야기꾼이라는 명칭이 성립 가능한 무대에 속해 있는 것이다.

이것이 이야기꾼 혹은 마술사 성석제의 비밀이다. 그는 현실에서는 더이상 존재할 수 없는 이야기꾼의 태반을 자신의 소설 속에 직접 마련했던 것이다. 덕분에 그의 이야기를 듣는 청중들은 거의 사라져버릴 뻔했던 듣기의 재미, 다변의 재미를 선물받는다. 설사 그것이 마술에 불과함을 안다 하더라도 속지 않고는 배겨내기 힘들다.

4. 마술의 한계

그러나 마술의 효력에는 한계가 있는 법이다. 일찍이 성석제를 만나본 또다른 사람 손종업은 성석제와 단 몇 합을 겨룬 후, 이 사실을 단박에 알아보고는 다음과 같이 말한다.

"선생님의 많은 소설들은 읽는 순간의 '몰두'에 비하면, 잘 기억되지

않는 것 같습니다."(『문학과사회』 1999년 겨울호, 1631쪽)

혹은 서슴없이 이런 말도 한다.

"대체로 선생님의 글쓰기는 '지금 여기'에 인색한 편입니다. 이야기들
은 대체로 과거 시간을 향해 나아갑니다."(1636쪽)

마술이 대개 그렇다. 마술의 무대는 항상 예외적인 시간과 공간을 형
성하는 것이어서, 쉽게 몰두하되 그 몰두가 끝나는 순간 잊어버리기 십
상이다. 그것이 '지금 여기'에서 실현될 수 없는 탓이 크다. 그것은 오
래된 서커스와 같아서 향수와 친하다. 그것은 오래된 이야기꾼 아리스
토텔레스의 『시학』과 같아서, 웃음이나 눈물과 친하다.

마술을 구경하는 누구나가 다 아는 사실은 현실이 마술과 같지 않다
는 점이다. 웃음과 눈물은 그래서 나온다. 요컨대 관객은 신대리에 살
지 않는다. 그 거리감이 맘놓고 웃게도 하고 울게도 하거니와, 마술의
무대를 떠나는 순간, 관객은 '지금 여기'로 되돌아온다.

사실 성석제도 이 사실을 알고 있음에 틀림없는데, 그렇지 않고서야
그가 만든 귀여운 깡패들이 너나없이 이야기 마지막에서는 죽어가는
이유, 빈털터리로 돌아온 이치도가 이번엔 '개호주'에게 쫓기는 것이
아니라 그것을 쫓아가 그 부재를 확인하고야 마는 이유(『순정』), 협죽
도 그늘 아래로 신랑이 영영 돌아오지 않는 이유(「협죽도 그늘 아래」),
그리고 무엇보다도 황만근이 죽고, 그 황만근의 비명(碑銘)을 기록한
남해인 민순정이 귀농에 실패하고 이룬 것 없이 다시 도시로 흘러간 이
유를 설명할 길이 없다.

훗날 신대리를 영영 기억하지 못하는 후손들을 위하여 성석제는 이
제 어쩌면 '지금 여기'에 대한 이야기를 시작해야 할지도 모를 일이다.

그러나 정작 성석제가 그렇게 한다면, 이제 다시는 들을 수 없게 되어버린 이야기꾼의 이야기며, 다시 볼 수 없게 되어버린 은척 방죽가의 풍경들이며, 다시는 속닥거릴 수 없게 되어버린 조창용의 무용담을 두고두고 서운해하지 않을 도리가 없을 테지만……

5. 사족

이효석 문학상과 동인문학상을 성석제에게 안겨준 황만근 선사(禪師) 이야기를 많이 못 했다. '천지를 대영혼의 집으로 삼은' 고인께 삼가 경의를 표하면서 약속건대 언젠가 한번은 오늘의 신세를 갚으리라.

(2001)

옛사랑, 혹은 청천(靑天)의 유방(乳房)
―김성동 장편소설 『꿈』, 복거일 장편소설 『마법성의 수호자, 나의 끼끗한 들깨』

1

오래 묵은 사랑 이야기 둘을 읽었으니, 아무래도 옛날이야기로부터 시작해야만 할 것 같다.

옛날옛날에 능선이라는 법명을 가진 동자승이 하나 살았더랬다.

2

그 옛날옛날이 호랑이 담배 피우던 시절만큼 옛날일 필요는 없다. 김성동의 전기적 사실을 이야기하려는 것이 아니니(그가 출가한 것은 19세 되던 해였고, 그래서 그가 동자승이었던 시절은 없었다) 작가의 나이를 따져 그가 동자승의 나이만큼 어렸을 때로 되돌아갈 필요도 없겠다. 잠시, 기억마저 죽여버린다는 그 무시무시한 '시간의 압제'를 무시하고 (복거일 풍으로), 김성동이 「산란山蘭」을 발표하던 이십일 년쯤 전까지만 거슬러올라가보자. 그러면 아직 말도 다 깨치지 못한 어린 동자승 능선이 홀로 산방(山房)에 앉아 있는 것인데, 그가 자라 법운이 되고 지산이 되고(『만다라曼陀羅』) 청년기의 능선(「황야荒野에서」, 『오막살이 집 한 채』)이 되고, 또한 능현(『꿈』)이 될 것이거니와, 여하튼 그는 지금 심우삼매(尋牛三昧)에 빠져 있다.

지쳐 쓰러져 잠이 들었다가 눈을 뜨면 아이는 다시 바늘구멍에 눈을 붙이고 뚫어져라 밖을 내다보았는데, 어둠이었다. 해가 지고 놀이 죽고 그리하여 우우 우우 아우성치며 달려가는 바람소리와 먼 골짜기에서 들려오는 산짐승들의 울부짖음에 흠칠흠칠 몸을 떨다가 아이는 지쳐 쓰러져 또 잠이 드는 것이었다. 잠이 들면 꿈을 꿨고 꿈을 꾸면 엄마를 만났다. 엄마의 얼굴에선 독한 분내음이 났고 엄마의 젖가슴에선 우르르 우르르 뜀박질하는 비릿한 피내음이 났다. (「산란山蘭」, 『김성동선』)[12]

바늘구멍은 노승이 내어준 것이다. 아이는 하염없이 그 바늘구멍에 눈을 붙인 채로, 소를 타고 오는 어미를 기다렸던 것이니, 이 동자승의 화두는 그리하여 이때부터 이미 '어미'가 된다. 여러 소문을 조합해보건대, 1950년경, 능선이 세 살 나던 해에 경찰에 끌려가 처형당한 붉은 사람의 아내였던 이 아이의 어미는 남편 사후 몸병을 앓았단다. 어른들의 눈으로는 더러 욕정이라고도 하고 바람기라고도 하고 그리움이라고

---

12) 이 글에서 인용, 참조한 텍스트는 다음과 같다. 김성동, 『김성동선』, 어문각, 1983 ; 김성동, 『만다라』, 한국문학사, 1979 ; 김성동, 『오막살이 집 한 채』, 일월서각, 1982 ; 김성동, 『꿈』, 창작과비평사, 2001 ; 복거일, 『마법성의 수호자, 나의 끼끗한 들개』, 문학과지성사, 2001.

도 하고 그릇된 역사의 상흔, 혹은 민족의 공업(共業)이라고도 하는 병이었던 모양이다. 허나 이제 갓 말 몇 마디 배운 아이에게 어미의 병인(病因)이야 중요한 문제가 아니었을 터이니, 아이는 마냥 기다린다. 바늘구멍 밖으로 소를 타고 오는 어미를. 오랜 후, 장성해서야 납독이 올라 죽어가는 모습의(「황야에서」), 혹은 여러 남자를 전전하다 결국 살롱의 마담으로 주저앉은 모습의(『만다라』) 그녀와 해후하게 될 테지만(다시 확인하건대 나는 지금 작가의 전기적 사실을 이야기하는 것이 아니다), 그러나 이때의 능선이 그 훗날의 일을 미리 알았을 리는 만무하다. 그리하여 쓰러져 잠들고 다시 깨어나기를 여러 차례, 아이는 여전히 소를 타고 오는 어미를 기다린다.

그러니 분명히 이 소설 「산란」의 이야기는 옛날이야기다. 이십일 년 전에 씌어졌다는 의미에서 옛날이 아니라, 인간이 태생(胎生)이기를 그만두지 않는 다음에야 어미에 대한 이야기가 가장 옛날이야기라는 점에서 옛날이야기다. 굳이 풀어 말하자면 김성동 소설의 원형이 되는 이야기란 말이다.

그 아이가 그때 바늘구멍 새로 소 타고 오는 어미를 보았더라면 김성동의 소설들은 완전히 달라졌을 것이다. 최소한 『만다라』로부터 시작해서 「황야에서」를 거쳐 오늘의 『꿈』에 이르는 구도소설들, 혹은 다른 말로 김성동의 모계소설들이 이루는 계열체는 지금과는 사뭇 딴판이 되어 있을 것이다. '청천의 유방'을 쫓는 잡승의 이야기들 말이다. 어쩌면 아비 부재의 연원과 그 부조리를 캐는 부계 소설들(「눈 오는 밤」「비 내리는 아침」「바람 부는 저녁」「역사를 찾아서」「붉은 단추」 등과 같은)이 모계소설들을 압도했으리라 추측할 수도 있겠다.

허나 다행인지 불행인지, 동자승 능선은 끝내 소 타고 오는 어미는 보지 못하고, 대신 마치 어미처럼 여겼던 여 보살과 남자 시주가 쌓은 이층탑을 봐버렸던 것이다. 이미 꿈속에서도 엄마로부터 '독한 분내

음'과 젖가슴에서 나는 '우르르 우르르 뜀박질하는 비릿한 피내음' 즉
뭇 사내들의 정액 냄새를 맡았던 능선이고 보면, 여 보살과 남자 시주
가 쌓은 이층이야 실제 사실이라기보다는 심리적 사실이라고 해도 무
방하겠다. 그날로 하여 애증이 시작된다. 낳아주고 길러준 성녀로서의
어미(후에 여불인 관세음보살로, 혹은 그를 문학의 길로 인도한 여대생으
로 변주되는)와, 자신을 버리고 개가해버린 욕정의 창녀(그가 도시의 뒷
골목을 전전하며 만난 수많은 매춘부들, 특히 「황야에서」의 '화영'으로 변
주되는) 어미에 대한.

　이 애증, 아비를 일찍 여윈(실제로건 심리적으로로건) 태생 동물 특유의
이 양가감정을 해결하지 않는 한 동자승 능선의 영원한 화두는 '어미'
외에 다른 것일 수 없었다. 그리하여 장성한 능선, 법운, 지선, 능현의
파계 행각이 계속되었던 것이거니와, 그들의 오래된, 어쩌면 영원히 지
속될 것만 같은, 환유처럼 미끄러지는, 욕망의 대상은 청천에 떠 있는
유방 오로지 그것뿐이었던 것이다. 설사 그것이 서방정토라거나, 다음
과 같은 다소 고차적이고 종교적인 상징의 옷을 입고 있더라도 사정은
마찬가지다.

　　지리산인가 계룡산인가 묘향산인가의 어디쯤에 숨어 있다는 금강굴
은 입구는 겨우 사람 하나가 허리를 숙이고 들어갈 수 있을 만큼 좁은데,
그러나 안으로 들어갈수록 점점 넓어져서, 마침내는 천 명의 사람들이
동시에 좌선(坐禪)을 할 수 있을 만큼 광활한 반석(盤石)과 만나게 된다
는 것이었습니다. 그곳의 날씨는 언제나 봄날처럼 춥지도 않고 더웁지도
않아서 사철을 두고 얇은 홑겹의 승복 하나로 지낼 수 있다 하였고, 한
번만 그 내음을 맡아도 세상의 온갖 고통이며 슬픔이 사라진다는 우담바
라화(優曇鉢羅華)며 만다라화(曼陀羅華)의 꽃들이 사철을 두고 아름다
운 향기를 뿜어준다는 꽃밭과, 역시 한 번만 들어도 이 세상의 온갖 근심

걱정이며 번뇌망상이 눈 녹듯이 사라진다는 가릉빈가(迦陵頻伽)의 노랫
소리가 사철을 두고 끊어지지 않는다는 숲이며, 그 숲에는 그리고 아무
리 따먹어도 언제나……(「황야에서」)

금강굴의 모양새(좁은 입구, 우주처럼 넓은 내부)나 산과 숲의 원형 상
징을 거론하지 않더라도, 인용문으로부터 이즈음 인구에 회자하는 여
성적 낙원(대개 아비를 알기 전의 세계에 속하는)의 모습을 유추해내기
는 그리 어렵지 않은데, 그렇다면 김성동의 주인공들에게 구도란 '어미
찾기'의 다른 말이었던 셈이다.

『꿈』의 주인공 능현에게도 사정은 마찬가지다. 가령 다음 구절을 보자.

반야바라밀. 마하반야바라밀. 실다운 법 곧 진리를 깨우칠 수 있는 최
상의 지혜라고 보면 됩니다. 주관과 객관, 꿈과 현실, 현실과 환상, 자연
과 초자연, 가상과 실상, 가아와 진아, 예토와 정토, 극락과 지옥, 물질과
마음, 정신과 육체, 중생과 부처를 한 몸뚱이 속의 두 이름으로 아울러
안음으로써 무념이고 무상이며 무아지요. 평등입니다. 무차별이요 무분
별입니다. 절대적 지혜이므로 고통바다에 빠져 허우적거리는 예토의 중
생들을 건져줄 수 있는 오묘부사의한 힘을 가지고 있습니다. 한마디로
부처님의 다른 이름이지요. 반야는 그러므로 모든 부처의 스승이요 어머
니며 고향이 됩니다.(『꿈』, 99쪽)

능현이 정희남이란 여대생에게 반야라는 법명을 주고 그 이름을 설
명하는 부분인데, '주관과 객관' '꿈과 현실' '극락과 지옥' '정신과 육
체'의 분별이 없는 세계에 대한 설명이 아무래도 라캉의 '상상계'나 크
리스테바의 '코라'를 연상케 하거니와, 아비가 아직 개입하기 이전의
그 세계에 '어머니이며 고향'이란 의미를 부여하는 행위 자체가 자신의

구도가 이미 어미 찾기에 다름아님을 깨닫고 있다는 고백으로 보인다.
그러니 『만다라』 이후 이십삼 년 동안, 그리고 동자승 능선이 자라 오늘
의 능현이 되기까지의 긴 세월 동안 시간의 압제는 김성동의 화두를 한
치도 바꿔놓지 못했다고 말해야 한다. 『꿈』은 그리하여 아직도 그의 모
계소설의 속편인 것인데, 이러한 반복되는 변주가 발전 없는 지체인지,
확대 심화인지는 쉽사리 단정할 바 아니다. 『꿈』은 사실상 이 양 측면을
다 보여준다.

그토록 오래 들고 있었던 화두인 만큼 『꿈』에는 이전의 모계소설들과
비교해 심화된 측면이 없지 않은데, 그것은 바로 걸출한 묘사체의 문장
들이다. 명문이란 설명으로 그 맛을 다 느낄 수 없는 것이라고들 하니,
일단 몇 문장 옮겨본다.

코끝에만 머물러 있던 그 젊은 비구의 이윽한 눈길이 여대생의 왜무처
럼 희고 실하며 그리고 쭉 곧은 다리를 지나 보름달처럼 둥글고 넉넉하게
퍼져나간 방치께를 거쳐 할미꽃 몇 송이 눈물나던 어린 시절 뒷동산의 묵
뫼인 듯 도도록 솟아오른 젖무덤께로 올라가는가 싶더니 불에 덴 듯 깜짝
놀라 흠칠 몸을 떨며 밀가루처럼 희고 보드라운 목젖 살짝 보이는 살사리
꽃 대궁 같은 모가지로 올라갔고, 여대생이 말하였다.(『꿈』, 33쪽)

닭이라도 내려왔는가. 아니면 오소리나 너구리 또는 계란말이하려는
긴 짐승. 구구거리며 외주물집 마당가를 외오돌던 장닭이 홰를 치며 날
아올랐고, 웅웅. 목지 찢어져라 매암이가 울어대는 참죽나무 밑에서 토
욕질하던 누렁이가 여리게 짖어대는데, 어석소가 여물 씹는 우릿간 뒤쪽
토끼장 위로 떨어지는 것은 땡감이다. 지푸라기에 길게 꿴 땡감 몇 꼬치
씩 들고 그늘 짙은 나무 밑으로 가서 소꿉질을 하다가 부엌으로 숨어들
어 끼끼 흑철솥 뚜껑 떠들고 보리 감자 쪄논 것 베어무는 코흘리개들의

북통 같은 알배는 오동빛.(34쪽)

　사어화되어가는 우리말을 잘 갈고 닦았다거나, 대상에 대한 애정 어린 관심이 명문장을 낳았다는 식상한 설명 말고는, 이와 같이 절묘한 문장에 어떤 찬사를 덧붙여야 할지 도통 알 수 없거니와, 섣부른 수사로 미문에 잉크 얼룩이나 남기느니 다만 두 인용문이 각각 여체(女體)와 자연에 대한 것이라는 점만 지적하고 넘어가기로 하자.

　깨치지 못할 화두(태생인 인간이 이 화두를 깨칠 수 있을까?)라도 오래 들고 있으면 익숙해지고 묵직해지지 않을 수 없는 법인 모양이다. 청천의 유방이란 화두를 들고 이십삼 년이란 긴 시간의 압제를 버텨낸 채로 소설을 쓰더니 김성동은 이제 '여자 사람'의 몸을 묘사하는 데 있어서는 일가를 이루었다. 게다가 그 여자 사람의 깊은 몸 속과 자연 대상의 요모조모가 결국 하나라는 깨달음을 얻었다는 증거라도 되는 듯이, 사람의 어린 새끼들이 자연 속에서 노는 모습을 저리도 아름답게 그려내고 있으니, 문체로 치자면 분명 『꿈』은 그의 모계소설의 압권인 셈이다.

　그러나 『꿈』은 또한 한편으로 지체되고 있는 측면도 가지고 있는데, 이 말은 이십삼 년 전과 다를 바 없는 화두를 작가가 아직도 들고 있다는 점만 아니라, 그 화두를 처음 들었을 때의 치열함과 긴장감이 많이 무뎌졌다는 사실을 두고 하는 얘기다.

　이전의 모계소설들에 등장하는 주인공들, 예를 들어 『만다라』의 법운이나 「황야에서」의 능선에게는 항상 경쟁자이자, 초자아이며, 자신의 다른 모습이기도 한 '알터에고(alter ego)'가 하나씩 동행했다. 지선과 고월이 그들이다. 사실상 이들로 하여 소설에 어떤 긴장감이나 치열함이 부여되었던 것인데, 그들은 작가 김성동의 전기적 사실들 중 일부를 나눠 가진 채로, 주인공들 옆을 나란히 걸으면서, 그들이 너무 감상적일 때는 독려의 말을, 그들이 너무 고답적인 참선에 맹목할 때는 세

속 중생들의 비참상을, 그들이 목말라할 때는 술과 여자 이야기나 이장
희의 시들을, 그리고 그들이 애증에 갈 길 몰라할 때는 수행자 특유의
단호함과 강인한 정신을 보여주고 들려주었던 이들이다. 그러나 이번
소설 『꿈』에는 그 알터에고가 등장하질 않는다. 그리하여 '꿈'의 형태
를 빌린 이루지 못한 옛사랑의 소원만이 아무런 제지 없이 두 주인공을
사랑의 열기에 달뜬 채로 방장산까지 내몬다.

그리고 보면 '꿈'이란 제목은 참으로 적절한 데가 있다. 소설 전체가
『삼국유사』의 '조신몽' 설화를 패러디하고 있다거나, 세상사 일장춘몽
이라는 대략의 주제와 부합해서만은 아니다. '꿈'이란 이루지 못한 전
날의 소원 충족이라지 않던가? 김성동의 전기적 사실로 미루어볼 때,
실존 인물 여대생과는 단 한 차례의 식견 후에 별리했다고 하니, 오늘
그는 『꿈』을 빌려 그 오래된 옛사랑의 소원을 충족시키고 있는 셈이다.

소원이란 경쟁자나 간섭하는 이가 없어야 쉽게 충족되는 법이다. 알
터에고가 사라진 이유가 이해되는데, 지선이 그리워지고, 고월이 아쉬
워지는 것은 이 때문이다. 이 이상 소설이 작가의 사적인 소원 충족으
로 경사할 때의 위험에 대해 더 말할 필요는 없을 줄 안다.

아무래도 김성동의 오래된 화두 '청천의 유방'은 아직 내려놓을 때가
아닌 모양이다. 설사 그것이 한없이 미끄러지는 환유와도 같은 것이어
서 결국엔 허망한 추구였음이 드러나게 된다 하더라도 말이다.

3

그리고 보면 라캉은 분명 선사(禪師) 같은 데가 있었다. 욕망을 가리
켜 환유라 했으니 말이다. 능현, 지선, 혹은 능선의 역마살이나 여성 편
력도 따지고 들자면 대타자(大他者) 어머니를 향한 부단한, 그러나 결

코 목적지에 도달할 수 없는 환유적 추구에 다름아니다. 그럼에도 불구하고 그 추구의 허망함을 아는 이건 모르는 이건 한 대상의 어머니 됨을 찾아 평생을 유랑하고 다니는 것인데, 선사라면 그를 일러 태생 동물인 인간이 둘러쓴 업보라 할지도 모를 일이다.

예를 들어 복거일이 『마법성의 수호자, 나의 끼끗한 들깨』의 화자 한도린의 입을 빌려 이렇게 말할 때 그도 그 추구의 허망함을 알고 있는 것처럼 보인다.

> 그의 마음속 깊은 곳에서 조그만 목소리가 소곤거렸다. 정임에 대한 그의 사랑도 예외는 아니라고. 그의 사랑도 환상이란 토양에서 자란 것이라고. 따지고 보면, 그가 그녀에 대해서 과연 무엇을 아느냐고.(『마법성의 수호자, 나의 끼끗한 들깨』, 228쪽)

사람이 사람을 사랑할 수 있는 기간이 고작해야 이층을 쌓고 열 달을 기다려 아이가 탄생한 후 그 아이가 제 발로 설 수 있을 때까지의 삼십 개월여에 불과하다는 성경제학적 독설 앞에서 그가 떠올린 의문이다. 문제는 사람이 일단 사랑에 빠지면 제아무리 선사라 할지라도 이 사실을 망각하게 된다는 데에 있다. 그리하여 사랑이라는 미증유의 이상 감정상태에서 헤어나지 못하게 되어버리는데, 이때 대상에 대한 미화된 환상은 그 이상 감정상태를 살찌우는 토양이 되어준다. 삼십 개월 가기가 힘든 그 감정상태를 말이다(물론 복거일의 분류에 따르면 이와 같은 '낭만적 사랑' 외에 '동반자적 사랑'이 또 있는 것이겠지만, 리비도 경제학의 관점에서 보자면 그것을 사랑이라 부를 수 있을지는 의문이다. 리비도 집중이 없으니 말이다).

그러나 이 소설의 두 주인공 정임과 도린은 십오 년 동안이나 사랑을 묵혀왔다. 그럴 수 있었던 이유가 궁금해지는데, 이에 대해서도 한도린의 말을 들어보자.

　그는 가끔 가슴 깊은 곳에서 사랑의 물길이 흐르는 것을 느꼈다. 그럴 때면, 누구를 깊이 사랑할 수 있을 것 같은 느낌이 들었다. 그러나 그 물길은 아내에게로 흐르지는 않았다. 정임을 향해 팠던 갱도는 그녀를 잃은 뒤에도 그대로 남아서 가슴을 메마른 땅으로 만들었고, 그는 다른 여인을 사랑할 수 없게 된 것이었다. 사랑의 묘약을 잘못 마셔서 이졸데만을 사랑하게 된 트리스탄처럼.(『마법성의 수호자, 나의 끼끗한 들깨』, 101쪽)

　사랑의 물길이라는 비유에 원래의 '리비도' 라는 용어를 돌려줄 필요가 있겠다. 혹은 어떤 대상에 대한 리비도 집중, 즉 카섹시스란 용어를 돌려주어도 무방하겠다. 이성을 향해 흐르는 모든 리비도란 실제에 있어서는 대타자로서의 어머니(이때의 어머니는 이미 생물학적 어머니가 아니다. 그것은 청천의 유방이다)를 향한 것이지만, 그 어머니를 대신하는 타자들은 복수(複數)일 수 있다. 아니 필연적으로 복수인데, 대상 리비도는 그 복수의 어머니들 중 하나에 잠시 기거하다가 그들의 어머니 아님을 확인하게 되었을 때, 다른 대상으로 이동한다. 그러나 어머니 아님을 확인하기 전까지 대상 카섹시스는 참으로 완고해서 오로지 그 대상만이 대타자 어머니를 대신할 수 있다는 듯 집중을 거듭한다.
　한도린에게도 그런 일이 일어났다. 리비도가 충분히 고였다가 되돌아나가기 전에 그들이 헤어졌으므로, 여전히 사랑의 물길은 정임을 향해서만 흘렀던 것이다. 그러니 한도린이 아내를 사랑할 수 없었음도 이해가 된다. 해소되지 못한 리비도가 시간의 압제를 이겨낸 것이다. 만약 그들이 충분히 오랜 시간 사랑했다면, 대상 리비도는 소모되거나 철회되어 십오 년이란 시간의 압제를 이겨내지 못했을 것임은 당연한 이치이다.

　이렇게 사랑의 미진함으로 인해 되레 그 사랑을 오래 간직해올 수 있었던 옛 연인 두 사람이 해후하여, 눈 오는 겨울날의 정사와 함께 시간의 독을 입은 기억들에게 제자리를 찾아주게 된다는 이야기가 이 소설의 뼈대를 이룬다. 그러니 이 소설은 일단은 십오 년을 묵혀온 리비도가 제 대상을 찾아 소모되는 이야기이다. 그다지 특이할 것 없는 해후형 사랑 이야기란 말이다. 그러나 이 소설 특유의 형식은 이 평범한 사랑 이야기를 평범하지 않은 것으로 만들어놓는데, 작품의 주변부에서, 중심 서사의 진전을 방해하기도 하고, 고작 긴 장편소설의 짤막한 에피소드들 중 하나인 주제에 독자적인 제 자리를 요구하고 나서기도 하는 수많은 파레르곤들이 바로 그 특유의 형식을 창출한다.

　데리다는 파레르곤을 '에르곤, 즉 완성된 작품에 반대되며, 옆에 있으며, 동시에 부착되어 있지만 어느 한쪽으로 완전히 기울어지지 않는 상태에서, 어느 정도 떨어져 작품 구성에 관여하고 작품의 구성요소로 작용'하는, '바깥도 아니고 안도 아닌 것, 경계의 변두리에서 맞대어 있을 때는 아주 유용한 나무로 된 장식품 같은 것, 무엇보다도 경계'(「파레르곤」)라고 정의한다. 만약 '파레르곤'이라는 칸트의 용어를 이처럼 사용하는 것이 가능하다면, 소설 『마법성의 수호자, 나의 끼끗한 들깨』는 파레르곤들로 가득 차 있다. 소설이 하나의 완성된 작품이 되는 것을 집요하게 방해하면서, 그러나 스스로도 완성된 작품 속에서만 존재하도록 운명지어진 주변의 잉여물들이 소설 곳곳에서 범람한다. 이로 인해 이 소설은 매끄럽고 긴박한 플롯을 가진 해후형 사랑 이야기가 결코 되지 못한다.

　소설 전반부와 후반부에 주로 등장하는 딸아이 효민이의 동화 「은자왕국의 마지막 마법사」는 소설 속에서는 주변적인 역할을 하지만, 그 독특한 역사적 상상력과, 생태학적 메시지, 그리고 곱고 '끼끗한' 언어

들로 인해 그대로 한 권의 '어른들을 위한 동화'로 묶어도 좋을 만큼 독
자적이다. 화자인 한도린이 순간순간 뱉어놓는 메모들 또한 중심 서사
와 무관하게 그 자체로 완성된 시작품을 이루는, 역시 파레르곤들이며,
모두 삼십 개로 이루어진 각각의 단장들 또한 제 몫의 제목을 가진 대담
형식의 정치평론, 혹은 사회평론으로서의 역할을 주장한다(특히 9장
「사랑의 회계학」, 14장 「시간의 압제에 맞서는 길」, 15장 「우리 시대의 동
화」, 17장 「전화기」, 21장 「성의 경제학」 등이 그렇다). 이 모든 파레르곤
들은 생물학, 경제학, 과학철학, 역사학, 법학, 심리학, 문학을 모두 아
우르는 방대한 범위에 두루 걸쳐 있는데, 마치 에르곤을 잠시 파레르곤
들이 빌려 쓰고 있는 형국이다. 최소한 십오 년간 시간이 이루어놓은
압제를 뚫고 정임과 도린이 해후하는 순간, 복거일의 표현을 빌리자면
'특이점'이 형성되기 전까지는 그렇다는 얘기다. 그러나 특이점이 형
성되는 순간 사정은 달라진다.

　맺어졌어야 했으나 끝내 맺어지지 못한 연인들이 그리움과 슬픔 속에
서 보낸 세월의 무게는 때로 아주 커서, 그들이 다시 만난 시공을 변형시
킨다. 그렇게 되면, 그들이 선 땅은 특이점이 된다. 세속의 계율들이 뜻
을 잃고 모든 것들에 마법이 스민 세상이 나오는 것이다.
　그 꿈같은 세상이 컴컴한 입을 벌려 그와 그의 연인을 삼키는 것을 느
끼면서, 그의 정신은 아득히 멀어져갔다.(『마법성의 수호자, 나의 끼끗
한 들깨』, 308쪽)

도린과 정임이 해후하는 그 순간에 시공의 질서정연한 계열체에 변
형이 생기고, 그리하여 그들이 선 땅은 특이점이 된다. '세속의 계율들
이 뜻을 잃고, 모든 것들에 마법이 스민 세상이 나오는 것'이며, 아폴론
적인 것들이 잠복기에 들고 디오니소스적인 것이 표면으로 드러난다.

기억이 살을 얻고, 세월을 이겨낸 모든 감각과 대상 리비도는 생기를 회복하며, 모든 은원이 풀린다. 말하자면 청천의 유방마저도 일순간 품에 안는다는 말이다.

그와 동시에 소설 형식 자체에도 또한 특이점이 형성되는 것인데, 이 지점에 와서야 에르곤에 통합되지 못한 채 주변으로 밀려나 있는 것만 같던 파레르곤들이 사실은 작품의 완성에 개입하고 있었음이 드러난다. 내내 곁가지에 불과해 보였던 각각의 에피소드들이 정임과 도린의 해후 장면에 이르러 에르곤 속에 통합되어 생기를 띠게 되고, 새로운 의미의 성좌를 이루도록 재배치된다. 5·18 특별법에 관한 토론 끝에 도린이 행한 시간의 독을 거슬러 진실을 밝히는 것이 중요하다는 요지의 발언도, 딸아이의 동화에 삽입된 노파의 초인적인 기억(시간의 압제를 이기는 마법)과 기다림도, 각인 유전자의 존재 여부에 대한 과학적 지식(이 또한 시간을 이기는 마법이다. 클라크의 제3법칙에 따르면 고도로 발달한 기술은 곧 마법이기 때문이다)도 모두 '시간의 압제를 이기는 법'이라는 커다란 하나의 테마 아래에 놓여 있었음이 밝혀지는 것이다. 그러니 정임과 도린의 재회는 두 주인공이 시간의 압제를 이기는 특이점이기도 하거니와, 또한 소설 자체로 보아서도 특이점이다.

파레르곤들이 에르곤의 압제를 이기고 소설의 중심으로 등극하는 이 순간을 위해, 『마법성의 수호자, 나의 끼끗한 들깨』는 그토록 먼 길을 돌아왔던 것이다. 다른 말로 표현하자면 청천의 유방을 일순 품에 안은 도린이 시간의 압제와 현실의 군대를 이겨내는 그 순간을 위해 파레르곤들은 그토록 오래 기다려왔던 것이다.

4

　각설하고, 이제 옛날이야기를 끝내야 할 판이다. 그리하여 이제 특이 점에서 옛사랑과 재회하여 '현실의 군대'를 물리치고, 시간의 압제를 견뎌낸 도린은, 그후로 천오백억 년 동안(도린의 우주 진동론에 따라 시간이 역전한다면 그들은 이때쯤 다시 만나게 된다) 정임을 다시 만나지는 못했지만, 시간의 독이 벗겨진 아름다운 기억을 오래오래 간직한 채로, 딸아이 효민이와 함께, 행복하게 아주아주 행복하게 살았다고 써야 하는 것일까? 혹은 그날 하루의 정사로는 집중된 대상 리비도가 다 소모되지 못하여 그후로도 몰래몰래 몇 번을 더 만났다고 써야 할까? 아니면 이제 다시 확인된 대타자 어머니의 부재로 하여 능선이나 지선처럼 청천의 유방을 쫓는 허망한 추구를 계속했다고 써야 할까? 복거일로서는 첫번째가 답이겠고, 김성동으로서는 세번째가 답이겠다.

(2001)

가지 않은 길
— 윤대녕의 초기 소설들에 대해

1. 가지 않은 길

오랜 세월이 흐른 다음
나는 한숨지으며 이야기하겠지요
'두 갈래 길이 숲속으로 나 있었다
그래서 나는
사람들이 덜 밟는 길을 택했고
이것이 내 운명을 바꾸어놓았다' 라고
— 로버트 프로스트, 「가지 않은 길」

처녀소설집으로는 예외적일 만큼 빛나는 찬사를 받았던 『은어낚시 통신』을 상자했을 때, 윤대녕에게도 "가지 않은 길"이 하나 있었다. 바로 눈앞에 펼쳐져 있었고, 스스로 한두어 발자국쯤 내딛어보기도 했었던 길이……

윤대녕이 이때껏 밟아온 길에 대한 이야기는 남진우의 탁월한 두 평문[13]으로도 족하고 남을 것이다. 어느 날 문득 일상의 틈을 헤집고 들어와 존재를 온통 뒤흔들어놓고는, 그 충격으로 길을 떠나게 만드는 낯선 체험들('이방강박' '근원결락강박'), 이로 인해 어쩔 수 없이 떠나고야 마는 '존재의 시원'을 향한 회귀의 여행(그것이 자신의 내부로의 여행이건 실제 여행이건 윤대녕의 소설들은 거의 모두가 여행담이다), 그리고 그 속에서 만나는 많은 여성들과 귀소성 동물들과 물의 이미지들(원시 혹은 자궁으로의 회귀), 그가 본 달과 무수한 별들(불교적, 우주적 섭리), 여러 모습으로 변주되지만 대강의 의미는 대동소이한 깨달음들('도는 길 위에 있다' '역행과 순행의 종착지는 같다')…… 그것들은 결국 창작집 『많은 별들이 한 곳으로 흘러갔다』의 작품들에서 그야말로 완숙한 경지의 절창들로 결과한다. 초기에 군데군데 드러나던 다소 과시적인 대중문화의 기호들은 사라지고, 전설처럼 아름답고 지혜로운 선대인 (先代人)들의 이야기와, 여행으로 득도한 자 특유의 차분하고 간결한 감성, 그리고 세상을 보는 다소 체념적인, 그러나 딱히 허무하다고만 할 수 없는 달관이 수공업적으로 다듬어진 문체 속에서 빛을 발한다. 어쩌면 "먼길을 돌아 왔다"는 자신의 진술처럼 이제 그는 아직 이른 나이에 벌써 길의 후반부에 다다른 것인지도 모르겠다.

그런데 그가 택한 길을 거의 다 와서, 그 길에 관한 한 유례없이 익숙하고 차분한 길잡이가 된 시점에, 자꾸 들려오는 달갑지 못한 풍문들이 있다. 풍문이란 요약하자면 대강 이런 것이다.

전통이 그 자체로 탈근대를 위한 대안이 될 수 있는가. 많은 사람들이 지적하는 대로 그런 발상은 복고주의나 근원주의로 빠질 우려가 크다. 전통을 되돌아보는 일이란 단지 근대적 삶과 문명이 유일한 선택은 아니

---

13) 「존재의 시원으로의 회귀 — 윤대녕의 소설세계」, 『은어낚시통신』, 문학동네, 1995; 「달의 어두운 저편 — 윤대녕, 후기자본주의시대의 목가」, 『숲으로 된 성벽』, 문학동네, 1999.

라는 인식을 제공함으로써 우리의 현재를 객관화하고 상대화해준다는 점에 의미가 있을 뿐이다. (……) 윤대녕의 주인공들이 한결같이 과거에 얽매여 살아갈 뿐, 미래를 믿지 않는다는 점도 이런 문맥에서 이해할 수 있다. 과거에 압도적인 가치를 부여하는 방식으로 시간을 계서화하는 일은 복고주의의 함정에 빠지기 쉽지 않겠는가.(한만수,「'먹고살기'와 '존재 찾기'」,『창작과비평』1999년 가을호, 367쪽)

이미지로 포화된 현실 속에서 이미지는 때로 세계를 향한 창이 아니라 세계를 덮어 가리는 장막으로 구실할 수도 있지 않을까. (……) 그의 소설에는 피와 고름, 땀과 오줌과는 완전히 담을 쌓은 단정하고 세련된 청춘 남녀들만 드나들고 있다. 나는 그의 문학적 선택과 기법을 존중하고 그가 거둔 소기의 성과에 찬사를 보내지만 그가 등을 돌리고 있는 영역의 광대함에 대한 주의 환기까지도 포기하고 싶지는 않다.(남진우,「달의 어두운 저편─윤대녕, 후기자본주의시대의 목가」,『숲으로 된 성벽』, 234쪽)

첫번째 인용문은 그가 걸어온 소설적 도정이 과연 '탈근대' 담론들이 무성한 이 시대에 하나의 대안으로서 가치를 지닌 것인가에 대한 회의이겠고, 두번째 인용문은 그의 소설이 현실의 구체적인 모습을 담기보다는 선(禪)적인 청아함과 '나'의 자기 구도 과정만을 주로 그려냄으로써, 이러저러한 일상의 고통과 희망을 담기에는 역부족이란 지적이겠다. 여기에 소설들의 시점이 거의 일인칭을 벗어나지 못한다는 점, 또한 중단편에 비해 장편에 대한 평이 그리 곱지만은 않다는 점(박철화,「불연속과 연속 : 존재의 일치와 성숙」,『코카콜라 애인』)도 덧붙일 수 있을 것이다.

그런데 지적된 이 한계들은 사실상 모두 한 가지 연원을 갖는다고 보아도 무방하다. 그가 현실보다는 구도를 택했던 때문인 것이다. 다른 말로 표현하자면 그가 서사보다는 이미지를, 일상보다는 여행을 택했던 때문이라 하겠는데, 서사란 현실적 경험의 축적에 다름아닐 것이며, 현실 경험의 축적이란 겉도는 여행자에게는 실로 묘연한 법이다. 마찬가지로 서사 없이 좋은 장편이 씌어지기는 어렵다는 사실을 염두에 둔다면, 그의 소설을 두고 나도는 달갑지 않은 풍문들의 태반인즉, 그가 "밟지 않은" 다른 길, 혹은 남진우의 지적대로 "그가 등을 돌리고 있는 영역의 광대함"에 대해 그가 무심했던 때문이라 하겠다. 그럴수록 두고 온 다른 길이 이제 자꾸 떠오를 때가 되기도 했단 말이겠다.

그가 걷기로 결심한 길의 초입에 나 있던 다른 길, 사실상 그 길은 윤대녕이 등단해서 소설가로서의 길을 걷기 시작하던 90년대 초반의 시점에서는 이미 많은 사람들이 밟아놓은 길처럼 보이기도 했다. 특히 김승옥과 카프카가 밟았던 길처럼 보였고, 또한 80년대의 많은 선배 작가들이 이미 밟았던 길과 너무 유사하게 보이는 길이기도 했다. 그러나 역사란 자주 이미 다 와버린 것처럼 보이던 길의 끝에서 다시 새 길을 준비하기도 하는 법이던가? 90년대도 이제 지난 시대가 되어버린 지금의 시점에서 돌이켜보면 그가 버려두었던 그 길이 자꾸 더 가볼 만했던, '사람들이 덜 밟은' 길처럼 느껴지는 것은 왜일까? 미리 말하자면 그 길은 그때까지만 해도 '사람들이 이미 밟아놓은 길'이었고, 그래서 윤대녕은 다른 길을 택했던 것이었지만, 그러나 그 길은 초입만 그러했을 뿐, 깊이 걸어들어갈수록 사람들이 전혀 밟아보지 않은 길이었다. 초입에서 가기를 그만둔 그 길이 윤대녕에게는 "오랜 세월이 흐른 다음 한숨지으며" 이야기할 만한 그런 길이었던 것이다.

2. Clinamen 1[14] : 김승옥으로부터 벗어나기

> 시적 영향 ─ 그것은 강력하고 권위 있는 두 시인에 관계될 때
> 선배 시인의 시에 대한 오독, 다시 말하면 사실상 필수적으로 잘못된 해석인
> 창조적 수정행위에 의해서 언제나 계속되어왔다. (……) 문예부흥 이래 (……)
> 시적 영향의 역사는 불안 및 자구책에서 비롯되는 풍자의 역사, 왜곡의 역사,
> 그것 없이는 그러한 근대시가 존재할 수 없었던
> 예상 밖의 의도적인 수정주의의 역사이다.
> ─해럴드 블룸, 『시적 영향에 대한 불안』

그가 초기에 한두 발자국쯤 떼어놓았다가 포기했던 다른 한 길은 분명 60년대에 어느 정도는 김승옥이 밟아놓은 길이었다. 부조리한 대사를 연발하는 인물들, 사건의 우연성, 건조한(그러나 무미하지는 않은) 묘사 위주의 문체, 그로써 드러나는 거대도시 서울의 의사소통 불가능성, 전망 없음, 이 모두가 이미 김승옥으로 하여 한국문학사에서는 낯설지 않은 풍경들이다.

뚜생과 나는 곱사등을 하고 길음역까지 걸어가 전철을 탔다. 아무도 우리를 쳐다보지 않았고 우리 또한 아무도 쳐다보지 않았다. 2호선으로

---

14) 해럴드 블룸에 따르면 강한 선배 시인에 대한 '영향에의 불안'에서 벗어나기 위해 후배 시인은 여섯 단계의 수정비율을 거치게 된다. 그중 첫번째 단계가 '궤도 이탈'이다. '궤도 이탈'은 시적 오독이나 시에 있어서의 적절한 기만행위를 의미한다. 루크레티우스에서 인용한 이 어휘는 우주세계의 변화를 가능하게 하는 원자의 '궤도 이탈'을 뜻한다. 선배 시인의 영향으로부터 벗어나기 위해서 선배 시인의 작품을 읽음으로써 신인은 자신의 선배가 유지하고 있는 일정한 궤도로부터 이탈하게 된다. 이러한 궤도 이탈은 신인의 시에서는 정당한 방향으로 나타나 또 선배의 시세계가 신인의 시세계에 어느 정도까지는 영향을 끼치게 되지만, 점차 발전하는 신인의 새로운 시는 선배 시인의 시로부터 정확하게 이탈하게 되는 것을 말한다.(해럴드 블룸, 『시적 영향에 대한 불안』, 윤호병 편역, 고려원, 1991, 23쪽)

갈라지는 동대문운동장역에 와서 뚜생과 나는 헤어졌다. 그가 막 돌아서려고 할 때 나는 뜬금없이 그에게 이렇게 묻고 있었다.

"오늘이 며칠이죠?"

"네?……"

내가 하는 말을 알아듣지 못한 듯 뚜생은 한동안 멍한 얼굴로 나를 바라보더니 빙긋 웃으며, 그래요 잘 가요 하고 손을 흔들며 계단을 올라갔다.(윤대녕, 「January 9, 1993 미아리 통신」, 『은어낚시통신』, 50쪽)[15]

안은 눈을 맞고 있는 어느 앙상한 가로수 밑에서 멈췄다. 나도 그를 따라서 멈췄다. 그가 이상하다는 얼굴로 나에게 물었다.

"김형, 우리는 분명히 스물다섯 살짜리죠?"

"난 분명히 그렇습니다."

"나두 그건 분명합니다." 그는 고개를 한 번 갸웃했다.

"두려워집니다."

"뭐가요?" 내가 물었다.

"그 뭔가가, 그러니까……" 그가 한숨 같은 음성으로 말했다. "우리가 너무 늙어버린 것 같지 않습니까?"

"우린 이제 겨우 스물다섯 살입니다." 나는 말했다.

"하여튼……" 하고 그가 내게 손을 내밀며 말했다.

"자, 여기서 헤어집시다. 재미 많이 보세요" 하고 나도 그의 손을 잡으며 말했다.

---

15) 이 글에서 인용, 참조한 텍스트는 다음과 같다. 김승옥, 『김승옥 소설전집』 1권, 문학동네, 1995 ; 미셸 푸코, 『감시와 처벌』, 오생근 옮김, 나남, 1994 ; 윤대녕, 『은어낚시통신』, 문학동네, 1994 ; 윤대녕, 『많은 별들이 한 곳으로 몰려갔다』, 생각의나무, 1999 ; 윤대녕, 『코카콜라 애인』, 세계사, 1999 ; 윤대녕, 『달의 지평선』, 해냄, 1998 ; 윤대녕, 『미란』, 문학과지성사, 2001.

우리는 헤어졌다. 나는 마침 버스가 막 도착한 길 건너편의 버스 정류장으로 달려갔다. 버스에 올라서 창으로 내다보니 안은 앙상한 나뭇가지 사이로 내리는 눈을 맞으며 무언지 곰곰이 생각하고 서 있었다.(김승옥, 「서울, 1964년 겨울」, 『김승옥 소설전집』1권, 224쪽)

「January 9, 1993 미아리 통신」이란 작품의 결말에 해당하는 위의 첫번째 인용문은 아직 '이방강박' 혹은 '근원결락강박'(「국화 옆에서」, 『은어낚시통신』)에 사로잡히기 전, 다른 말로 하자면 전형적인 윤대녕식 캐릭터가 되기 전의 세 인물이 아직 도시에 남아 무료하고 부조리한 하루를 견디는 과정을 감정의 가감 없이 건조하게 '보여준다'.

그런데 여기서 눈여겨볼 점은 이런 주제와 이런 문체, 이런 식의 결말과 이런 식의 제목이 그리 낯설지 않다는 점이다. 인용된 소설을 꼼꼼하게 읽다보면 그로부터 김승옥, 특히 그의 소설 「서울, 1964년 겨울」을 연상하기란 그리 어려운 일이 아니다. 이어지는 두번째 인용문은 이를 여실히 보여주는데, 이 구절은 김승옥의 「서울, 1964년 겨울」의 마지막 부분에서 '나'와 '안'이 이별하는 부분으로, 이들 역시 김승옥식 이방강박인 원시성에의 향수(「역사力士」「다산성多産性」)를 아직 자신의 체험으로 받아들이기 이전의 인물들이다. 그들이 1964년의 서울 어느 포장마차에서 우연히 만나 부조리한 대화와 위악적인 무심함을 통해 서울이라고 하는 거대한 '성채' 내에서의 의사소통 불가능성을 확인해가는 과정이 한 편의 표현주의 회화처럼 그려진 소설이 바로 이 작품이다.

이로 미루어보건대 「January 9, 1993 미아리 통신」이 보여주는 만남의 무료함, 우연성, 그리고 대화의 부조리함, 의사소통의 단절, 게다가 무심한 듯 묘사를 주로 하는 건조한 문체에다 시간과 공간, 계절을 나열한 소설의 제목에 이르기까지 어느 하나 김승옥의 영향을 부인하기는 힘들 듯하다. 거기에 아래의 인용문에서와 같은 요설들과 '조로(부老)'

의 모티프, 반페미니즘적인 위악과 절망의 언어들을 김승옥의 몇몇 작품들(「서울, 1964년 겨울」 외에도 「생명연습」 「환상수첩」)과 비교한다면 이 시기의 윤대녕은 사실상 김승옥의 그늘에서 전혀 벗어나 있지 않다.

"마누라요? 좀 둔해서 결혼 전에 이미 피임에 실패한 여자였죠."

"……그래도 사랑하셨으니 결혼하셨을 겁니다."

나는 우정 힘주어 말했다.

"사랑요? 웃기지 마십시오. 결혼할 때 마치 저는 자학이라도 하는 기분이었습니다. 서형은 그럼 사랑 때문에 결혼했단 말입니까? 그렇게 무분별했습니까?"

나는 입을 다물었다. 아니, 입을 크게 벌리고 단숨에 앞에 놓은 술을 들이켰다. 그런 다음 나는 앞에 있는 여자가 듣지 못하도록 그의 귀에 입을 대고서 속삭였다.

"저는 결혼 후에도 피임에는 늘 실패만 하는 여자와 살고 있습니다. 연년생으로 벌써 애가 셋입니다."

기가 막힌 듯 그는 입을 벌리고 나를 쳐다보았다. 그 얼굴에 나타난 놀라움으로 하여 나는 자조하듯 웃지 않을 수 없었다. 그는 눈으로 이렇게 묻고 있었다. 그럼 산부인과 병원은 두었다 어디에 씁니까?(「그를 만나는 깊은 봄날 저녁」, 『은어낚시통신』, 244쪽)

서른 살이 훌쩍 넘다보면 모든 일에 지치고 흥미를 잃게 마련이다. 겉으론 좀 무디고 태연해지는 대신 안으론 불안이 가중되고 으레 사는 일과 관계된 뼈다귀 같은 일들만 남게 되는 것이다. 그러다보면 뚜생처럼 몸이 배배 틀어지며 머리가 벗어지고 얼굴은 흙빛으로 변해가게 마련이다. 말하자면 희망의 밥그릇은 비워진 지 오래고 혁명을 꿈꾸기에는 벌써 나약해져 있는 나이들인 것이다. 하나의 방법이 있다면 나이를 더 먹어버리는 것일 게다. 끔찍한 발상이긴 하지만 불혹, 그쯤 되면 두 손 들고 깨끗이 항복할 수도 있지 않을까.(「January 9, 1993 미아리 통신」, 30쪽)

  윤대녕의 김승옥 참조는 여기에 머물지 않는다. 김승옥의 소설들 중에는 '자연 〉문명'의 부등식에 입각하여 60년대 서울의 부조리를 돌파하려는 시도를 보여주는 몇 편의 작품이 있다. 「역사」, 「야행夜行」, 「다산성」의 경우가 그러하다. 「역사」의 서씨가 동대문의 거대한 돌들을 밤마다 이리저리 옮겨놓고는 몰래 즐거워한다는 발상과, 「야행」의 여주인공이 거의 겁탈이라 할 만한 대낮의 추행을 당하고도 그 야생적 경험을 통해 서울 소시민들의 먼지 같은 일상을 다시 보게 되는 줄거리, 그리고 「다산성」의 한 에피소드인 '돼지는 뛴다'에서 돼지가 보여주는, 문명을 흘러넘치는 생동감 같은 것들은 김승옥 소설을 '자연 〉문명'의 대립구도 속에서 살펴볼 수 있게 하는 것이다.
  「눈과 화살」(『은어낚시통신』)에서의 윤대녕도 이런 경우에 속한다. 이 소설은 그 주제의식이나 인물, 소설적 배경에 있어 김승옥의 시도와 거의 대동소이한 면모를 보여준다. 생활고에 찌들고 도시적 개인주의에 무방비적으로 노출된 소시민 화자, 그리고 그에게 '원시의 건강함'을 깨우쳐주는 또다른 문제적 인물로 화가 '무현'을 대비시킴으로써 이 작품은 그 인물이나 주제, 배경을 「역사」와 나란히 한다. '무현'이 그린 그림은 자신이 소설 속에서 차지하는 상징으로서의 역할을 거의 불필요하다 싶을 만큼 극명하게 드러내준다.

  나는 좀 세밀하게 그림을 들여다보았다. 그것은 일종의 추상화 같은 요소를 가지고 있었다. 개개의 사물은 온전한 형태를 갖추고 있었으나 사물마다의 연관성을 찾기란, 그렇잖아도 그림에 관해 문외한인 나로서는 힘든 일이었다. 마치 살바도르 달리의 그림들을 보고 있는 착각마저

들었다. 화살을 맞은 거대한 외눈박이 괴물의 눈구멍에선, 찢어진 지폐라든가 공장 굴뚝이라든가 난자당한 여체라든가 광고지 따위가 흘러내리고 있었다. 그냥 그대로 섬뜩할 뿐 아무래도 이해가 되지 않았다. 괴물의 몸뚱이는 지폐와 벽돌이 그려진 비늘로 덮여 있었고, 발 밑에는 족쇄를 찬 사내 하나가 괴물의 머리를 향해 화살을 겨누고 있었다. 끔찍하기도 하고 난해하기도 한 그림이었다.(「눈과 화살」, 262쪽)

인용문에 묘사된 그림에서 족쇄를 찬 사내가 지폐와 공장과 여체와 광고지를 향해 다름아닌 '화살'을 겨누고 있다는 점은 주목을 요한다. 그는 말하자면 무현의 분신이겠는데, 무현은 스스로 산속에 굴을 파고 혈거생활로 퇴행하려는 시도를 보여주기도 하고, 원시 동굴 벽화에 강박적으로 집착하기도 한다. 이로 미루어보건대 그는 원시적 분노로 현대 자본주의 문명에 맞서려는 불가능한 시도를 보여주는 상징적 인물임에 분명하다. 소설의 말미에 '나'가 "우리가 묵인해온 가짜 욕망과 제도와 폭력의 힘"에 대해 깨닫고 "거대한 눈이 달린 짐승을 잡아와 지금 마루에다 내팽개"치는 박무현의 환상을 보는 장면은 따라서 '나'와 '무현' 혹은 '윤대녕'과 '김승옥'의 거리가 그리 멀지 않음을 보여주는 증거가 된다 하겠다.

그러나 윤대녕은 김승옥이 이미 밟아놓았던 이 길을 그대로 답습하지는 않았다. 모르긴 해도 강한 선배 소설가에 대한 '영향에의 불안'이 그를 그대로 내버려두지 않았기 때문이었으리라.

이 글의 초두에 그가 초입까지만 발을 떼다가 이내 가지 않은 길이, 사실은 깊이 들어갈수록 아무도 가보지 않은 길이었다고 한 지적은, 바로 이 길에, 달라진 90년대의 정세에서 80년대와는 전혀 '다르게', 그러나 또한 '여전히', '권력'과 '정치'에 대해 말할 수 있는 가능성이 남아 있었다는 점을 염두에 둔 것이다. '미시권력' '시선권력' '규율권력' 등으로 불리는 새로운 형태의 권력에 대해, 이 소설들은 때로는 징후적으로 때로는 과감하고 명시적으로 언급한다. 사실상 90년대에도 권력과 정치에 대해, 그리하여 현실과 저항에 대해 말하기 위해서는 푸코의 '권력의 미시물리학'에 대한 소설적 도입 외에 달리 길이 없었을 것이다. 푸코를 도입함으로써 윤대녕은 김승옥으로부터 '궤도 이탈' 했던 것이다.

윤대녕의 초기 세 소설은 이른 시기에 바로 이 푸코의 '권력의 미시물리학'을 우리 문학에 도입한 희귀한 예에 해당한다. 바로 그런 이유로 윤대녕이 도중에 가기를 포기한 그 길이 여전히 아쉬운 것이다. 그러나 푸코를 이야기하기 전에 아직 경유해야 할 지점이 남아 있다. '샤토', 우리말로 '성채'에 대한 이야기, 즉 윤대녕이 김승옥으로부터 '궤도 이탈' 하기 위해 푸코 이전에 잠시 참조했던 또다른 '영향에의 불안'에 대해……

3. Clinamen 2 : '샤토' 로부터의 탈출

윤대녕의 초기 소설들에서 김승옥의 흔적을 발견하기보다 카프카의 흔적을 발견하기는 훨씬 쉽다. 윤대녕 스스로가 카프카의 『성』을 소설 속에서 직접 언급하고 있기 때문이다.

─최근에 탑이 하나 이 도시 한가운데 세워졌다. 그것은 하나의 망루요, 대공초소요, 이를테면 감시탑이다. 단단한 각질의 정말 거대한 놈이다. 놈들은 결국 더욱 높은 곳에다 형장을 만들어놓은 모양이다. 화살로는 어림도 없겠다. 게다가 놈은 가공할 만한 힘을 가지고 있다.(「눈과 화살」, 280쪽)

돌아온 아침, 그날따라 내려다보이는 '샤토'의 형물이 내겐 거대한 괴물 같아 보였다. 경비원의 주검이 발견된, 그러니까 신축된 백화점 빌딩 이름이 바로 '샤토'였던 것이다. '샤토'는 불어로 성이란 뜻이 아닌가. 나는 오래오래 카프카의 『성』과 측량기사 K를 생각하고 있었다.(273쪽)

나는 '샤토'의 식은 창자 속을 헤매고 있었다.
창문 속으로 아득히 비에 가라앉은 미지의 하늘이 담채화처럼 내 눈에 비쳐들었다. 이놈이 깨기 전까지다! 나는 입 속으로 되뇌었다. 서둘러야지.(281쪽)

'샤토'는 박무현이 집을 나서기 전 기록해두었던 메모(첫번째 인용문)에 따르면, 새로 세워진 마천루, 정확히는 상업용 건물(백화점)이다. 무현은 이 건물을 괴물로 간주한 후 그 가공할 만한 위력을 제압하기 위해 떠난다. 이 건물이 상징하는 것은 그리 어렵지 않게 밝혀진다. 언급한 바 있는 박무현의 그림 속에 그려진 괴물, 그 눈에서 뿜어져나오는 공장의 굴뚝, 발가벗은 여체, 지폐, 광고물들이 이미 해답을 제시하고 있기 때문이다. 자본과 욕망, 그리고 권력이 이 건물이 상징하는 바에 틀림없다. 박무현은 그 눈에 화살을 박기 위해 떠났다.
두번째 인용문에서 '나'는 이 '샤토'를 직접적으로 카프카의 '성'과 연결시키고 박무현을 K와 연결시킨다.
세번째 인용문에서는 '나'가 박무현을 찾아 '샤토'로 탐험을 떠나지만 그 속에서 『성』의 측량기사 K처럼 길 잃고 떠돌다 새벽에야 돌아온다. 그러나 '나'의 '샤토' 탐험은 그야말로 측량기사 K의 성을 향한 여정처럼 애초부터 목적을 달성하기 불가능한 것이었다. '나'가 이 탐험을 통해 얻은 것이라곤 '샤토'가 제임슨이 일찍이 분석한 바 있는 '보나벤추라 호텔'처럼 도저히 출구를 가늠할 수 없는 포스트모던 미로이자, 살아 있는 거대한 괴물이며, 자신은 그 괴물의 내장 속을 헤매다 돌아온 것일 뿐, 거기에 한치의 홈집도 낼 수 없었다는 자괴감, 그리고 "납처럼 몸을 짓누르는" 피로감 외엔 없다. '나' 는 말한다. "혼자 부딪치기에는 우리가 묵인해온 가짜 욕망과 제도와 폭력의 힘이 너무나 거대하다는 것을 비로소 나는 깨닫고 있었다."

『성』을 참조한 덕분에 윤대녕은 김승옥과는 달리 도시 서울과 자본주의 문명을, 그리고 고도로 관료화된 정치권력과 그 이데올로기 기구들을 비판할 수 있는 입지를 확보한다. 아다시피 김승옥의 도시 기피는 도시의 물신성과 그 연원에 대한 탐구로 이어지지는 않았다. 그러나 윤대녕은 그보다는 논리적이고 직설적으로(따라서 다소 소설 이전의 날것인 채로) 괴물 '샤토' 의 정체를 폭로한다. 다른 말로 하자면 그는 김승옥을 카프카 식으로 수정함으로써 '궤도 이탈' 하는 것이다.

—마침내 또 한 장의 소환장이 나를 찾아왔다. 예비군 소집훈련 통지서. 나는 거기에 씌어 있는 내 이름과 군번과 주민등록번호를 되뇌어 읽어보았다. 박무현. 84×10914. 610501-144×051. 소집 장소는 공단 연병장. 도착시간, 08:00. 중식 지참. 사복에 훈련복 지참. 보충 교육 15일. 불참시는 고발장…… 이뿐이 아니지. 알 수 없는 누군가에게서 늘상 이런 종류의 우편물은 내게 발송돼오고 있다. 전화요금, 전기세, 수도세, 신용카드 청구서, 투표 통지표, 인구 조사서, 백화점 판촉물, 기타 익명의 발신인들로부터의 사신들. 끔찍해라. 내가 이렇듯 누군가에 의해서 관리되고 재단되고 그들의 방식에 따라 재생산되며 살고 있다니, 감시되고 있다니! 그리하여 각 공공기업체, 동사무소, 구청, 은행, 신문지국, 심지어는 전화번호부에까지 올라 기록되고 통제되고 분류되고 컴퓨터에 입력돼 키보드의 자판 하나만 누르면 호출돼 명령을 받아야 하다니!(「눈과 화살」, 276쪽)

자정이 넘은 지 이미 오래였다. 우리 곁에는 황량한 어둠만이 아득히 펼쳐져 있었다. 마치 사막처럼. 남기수와 나는 거기서 헤어졌다.

우리는 작별을 하기 전에 마지막으로 이런 대화를 나눴다.

"서형, 독재 말입니다. 그리고 파시즘 말입니다."

"네? 아, 네……!"

"그런 눈에 보이는 거 말고, 무언가 우리를 구속하고 감시하고 지배하는 힘이 우리들 사이서 꿈틀거리고 있다는 생각이 들지 않아요? 마치 그물처럼 퍼져 우리들 사이에 작용하고 있다는 생각이 들지 않아요? 또 우리가 그런 정체 모를 힘의 일부이거나 그 힘의 생산자라는 생각이 들지 않아요? 가령 오늘 우리를 만나게 했던 힘의 정체는 무엇일까요?"

"글쎄요, ……공포가 아닐까요?"

아까 택시를 잡을 때의 그 섬뜩하던 느낌이 되살아나 나는 그렇게 말했다.(「그를 만나는 깊은 봄날 저녁」, 252~253쪽)

첫번째 인용문은 '샤토'의 영향력이 일상에 어떠한 억압을 초래하는지를 박무현이 구체적인 예들을 통해 나열하고 있는 부분이다. 살아 있는 유기체의 신경활동과도 같이 촘촘히 얽혀 있는 전산망, 정보 네트워크, 관료제의 그물 등은 사실상 김승옥의 소설 속에서는 한 번도 지적된 바 없는 것들이다. 두번째 인용문은 이러한 인식을 '독재'와 '파시즘'에 직접 연결시킴으로써 또한 김승옥을 벗어난다. 체화된 권력, 내재화된 공포의 사회에 대한 언급 역시 김승옥에게서는 발견할 수 없는 것들이다. 김승옥의 주인공 '나'와 '안'은 헤어지는 시점의 마지막 대사에서 자신들의 '조로(早老)'에 대해서만 말할 뿐 그 조로의 원인이 어디에 있는지, '아저씨'의 죽음에도 한치의 동요를 보이지 않는 자신들의 무심함이 어디서 연원하는지에 대해 언급하지 않는 것이다. '파시즘'과 '독재'를 말하기에는 너무도 초라하게 원자화되어 있고 뿌리깊게 절망하고 있어서 그들은 자신들의 지금 이 상태가 어디서 연원하는지 캐물을 기운이 없다. 더욱이 당시의 '샤토'는 아직 그 정체를 파악하기에는 충분히 발전된 것이 아니었기도 했을 것이다.

그러나 윤대녕은 카프카의 『성』에도 그대로 머물러 있지 않는다. 그는 이제 '궤도 이탈'의 단계를 지나 '깨진 조각(Tessera)'의 단계로 접어드는데, 이는 푸코의 '권력의 미시물리학'을 문학적으로 도입함으로써 가능해진다.

4. Tessera[16] : 푸코의 소설적 도입

즉, 그것은 무한히 작은 정치권력이다. 이 권력이 제대로 행사되려면,
지속적이고 철저하며 어디에나 있고,
또한 모든 것을 가시적으로 만들면서 자신은 보이지 않는,
그러한 감시수단을 감추어야 한다.
그 감시는 사회 전체를 지각 대상으로 만드는 얼굴 없는 시선과 같아야 한다.
그것은 도처에 매복되어 있는 수천 개의 눈이고,
움직이면서 항상 경계를 게을리 하지 않는 온갖 주의력이며,
위계질서화한 긴 그물눈이다.
— 미셸 푸코, 『감시와 처벌』

90년대는 여러 면에서 60년대와 흡사한 면모를 보여준다. 전 시대의 이데올로기적 전란 후에 찾아든 이념적 진공상태, 한 시대는 끝났지만 새로운 시대에 무엇이 일어날지는 알 수 없는 인식적 혼란, 그럼에도

---

16) 깨진 조각(Tessera) : 깨진 조각은 성취와 대조를 의미한다. (……) 자신이 쓴 시의 모체시에 해당하는 선배 시인의 시에서 어떠한 어휘를 인용하기는 하지만 마치 선배 시인이 더 많은 의미를 만들어내지 못하기라도 한 듯이 사용된 어휘가 지니고 있는 본래의 의미와는 다른 의미를 나타내려는 의도를 가지고 선배 시인의 시를 읽는 까닭에 후배 시인은 자신의 선배 시인을 대조적으로 '극복'하게 된다.(해럴드 블룸, 『시적 영향에 대한 불안』, 23~24쪽)

쉽사리 떨쳐지지 않는 전 세대 작가들의 치적들, 그로 인해 여전히 남아 있는 문학의 사회적 책임에 대한 부채의식, 그리고 무엇보다도 더욱 더 우리 삶을 옥죄는 자본과 도시 문명의 일상 침탈에 대한 자각……김승옥은 이를 '문체와 감수성의 혁명', 그리고 '의사소통 불가능성에 대한 건조한 묘사'를 통해 해결하려 했다. 윤대녕 역시 김승옥과 비슷한 방식으로 이를 해결하려고 시도한다. 그러나 이내 '영향에의 불안'에 사로잡힌 그는 카프카를 통해 김승옥에 일종의 수정을 가하고, 다시 카프카는 푸코를 통해 재수정함으로써 그들을 '극복'한다.

1) 이 순간에도 철조망 안으로 누군가 나를 들여다보고 있다. 아, 거대한 눈(眼), 그것은.— 그렇다, 모든 등록번호와 생년월일과 본적과 탁아소와 학교와 병원과 기타 공공기관과 교통시설과, 모든 제도가 만들어놓은 것들은 그 자체로 하나의 거대한 감시의 눈이 된다. 살아 숨쉬는 외눈박이 괴물의 눈! 그것은 내가 볼 수 없는 어두운 곳에, 높은 곳에서 나를 주시하고 있다. 횡단보도의 신호등 뒤에서, 자정이 넘은 술집에서, 등화관제 속에서, 전철의 개찰구에서, 기타의 행정구역에서…… 나는 그저 하나의 전형, 순종하는 전형일 뿐이다.

2) 너와 내가 나누어 가지고 있는 것 같으면서 사실은 서로를 억압하고 지배하는 권력의 효과를 나는 거부한다. 우리의 앎 속에서 그것은 미세한 힘으로 퍼져 생식을 거듭하고 있지.

3) 결국에 나는 광기에 사로잡힌 자로 분류되고 처벌될 것이다. 어디, 유배를 보낼 터이지. 그러나 나는 광인임을 자인하며 유배지로 향한다. 그렇게 나는 나 자신을 심판해버린다.(「눈과 화살」, 227쪽, 밑줄은 인용자)

인용문 1)에서 여러 차례에 걸쳐 강조되는 것은 눈과 시선이다. 철조망 안으로 "나를 들여다 보"는 눈, "거대한 감시의 눈"이 되어버린 모든 제도들, 어둡고 높은 곳에서 내가 볼 수 없는 채로 나를 주시하는 눈에 대한 언급은 푸코의 『임상의학의 탄생』이나 『감시와 처벌』에 나타난 '시선의 권력화'에 대한 소설적 번역으로 읽히기에 충분하다. 여기서 한 가지 상기할 것이 있다면 앞서 언급한 박무현의 메모에서 '샤토'가 '감시탑' '망루' '대공초소' 등, 주로 시선을 통한 감시의 기능을 부여받고 있다는 점이다. '샤토'는 카프카적인 의미를 넘어서서 이미 하나의 '시선권력'으로서의 의미를 획득한다.

이쯤 해서 우리는 『감시와 처벌』에서 푸코가 제시한 벤담의 '팬옵티콘(panopticon ; 일망감시시설)'의 모델을 즉각 떠올리게 된다. 이 건축물은 원형으로 늘어선 죄수들의 방 한가운데, "높고 어두운" 감시탑을 설치하여, 간수의 입장에서는 각 방의 죄수들의 일거수일투족을 감시할 수 있으되, 죄수들은 간수의 행동과 시선을 관찰하지 못하도록 설계되어 있다. 즉 감시탑 주위를 둘러싼 죄수들의 시선은 아무것도 보지 못하는 채로 완전히 '보이기만' 하는 것이다.

완전한 가시성에의 노출, "이것은 권력을 자동적인 것이며, 또한 비개성적인 것으로 만들기 때문에 중요한 장치이다". 즉 "가시성의 영역에 예속되어 있고, 또한 그 사실을 알고 있는 자는 스스로 권력의 강제력을 떠맡아서 자발적으로 자기 자신에게 적용시키도록 한다. 그는 권력관계를 내면화하여 일인 이역을 하는 셈이다. 그는 스스로 예속화의 원칙이 된다. 바로 이런 사실 때문에 외부의 권력은 물리적인 무게를 경감할 수 있게 되고 점차 무형적인 것으로 된다. 권력이 한계지점에 가까워질수록 그 효과는 더 지속적이고 심원해지며, 단 한 번에 획득되고, 끊임없이 갱신될 수 있다. 즉, 모든 물리적인 충돌을 피하고, 늘 앞서서 결정되는 영원한 승리인 것이다".(미셸 푸코, 『감시와 처벌—감옥

의 역사』, 298~299쪽)

박무현의 그림 속에서 괴물의 눈에 화살을 박는 사내의 발목에 족쇄
가 채워진 것, 「그를 만나는 깊은 봄날 저녁」의 나와 남기수가 자신들을
만나게 했던 힘의 정체를 체화된 공포에서 찾고 있었다는 점 등은 이처
럼 팬옵티콘으로 명명된 시선권력에 스스로가 노출되고 동화되어 자발
적으로 그 권력을 자신을 향해 행사하고 있다는 고백 이외에 다름아니
겠다.

인용문 2) 역시 윤대녕에 의한 푸코의 소설적 도입을 다시 한번 확인
시켜주는데, 밑줄 친 '앎' 이란 어휘가 절대 '삶' 의 오자(誤字)가 아니란
점을 확인할 필요가 있겠다. 『임상의학의 탄생』과 『지식의 고고학』『말
과 사물』 등의 저작에서 푸코가 그토록 입증하려고 했던 것이 바로
'앎' 과 권력의 관계, 즉 또다른 미시권력으로서의 '지식-권력' 의 발생
과 정착에 관한 것이 아니던가? 시선에 의해 낱낱이 해부되고 분류된
인간의 신체는 반드시 '채록' 을 필요로 한다. 감시탑으로부터 관찰된
원형감옥 내 죄수들의 낱낱의 일탈과 반항은 꼼꼼한 분류를 통해 "일련
의 보고서와 장부책 속에 축적되어야 한다".(미셸 푸코, 『감시와 처벌—
감옥의 역사』) 즉 하나의 '앎' 으로 보관되어야 하는 것이다. "우리의 앎
속에서 퍼져 생식하는" 권력에 대한 박무현의 메모를 달리 해석할 길은
없을 것이다.

이제 세부적인 근거를 들어가며, 어떻게 '지식-권력' 이 '정상성' 에
대한 자신의 기준을 '비정상적인 것', 즉 광기에 투사하고, 그럼으로써
이들을 영원한 타자의 위치로 유배시켰는가를 설명하는 수고로움을 더
하면서까지, 『광기의 역사』와 인용문 3)의 관련성을 논증할 필요는 없
을 것이다. 다만 박무현의 광기는 전혀 광기가 아닐 수도 있다는 점,
'샤토' 가 내장한 '배제의 논리' 에 의해 그는 '광인' 으로 '만들어졌을'
것이라는 점만을 덧붙이도록 하자.

'샤토'는 그렇다면 김승옥의 서울과 카프카적인 '성'의 의미를 벗어나 이미 팬옵티콘의 감시탑 역할, 관찰 불가능한 시선권력, 즉 푸코적인 미시권력의 의미를 획득하고 있는 셈이다. 이로써 윤대녕의 강한 선배 시인에 대한 수정작업의 2단계는 완성된다.

물론 윤대녕에 의한 이와 같은 푸코의 소설적 도입 시도는 '문학적'인 견지에서는 그리 성공적인 결과를 낳지 못한다. 푸코의 '권력의 미시물리학'이 박무현이나 남기수, 혹은 '나'의 대사를 통해 날것 그대로 토로되고 있을 뿐 '문학적 형상화'를 통해 자연스레 드러나고 있지는 못하기 때문이다. 바로 그 이유로 우리는 윤대녕이 이 길의 '초입까지만' 몇 발자국을 떼어놓았을 뿐이라고 말하는 것이다.

그러나 실패한, 혹은 도중에 포기된 이 시도는 실로 중대한 것이었다. 더이상 '권력'에 대해, '정치'와 '저항'에 대해 말할 수 없는 이념적 진공상태가 시작되려던 바로 그 시점에, 푸코는 (유일하게는 아닐지라도) '여전히' 그에 대한 문학적 언술을 가능하게 할 수 있었던 몇 안 되는 버팀목들 중 하나였으리라는 판단 때문이다.

거시권력으로서의 '계급권력'에 대한 참조 없이, 노동자 중심주의의 함정을 피하면서도 변혁적 주체를 탐구할 수 있고, 노동현장이 아니더라도 어디든 편재해 있는 미시권력의 억압과 규율, 통제와 감시를 형상화해낼 수 있는 논리를 당시로서는 푸코 외에 어디에서 발견할 수 있었을까? 진정 강한 소설가로서의 자질, 즉 장인적 솜씨와, 유려한 형상화, 작품의 몸 속으로 드러나지 않게 스며드는 이념의 육화 같은 미덕은 아마도 차후의 일이었을 것이다. 다른 길을 택한 윤대녕이 지금 보여주는 성취로 미루어보건대, 모르긴 해도 그가 이 길을 갔을 경우, 역시 그는 탁월한 성취를 보였을 것이고, 만약 그러했다면 한국의 소설사는 80년대와 90년대를 나누는 급격한 단절 없이도 하나의 연속성 속에서 서술될 수 있는 실마리를 잡을 수 있었으리라.

그러나 윤대녕은 이 길을 가지 않았다. 아마도 1990년 이후의 문학적 정세가, 상대적으로 80년대적 주제에 대한 부채의식을 줄이고, 윤대녕의 '몸' 속에 잠재해 있던 '역마'를 깨웠다고 보아도 무리는 없을 것이다. 그리하여 해럴드 블룸의 수정 비율 여섯 단계 중 두 단계만 거친 후 새로운 선배 작가에 대한 참조로 되돌아간다. 그 선배 작가는 다름아닌 서정주이다.

5. 여행의 끝

김승옥과 카프카 그리고 푸코에 대한 참조가 일찍 끝을 본 것에 비하면 윤대녕의 서정주 참조는 이어지는 소설들로 연결되면서 완숙한 경지에 도달하는 데에 성공한다. 그의 서정주 참조가 결국 블룸의 수정 비율 여섯 단계의 공식을 다 통과했는지에 대한 탐구는 여기서는 논외의 문제이다. 다만 수정 비율의 마지막 단계인 '환생(Apdphrades)'[17]이 비교적 근작인 「상춘곡」에서 실현되기에 이른다는 점을 확인할 수는 있다. 이 작품에서는 초기 작품들인 「국화 옆에서」나 「신라의 푸른 길」 등에서 언뜻 드러났다가 이내 잠복(억압)되어 있던 미당에의 경도가, 아

---

17) '환생(Apophrades)' : 환생은 죽은 자의 회귀 또는 죽은 사람이 옛날에 살았던 집에 다시 살기 위해 되돌아왔던 암울하고 불행했던 아테네 시절에서 이 어휘를 인용하였다. 대부분의 경우 유아론에 해당하는 상상적 고독에 의해서 마지막 국면에 처해 있는 후배 시인은 너무나 빈번하게 자신의 시에 선배 시인의 시를 노출시키기 때문에 처음에는 시인의 일대기가 완전히 한 바퀴 반복된 것으로 착각하게 되며, 자신의 세력이 수정 비율의 적용을 주장할 수 있기도 전에 선배 시인에게 충실하게 되어버린 후배 시인의 지나친 추종을 우리는 파악하게 된다. 그러나 모든 시를 종합하고 있는 전체로서의 '한 편의 시'는 선배 시인의 시에 이미 노출되었으며, 시의 불가사의한 효과는 선배 시인이 그 시를 쓴 것이 아니라 후배 시인이 선배 시인의 특징 있는 시를 쓴 것처럼 보이도록 새로운 시 ― 모든 시의 종합체로서의 시 ― 를 창조하게 된다는 점이다.(해럴드 블룸, 『시적 영향에 대한 불안』, 25쪽)

예 미당을 등장인물의 하나로 삼고 그로부터 지혜를 가르침받음으로 해서 전면에 부각된다. 말하자면 '억압된 것의 회귀'로서의 '환생'인 것이다. 이로써 윤대녕이 택한 다른 길, 즉 미당을 경유한 전통으로의 회귀는 성공적으로 마무리되어가고 있는 느낌이다. 윤대녕의 기나긴 여행이 끝나가고 있는 것일까?

그런데 그의 여행의 종착지가 서서히 그 모습을 드러내는 이 시점에서 우리가 주목해야 할 것이 하나 있다. 그것은 여행의 끝에 다가갈수록 그가 선명하게 깨달아가는 것이 '여행의 종착지와 여행의 출발점은 같다'라는 역설적인 진리라는 점이다. 이미 그는 그의 장편 중에서는 가장 탁월한(사실 그의 장편들은 단편들에 비하면 보잘것없다고 해도 과언이 아니다) 『달의 지평선』에서 주인공 남창우의 입을 빌려 다음과 같이 여행의 끝을 예고한 바 있다.

"거의 삼 년 만에 제가 떠났던 곳으로 돌아왔습니다. 먼 데 하얀 자전거의 환영을 보고 무작정 길을 떠났던 늦가을의 교문 앞으로 말예요. 돌아보니 글쎄 저는 그 동안 지구를 한 바퀴 다 돌았더군요. 그래요, 언젠가 한 통의 전화쯤은 받으리라 생각하고 있었는데 제 느낌이 그대로 맞았어요."

(⋯⋯)

"나도 방금 먼 데서 돌아왔어. 그러니까 말이야, 하얀 자전거를 타고 달의 지평선을 돌아왔지. 늦가을의 교문 앞은 아니지만 나도 그와 같은 장소로 말이야. 이런 기막힌 일이 있나. 자칫하면 서로 어디에 있는지 몰라 영영 목소리조차 듣지 못할 뻔했잖아. 근사해, 그래, 그럴 줄 알았어."
(『달의 지평선』 2권, 319~320쪽)

그가 돌아온 지점은 나수연이 처음 떠났던 "늦가을의 교문 앞"과 마찬가지로 여행의 출발점이었던 바로 그 지점이다. 그 지점에는 상처받고 상처 입으면서 이내 헤어지고 말았던 아내 은빈이 있고, 80년대의 격렬한 시류 속에서 목숨을 걸고 함께 싸웠던 오래된 동지 철하가 있다. 서주미와의 은원이 풀리고, '관계'에 대한 성찰을 통해 단절되었던 80년대와의 연속성이 회복되는 것도 이 지점이다. 이 지점에서 여전히 "세상에 이바지하려는 사람들"에 대한 믿음이 되살아나며 그 믿음에 먼 여행 끝에 깨달은 통찰이 더해진다. 쉽지는 않으나 가까운 방법, 즉 "너와 나의 관계"에 대한 통찰이……

그리고 그 예견은 장편소설 『미란』에서 다시 한번 입증되는데, 이 작품을 보건대(그리고, 중편 「무더운 밤의 사라짐」을 보건대) 그는 확실히 십여 년간 누렸던(!) 기나긴 여행을 마쳐가고 있음에 틀림없다. 물론 이 작품의 경우도 여행이 서사의 주요한 뼈대를 이루고 있다는 점, 호모 비아토르(길 떠나는 영혼, Homo Viator)의 피를 타고난 남주인공이 대립적인 두 여자들 사이에서 갈등(윤대녕의 내면에 존재하는 두 아니마, 혹은 그가 세계를 가르는 두 가지 기준이기도 할 것이다)한다는 설정 등은 여전하다. 그러나 동일한 서사와 유사한 인물이 등장한다 하더라도 그것을 운용하는 작가의 태도에 사뭇 커다란 변화가 보인다.

가령, 『미란』의 주인공 성연우가 "행복이란 것은 역시 상식과 객관성 속에서 찾아야 할 겁니다"라거나 "아니, 이제부터 덧없는 것에 매달려서는 안 된다. 한밤에 부지불식간에 들려오는 소리 따위들"이라고 말할 때, 혹은 "가까운 타인으로서의 예의를 지키고 신의를 저버리지 않기로. 그렇게 다짐하고 나자 옆에 누워 있는 여자가 내게 아주 소중한 사람이라는 자각이 들었다"라고 말할 때, 그리고 무엇보다도 아내 김미란에게 '허락받고 나서야' 병을 앓고 있는 오미란을 만나러 남국으로 떠날 때, 그는 분명 일상의 삶에 정착하기로 결심했음에 틀림없다. 게다가 주인공 성연우에게 변호사라고 하는 '생활적'인 직업이 부여되었다는 사실, 윤대녕 소설에서는 거의 예외적으로 아이와 그 아이에 대한 아버지로서의 책임감이 표현된다는 사실 또한 그냥 넘기기 힘든 것들이다.

다른 예들도 있다. 초기 『은어낚시통신』에 실린 단편 「눈과 화살」이후로 윤대녕 소설에서 아예 종적을 감추어버렸던 정치·사회적 사건과 배경들이 여러 군데에서 출몰한다는 사실도 특기할 만하다. 가령 성연우가 젊은 날 제주도로 여행을 떠나던 시점은 "일 년 앞으로 다가온 서울 올림픽" 탓에 공항에서의 검색이 강화되고 있었다고 명기되고, 제주도의 민박집('명왕성'이라는 이름의) 옆방에서는 운동권 학생들이 노래를 부른다(1987년 5월에 거기에서 노래 부르고 있었을 운동권 학생들이 있었으리라고는 상상할 수 없는 일이지만). 오미란이 성연우의 사랑을 처음 승낙했던 날은 1987년 5월 16일(!)로 그려지고, 서귀포에서는 초병의 느닷없는 암호가 튀어나와 엄연한 분단 현실을 강조하기도 하며, 갑자기 나타난 변호 의뢰인 김학우는 그의 양심 없는 비정치성을 책(責)하기도 한다. 길 떠나는 영혼이기를 그치고 일상으로 복귀하기로 한 자에게만 정치적 시간들은 의미심장한 법이다. 비록 이 여러 에피소드들이 소설의 주인공들에게 아무런 영향력도 행사하지 못한 채 그저 겉도는 배경에 불과한 것임을 인정한다 하더라도, 윤대녕이 비로소 기나긴 여행으로부터 돌아오고 있음에 대한 증거로 삼기에는 부족함이 없을 줄 안다.

그러나 문제는 돌아옴 그 자체가 아니다. 성연우는 돌아왔으나 아직 불만이 많다. 너무 합리적이고 생활적인 아내에 대해서도, 이제부터 그가 시작해야 할 일상의 삶에 대해서도. 그리하여 성연우는 아직도 어쩌다 한 번씩, 집에 가는 대신 호텔방에 들어가 양복을 입은 그대로 몇 시간씩 누워 있기를 즐기기도 하고, 이십대 후반의 여성과 "쿨하게" 혼외정사를 나누기도 한다. 소설의 마지막 두 페이지는 그가 택한 일상적

삶들에 대한 자조로 가득 채워져 있기도 하다.

그러므로 일상으로 복귀한 성연우의 불만이 또다시 '이방강박'이나 '근원결락강박'(「국화 옆에서」)으로 이어지게 될지, 일찍이 「눈과 화살」에서 보여준 미시권력에 대한 탐구를 이어가는 방향으로 이르게 될지는 아직 미지수라고 말해야 옳을 듯싶다.

제주도로 떠난 윤대녕의 뒷소식이 더욱 궁금해지는 이유도 바로 여기에 있다. 어쩌면 그는 지금 제주도 바닷가 어디쯤에서 오래 전 바로 눈앞에 펼쳐져 있었고, 스스로 한 두어 발자국쯤 내딛어보기도 했었으나 가지 않았던 그 길을 찾고 있는 것인지도 모를 일이다.

(2003)

되찾은 시간
—김현주 소설 『물 속의 정원사』

1. 들어가다

김현주의 소설들에는 입구가 있다. 그 입구는 대개 어떤 '집'이나 정체 모를 건물로 들어가는 통로일 경우가 많다. 가령 「미완의 도형」에서 입구는 공중화장실로 나 있고, 「잃어버린 정원」에서 입구는 주인공이 스스로를 유폐해버린 저택으로 나 있다. 물론 그 입구가 항상 '문'의 형태를 취할 필요는 없다. 「숨은 길」에서는 소설 속의 어떤 건물로 들어가는 입구가 몇 장의 사진이다. 「32일」에서는 한 지방지의 사람을 찾는 신문 광고가 입구의 역할을 대신하며, 「지금은 부재중」의 경우 눈 오는 밤 풍경이 내다보이는 유리창이 동일한 역할을 한다. 그러므로 자주 김현주의 소설들 첫 문단 뒤에 따라붙는 한 행의 공백은 독자들이 이미 그녀의 소설이 만들어낸 기괴하고 혼돈스러운 공간 속으로 발을 들여놓고 말았음을 알리는 경고와 같다.

그 한 행의 경계를 넘어서는 것은 읽는 이들의 자유다. 그러나 그 한 행의 경계를 되짚어 소설 밖으로 나오는 것은 쉬운 일이 아니다. 김현주 소설의 '입구'는 마치 영화 〈블루 벨벳〉에서 카메라를 빨아들이던 '귀'와 같아서, 일단 그 속으로 들어서면 나오는 길을 찾기란 거의 불가능하다. 입구 너머의 길들은 미로다. 또한 그곳은 '무의지적 기억'(벤야민, 「프루스트의 이미지」)들의 저장소이다. 그곳에서는 주체가 기억의 주인이 아니라 기억들이 되레 주체를 초과해버린다. 게다가 그곳은 견고한 삼각형에 갇혀버린 욕망의 감옥이기도 하다. 예외적인 경우(「물속의 정원사」의 주인공 수연의 경우가 있다)를 제외하고는 그 삼각형으로부터 탈출에 성공한 예가 없다.

지라르의 낙관론과는 다르게, 소설가마저도 쉽게 구원받지 못하는 세계, 그런 세계가 바로 그 입구 너머에 있다.

2. 집

입구를 넘어서면, 어느 순간 김현주의 주인공들은 '집' 속에 갇혀 있는 자신을 발견하게 된다. 김현주 소설에서 '집'이 하는 역할은 일차적으로 '기억의 복원'이다. 자의로든 타의로든 이 집 내부로 들어서자마자 주인공들은 서서히 잃어버린 시간들, 즉 기억을 되찾는다. 예를 들어 「32일」에서 한 지방지의 광고란에 실린 사람을 찾는 기사를 읽음으로써 입구를 통과한 최지환은 자신이 정체를 알 수 없는 어떤 집 안에 있음을 발견한다. 그 집은 이런 곳이다.

주인은 내게 집을 비워준 뒤로는 거의 나타나질 않았다. 대문이 없이 안이 모두 개방된 상태의 집. 내가 이 집을 처음 발견한 것은 아닌 듯했다. 방문으로 들어가는 입구 쪽에 적힌 방명록에는 이 집을 다녀간 사람들의 이름이 적혀 있었고 맨 앞장에는 주인의 글씨인 듯싶은 글이 남겨져 있었다. '누구든지 오셔서 편히 쉬었다 가십시오. 모든 것은 다 준비되었습니다. 주인 백.' (「32일」, 『물 속의 정원사』, 51~52쪽)[18]

모든 것을 다 갖춰놓고, 누구든 초대해서는, 조건 없이 머물다 갈 수 있도록 해놓았다면 그 집은 고안된 덫일 것이고, 그러므로 위험한 집이다. 이 집에 들어선 순간 최지환은 사실상 어떤 음모에 걸려들었다고 볼 수 있는데, 그 음모의 주체는 자신의 기억이다. 김현주의 여러 소설들 속에서 집이란 대개 '무의식'의 비유로 쓰이는 경우가 잦아서, 일단 그 속에 발을 들여놓은 주인공은 원하건 원하지 않건 오래된 기억들의 음모와 맞서야만 한다.

무의식의 은유인 탓에 이 공간에는 시간이 존재하지 않는다.(프로이트, 「무의식에 대하여」) 시간은 자유자재로 멈추어버리거나 역전한다. 그렇다면 기나긴 망각의 벽을 뚫고 오래된 기억들이 되돌아오는 것도 그리 어려운 일이 아니다. 최지환은 이제 출세를 위해 의도적으로, 그리고 체계적으로 망각해버렸던 기억들과 고통스럽게 대면하기 시작한다. 복원된 기억 속에는 자신이 버린 여자 승혜가 있고, 승혜가 낳았으나 바로 죽어버린 자신의 아이가 있으며, 미쳐버린 어머니가 있고, 상복을 입은 어린 날의 자신이 있다. 최지환은 '잃어버린 시간'을 고통스럽게 되찾는다. 혹은 '되찾은 시간' 자체가 고통스럽다.

김현주의 소설 속에서 만약 어떤 주인공이 '집'에 일단 들어서기로 작정했다면 그들이 겪게 되는 체험의 경로는 대개 최지환의 경우와 유사하다. 「영각 27km」의 주인공은 덕유산 자락의 '영각헌'에서 잃어버린 시간을 되찾는다. 역시 그 시간 속에는 자신이 버렸던 한 여자가 있다. 영각헌은 그녀의 영혼이 묻힌 집, 그리고 그가 의도적으로 망각해버린 죄

---

18) 이 글에서 인용한 김현주의 작품은 모두 『물 속의 정원사』(문학과지성사, 2003)에 수록되어 있다.

의식이 똬리를 틀고 있는 집이다. 「숨은 길」의 화자는 요양소로 보이는 어떤 '집'에서 잃어버린 시간의 순서 없는 계열체들과 혼란스럽게 동거한다. 유기된 여자와 유기한 여자의 기억 모두가 마구 뒤섞인 채로 이 집을 가득 메우고 있다. 또한 「부엌 없는 여자」의 집에는 부엌이 없는 대신 1980년 5월의 참혹한 기억이 집 안을 가득 메우고 있다. 그 집에 들어선 이상 속물이었던 화자 역시 그 기억들로부터 벗어나지는 못한다.

이처럼 김현주 소설 속에서 집이란 모두 '무의지적 기억의 저장소'이자 무의식이다. 김현주 소설의 결말은 그러므로 프루스트에게서와 마찬가지로 '되찾은 시간'(르네 지라르, 『낭만적 거짓과 소설적 진실』)이다. 그러나 지라르가 말한 그대로의 '되찾은 시간'은 아닌데, 왜냐하면 지라르는 주인공이 시간을 되찾는 순간 구원받을 것이라고 여겼기 때문이다. 지라르에게 소설의 결말이란 욕망의 삼각형으로부터 주인공의 해방, 그리하여 소설가의 구원의 순간이다. 반면 김현주의 주인공들은 되찾은 시간에도 불구하고 구원받지 못한다. 이유는 간단하다. 되찾은 시간들이 욕망과 죄에 연루된 시간이기 때문이다. 무의식의 재료란 억압된 기억들이다. 그리고 억압은 대개 죄스러운 욕망을 향한 것이게 마련이다. 무의식은 억압된 욕망과 죄들로 가득 차 있다. 김현주의 집들이 기억의 집이자 또한 죄의 집이기도 한 이유가 여기에 있다. 복원된 기억이 죄에 연루되어 있다면 설사 시간을 되찾는다 해도 구원은 결코 이루어질 수 없을 것이다.

요컨대, 김현주 소설들의 결말은 욕망의 삼각형으로부터의 해방이 아니라, 삼각형 내부로의 진입이다. '되찾은 시간'은 욕망의 삼각형을 포기하게 하는 것이 아니라, 욕망의 삼각형 속에 갇혀 있는 자신을 확인하게 한다. 「32일」의 최지환이 되찾은 시간은 다음과 같다.

승혜를 만난 것은 행운이었다. 승혜와 함께 고속도로를 달리다가 사고

가 난 것도 내겐 행운이었다. 머리를 다쳐서 병원에 입원을 하고 뇌수술
을 받게 된 것도 행운이었다. 그러나 그 행운은 진로를 바꾸기 시작했다.
에미 애비 얼굴도 모르는 고아원 놈이, 라는 소리를 들은 것은 내 잠자던
짐승스러움에 불을 당겼다. 그리고 나는 주술처럼 무언가를 외우고 다녔
다. 과거 파일 삭제. 과거 파일 삭제, 과거의 모든 파일은 삭제한다. 나는
정말 새로이 태어나고 싶었다. 말쑥한 보통 사람의 과거 속으로 들어가
고 싶었다. 과거를 조작하기 시작했다. 내 어디에 그런 추악함이 숨어 있
었을까, 그곳까지 가버린 것이었을까. 그때부터, 승혜는 내게 매달리기
시작했다. 나는 그녀가 중요하지 않았다. 내게 중요한 것은 기억이었다.
그 기억을 지우는 데 열중했다. 철저하게 나의 과거를 새롭게 기록하기
시작했다. 조작된 과거를 이력서처럼 만드는 일은 어렵지 않았다. 미국
의 형님 집으로 이민 간 나의 어머니. 나는 한국에서 공부를 마친 후, 미
국으로 가기로 결정되어 있었다. (「32일」, 61~62쪽)

복원된 기억으로 미루어볼 때 최지환이 승혜를 잊어버리기로 작정한
것은 열등감 탓이다. 부모도 없는 고아원 출신이라고 하는 열등감이 그
로 하여금 과거 전체를 체계적으로 조작하게 만든다. 물론 이때의 열등
감이란 모방욕망, 즉 삼각형의 욕망에서 기인한다. 중개자는 "말쑥한
보통 사람", 곧 지라르가 '서로가 서로에게 신으로 비칠 것'이라고 말
했던, 신을 잃어버린 시대의 고독한(그러나 서로에게는 전혀 고독해 보
이질 않는) 타자들이다. 그리고 욕망의 대상은 플로베르의 '보바리즘',
스탕달의 '허영심', 프루스트의 '속물근성'과 유사하게도 신분의 상승
이다. 자신의 불우했던 과거를 모두 지우고 말쑥한 보통 사람들을 흉내
냄으로써 신분의 상승을 이루고자 했던 그의 굴절된 초월에의 욕망이
승혜를 버리고 아이를 죽어가게 했다. 말하자면 최지환은 되찾은 시간
을 통해 모방욕망으로부터 해방되는 것이 아니라, 여전히 자신이 바로

그 모방욕망의 견고한 삼각형 속에 갇혀 있음을 확인하게 된다.

동일한 과정이 여러 소설 속에서 되풀이된다. 「에어컨」의 화자와 그의 아내가 사는 아파트 역시 견고한 삼각형의 집이다. 아내가 떠나버린 후 아내가 남긴 기록들을 읽으면서 그는 강한 질투(모방욕망이 강해질수록 더욱 강해지는 원한 ressentiment의 다른 이름)에 사로잡힌다.

아내가 애타게 불렀던 자는 설봉이라는 남자인가? 그녀의 실연은 결국 그 파계승이었을까? 그 동안의 나는 아내에게 허깨비에 불과했다니. 그녀의 표정, 그 잔잔함도 가장되었던 것이었을까? 매주 토요일 오후의 쇼핑 때만 되면 즐거워하던 얼굴도 위선이었을가? 그렇다면 그녀의 과거는 과연 나와의 결혼생활보다 더 강한 힘으로 그녀를 붙들어두고 있었던가?(「에어컨」, 38쪽)

그는 지금 아내를 욕망하는가, 아내의 유일한 욕망대상으로서의 자기 자신을 욕망하는가? 아내는 욕망의 대상인가, 욕망대상으로서의 자기 자신에 이르기 위한 중개자에 불과한가? 답은 당연히 후자이겠거니와 지라르가 '이중간접화'(삼각형 욕망의 가장 현대적인 형태)라고 불렀던 질투와 원한의 상호폭력에 그는 지금 노출되어 있다. 다른 예도 있다. 「숨은 길」에는 한 장의 사진이 등장한다.

사진은 그 비밀을 감추지 않고 드러내주고 있었다. 어떤 여름, 한낮의 태양 아래서 찍은 사진. 그 사진이 그것을 말해주고 있었다. 오백 년이 넘는 수령을 가진 배롱나무 아래서 찍은 그 여자와 나와 그 남자. 우리 셋은 사진 속에 함께 들어가서 늙어가고 있었다.(「숨은 길」, 79쪽)

화자와 '그 여자'는 사실상 서로가 서로에게 중개자인 짝패(double)

에 해당한다. 급기야 화자는 숲속에서 그 여자에 의해 어떤 '집'에 유기당하게 되지만, 그 집에서 그 여자의 기억까지 자신의 것으로 취함으로써 스스로 가해자이자 피해자가 된다. 욕망의 주체와 중개자가 한 몸속에 동거할 만큼 가까워지면 이중간접화는 필연적이다. 물론 이 사진이 취하고 있는 구도, "비밀을 감추지 않고 드러내주고 있"는 바로 그 구도는 김현주 소설의 대부분이 취하고 있는 구도이기도 하다. 「불의 꽃대궁」에서 두 주인공 문효와 수연이 소설 속으로 처음 걸어들어오는 장면은 이렇다.

> 혹 그림 속 풍경 같은, 원추형의 도로끝 점에서 내려다본다면 아주 작은 점으로 두 사람은 거의 동일하게 보이거나 가끔씩 분리되는 한 사람쯤으로 착각할 수도 있을 것이다. (「불의 꽃대궁」, 183쪽)

이내 밝혀지게 되지만 둘은 한 시인을 같이 사랑한 적이 있다. 이로 미루어보건대 사실상 구별이 불가능할 만큼 둘은 이중간접화되어 있다. 둘은 서로가 서로에게 중개자여서 "거의 동일하게 보이거나 가끔씩 분리되는 한 사람쯤으로" 보인다. 그들에게 욕망이란 반드시 중개자의 욕망이기도 해서 서로에게 중개자가 되지 않고서는 발생조차 불가능하다. 「배꽃 동산」의 화자, 「잃어버린 정원」의 신희, 「겨울 한계령」의 행란, 「물 속의 정원사」의 수연 등이 모두 다양한 방식으로 욕망의 삼각형에 사로잡혀 있다. 화가의 아내는 소설가를 사랑의 중개자로 삼고, 남편 또한 사회적 욕구의 대리만족을 위한 중개자로 삼는다. 신희는 남편에게서 부유함과 안정의 욕망이 달성되기를 기대하고, 수연은 중개자에게 뺏겨버린 옛사랑을 포기하지 못해 가슴에 불을 품고 산다.

이 모든 견고한 삼각형이 똬리를 틀고 있는 공간에는 반드시 예의 그 '집'이 있다. 「배꽃 동산」의 아내는 화가인 남편의 전원주택에 유폐되어 있다. 욕망의 삼각형이 그녀를 가두어놓고 있는 것도 바로 그 집이다. 살아 있는 유령을 방불케 하는「잃어버린 정원」의 거대한 저택에 신희는 곡기도 끊은 채로 스스로를 감금시켜놓고 있다.「물 속의 정원사」에서는 찻집 '몽향'이 동일한 역할을 한다. 사랑하던 사람이 이미 백련과 결혼했음에도 불구하고 수연은 그 백련이 운영하는 찻집 '몽향' 주위를 벗어나지 못한다.

삼각형이 바로 그 집 안에 있으므로, 아니 그 집이 욕망의 삼각형 그 자체이므로, 바로 거기에서 배신과, 상호폭력과, 유기와, 훼손이 일어나는 것은 당연한 일이다. 요컨대 김현주의 집은 일차적으로 기억의 집이지만, 그 기억들이 또한 모두 욕망의 삼각형 내에서 일어났던 죄의 목록과 같은 것이어서, 제아무리 복원되고 되찾아진다 해도 그들을 놓아주는 법이 없다.

그들은 구원받지 못한다. 되찾은 시간이 바로 욕망의 시간이자 죄의 시간이기 때문이다.

3. 야생의 정원

김현주 소설 속에서 욕망은 '집' 주위에 나무, 혹은 꽃 모양을 하고 서 있는 경우도 있다. 그 꽃과 나무들이 정원이나 숲을 이루어 집을 감싸게 되면 욕망은 더 강해진다. 이 꽃과 나무들로 하여 욕망의 삼각형은 보호받고, 강력해지며, 심지어 아름다움의 속성까지 부여받는다. 그리고 집을 둘러싸고 있는 이 아름다운 식물들 탓에 주인공들은 삼각형의 집으로부터 탈출하지 못한다.

욕망이란 애초부터 죄이자 아름다움, 몸 가진 어떤 인간도 벗어날 수 없고 누리지 않을 수 없는 형벌이자 축복일 것이다. 김현주의 식물들이 그렇다.

「에어컨」의 '아내'는 사람보다 물건들에 더 애착을 보인다. 물건들이란 군자란과 철쭉이다. 이 식물들은 아내가 떠난 뒤에도 계절을 망각한 채 겨우내 피어 있다. 아마도 이 식물들이 살아 있는 한 욕망은 지속될 것이다. 삼각형도 건재할 것이다. 왜냐하면 아내가 대상세계로부터의 리비도를 철회한 뒤 다시 그 리비도를 재투자했던 대상이 바로 그 식물들이기 때문이다. 설봉을 향한 아내의 욕망이 고스란히 그 꽃들의 자양분이 되었다. 그 꽃들은 아내의 욕망의 화신이다. 「32일」의 최지환은 환상 속에서 삼나무 한 그루를 본다. 삼나무가 눈앞까지 걸어오고 나서야 그는 그 삼나무가 바로 승혜임을, 그리고 어머니임을 알아본다. 일단 기억을 되찾은 이상 최지환이 그 삼나무 그늘을 벗어나기는 힘들어 보인다. 승혜와 어머니와 삼나무는 심리적으로 등가이기 때문이다.

그러나 아무래도 가장 강력한 식물은 백일홍과 꽃무릇이다. 「숨은 길」의 백일홍은 형상마저 욕망과 죄를 닮았다.

우리는 엉켜 있다, 환한 대낮의 알몸. 배롱나무는 껍질을 벗은 채다. 남자는 내 허물을 벗기우려 애를 쓴다. 속살이 말갛게 드러나는 한낮, 엉키어서 몸을 비트는 두 그루의 나무, 가닥가닥 몸을 비틀면서 다가가 엉키면서 급기야 꼬인다. 화르르 허물이 벗기운다, 허물은 아직 아랫도리에 걸쳐 있다. 천형처럼 허물은 완전히 벗겨지지 않는다. 몸을 비틀면서 두 그루의 나무가 신음하고 있다. 아아아아아 신음하는 대낮. 죄는 황홀하게 불타오르고 몸은 겹겹이 꼬여 떨어지지 않는다. 우우우 배롱나무 환한 아래 물 깊은 계곡은 숨은 길. 활활 타오르는 황홀한 반란의 꽃빛, 나는 타오르는 꽃만을 바라보며 걷는다, 걷다가 까마득히 아득한 허공으로 발을 헛딛는다.(「숨은 길」, 93쪽)

중개자 몰래 나누는 불륜의 사랑. 대낮 숲속에서의 탐스러운 정사는 화인(花印)이 되어 백일홍의 형상 속에 그대로 남는다. 아니 오히려 백일홍이 두 남녀를 홀린 격이다. 게다가 이 숲속에는 꽃이 사태를 이루고 있다. 그 강력하고 아름다운 꽃들은 삼각형의 욕망을 부추기고, 보호하며, 그 자체로 꽃더미들의 미로가 되어 삼각형으로부터의 탈출을 방해한다. 일단 이 야생의 숲속에 들어선 누구도 불타오르지 않을 수 없다. 백일홍은 욕망 자체다. 「불의 꽃대궁」의 꽃무릇도 마찬가지다.

산길을 향하여 오르는 길의 양 옆으로 소나무숲, 그 그늘 아래의 꽃들. 언젠가 그의 손에 이끌리어 스며든 그의 서재에서 깊고 뜨거운 키스. 문효는 심장의 고동이 뛰는 것을 느꼈다. 그 순간적인 느낌은 파멸의 강렬한 예감이었다. 그 예감처럼 붉게 피어오른 꽃무릇. 그의 혀는 꽃무릇의 수술처럼 길고 뜨거웠다. 이제 떠올리는 것은 모호한 꿈과도 같은 찰나의 느낌들이다. 그의 깊은 한숨은 불덩이에 덴 것처럼 뜨거웠다. 문효는 그의 불을, 그의 깊은 한숨을 훔치듯 들이마셨다. 가슴이 터질 것만 같다. 문효는 더이상 발걸음을 옮길 수가 없어 그대로 그 자리에 가만히 주저앉았다. 문효의 눈높이 안으로 들어온 불꽃들은 흔들리며 타오르고 있었다. 소나무숲의 그늘은 서늘했으나 꽃들은 어쩌면 신들린 듯 미쳐 불타오르는 것처럼 보였다.(「불의 꽃대궁」, 195쪽)

황홀한 붉은빛의 꽃무릇은 즉각 삼각형의 욕망에 불을 질러놓는다. 문효와 수연은 서로가 서로에게 중개자이다. 그들은 동일한 대상을 욕망하기 때문이다. 함께 떠난 여행 내내 둘의 대화는 엇갈린다. 동일한 대상을 욕망하는 짝패에게 화해란 쉽사리 이루어지지 않는다. 더욱이 꽃들이 곧 욕망의 화신인 김현주의 숲속에서라면 더더욱 그렇다. 문효는 삼각형의 욕망에 완전히 사로잡히고 있다.

4. 길

　물론 집을 둘러싸고 있는 무성한 식물들로부터 탈출을 시도하는 주인공들이 없는 것은 아니다. 탈출의 방법은 세 가지이다.

　당연한 일이지만 일차적으로는 집과 숲으로부터 벗어나는 방법이 있다. 「잃어버린 정원」의 신희가 이 방법을 택한다. 신희는 일단 기억의 집으로부터, 삼각형의 욕망으로부터, 불타오르는 꽃들의 정원으로부터 탈출하는 데 성공하는 것처럼 보인다. 소설의 결말이 이렇기 때문이다.

　오오! 그녀는 탄성을 질렀다. 그리고 바깥으로 다가가 자물쇠 구멍에 열쇠를 끼웠다. 찰칵, 하는 소리. 그녀는 쇠사슬을 벗겨냈다. 그리고 온 힘을 다하여 철문을 열었다. 끼익, 끼익 하는 둔중한 소리를 내면서 철문이 힘겹게 열리고 있었다. 그녀는 경사져 있는 땅바닥에 무릎을 꿇었다. 그리고 고개를 떨구어 흙 위에 입술을 대었다. 봄기운에 약동하는 대지의 환희로운 냄새. 신희는 심호흡을 한 후, 가볍게 흥분이 된 듯 몸을 떨었다. 그리고 그녀는 안개에 갇힌 저수지를 향해 미친 듯이 내달리기 시작했다.(「잃어버린 정원」, 264~265쪽)

　그러나 과연 그럴까? 아들을 죽이고, 자신의 영혼마저 심각하게 훼손시켜버린 '집'과 '정원'으로부터 가까스로 탈출한 신희에게는 안된 일이지만, 「영각 27km」나 「안개 / 맑음」 「배꽃 동산」 「32일」 등의 소설을 다 읽은 독자라면 신희의 탈출을 신뢰하지 못한다. 영각헌에서 돌아오는 길은 여전히 오리무중이었지 않던가? 「안개 / 맑음」의 배후령 산간도로는 무모하게도 삼각형의 욕망으로부터 탈출을 감행한 사내와 그의 굴삭기 한 대를 삼켜버리고 나서야 맑아지지 않았던가? 「배꽃 동산」의 아내는 겨우겨우 용기를 내 집과 배꽃 동산(이 역시 정원인데)을 빠져나왔지만, 고작 방죽으로 난 길로 정부를 만나러 나간 남편을 마중 나간 셈이 되고 말았지 않던가? 「32일」의 최지환은 잃어버린 시간을 되찾은 후 간절히 현실에 복귀하기를 바랐지만, 정체 모를 사내들에 의해 영원히 시간의 미로 속에 유기당하지 않았던가?

사정이 이럴진대, 잃어버린 정원으로부터 신희의 탈출이 성공할 것이라고 믿기는 힘든 노릇이다. 요컨대 '길'은 김현주의 주인공들을 놓아주는 법이 없다. 집으로부터, 야생의 정원으로부터 탈출을 감행한 그들을 이번엔 길이 사로잡는다. 그들은 모두 길 위에서 길 잃는다.

5. 사물

집과 정원으로부터 탈출하는 두번째 방법은 '사물 되기'이다. 어떤 '길'을 통해서도 욕망의 삼각형으로부터 벗어날 수 없다면, 애초에 욕망이 없는 존재로의 변환을 통해 그로부터 벗어나는 것도 시도해봄직한 방법이다. 가령 에어컨이 된다거나 하는.

이 세계와 유사한 또다른 세계에서 온 사람. 남편은 내게 무엇을 바라고 있는 것인가? 결혼이라는 공식은, 마치 살아 있는 한은 부조화의 싸늘한 등을 맞대고 있어야 한다는 계약과 다를 바가 없다는 것을 어느 순간 느낀다. 사랑도 없이 끔찍하게 시간을 견디는 일은 참을 수가 없다. 어쩌면 남편이나, 그, 나 중에서 어떤 둘은 이미 이 세계를 통과하고 있는 반세계의 사람일지도 모른다. 두 세계의 중심이 어느 곳을 향하든지 그것들은 결코 충돌하지 않을 것이다. 가볍게 스쳐 지나갈 뿐. 이 공간에서 다른 공간으로 공간이동을 할 뿐인 것이다. 나 또한 인간세계에서 안개처럼 가볍게 사라지거나 내면이 굳어버린 사물의 세계로 이동하는 것이 어쩌면 가능할 것이다. 아무도 주시하지 않는 이 세상 그림의 뒷면 속으로 나는 빨려들어가고 싶을 때가 있다. 결국 삶은 허무한 것이고 세상은 계속 유지되지는 않을 것이다. (「에어컨」, 44쪽)

"남편은 내게 무엇을 바라고 있는 것인가?"라는 구절은 소설 속의 '아내'가 이미 욕망의 삼각형적인 성격을 깨닫고 있었음에 대한 희미한 증거가 될 만하다. 남편이 자신을 직접 욕망하지 않음을, 오로지 자신을 중개자로 삼고 있을 뿐임을 그녀는 눈치채고 있다. 게다가 자신 역시 욕망의 삼각형에 사로잡혀 있기는 마찬가지이다. 그녀의 마음속에는 남편 대신 파계승 설봉이 자리하고 있다. '부부관계'라는 악무한의 상호폭력, 그 고통스러운 이중간접화로부터 벗어나기 위해 그녀가 택한 방법은 "굳어버린 사물의 세계로 이동하는 것"이다. 그리하여 그녀는 기꺼이 에어컨이 된다.

사물이란 무기물이다. 또한 무기물의 상태란 인간을 포함해서 모든 유기체들이 태초에 누렸던 가장 안정된(전혀 에너지 유동이 없으므로) 상태였을 것이다. 그리고 우리가 알다시피 살아 있는 것들이 바로 그 무기물의 영화를 누릴 수 있는 유일한 방법은 죽음을 경과했을 때에만 가능하다. 그러므로 '사물이 된다'란 말은 곧 '죽음을 겪는다'란 말에 다름아니다. 프로이트가 그랬다. "만약 우리가 살아 있는 모든 것은 '내적인' 이유로 인해서 죽는다는 것, 즉 다시 한번 무기물이 된다는 것을 하나의 예외 없는 진리로 받아들인다면, 우리는 '모든 생명체의 목적은 죽음이다'라고 말하지 않을 도리가 없다." (프로이트, 『쾌락원칙을 넘어서』)

결국 김현주의 주인공들이 욕망의 삼각형으로부터 벗어나는 두번째 방법은 죽음이라고 할 수 있겠다. 그러나 「에어컨」을 제외하고 그들 주인공들은 무기물 상태로의 회귀를 시도하지 않는다. 이유가 뭘까? 당겨 말하자면 나머지 주인공들은 대부분 소설가들이거나 예술가들이기 때문이다.

6. 백련향을 맡지 않다

김현주의 주인공들이 욕망의 삼각형으로부터 탈출하는 마지막 방법은 '망각'이다. 모든 문제가 기억의 복원, 즉 되찾은 시간으로부터 비롯되었으니 그것들을 다시 망각의 저편으로 돌려보내면 될 것이다.「물속의 정원사」의 수연이 바로 그 방법을 택한다. 수연은 회산방죽에서 만난 정원사에게서 백련 한 송이를 얻는다. 정원사의 설명에 따르면 그 백련은 신화 속의 로토파기들이 사는 나라 게라멘터스에서 죽음을 대가로 얻어온 것이다. 이 백련의 향을 맡으면 모든 고통스러운 기억을 망각의 저편으로 묻어버릴 수 있게 된다. 수연은 바로 그 백련을 손에 넣는다. 욕망의 삼각형이 가져다준 고통스러운 기억으로부터 해방되기 위해서이다.

그러나 '다행하게도' 수연은 백련향을 맡지 않는다. 대신 기억을 버리지 않고 이겨내기로 결심한다. 수연은 망각의 영험을 가진 백련을 '나'에게 보냄으로써 고통스러운 대로 되찾은 시간과 함께 살기를 택한다. 이유는 간단하다. 그녀가 예술가이기 때문이다. 수연이 예술가인 한 기억을 버린다는 것은 예술을 버린다는 행위와 같다. 예술이란 고통스러운 기억의 승화이기 때문이다. 기억과 고통 없이 예술은 불가능하다.

그 이후, 수연이는 그들과 결별했다. 한때, 자신의 가슴을 불사르게 하던 기억을 잊고. 완전히 '몽향'의 도예가를 잊은 것은 아니었다. 그러나 이제 그들 부부의 주변을 맴돌지는 않는다. 수연을 만나는 일이 '몽향'의 '백련' 또한 괴로웠을 것이다. 결혼한 이후에도, 남편의 주위를 끊임없이 돌고 있는 수연을 대하면서 때로 그녀는 살얼음판을 걷듯 위태로웠을 것이다. 서로에게 고통뿐인 인연은 수연이 한 끝을 놓으면서 아슬하게 균형을 되찾은 것이다. 수연이는 다시 그림에 미친 듯 몰입하기 시작했다. 그녀의 애증을 포기하게 만든 것은 물 속의 정원사, 바로 그였다. 그가 수연에게 내민 백련 한 송이는 결국 내게로 왔다.(「물 속의 정원사」, 113~114쪽)

욕망의 삼각형은 "서로에게 고통뿐인 인연"이다. 그러나 백련향의 도움도 없이, 수연이 그 악연의 한 끝을 놓는 순간, 평화가 되돌아온다. 대신 수연은 "다시 그림에 미친 듯 몰입하기 시작"한다. '승화'란 이런 경우에 쓰는 말일 것이다. 삼각형의 욕망에 고통스럽게 허비되던 리비도가 그녀의 그림 속에서 예술로 다시 태어난다. 망각에 의지해서 저주받은 집과 정원으로부터 도피하는 대신, 수연은 예술에 의지해서 되찾은 시간들을 긍정하고 그것이 주는 고통을 돌파하기로 작정했다. 그녀가 예술가인 이유이다. 그리고 김현주가 소설가인 이유도 여기에 있다. 김현주는 자신의 주인공들이 쉽사리 망각 속으로 도피하지 못하게 함으로써 고통스럽지만 소설들을 써낸다. 제대로 된 소설가들이 다 그렇듯이 김현주 소설의 양분 또한 고통과 기억이다.

아마도 지라르의 말은 맞을 것이다. '인간의 구원과 소설가의 구원은 같은 것이다.' 그러나 쉽게 구원받은 소설가는 더이상 소설가가 아니다. 왜냐하면 되찾은 시간으로부터의 구원은 죽음의 순간에만 오거나(프루스트의 마르셀이나, 세르반테스의 돈키호테와 같이), 망각의 순간에만 오는 것인데, 어떤 경우가 되었건 소설가로서는 종말일 것이기 때문이다.

(2003)

기억에 들린 사람들
—한동림 소설 『유령』

1

벤야민에게서와 마찬가지로 한동림의 주인공들에게도 과거는 "구원을 기다리고 있는 어떤 은밀한 목록"이다(「역사철학테제」 2). 한동림의 소설은 대개 바로 그 '구원을 기다리고 있던 과거'가 현재의 어떤 순간 속으로 비집고 들어와, 일상적인 시간의 연쇄에 파열을 내는 장면으로부터 시작된다. 이때 과거에 침입당한 현재의 한 순간은, 잊혀졌던 기억들과 상처와 의미들이 '현현'하는 이질적이고 충만한 시간으로서의 '현재시간Jetztzeit'(「역사철학테제」 14)이 된다. 전혀 동질적이거나 공허하지 않은 이 시간, 의미로 가득 찬 이 시간이 한동림의 소설 속에서 출현하는 장면들은 다음과 같다.

장면 1. 여관방 침대 위

<u>해묵은 기억 저편에서,</u> 진형은 며칠째 시달리고 있는 독감 때문에 기침을 쿨럭거리며 현관에 들어서고 있었다.(「유령」, 13쪽)[19)]

장면 2. 자신의 송별식 장소(창신동 '환희')를 전해 듣는 순간

술에 취해 오르던 고갯길, 잿빛 시멘트 포도 위로 눌어붙는 절망감, 강파른 경사면을 타고 헐떡거리는 쉬어빠진 노래와 허탈한 침묵, 그리고 성급한 입맞춤과 수줍은 애무까지, 나는 <u>어두컴컴한 다락 속에서 먼지를 뒤집어쓰고 묻혀 있던 빛바랜 사진첩을 들추듯 아스라한 시간 저편에 단편적으로 존재하는 기억의 편린들을 건져올렸다.</u>(「빛바랜 흑백사진 속의 새벽 새」, 64~65쪽)

장면 3. 목불을 깎다가

파드드득.
상념에 잠겨 있던 평섭은 <u>문득 기억 저편에서</u> 여린 날갯짓 소리를 들었다.(「피어나는 산」, 85쪽)

장면 4. 폭설과 어둠 속에 조난당한 산행길

그녀는 이번 산행을 계획하는 순간부터 어떤 심상찮은 예감에 사로잡혀 있었다는 사실을 기억해냈다. 아니, 그 이전부터였는지도 모른다. 그

---

19) 이 글에서 인용한 한동림의 작품은 모두 『유령』(문학동네, 2004)에 수록되어 있다.

녀는 시간을 되짚어올라가며 기억을 더듬기 시작했다.(「조난」, 126쪽)

장면 5. 대낮 재개봉관

사내의 움직임을 숨을 죽이고 지켜보고 있던 그는 갑자기 후두둑 진저리를 쳤다. 불현듯 눈앞에 떠올랐다가 사라져가는 기억의 편린들이 있었다.(「변태 시대」, 155쪽)

장면들은 더 늘어날 수도 있다. 그러나 매 장면에서 '기억'을 수식하는 상투적인 관형어들('해묵은' '아스라한' '어두운')에 대해서는 신경 쓸 바 아니다. 중요한 것은 '불현듯'이나 '문득' 등과 같은 부사들이다. 기억들은, 경고도 없이 아주 사소한 핑곗거리 하나만 발견되어도 일상의 시간에 거대한 파열을 내며 무의식의 머나먼 저장고로부터 의식 속으로 '불현듯' '문득' 회귀한다. 어떤 시간, 어떤 장소에서도 돌연히, 아무렇게나, 현재 속으로 비집고 들어온다.

이제 막 애인과 격렬한 정사를 마치고 누워 있는 여관방의 침대 위로도(「유령」), 고단한 노동을 마치고 귀가하는 버스 안으로도(「귀가」), 술취한 자가 홀로 〈빠삐용〉을 보고 있는 삼류 재개봉관의 어둠 속으로도(「변태 시대」), 난생 처음 조카들을 만나는 감격스러운 순간에도(「핏빛 바다」), 폭설과 어둠에 갇힌 산 속으로도(「조난」), 겨울 산사에서 목불을 깎던 중에도(「피어나는 산」)…… 그것이 한동림의 소설인 한 예외는 없다.

그 순간, '현재'는 '잃어버린 시간'들이 마들렌 과자의 도움도 없이 밀어닥치는 충만한 특이점이 된다. 그렇다면 한동림의 주인공들에게 그들이 살고 있는 현재시간이란 예외 없는 '비상사태'이다(「역사철학테제」 8). 언제, 어떻게, 공습경보도 선전포고도 없이 구원받지 못한 기억들의 융단 폭격이 가해질지 알 수 없는 상태, 한동림의 주인공들은 그런 상태를 산다. 그런 의미에서 그들은 모두 기억에 들린 자들이다. '어두운 기억 저편'으로 유폐당했던 괴물은 시간에 파열이 생기기를, 그리하여 의식 속에서 당당하게 구원받기를 절치부심 기다려왔던 것이다.

2

이 소설집에 실린 여덟 편의 작품 모두가 취하고 있는 시간적 '교차 서술'의 형식 또한 그렇게 이해되어야 한다. 일단 과거가 현재의 한 순간을 비집고 들어오기 시작하면 현재는 과거와 뒤엉킨다. 현재는 과거의 반복이나 변주가 되고 과거 또한 현재와 유비적으로 나란히 재배열된다. 그리하여 결국에는 과거와 현재의 구조적 상동성이 드러난다. 「귀가」를 예로 들어보자.

나는 게슴츠레 실눈을 뜨고서 아낙의 옆얼굴을 훔쳐보았다. 검게 그을린 피부는 탄력을 잃어 잔주름이 져 있었고 눈가에는 굵은 주름이 잡혀 있었다. 마흔은 넘겼을까. 모진 세파에 시달린 탓에 실제보다 훨씬 나이 들어 보이는 초췌한 얼굴…… <u>나는 문득 내 가슴속에 각인되어 있는 낯익은 얼굴을 떠올렸다.</u>
어머니는 불 꺼진 거실에 정물처럼 앉아 있었다. (「귀가」, 36쪽)

귀갓길 버스 안에서 용현은 우연히 불구인 아들을 업고 차에 오른 사십대의 아낙을 목격한다. 그리고 '문득', 그 아낙의 초췌하고 가난한 행색으로부터 '가슴속에 각인되어 있는 낯익은 얼굴' 하나를 떠올린다. 그 얼굴은 어머니의 얼굴이다. 바로 이 순간이 과거와 현재가 중첩되는 특이점이다. 일순 무대가 과거로 바뀌면서 불 꺼진 거실에 정물처럼 앉아 있는 어머니에 대한 기억이 서술되기 시작한다. 이어서 현재와 과거의 교차 서술이 진행되면 차차 자신의 형 또한 불구였음이, 그리고 불구인 형으로 인해 어머니가 평생을 지고 살아야 했던 자책감의 강도가 드러날 것이다.

그리하여 소설의 말미에 이르면 결국 현재시간에 버스 안에서 연출되고 있는 기이한 삼각구도(나-아낙-아낙의 불구 아들)가 과거의 기억 속에서 형과 나와 어머니가 만들었던 삼각구도(나-어머니-불구인 형)와 구조적 상동관계에 있음이 밝혀진다.

물론 이때의 과거, 프로이트의 '가족 로맨스'를 연상시키는 유년기의 기억은 구원받지 못한 채 무의식 저편으로 유폐되어버렸던 것이다. 역으로 얘기하면 언제든 핑계만 주어지면 의식의 전면으로 부상하여 구원받기를 학수고대하고 있던 과거이다. 그러던 차에 바로 그 귀갓길의 버스 안에서 기억 속의 구도와 유사한 삼각구도가 형성되었던 것이다. 기억이 기회를 놓칠 리 없다.

기억은 구원받기를 시도한다. 제 주인과의 오래된 원한관계를 청산해야 하는 것이다. 그리하여 버스 안은 현재의 유사한 구도를 빌려 과거의 기억이 분출하고, 구원받는 시간의 특이점이 된다. 소설의 말미에 용현이 어머니의 형에 대한 편애를 연민이 가득 어린 어조로 이해하게 되는 사정, 즉 기억과의 화해에 이르고, 그와 함께 억압받았던 기억 역시 구원받게 되는 과정이 이와 같다.

동일하게 과거와 현재의 중첩과 교차가 「핏빛 바다」에서도 나타난다.

"아버지가 이렇게 때리더냐?"

명한은 여러 차례 심호흡을 한 뒤에야 간신히 정신을 가다듬고 아이들에게 그렇게 물을 수가 있었다. 아이들이 주눅든 표정으로 고개를 끄덕이는 것을 지켜보던 명한은 다리에 힘이 풀려 무너지듯이 그 자리에 주저앉고 말았다.

수십 년이라는 세월을 되짚어, 유년의 어두운 기억 저편에 묻혀 있던 흉측한 괴물이 되살아나고 있었다. 그 괴물이 내뿜는 시금털털한 숨결이 느껴지는 순간, 망각 속에 잠겨 있던 공포가 수면 위로 떠올라서 명한의 숨통을 조여왔다. 달아나고 싶어도 발걸음조차 떨어지지 않던 그 공포 앞에서 그는 바짓가랑이에 오줌을 싸지르면서 울부짖었다. 손바닥을 비벼대며 '아버지, 살려주세요. 아버지, 제발 용서해주세요' 하고 숨넘어가는 목소리로 목청껏 소리쳤다.

"밥은? 너희들 밥은 먹었어?"(「핏빛 바다」, 203~204쪽)

주인공 명한은 현재 정신병원에서 김박사와 상담중이다. 소설 내내 현재시간에 해당하는 김박사와의 상담 상황과, 과거시간에 해당하는 명한의 발언 내용이 교차 서술된다. 게다가 상담 내용인 과거 사실들 또한 다시 근과거(형을 다시 찾았던 장년기)와 대과거(자신이 아버지를 죽였다고 믿고 있는 유년기)로 재분할되면서 교차한다.

위의 인용문은 근과거, 즉 아직 정신병원에 입원하기 전 장년의 명한이 십 수년만에 형의 집을 찾아 조카들을 처음 만나는 장면에 해당한다. 조카들의 몸에 든 시퍼런 멍들을 보는 순간, 근과거는 순식간에 대과거와 중첩된다. 형과 아버지와 내가 맺었던 폭력의 삼각구도가 형과 나와 조카들의 삼각구도와 겹쳐지는 것이다. 이번엔 형이 가해자, 바로 그 삼각구도의 맨 꼭대기에 놓여졌을 뿐 달라진 것은 없다. 이 순간 역시 두 시제가 공존하는 일종의 시간의 특이점이 되는 것은 당연한 이치다.

한동림의 모든 소설에 이와 같은 시간의 특이점이 존재한다. 그리고 특이점이 형성된 직후부터 과거와 현재는 교차 서술된다. 시간이 중첩되었기 때문이다. 「유령」에서는 인숙과 어머니와 유령이 맺고 있는 현재의 삼각구도가, 진형과 할머니와 할머니의 유령이 맺었던 과거의 삼각구도와 중첩된다. 당연히 시간적 교차 서술은 필연적이다. 「빛바랜 흑백사진 속의 새벽 새」에서는 현재의 영훈과 그를 유혹하는 여자와 '단란주점 환희'와 산사나무 꽃 등이 과거의 영훈과 은주와 '다방 환희', 그리고 은주의 고향집 산사나무 열매 등과 상동구조를 이루며 중첩된다(그러나 구조의 분석만으로 이 소설의 아름다움을 다 말할 수는 없을 것이다). 역시 시간적 무대는 자주 교차된다. 「피어나는 산」에서는 과거의 박새 소리와 수원댁과 평섭의 삼각구도가 현재의 낯선 여인과 황학산 들개 소리와 목불장이 평섭의 삼각구도로 다시 변주된다. 게다가 장영감의 기억 속에 보존되어 있는 삼각구도 또한 평섭의 삼각구도와 그다지 다르지 않다. 그에 따라 서술의 시제 또한 교차한다.

다른 작품들에서도 이와 같은 시간의 중첩과 시간적 교차 서술을 찾기란 어려운 일이 아닌바, 한동림의 소설은 요컨대 내용에 있어서도 형식에 있어서도 두 개의 시간대가 하나로 겹쳐지는 시간의 특이점이라 할 만하다.

그리고 이와 같이 어떤 순간에 복수 시간대의 기억이, 혹은 두 시간의 계열체가 중첩되어 있다면 그 순간이 누리게 되는 '의미' 또한 증폭되는 것이 당연한 일이다. 물론 이때 증폭되는 의미는 단순히 양적인 증폭을 초과한다. 주체의 '사고는, 그것이 긴장으로 충만된 사실의 배열 속에서 갑자기 정지하는 바로 그 순간에 그 사실의 배열에 충격을 가하게 되고 또 이를 통해 사고는 하나의 단자로서 결정화'(「역사철학테제」17)되기 때문이다.

기억들의 급작스런 침입으로 거의 정지 상태에 이른 현재는 과거의
사실들을 그대로 반복하는 것이 아니라 재배열하고 재구성하게 되며,
그럼으로써 단편적이었던 기억들이 현재와 여분 없이 밀착된 채 충만한
의미로 가득 차게 된다. 라이프니츠적인 최소 우주, 곧 '단자(monad)'
란 그런 의미일 것이다. 그렇다면 예외 없이 현재와 과거가 중첩되는
시간의 특이점들로 이루어진 한동림의 소설들은 현재 시간의 모나드화
에 대한 기록이자 그 결과물에 해당한다.

3

소설의 결말은 모두가 되찾은 시간이다.
— 르네 지라르

이제 현재의 어떤 순간으로 몰아닥친 기억의 내용이 궁금해진다. 예
상할 수 있는 바이지만, 한동림의 주인공들에게 모든 기억은 억압당한
상처, 혹은 구원받지 못한 심리적 외상들이다. 그렇지 않고서야 댐에
난 파열구로 들이닥치는 물길처럼 그렇게 막무가내일 수는 없을 것이
다. 억압당한 것들은 반드시 귀환한다는 법칙(프로이트, 「성욕에 관한
세 편의 에세이」)은 한동림의 주인공들에게도 예외일 수 없다.

물론 억압의 이유는 (대개의 심리적 억압이 다 그렇듯이) 프로이트적
인 용어로 설명이 가능하다. 가령 「핏빛 바다」에서 명한이 내내 억압하
고 있던 기억은 '부친 살해'와 관련된다. 폭력으로 어머니를 가출하게
하고, 자신과 형을 무지막지하게 학대한 아버지, 그리하여 기억 속에서
(환상에 불과했음이 밝혀지긴 하지만) 내가 숨을 끊어놓았던 바로 그 아
버지에 대한 기억이 명한을 사로잡고 있다. 「귀가」에서 억압된 기억은

'어머니'와 관련된다. 불구가 된 형만을 아들로 여겼던 어머니, 죽는 순
간까지 용현 자신의 이름보다는 형 '용민'을 불렀던 어머니, 그리하여
심지어는 용현으로 하여금 형의 '불구'를 오히려 욕심내게 했던 바로
그 어머니에 대한 원한이 기억 한가운데 가로놓여 있다. 설사 이와 같
은 '가족 로맨스'가 「유령」에서처럼 할머니의 시신에 대한 '네크로필
리아(necrophilia)'의 형태로 변형되어 나타나든, 「변태 시대」에서처럼
죽은 아내에 대한 죄책감으로 나타나든 사정은 별반 달라질 게 없다.
그의 대부분의 소설에서 부친은 항상 부재중(심지어 할머니의 장례식장
에서도)이고, 어머니는 항상 학대받거나 고난받으며, 그에 따라 부친에
대한 묘사는 대부분 증오와 무시의 어조를 띠고 있고, 어머니에 대한
묘사는 반대로 연민과 공감의 어조를 띠고 있다는 사실에는 변함이 없
기 때문이다. 요컨대 한동림의 주인공들이 억압한 기억의 핵심에는 프
로이트적인 의미에서의 '가족 로맨스'가 도사리고 있다. 그렇지 않고
서야 그것들이 억압될 이유는 달리 없었을 것이다.

그렇다면 한동림의 소설에 매번 등장하는 시간의 특이점들은 또한
기억이 억압의 사슬을 풀고 의식과 화해를 시도하는 지점들이라고도
말할 수 있겠다. 오이디푸스적 상황이 각인된 기억들이 내내 억압되어
있다가 시간의 특이점이 형성되는 순간 의식으로의 복귀를 시도한다.
즉 구원받기를 시도한다. 물론 구원의 시도는 대부분 성공한다. 왜냐하
면 지라르의 말대로 소설의 결말이란 '되찾은 시간', 즉 잃어버린 시간
과의 화해이기 때문이다.

그리하여 「귀가」는 용현이 기억 속의 어머니(그리고 형)와 화해하면
서 끝나고,

장례식이 끝나고 내 쪽에서 형과 연락을 끊어버린 것도 어머니의 사랑
과 관심을 송두리째 앗아가버린 형에 대한 증오 때문이었으며, 그 증오

는 내게 관심을 줄 만한 여력이 없었던 어머니에 대한 구애였음을 알게
되었다.(「귀가」, 58쪽)

「빛바랜 흑백사진 속의 새벽 새」는 은주의 죽음에 대한 영훈의 고해
로 끝난다.

　　나는 새벽인 줄 몰랐어요. 사위를 뒤덮은 그 어둠이 영원히 지속되리
라고 생각했죠. 할 수만 있다면 변절하고 싶었어요. 할 수만 있다면 도망
치고도 싶었구요. 하지만, 내가 할 수 있는 것은 그 조그만 셋방에 틀어
박혀 숨어 있는 것뿐이었어요.(「빛바랜 흑백사진 속의 새벽 새」, 84쪽)

「피어나는 산」은 수원댁에서 산사에 찾아든 낯선 여자로의 환유를 거
쳐 모든 여자들의 결정체로서의 '관음상', 즉 화해로서의 예술작품이 완
성되면서 마무리되고,

　　여자가 거기에 서 있었다. 목걸이, 귀걸이, 팔찌, 영락(瓔珞) 등으로
화려하게 몸치장을 하였고 머리에 관을 썼으며 한쪽 손에 활짝 핀 연꽃
을 꺾어들고 있었다. 서글픈 눈매와 얄긋한 입술, 동그스름한 어깨에 걸
쳐입은 날아갈 듯한 천의(天衣), 그 너머로 엷게 비쳐 보이는 풍만한 젖
가슴과 허리에서 둔부로 이어지는 가냘픈 선, 아! 여자는 금방이라도 살
아 움직일 것만 같았다.(「피어나는 산」, 112~113쪽)

「조난」은 내내 하산하던 현숙이 박선배의 기억과 화해하기 위해 산꼭
대기로 발길을 올려놓으면서 마무리된다.

　　문득 그녀는 히말라야 정상에서 잃어버렸던 것을 어쩌면 저 꼭대기에

서 찾을 수 있을지도 모른다는 엉뚱한 생각을 했다.

"박선배……"

현숙은 숨을 헐떡거리며 나지막하게 불러보았다. 어둠 저편에서 눈보라를 헤치며 나아가고 있는 박선배의 뒷모습이 보였다.(「조난」, 144쪽)

「변태 시대」의 경우도 마찬가지인데, '그'는 광주항쟁 때 잃은 아내의 자리를 대신 할 새로운 '그녀/그'와 입맞춤함으로써 기나긴 사후애도로부터 빠져나온다.

여자는 객석의 소란에도 불구하고 그의 어깨에 머리를 기댄 채 꼼짝도 하지 않고 있었다. 그는 여자의 고운 머릿결 위에 입을 맞추었다. 아수라장인 객석에는 아무도 그들의 입맞춤에 눈길을 보내는 사람이 없었다. 따르르르르르…… 종영을 알리는 벨소리가 길게 울었고 천장에 붙어 있는 형광등이 불이 들어오려고 불규칙하게 깜빡거리기 시작했다.(「변태 시대」, 165쪽)

모든 기억들은 어느 순간 형성된 시간의 특이점을 빌려 구원을 시도하기 전까지는 억압당하고 유폐당한 상태였다. 그러나 시간의 특이점을 경과하고 나면 그것은 프루스트적인 의미에서, 그리고 지라르적인 의미에서도 '되찾은 시간'이 된다. 의미로 충만한, 그리고 갈등은 해소되고 주인공은 해방되는, 그 '되찾은 시간' 말이다.

그렇다면 한동림의 소설들은 모두 '되찾은 시간'에 관한 기록들이기도 할 것이다.

4

프란츠 카프카냐, 토마스 만이냐.
—게오르그 루카치

　남은 얘기가 있다. 다름아니라 「핏빛 바다」와 「혹서의 계절」이 보여주는 간극에 관한 얘기, 동일한 작가의 작품으로서는 너무 이질적인 두 작품에 대한 얘기, 비유컨대 모더니즘과 리얼리즘과의 거리만큼이나 먼 곳으로 이어진, 곧 작가 한동림 앞에 놓인 두 개의 갈림길에 대한 이야기이다.

　「혹서의 계절」은 '자연주의적' (루카치적인 의미에서)이라 해도 무방할 만큼 잔혹한 가난의 세부 묘사로 이루어져 있다. 소설의 결말 또한 지난 시대 내내 우리가 익히 보아온 낙관주의를 답습한다. 요컨대 이 소설은 한창림의 리얼리즘적 경향을 대변하는 작품이다. 반면 「핏빛 바다」는 정신의학적 추리소설(만약 이런 게 있다면)이라 칭해도 무방할 만큼 정신병리의 소설화에 깊게 침윤되어 있다. 이 두 작품을 만약 각각 다른 지면에서 읽었다면 이 한동림이 그 한동림인가 할 정도로 두 작품은 상이하다. 무슨 연고인가?

　당겨 말하건대, 이 두 작품은 한동림 소설의 양극단이다. 다른 말로 하자면 한동림 소설의 쾌락원칙과 현실원칙이다. 과거와 현재가 중첩되는 두 시간대의 전투에서 기억이 승리를 거둔 작품이 「핏빛 바다」라면 현재가 완벽하게 기억을 통어하고, 그 분출 자체를 억압함으로써 시간의 특이점이 주는 불안한 풍요로움을 거세해버린 작품이 「혹서의 계절」이다.

　이항대립은 하염없이 늘어날 수 있다. 주관에 대해 객관이 승리를 거둔 작품이 「혹서의 계절」이라면, 객관에 대해 주관이 승리를 거둔 작품이 「핏빛 바다」이다. 한동림의 모더니즘이 「핏빛 바다」라면, 한동림의 리얼리즘은 「흑서의 계절」이다. 「흑서의 계절」이 한동림의 모계소설이라면, 「핏빛 바다」는 한동림의 부계소설이다.

왜 그런가? 작품을 살펴보자.

「핏빛 바다」의 경우 특이점에서 재배열되고 재구성된 기억들이 현재와 화해하는 수준에서 구원에의 시도를 멈추지 않는다. 기억이 현실을 압도한다. 과거가 오히려 현재를 재배치한다. 그리하여 오래된 소망(오이디푸스적 특징을 보이는)이 '가상적으로' 실현된다. 즉 '형을 죽인' 현재를 '아버지를 죽이고 싶었던' 과거가 압도함으로써, 이제 기억들의 쾌락원칙이 현실원칙을 초과해버리는 사태가 발생한다. 환상이란 '소망의 충족'이 아니던가? 그리하여 객관이 원한과 소망으로 가득 찬 주관에 의해 채색되고 가공되고 압도당한 채 왜곡된다. 김박사의 다음과 같은 대사가 이 모든 사실을 명약관화하게 밝혀준다.

"그날 배 위에서 아버지를 죽일 수 없었던 자신의 용렬함과 소심함을 최선생은 오랫동안 자책해왔을 겁니다. 아버지의 폭력에 심하게 노출될수록, 형이나 어머니에 대한 그리움이 사무칠수록, 그 자괴감은 회복하기 어려운 상처로 자라났을 겁니다."(「핏빛 바다」, 214쪽)

그리하여 이 작품은 프로이트의 여러 용어들(오이디푸스 콤플렉스, 전이, 투사, 이차가공, 가족 로맨스 등등)을 동원 가능하게 하고, 사회적 사실보다 심리적 사실의 결정성을 용인하게 하며, 총체성보다 파편화된 정체성에 대해 숙고하게 만드는 이른바 '모더니즘적' 텍스트가 된다. 이제 첫 소설집을 낸 작가 한동림이 고려해야 할 첫째 갈림길은 그러므로 상당히 '모던하다'고 할 수 있겠다.

그러나 작품 「흑서의 계절」은 완전히 딴판이다. 이 작품의 경우 예의 그 특이점 자체가 거의 눈에 띄질 않는다. 즉 기억들이 억압의 장벽을 넘어 현재의 어느 순간으로 침입하는 계기 자체가 존재하지 않거나 아주 희미하게만 존재한다. 고작해야 한 달 전 며느리의 죽음만이 구원을 기다리는 기억이라면 기억이다. 그러나 그 기억은 이미 현재의 일부를 구성하고 있다. 소설의 무대가 되는 '현재'가 사실은 한 달 전 며느리 옥순의 죽음으로부터 시작되었기 때문이다. 현재와 전혀 단절 없이 현재에 막대한 영향력을 행사하고 있는 과거 사실을 '기억'이라고 부르기는 곤란하지 않겠는가!

그리하여 기억은 특이점을 경과하지 못하고 오로지 압도적인 현실만이 존재하는 세계가 「혹서의 계절」의 세계이다. 「핏빛 바다」와는 반대로 현실이 기억을 압도한다. 정확히는 현실의 가난이 너무나 압도적이어서 기억을 재배치할 겨를이 없다. 그리하여 소설 말미의 화해는 다음과 같다.

"아, 여보세요?"

빵공장으로 전화를 건 사내는 김노인을 향해 눈을 찡긋해 보였다.

"누구니? 이름이 뭐야? 슬기? 그래, 아버지는? 배달 가셨다구?"

김노인은 쓰러졌던 사람답지 않게 자리에서 벌떡 일어났다. 후들거리는 다리에 안간힘을 주며 그 전화기 나 좀 바꿔달라고 사력을 다해 목소리를 쥐어짰다.

"헬미다. 오냐, 밥은 묵었냐?"

'아빠가 짜장면 사줬어요' 하는 슬기의 목소리가 수화기 저편에서 흘러나오자 김노인은 뱃속 깊은 곳에서부터 뜨거운 것이 울컥 솟구쳐올라오는 것을 느꼈다.(「혹서의 계절」, 247~248쪽)

화해는 이루어졌다. 그러나 그 화해는 한동림의 많은 소설들과 달리

기억과의 화해가 아니다. 외부적 현실 자체와의 화해다. 소망 또한 충족되어졌다. 그러나 그 소망은 오래된 유년기의 소망, 환상으로 실현되거나 병리적으로 실현되는 오이디푸스적 소망이 아니다. 그 소망은 오로지 손주들에 대한 염려와 생활고에 대한 불안의 해소이다. 현실원칙의 승리가 실현되고 전형적인 리얼리즘적 결말 또한 실현된다. 현실은 모든 기억을 압도한 채 그 절대적 가치를 재확인한다.

그리하여 이 작품은 프로이트보다는 루카치의 용어들을 동원 가능하게 하고, 심리적 사실보다 사회적 사실의 결정성을 용인하게 하며, 파편화된 개인의 정체성보다 가난과 생활고로 점철된 사회적 문제들에 대해 숙고하게 만드는 이른바 '리얼리즘적' 텍스트가 된다. 이제 첫 소설집을 낸 작가 한동림이 고려해야 할 두번째 갈림길은 그러므로 상당히 '리얼하다'.

작가 한동림이 어느 길을 택할 것인지, 그리하여 어느 길이 '가지 않은 길'로 남게 될지는 두고 볼 일이다. 게다가 해설자가 주제넘게 참견할 일이 아니기도 하다. 다만 이 두 작품 모두 한동림 소설의 양극단에 있는 만큼 둘 사이에서 다양한 스펙트럼을 보여주고 있는 중간 형태의 다른 작품들에 비해 위험스러워 보인다는 지적만은 해둘 필요가 있겠다. 이 두 작품은 「유령」에서 보여준 성과 죽음, 혹은 개체의 불연속성과 종족의 연속성 간의 변증법(바타유의 주제와 상당히 유사한)에 대한 탐구보다 깊지 못하며, 「귀가」보다 애틋하지도, 「빛바랜 흑백사진 속의 새벽 새」만큼 아름답지도, 그리고 「변태 시대」만큼 처절하지도 못하다.

역으로 말하자면 양극단에 있어서 위태로운 두 작품을 제외하면 한동림의 작품들에 태작은 없다. 한동림이 지금 이미 들어서 있는 것처럼 보이는 세번째 갈림길 얘기다.

(2004)

초자아 마르크스주의

― 손석춘 장편소설 『아름다운 집』 『유령의 사랑』

1

손석춘의 두 소설 『아름다운 집』과 『유령의 사랑』은 마르크스, 그리고 사회주의 이념의 '소설적' 복원 시도이다. '구'좌파(이제 살펴보게 되겠지만 그는 확실히 '오래된' 좌파이다) 지식인이자 언론인이며, 뒤늦게 문학의 길에 들어선 작가로서 그는 마르크스와 사회주의를 '유령' 취급하는 작금의 상황이 몹시도 못마땅했던 모양이다. 그리하여 '가상 역사소설'이라 부를 만한 장르적 관습을 빌려와 사회주의와 마르크스가 아직 죽지 않았으며, 21세기에도 여전히 필요하고 유효한 사상이자 사상가임을 천명한다. 두 소설의 결론은 동일하다. 『아름다운 집』의 이진선은 기나긴 사회주의 혁명가의 길을 자살로 마무리하기 전 다음과 같은 기록을 남긴다.

소련을 비롯한 사회주의 국가들의 붕괴현상은 사회주의 고전들로 설명이 가능하다.

혁명은 아직 조건이 성숙되지 않은 곳에서 일어났으며, 마르크스와 엥겔스는 모두 그럴 경우 사회주의가 왜곡될 가능성을 이미 당시에 경고했다. 따라서 사회주의 붕괴로 사회주의 사상 자체의 오류가 드러난 것은 결코 아니다. 아니, 더 엄밀하게 말한다면 소련의 붕괴는 사회주의 고전적 사상가들의 혜안을 오히려 입증해준다.

혁명의 역사엔 비약이 없다는 것을, 혁명의 길엔 쉴 손이 없다는 것을 다시 뼈저리게 깨우치고 있다.(『아름다운 집』, 374~375쪽)[20]

그리고『유령의 사랑』의 말미에, (다소 황당하게) 무덤으로부터 불려나온 마르크스는 이렇게 말한다.

"자, 이제 하나하나 되짚어봅시다. 먼저 귀하의 말 가운데 정정해야 할 대목부터 지적하겠소. 영국·프랑스·독일에서 혁명이 따르지 않을 때 러시아혁명이 파국을 맞을 것은 과학적으로 충분히 예견할 수 있었던 일 아니오? 실제로 내가 이미 그런 분석을 내놓았지 않았나요? 그러므로 그걸 근거로 삼아 과학적 공산주의가 공상이라고 비난하는 것은 걸맞지 않소. 정반대요. 오히려 과학적 공산주의 이론의 타당성을 입증해주는 것 아니겠소?"(『유령의 사랑』, 289쪽)

요컨대 현실사회주의의 붕괴가 손석춘의 마르크스주의에 어떤 흠집을 내지는 못했던 모양이다. 손석춘에게 마르크스는 여전히 과학이다. 그것도 오히려 현실사회주의의 붕괴를 통해 더더욱 그 진실성이 입증된 과학이다.

---

20) 이 글에서 인용, 참조한 텍스트는 다음과 같다. 손석춘,『아름다운 집』, 들녘, 2001 ; 손석춘,『유령의 사랑』, 들녘, 2003.

2

문학평론가 직함을 가진 필자의 입장에서 마르크스주의가 아직도 이론적 정합성을 갖는 것인지, 여전히 사회주의는 실현 가능한 것인지에 대해 사회과학적 용어들을 빌려 왈가왈부할 처지는 아닌 듯하다. '과학'이라는 오만한 단어에 항상 따라붙는 의심스러움에 대해서도 일단은 접어두기로 하자. 다만 손석춘이 위와 같은 완고한 결론을 내리기 위해 동원한 소설적 장치들에 대해서는 할말이 있을 법도 하다. 엄밀한 의미에서 손석춘의 두 작품은 '소설적'인가?

제아무리 실제 기록들을 주재료로 삼고 있고, 서사(narrative)보다는 연대기 형식을 취하고 있다 하더라도 그것이 허구의 옷을 입고 있는 한 '소설'임에는 틀림없다. 이진선이란 이름의 사회주의자를 실존했던 인물로 착각할 독자도 없겠거니와, 마르크스와 하녀 데무트의 사랑에 대한 손석춘의 '이야기'는 재고할 필요도 없이 '허구적'임에 틀림없다. 그러니 손석춘의 두 작품을 일단 소설이라고 하는 데에는 별반 무리가 없어 보인다. 그러나 인물들의 형상화에 주의를 돌려보면 사정이 달라진다.

당겨 말하건대, 손석춘의 주인공들은 전혀 '소설적'이지가 않다. 가령 노스럽 프라이가 자신의 역저 『비평의 해부』에서 소설을 '하위 모방'의 장르로 분류할 때, 혹은 근대적 소설가의 효시를 이룬다고 하는 세르반테스가 자신의 주인공 돈키호테를 그처럼 어리석기 그지없는 장삼이사 중 하나로 형상화할 때 염두에 두었을 법한 소설적 특징들이 손석춘의 소설에서는 전혀 등장하지 않는다. 말을 바꾸면 손석춘의 주인공들에게서는 (우리들 자신과 별반 다를 바 없는) 사람 냄새가 나질 않는다.

그런 점에서 손석춘의 소설은 오히려 '비극'에 가까운데, 프라이는 비극을 '우리보다 탁월한 인간들이 보여주는 조악한 현실세계와의 파국적 갈등'으로 정의한다. 그 말은 곧 손석춘 소설의 주인공들이 다소 시대착오적이라는 말과 통한다. 현대란, 더더군다나 문학적 현대란 더 이상 영웅들을 믿지 않는 시대이기 때문이다.

『아름다운 집』의 이진선, 신여린, 최진이, 박헌영, 김삼룡 등의 주인 공들에게는 어떠한 개성도 존재하지 않는다. 그들은 하나같이 순수하고 헌신적이기만 해서 마치 고소설의 착한 주인공들(가령 홍길동이나, 콩쥐와 같은)처럼 현실감이 없다.『유령의 사랑』의 데무트도, 마르크스도, 하인리히도, 예니도 마찬가지이다. 심지어 손석춘의 소설에서는 거의 유일한 악역인 류선일마저도 그렇다. 그들에게 갈등이란 가난이라든가 정치적 탄압, 혹은 일인독재체제 등과 같은 외부 대상과의 사이에서만 일어날 뿐, 각자의 내면에서는 결코 일어나는 법이 없다. 설사 일어난다 하더라도 '초자아(super-ego)'의 강력한 출현에 의해 자기 징벌적으로 해소되거나, 그보다 고상하게는 사회주의라고 하는 '대의'에 의해 이내 효과적으로 억압되어버린다. 가라타니 고진의 어법을 빌리자면 현대란 곧 '내면의 발견' 시대이다. 그렇다면 전혀 내면이 없는 이들 주인공들을 '현대적' 인물들로 보기는 힘들 것 같다.

요컨대 손석춘이 자신의 주인공 한민주의 입을 빌려 털어놓은 다음과 같은 푸념은 그리 정당해 보이지 않는다. 왜냐하면 최소한 인물들의 형상화에 관한 한 손석춘의 소설은 '소설 이전' 상태에 있기 때문이다.

하긴 죽은 게, 그리고 죽어가는 게 어찌 소설만인가. 활자 자체가 사활의 고비를 맞아 숨가쁘다. 활자에서 등 돌린 젊은 벗들은 곰비임비 화려한 화면으로 몰려갔다. 섹스·스포츠·스크린 앞에 넘실대는 사람바다 속에서 소설은 익사했다. 더구나 문단이란 본디 서로 어울리게 마련이다. 오랜 세월 신문기자로 일하다가 뒤늦게 뒷문으로 소설을 낸 늙은 새내기에 보내는 눈길은 결코 고울 수 없어 시큰둥했다.

작가로서 낙망은 물론 한 인간으로서도 절망의 늪에 빠져……(『유령
의 사랑』, 11쪽)

문단이란 본디 서로 어울리게 마련인지도 모른다. 그러나 좋은 '물
건'에 대해서마저도 배타적인 채로 시큰둥하기만 한 것은 아니다.

3

물론, 설사 '소설 이전'의 형식으로라도 마르크스가 혹은 미래의 사
회주의가 온전한 모습으로 복원되고 다시 태어날 수만 있다면, 문학적
가치 운운하면서 사치스럽게 작품의 흠이나 잡고 있을 일은 아니다. 그
러나 손석춘의 마르크스주의는 너무나도 완고한 '초자아'를 닮아 있어
서 마르크스주의의 유연화, 다른 말로 하자면 '전화'에 성공할 것 같아
보이지 않는다.

그는 마르크스를 제외한 다른 마르크스주의자들(예를 들면, 알튀세나
발리바와 같은)을 전혀 참조하지 않는다. 당연히 들뢰즈나 푸코, 데리
다, 네그리 등과 같은 '마르크스 이후'에 대해서도 일고의 여지조차 두
지 않는다. 『아름다운 집』의 이진선이 남북한뿐만 아니라 전 세계의 중
요한 정치적 사건들에 대해 꼼꼼하게 기록하면서도 프랑스의 1968년
혁명이나 한국의 1991년 5월 분신 정국에 대해서는 지극히 간략하게만
기술하고 있는 사정도 이와 관련이 있어 보인다.

현실사회주의 이후에도 마르크스가 건재함을 '주장하기는' 어려운 일
이 아니다. 완고함의 미덕만 갖추면 되기 때문이다. 그러나 마르크스의
건재를 소설적으로건 이론적으로건 '증명하기는' 어렵다. 더더군다나 마
르크스 이외의 모든 사유들에 눈을 감아버린 채로는 더욱 그럴 것이다.

예를 들어 『유령의 사랑』의 한민주가 자신의 아들 혁에게 하는 '훈화'를 들어보자.

> 아들의 말에서 이른바 가벼움을 좋아한다는 '신세대'의 취향이 뚝뚝 묻어나왔다. 가벼움은 삶의 경쾌함을 미덕으로 지니지만 동시에 경박함을 악덕으로 지닌다는 사실을 새삼 확인했다.(『유령의 사랑』, 45쪽)

> 짧은 마르크스 지식에 바탕을 둔 터무니없는 공격이었기에 솜방망이에 지나지 않았으되……(46쪽)

주인공 한민주가 아들 세대의 항변에 대해 취하는 태도는 이렇듯 단선적이고 위압적이다. 그들의 말은 짧은 지식에서 나오는 솜방망이에 불과하거나 경박한 신세대 취향이 뚝뚝 묻어나오는 경거망동으로 간단하게 치부된다. 그런 한민주에게 '아버지'란 단어는 참 어울려 보인다.
이와 유사하게 '아버지'(엄숙한 초자아는 대개 이 이름으로 불린다) 마르크스가 아들 프레디에게 하는 훈화도 있다.

> 자신의 내면에 있는 가능성을 열어젖히지도 못한 채 오락으로 삶을 탕진하고 죽음을 맞는 젊은이들을 보며 이윤 추구를 위해 도박을 부추기는 자본가들과 자본의 파괴력에 새삼 몸서리를 쳤다.(『유령의 사랑』, 245쪽)

현재의 대중문화에 대한 비유로 보이는 몬테카를로의 도박장을 둘러본 뒤 마르크스가 아들에게 언급한 내용에 해당하는 위 인용문은 너무 고전적이어서 신뢰하기조차 힘든 대중문화 비판의 예에 해당한다. 인용문을 보면서 마르크스가 현재화될 수 있을 거라는 가능성을 인정하기는 힘들어 보인다. 인용문대로라면 마르크스주의는 아도르노의 '문화산업'론(『계몽의 변증법』 4부) 이후로 문화에 관한 한 한치의 발전도 이루지 못한 셈이 되기 때문이다. 마르크스를 전혀 변화시키지 않은 채로, 마르크스가 무덤에서 걸어나오길 기대한다는 것이 가능한 것일까?

그리하여 한민주의 다음과 같은 자못 비장한 결심 앞에서도 공감이 생겨나질 않는 것은 당연해진다.

치열한 혁명의 세대. 그리고 자신들이 딛고 있는 현실이 얼마나 피투성이인지 아무것도 모르게 '세뇌' 된 젊은 세대. 그 사이에서 '혁명가의 유복자'인 내가 다리를 놓아야 한다. 다리 놓기, 그것은 핏빛 투쟁으로 역사에 헌신한 아버지 세대와 화려한 영상에 매몰된 아들 세대 사이에, 사회주의라면 무조건 '박멸'의 대상으로 '마녀 사냥' 하는 수구세력과 이데올로기의 구절구절을 교리처럼 암송하는 범속한 추종 신도들 사이에, 혁명의 철학과 혁명의 심장 사이에. 사회주의라는 유령과 실존하는 현실 사이에, 꽉 막힌 말길을 뚫는 일이다. 곧 유령에 뼈를 주고 피를 돌게 하는 길이다. 수세기 동안 배회하고 있는 유령에게 '아름다운 집'을 지어주어 이 지상에 살게 하는 길이다.(『유령의 사랑』, 357쪽)

세계가 '치열한 혁명의 세대 vs 아무것도 모르게 세뇌된 젊은 세대' '핏빛 투쟁으로 역사에 헌신한 아버지 세대 vs 화려한 영상에 매몰된 아들 세대' '사회주의를 마녀 사냥하는 수구세력 vs 범속한 사회주의 추종 신도들(사실 손석춘 자신이 여기에 속해 있는 것으로 보이는데)'이라고 하는 단순한 이분대립으로만 구성되어 있다면, 도대체 마르크스주의와 같은 '복잡한' 이론이 왜 필요한 것인지 모를 일이다. 게다가 이 양자 사이에 다리를 놓는 '혁명가의 유복자' 역할이 신파조의 주의주의(主意主義)만으로 수행될 수 있는 것인지에 대해서도 가늠이 서지 않기는 마찬가지이다.

그렇게 보면 비록 아버지에 의해 경박하다고 단죄당하고 말았지만 혁의 다음과 같은 항변이 차라리 공감을 불러일으키는 데가 있다.

"아니지요. 영어권만도 아니어요. 프랑스에서 차이 그리고 '차연'의 철학이 나온 지 벌써 얼마나 지났는지 아세요? 독일 사상가 가운데서도 마르크스보다 니체의 철학이 현대의 문제에 더 적실한 대답을 주고 있어요. 마르크스의 낡은 수사들은 당장 그럴듯해 보일지 모르지만, 그리고 차이와 개성이 없는 세상, 그것을 지향하겠다는 것은 너무나 시대착오적이죠."(『유령의 사랑』, 46쪽)

작가가 아버지 편이었으니 아들 혁의 이야기가 가진 진정성이 제대로 드러나 있지 못한 것은 당연한 일이기도 하지만, 그럼에도 불구하고 혁의 이와 같은 '경박함'이 살을 얻고 연륜을 더한다면 아버지의 오래된 마르크스주의보다 더 현실 적응력을 가지지 못하리란 법도 없을 듯하다. 굳이 브레히트의 유명한 경구('좋은 낡은 것 위에 세우지 말고, 나쁜 새로운 것 위에 세워라')가 아니더라도, 흔히 새로운 것은 '나쁜 것'이란 평가로부터 시작된다는 사실을 염두에 둘 필요도 있겠다.

4

잠시 마르크스의 하녀이자 연인이었던 데무트(이진선의 연인 최진이라도 좋다)에게 눈을 돌려보자. 필자가 내내 안쓰러웠던 것은 만약 데무트와 같은 인물이 실존했다면 그녀가 '신경증(neurosis)'에 걸리지 않기는 참으로 힘들었겠구나 하는 점이었다. 도덕적으로 마르크스를 비판하자는 얘기는 아니다. 손석춘도 바로 그 도덕의 단죄로부터 마르크스를 구해내고자 『유령의 사랑』을 쓴 것임에 틀림없으니 말이다.

소설대로라면 데무트는 평생 단 한 번의 성관계를 가졌던 셈이다. 예니가 생활고로 가출하던 때 마르크스와 맺은 관계가 그녀에게는 최초이자 최후의 성관계였다. 그날의 일로 아들을 갖게 되고 그 아들을 다른 집에 숨겨 기른다. 그러고는 그뿐, 그녀는 마치 욕망이 존재하지 않는 인간이라도 되는 듯이, 절제하고 승화시키고 헌신하고 봉사하고 존경을 다한다.

그런 일이 가능했던 것은 물론 작가인 손석춘의 인간관 덕분이다. 손석춘에게 인간은 '의지'로만 이루어져 있는 성싶다. 그의 주인공들의 육체에서는 욕망이 발현되는 순간 억압과 자기 징벌(초자아의 작용이다)이 즉각적으로 일어난다. 예를 들어, 데무트가 어떻게 자신의 욕망을 자기 징벌을 통해 해소(억압)하는지 보자.

예니헨과 투시도 전사들에게 방을 내주고 내 방으로 왔다. 칼의 딸들과 한 방에서 잠들며 엉뚱한 상상을 하기도 했다. 두 딸에게 칼의 몸이 각각 반씩 존재한다면 두 아이와 더불어 있으니 칼과 더불어 잠드는 것이 아닌가. 코뮌의 전사들이 사랑하는 가족과 동지를 잃은 슬픔으로 몸을 뒤척이는 공간에서 고작 청승궂은 망상을 펼치는 자신을 경멸하면서. (『유령의 사랑』, 176쪽)

파리 코뮌이 실패로 돌아간 후, 코뮌의 전사들이 마르크스의 집을 거처로 삼았을 때, 방이 모자란 두 딸이 데무트와 방을 함께 쓰는 장면이다. 마르크스의 분신들인 두 딸과 더불어 잠드는 행위로부터 마르크스와 잠들고 싶어하는 제 욕망을 읽어낸 데무트가 그것을 철회하는 방식이 위와 같다. 대의가 욕망을 억압한다. 혹은 욕망이 이념적으로 '승화(sublimation)'된다. 그러나 프로이트에 따르면 승화란 항상 불충분하게 일어나며, 게다가 모든 욕망이 다 승화될 필요 또한 없다. 데무트가 가여워지는 지점이 여기이다. 데무트는 자신의 욕망을 삶의 동력으로 삼지 못하고, 욕망의 억압을 삶의 동력으로 삼는다. 그녀가 실제 인물이었다면 신경증에 걸렸을 것이란 말의 의미가 이것이다. 억압된 것들은 반드시 (병으로라도) 귀환하기 때문이다.

어쩌면 현실사회주의가 결정적으로 놓쳤던 것도 이 점이었을 것이다. 욕망의 억압 위에서 이루어진 해방이란 언젠가 그 욕망의 폭발을 통해 해체될 위기에 노출된다. 욕망의 실현 자체가 해방의 과정이 되지 않고서는 뒤늦게 문화혁명이나, 사상 무장 운동을 제아무리 열성적으로 벌인다 해도 사상누각의 체제가 되지 않기는 힘들 것이다. 무의식은 의식보다도 훨씬 느리게 변하기 때문이다.

요컨대 손석춘의 인물들은 필요 이상으로 자기 억압적이고, 엄숙하다. 아버지, 즉 초자아를 닮았다. 데무트도, 최진이도, 프레디도, 한민주도(고수련과의 관계를 보라), 이진선도, 심지어는 마르크스 자신마저도 욕망의 억압으로부터만 혁명의 동력을 얻어온다. 고통스런 절제와, 금기와, 당위가 그들을 성(聖)스럽게 한다. 그러나 강화된 초자아는 항상 주체에게 병을 유발한다는 사실에 대해서는 눈감는다.

5

마르크스가 유령이 된 것은 그가 '죽었기 때문'만은 아닐 것이다. 죽어버린 모든 것이 유령이 되어 배회하고 다니지는 않기 때문이다. 마르크스를 일러 유령이라고 하는 것은 그가 '죽었음에도 불구하고' 도처에 출몰하고 있기 때문이라고 해야 맞는 말일 것이다. 사실 마르크스주의의 죽음에 일조했던 데리다로부터도, 푸코로부터도, 들뢰즈나 네그리로부터도 마르크스의 흔적을 찾는 것은 어려운 일이 아니다. 마르크스를 비판하는 이들의 사유조차 마르크스에게 빚지지 않을 수 없다는 사실 자체가 마르크스를 유령이게 한다. 원하건 원하지 않건 마르크스는 이미 '실체 없는 효과', 햄릿의 아버지보다 강력한 유령이다. 그의 사생활을 변호해주고, 그의 사유가 오류였음이 전혀 입증되지 않았다고 강변하기 전에도 그는 이미 유령이었던 것이다.

(2003)

호모 비아토르(Homo Viator), 기타

—윤대녕 장편소설『미란』, 김형경 장편소설『사랑을 선택하는 특별한 기준』,

이병천 소설『홀리데이』

1. 호모 비아토르 :『미란』[21]

믿어지지 않겠지만 윤대녕이 여행에서 돌아왔다.

어차피 돌아올 수밖에 없는 여행이기도 했다. '존재의 시원을 향한 여행'이란, 탐구의 도정 그 자체로 아름다울 수는 있겠으나, 애초부터 목적지에의 도달을 기약할 수 있는 성질의 것이 아니기 때문이다. 심리학적으로나 사회학적으로나, 혹은 개체 발생 차원에 있어서나 계통 발생 차원에 있어서나, 찬란했던 과거, 즉 '황금시대'는 복원될 수 없다. 사실상 '미학적으로도' 복원될 수 없다(미학적으로 존재의 시원을 복원하는 데에 성공했다는 말은 곧 갈등 없는 신화적 세계 속으로 도피하는 데에 성공했다는 말에 다름아니다. 서정주의 시들을 보라). 루카치가 '선험

---

21) 이 글에서 인용, 참조한 텍스트는 다음과 같다. 윤대녕,『미란』, 문학과지성사, 2001 ; 윤대녕,『많은 별들이 한 곳으로 흘러갔다』, 생각의나무, 1999 ; 김형경,『단종은 키가 작다』, 고려원, 1991 ; 김형경,『사랑을 선택하는 특별한 기준』, 문이당, 2001 ; 김병천,『홀리데이』, 문학동네, 2001.

적 고향 상실성' 운운할 때부터 그러했다.

주객이 분열되기 이전, 아버지를 닮은 언어가 충만한 자아를 갈기갈기 찢어놓기 이전의 포만상태라거나, 넵투누스가 항해를 돕고, 신탁이 미래를 지시하던 시절 같은 것은 한 번도 존재해본 적이 없었거나, 존재했었다 하더라도 이제는 결코 되불러올 수 없는 먼 과거에 속한다. 현대란 그런 시대이다. 그리고 현대에 성인이 된다는 것은(특히 라캉 이래로) 그 복귀 불가능성을 인정하게 된다는 것이다. 이제 황금시대로의 복귀 욕구란 거개가 '기원의 형이상학'의 일종에 불과하거나, 오늘의 파편화되고 물화된 실존적 정황에 대한 보상심리의 '투사(投射)'일 뿐이다.

그럼에도 더러 무모하게 그 복원을 향한 여행을 떠나는 이들이 있긴 한데, 물론 바로 그 무모함이 그들의 시도에 미학적 자질을 부여한다는 사실은 부인할 수 없다. 그간 윤대녕의 소설이 그토록 아름다웠던 이유 중 하나가 바로 거기, 그 여행의 '무모함'에 있다. 자명한 실현 불가능성을 부인하고 근 십여 년을 '존재의 시원'을 찾아 길 위를 떠도는 동안, 그는 무척이나 아름다웠다. 설사 그들 모두가 여행의 목적지에 도달하여 자신의 '시원'과 생생하게 맞대면하지는 못했다 할지라도, 그의 모든 주인공들이 가진 소리와 빛에 대한 예민한 감수성이 아름다웠고, 여자, 달, 꽃, 죽음, 물 등의 신화적 이미지들과 교합할 줄 아는 그의 언어들이 아름다웠다. 그중에서도 특히 『많은 별들이 한 곳으로 흘러갔다』에 실린 여러 단편들이 아름다웠다.

그러나 안타깝게도 그 이후로 그보다 아름다운 소설들을 윤대녕은 써내지 못했다(물론 다른 소설가들도 그보다 아름다운 소설들을 써내지는 못했다). 거기에는 몇 가지 사정이 있었으리라. 우선 그가 『많은 별들이 한 곳으로 흘러갔다』 이후, 단편보다는 장편(『코카콜라 애인』『사슴벌레 여자』 그리고 『미란』)에 치중했다는 사실을 들 수 있겠다. 많은 사람들이 인정하다시피 그는 장편보다는 단편에 능한 작가이다. 서사보다는 이미지를, 주체 외부의 현실보다는 주체의 내면 탐구를 선호하는(김윤식이 윤대녕의 문학을 90년대 문학 자체로 고평한 이유가 바로 여기에 있다) 작가에게 긴 호흡의 장편은 아무래도 녹록지 않았을 것이다. 게다가 그의 소설이 다룬 소재와 주제들이 거의 매번 반복을 거듭했다는 사실도 충분한 이유가 된다. 그는 너무 오래, 같은 이유로, 유사한 종류의 여자들을 찾아(따라, 혹은 함께), 비슷비슷한 여행을, 떠나고 돌아오기를 되풀이했던 것이다. 그의 소설에서 매너리즘의 기미를 읽어내는 평자들이 늘었던 시점도 아마 이 소설집 이후부터였을 것이다.

그러나 오늘 『미란』을 보건대(그리고, 최근 『작가세계』에 실린 신작 중편 「무더운 밤의 사라짐」을 보건대) 그는 확실히 십여 년간 누렸던(!) 기나긴 여행을 마쳐가고 있음에 틀림없다. 물론 이 작품의 경우도 여행이 서사의 주요한 뼈대를 이루고 있다는 점, 호모 비아토르의 피를 타고난 남주인공이 대립적인 두 여자들 사이에서 갈등(윤대녕의 내면에 존재하는 두 아니마, 혹은 그가 세계를 가르는 두 가지 기준이기도 할 것이다)한다는 설정 등은 여전하다. 그러나 동일한 서사와 유사한 인물이 등장한다 하더라도 그것을 운용하는 작가의 태도에 사뭇 커다란 변화가 보인다.

가령, 주인공 성연우가 "행복이란 것은 역시 상식과 객관성 속에서 찾아야 할 겁니다"라거나 "아니, 이제부터 덧없는 것에 매달려서는 안 된다. 한밤에 부지불식간에 들려오는 소리 따위들"이라고 말할 때, 혹은 "가까운 타인으로서의 예의를 지키고 신의를 저버리지 않기로. 그렇게 다짐하고 나자 옆에 누워 있는 여자가 내게 아주 소중한 사람이라는 자각이 들었다"라고 말할 때, 그리고 무엇보다도 아내 김미란에게 "허락받고 나서야" 병을 앓고 있는 오미란을 만나러 남국으로 떠날 때, 그는 분명 일상의 삶에 정착하기로 결심했음에 틀림없다. 게다가 주인공 성연우에게 변호사라고 하는 '생활적'인 직업이 부여되었다는 사실,

윤대녕 소설에서는 거의 예외적으로 아이와 그 아이에 대한 아버지로서의 책임감이 표현된다는 사실 또한 그냥 넘기기 힘든 것들이다.

다른 예들도 있다. 초기 『은어낚시통신』에 실린 단편 「눈과 화살」이후로 윤대녕 소설에서 아예 종적을 감추어버렸던 정치·사회적 사건과 배경들이 여러 군데에서 출몰한다는 사실도 특기할 만하다. 가령 성연우가 젊은 날 제주도로 여행을 떠나던 시점은 "일 년 앞으로 다가온 서울 올림픽" 탓에 공항에서의 검색이 강화되고 있었다고 명기되고, 제주도의 민박집('명왕성'이라는 이름의) 옆방에서는 운동권 학생들이 노래를 부른다(1987년 5월에 거기에서 노래 부르고 있었을 운동권 학생들이 있었으리라고는 상상할 수 없는 일이지만). 오미란이 성연우의 사랑을 처음 승낙했던 날은 1987년 5월 16일(!)로 그려지고, 서귀포에서는 초병의 느닷없는 암호가 튀어나와 엄연한 분단 현실을 강조하기도 하며, 갑자기 나타난 변호 의뢰인 김학우는 그의 양심 없는 비정치성을 책하기도 한다. 길 떠나는 자(Homo Viator)이기를 그치고 일상으로 복귀하기로 한 자에게만 정치적 시간들은 의미심장한 법이다. 비록 이 여러 에피소드들이 소설의 주인공들에게 아무런 영향력도 행사하지 못한 채 그저 겉도는 배경에 불과한 것임을 인정한다 하더라도, 윤대녕이 비로소 기나긴 여행으로부터 돌아오고 있음에 대한 증거로 삼기에는 부족함이 없을 줄 안다.

그러나 문제는 돌아옴 그 자체가 아니다. 성연우는 돌아왔으나 아직 불만이 많다. 너무 합리적이고 생활적인 아내에 대해서도, 이제부터 그가 시작해야 할 일상의 삶에 대해서도. 그리하여 성연우는 아직도 어쩌다 한 번씩, 집에 가는 대신 호텔방에 들어가 양복을 입은 그대로 몇 시간씩 누워 있기를 즐기기도 하고, 이십대 후반의 여성과 '쿨하게' 혼외 정사를 나누기도 한다. 소설의 마지막 두 페이지는 그가 택한 일상적 삶에 대한 자조로 가득 채워져 있기도 하다.

그러므로 일상으로 복귀한 성연우의 불만이 또다시 '이방강박'이나 '근원결락강박'(「국화 옆에서」)으로 이어지게 될지, 일찍이 「눈과 화살」에서 보여준 미시권력에 대한 탐구를 이어가는 방향으로 이르게 될지는 아직 미지수라고 말해야 옳을 듯싶다.

2. 호모 세리오수스(Homo Seriousus) : 『사랑을 선택하는 특별한 기준』

김형경은 처음부터 여행을 '누리는' 작가가 아니었다.

『단종은 키가 작다』로부터 십여 년간 그녀가 발표해온 소설들은 모두가 현실의 문제, 일상의 문제로부터 벗어나본 적이 별로 없다. 그녀는 '지금 이곳'의 삶에 대해 아주 치열한 작가였다. 그런 그녀가 돌연 여행을 떠났다. 그녀가 돌아오고 나서야 우리는 그녀가 여행을 떠난 사연을 이해하게 되었는데, 오늘의 소설 『사랑을 선택하는 특별한 기준』은 바로 그녀가 여행을 떠날 수밖에 없었던 저간의 사정에 대한 고백적 보고서에 해당한다.

비유적인 의미에서가 아니라 실제로 이 소설은 '보고서'에 가깝다. 소설은 정확히 두 부분으로 나뉜다. 박세진이 화자인 '나'로 등장하는 부분과, 한인혜가 삼인칭의 주인공으로 등장하는 부분. 이 소설을 두고 보고서에 가깝다고 할 때는 주로 전자를 염두에 둔 것이다. 이 부분은 사실상 어느 날부터인가 병명을 알 수도 없이, 심한 무기력증과 환시, 환청, 공포증 등에 시달리게 된 한 여성 환자가 '강문규 신경정신과'를 찾아 정신분석 치료를 받는 과정을 세심하게 기록한 메모들의 연쇄로 읽힌다. 여러 정황으로 미루어 작가의 분신으로 보이는 박세진은 피면담 과정을 스스로 치밀하게 재분석하면서, 일어나는 모든 감정의 변화와, 떠오르는 무수한 기억의 편린들을 독자들에게 낱낱이 보고한다.

보고서는 거의 완벽에 가까울 만큼 분석적이고 논리적이다. 가령, '쌀가마니 선물 사건'에 대한 해석, 외가에서의 숨바꼭질 장면에 대한 해석, 막내이모와 염소 몰이에 관련된 기억의 해석, 그리고 아버지와 이복형제들의 꿈, 헌데 이복형제들이 넷이 아니라 다섯이었던 꿈의 해석과 작은 진주 목걸이 다섯 개를 엮어 만든 큰 목걸이의 꿈 해석 등의 사례(여기에, 융, 프로이트, 라캉, 보드리야르 등의 정신분석 관련 문헌의 빈번한 인용을 더할 수도 있겠다)로 미루어보건대, 이 작품은 작가가 정신분석의(精神分析醫)이거나, 아니라면 최소한 정신분석을 통한 심리 치료의 경험을 갖고 있는 이가 아니고서는 써낼 수 없을 만큼 고도로 임상 기록적이다. 김형경이 정신분석의가 아님은 분명하니, 그녀는 후자에 해당하겠다. 그 상담 치료의 최종 결과가 곧 그녀의 돌연한 여행이었다고 보면 되겠다.

그 길고도 치밀한 정신분석 과정을 통해 박세진이 맨 먼저 도달한 지점은 오이디푸스 단계를 겪기 전, 이제 고작 두어 살배기 아이였던 시절의 자신이다. 아들이 아니라는 이유로 어머니로부터 제대로 된 사랑을 받지 못했으면서도, 한 번도 제 몫의 사랑을 당당하게 주장해보지 못했던 아이. 후에는 자신을 가장 사랑하는 줄 알았던 아버지마저 어머니와 헤어지고 다른 여자와 살림을 차려 아들딸 낳고 잘 사는 모습을 지켜보아야만 했던 아이. 조금 더 시간이 지나 막 성(性)을 깨우쳐갈 나이쯤엔 친한 선배에 의해 성폭행을 경험하게 되는 아이. 세진은 자신의 모든 성격적 결함이 바로 그 원체험들로부터 비롯되었음을 깨닫는다. 그러나 그녀의 깨달음은 거기서 멈추지 않는다. 사실은 자신을 맘껏 사랑해주지 못했던 어머니 역시 '후남이'였다는 사실, 그리하여 어머니는 자신의 상처를 고스란히 자신에게 되물려주었다는 사실, 나아가 그 어머니 또한 딸 일곱의 어머니였던 외할머니로부터 그 상처를 물려받았을 것이라는 사실, 말하자면 지금 그녀의 고통은 세대를 거듭해서 대물

림해온 여성들의 분노와 욕망의 억압사 끝자락 어디쯤에 다름아니라는 사실까지도 그녀는 깨닫는다. 그 모든 사실들을 깨달은 후에 오는 정체성의 상실, 그녀의 어법을 빌리자면 "항시적으로 정신이 반쯤 나간 상태, 나라고 믿어온 자아가 공중분해된 상태, 옳다고 믿어온 가치관이 뒤집어진 상태"가 그녀로 하여금 여행을 강요했던 것이다.

당연히 그 여행은 윤대녕이 이제 막 마치고 돌아온 여행과는 다른 여행이다. 그것은 이제 막 자신의 무의식까지 억눌러왔던 가부장사회의 억압들로부터 해방된 자아가 새로운 자아를 찾아 떠나는 여행이다. "존재의 시원"을 찾아 떠나는 미학적인 성질의 여행이 아니라, "새로운 삶의 방법을 배우고, 새로운 삶의 목표를 정"하기 위한 여행, "그 일과 함께 영혼이 성장하고, 그 일과 함께 자아를 실현하고, 그 일이 또한 세상에도 유익한" 어떤 임무를 찾아 떠나는 여행이다. 게다가 세진은 한국 땅에 인혜라고 하는 제 분신(혹은 '한통속')을 남겨두고 떠났었다. 남은 반평생을 여성단체에서의 활동으로 채우기로 작정한 여자, 계몽적이지만 동시에 다소간은 낭만적이면서, 그러나 현실에서 한 발짝도 벗어날 수 없는 분신 인혜를 두고 떠났었다. 세진이, 아니 김형경이 되돌아오는 것은 시간 문제였던 것이다. 그녀의 나머지 반은 애초에 한국을 떠난 적도 없었기 때문이다.

그녀가 무엇을 발견하고 돌아왔건 간에, 그 여행의 필연성, 구체성 그리고 진정성으로 미루어보건대 이후에 김형경이 써낼 소설들은 지금껏 그녀가 썼던 소설들과는 사뭇 다르리라 기대된다. 그리고 그 기대는 그녀의 이번 소설에서 눈에 띄는 몇 가지 우려스러운 점들(얼마나 많은 독자들이 이토록 필요 이상으로 지적이고 분석적인 소설을 질리지 않은 채 끝까지 다 읽을 수 있을까? 그녀의 대화체는 『금수회의록』만큼은 아닐지라도 필요 이상으로 계몽적이지 않은가? 너무도 단성적(單聲的)이고, 너무도 설명적인 그녀의 소설은 '여성에 대한' 것이긴 하되 '여성적인' 것은 아니

지 않은가? 등과 같은)로 인해 쉽게 포기될 만큼 작은 것이 아니다. 그녀
는 최소한 자신의 소설이 가지고 있는 결점들을 이해할 만큼은 충분히
(때로는 과도하게) 진지한 인간, 평론가 김만수의 어법을 빌리자면, '호
모 세리오수스'이기 때문이다.

3. 호모 레토리쿠스(Homo Rhetoricus) : 『홀리데이』

김만수는 이병천의 새 소설집 『홀리데이』의 작품 해설에서 리처드 랜
헴의 흥미로운 이분법을 빌려온다. '호모 세리오수스/호모 레토리쿠스',
즉 '진지한 인간/수사적 인간'이 그것이다. 그가 보기에 이병천은 당연
히 후자이다. 이병천의 주인공들이 보여주는 '악어의 눈물'과 같은 위
악성이 그 근거다. 그러나 나로서는 그의 소설의 위악성보다도, 비정주
성(非定住性)에 더 주목하는 편이다. 그의 소설은 결코 동일한 소재나,
동일한 주제를 반복하지 않는다. 말하자면 내용상 아무런 일관성을 형
성하지 않음으로써, 결코 한 곳에 머무는 법이 없다.
굳이 그의 소설들에서 어떤 일관성을 찾자면 「모래내 모래톱」에서
「저기 저 까마귀떼」를 거쳐, 이번 소설집에 실린 「그 집 앞 은행나무」로
이어지는 자전적 소설들의 계보가 있을 수는 있겠다. 그러나 이 계보는
나머지 절대 다수의 소설들에 비하면 예외적일 뿐이다. 게다가 그 세
소설들 또한 일관성 있는 기억들의 복원으로 읽히지 않는다. 대신 나머
지 절대 다수의 소설들에서 그가 관심을 가진 영역들은 실로 광대무변
하다. 그것들은 아무런 내용적 일관성을 갖추지 않은 채, 오로지 한 편
의 소설 안에서만 관심의 대상이 될 뿐이다.
이번 소설집의 경우 특히 그러하다. 그 유명한 지강헌의 인질극을 다
룬 소설(「홀리데이」), 바둑 고수들의 세계를 무협지적 의고풍의 문체로

다룬 소설(「검은 달 흰 구름」), 이즈음 한창 논란인 사이버 섹스를 소재로 한 소설(「우리들 사이버 키드」), 얼마 전 세간의 화젯거리였던 모 여가수의 섹스 비디오 사건을 다룬 소설(「백조들 노래하며 죽다」), 실직자의 일탈 욕구를 다룬 소설(「가보지 못한 길」), 삼각관계에 얽힌 살인 사건을 다룬 소설(「삼각관계에 대한 믿음」), 나이 서른의 감상을 담은 소설(「서른, 예수의 나이」), 안락사 문제를 다룬 소설(「어화 넘차 고려장」), 현대인의 자동차 문화를 풍자하고 있는 소설(「자동차 한 마리」) 등, 실려 있는 모든 소설들이 소재의 특이함, 주제의 일회성에 있어 제각각이다. 그중 몇은 '세태소설'의 범주에 들어갈 만하고, 몇은 '탐미주의 소설'의 범주에, 그리고 몇은 '키치'에 속할 만도 하지만, 그런 식의 범주화가 그의 소설들에 별다른 일관성을 부여할 듯싶지도 않다.

그러나 달리 생각하면 이병천 소설의 일관성이 바로 여기에 있을 터이다. 가급적 깊이에의 유혹을 멀리할 것, 그리하여 '탐구'라거나 '추구'와 같은 일관성의 부채를 벗어던질 것. 표피의 가벼움을 즐길 것. 언뜻 니체의 『즐거운 지식』을 연상시키기도 하거니와, 이것이 아마도 이병천이 소설을 쓰는 원칙에 해당할 것이다. 확실히 그는 '호모 레토리쿠스'임에 틀림없다.

그리하여 이병천의 소설들은 기발하고, 재미있으며, 아담하다는 미덕을 얻는다. 그리고 그런 미덕에는 그의 단편들이 취하고 있는 군더더기 없는 짜임새가 한몫을 단단히 한다. 그의 구성력이 어느 정도인가 하면, 만일 나더러 '소설 창작법' 같은 책을 쓰라고 한다면 기꺼이 그의 소설들을 모범으로 삼고 싶을 정도이다. 기발한 소재를 찾을 것, 이야기의 한가운데로 불쑥 독자를 데려다놓을 것(호기심 유발), 여운을 남길 것(열린 결말) 등등의 원칙에 이토록 잘 들어맞는 소설들을 나는 더는 알지 못한다.

그러나 아무래도 '호모 세리오수스'에 속할 것에 틀림없는 나로서는

(평론가란 천상 이런 부류의 인간일 터인데) 여전히 미련이 남는다. 소설
이란 여전히 하나의 '탐구'여야 하지 않겠는가? 그것이 윤대녕의 경우
처럼 주체의 내면을 향한 것이든, 김형경의 경우처럼 억압적인 외부를
향한 것이든 말이다.

(2002)

요리의 추억

― 권지예 소설 『폭소』, 송기원 소설 『사람의 향기』

1

요리에 관한 한 권지예를 따를 작가는 좀체 없어 보인다. 가령 그녀에게 이상문학상을 안겨준 바 있는 「뱀장어 스튜」는 (이런 표현이 가능하다면) '요리의 시학'에 따라 씌어졌다고 해도 과언이 아닐 작품이다. 소설 말미, 화자로 하여금 이름도 생소한 이 요리를 만들기 위해서는 센 불이 아니라 "고요하고 평화로운 화력"이 필요하다고 말하게 할 때, 작가 권지예는 분명 요리로부터 소설의 주제를 얻어오고 있었다. 게다가 이 소설은 주제와 소재만이 아니라 그 구성마저도 뱀장어 스튜의 요리과정과 '구조적 상동성'을 보여준다. 요리가 점차 데워지다가 격렬하게 끓고 이내 차분하게 식는 과정은 주인공의 욕망이 시작되고 격한 갈등상태에 돌입했다가 차츰 삶의 깨달음을 얻으며 균형을 되찾게 되는 과정과 일치한다.

첫 소설집 『꿈꾸는 마리오네뜨』에 실린 몇 작품에서도 요리의 흔적은 곳곳에서 배어나온다.[22] 표제작인 「꿈꾸는 마리오네뜨」에서 파리로 유

학 온 남편과 그를 방문한 아내가 만들어 먹는 시금치나물이나 중국식
식단을 비롯해, 「정육점 여자」의 '베트남 국수'와 소뼈 요리들, 「나무
물고기」의 '뱅쇼'(끓인 와인)가 그랬다. 이 각각의 소설들에서 요리는
단순한 소재 이상이다. 권지예의 소설 속에서 요리는 중요한 소재일 뿐
만 아니라 동시에 암시된 주제이기도 하며 심지어 어떤 경우에는 소설
의 구성 원리가 되기도 한다.

　소설집 『폭소』에 실린 몇몇 작품들을 보건대 권지예의 요리 탐구는
아직도 진행중이다. 물론 그녀가 이제 '소설적으로도' 귀국했으므로
(이번 소설집으로 미루어보건대 그녀의 몸만이 아니라 소설도 이제 영영
파리를 떠난 듯싶다), 메뉴가 더 한국적으로, 그리고 소탈하게 변하긴
했다. 예를 들면 아버지가 즐기던 풋고추(「풋고추」)나 요리되지 않은
날 사과 한 알(「누군가 베어먹은 사과 한 알」), 조금 정성을 들일 경우 구
절판(「스토커」) 요리나 파르페글라스(「설탕」) 등과 같이. 그럼에도 불
구하고 이 먹거리들이 권지예의 소설 속에서 차지하는 위상은 별반 변
하지 않는다. 권지예의 소설 속에서 요리는 여전히 '암시된 주제'이자
'상징'이다.

　예를 들어, 「풋고추」의 '고추'는 그냥 먹거리가 아니다. 퇴락할 대로
퇴락한 영선의 아버지 박기봉이 부러 매운 것만을 골라 먹으며 "히야,
고놈 참 독하대이! 이건 참말로 아무나 못 먹는다"고 허풍을 떨 때, 풋
고추는 그가 평생 '무기' 삼아 차고 다녔던 '롤렉스 시계'나 '다이아몬
드 반지' 등과 심리적으로는 등가이다. 다른 말로 하자면 아버지가 즐
기는 매운 풋고추는 그가 페티시즘(fetishism)적으로 애지중지하는 장
신구들과 마찬가지로 실추당한 남근(맵지 않은 고추)의 권위에 대한 보

---

22) 이 글에서 인용, 참조한 텍스트는 다음과 같다. 권지예, 『꿈꾸는 마리오네뜨』, 창작과
　비평사, 2002 ; 권지예, 『폭소』, 문학동네, 2003 ; 송기원, 『사람의 향기』, 창작과비평사,
　2003.

상 기능을 한다. 다른 고추도 있다. 영선과 성재가 여행을 떠나 민박집에서 하루를 묵던 밤, 결국 취해버리고 만 성재의 "일어설 듯 일어설 듯 엎어지는 서글프게 꿈틀대던 검붉은 살덩어리"가 그것이다. 물론 '잃어버린 시간' 속 성재의 그 비참하고 초라한 고추는 시대에 주눅든 욕망의 상징일 것이다. 그렇다면 풋고추는 또한 화자인 영선에게는 바로 그 성재의 '꼬추'를 연상시키는 기억의 마법과자 '마들렌'이기도 하다.

「누군가 베어먹은 사과 한 알」의 사과도 소설 속에서 고추와 유사한 용도로 쓰인다. 가령 어머니가 지금은 중풍으로 누워 있는 아버지의 옛 모습을 떠올리며, "나는 느거 아부지 덥썩, 사과 비이묵는 모습이 참 좋았니라. 사과밭 원두막에 놀러 와가 내가 소쿠리에 사과를 권할라카면 사양도 않고 바지춤에 서억석 닦아가 와싹, 한 입 묵는 모습이 와 그리 남자답고 좋던동"이라고 말할 때, 사과는 더이상 단순한 먹거리가 아니다. 사과 자체보다는 사과를 먹던 남편의 모습, 그 오래된 추억이 문제다. 마들렌 사과라 아니할 수 없겠다. 사과는 이때 더이상 단순한 먹거리가 아니라 이제는 훼손되어버린, 그러나 어느 시기엔 아름다웠던 사랑에 대한 '상징'의 지위로까지 격상된다.

사과의 지위 격상은 반복되는데, 주인공 란은 기억 속의 사과(누군가 한 입 베어먹은) 이미지로부터 네 살 위의 외삼촌이 자신을 내내 사랑하고 있었음을 깨닫게 되고, 그 외삼촌의 죽음 이후 미쳐버린 외숙모가 먹다 둔 사과로 인해 그녀의 지순한 사랑 또한 훼손당했음을 이해하게 된다. 치매에 걸린 할머니 역시 썩은 사과를 통해 죽은 아들에 대한 사랑을 표현하기는 마찬가지이다. 이처럼 반복되는 지위 격상을 통해 이 작품에서 사과는 그냥 먹거리가 아니라 삼대에 걸친 다섯 여인들의 '훼손된 사랑'에 대한 상징이 된다. 말하자면 소설의 가장 핵심적인 주제를 암시하기에 이른다.

「설탕」에 등장하는 두 조미료 '설탕'과 '소금' 또한 소설의 주제와 직접 맞닿아 있다. 「뱀장어 스튜」에서처럼 요리로부터 '운명의 순간'을 배운 미나는, 마치 파르페글라스를 만드는 과정으로부터 배운 교훈을 실천이라도 하듯이, "너무 빠르지도 너무 늦지도 않게" 유학을 떠난다. '나'는 그제서야 미나가 바로 자신에게는 설탕이었음을 깨닫는다. 달콤하고 환각을 주는, 서서히 파멸을 초래하는. 그러나 다행히도 소설의 후반부에서는 또다른 조미료 '소금'이 등장한다. 설탕이 미나에게 대응되듯, 소금은 목에 옛 애인의 뼈를 걸고 다니는 김민정 교수와 대응한다. 깊이 아파본 사람만이 그 맛을 아는 바다의 짠맛에 대한 깨달음과 함께 소설이 끝난다. 「뱀장어 스튜」에서 익히 보았던 '요리의 시학' 혹은 '요리의 윤리학'이다.

요컨대 권지예는 아직도 요리중이다.

2

송기원의 소설집 『사람의 향기』에 실린 몇 편의 연작으로 미루어보건대, 송기원에게 요리는 권지예의 그것과 사뭇 다르다. 사과 한 알이나 풋고추 하나에도 상징의 지위를 부여하는 권지예와 달리 송기원에겐 심지어 '물총새'와 같은 아름다운 자연물마저도 그저 먹거리일 뿐이다. 「물총새 성관이」의 성관이를 보라. 그에겐 모든 것이 먹거리다. "허천병에 걸린 성관이에게는 어쩌면 세상의 모든 것이 먹을 것으로만 보이는지도 모른다. 그런 그가 물총새를 살려둘 리가 만무하다." 굳이 김수영의 노고지리나 김광섭의 비둘기까지 갈 것도 없이 우리는 '새'가 얼마나 자주 '자유'라든가 '평화'의 상징으로 쓰이는지를 잘 알고 있다. 그러나 송기원의 주인공 성관이에겐 사정이 다르다. 굶주림 앞에서 새의 자유 운운은 한낱 호사취미에 불과하다. 아무리 물총새라고 해도

살이 붙어 있는 한 먹거리다. 그럴진대, 그가 결국엔 새재 최초의 '중화
요리' 집 사장이 된다는 후일담은 해피엔딩이라기보다는 차라리 비극적
결말처럼 읽히는 데가 있다. 사람이 먹거리를 요리하지 못하고, 되레
먹거리가 한 사람의 운명을 요리한 형국이기 때문이다.

『사람의 향기』에 실린 연작 전편에 걸쳐, 그리하여 송기원의 유소년
기 전체에 걸쳐 이와 같은 굶주림은 만연해 있다. 가령 「울보 유생이」에
서 대운과 유생이가 밴댕이 젓갈 한 조각에 밥 한 그릇을 비우는 장면이
나, 「바보 막둥이」에서 '나'와 P선생이 송이버섯 한 쪽을 안주 삼아 순
식간에 대여섯 병의 아침 소주를 비우는 장면을 보라. 밥에건 술에건
그들은 모두 굶주려 있다. 그런 이유로 그들에게서 요리는 결코 시학이
나 상징이 되지 못한다. 밴댕이 젓갈은 그냥 밴댕이 젓갈이다. 송이버
섯은 그냥 송이버섯이고 꽁보리밥은 그냥 꽁보리밥이다. 어떠한 먹거
리도 다른 무엇을 지칭하는 기호가 되지 않는다. 굶주림은 상징을 모른
다. 그런 판국에 요리라니, 요리의 시학이라니!

그러나 굶주림이라니! 밴댕이 젓갈 한 조각으로 꽁보리밥 한 그릇을
다 비우는 절대의 굶주림이라니. 어느 시절 이야기인가? 물론 송기원
의 유년 시절, 그러니까 한 오십 년쯤 전 이야기다. 요컨대 송기원의 소
설은 독자들 대부분이 아직 태어나기도 전, 아주 오래된 옛 시절의 굶
주림에 관한 이야기이다. 심지어 그 지긋지긋한 배고픔마저 아득한 향
수 속에서 아름답게 빛날 만큼 오래된 시절의 이야기다.

만약 독자들더러 권지예의 풋고추와 송기원의 밴댕이 젓갈 중 어느
쪽을 먹고 싶은가고 물으면 십중팔구 후자를 택하리라 믿게 되는 이유
도 여기에 있다. 시장기가 반찬이다. 게다가 오래된 과거란 항상 아름
다운 옷을 입고 나타나게 마련이어서, 그 속에서는 그 어떤 초라한 음
식도 진수성찬보다 나은 법이다. 기억 속의 음식이란 바우키스와 필레
몬이 신들에게 바친 헐하디헐한 소찬과 같아서 제아무리 초라하다 하

더라도 신성의 아우라를 두른다.

3

　고작 오십 년 전에 무슨 바우키스냐고? 그렇지 않다. 확신하건대 송기원의 유년에는 수많은 바우키스들이 살았다. 다만 송기원의 바우키스가 그리스 신화 속의 그 바우키스가 아니라 괴테의 『파우스트』에 나오는, 피칠갑을 두른 근대주의에 화형당한 바우키스란 점만 부기해두자.
　송기원에게 유년의 '가메뚝'은 전근대적 가치들의 고향이다. 말하자면 파우스트가 메피스토펠레스를 대동하고 등장하기 전의 산천, 바우키스들의 대지다. 송기원의 바우키스들은 다음과 같은 모습으로 소설 속에 부활한다.

　가메뚝은 풍경만이 쓸쓸한 게 아니라 거기에 모여 사는 사람들 또한 마찬가지로 쓸쓸하였다. 세상에서 영락한 사람들만 모여 사는 곳이랄까, 모두 대여섯 채 남짓 되는 집들이 가메뚝이라 불리는 냇가의 둑을 따라 띄엄띄엄 떨어져 있었는데, 당달봉사인 끝순이 누님을 위시해서, 자기가 낳은 아이를 스스로 죽인 미친년이며, 문둥이, 폐병쟁이가 집집마다 한 명 꼴로 끼여 있었다. 외갓집도 서당 훈장 출신인 외할아버지며 여장부로 호가 난 외할머니가 아직 살아 있던 때에는 그런대로 풍족했다지만, 워낙 노름을 좋아하여 전답 같은 가산을 모두 날려버리고 달랑 집 한 채만 남긴 큰외삼촌 대에 이르러서는 열 명 가까운 식구가 하루 세 끼 걱정하기에 바쁠 만큼 궁상으로 변해 있었다.(『사람의 향기』, 14쪽)

　당달봉사 끝순이 누님, 제 아이를 죽인 미친년, 문둥이, 폐병쟁이, 바보, 울보, 소리꾼, 바람둥이, 과부, 그 많은 전근대적 바우키스들. 유년의 송기원은 바로 그들에게서 풍기는 '사람의 향기'에 매혹당했다. 그토록 쓸쓸하고 그로테스크한 풍경에도 불구하고 송기원이 내내 가메뚝을 그리워하는 이유가 바로 거기에 있다. 오로지 가메뚝에서만 그는 근대가 위생과 합리의 이름으로 거두어가버린 '사람의 향기'를 맡는다.

유년의 송기원이 먹었던 몇 가지 되지 않는 그 초라한 먹거리들 또한 모두 그 가메뚝의 바우키스들이 만든 것이다. 가메뚝에 요리란 없었다. 그러나 가메뚝의 먹거리들은 손때 묻고, 비리고, 더러는 고리기까지 한, 요컨대 아무런 문화적 조리와 향유과정을 거치지 않은 채, 배고픔을 달래는 용도, 즉 사용가치 외엔 아무런 기호가치도 갖지 못한다는 바로 그 이유로 신성함을 부여받는다. 그리고 그 신성함에 가메뚝의 바우키스들이 이제 우리 곁에 영영 존재하지 않게 되었다는 서글픈 확인이 더해지면 그 어떤 독자라도 그 초라한 먹거리들을 탐하지 않을 수 없게 된다.

그런데 그 많던 바우키스들은 다 어디로 간 것일까?

내가 발걸음을 끊은 몇십 년 동안에, 가메뚝은 경지정리가 되어 눈에 익은 집 한 채, 나무 한 그루 없는 전혀 생경한 풍경으로 뒤바뀌어버린 것이었다. 들샘머리며 문둥이 집이며 끝순이 누님의 오두막이며 외갓집이 있던 곳은 모조리 일망무제의 벌판으로 변한 채, 무슨 특용작물 농사라도 짓는지 비닐하우스들만 겹겹으로 들어서 있을 뿐이었다. (『사람의 향기』, 26쪽)

송기원이 발걸음을 끊은 몇십 년 사이, 근대주의자 파우스트가 다녀갔다. 가메뚝은 경지정리되고, 문둥이는 소록도에 격리 수용되었다. 끝순이 누님은 서울의 지하도에서 구걸을 하고, 헤조갈래는 딸과 서울 변두리 어디에서 백반집을 열었다. 소리꾼 짐센은 두 모녀를 임신시킨 채 마을에서 쫓겨났고, 물총새를 잡아먹던 성관이는 저수지에 빠져 죽었다. 그렇게 바우키스들의 공동체는 소멸되었다. 물론 그들의 먹거리도 함께 사라졌다. 사정이 그렇다면 송기원이 아직도 그 시절의 먹거리에 집착하는 이유를 알 만도 하다. 그는 그토록 폭력적이었던 한국의 파우스트들에게 할말이 많은 '전근대' 사람이었던 것이다.

그의 이야기를 들으면 들을수록 가메뚝에 대한 향수가 독자들을 사로잡는다. 전근대에 대한 향수가.

4

그러나 달리 생각해보면, 이즈음의 향수(鄕愁)란 곧 유행이 아니던가? 마들렌 과자들이 도처에 넘쳐난다. 보리밥 마들렌, 깻잎머리 마들렌, 미사리 마들렌, 돼지껍질 마들렌, 교복 마들렌, 김두한 마들렌……그러나 그 누구도 그 마들렌 과자들을 매일 먹고 입진 않는다. 향수란 휴일의 별미 식단이거나, 여가의 눈요깃감이다. 반면 항상 일용할 양식이란 매일매일의 '요리'이다.

그리하여 나는 송기원의 익숙하고 오래된 '먹거리'들보다 다소 입에 설지만 권지예의 '요리'를 즐겨 먹어볼 참인데, 그것들이 더 상징적이고 의미심장하며 시학적이라는 이유에서만 그러는 것은 아니다. 이유는 오히려 간단하다. 그것들이 더 '당대적'이기 때문이다. 역으로 말하자면 송기원의 먹거리들은 향수병의 진원지가 될 수는 있을망정 '지금 여기'의 내가 먹고 마시는 행위에 의미를 부여하고 그 의미를 확대시켜줄 것 같지는 않기 때문이다.

과거란 항상 현재의 전사(前史)란 잠언을 들춰내도 사정은 마찬가지다. 송기원의 가메뚝은 너무도 애틋하고 그리워서 지상에 존재했던 바우키스들의 산천이 아닌 것만 같기 때문이다. 과거가 현재의 전사임에는 틀림없지만, 일단 이상화되면 신화시대와 구별하기 힘들어진다. 그리고 제아무리 애틋하다 하더라도, 신화시대를 일러 현재의 전사라고 말하기는 어려운 일이다.

　『사람의 향기』를 포함하여, 이즈음 자주 향수 속으로 (그리고 공간적으로는 주변부나 심지어는 외국으로까지) 물러서는 리얼리즘 소설들을 염두에 두고 하는 말이다. 그것이 리얼리즘이 되었건 다른 무엇이 되었건 소설이 '당대'의 의식주를 떠나게 되면 반쯤의 실패는 애초부터 각오해야 할 것이다.

(2003)

제4부
징후들

변전(變轉)하는 이항대립, 혹은 이상한 가역반응
—김연수, 박성원, 정영문의 소설들에 대하여

1. 전제

단계론이라는 혹은 비약이라는 비판을 무릅쓰고 몇 가지 전제를 달자.

1) 최초의 변화는 현실로부터 비롯된다. 가령 '모스크바에서 몰아친 삭풍'이라거나, 레닌의 흉상에 걸린 오랏줄과 같은……

2) 이어서, 명민하게도 그 변화를 먼저 알아차린 좌뇌가, 그 변화에 질서를 부여하고, 그 변화를 이해하기 위한 틀거리를 마련하며, 변화의 진폭과 수위를 진단한다. 가령, 접두사 'Post'의 과도한, 적절한, 잦은, 때늦은, 적확한 사용과 같이……

3) 더러 우뇌가 그 변화를 먼저 알아차리는 경우도 있는데, 그러나 이 때의 우뇌는 사실상 우뇌를 가장한 좌뇌일 경우가 많다. 가령, 마르셀 뒤샹의 〈샘 Fontaine〉이 그러했듯이…… (좌뇌의 도움 없이 변기가 '샘'이 되는 사연을 우뇌는 이해할 수 없다. 게다가 뒤샹의 변기는 다만 먼 나라의 사정이다. 우리의 경우 개화기 이후부터 좌뇌가 수입한 '이론' 없이

우뇌가 먼저 그 변화를 알아차린 적은 거의 없었다. 가령 수백 년간의 문예 사조들이 단 몇 년 사이에 소개되고, 유행하다가, 소멸하거나 변전해갔던 1920년대를 돌이켜보라. 이즈음도 마찬가지다.)

　4) '몇 번의 우여곡절'이 있고 나서,

　5) 좌뇌는 드디어 우뇌에까지 자신의 영역을 확장하는데, 그럼으로써 한 시대의 예술과 이론은 행복하게 조우한다. 현실에서 비롯된 변화가 완결되는 지점이 여기이다. 이 말은 곧 현실의 변화로부터 시작된 인식상의 단절이 마침내 미적 감수성, 그리고 삶의 무늬이자 결로서의 문화 전반에까지 두루 미치게 되었음을 의미한다. 예를 들어 '에피스테메(episteme)의 교체'라는 용어를 통해 푸코가 표상하고자 했던 바와 같은······

　6) 물론 이 행복한 좌뇌와 우뇌의 공존은 영원히 지속되지는 못한다. 우뇌의 횡포가 시작된다. 이론이 신앙이 되는 사태가 발생한다. 예를 들어 80년대 후반의 우리 문학이 그러했듯이······

　7) 현실의 또다른 변화만이 우뇌의 횡포를 저지한다.

어찌 되었거나 우리는 이 짧지 않은 변화과정의 한 지점에 위치하지 않을 수 없는 것인데, 오늘 할 얘기는 그 '몇 번의 우여곡절' 속에 있는 세 작가들(그리하여 그들은 새로운 패러다임의 탄생을 예고하는, 그러나 그 새 패러다임에 온전히 속하지는 못하는 요한적인 존재들이다)에 관한 것이다. 다만 이 얘기가 사실은 우리 모두에 관한 것이기를, 우리가 통과해가고 있는 어떤 커다란 변화과정의 한 지점에 관한 것이기를 바랄 뿐이다.

2. 최초의 이항대립

변화란 갈등의 산물이다. 그리고 갈등이란 서로 마찰을 일으킬 만한 최소한 둘 이상의 대립항을 필요로 한다(변증법! 그러나 아직 '합'에 대해 이야기하지 않았으니 구래의 변증법과 동일시하지 말기를). 소크라테스까지 소급해 올라가 서구 형이상학 특유의 이항대립을 추출해낼 필요까지는 없겠다. 문제는 지금 우리가 속해 있는 변화과정의 시작에 놓여 있는 대립항들을 찾는 것이다.

예를 들면, 김연수의 첫 소설 『가면을 가리키며 걷기』와 같은 작품에서 우리는 격렬하게 갈등하는 그 대립항들과 마주하게 된다. 소설은 다음과 같이 시작한다.

> 얼마 전부터 나는 나의 친구인 서원기의 목소리를 나와 동등하게 담을 수 있는 소설작업을 하리라, 마음먹었다.(『가면을 가리키며 걷기』, 9쪽)[23]

아니나 다를까, 이 서원기라는 자는 소설 내내 작가의 자의식이 되어 글쓰기에 개입하고, 씌어지고 있는 소설을 비판하고, 씌어진 소설을 평가한다. 말하자면 이 소설은 김연수와 그의 자의식 역할을 떠맡은 서원기(그가 실존인물인지 소설의 등장인물 중 하나인지는 명확하지 않다)라는 두 인물이 함께 쓴 소설, 그리하여 찢겨진 소설이 된다. 문제는 이 이

---

23) 이 글에서 인용, 참조한 텍스트는 다음과 같다. 김연수, 『가면을 가리키며 걷기』, 세계사, 1994 ; 김연수, 『꾿빠이, 이상』, 문학동네, 2001 ; 김연수, 『스무 살』, 문학동네, 2000 ; 김연수, 『7번 국도』, 문학동네, 1997 ; 박성원, 『이상(異常), 이상(李箱), 이상(理想)』, 문학과지성사, 1996 ; 박성원, 『나를 훔쳐라』, 문학과지성사, 2000 ; 정영문, 『더없이 어렴풋한 일요일』, 문학동네, 2001 ; 정영문, 『검은 이야기 사슬』, 문학과지성사, 1998 ; 정영문, 『겨우 존재하는 인간』, 세계사, 1997 ; 정영문, 『나를 두둔하는 악마에 대한 불온한 이야기』, 세계사, 2000 ; 정영문, 『핏기 없는 독백』, 문학과지성사, 2000.

항대립의 두 대립항들이 각각 표상하고 있는 바가 무엇인가 하는 점이
다. 그러기 위해서는 소설 속에서 이 양자가 주고받은 '편지'(서원기가
쓴)와 '변명'(작가가 쓴)들을 참조할 필요가 있겠다. 먼저 서원기가 김
연수에게 보낸 편지를 읽어보자.

이보게, 소설이라는 게 원래 한 세계의 반영이고 적나라한 음화(陰畵)
가 아닌가? 세계의 제모순과 갈등이 치열한 정신활동의 결과 단 하나의
에누리 없이 대낮의 하늘처럼 명명백백하게 드러나는 것이 아닌가?(『가
면을 가리키며 걷기』, 43쪽)

이 소설에 반영된 현실이라는 것은 극단적으로 말해 만화의 현실일 뿐
이야. 자네가 실제 생활에서 차용한다는 대화는 저질 코미디의 대사일
뿐이며, 빠른 전개는 소설가로서의 권리 포기야. 채 묘사되지 않은 세계
속에서 지향점이 없는 코미디 대사가 미친 잠자리처럼 마구 날아다니고
있는 모습이지. 최민식과 송찬명의 모습에서는 마치 천국의 인물인 양
고뇌하는 주인공으로서는 부족하며, 다른 인물들의 설정은 다분히 작위
적이야. 그 정보부는 무엇이고 대책회의는 무엇인가? 그 말들이 실제로
지시하고 있는 곳이 있다고 생각하는가?(45쪽)

첫번째 인용문을 읽고 '반영'("한 세계의 반영이고 적나라한 음화")과
'총체성'("세계의 제모순과 갈등이" "단 하나의 에누리 없이" "명명백백
하게")이란 어휘를 떠올리지 않기는 힘들다. 다음 인용문의 경우, 서원
기가 이 소설에서 적극적으로 차용하고 있는 대중문화의 기호들, 즉 추
리소설의 뼈대와, 영화에서의 매치 컷(match cut) 기법을 차용한 장면
전환 등에 대해 어떤 판단을 내리고 있는지가 잘 드러나거니와, 이어지
는 부분("인물들의 설정은 다분히 작위적이야")으로부터는 '개연성'이

라는 단어가 쉽사리 추출되기도 한다. 이 어휘들의 조합 배후에 엥겔스의 그 유명한 구절이 숨어 있음은 말할 필요도 없겠다.

이에 대한 작가 김연수의 변명은 이렇다.

그러나 그로부터 삼 일인가가 지난 뒤에, 비가 이렇게 오는데 도대체 연대에서는 왜 철수명령이 오지 않는 거야라며 모든 사병들이 툴툴거리기 시작했을 때 중대장은 다시 공산세력이 실패하였음을 천명하였다. 빗물이 떨어지는 밥을 먹으며 나는 머릿속이 너무나 혼란스러웠다. 우리가 숲속에 갇혀 있다고 중대장이 우리를 놀리는 것 같았다. 그렇다면 과연 중대장의 말은 사실일까? 세계는 그렇게 쉽게 자신을 긍정하기도 하고 부정하기도 하였는가? 도대체 나는 세계 속에 있는 것일까?

이 두번째 소식은 단숨에 어린 내가 가졌던 모든 확신을 부정하였다. 이 소식은 이삼 일 전 어둠 속에서 감동을 긁적이던 내 모습을 부정하였고, 저 바깥 어딘가에서는 그래도 세계가 나에게 영향을 주면서 움직이고 있다는 사실을 부정하였다.(『가면을 가리키며 걷기』, 95쪽)

그렇게 해서 내가 겨우 단편소설 하나를 만들어놓게 될 때쯤이 되자, 나는 이러한 배경뿐만 아니라 내가 선택하는 소재들이 도무지 지금까지 존재한 소설들과는 너무나 판이하다는 생각을 하였다. 가령 나의 경우에는 분위기 묘사를 하자면, 팝송이 필수적이라는 생각을 한다. 내가 자라면서 각기 다른 감정상태에 있을 때에는 각기 다른 팝송을 들었던 것이다. 그것은 하물며 TV의 CF를 볼 때도 마찬가지이다. 그래서 '그때, 도어즈의 〈The End〉가 울려나왔다' 라고 하면 모든 것이 쉽게 묘사되는 문장을 한없이 고쳐야만 했다.(226쪽)

80년대 후반과 90년대 초반에 대학을 다녔던 세대 특유의 경험이 여기 인용되어 있는데(여러 정황으로 미루어보건대, 김연수는 89학번쯤으로 보인다), 거의 유일한 대안적 사회 모델이었던 사회주의체제의 붕괴, 그리고 문화산업의 대대적인 확산에 따른 대중문화 기호들과의 친연성이 김연수 세대 작가들의 글쓰기에 미친 영향에 대해 말하자면 한이 없을 것이다. 요컨대 이 두 가지 체험을 고스란히 자기 것으로 한 작가가 80년대적 리얼리즘 소설들보다 『가면을 가리키며 걷기』와 같은 소설들, 이를테면 인식론상으로는 회의주의적이거나 불가지론적이며, 사회에 대해서는 냉소적이고, 글의 주요한 소재에 있어서는 대중문화의 기호들을 차용하면서, 형식에 관한 한 반총체적이고 파편적인 방식을 택하는 것은 어쩔 수 없는 것 아니냐는 게 변명의 요점이겠다.

이쯤 되면 우리는 소설 속 서기원과 김연수의 대립이 단순히 두 인물 간의 대립만은 아님을 금방 눈치채게 된다. 둘의 대립은 각각 전혀 상이한 두 개의 인식론, 완전히 대립하는 두 개의 예술관, 그리하여 전혀 패러다임을 달리하는 두 시대간의 대립이었던 것이다.

한 가지 주의할 점이 있다면, 서원기가 원래 텍스트 외부에 삶의 근거를 둔 실존인물이었다 할지라도 일단 소설 속에서 자리를 잡고 앉은 이상, 등장인물로 봐야 한다는 점이다. 서원기는 그러므로 김연수가 창조한 가공의 인물이다. 그러나 그는 통제되지 않는 피조물인데, 피조물인 주제에 창조주를 비난하고 대들고 심판하려 든다는 점에서 그러하다. 즉 서원기는 김연수의 도플갱어(Doppelgänger)이다. 나로부터 비롯된 존재이되 나의 통제 밖에서 나와 대립하는 존재. 그러니 이 소설은 결국 김연수라고 하는 작가 내부에 존재하는 두 시대, 두 예술, 두 세계관의 갈등이 빚어낸 산물이다.

여기에 이 소설의 주제 또한 알레고리를 빌려 '근대성 옹호론자(제너럴 박과 수하 인물들로 대표되는)' 들과 '탈근대주의자들(이형욱과 지선으로 대표되는)' 간의 암투를 다루고 있다는 점을 더할 수 있겠다. 작가 김연수 내면의 두 시대, 두 세계관의 이항대립이 그렇게 갈등하면서 소설 속에 외화된다. 그리고 어쩌면 그것은 80년대 이후 우리가 처음 직면한 최초의 존재론적 이항대립일 것이다.

3. 억울한 이상(李箱), 행복한 요한들

이 이항대립, 즉 내면에 두 시대가 공존한다거나(그러나 조화롭지는 않게), 내면에 둘 이상의 세계관이 우열을 가리기 힘든 무게로 병존한다는(역시 조화롭지 않게), 혹은 내면이 둘로 나뉘어 내가 하나가 아닌 것 같다는 생각에 사로잡힌 이들은 예전에도 있었다. 장용학이나 김승옥이 그러했고 김수영이 그러했지만, 누구보다도 먼저 이상(李箱)이 그러했다. 이상적 자아와 현실적 자아 간의 분열을 이상처럼 고통스럽게 문학화한 작가도 드물다. 오로지 죽음만이 그 두 자아의 갈등을 잠재울 수 있었으니 말이다.

아니나 다를까, 김연수와 박성원, 그리고 정영문은 분열된 내면을 가졌던 선배 작가 이상의 숭배자들이다. 예를 들어, 김연수의 『꾿빠이, 이상』은 분열자 이상과 김해경에 대한 오마주(homage)이며, 박성원의 「이상, 이상, 이상」은 「날개」의 포스트모던 패러디이다. 또한 정영문의 소설 전체는 「권태」와 「종생기」의 계속되는 변주로 읽히는 데가 있다.

게다가 이들간에는 분열된 내면을 가졌다는 점 외에도 다른 유사점이 발견되기도 하는데, 우선은 작품을 주로 우뇌보다는 좌뇌로 쓴다는 점을 지적할 수 있다. 이상의 작품들 대부분은 우뇌보다는 좌뇌의 소산, 즉 지적 조작에 의지한 경우가 많다. 무수한 관념어들, 기호들, 공식들, 기하학적 대칭들 등등. 김연수, 박성원, 정영문의 경우도 사정은 마찬가지이다. 그들은 육화된 경험, 축적된 삶 등과는 완전히 괴리된 채 이상과 마찬가지로 지적인 조작을 통해 주로 작품을 쓴다.

시대가 처한 상황 또한 비슷하다. 이전 시대와의 급격한 단절은 이상과 이 세 작가 모두에게 내면 분열의 원인이 되거니와, 예를 들어 손정수가 다음과 같이 말할 때 그는 분명 혜안(慧眼)이란 수사에 값하는 발언을 하고 있는 셈이다.

그런데 「간간5월」(『현대문학』 1999년 10월호) 이후 김연수의 글쓰기가 변화하는 조짐이 엿보이고 있다. 이념의 열풍이 지나간 어둠을 근대의 네온 불빛이 몰아내고 있던 1930년대 경성(京城)의 공간이 그에게 매혹적인 것 또한 어떤 세대 인식의 동질성 때문이리라. 그런 점에서 김연수의 글쓰기는 1930년대 문단의 외곽에 위치하며 이념이 사라진 자리에서 모더니즘적 실험을 감행했던 '단층파'를 떠올리게 한다. 그러하기에 최근 김연수의 이상(李箱) 탐구는 새로운 변화를 예감케 한다. 그는 지금 펜을 쥐고 있는 팔의 겨드랑이가 가려운 것이다.(『스무 살』, 작품해설, 288쪽)

인용문의 요지대로 80년대의 시대적 이념적 분위기와 20년대의 그것이 지닌 유사성에 주의한다면 90년대 중반 이후 분열된 내면의 작가들이 재등장하고, 그들이 동일한 방식으로 분열되어 있던 30년대의 선배 작가에게 경의를 표하는 일은 자연스러워 보인다. 억압되었던 것들은 대개 이렇게 귀환한다.

그럼에도 불구하고 이들의 작품이 이상의 작품과, 혹은 이들의 내면 분열이 이상의 그것과 변별되는 지점이 있다. 손정수가 다소 모호하게 '변화의 조짐'이라고 표현한 것, 그래서 조금 더 명확하게 다시 표현하자면 '변전(變轉)의 조짐'이라고 해야 마땅할 어떤 가능성이 김연수를 포함한 우리 시대의 세 요한들에게는 구비되어 있다. 그들은 이상처럼 절망적으로, 자신의 온 삶을 내깃돈으로 걸지 않고서도, 그리하여 거의 녹아버리다시피 한 폐로부터 피를 토하며 죽어가는 위험을 피할 만한 묘책이 있었던 것이다.

이상으로서는 도저히 예상할 수 없었던 작가 베케트와 카프카를 정영문은 알고 있었다. 박성원은 데리다와 라이히를, 김연수는 보드리야르와 하이퍼텍스트(hypertext)를 알고 있었던 것이다. 그리고 무엇보다도 이미 앞서서 자신들의 길을 열어놓은 '강한 선배 시인'(해럴드 블룸) 이상이 있었고, 시대의 강력한 일부(이상에게 시대란 얼마나 적대적이었던가?)가 그들의 넉넉한 후원자로, 그리고 든든한 배경으로 존재하고 있었다. 말하자면 그들은 최초의 이항대립을 '극복'하거나 '변화'시키지 않은 채로, 오로지 그것을 '변전'시키기만 하더라도 이미 요한적인 존재일 수 있는 천혜의 조건 속에서 작가가 되었던 것이다.

김해경만이 억울하게도 '너무 빨리' 자아 분열했다. 반면 우리 시대의 행복한 세 요한들은 다만 소설의 자리를 옮기고, 소재를 바꾸고, 대립하는 두 항을 다른 항으로 대치하는 것만으로도 죽음을 모면한 채, 변전을 거듭할 수 있는 것인데, 무한한 이항대립의 변전 앞에서 '막다른 골목'은 없다.

4. 변전하는 이항대립 1 — 김연수의 경우

최초의 이항대립을 김연수로부터 찾았으니, 그 첫 변전의 방식도 김연수에게서 찾는 것이 순서겠다. 김연수는 변전에 관한 한 당당하고 애착도 강하다.

나는 끝없이 서로 참조하고 서로 연결되는 길 위에 서 있을 뿐, 내가

과연 어디에 있는지, 또한 어디로 가는지 알 수 없다.(『7번 국도』, 36쪽)

김연수에게 7번 국도는 변전의 상징이다. 7번 국도는 카페가 되었다가, 길이 되기도 하고, 자살한 사람의 이름이 되기도 했다가, 전염병의 병명이 되기도 하면서, 자유자재로 변전한다. 그리고 그 변전하는 7번 국도를 여행하는 '재현'과 '나' 또한 고착되지 않고 '서로 참조하고 서로 연결되는 길' 위에 있으니 끊임없이 변전하는 존재임에 틀림없다.

소설의 형식 또한 변전의 상징인 7번 국도를 닮아 있는데, 역시 "서로 참조하고 서로 연결되는" 단장(短章)들의 무질서한 배치를 통해 그렇게 된다. 하나의 단장은 시간적으로 나란히 이어져야 마땅한 다른 단장과 멀리 떨어져 있어 다시 되돌아가거나 미리 앞서가 읽지 않는 한 이야기의 연대기적 배열은 거의 불가능하다. 되돌아가거나 앞서가는 참조만이 텍스트에 그나마 부분적인 질서라도 부여할 수 있다. 예를 들어 세번째 단장인 '재현이 내게 했던 세 가지 욕설 중 그 첫번째'에서 재현이 퍼부은 욕설의 이유와 맥락은 열네번째 단장인 '재현이 내게 했던 세 가지 욕설 중 그 첫번째에 대한 부기(附記)'에 와서야 밝혀진다. 혹은 책의 중반부에 해당하는 '다시 이 책의 처음 부분으로 이어지는 이야기'라는 제목의 단장은 확실히 책의 첫 부분과 연결되어 있어 되돌아가지 않고는 소설의 맥락을 이해하기 힘들게 배치된 전형적인 예이다. 말하자면 각각의 단장들은 모두 웹상의 하이퍼텍스트들처럼 클릭하면 다른 문맥으로 순간이동하게 되는 파편들의 복잡한 그물 조직과 같다.

이 하이퍼텍스트의 대척점에 무엇이 있는지에 대해서는 어렵지 않게 짐작할 수 있다. 서사에 있어서는 연대기적 일관성을 유지하고, 인식론적으로는 총체적으로 현실을 반영해내는, 그리고 형식상으로는 '잘 빚은 항아리'와 같은 유기적 텍스트가 아마 거기 대척점에 있을 것이다. 말하자면 그 대척점에는 80년대적 텍스트(물론 모든 80년대의 텍스트가

다 이러했다는 말은 아니다. 그러나 이러한 텍스트들이 80년대에 우점종을 이루었음을 부인할 수는 없다)가 있다. 이쯤 되면 하이퍼텍스트 형태로 구상된 이 소설을 두고 최초 이항대립의 변전이라고 했던 이유가 설명이 되는 셈이다. 『가면을 가리키며 걷기』의 서원기와 김연수의 대립은 『7번 국도』에 이르러 유기적 텍스트와 하이퍼텍스트의 대립으로 변전했던 것이다.

그러나 변전은 여기서 멈추지 않는다. 이 작품은 또한 대중문화의 기호들(다양한 장르의 음악, 로드무비, SF 소설 등등)을 대규모로 차용하고 있는데, 여기서 확인되는 것은 최초의 이항대립이 '고전적 예술/키치 예술'의 대립으로 변전하고 있다는 사실이다. 또한 주인공들이 행하는, 그다지 이유를 찾기 힘든 여행이나 성관계, 욕설 등은 최초의 이항대립이 또한 '명확한 인과관계/우발성'의 이항대립으로 변전했음을 확인시켜주기도 한다.

이어지는 작품집 『스무 살』에서도 사정은 마찬가지이다. 「죽지 않는 인간」 연작은 변전한 오징어와 변전하지 못한 암모나이트의 대비를 통해 이미 『7번 국도』에서 보여준 바 있는 변전 모티프에 대한 천착을 계속한다. 최초의 이항대립이 변전하는 것과 변전하지 않는 것의 대립으로 변전하는 것이다. 「뒈져버린 도플갱어」에서는 실제 도플갱어가 등장하여 주인공의 사진 속에 잡히기도 하는데, 이때의 이항대립은 폭주족(어쩌면 요한적 존재들 이후의 주체일지도 모를)으로의 변전에 성공한 자아와 여전히 예술의 총체성이란 주제에 매달려 있는 자아 간에 설정된다. 「마지막 롤러코스터」에서는 최초의 이항대립이 속도에 적응한 자와 그렇지 못한 자의 대립으로 변전하며 동시에 느린 칼과 빠른 롤러코스터의 대립으로 변전하기도 한다.

장편 『꾿빠이, 이상』 역시 예외는 아니다. 김해경과 이상의 대립, 현실과 허구의 대립, 원본과 위작의 대립에서 최초의 이항대립으로서의

두 시대를 찾아내기는 어려운 일이 아니다(『스무 살』의 작품들에 짙게
배어 있는 작가적 고뇌의 깊이와 아름다움에 대해, 그리고『꾿빠이, 이상』
에서 작가가 보여준 성실함과 치밀함, 그리고 재기발랄함에 대해서는 따로
지면을 할애해 논하더라도 아까울 일이 아니다. 그러나 논의의 맥락상 그
일은 추후로 미룬다).

　지적하고 넘어가야 할 것이 있다면 김연수의 경우 무게중심이 주로
대립항의 후자, 즉 전 시대보다는 이후 시대 쪽으로 기운다는 점이다.
『꾿빠이, 이상』의 마지막은 이렇다.

　　진짜라고 믿는 자에게 그 세계는 진짜처럼 보이고 가짜라고 믿는 자에
　　게 그 세계는 가짜처럼 보인다.(『꾿빠이, 이상』, 243쪽)

　원본과 진본의 구별을 명징한 이성적 분석의 영역으로부터 주관적인
믿음의 영역으로 위임하고 있는 구절인데, 그렇다면 그는 이제부터 최
초의 이항대립으로부터 자유로워질 수 있을까? 그리하여 전 시대의 패
러다임과 결별한 채로 이후 시대의 패러다임만으로 소설을 쓸 수 있을
까? 그럴 수 없을 것이다. 왜냐하면 그는 이전부터 이미 대립항의 후자
에 무게중심을 두어왔거니와, 그럼에도 무게중심이 어디에 있는가와는
무관하게 오로지 그 변전을 거듭함으로써만 소설 쓰기를 수행해왔기
때문이다.
　달리 표현하면 오로지 최초 이항대립의 계속되는 변전만이 그의 글
쓰기에 동력을 부여하는 것이다.

5. 변전하는 이항대립 2— 박성원의 경우

최초의 이항대립은 박성원에 이르면 '정체성의 상실'과 '라이히적 낙원의 실현 불가능성'이라는 테마로 변전한다. 이 두 테마를 이항대립적 도식으로 고치자면 '안정된 정체성／상실된 정체성'의 대립, '라이히적 낙원／비루한 일상'의 대립이 되겠다. 전자의 대립을 주제로 삼은 작품으로는 「유서」「크로키, 달리와 갈라」「이상(異常), 이상(李箱), 이상(理想)」「사라세니아」(이상 『이상, 이상, 이상』), 「댈러웨이의 창」「중심성맥락망막염」「이상한 가역 반응」「실마리」「런어웨이 프로세스」「왈가닥 류씨」(이상 『나를 훔쳐라』) 등이 있다. 후자의 대립을 주제로 삼은 작품으로는 이외의 작품들, 즉 「호라지좆」「라이히 보고서」「해 뜨는 집」 등이 있다.

전자의 부류에 드는 작품들은, 대개 주인공이 자명하다고 여겨왔던 사실들, 기억들, 지각들이 어느 순간 작가에 의해 고안된 특정한 병(「중심성맥락망막염」에서의 중심성맥락망막염이나 「런어웨이 프로세스」에서의 화석병과 같은), 혹은 초현실적인 사건들의 개입(「실마리」에서의 집을 점령해버린 벌레 가족, 「이상한 가역 반응」에서의 암흑 실험 등과 같은)으로 인해 그 자명성을 잃고 완전한 혼돈에 빠지게 된다는 줄거리를 뼈대로 한다. 후자의 부류에 드는 작품들의 경우 자연스러운 성의 해방을 욕망하는 주인공과 그 주인공의 성적 능력을 억압하고 일사불란하게 관리하려 드는 권력기관(「해 뜨는 집」), 혹은 비루한 일상(「라이히 보고서」) 간의 대립을 이야기의 축으로 삼아, 결국 권력과 일상 앞에 초라하게 무너져가는 현대인의 성을 알레고리적으로 보여주는 작품들이 주를 이룬다. 그중 가장 대표적인 작품이라 할 만한, 「댈러웨이의 창」과 「해 뜨는 집」 두 편만을 살펴보기로 하자.

소설의 줄거리를 요약할 계제는 아니다. 다만 「댈러웨이의 창」의 주인공이, 이층에 이사 온 사내와 그 여자친구가 사랑하는 장면을 '창'을 통해 보고자 했고, 또한 창을 통해 상상했다는 점만 지적하기로 하자. 그러나 창 너머에서 일어난 일, 심지어 창 너머에 사람이 있었는지조차 불확실해지는 것이 이 소설의 결말인데, 이때 주인공은 자신의 지각에 대한 불신, 즉 정체성의 혼란에 빠진다. 자명한 사실로 인정했던 창 너머의 현실이, '댈러웨이'라는 가상의 인물이 찍었다는 사진이 위작으로 드러나는 순간, 오리무중에 빠지고 마는 것이다. 주인공의 마지막 대사는 이렇다.

그러니까 아예 창문 안에는 애초부터 아무것도 없는지도 모른다.
창을 통해서 사각의 벽 속에 있는 실제를 엿볼 수 있다고 했지만 그것은 실제가 아닌 그림자일 뿐이다. 바로 빛이 만들어낸 그림자.(「댈러웨이의 창」, 32쪽)

그리하여 최초의 이항대립은 다시 한번 변전의 흔적을 남긴다. "창을 통해서 사각의 벽 속에 있는 실제를 엿볼 수 있다"는 구절이 표상하는 예술과, "그것은 실제가 아닌 그림자일 뿐이다. 바로 빛이 만들어낸 그림자"라는 구절이 표상하는 예술간의 대립. 또한 주인공이 수작업을 주로 하는 사진 예술가이면서 도시의 야경으로부터 아무런 아름다움도 느끼지 못하는 사내로, 그리고 혼자 외롭게 사는 것으로 설정되어 있는 반면, 이층에 이사 온 사내는 컴퓨터 작업을 주로 하는 사진 예술가로 도시의 야경에 빠져 이 집에 이사 왔단 사실을 확인할 필요가 있다. 흑백 대 컬러, 수동 대 자동, 위축된 독신 대 성적 풍요로움을 누리는 커플의 대립 또한 어렵지 않게 발견된다. 김연수에게서와 마찬가지로 박성원의 내면에 균열을 초래한 두 시대간의 대립이 남긴 흔적들이다.
「해 뜨는 집」은 박성원 특유의 성사회학적 상상력을 압축적으로 보여주는 작품이다. 한 룸펜이 친구의 권유로 어떤 정신병원에 잡역부로 취직한다. 그 정신병원의 환자들은 모두 '유아퇴행증' 환자이다. 다들 어린아이로 되돌아가 유아적 성욕, 즉 호분증과 구순기 페티시즘의 증세를 보이는 것인데, 이 환자들을 지배하고 그들 위에 군림하면서, 그들을 관리하고 치료하고 억압하는 이들로는 그 병원의 원장과, 그녀에 굴복당한 수간호사가 있다. 그 대척점에는 실제로는 미치지 않았으나 미친 척하는 '젊은 환자'와 동성애자 '차선생'이 있다. 특히 '젊은 환자'는 다음과 같은 대사로 미루어볼 때 라이히주의자임에 틀림없다.

인간은 벗었을 때 가장 아름답지 않습니까? 저는 인간의 옷을 인류의 지배사상 중 하나라고 봅니다. 우리가 어렸을 적에는 누나와 남동생 혹은 오빠와 여동생이 함께 목욕을 해도 부끄러움을 모르다가도 차츰 옷에 길들여지고 지배되어짐으로써 나신이나 성을 부끄러운 것으로 인식하게 되는 것이죠, 성은 결코 천하거나 부끄러운 것이 아니라 인간의 생존이죠. 공기, 물, 쌀, 집은 귀하게 여기면서 왜 성은 타락된 것으로만 느끼는 것일까요. 나는 섹스를 하면서 느끼는 오르가슴이나 리비도 에너지야말로 삶의 근원이라고 봅니다. 성은 자연스러운 것입니다. 누구나 성에 대해서 부끄러움 없이 이야기를 해야 하고 여러 성의 행태에 대해 고민도 해야 하며 또 연구도 하고, 우리 일상생활에 자연스럽게 존재해야 합니다.(「해 뜨는 집」, 153쪽)

'리비도 에너지'란 말을 '오르곤 에너지'로 바꾸기만 하면 이 구절은 곧 라이히의 대사로 읽어도 무방하다. 이 라이히적인 이상향의 실현을 불가능하게 하는 것은 「라이히 보고서」에서는 비루한 일상이었고, 이 소설에서는 관리자이자, 권력자이며, 학대자이기도 한 원장선생이다. 최초의 이항대립이 '자연스러운 성 / 관리되는 성'의 대립으로 변전한 경우다.

이쯤 해서 라이히란 이름이 90년대 중반 이후에 와서야 각광받기 시작했었단 점을 상기할 필요가 있겠다. 라이히는 이상이 30년대로부터 귀환했던 것과 마찬가지로, 90년대에 와서야 귀환한 자이다. 작가는 물론 라이히 편이다. 그렇다면 최초의 이항대립을 상기해볼 때 박성원의 무게중심 역시 김연수와 마찬가지로 후자의 대립항에 실려 있는 것일까?

그러나 이 계열의 소설들에서만 그러한데, 이미 살펴본 「댈러웨이의 창」의 주인공이 끝까지 도시의 야경에 동화되지 못했다는 점, 그리하여 성과 현란한 컬러, 첨단 컴퓨터 기술의 풍요를 누리던 이층 사내의 풀죽은 뒷모습을 바라보면서 다음과 같이 말하고 있음을 기억해야 한다.

나는 사내가 떠난 이층을 올려다보았지만 불이 꺼져 있어 그림자조차도 볼 수 없었다. 대신 저 아래에는 사내가 멋지다던 도시의 불빛만이 어둠을 탈색시킨 채, 한가로이 감실거리고 있었다.

그렇게 사내는, 아직도 똘똘 뭉쳐 거짓을 믿는 도시로 홀홀히 사라져갔다.(「댈러웨이의 창」, 33쪽)

이렇듯 「댈러웨이의 창」 계열에 속하는 작품들에서 박성원은 이항대립의 후자 대립항 쪽의 손을 들어주었음에도 불구하고 그 승리에 열광하거나, 담담하게 그 승리를 인정하기보다는 못내 씁쓸한 표정으로 이러지도 저러지도 못하는 어정쩡한 태도를 보여준다. 90년대에 귀환한 라이히에 대해서는 호의적인 박성원이 90년대 이후의 예술, 90년대 이후의 도시, 90년대 이후의 인식론에 대해서는 여전히 비애 어린 거리감을 두고 있는 이 모순을 어떻게 설명해야 할까? 박성원의 내면 또한 최초의 이항대립과 함께 대립하는 두 개의 항으로 분열했음에 대한 증거로 이해해야 할까? 우리 모두가 그렇듯이 작가 또한 사안별로 다소 진보적이기도 하고 보수적이기도 한 비일관성을 가질 수밖에 없는 것이라고 이해해야 할까?

그러나 이 의문에 대한 답이 무엇이건 최초의 이항대립이 박성원에게도 여전히, 극복이나, 포기의 기미 없이, 건재하게, 변전을 거듭하며 존재하고 있음을 확인하는 것은 가능한 일이다.

6. 변전하는 이항대립 3 — 정영문의 경우

이제 정영문에 대해 이야기할 차례이다. 최초의 이항대립은 정영문에 이르러 의사주검상태에 빠져 있는 반주검의 눅눅한 피부 색깔을 닮는다. 이런 현상은 정영문이 최초의 이항대립을 '삶／죽음'의 대립으로, '의미／무의미'의 대립으로 변전시킨다는 사실에서 연유한다. 가령, 작품「끝」에서 따온 다음 구절을 보자.

무슨 생각을 하고 있어요, 그녀가 물었어. 땅 속으로, 이 산을 뒤덮은 채로, 뒤엉켜 뻗어 있을 아카시아나무의 뿌리들을 생각하고 있다고, 나는 말했지. 그 악착같은 느낌을 느끼고 있다고, 그것은 무서운 느낌이라고. 실제로 나는 무서운 느낌이 들었어.(「끝」, 『더없이 어렴풋한 일요일』, 21쪽)

아카시아는 필요 이상으로 생명력 강한 생물체에 즐겨 비유되곤 하는데, 이 작품의 주인공이 아카시아를 싫어하는 이유도 여기서 그리 멀지는 않다. 이외에도 정영문의 많은 작품들에서 생동하는 것, 정력적인 것, 활동적인 것들은 거의 혐오와 공포의 대상이 된다. 전형적인 예로「무게 없는 부피」의 현실적응력이 뛰어난 아들과, 신생아실의 아이들(「어두운 화면 위에 떠오른 느슨한 말들」)을 들 수 있겠다. 그리하여 정영문은 그 반대편에 있는 것들, 살아 있으나 죽은 것과 매한가지인 노쇠하고 병든 육체들을 즐겨 소설의 주인공으로 삼는다. 그들은 가급적 행위를 삼가고 주로 말만을 중얼거릴 뿐인데, 그 말마저도 의미 없는 것들일 경우가 허다하다. 그들에게 '말'은 살아 있는 육체에게 필수적인 '행동'에 대한 면죄부여서, 그들은 그 말을 통해 모든 사지운동을 중단시키려 든다. 사지가 행해야 할 운동량을 말로써 대신하는 형국이다. 다음 구절을 보자.

　내 주를 가까이……그는 한 소절을 따라한다. 하지만 그는 박자를 맞추지 못한다. 그는 노래를 따라 하기를 그만둔다. 반주가 시원찮아, 그가 중얼거린다. 그리고 내 주를 가까이 하는 게 생각만큼 쉬운 일이 아냐. 가까이 하려 하면 할수록 멀어질 뿐이야. 그건 주께서도 마찬가지겠지? 나를 가까이 하는 게 쉽지 않을 거야.(「무게 없는 부피」, 60쪽)

　쉽게 물러가지 않는 쥐를 쫓아버리기보다는 내가 자리를 피하는 게 낫겠지, 하고 나는 생각하며, 마치 그곳을 떠날 사람처럼 한 발을 떼다가 말고는 다시 발을 모았다.(「배회」, 91쪽)

두 인용문 모두에서 '말'이 빚어내는 결과는 동일하다. 그 결과란 말에 의한 행위의 소멸, 혹은 입에 의한 사지운동의 유보이다. 첫번째 인용문의 경우 "반주가 시원찮아" "그리고 내 주를 가까이 하는 게 생각만큼 쉬운 일이 아냐. 가까이 하려 하면 할수록 멀어질 뿐이야. 그건 주께서도 마찬가지겠지? 나를 가까이 하는 게 쉽지 않을 거야"란 장황한 '말'이, 박자를 맞추어 노래를 부르는 '행위'를 대신하며, 이어지는 인용문에서도 역시 "쉽게 물러가지 않는 쥐를 쫓아버리기보다는 내가 자리를 피하는 게 낫겠지"라는 '말'이 쥐를 찾아 쫓는 '행위'로부터 화자를 면제시켜준다. 요컨대 말을 통해 정영문의 주인공들은 생동하는 삶과 반대되는 육체의 상태, 즉 의사주검상태를 유지한다.

문제는 이 삶과 죽음의 이항대립, 생동하는 신체와 의사주검 간의 이항대립이 우리가 확인한 최초 이항대립의 변전이 확실한가 하는 점이다. 정영문의 변전은 김연수나 박성원에 비하면 훨씬 더 극한적이어서 사실상 이 새로운 이항대립으로부터 최초 이항대립의 흔적을 찾는 것이 쉽지 않아 보인다. 그러나 조금만 깊이 생각해보면 그게 그리 어려운 일도 아닌데, 모스크바를 포함해서 전(前) 시대 전체가 사실은 '생동력 있는 신체'에 대한 경배로 특징지어지지 않았던가? 말을 바꾸자면 사회주의권을 포함해서 근대세계 전체는 '생산력 중심주의'의 전일적인 횡포에 완전한 무방비상태가 아니었던가? 그렇다면 죽음, 즉 아무런 이윤도 아무런 상품도 생산해내지 못하는 신체의 특정상태를 이 생동하는 신체에 대한 대립항으로 설정한다는 행위의 의미는 명확해진다. '근대／탈근대'의 이항대립이 '삶／죽음'의 이항대립이라는 가면을 쓴 형국이다. 제아무리 매개된 상태라지만 최초의 이항대립은 정영문에게도 여전히 건재했던 것이다.

그러나 정영문식 변전의 압권은 여기에 있지 않다. 아무래도 그가 소설 쓰는 방식 자체를 논하지 않고서는 정영문 소설의 진면목을 보았다고 말하기 힘들다. 다음을 보자.

그런데 왜 이 난쟁이는 이렇게 슬픔에 빠져 있는 거지, 하고 나는 생각했다. 난쟁이란 본래 슬픈 족속인 게야, 나는 그렇게 결론을 내리며, 이것 역시 모든 종류의 편견을 갖춘 나의 편견인지도 모르지, 하고 생각했다.(『검은 이야기 사슬』, 12쪽)

나는 눈을 뜨며 그 권태의 세계로부터 시선을 거둔다. 초록색 나뭇잎,

연한 갈색의 흙, 짙은 파란 하늘, 존재하는 것들의 색조가 이토록 생생
한 것이 놀라울 만도 한데, 나는 놀라지 않는다.(『겨우 존재하는 인간』,
19쪽)

개고기는 내가 그것을 먹는 것을 한사코 꺼려하면서도 맛있게 먹을 수
있는 어떤 것이었다.(『나를 두둔하는 악마에 대한 불온한 이야기』, 105쪽)

그녀는, 이것은 강제적인 것이 아니며, 원한다면 얼마든지 가지 않아
도 된다고 했다. 나는, 그렇다면 자유로운 의지에 따라 결정할 수 있단
말인가요, 하고 물었다. 그녀는 그렇다고 대답했다. 나는 자유인처럼, 곰
곰이 생각한 끝에, 그리고는 그녀가 다른 사람에게 얘기를 하느라고 듣
지도 않는데, 그럼 가겠다고 했다.(『핏기 없는 독백』, 102쪽)

인용 부분이 다소 길어졌지만, 정영문의 전체 소설을 아우르고 있는
특유의 문장구조를 설명하기 위해서는 필수적이었음을 밝혀둔다. 등단
작인 『겨우 존재하는 인간』에서부터 최근작인 『더없이 어렴풋한 일요
일』에 이르기까지 정영문이 가장 즐겨 사용하는 문장구조가 인용문들
에 나열되어 있다. 첫번째 인용문의 경우 애초의 의미를 생성시킬 가능
성을 가진 문장(+1) "그런데 왜 이 난쟁이는 이렇게 슬픔에 빠져 있는
거지"가 먼저 등장한다. 그러나 이어서 이 의미가(意味價) '+1'의 문
장으로부터 의미가를 박탈하는 문장 "난쟁이란 본래 슬픈 족속인 게야"
가 등장함으로써 다시 의미가는 '0'이 된다. 난쟁이는 슬픔에 빠져 있
는 것이 아니라, 원래 슬픈 족속인 것이다. 그러나 난쟁이가 원래 슬픈
족속이라는 이 문장에도 역시 의미가 없을 수는 없겠는데, 마치 난쟁이
란 어떤 고난과 비애의 상징인 것만 같은 생각이 들게 되기 때문이다.
다시 의미가 '+1'이 형성된다. 그리하여 정영문은 제3의 문장을 준비

한다. "이것 역시 모든 종류의 편견을 갖춘 나의 편견인지도 모르지"가 그것이다. 난쟁이란 원래 슬픈 족속이란 말이 나의 편견에 불과한 것이라면 앞의 문장이 가지고 있는 의미는 다시 부인되는 셈이다. 결국 다시 의미가 '0'으로 되돌아가면서 짧지 않은 이 문장들은 전체가 아무런 의미도 지니지 않게 된다. 의미를 생성하려는 문장에 뒤이어 의미를 지우는 문장이 덧붙여짐으로써 결국엔 아무 말도 하지 않는 것과 진배없는 문장들의 조합이 탄생한다. 그것이 정영문의 소설이다.

이어지는 인용문들도 마찬가지이다. "놀라울 만도 한데, 나는 놀라지 않는다" "한사코 꺼려하면서도 맛있게 먹는" "자유인처럼, 곰곰이 생각한 끝에" 결국 순종하고 마는 이 문장들의 배열을 달리 해석할 방도는 없어 보인다(이에 대한 자세한 설명은 필자의 『더없이 어렴풋한 일요일』 작품해설 참조).

이 문장구조를 수식화하자면 '1−1＝0'으로 표현이 가능하겠는데, 여기서 의미의 생성 가능성으로 특징지어지는 최초의 문장(＋1)과 의미의 생성 가능성을 부인하면서 의미를 지워버리는 이후의 문장(−1)의 이항대립을 찾아내는 것은 그리 어렵지 않은 일이다. 의미와 무의미의 이항대립이야말로 정영문 소설의 진면목이었던 것이다. 그리고 이 이항대립 역시 다소 설명이 필요하겠지만, 감추어진 최초 이항대립의 변전이다.

이쯤 해서 데리다 얘기를 하지 않을 수 없겠는데, 그의 난해한 개념들에 대한 설명은 능력이 부족해서라도 추후로 미루고, 다만 그가 주로 하고 있는 작업이 '의미'의 자명성에 딴지 걸기라는 점만 지적하기로 하자. 언뜻 자명해 보이는 어떤 논리도, 차연운동에 노출되지 않을 수 없다. 모든 의미는 다만 차이들의 체계적인 유희를 통해서만 생성되며, 게다가 시간적으로 그 의미는 끊임없이 연기되고 유보된다.

정영문은 90년대에 와서야 우리에게도 주요한 참조 텍스트로 등장한

데리다의 해체론의 요체를 소설적으로 실현하고 있다고 해도 무방하겠다. 그의 이항대립이 우리가 발견한 최초의 이항대립에 대한 또다른 변전이었음을 확인하게 되는 것도 이 지점이다. 그는 스스로 의미를 지우는 문장들로 소설을 씀으로써, 이전 시대의 자명한 논리 중심주의, 이성 중심주의에 딴지를 걸고 있는 것이다. 최초의 이항대립은 이렇게 정영문에게서도 건재한 채로 변전을 거듭할 따름이다.

7. 이상한 가역반응

'모스크바에서 몰아친 삭풍'이라는 비유가 지칭하는 역사적 사실도 이제 거의 옛날 얘기가 되어가고 있다. 그 매서운 바람이 몰고 온 변화의 진폭과 수위에 대한 진단도 '후일담' '신세대론' '탈근대주의' 등등의 여러 외피를 바꾸어 입으면서 짧지 않은 세월 동안 줄기차게 진행되어온 바 있다. 그럼에도 불구하고 그 매서운 바람이 몰고 온 최초의 이항대립은 소멸되지 않은 채, 변전에 변전을 거듭한다. 참으로 이상한 가역반응이다(두 대립항이 완전히 섞이어 하나의 새로운 패러다임에 완전히 동화되기를 거부하고 있으니 가역반응임에는 틀림없다).

요점은 이 가역반응이 영원한 가역반응인지, 아니면 그야말로 반드시 필요한 '몇 번의 우여곡절'에 해당하는 것이어서 이후에 도래할 새로운 패러다임의 전일화(우뇌에까지 파급된)를 준비하는 요한의 세례식과 같은 것인지를 파악하는 것이겠는데, 이는 필자 정도의 지력으로 감당할 몫은 아닌 듯싶다.

다만 의심해볼 만한 것은, 이들 세 작가들이 혹시 이항대립의 산출자들인 것이 아니라 반대로 그들 스스로가 최초의 이항대립이 낳은 산물은 아닌가, 즉 글쓰기의 초입부터 이미 두 시대의 분열을 운명으로 타고난 작가들은 아닌가 하는 것이다. 그렇다면 그들의 작품에서 줄기차게 변전하는 이항대립은 당분간, 아니 오래도록 계속될 것이다. 두 항의 가역반응이 더이상 쓸모없는 것이 될 만큼 진부한 것이 되기 전까지는 말이다.

한 가지 다른 가능성도 있다. 이들이 운명적으로 체화한 두 시대간의 이항대립은 애초부터 해소가 불가능한 대립, 불가역반응을 결코 일으킬 수 없는 성질의 것은 아닌가 하는 점이다. 말하자면 이 두 항의 대립은 끝없는 변전만을 요구하고 가능하게 할 뿐, 우뇌까지 전일화하는 새로운 패러다임의 창출로 이어지지 않을 수도 있다는 말이다. 이때는 분열과 이항대립 자체가 하나의 패러다임이 된다. 그렇다면 그들이 치르고 있는 몇 번의 우여곡절은 더이상 우여곡절이 아니다. 그들은 이미 새로운 패러다임의 한복판에 있는 것이고, 그리하여 그들은 요한이 아니라 이미 도래한 메시아인 것이다.

(2001)

집 나가는 여자들
—최근 여성소설들에 대한 비판적 단상

1. 맹목(盲目)의 두려움

가령 다음과 같은 구절이 우리시대의 대표적인 페미니스트인 조한혜정이 아닌 어떤 남성 필자의 글에서 발견되었다면 그에 대한 반응이 어땠을까?

나는 이제 '아가씨'로 남기를 강요당하고 있는 소비자본주의사회의 주부들로부터 모성의 위기를 느낀다. (……) 신세대 주부를 의심의 눈초리로 볼 수밖에 없는 것은 바로 '기르는 것과 관련된 감수성'이 더이상 재생산되지 못할지도 모른다는 불안에서이다.(「남성 중심 공화국의 결혼 이야기1」, 『성찰적 근대성과 페미니즘』, 167쪽)[24]

---

24) 이 글에서 인용, 참조한 텍스트는 다음과 같다. 조혜정, 『성찰적 근대성과 페미니즘』, 또하나의 문화, 1998 ; 김주연, 『디지털 욕망과 문학의 현혹』, 문이당, 2001 ; 이명원, 「'마녀'는 어떻게 부드러워지는가」, 『주례사 비평을 넘어서』, 한국출판마케팅연구소, 2002 ; 앤로잘린드 존스, 「몸으로 글쓰기」, 『여성해방문학의 논리』, 창작과비평사, 1990 ; 류보

'기르는 것과 관련된 감수성', 소위 '모성'이란 것이 사실은 그리 오래되지 않은 고안물임은 주지의 사실이다. 그리하여 대개 모성의 소중함에 대한 강변이란 '가족 임금제'[25]에 기반한 성역할의 확연한 분리를 고수하기 위해 자본주의와 가부장제가 결탁(이 결탁에서 남성 노동자들의 조합은 주체적인 역할을 했다)하여 만들어낸 이데올로기일 경우가 허다하다. 그런 이유로 이런 구절이 남성 필자의 글에서 발견되었을 때 쏟아질 비판은 불 보듯 뻔하다.

  그러나 문제는 그런 비판들(니들이 여자를 알아?)이, 다소간의 전투적 선입견에도 불구하고, 결과적으로는 정확할 경우가 많다는 데에 있다. 제아무리 여성주의에 동의하고, 여성들의 강력한 동반자가 되기를 다짐한 자라 하더라도 그가 아버지이고, 남편이고, 아들인 이상 온전한 여성주의자가 되지는 못한다. 가부장제는 남성들의 두뇌 깊숙한 곳에 집단 무의식을 만들어낼 만큼은 오래 지속되어왔기 때문이다. 예를 들

선,『경이로운 차이들』, 문학동네, 2002 ; 한국문학연구회,『페미니즘은 휴머니즘이다』, 한길사, 2000 ; 김형경,『사랑을 선택하는 특별한 기준』, 문이당, 2001 ; 전경린,『내 생에 꼭 하루뿐일 특별한 날』, 문학동네, 1999 ; 전경린,『난 유리로 만든 배를 타고 낯선 바다를 떠도네』, 생각의 나무, 2001 ; 전경린,『열정의 습관』, 이룸, 2002 ; 김인숙,『꽃의 기억』, 문학동네, 1999 ; 김인숙,『브라스밴드를 기다리며』, 문학동네, 2001 ; 김인숙,『우연』, 문이당, 2002 ; 서하진,『라벤더 향기』, 문학동네, 2000 ; 권지예,『꿈꾸는 마리오네뜨』, 창작과비평사, 2002 ; 이평재,『마녀 물고기』, 문학동네, 2001 ; 은희경,『상속』, 문학과지성사, 2002 ; 이미경,『신자유주의적 '반격' 하에서 핵가족과 '가족의 위기' : 페미니즘적 비판의 쟁점들』, 공감, 1999.
25) 핵가족제도의 정착과 이에 따른 남 / 여 노동의 비가역적인 분리, 그리고 여성의 사회적 노동으로부터의 소외 현상이 가속화되게 된 데에는 역사적으로 이 가족임금제가 지대한 역할을 수행했다. 오로지 남성의 노동만으로 한 가족의 생계가 꾸려질 수 있을 만큼의 경제 소득이 주어지게 됨으로써, 여성은 이제 오로지 가정 내에 유배된 존재가 된다. 이런 측면에서 가족 임금제는 여성 노동력과의 경쟁을 근원부터 차단하기 위해 남성 노동자들이 자본주의와 이루어낸 극적인 타협이라고 볼 수도 있다. 다른 말로 가족임금제는 가부장제와 자본주의가 여성노동력의 가내 유폐를 위해 타결한 협상의 결과이다.

어 '균형감각' 으로 유명한 한 남성 중견 평론가의 평문 몇 구절을 보자.

우선 인용 1)(서하진의 「그림자 여행」의 한 구절)이 말하는 것은, 폭력이 지배하는 가정은 더이상 가정이 아니며, 따라서 그 가정은 그 속에 머무를 가치가 없는 것으로 설명된다. 이러한 가정으로부터의 탈출은 불가피하며, 폭넓은 설득력을 지닌다.

그러나 인용 2)(은희경의 『마지막 춤은 나와 함께』의 한 구절)에서 그 설득력은 다소 흔들린다. 결혼이 '멋진 신세계' 가 아니듯이 이혼 또한 '낙원 추방' 이 아니라는 이혼 불가피론의 등장인데, 그 타당성이 자연스러우면서도 조금은 충격적이다. 타협과 인내와 같은 종래의 미덕은 자연스럽게 그 자리를 잃어버렸기 때문이다. 중요한 것은 자신의 욕망이다.

인용 3)(윤효의 「모던 타임즈, 1996 '유리꽃'」의 한 구절)은, 말하자면 그 욕망의 극점이 나타나는 경우라 할 수 있겠는데, 현실생활에서 이따금 발생하는 일임에도 불구하고 소설에서 그것이 자연스럽게 정당화되는 일은 최근의 현상이라고 할 수 있다. 심지어는 자신의 욕망을 위해 협조하지 않는 상대방을 잘못의 정범으로 간주하는 태도가 일반화된다. 가정은 더이상 움직이지 않는 안주의 땅이 아니다.(김주연, 「페미니즘, 그 당연한 욕망의 함정」, 『디지털 욕망과 문학의 현혹』, 237쪽)

표면적으로는 여성소설의 흐름을 '객관적으로' 개관하고 있는 진술로 보이지만, "타협과 인내와 같은 종래의 미덕" 운운하며 "충격적이다"라고 토로하는 데서 보여지는 두려움, "중요한 것은 자신의 욕망이다"라고 하는 평서문 속에 감추어져 있는 '가정보다 중요한 것이 고작 자신의 욕망이란 말인가?' 라는 의문문의 흔적(trace) 같은 것들을 지우기는 힘들어 보인다. 얼마간의 두려움과 얼마간의 경멸을 가까스로 참고 있는 형국이다.

좀더 젊고, 스스로 진보적임을 자처하는 남성 평자의 경우에도 사정은 마찬가지이다.

나르시시즘＋감상주의＋날렵한 허무주의가 잘 버무려진 전혀 불온하지 않은 문장들이다. 이 소설에는 이러한 문장들이 거의 매 페이지마다 등장하여, 가벼운 마음으로 시간을 때우려고 작정한 사람들을 매우 즐겁게(?) 또는 지루하게 하고 있다.(이명원, 「'마녀'는 어떻게 부드러워지는가」, 『주례사 비평을 넘어서』, 146쪽)

이명원이 전경린의 소설 『난 유리로 만든 배를 타고 낯선 바다를 떠도네』의 문체를 거론하고 있는 부분인데, 비판의 진위와는 상관없이 어투에서 느껴지는 비아냥거림과 작품에 대한 경멸이 마치 집 나간 아내에게 퍼붓는 한 가부장의 저주를 연상시킬 정도이다.

최소한의 성찰적 자의식을 가진 남성 평론가가 여성 작가들의 소설들에 대해 말해야 할 때 느끼는 최초의 불안은 여기서 연유한다. 과연 나는 가부장제 이데올로기로부터 뼛속까지 자유로워진 채로 여성들에 대해 말할 수 있을 것인가? 게다가 그런 두려움은 남성으로서는 넘어설 수 없는 생물학적 한계에 관한 다음과 같은 구절들 앞에서 배가된다.

여성은 이를테면 성기의 두 음순으로부터 나오는 확산된 성욕과 남근 중심적 담론과 같이 동일성만을 요구하는 가설 내에서는 이해도 표현도 될 수 없는 리비도적 에너지의 다중성(多重性)을 경험한다는 것이다.(앤 로잘린드 존스, 「몸으로 글쓰기」, 『여성 해방 문학의 논리』, 176쪽)

남근 중심적 동일성의 가설로는 "이해도 표현도 될 수 없는" 여성 고유의 경험을 거론하는 것이 가능할 것인가? 이미 그 존재 형식 자체가 남성적일 수밖에 없는 '언어'를 사용해서, 매일의 일상에서 그들이 느끼는 분노의 강렬함, 그녀들의 육체가 누린다는 다형성(多形性) 쾌감, 달과 함께 순환하는 수성(水性)의 리듬 같은 것들에 대해서 말이다.

월경 한 번 해본 적 없고, 산고를 겪은 바는 더더욱 없으며, 수유와 양육의 포용적 곤경에도 처해본 적 없는 남성이 여성에 대해 말할 때, 반드시 성찰적이어야만 하는 이유가 아마도 여기에 있을 것이다. 극한까지 자성적이지 않고서는, 남성이 여성에 대해 이데올로기적 제약으로부터 자유로운 언어를 사용하기는 힘들다. 뱀들의 사랑을 방해한 벌로 칠 년간 여성의 삶을 살았던 테이레시아스만이 오로지 이러한 자의식으로부터 자유로운 남성이었을 것인데, 그러나 그마저 그렇게 얻은 '전지(全知)'를 남용한 탓에 시력의 상실, 곧 맹목(盲目)을 얻었다. 통찰이 곧 맹목이라는 격언(폴 드 만은 얼마나 지혜로웠던가)은 이런 경우에 더더욱 유효하다.

2. 남편의 정체

어쩌면 바로 그런 남성들(그리고 그들이 구성하고 있는 어떤 단단한 체제)이, 그러니까 제법 합리적이고 지적이며 여성들의 처지에 공감을 표하기도 했던 그런 이들이 오늘의 사태에 가장 큰 책임이 있는지도 모를 일이다. 오늘의 사태란 바로 우리 시대의 여성 작가들, 특히 삼십대 후반 사십대 초반 작가들(은희경, 김형경, 김인숙, 공지영, 전경린, 서하진, 권지예 등)의 소설 속 주인공들이 너무 오래, 너무 빈번히, 그것도 아주 비슷비슷한 이유와 방식으로 집을 나서고, 일탈적인 사랑을 꿈꾸거나 실제로 감행하기도 하며, 결국 파멸하거나 되돌아오기를 반복하고 있는 '우려스러운' 상황을 말한다. 무슨 책임 말인가? 그녀들과의 동맹을 일방적으로 파기한 책임, 밀약을 어기고 아비들에게 투항한 책임이다.

그녀들은 한 십 년쯤 전만 해도 남성들과 동맹관계에 있었다. 최소한 그렇다고 믿었다. 유신정권 후반과 80년대 초반의 격렬했던 시절에 이십대를 맞았던 이들에게 해방과 평등에의 약속은 성차(性差)를 초월할 만큼은 가치 있는 것으로 받아들여졌다. 엥겔스의 『가족 사유재산 국가의 기원』은 동맹의 밀약 구실을 하기에 충분했다. 밀약은 계급 해방의 자연스러운 귀결로서의 여성 해방을 보장했다. 공지영이나 김인숙은 바로 그런 시대의 비교적 한복판에 있었다. 그러나 복판에 있지 못했더라도 사정은 마찬가지였는데, 한 시대의 문화적 우점종은 중심과 주변을 가리지 않고 헤게모니를 행사하기 때문이다. 추측건대, 은희경도 전경린도 서하진이나 김형경도 시대 밖에 있지는 못했을 것이다.

물론 그 시대의 해방서사는 이제와 돌이켜보건대 충분히 '남성적'인 것이었다. 마르크스주의 자체가 가지고 있었던 남성성(과학주의, 이성 중심주의)뿐만 아니라, 당대를 지배했던 문화 전체가 남성적이었던 것인데, 가령 '형'이라는 호칭은 여성들이 남성 선배를 부를 때에도 일반화되었고(대학에서나 노동 현장에서나), 씨름이나 격구와 같은 수컷들의 싸움에도 여성들이 동원되었으며(그때 남성 구경꾼들의 웃음은 이제와 생각하면 동지애의 발로가 아니라 추태다), 주량과 거침없는 욕설의 양이 주체가 담보한 혁명성의 양을 가늠하는 기준으로 암암리에 동원되곤 했다는 사실 등등은 그 방증의 일부에 불과하다. 말하자면 그 시대는 충분히 남녀평등이 실현된 시대이긴 했으되, 그러기 위해서는 '여성의 남성화'라고 하는 폭력적인 절차가 필요했다. '사랑'의 다른 이름이었던 '혁명적 동지애'는 그렇게 탄생했다.

그럼에도 동맹에 문제가 있어 보이지는 않았다. 그 동맹은 결국 여성에게도 해방을 가져다주리란 믿음이 있었기 때문이었다. 그러나 사태가 정말 기대와 같았던가? 물론 아니다. 이제 입에 담기 민망할 정도로 자주 거론된 90년대 초반의 상황이 벌어진다. 밀약이 무효화되었던 것이다. 해방의 서사는 현실화되지 않았다. 그리고 그러는 와중에 그녀들은 나이를 먹었고 속속 주부가 되었다. 물론 그녀들은 대개 '동지'와 결혼했거나, 최소한 여성의 상태를 이해해줄 만한 남성과 결혼했을 것이다. 그리고 그때까지만 해도 그녀들은 "동지와 만났기 때문에 자연스럽게 결혼생활이 달라질 것이라고" 믿었을 것이다. 그렇지만 현실은 전혀 그렇지 못했다. "이들이 몸담고 있던 남성 중심 체제는 너무 견고했다." (조한혜정, 「남성 중심 공화국의 결혼 이야기1」, 191쪽)

그녀들은 이젠 남편이 된 옛 동지들의 이면을 어쩔 수 없이 들여다보아야 하는 상황에 처한다. 공지영의 초기 소설들이 모두 그 관찰보고서로 거론될 수 있겠거니와, 90년대 중반 이후 씌어진 삼십대 후반 여성 작가들의 작품에 출현하는 남편의 모습들 거개가 여기에 속한다. 알고 보니 남편들은 모두 '양부(養父)'들이었다. 결혼이란 결국 "양부의 집에서 다른 양부의 집으로 몸을 옮기는 것에 불과하다는 사실"(전경린, 『난 유리로 만든 배를 타고 낯선 바다를 떠도네』, 88쪽)을 그녀들은 이즈음 깨닫게 된다.

겉으로 동맹을 먼저 파기하는 것은 그녀들이다. 실상을 깨달은 이상 그녀들은 더이상 양부의 집에서 편히 지내질 못한다. 그러나 정작 약속을 어긴 것은 누구인가? 류보선의 표현을 빌리자면,(류보선, 「불임의 사랑, 모성의 공포」, 『경이로운 차이들』) 페넬로페가 줄곧 기다렸던 오디세우스, 80년대 내내 나약한 아버지(이들은 대개 무반성적인 근대화 1세대에 해당한다)가 싫다면서 마치 부친 살해의 의식이라도 치르듯 저희들의 유토피아를 찾아 떠났다가 결국엔 모험에 실패하고 돌아온 오디세우스들의 모습은 얼마나 제 아비들을 닮아 있었던가? 공고한 가정, 탈 없는 일상, 희망의 보류, 그들의 모토가 전 세대의 아비들을 닮아가면 닮아갈수록 아내들은 전 세대의 어머니를 닮아가야만 한다. 그녀들은 다시 가정, 그리고 그것이 표상하는 보다 크고 위압적인 질서 속으로 유폐당할 위기에 몰린다. 그러나 동지는 간데없고, 깃발마저도 나부끼지 않으려는 찰나, 이제 페넬로페들이 가출을 시작한다.

그러니 오래된 도덕(누구의 도덕이겠는가?)의 잣대로 그녀들의 일탈을 비아냥거릴 일만은 아니다. 사실상 그녀들의 일탈은 김현실의 표현에 따르자면 '이념의 전이'(김현실, 「'혼자' 서서, '함께' 가기—공지영론」, 『페미니즘은 휴머니즘이다』)에 해당하기 때문이다. 프로이트의 용법에 따라 '전이(轉移)'라는 용어를 '한 대상에서 다른 대상으로의 카섹시스 이동'이라고 정의할 때, 그녀들은 이제 리비도 집중의 대상을 바꾸기 시작했던 것이다. 전이과정에서 리비도가 데스트루도(destrudo)로 변하는 것도 이해 못 할 바 아니다. 생성에의 욕구와 파괴에의 욕구는 같은 에너지의 두 가지 이름이다. 그녀들은 이제 동맹을 파기한 남성 동지들과 결별하고, 또 그들이 연루되어 있는 아비들의 세계에 흠집을 내면서 '무소의 뿔처럼 혼자서 가기'를 원한다. '무성(無性)'적이었던(실제로는 남성적이었던) 해방서사는 여성 해방의 서사로 구체화되고, 저항의 대상은 성차가 없던 억압사회 일반에서 성별이 뚜렷한 가부장사회로 바뀐다. 게다가 시대가 그녀들 편이었다. 거대서사의 종결과, 그 거대서사의 그늘에서 억압되어 있던 것들의 귀환을 시대는 반기고 있었다. 그 귀환의 제 일성이 새로운 적을 찾아나선 여성들로부터 시작되었단 사실은 그러고 보면 그리 놀랄 일도 아닌 셈이다.

3. 집 나가는 여자들

1999년까지, 그렇게 시작된 소설 속 여성들의 가출에 관한 보고서는 이미 충분하다.[26] 그러니 최근 발표된 몇몇 여성 작가들의 작품만 일별해보자. 여기 이 주제와 관련하여 대강 작성된 목록이 있다.

김형경은『사랑을 선택하는 특별한 기준』에서 두 화자를 통해 여성의 '역사적' 상처와 '성'을 정밀한 정신분석 담론의 도움을 빌려 이야기한다. 전경린은『내 생에 꼭 하루뿐일 특별한 날』에서 예정된 자기 파멸을 향해 치닫는 한 여성의 일탈적 사랑(도스토예프스키의 소설『백치』의 나스타샤를 방불케 하는)을 그렸고,『나는 유리로 만든 배를 타고 낯선 바다를 떠도네』에서는 이십오 세의 여성 주인공이 최악으로 세속적인 사랑과 절대 사랑을 동시에 경험하게 했다. 올해 출간된 또다른 소설『열정의 습관』은 거의 카마수트라나 요가를 방불케 하는(경멸적인 비유가 아니다. 이 점은 후에 다시 거론하겠다) '쾌락의 활용'을 소설화하기도 한다. 김인숙은『꽃의 기억』에서 한 이혼녀가 각각 쾌락원칙과 현실원칙을 상징하는 듯한 두 남자 사이에서 육체적으로, 그리고 정신적으로도 갈등하게 하며,『브라스밴드를 기다리며』에서는 이 작품집에 실린 거의 모든 소설의 소재를 불륜과 일탈에의 욕구로부터 끌어왔다. 최근의 장편『우연』역시 도덕으로부터 자유로운(상처에 의해서건 신념에 의해서건) 두 남녀의 성에 초점을 맞추기는 마찬가지이다. 서하진의 소설집『라벤더 향기』역시 상당수의 소설들, 특히「라벤더 향기」「불륜의 방식」「회전문」「저만치 누군가가 보이네」등이 불륜과 일탈에의 욕망

---

26) 1999년 이전 가출하는 여성들의 풍경에 관해서는 이미 황종연(「이졸데의 손녀들, 그들의 불륜과 소설」,『비루한 것의 카니발』, 문학동네, 2001), 최성실(「섹슈얼리티의 두 얼굴」,『동서문학』 2001년 가을호), 류보선(「불임의 사랑, 모성의 공포」,『경이로운 차이들』, 문학동네, 2002), 우찬제(「타나토스 / 에로스 / 에코스」,『타자의 목소리』, 문학동네, 1996), 백지연(「대중문화와 페미니즘」,『미로 속을 질주하는 문학』, 창작과비평사, 2001), 정순진(「한국 여성주의 소설의 성과와 전망」,『여성의 현실과 문학』, 푸른사상, 2001), 고미숙(「순정과 냉소 사이에서 표류하는 페미니즘」,『비평기계』, 소명, 2000) 등의 글에서 충분히 묘사되고, 분석되고, 비판된 바 있다.

을 소재로 삼고 있다. 권지예의 창작집 『꿈꾸는 마리오네뜨』의 전체 작품들, 그리고 이평재의 『마녀 물고기』도 사정은 마찬가지이다. 그리고 은희경 또한 이로부터는 자유롭지 못한데, 『상속』에 실린 「아내의 상자」와 「내가 살았던 집」이 이 범주하에서 거론될 만하다.

대강의 목록만으로도 숨이 찰 지경이거니와, 오로지 '불륜' 과 '성' 이라는 소재만을 기준으로 모은 작품들을 이토록 무의미하고도 길게 나열해 늘어놓은[27] 이유는 다른 데 있지 않다. 나는 지금 최근 이삼 년간 발간된 삼십대 후반 사십대 초반 여성 작가들의 거의 대부분의 작품이 이 주제로부터 전혀 벗어나지 않고 있음을 환기시킴으로써 독자들이 지루해하기를 바라고 있다.

실제로 이들 소설들에서 잦은 반복으로 인해 이미 형성중인 패턴(준관습)을 발견하기는 그리 어렵지 않다. 어차피 나열이 길어졌으니 다시 한번의 나열을 허락해주기 바란다. 여기 패턴들의 목록이 있다.

직업

『난 유리로 만든 배를 타고 낯선 바다를 떠도네』의 주인공 김은령은 방송국 구성작가이고, 『열정의 습관』의 주인공 미홍은 시인이다. (전경린) 『꽃의 기억』의 주인공 박경진의 직업은 큐레이터이고, 「물 위에서」

---

27) 이런 식의 나열에는 필연적으로 각 작품, 각 작가의 개성과 디테일이 생략될 수밖에 없다. 가령 전경린의 문체가 보여주는 다형도착증적 풍요로움에 대해(그녀의 문장들은 마치 무수한 성감대를 가진 여성의 몸과 같다. 오감이 그토록 발달한 문체를 나는 본 적이 없다), 김인숙의 주인공들에게 특징적인 '선험적 소통 불가능성' 에 대해(아마도 80년대의 종결과 함께 김인숙이 느낀 환멸과 관계가 깊을 듯한), 서하진의 '그림자' 탐구는 어느 만큼 진척되었는가에 관해, 그리고 은희경의 소설 속에서 자전적인 요소들이 거의 사라져가고 있다는 사실이나 권지예의 '프랑스' 가 작품 속에서 어떤 역할을 하는가 등등에 관해서는 여기서 길게 말할 계제가 아니다. 단일 작가론이나 작품론이 아닌 글의 맹점으로 그 책임을 돌릴 수밖에 없겠다.

의 주인공 지은은 예술전용극장 매표원이며 「바위 위에 눕다」의 주인공인 ‘나’는 전직 카피라이터이다. 「어느 해의 봄날」의 주인공은 소설을 쓰고 있으며, 「술래에게」의 주인공은 미술 과외교사이다. 그리고 『우연』의 주인공 이기연은 백화점 상담원이다.(이상 김인숙) 「꿈꾸는 마리오네뜨」의 주인공은 전직 화가 지망생이며, 「상자 속의 푸른 칼」과 「투우」의 주인공은 화가이다.(이상 권지예) 더 나열할 필요가 있을까? 요컨대 이 범주에 속하는 소설 속의 여주인공들의 직업은 거의가 ‘문화 관련 산업에 종사하는 비정규직 여성 노동자’의 범주에 든다는 사실이다. 이제는 자주 묻지 않는 작가의 계급 문제가 여기서는 다시 중요해진다. 그녀들에게는 박봉이긴 하지만 일이 있다. 동시에 직업의 성격상 새로운 경향(문화란 얼마나 새로운 것에 목말라하던가?)과 첨예한 문제들에 충분히 민감하다. 말하자면 그녀들은 관습이나 제도에 대해 거의 일상적으로 적대적이다. 그녀들은 경제적으로나 정신적으로나 항상 가부장의 그늘을 벗어날 수 있는 조건을 마련하고 있는 셈이다.

남성의 이분화

그러나 경제적 정신적 조건만으로는 아직 충분한 가출의 이유가 갖추어진 것은 아니다. 세번째 조건이 필요하다. 그것은 다름아닌 도덕적 우위의 확보이다. 말하자면 가부장 자신의 배신이나 타락, 혹은 여성에 대한 철저한 무관심이 있어야만 그녀들은 집을 나설 최후의 이유를 갖추게 된다. 물론 그 반대편에는 또다른 남성군이 있다. 그는 전혀 가부장적이지 않고, 생활계의 속물근성에도 물들지 않은 사내여야 한다. 그들은 대개 그녀들과 마찬가지로 문화 관련 직종에 종사하거나 수컷들의 논리에 적응하지 못한 남성들이다. 남성들은 그렇게 이분화된다. 억압자이자 생활계 논리의 담지자로서의 남편과 조력자이자 문화계 논리의 담지자로서의 애인. 『내 생에 꼭 하루뿐일 특별한 날』의 김효경은 외도를 통해 이미혼을 먼저 배반하고, 안온한 가정에 우울증을 몰고 온다. 반면 시골의 사설 우체국장(소통 가능성의 상징이다) 규는 관습과 제도를 무시할 줄 알고, 섬세하며 이타적인 사람으로 등장하다. 『난 유리로 만든 배를 타고 낯선 바다를 떠도네』의 선모는 지긋지긋한 속물근성으로 은령의 일탈에 충분한 이유를 마련해준다. 반면 시인 문유경과 사업가 이진은 그녀에게 아무것도 요구하지 않는다. 오로지 육체 외에는.(이상 전경린) 「브라스밴드를 기다리며」(김인숙)의 주인공 영모는 아내 예희의 오래된 꿈(브라스밴드 주자)을 포함하여 아내의 모든 것에 대해 무지하다. 심지어 아내가 암으로 입원할 때까지 그녀의 병기(病氣)조차 알아채지 못한다. 그런 이유로 그녀가 피아노 조율사(생활계에 반하는 문화계의 상징이다)와 불륜에 빠지는 것은 정당화된다. 「라벤더 향기」(서하진)의 주인공은 남편에 의해 가꾸어지는 조화다. 남편은 활력과 재력을 두루 갖춘 실업가인데, 그것만큼 일탈의 이유로 충분한 것은 없다. 수컷들의 생활계에서 그가 보여주는 유능은 곧 그가 얼마나 가부장적인가에 대한 반증이다. 당연히 그녀는 이혼한 사회 부적응자와 동병상련의 불륜에 빠진다. 결국 남성인물들은 구체적인 개성을 가진 살아 있는 인물들이 되지 못한 채 굳은 상징의 처지로 몰린다. 그들은 가부장과 구원자 사이에서 양자택일해야 한다.

경계에서 머뭇거리다

그러나 그렇게 시작된 일탈은 특별한 경우를 제외하고는 거의 실패(자발적이거나 자기 징벌적인)로 끝난다. 그녀들은 대개 일탈의 허망함을 깨닫고 일상으로 복귀한다. 『꽃의 기억』의 박경진은 현실원칙의 체현자 신지우도, 쾌락원칙의 체현자 최성택도 택하지 않고 자신이 없는 사이 딸과 가정을 돌봐주었던 남자 우진석에게 동화된다. 「브라스밴드를 기다리며」의 예희는 결국 남편 영모의 카메라 앞에서 죽음을 맞는다. 「물 위에서」의 지은은 태민과의 불륜이 얼마나 허망한 것인가를 수문 앞에서 깨닫는다. 끝내 수문은 열리지 않는다.(이상 김인숙) 「불륜의 방식」(서하진)의 이 선생은 자신의 불륜 상대자가 상습적인 성폭력범임을 확인하면서 자기 혐오감에 휩싸인다. 「정육점 여자」의 주인공 민은 프랑스 유학 시절 라라와의 원시적인 성체험의 기억을 고작 홍등가 배회로 대신한다. 그는 아내의 불륜을 알면서도 모른 척한다. 「섬」의 주인공 진경은 육 년 만에 용기를 내어 예전의 불륜 상대자 석용빈을 만나러 가지만, 석용빈은 파리에 신혼여행을 온 상태다.(이상 권지예) 그녀들은 마치 돌아오기 위해서만 떠난다는 듯이, 혹은 그 허망함을 확인하기 위해서만 일탈한다는 듯이 모두들 성과 속의 경계에서 서성인다. '모든 경계에는 꽃이 핀다' 지만 경계도 오래 눌러앉으면 더이상 경계가 아닐 것이다. 경계는 쉽사리 '재영토화' 된다.

외부에서의 구원

의지와 다르게 그녀들은 대개 외부에서의 구원을 수동적으로 기다리는 경우가 많다. 심지어 전경린 같은 독한 작가에게서도 사정은 마찬가지이다. 『열정의 습관』의 미홍은 아래층 남자에게 자신을 배달하는 환상을 즐길망정, 스스로 아래층 남자에게 내려가지는 않는다. 그녀에게 먼저 말을 거는 것은 여전히 남자다. '쾌락의 활용'은 차후의 일이다. 『내 생에 꼭 하루뿐일 특별한 날』에서도 차 연료가 떨어진 미혼에게 먼저 도움을 자청하는 것은 규이다. 그는 말한다(상투적으로). "괜찮아요?" 이 말은 오랫동안 미혼의 귓속을 맴돌 것이다. 사고로 불구가 된 그와 헤어진 후까지. 김인숙의 주인공이 기다리는 것도 말 걸어주는 남자이다. 『꽃의 기억』의 박경진은 자주 환청을 듣는다. "당신에게 무슨 일이 있었지요."

　이외에도 패턴들은 더 있다. 남편의 외도와 그에 따른 아내의 정체성 상실, 가정이라는 감옥에서 소멸해가는 자아에 대한 상실감 같은 패턴들은 너무 익숙해서 여기 나열을 피했을 정도이다. 반복하건대 우리는 근 십 년 동안 너무 오래, 너무 빈번히, 그것도 아주 비슷비슷한 이유와 방식으로 집을 나서고, 일탈적인 사랑을 꿈꾸거나 실제로 감행하기도 하며, 결국 파멸하거나 되돌아오기를 반복하고 있는 그녀들을 만나고 있는 것이다.

　20세기의 예술사가 보여주듯이 어떠한 새로운 것도 자주 반복되면 관습이 된다. 호메로스 이래의 불멸의 주제 '성'과 '불륜'이라 해도 사정은 마찬가지이다. 그리고 관습화된 모든 것들은 지루할 뿐만 아니라 위험하다. 쉽사리 도용되고, 모방되며, 상품화되기 때문이다. 양귀자의 『나는 소망한다 내게 금지된 것을』이 출간된 것이 1992년, 십여 년 전 일이다. 십 년 동안 한 가지 주제와 소재가 이토록 자주 반복되었다면, 제아무리 다채로운 변주와 '차이 나는 반복'이 거듭되었다 하더라도 관습화의 위험을 피할 수는 없다. 돌파가 필요한 것이다.

4. 다시 맹목의 불안

　그러나 이쯤 해서, 남성 필자는 다시 한번 성찰적일 필요가 있다. 설사 십 년이 아니라 백 년 동안일지라도, 만일 그녀들이 그토록 벗어나고자 하는 어떤 상태가 아직도 굳건하다면, 여전히 그녀들은 집을 나서고, 제도 밖의 사랑을 꿈꾸고, 자신의 몸과 쾌락과 분노에 대해 말해야 하는 것 아니겠는가? 그럴 수밖에 없지 않겠는가? 게다가 시선을 조금

더 넓혀 소설 밖의 사태를 관찰해본다면, 그녀들의 소설은 선택의 문제
가 아니라 넓은 의미에서 사회적 변화 추이의 반영이거나 그 일부일 수
도 있다.

이때 사회적 변화의 추이란 소위 미국식 핵가족제도의 위기상황을
말한다. 미국의 경우 남성 노동자 세력의 가부장제 이데올로기와 자본
주의의 체제 재편 욕구가 결탁하여 만들어진 '가족임금제'(남성노동력
에 의한 가족 전체 부양)가 위기를 맞은 것은 1970년대의 일이다. 60년
대 말부터 시작된 법인자본주의의 위기는 가부장 남성 노동력의 실질
임금 하락을 초래했고, 배타적으로 가사노동에 유폐되었던 여성 노동
력의 필연적인 사회 진출이라는 결과를 초래했다. 핵가족제도는 사실
상 가족임금제의 견고한 유지와 그 운명을 같이하는 측면이 강한데, 여
성 노동력의 사회 진출은 가족 내 가부장의 전제권력을 많은 부분 훼손
시키면서, 엥겔스가『가족 사유재산 국가의 기원』에서 묘사한 프롤레
타리아트 가족의 '강요된 남녀평등' 상태와 유사한 상황을 촉진시켰다.

이와 같은 현상이 한국에서 나타나기 시작한 것은 이즈음의 일이다.
특히 1997년 이후의 경제 위기는 가부장의 대거 실직상태를 유발하고,
맞벌이 부부 내지는 여성 노동력에 의존하는 가족구성체를 대거 양산
해냄으로써 가족의 위기라고 하는 담론을 증폭시키는 계기로 작용했
다.(이미경,『신자유주의적 '반격' 하에서 핵가족과 '가족의 위기' : 페미니
즘적 비판의 쟁점들』참조)

이렇게 볼 때, 삼사십대 여성 작가들의 소설에 자주 등장하는 가족의
와해와 가부장적 가족제도에 대한 여성들의 불만 및 일탈 욕망은 그녀
들의 의도와 무관하게 사회적으로 조건지어진 측면이 있다는 얘기다.
요컨대 여성의 성적 자유와 존재감의 복구라고 하는 주제는 작가들의
의도에 의해 생산되거나 생산 중지될 수 있는 성질의 것이 아니라, 사
회적으로 생산되고 소멸될 성질의 것일 수도 있다. 이런 진단이 유효하

다면, 십 년 이상 지속된 이 주제의 형상화는 아직 더 오랜 기간 동안 지속될 가능성이 크다. 주체의 결단이 구조를 바로 바꿔놓을 수는 없기 때문이다.

그럼에도 불구하고 관습화의 위험을 이유로 그녀들을 비판하는 행위 속에는 뭔가 음험한, 자신도 모르는 의도가 도사리고 있는 것은 아니겠는가? 통찰에 대한 자만은 맹목을 낳는다는 테이레시아스의 우화가 주는 교훈을 되새겨야 하는 지점도 여기이다. 그러니 스스로도 의혹 가득한 관습화에 대한 경고는 이만 줄이자. 이제 이미 관습으로부터의 돌파를 시작한 두 소설에 대해 언급하면서 글을 마무리할 차례다.

5. 돌파

관습화로부터의 돌파는 이미 시작되었다. 서하진의 단편 「종소리」(『라벤더 향기』)와 전경린의 『열정의 습관』이 그 예에 해당한다.

서하진의 「종소리」는 '여성 / 남성(가부장제)'의 대립구도를 '신화적 시간 / 근대적 시간' '자연 / 문명'의 대립으로까지 확장하는 과감함을 보여준다. 여성 문제를 가족제도의 문제로 국한시키는 혐의가 짙었던 종래의 여성소설들과 달리 이 소설은 파우스트적이고 근대적이며 불합리의 합리성에 기반한 남성성과, 바우키스적이고 신화적이며 표상 불가능한(아도르노적 의미에서의 '자연 자체'와도 같이) 여성성이라는 대립구도로 소설의 주제를 확장시킴으로써 여성과 제도 간의 마찰이라는 오래된 주제를 광대무변한 영역으로까지 넓혀놓는다.[28]

한편 전경린의 『열정의 습관』은 세간의 비아냥거림(예를 들면 항상

---

28) 한 편의 평문이 이 단편 한 작품에 바쳐져도 좋을 것이다. 훗날의 몫으로 남겨둔다.

중요한 세부의 해석에 약한 이명원의 평과 같은)과는 달리 여성의 몸과
존재의 특질에 대해 니체가 지칭한 '어린아이의 사유'와도 같은 거침없
음을 보여줌으로써 여성 문제에 관한 한 한 단계 진척된 문제의식을 이
끌어내고 있다. 이 소설에서 제도와 여성 주체 간의 다툼이라고 하는
관습화된 여성소설의 주제는 후경화된다. 대신 '에로스의 활용'을 통한
존재감의 복원이라고 하는 '까마-요가'(내 몸 속의 브라흐만 찾기로서
의 성행위)적 발상이 전경화된다. 다음과 같은 미홍의 진술을 보라.

　　말을 할 때조차 둘은 서로의 육체적 질감을 느꼈다. 정신이 육체화되
고 육체가 정신이 되는 동안에 자신들이 고르는 일상적인 언어와 문장의
구조마저 정신과 육체에 물리적·화학적 작용을 불러일으키는 것 같았
다. 전화선을 통해 말을 하면서도, 마치 살을 만지는 것 같은, 두 겹으로
포개져 끌어안고 있는 것 같은, 삽입된 것과 같은 관능적인 황홀을 공유
하며 말을 멈추게 되는 것이다.
　　언어란 영혼의 몽타주일지도 모른다. 또한 정신은 언어의 몽타주이며
육체는 정신의 몽타주인 것이다. 4위일체의 사랑, 그중에서 진성이 가장
원하는 사랑은 성적 사랑이었다. 모든 통합의 구체적 행위이고 시작이면
서 동시에 끝이기 때문이었다.(『열정의 습관』, 159쪽)

정신과 육체의 이분법이 무화되고 언어마저 화학작용을 통해 육체와
통합되는 듯한 지경은 모든 통합의 구체적 행위(eros)인 '성'을 통해
실현된다. 그리하여 진성과 미홍은 동양의 완전수 3과 완결수 7의 배합
으로 만들어진 완벽한 숫자 21일째 되는 밤, 자기 적멸을 통한 영원의
획득 순간을 얼핏 훔쳐볼 수 있게 된다. 네 차례에 걸친 요가적 성행위
후에 미홍은 다음과 같이 말한다. "그러므로 이 순간과 영원은 아무런
차이도 없다. 아무런……"(『열정의 습관』) 모든 도덕과 제도로부터 자

유로운 성은 이제 '구사' 된다. 몸의 활용을 통해 모든 구분이 무화되는 지경에 이르기를 갈망하는 순간 성은 더이상 성이 아니라 일종의 구도 (求道)가 된다.

사실 전경린 소설의 이와 같은 특징은 이미 예견된 바 있다. 가령 「염 소를 모는 여자」의 주인공 윤미소는 광인의 우산을 쓰고 빗속을 걸어 염소와 함께 집을 나설 때, 심지어 아이에 대해서마저 단호했다(아이란 얼마나 자주 가정 수호의 빌미가 되던가? 그리고 얼마나 많은 그녀들이 아 이만은 데리고, 혹은 아이 때문에 가부장의 우산 아래 머물러 있거나 돌아 와야 했던가?). 또한 『내 생에 꼭 하루뿐일 특별한 날』에서 아들 '수' 몫 의 발언을 찾게 되는 것은 모든 광포한 격정이 파멸에 이른 후 잠깐일 뿐이다. 류보선이 '모성의 공포'라고 지칭한 어떤 현상을 전경린보다 잘 보여주었던 작가는 없었다. 그런 점에서 황종연의 다음과 같은 평가 는 적절했다.

정열의 삶에 대한 그녀의 소설적 변론은 한국의 여성 작가들이 이제까 지 남긴 어떤 불륜의 로맨스보다도 급진적이라고 생각된다. 혹자는 그러 한 정열의 급진주의가 내포하는 몰윤리적 맹목성에 염려를 느낄지 모르 지만, 그것이 그저 '본데없는' 천격의 방종이 아니라 개인의 자유를 확 인하려는 열정임을 알아보는 일은 중요하다.(황종연, 「이졸데의 손녀들, 그들의 불륜과 소설」, 『비루한 것의 카니발』, 315쪽)

전경린은 이제 가족이라고 하는 협소한 감옥에 대해 소극적으로 반 동일시하는 사유(사자의 사유)를 벗어나 '성'을 통해 영원을 획득하려 는 야심을 보여준다. 그러한 시도는 분명 이전의 여성소설이 기반하고 있던 관습과는 확연히 구별되는 데가 있다.

그러나 바로 그 급진성 탓에, 그로부터 파생되는 위험 또한 작아 보이

지는 않는다는 사실을 지적할 필요는 있겠다. 아다시피 모든 구도는 지
극히 개인적인 것이어서 한 주체의 해탈(고행을 통해서건 쾌락의 활용을
통해서건)이 다른 모든 주체들의 해탈을 보장해주는 것은 전혀 아니라는
사실이 그것이다. 개인의 구도는 결코 사회와 같이 가지 못한다. 구도는
성별과 역사를 무화하기 때문이다. 당연히 그녀의 소설들도 더이상 여성
소설의 범주에 들지 않게 될 수도 있다. 그것이 축복인지 저주인지는 모
르겠으나, 그녀는 어쨌든 지금 아주 위험한 요가에 빠져 있다.

(2002)

과장되게 여신(女神)을 찾다
─여성 작가들의 최근 장편을 중심으로

레닌이 말하기를 막대가 나쁜 방향으로 구부러졌을 때, 그것을 바로잡기 위해서는,
즉 곧게 펴서 유지시키기 위해서는, 우선 막대를 반대방향으로 구부려야만 하며
따라서 그것을 쥐고 튼튼하게 반대방향으로 잡아당겨야 한다는 것이었다.
　　　　　　　　　　　　　　　─루이 알튀세, 「아미앵에서의 주장」

그러나, 과장만이 진리이다.
　　　─테오도르 아도르노, 『계몽의 변증법』

1. 여신(女神)은 존재했다

데리다는 황금시대를 상정하는 어떠한 사유도 '기원의 형이상학'을
벗어나기 힘들다는 요지의 발언을 한 바 있다. 맞는 말이다. 심리적 억
압이 전혀 존재하지 않았던 유아기의 모습으로(프로이트적으로) 나타나
건, 아니면 우주와 신과 인간과 자연이 한 점 균열도 없이 '총체적으로'
얽혀 있던 신화시대의 모습으로(루카치적으로) 나타나건, 황금시대란
대개 허구이기 십상이다. 사료와 유물들과 꿈과 자유연상에 의해 제아
무리 정밀하게 뒷받침된다 할지라도, 개체발생적으로나 계통발생적으
로나 '이상화된 과거'는 현실도피욕망의 산물일 경우가 많기 때문이다.
　그러나 비록 이상화되고 가공되었다 할지라도 찬란했던 과거에 대한
기억 없이 어떻게 지금보다 나은 미래를 구상할 수 있을 것인가! 크라
우스의 "근원은 목표다"(벤야민, 「역사철학테제」)라는 명제는 이 점을
노골적으로 지적한다. 사실 인류가 상정하는 모든 유토피아란 결국 이

미 인류가 겪어온 과거를 이상화한 것이 아니고 무엇이겠는가! 매 시기의 인류가 '지금'(자신들에게는 항상 지옥과 다름없는)보다는 나은 어떤 상태를 꿈꾸기 위해 반드시 필요로 했던 것이 바로 그 '기원'이 아니고 무엇이었겠는가! 준거로서의 '이상화된 과거'가 없었다면 인류는 어떠한 목표도 상정할 수 없었을 것이고, 그렇게 목표로서의 미래가 사라져버리고 나면 영원한 현재만이 남을 것인바, 무한 지속하는 현재란 그야말로 어떠한 희망도, 심지어는 절망조차도 없는 '지옥' 그것에 다름아니었을 것이다.

그런 이유로 우리는 여신들과 그들의 세계는 분명히 존재한 적이 있었다고 말해야 한다. 설사 그 사실 여부가 사료와 유물에 의해 실증되지 않더라도(딱히 실증되지 않는 것도 아니지만) 여신들의 세계는 존재했었다고 '믿어야' 한다. 그렇게 해서라도 세계를 장악한 두 남신(男神) 야훼와 알라가 제 신민들을 학살하고 도륙하는 작금의 사태에 미미하게나마 제동을 걸어볼 수 있다면…… 올림포스의 신들이 출범한 이후 신의 섭리와 동일시되어버린 정복과 지배, 합리와 이성, 수학과 통계가 사실은 여신들의 시신 더미 위에 세워진 남성성의 폭력에 다름아니었음을 상기시킬 수만 있다면……

위(胃)는 텅 비어 있어 아무리 삼켜도 만족할 줄 모르되, 자궁은 우주적으로 충만하여 영원토록 모든 것을 태어나게 하는 여신 칼리(Kali)는 존재'했어야 한다'. 그래야만 우리는 그녀의 위 속으로 사라지게 될 오늘날의 절망과, 그녀의 자궁으로부터 도래할 내일의 희망을 희미하게나마 구상해볼 수 있을 것이기 때문이다. "사자는 죽이지 않고, 늑대는 양을 채가지 않으며, 늙은 여자는 '나는 늙은 여자이다'라고 말하지 않고, 늙은 남자는 '나는 늙은 남자이다'라고 말하지 않는"(조지프 캠벨, 『신의 가면3 ― 서양신화』, 69쪽) 천국의 섬 딜문(Dilmun)도, 혹은 다음과 같이 '매우 아름다운 매우 아름다운(수샤마―수샤마susama―susama)'

시대도 존재했어야 한다.

이때 사람들의 키는 6마일에 이르렀다. 그들의 갈비뼈는 256개였으며, 항상 남아와 여아의 쌍둥이로 태어났다. 이들은 자란 후 다시 남편과 아내가 되어 3팔랴, 즉 3대에 걸친 '무수한 해' 동안 살았다. 소망을 성취시켜주는 열 그루의 나무는 모든 욕망에 응답하였다. 첫번째 나무는 아주 맛있는 과일로 가득 차 있으며, 두번째 나무는 단지와 냄비를 만들 때 쓰는 잎으로 가득 차 있고, 세번째 나무의 잎들은 달콤한 음악을 계속 만들어냈다. 네번째 나무는 밤에 밝은 빛으로 빛났으며, 다섯번째 나무는 수없이 많은 작은 램프 불빛을 냈다. 여섯번째 나무의 꽃은 영광스러웠을 뿐만 아니라 향기로운 냄새로 대기를 가득 채웠다. 일곱번째 나무는 매우 아름답고 다양한 맛을 내는 음식을 제공하였다. 여덟번째 나무는 보석을 제공하였고, 아홉번째 나무는 여러 층으로 된 궁전이었으며, 열번째 나무의 껍질은 옷을 제공하였다. 당시에 땅은 설탕처럼 달콤하였으며, 바다는 맛있는 술이었다.(조지프 캠벨,『신의 가면2 — 동양신화』, 255쪽, 요약은 필자)[29]

나아가 우리는 이와 같은 세계가 "부권적인 아리아 족에 속한 것도, 역시 부권적인 셈 족에 속한 것도" 아니었다는 사실, 게다가 "우리는 그러한 주제들을 잃어버린 적도 없고 다시 찾은 적도 없다"는 사실, 그것

---

29) 이 글에서 인용, 참조한 텍스트는 다음과 같다. 조지프 캠벨,『신의 가면 3 — 서양신화』, 정영목 옮김, 까치글방, 1999 ; 조지프 캠벨,『신의 가면 2 — 동양신화』, 이진구 옮김, 까치글방, 1999 ; 르네 지라르,『낭만적 거짓과 소설적 진실』, 김치수·송의경 옮김, 한길사, 2001 ; 배수아,『일요일 스키야키 식당』, 문학과지성사, 2003 ; 조선희,『열정과 불안』, 생각의나무, 2002 ; 김형경,『사랑을 선택하는 특별한 기준』, 문이당, 2001 ;『우파니샤드』 1권, 이재술 옮김, 한길사, 1996 ; 전경린,『열정의 습관』, 이룸, 2002 ; 최윤,『저기 소리없이 한 점 꽃잎이 지고』, 문학과지성사, 1992 ; 최윤,『마네킹』, 열림원, 2003.

은 늘 우리 곁에서 함께 살았던 "여신-어머니의 가슴속에 존재하고 있다"(조지프 캠벨, 『신의 가면3 — 서양신화』, 69쪽)는 사실 또한 믿어야만 한다.

야훼와 알라의, 이성과 남성의 폭력 쪽으로 과도하게 '구부러진 막대'는 그런 '과장'을 통해서만 바로 세워질 수 있을 것이기 때문이다.

2. 사람들은 서로에게 신으로 비칠 것이다

그러나 현실은 항상 의지와 달라서, 지금 시대는 '매우 아름다운 매우 아름다운' 시대부터 다섯번째 '슬픈(두샤마duhsama)' 시기를 지나 '슬프고도 슬픈(두샤마-두샤마duhsama-duhsama)' 마지막 시대로 치닫고 있는 듯만 싶다(주위를 둘러보라!). 미구에 닥칠 자이나교적 우주의 마지막 여섯번째 시대에 "인간의 수명은 20년에 불과하게 될 것이고, 가장 큰 자도 18인치를 넘지 못하며, 갈비뼈는 8개에 지나지 않게 될 것이다. 낮은 가공할 정도로 뜨겁고, 밤은 서리처럼 추울 것이며, 질병은 창궐하고 순결한 것들은 사라질 것이다". 물론 지구 어느 곳에서도 여신들의 세계에 이르는 사다리(야곱의 사다리보다 먼저 존재했던)의 흔적은커녕, 여신들이 존재했다는 흔적마저도 찾기 힘들어질 것이다.

그사이 페르세우스라는 이름의 가부장 영웅은 메두사의 목을 베었고, 목이 잘린 메두사, 원래는 칼리와 동격의 우주 여신이었던 그녀는 '신화적 비방'(캠벨)과 '결백의 수사학'(모레티)에 의해 뱀 머리카락을 가진 괴물로 둔갑해버렸다. 제우스는 신들의 위계를 이성신과 남성신 위주로, 말하자면 가부장제의 형태로 구조조정했고, 와중에 구분과 분류가 불가능한 구래의 자연신들과 여신들은 신화시대 저편의 무인도로 퇴출당해버렸다. 인도의 태양신 인드라(Indra)는 우주의 용(아마도 그 또한 여신이었을 텐데)을 살해했고, 게르만의 최고신 오딘(Odin)은 제 눈을 잃으면서까지 지식, 곧 이성을 손에 넣었다. 대신 호기심과, 시기와, 죽음과, 흑마술과, 음란함과 같은 모든 부정적인 지표들은 여신들의 차지가 된다. 여신들은 이후로 칼리의 지위를 회복하지 못했다. 오로지 가부장적 질서에 편입된 여신들, 가령 동정녀 마리아만이 추앙받을 수 있었다.

그러나 남신들의 세계도 영원할 수는 없었다. 남신들은 아직 온전히 이성적이지 못한 인간들이 그들을 필요로 하는 동안만 우주를 지배할 수 있었다. 인간들이 자신들의 이성으로 파악할 수 없는 비밀, 곧 신의 영역이 더이상 우주에 남아 있지 않다고 믿는 순간, 신들은 이제 불필요한 존재가 되어버린다. 교회와 사찰의 숫자가 폭증하고 있다는 사실을 인정한다 하더라도, 엄밀한 의미에서, 니체가 알아차린 그대로, 근대인들에 의해 '신은 죽었다'.

혹자는 신의 죽음을 두고 해방이라고 한다. 그러나 신의 죽음을 선포함으로써 근대인들이 얻은 것이 단지 '해방' 뿐이었는지에 대해서는 이견이 많다. 지라르는 이렇게 말한다.

2~3세기 전부터 이어져내려오는 서구의 모든 학설의 이면에는 언제나 다음과 같은 동일한 원리가 있어왔다. 즉, 신은 죽었고 인간이 신의 자리를 대신해야 한다는 원리이다. 자만심의 유혹은 영원하지만 현대에 와서는 그 유혹이 대대적으로 조직화되고 놀라울 정도로 증대된 까닭에 억제할 수 없게 되어버렸다. 현대의 복음은 누구나 들을 수 있다. 복음이 우리 가슴에 더욱 깊이 새겨질수록 이 굉장한 약속과 체험으로 맛보게 될 참담한 실망 사이의 대조는 더욱 격렬해진다.(르네 지라르, 『낭만적 거짓과 소설적 진실』, 107쪽)

지라르의 말로 미루어보건대 근대인은 마치 '집 나간 십대' '굶주리는 파계승' 혹은 '이제 막 가부장제의 울타리를 탈출한 용감한, 그러나 가난한 아내' (우리가 최근 십여 년간 여성 작가들의 소설에서 자주 목도했던)와 같다. 구속에서 해방된 바로 그 순간, 이제 그들은 육체적으로나 정신적으로나 스스로를 양육해야만 한다. 신으로부터의 해방과 이로 인해 획득한 자율성이라는 "현대의 복음"이 증대되면 증대될수록, 실제에 있어서는 전혀 자율적이지 못한 자신의 상태가 실망감만을 부추긴다. 그렇다고 집으로 되돌아갈 수도 없다. 집은 무너졌고 부모는 죽어버렸다.

신의 죽음이 인류에게 해방만을 가져다준 것은 아니었던 것이다. 결국 "자유를 정면으로 직시할 수 없는 사람들은 고뇌에 빠진다. 그들은 자기들의 시선을 고정시킬 근거지를 찾게 된다. 그들을 보편적인 세계에 연결시켜줄 신도, 왕도, 영주도, 이제는 없다. 개별자라는 느낌에서 벗어나기 위해 사람들은 타인의 욕망을 모방한다. 즉 절대자를 포기할 수 없는 까닭에 신의 대체물을 선택한다"(르네 지라르, 『낭만적 거짓과 소설적 진실』, 118쪽). 이제 근대인들은 신을 모방하는 대신 타인들을 모방하기 시작한다. 신의 대체물은 곧 타인들이기 때문이다.

그러나 서로가 서로를 모방하는 그들 근대적 개인은 자신에게 닥친 이 불행, 즉 신으로부터는 해방되었으나 자율성은 전혀 획득하지 못한 이 상태를 인류 보편의 문제로, 혹은 현대 특유의 문제로 파악하지 못한다. 그들은 세계를 '총체적으로' 볼 수 있는 시력을 상실했다. 신과 함께 그들의 시야에서 초점도 사라져버렸다. 그리하여 불행과 고립은 오로지 개개인의 몫이 되었다. 게다가 이미 충분히 삭막해져버린 자본주의적 일상은 지옥을 방불케 한다. 반면 불공평하게도 타인들은 아직도 신의 세계로 나 있는 사다리(그것이 돈이 되었건, 권력이나 사회적 지위가 되었건, 혹은 가족의 행복이 되었건)를 가지고 있을 거라는 원한감정(ressentiment)이 그들을 사로잡는다. 서로가 서로를 원한적으로, 그리고 부정적으로 모방하고 질시하는 현대 특유의 상황이 벌어진다. '나'의 욕망은 사라지고, 타인의 욕망을 모방하는 모방욕망이 그 자리를 대신한다. 타인의 무엇을 욕망하느냐고? 물론 '돈'이다.

이후로 구원을 향한 직접적 초월의 시도는 사라지고 타인의 행복, 곧 '돈'에 의해 매개됨으로써만 구원을 꿈꾸는 굴절된 초월의 시도들만이 난무한다. 지라르는 이러한 상태를 '내면적 간접화(médiation interne)'란 용어로 표현하는바, 신은 인간에 의해 살해당했지만 바로 그 신의 부재로 인해 이제 인간은 무수하게 중첩되는 욕망의 삼각형에 갇힌 신세로 전락하고 만다. 그리고 대개 그 삼각형의 한 꼭지점은 '돈'이 차지하게 마련이다. 나는 돈을 욕망한다. 왜? 저 녀석이 그것을 가지고 있는 듯하니까. '돈'이 신의 자리를 대신한다. 물신(物神)이다.

신은 그냥 죽는 법이 없다. 신은 죽으면서 여신들이 다시 도래하지 않는 한 인류의 힘으로는 도저히 풀지 못할 저주를 남겼다. 그 저주는 이런 것이었다. 나의 죽음 이후 "사람들은 서로가 서로에게 신으로 비칠 것이다"(르네 지라르, 『낭만적 거짓과 소설적 진실』, 104쪽). 문제는 새로 탄생한 그 무수한 신들이 전지자였던 예전의 신과는 달리 나보다 그다지 우월해 보이지 않는, 흔하디흔한, 그래서 싸움과 간계와 모략과 중상을 불러일으키는, 그런 신들이라는 점이다. 신은 죽으면서 인류에게 '만인에 대해 만인이 늑대'인 시대를 선물했던 것이다.

3. 물신(物神)―배수아 장편소설 『일요일 스키야키 식당』

배수아의 장편 『일요일 스키야키 식당』의 세계, 끝없이 이어지더라도 아무런 하자가 없을 것 같은 이 무한 텍스트(작가는 이 소설을 영원히 끝내고 싶지 않았다고 말한다. 실제로 이 소설의 형식은 모레티가『근대의 서사시』에서 정식화한 '무한 텍스트'를 닮아 있다. 원칙적으로 이 소설은 끝없이 확장 가능하다. 돈과 가난에 영혼까지 지배받는 인간의 수가 무한하듯이)는 21세기 초엽의 한국 역시 지라르의 내면적 간접화, 혹은 '부정적 모방(negative imitation)'의 단계에 이미 깊숙이 진입해 있음을 탁월하게 보여준다.

배수아의 주인공들에게 신의 자리를 대신하는 것은 '돈'이다. 가령 「성 모녀」에피소드의 주인공 '표현정'과 '부혜린' 모녀를 상기해보자. 표현정에게 돈은 곧 '물신(物神, fetish)'이다. 신은 그 절대성으로 하여 여러 가지를 면제받지만, 특히 사용가치를 면제받는다. 신은 아무짝에도 쓸모가 없지만, 오로지 존재한다는 이유만으로도 추앙받는다. 표현정에게는 돈이 그렇다. 그녀는 돈이 많지만 그 돈의 용도, 곧 사용가치를 모른다. 표현정과 부혜린 모녀는 그 많은 돈에도 불구하고 굶주림을 면하지 못하며(않으며), 하루 열 시간씩 주 6일을 노동한다.

엄밀하게 말해서 '돈'에는 원래부터 사용가치가 없었다. 그것은 한 장의 종이쪽지이거나 한 덩어리의 구리에 불과한 것이어서 그 자체로 용도를 가진 물건이 아니다. 그것은 다른 물건, 사용가치를 가진 다른 상품과 교환될 때만 용도를 갖는다. 그렇다면 돈은 처음부터 사용되어야만 그 가치가 인정되는 '수단'인 것이지 그 자체로 '목적'이 될 수는 없는 물건이다. 그러나 표현정의 손에 주어지면 돈은 전혀 다른 가치를 획득한다. 그녀에게 돈은 '권력'이다. '자존심'이고, '위안'이며, '신앙'이다. 말하자면 신적인 가치들의 담지체다. 신에 직접 이르지 못하게 되어버린 시대에 그 신의 자리를 대신하면서 구원을 보장하는 신, 그러나 그렇게 구원을 보장함으로써 동시에 구원을 끝없이 유예하는 신, 오로지 상징가치만을 가지게 된 표현정의 돈은 그렇게 '물신'이 된다. 아름다운(사실은 가부장적인) 구원의 동화『신데렐라』의 패러디(부혜린이 파티에 나가면서 신은 구두, 그녀의 구두가 벗겨졌을 때 백마 대신 자가용을 타고 나타나는 왕자 백두연, 그리고 마치 계모처럼 부혜린을 학대하는 표현정의 그로테스크한 대사들을 보라)처럼 보이는 이들 모녀의 삶은 돈이 신의 지위를 차지해버린 시대, 그리하여 구원에의 기대가 매번 배반당하는 시대의 끔찍한 우화다.

그러나 배수아의 소설은 여기서 더 나아간다. 배수아의 소설 속에서 '돈'을 매개로 한 모방욕망은 심지어 주체에 대해 '본질구성적(constitutive)'이기조차 하다. 배수아가 보기에 돈에 대한 욕망, 혹은 궁핍상태를 벗어나려는 욕망은 모든 인간에게 보편적으로 내재해 있다. 전혀 궁핍하지 않은 자들도 마찬가지다. 물질적으로는 풍요로운, 그러나 그 풍요를 전혀 즐기지 못하고 후기자본주의의 극한 속도에 중독되어버린 '배유은'과 '김요환' 부부(「낯선 천국으로의 여행」)를 보라. 정작 치부에는 성공했으나 고독과 유폐 속에서 늙어가는 자린고비 '삼촌'(「오직 무참히 짓밟힌 인간」)을 보라. 남편의 전부인에게마저 아무렇지도 않게 욕설을 뱉으며 돈을 갈취하는 '돈경숙' 여사의 뻔뻔스러움(「일요일 스키야키 식당」)을 보라. 자발적으로 가난을 택한, 그래서 "가난 그 자체"(250쪽)가 되어버린, 그러나 우리가 흔히 들어온 '자발적으로 가난을 택한 사람들'의 행색과는 판이하게, 단아하지도 무욕의 평화를 얻지도 못한 지하생활자 '노용'(「콘트라베이스」)을 보라. 그리고 누구보다도 「검은 하늘」 에피소드의 혼외정사 커플을 보라. 작가는 그들 혼외정사 커플의 심리를 이렇게 묘사한다.

그들은 비밀에 굶주려 있었다. 그들은 바로 그것이 필요했다. 부부나 가족이라는 울타리 안에서 모두 다 공유하고 공개되는 것 이외의 삶의 내용 말이다.(190쪽)

그들은 굶주려 있다. 그러나 그들의 허기는 이미 경제적 궁핍, 즉 '돈'
의 문제를 벗어나 있다. "그들은 단지 남자, 혹은 여자로 불리는 삶의
형태를 가지고 있었기"(189쪽) 때문에(사실은 현대를 사는 우리 모두의
삶이 다 그러한데), 자신에게 유일무이한 고유성을 부여해줄 '비밀'을
욕망한다. 차이에의 욕망, 개성에의 욕망, 그러나 결코 채워질 수 없는
이 욕망 또한 작가 배수아가 보기에는 굶주림의 일종이다.

아니나 다를까, 소설 말미에 배수아는 '편재하는 궁핍'에 대한 다소
사변적인 글 하나를 남긴다. 소설 속 인물 '김성도'가 쓴(그러나 사실은
배수아 자신의 '가난론'으로 보이는) 「예비적 서문—슬픈 빈곤의 사회」
가 그것이다. 사실상 작가가 직접 쓴 작품해설로 보이기조차 하는 이
글에서 김성도는 궁핍이 경제적인 영역을 벗어나 있다고 직접적으로
말한다.

경제적인 결핍으로 인하여 인간다운 삶을 영위하지 못하는 것이 빈곤
이라고 한다면, 견해에 따라서 상당히 다르기는 하겠지만 내가 인터뷰했
던 많은 사람들은 그 영역에서 벗어나 있다. 그래서 내 글은 빈곤이라는
주제를 지나치게 확대시켰다는 비난을 면치 못할 것도 같다. 그러나 내
가 인터뷰를 하는 동안 내내 빈곤은 너무 많은 얼굴과 가면을 쓰고 인터
뷰어의 등뒤에서 어깨 너머로 나를 보면서 미소를 흘리고 있는 것이다.
그러나 나는 이 책을 완성하지는 못할 것 같다는 예감을 가지고 있다. 빈
곤은 스스로 범위를 확장해나가고 점점 빈곤 아닌 다른 것의 이름을 차
용하거나 데카당한 가면을 쓰고 있기도 하면서 그 모습을 변화시키고 있
는 것이다. 나는 그 뒤를 쫓아가기가 힘에 부칠 정도였다. 나는 빈곤에
서서히 점령당하고 포로가 되어가는 자신을 느낀다.(267~268쪽)

아마도 처음에 배수아는 빈곤에 관한 짧은 연작들을 통해 빈곤의 본

질을 밝히려는 시도(전형성과 총체성을 확보한 가난 탐구 시도, 말하자면 리얼리즘적인 시도)로 글을 쓰기 시작했을 것이다. 그러나 이내 그러한 시도가 "유치하게도 지표면을 맛보기로 관찰함으로써 지구와 문명의 역사를 읽어내려는 서툰 지질학자의 흉내"(256쪽)에 불과하다는 사실을 깨달았던 모양이다. 경제적인 빈곤만으로 설명할 수 없는 '본질구성적' 궁핍, 심리학적이기도 하고 존재론적이기도 한 그러한 궁핍이 존재한다는 사실을 발견했던 것이다. 궁핍은 근원적이다.

그런 이유로 그녀는 글쓰기를 영원히 지속할 수도 있었을 것이다. 역사라는 이름으로, 혹은 사회나 경제라는 이름으로 포괄되지 않는 궁핍이란 그것을 느끼는 개체들의 수만큼 무한할 테니까. 『일요일 스키야키식당』이 단절적이고 파편적인 여러 에피소드들의 연쇄로 이루어진 무한 텍스트 형식, 『난장이가 쏘아올린 작은 공』이 이미 차용한, 그러나 그보다 훨씬 격렬하고 초현실적이거나 그로테스크하고, 그래서 '과장되게 구부러진' 형식을 취하고 있는 이유도 여기에 있을 것이다. 궁핍은 무한한 범위에 걸쳐 있는 것이다.

그렇다면 배수아의 소설은 신이 사라져버린, 그 자리를 돈이라는 이름의 물신이 찬탈해버린, 만인이 만인에 대해 늑대인, 21세기 초엽 후기자본주의사회의 『난장이가 쏘아올린 작은 공』이다. 그리고 바로 이 21세기형 '난쏘공'으로 하여 궁핍과 굶주림의 범주가 사회적인, 혹은 역사적인 범주를 벗어나 무한 확장한다. 돈에 대한 욕망을 포함해서, 궁핍을 채우려는 욕망은 그들이 실제로 가난하거나 부유하거나, 섹스 파트너가 있거나 없거나, 자발적으로 가난을 택했거나 말거나 간에, 예외 없이 주체에 대해 '본질구성적'이다. 우리 모두 굶주려 있다. 우리 모두 위 한구석이 텅 비어 있다. 그리고 아마도 그 텅 빈 자리의 크기는 죽어버린 신의 부피와 같을 것이다.

4. 사제(司祭)—조선희 장편소설『열정과 불안』

신이 죽었다 해도 사제들은 여전히 필요하다. 왜냐하면 신이 인간에게 주었던 가장 큰 혜택 중의 하나가 '고백'이었기 때문이다. 사실 신이 존재하는 한, 그리고 신에게 바치는 '고해성사'가 존재하는 한 인간들의 정신건강에 비상은 없었다. 이에 대해서는 늦깎이 대형 작가 조선희도 이견이 없다.

아마도 가톨릭이 내면을 돌아보고 자신과 대화함으로써 정서적으로 안정시키는 속성이 있는 듯 개신교에 비하면 가톨릭교도들 가운데 정신신경과 쪽의 발병률이 훨씬 낮게 나타난다.(조선희, 『열정과 불안』 2권, 196쪽)

알다시피 가톨릭과 개신교의 차이 중 유별나게 눈에 띄는 것이 그 교리보다도 '고해성사'의 유무이다. 신이 존재하고 그 신에게 인간의 고백을 전해주는 사제가 존재하는 한 정신병리는 그리 걱정할 것이 못 된다. 비유적으로가 아니라 실제로 그렇다. 그러나 신이 더이상 존재하지 않게 되었다면? 그리하여 사제 또한 그다지 신뢰할 만한 중개자가 되지 못한다면? 그럼에도 불구하고, 혹은 그러면 그럴수록, 차오르는 고백에의 욕망은 어떻게 해야 할 것인가? 새로운 사제들이 필요해지는 지점이 바로 여기이다. 과학과 지식으로 무장한, 그러나 신은 부정하는 그런 사제들 말이다.

푸코에 따르면 지식을 낳는 것은 이성의 진보가 아니라 시대의 필요이다. 그리고 신의 죽음과 함께 무엇보다도 절실하게 '필요해진' 지식이 바로 '정신분석학'이었을 것이다. 신은 이제 없다 하더라도, 아니 그러면 그럴수록 더, 지옥과 같은 일상을 겪으면서 쌓인 죄악과 억압에 대한 고백을 들어주고 보상심리를 채워줄 사제는 필요했을 테니 말이다. 그렇게 보면 신의 죽음과 정신분석의들의 개업이 거의 동시대적인 현상이었다는 사실도 이해가 된다. 신의 죽음을 선언한 니체와 최초의 정신분석가 프로이트가 동시대 사람이었듯이 말이다. 요컨대 정신분석가는 신이 사라져버린 시대의 사제들이다. 당연히 정신분석학은 신이 사라져버린 시대의 신학이고, 신경정신과 병원은 신이 사라져버린 시대의 고해소이며, 상담치료는 고해성사다.

최근 우리 소설계에 일고 있는 정신분석 담론의 소설화 경향(김형경, 박청호, 김유택, 김연경, 천운영, 표명희, 방현희 그리고 다른 많은 젊은 작가들) 또한 넓게는 이런 관점에서 이해될 필요가 있다. 신은 아니더라도 해방의 약속은 있었던 한 시대가 레닌의 목에 걸린 밧줄과 함께 지나가버린 후, 기댈 데라곤 없어진 장삼이사들이 마음병을 앓는 것은 당연한 일이다. 더군다나 80년대 이후 급속도로 진행된 한국의 후기산업사회화와 그로 인해 만인이 만인에 대해 늑대가 되어버린(그래서 배수아의 소설세계를 차차 닮아가는) 시대는 더욱더 사제들을 필수적인 존재로 만들었을 것이다. 그 필요가 정신분석학의 전례 없는 융성기를 낳고 있음은 미루어 짐작이 가능하다.

조선희의 장편『열정과 불안』은 그러한 경향의 정점에 있다. '정점에 있다'라고 하는 말이 다소 과장처럼 들릴지도 모르겠다. 이미 김형경의 소설『사랑을 선택하는 특별한 기준』을 읽은 독자들에게는 더욱 그럴 것이다. 김형경의 작품은 정신분석 치료과정 자체가 작품의 전체 서사를 구성하고 있을 정도로 '정신분석적'이다. 아리스토텔레스의 '뮈토스' 개념이 현대의 내성적 소설들에도 그대로 적용 가능하다고 믿고 싶었던 리쾨르(『시간과 이야기2』)가 읽었더라면 쾌재를 불렀을 만큼, 이 작품은 (무)의식의 진행과정 자체가 탄탄한 서사를 형성하고 있다. 요컨대 이 작품만큼 '정신분석적'인 작품은 당분간 다시 만나기 힘들 것이

다. 그럼에도 불구하고 조선희의 작품은 정신분석 담론의 소설화 경향
의 정점에 있다. 이유는 조선희의 작품이 더 '과장되어' 있기 때문이다.

조선희의 작품 속에서 현대의 사제 정신분석가는 '과장되게도' 여신
의 풍모를 지니기 시작한다(반면 김형경의 주인공은 사제로서의 정신분
석가가 아니라 고백하는 환자였다). '과장되게도' 돈을 매개로 고백을
허락하는 후기자본주의시대의 의사직을 포기하고, '과장되게도' 기어
이 고대에 죽어버린 여신을 되불러오겠다고 한다. 2권의 주인공 유인호
가 바로 그 무모한 여신이다.

『열정과 불안』 1권이 남성의 세계이자 '열정'의 세계라면, 유인호가
주인공인 2권은 여성의 세계이자 '불안'의 세계이다. 1권의 박영준이
'눌라치타'라는 이름의 유토피아를 찾아 '열정적으로'(그리고 남성적
으로) 이탈리아로 도망갔다면, 2권의 유인호는 제가 살던 나라, '불안'
으로 가득 찬 후기자본주의 한국에 그대로 남아 상처받은 만인의 고백
을 들어준다. 신이 사라져버린 시대, 그래서 불안으로 가득 찬 시대의
개인들이 뿜어내는 고백들로 인해 자신도 상처받고 울부짖으면서.

다음은 그녀가 들어준 고백들이다.

살아봤자 변할 건 아무것도 없다. 나는 세상에서 손가락질당하기만 한
다. 엄마는 왜 나를 낳아놓았나. 사람 구실도 못 할 텐데.(98kg의 게임중
독 정신분열증 환자 김만재의 고백, 후에 자살함, 2권 31쪽)

인호씨, 우리 엄마 같애. 아니, 비린내 나는 엄마 말고, 지적이고 세련된
엄마.(일중독증, 신체화장애, 불안장애증후군 환자 김민혁의 고백, 2권
128쪽)

그런데 우리 애가 좀 이상해. 계속 토해. 벌써 두 시간은 된 거 같애.

지금은 멀건 물만 나오는데도 계속 토해. 몸에 열도 있어. 얼굴이 새빨개
져가지고 계속 울어. 왜 이러지? 가끔 우유 먹은 걸 토하긴 하는데 이렇
게 심하게 토하는 건 처음 봐. 어쩌면 좋지? 어른들도 두 분 다 못 주무시
고 걱정이 이만저만이 아니야.(다소 모성 고착적인 유인호의 전남편 정
명원이 새벽 1시 30분에 전화에다 대고 한 고백, 2권 137쪽)

그런데 마음이 가뿐해. 뭐냐 하면, 어디서 무얼 하건 시간을 즐길 수
있을 것 같은 자신이 좀 생겼거든. 눌라치타를 보고 느낀 건데, 유토피아
를 그려놓고 절치부심으로 준비해서는 절대 유토피아가 오지 않는다는
거야. 살아가면서, 과정 속에서 그걸 발견하지 못하면 그건 끝내 오지 않
는다는, 뭐 그런 얘기지.(박영준이 현존하는 눌라치타에 실망한 후 이태
리에서 보낸 엽서, 2권 221～222쪽)

사람은 옛날에 고생을 많이 했어도 옛날을 돌아보고 싶지 않고, 현재
가 고생스러워도 옛날을 돌아보고 싶지 않는 법이다.(사회공포증으로
말을 더듬는 유인호의 엄마가 한 고백, 2권 163쪽)

수혜가 학교 간다고 나서면 나는 사층 베란다에서 내다보지요. 아이가
정류장에서 혼자 서 있다가 버스를 타는 걸 보면 나도 방으로 들어오는
데, 저 멀리 아래서 하얀 교복을 입고 걸어가는 아이를 보면 그 작은 몸
이 더 자그마해 보여서…… 가슴이 꽉 메어와요. 험한 세상에…… 여린
생명을 던져놓았다는 생각에. 어떤 때는 차마…… 그 모습을 볼 용기가
안 나서…… 일부러 청소를 시작할 때도 있어요…… 너무 조그마한
게…… 너무 안쓰러워서…… (4층 베란다에서 뛰어내려 자살해버린 우
울증 환자 수혜 엄마의 고백, 2권 104쪽)

손이 떨려요. 그래서 이번에 시험을 망쳤어요.(계부에게 상습적으로 성추행을 당하는 17세 수혜의 고백, 2권 15쪽)

인용문들을 읽는 것만으로도 우리 시대 지옥도의 여러 면모가 생생하게 그려지거니와, 이 시대가 얼마나 정신분석가라는 이름의 사제들을 필요로 하는 시대인지도 충분히 납득할 수 있을 줄 안다. 이 세계가 끔찍한 만큼 이탈자들도 많을 수밖에 없는 것이다. 그런 이탈자들에게 찍히는 낙인이 바로 '광인', 부드럽게는 '신경증 환자'이다.

특기할 만한 사실은, 바로 그런 시대를 살아가는 2권의 모든 인물들에게 여성 정신분석의(精神分析醫) 유인호는 거의 유일한 사제란 점이다. 그러나 신은 이미 없으므로 사제는 그 말을 신에게 전하지 못한다. 제가 받아 삭여야 한다. 제아무리 고통스러운, 그래서 역전이를 일으키고, 자신을 혼란에 빠뜨리고야 마는 고백에 대해서일지라도 사제는 제 직분을 버릴 수 없다. 아마도 그러한 고행이 유인호에게 여신의 풍모를 부여했을 것이다.

고행 끝에 유인호는 결국 계부의 성추행으로부터 수혜를 구해 자신의 집으로 데려오고, 그럼으로써 자신의 17세와도 화해한다. 내내 무심하게 방치했던 엄마와도 화해하고 자신의 마지막 환자로 품어안는다. 왜곡된 열정으로 지치고 병든, 그래서 모로 너무 기울어져버린 모든 남성적인 막대들을 튼튼하게 쥐고 반대로 잡아당기는 '과장'이 된다. 그러고는 접신(接神)의 통과의례와도 같았던 그 모든 갈등들이 종결된 소설 말미에, 이런 꿈을 꾼다.

둥둥거리는 기타 소리가 잠결을 부드럽게 어루만진다. 기타를 치는 건 챙이 넓은 모자에 깃털을 꽂은 한 청년이다. 청년은 풀밭에 앉아 있다. 풀밭 위에 흰 천이 펼쳐져 있고 그 위에 과일들이 놓여 있다. 알이 굵은 포도송이들이다. 레몬과 무화과들이 그 옆에 흩어져 있다. 여자들과 남자들이 포도주잔을 들고 풀밭에 앉아 있다. 피부는 햇볕에 알맞게 그을렸고 탄력 있게 빛난다. 그 옆에 있는 두 남자는 얼굴은 보이지 않는데 왠지 지크문트 프로이트와 칼 구스타프 융이라는 느낌이 든다. 생전에 의절했던 두 남자는 사이좋게 이야기한다. 날씨가 덥다. 한 여자와 남자가 호수에 뛰어든다. 그러고 보니 여자 남자들이 다 벌거벗고 있다. 남자들은 모두 발기해서 '받들어 총!' 자세로 돌아다닌다. 풀밭에는 사자와 사슴도 있다. 청년이 연주하는 건 작은 하프 같다. 둥둥. 소리가 감미롭다. 모두들 그 소리에 귀를 기울이고 있다. 나는 감탄한다. 저렇게 아름다운 기타 소리는 처음이야.(2권 239~240쪽)

프로이트와 융이 화해했다면 정신분석과 여신 신화가 화해하지 못할 이유도 없겠다.

5. 요기(yogi) — 전경린 장편소설 『열정의 습관』

배수아나 조선희와 달리 '신의 죽음'에 동조하지 않는 사람들도 있을 것이다. 가령 '신'은 서양적인 존재이지 않으냐, 서양신의 죽음이 우리에게도 동일한 영향력을 발휘했을 것이라는 가정이 가당키나 한 것이냐 등등의 질문은 종종 서구 학문에 뿌리를 대고 있는 많은 논자들을 당혹케 한다. 은연중 스며들어 있는 '우리 것 신비주의'에 대해서는 일단 차치하더라도, 그런 질문에는 한국의 봉건과 근대 사이에 존재하는 폭력적인 단절에 대한 고려가 별로 없다. 게다가 되불러와야 한다고 말하는 그 '동양 정신'이란 것도 이즈음엔 거의 상품화되어 있는 경우가 태반이어서, 명상이나 은둔은 값나가는 오리엔탈리즘으로, 동양적 자연은 식이요법으로, 그리고 요가는 건강체조의 일종으로 치부되어버린다. 요가가 건강체조라니!

인도어 '요가(yoga)'라는 말은 원래 '연결하다' '참여하다' '통일하다'라는 뜻이라고 한다. 이 말은 곧 종교적인 의미로는 '피조물인 인간을 종교에 의해 다시 신과 관계시킨다'라는 말이 되겠다. 요가란 그러므로 일종의 종교적 제의였다. 다만 그것이 예배와 다른 점은, 예배가 내 몸 밖의 신(야훼)을 내 몸 밖의 어떤 장소(성당)에서 의례화된 희생제의(제사)를 통해 나와 연결시키는 데 반해, 요가는 내 몸 안의 신(브라만Brahman)을 내 몸 속에서 일어나는 희생제의(요가가 그토록 고행을 닮은 이유가 여기에 있다)를 통해 자아와 통합시킨다는 점일 것이다. 이를 캠벨은 "희생제의의 내재화"(조지프 캠벨, 『신의 가면2—동양신화』, 244쪽)라고 부르는데, 그에 따르면 요가와 예배의 이와 같은 차이는 실은 동양과 서양의 가장 중요한 차이이기도 하다. 캠벨은 기원전 21세기 초엽, 동양과 서양이 근본적으로 분리되는 시점에 대해 다음과 같이 설명한다.

내가 '위대한 반전'이라고 이름 붙인 중요한 시점 이후, 두 세계에서 등장한 자기 구원의 방식은 전적으로 달라졌다. 앞 장에서 지적하였듯이 서양에서는 인간과 신의 분리를 강조하기 때문에, 신으로부터의 분리를 고통으로 해석한다. 이때 고통은 대체로 죄의식, 처벌, 속죄 등의 용어로 나타난다. 이와 대조적으로 만물 안에 신성이 내재하고 있다는 의식이 강하게 남아 있는 동양에서는, 잘못된 판단으로 인하여 독해가 차단되기도 하지만, 독해의 방법은 심리학적이다. 따라서 동양에서의 해방의 방식과 이미지는 초자연적 부친의 권위적 명령보다는 대안적 치료의 성격을 지닌다.(조지프 캠벨, 『신의 가면2—동양신화』, 48쪽)

소위 '위대한 반전(The Great Reversal)' 이후, 서양의 문화는 죄의
식으로 특징지어진다. 인류가 최초로 신에 대해 범법을 저질렀음을 자
각하는 순간, 다른 말로는 최초로 금기가 탄생하고 문명이 그 출발을
알리는 시점이 바로 이즈음이었을 것이다. 서양의 문화는 죄의식 위에
세워졌다.

그러나 그것은 서양에서의 일이다. 동양에서는 사정이 달랐는데, 현
명하게도 동양의 선조들은 신을 자신의 내부로, 혹은 만물의 내부로 들
여옴으로써 죄의식을 면하고 스스로 신적인 형질을 나눠 가진다. 『이샤
우파니샤드』는 이렇게 시작한다. "이샤바스야 이담 사르밤." "이 세상
모든 것은 신으로 덮여 있도다"(『우파니샤드』1권, 56쪽)라는 의미다.

요가는 그렇게 만물 속으로, 그리고 내 속으로 들어온 신적인 존재를
찾는 구도의 방법이다. 밖에 있는 신이 아니라 내부에 있는 신을 불러
오는 내재화된 '희생제의'이다. 그것이 희생제의인 것은 고통을 통해
욕망을 태우기 때문이다. 요가는 고행이고 몸 속의 예배다. 최근 전경
린이 바로 그 요가의 길에 들어섰다. 전경린이 신이 죽어버린 시대에
저항하는 방식은 바로 '내 몸 속의 브라만(Brahman) 찾기'이다. 가령
다음의 구절을 보자.

말을 할 때조차 둘은 서로의 육체적 질감을 느꼈다. 정신이 육체화되
고 육체가 정신이 되는 동안에 자신들이 고르는 일상적인 언어와 문장의
구조마저 정신과 육체에 물리적·화학적 작용을 불러일으키는 것 같았
다. 전화선을 통해 말을 하면서도, 마치 살을 만지는 것 같은, 두 겹으로
포개져 끌어안고 있는 것 같은, 삽입된 것과 같은 관능적인 황홀을 공유
하며 말을 멈추게 되는 것이다.

언어란 영혼의 몽타주일지도 모른다. 또한 정신은 언어의 몽타주이며
육체는 정신의 몽타주인 것이다. 4위일체의 사랑, 그중에서 진성이 가장

원하는 사랑은 성적 사랑이었다. 모든 통합의 구체적 행위이고 시작이면서 동시에 끝이기 때문이었다.(전경린, 『열정의 습관』, 159쪽)

『열정의 습관』은 다소 긴장감이 떨어지고 그간 전경린의 소설에서 자주 목도한 성애담적 요소들이 거슬리는 점이 없지 않음에도 불구하고, 이 구절을 통해 '제도와 여성 주체 간의 다툼'이라고 하는 관습화된 '여성' 소설의 주제를 넘어선다. 일탈강박은 후경화되고, '육체의 활용'과 '쾌락의 구사'를 통한 존재감의 복원이라는 테마가 전경화된다. 염소를 몰고 가출했던(「염소를 모는 여자」) 가난한 아내, 완전한 남자와의 사랑을 찾아 기꺼이 가족을 포기했던 용감한 아내(『내 생에 꼭 하루뿐일 특별한 날』)는 그 일탈의 기나긴 여정 끝에서 '카마kāma-요가yoga'(내 몸 속의 브라만 찾기로서의 성행위)를 터득했다. 요가의 절정에서는 정신과 육체의 이분법마저 사라지고, 언어마저 화학작용을 통해 육체와 통합되는 듯한 지경에 이른다. 모든 통합의 구체적 행위(eros)인 '성'이 그것을 가능하게 한다.

그리하여 진성과 미홍은 동양의 완전수 3과 완결수 7의 배합으로 만들어진 완벽한 숫자인 21일째 되는 밤, 자기 적멸을 통한 영원의 획득 순간을 얼핏 훔쳐볼 수 있게 된다. 네 차례에 걸친 요가적 성행위 후에 미홍은 말한다. "그러므로 이 순간과 영원은 아무런 차이도 없다. 아무런……"(200쪽) 이런 말은 비록 신은 아니라 할지라도 최소한 신적인 어떤 상태를 맛본 자만이 뱉을 수 있는 성질의 것이다. 요컨대 미홍은 이제 막 제 몸 속에서 신성을 읽어낸 어린 여신이다.

다만 그 어린 여신이 다른 많은 동양적인 것들처럼 쉽사리 상품화되고, 성애소설의 주인공이란 구설수에나 휘말리고, 그리하여 요란스레 치장된 마네킹과 같은 처지로 몰리지 않기를 바랄 뿐이다.

6. 무신(舞神) — 최윤 장편소설 『마네킹』

　전경린의 요가는 사실 최윤의 시도에 비하면 늦은 편에 속한다. 최윤은 이르게도 1988년쯤에 우리를 아주 불편하게 하는 여신 하나를 우리 곁에 데려다놓은 적이 있다. 「저기 소리없이 한 점 꽃잎이 지고」(『저기 소리없이 한 점 꽃잎이 지고』, 이하 「꽃잎」)의 그 '소녀'를 기억하는가? 한국사 최악의 폭력으로부터 탄생해, 만나는 모든 남성들에게 겁탈당하면서, 만나는 모든 이들에게 원죄의식을 감염시키면서, 그러나 결코 그 여행의 궤적을 드러내지 않은 채로, '5월 광주'와 여성성과 '차연'(데리다, différance)의 기호가 되어 삼천리 산하 곳곳을 꽃잎처럼 헤매고 다니던 그 여신을 기억하는가? 그때부터 이미 최윤은 여신을 불러내고 있었다. 기나긴 추적에도 자취를 드러내지 않고, 접촉하는 모든 이들을 비탄과 자학에 빠뜨리면서, 그리하여 이 여신을 창조한 최윤 스스로가 그 저주를 풀어주기 전까지는 고통스런 방랑을 무한히 계속할 것만 같았던 이 주인공은 그러나 부정적인 여신이었다. 원죄의식과 고통만을 불러일으키는 신이었다. 사실 그 시대는 고통과 원죄의식이 희망과 구원보다 더 필요한 시대이기도 했다.

　다행히도 그 소녀가 최근 저주에서 풀려났다. 작가 최윤이 이번에는 구원과 위안의 여신을 그녀에게 보냈다. 『마네킹』의 '지니'가 그 새로운 여신이다. 다음은 지니가 「꽃잎」의 소녀를 구원하는 장면이다.

　그녀는 소녀의 상체를 들어 자신의 무릎 위에 뉘었다. 그러고는 소녀의 입에 자신의 입을 대고 그녀에게 오려고 죽음을 무릅쓰는 힘을 얻기 위해 소녀가 삼켰을 것이 분명한, 쓰라리고 독한 냄새의 액체를 빨아들였다. 그녀는 소녀에게 필요한, 소녀가 아마도 태어나서 한 번도 받아본 적이 없는 그런 입맞춤을 주는 자세로 여러 번에 걸쳐 아직은 소녀의 몸

안에 스며들지 못한 채 겉돌던 액체를 거두어주는 데 그녀의 힘을 모았
다. 얼마 지나지 않아 소녀의 상체가 경련으로 들썩거렸고, 소녀의 몸은
소녀를 음해하는 독물을 뱉어냈다. 소진한 소녀는 의식을 잃은 듯 움직
임이 없었다. 그러나 소녀의 심장에 귀를 대고 있는 그녀에게는 여린 박
동 소리가 들려왔다. 그녀는 아름다운 음악을 감상하듯 눈을 감고 소녀
의 몸 저 먼 곳에서 울려오는 여리고 감미로운 북소리를 들었다.(263~
264쪽)

지금 지니가 자신의 생명을 던져서 구하고 있는 소녀가 「꽃잎」의 그
소녀가 맞는지에 대해서는 의심의 여지가 없다. 왜냐하면 작가는 이 장
면에 앞서 여러 차례 이 소녀의 신상에 대한 정보를 흘린 바 있기 때문
이다. "평범한 외양의 그 나이 또래의 아이들이 지니는 불균형한 신체
에 한껏 남루한 복장을 한 이 소녀는 이 마을에서 그리 멀지 않은 도시,
한때는 지상에서 가장 불행한 일이 일어났던 한 대도시에서 자랐다"
(213쪽)라거나, "그녀가 한 번도 보지 못한 채 죽은 아버지와 오빠가 그
도시에서 억울하게, 무수한 사람들이 그랬듯이 흔적도 없이 사라져 장
례도 치르지 못했다는 이야기였다"(213쪽) 같은 언급이 그 정보에 해당
한다. 「꽃잎」의 소녀는 남녘 도시에서 그 잔혹한 일이 있은 후로 이십
년도 넘게 이 산하 곳곳을 나이도 들지 않은 채로 헤매고 다녔던 것이
다. 게다가 이젠 아비도 모르는 아이마저 포대기에 업은 채로.
　그런 소녀가 춤추는 여신 지니에게 구원을 청하고자 찾아온다. 위 인
용문에서는 "그녀에게 오려고 죽음을 무릅쓰는 힘을 얻기 위해 소녀가
삼켰을 것이 분명한"이라는 구절이 중요하다. 소녀는 자살하기 위해 독
을 마신 것이 아니다. 지니에게 오기 위해 독을 마신 것이다. 지니가 기
거하는 동굴(절벽 상단에 파인 동굴 모양의 거처다. 바다가 보이고 바람이
드나들고 형태는 달을 닮은)은 지니 외에 살아 있는 사람이 올 수 있는

위치에 있지 않다. 사실 이런 점들은 지니에게 여신적 풍모를 부여하는 데 일조한다. 바다와 바람과 달과 함께 자연에 기거하는 존재가 여신이 아니라면 무엇이겠는가?

아마도 작가 최윤은 사람들이 80년 5월을 영원히 기록하도록 하기 위해 어쩔 수 없이 소녀에게 걸었던 방랑의 저주가 못내 안타깝고 맘에 걸렸던 모양이다. 그리하여 이제 새로운 여신 지니를 소녀에게 보내 그 저주를 푼다. 지니와 입 맞춘 소녀가 깨어나기만 한다면, 이제 더이상은 남녘 도시에서의 학살이 준 외상으로 인해 온 산하를 광인으로 돌아다니지 않아도 좋으리라.

그러나 지니의 어떤 점이 이런 일들을 가능하게 하는가? 지니는 도대체 어떤 여신인가? 지니는 무엇보다도 완전하게 여성적인 신이다. 여신은 정복하거나 징벌하는 초자아가 아니라 치유하는 자, 생산하는 자, 만물을 순환케 하는 자이다. 그 징표는 그녀가 '말'을 포기했다는 사실에 있다. 그녀는 야훼나 알라나 그리스도와 달리 말로써 복음을 전하지 않는다. 그녀는 '아버지가 죽던 즈음부터' 서서히 말을 잊었다. 물론 라캉에 따르면 말은 '아버지의 이름'이고 '상징계'로 들어가는 입구이며, 그래서 남성적 세계로의 동화를 표상한다. 그리하여 지니는 아버지의 죽음과 함께 말을 물리고 몸으로 복음을 전한다.

'소라'가 지니에게 매혹당한 이유도 그것이다. 아무 말도 없지만 모든 의사소통을 가능하게 했던 그녀의 손글씨를 소라는 잊지 못한다. '쏠배감펭'이 수중에서 얼핏 본, 그러나 이후 평생을 잊지 못하는 것도 바로 그녀의 손동작이다. 그녀의 춤을 본 모든 사람들이 그토록 그 춤에 매혹당하고, 위안을 얻고, 평온한 마음으로 돌아가는 것, 그것은 그녀가 바로 언어 이전의 언어, 상징계의 언어도 아니고, 분류와 구분의 위압적인 분절성으로 이루어진 언어도 아니며, 만물을 억압적인 체계 내에 확고부동하게 고정시켜버리는 그런 언어도 아닌 몸의 언어, '상상계'의 언어로 말하기 때문이다. 지니는 언어 이전의 언어로 복음을 전하는 무신(舞神)인 것이다.

그러나 이런 사실만으로 지니의 여신 됨을 다 설명했다고 보기는 힘들다. 지니에게는 구래의 여신과 다른 뭔가 특별한 것이 있다. 지니는 자연신이고 무신이며 여신이기도 하지만, 무엇보다도 바로 우리 시대가 낳은 여신, 만인이 만인에 대해 늑대인 시대, 돈이라는 물신이 유일신이 되어버린 시대에 탄생한 여신이란 점을 강조할 필요가 있다. 신도 유행을 타는바, 우리 시대의 신만이 우리 시대의 문제에 빛을 던져줄 것이다. 지니가 바로 그런 신이다.

지니는 가이아처럼 우주를 만든 여신, 그 자체가 우주의 기원인 그런 신이 아니다. 지니는 만들어진 신, 말하자면 인공신이다. 지니는 애초에 '마네킹'이었다. 다음은 지니의 언니 '불가사리'의 독백이다.

나는 잊지 않고 우리 둘 사이의 무언의 계약서를 수정하지. 상어는 그것을 작은 수첩에 적어놔. 그렇게 해서 나는 여러 번에 걸쳐, 지니의 손과 목덜미, 머리카락……으로 나의 지분을 넓혔지. 지니 몸의 그 부위에 대한 수입은 내 것이 되는 거야. 이렇게 해서 모인 돈이 꽤 돼지. 아무런 목적 없이 돈을 모으는 거, 그게 내 취미야. 아무에게도 쓰지 않고 나도 쓰지 않고. 상어는 내가 돈 수집광 중의 하나일 뿐이라는군. 사방에 널린.
물론 상어는 지니의 전신과 발과 얼굴, 팔목 등 광고주들이 가장 선호하는 몸 부위를 독점하고 있지.(31쪽)

불가사리는 배수아의 주인공 표현정과 거의 동일한 인물이다. 돈을 신으로 섬기기에 그녀는 돈을 수집할 뿐 쓸 줄을 모른다. 이로써 우리는 지니가 탄생한 시대가 바로 표현정의 그 시대임을 안다. 직접적 초월의 전망은 완전히 사라지고, 사람들은 서로서로를 신으로 모방하지만 그 모방마저 돈을 매개로 하지 않고서는 이루어지지 않는 시대, 지니는 그런 시대의 여신이다. 게다가 여신으로 거듭나기 전까지는, 마치 백화점의 마네킹처럼 전문가들에 의해 관리되고 매매되고 상품화되고 꾸며졌던 소비자본주의사회의 전형적인 아이콘이기도 했다. 그녀가 집을 나설 때(가출이 아니라 출가다), 그녀의 옷자락에 걸려 넘어지던 마네킹(83쪽)은 그러므로 상징이다. 그녀가 여신으로 거듭나기 위해서는 넘어뜨리고 벗어버려야만 했던 구태(舊態).

다시 앞서 지니가 소녀를 구하는 부분의 인용으로 돌아가보자. 구태를 벗고 여신이 된 후기자본주의사회의 마네킹 여신이 80년 5월의 외상으로 인해 산하를 광인으로 떠돌던 여신을 만났다. 생명을 건 입맞춤과 함께 구래의 여신은 이제 구원받는다. 임무교대다. 그렇게 최윤의 여신은 업그레이드되었다. 이제부터 최윤의 여신은 지니다. 저 머나먼 기원으로부터가 아니라, 바로 우리들이 살고 있는 시대에 새로 탄생한 여신 지니다. 그렇다면 이 지점은 최윤의 문학이 한 순환을 마치고 새로운 시작을 맞는 순간이기도 할 것이다.

소설은 「꽃잎」에서 그랬듯이, 화자가 독자에게 말을 걸면서 끝난다. 「꽃잎」의 화자는 이렇게 말했었다. "설령 당신이 그렇게 한다 해도 또 다른 수많은 소녀들이 여전히, 언젠가는, 실성한 시선과 충격에 마모된 몸짓으로 젊은 당신의 뒤를 쫓아와 오빠라 부를 것이기 때문입니다." 이 말은 저주에 다름아니었다. 조심하라. 상처가, 죄의식이 너를 부르리라.

그런데 『마네킹』의 화자는 이렇게 말한다. "잘 들으면 그녀의 입술 사이로 부드럽게 당신을 부르는 소리가 들려올지도 모른다. 바람에게 청한 그녀의 전언, 가볍고 경쾌하나 누구나의 가슴 한쪽 구석에 숨어 있는 우수를 일깨우는 휘파람 노래. 아마도 그럴 것이다."(276쪽) 이 말은 저주가 아니다. 신의 성격이 바뀌었다. 지니는 이제 구원의 여신이고 위안의 여신이다. 최윤 문학이 한 순환을 마쳤다는 얘기는 이로써 설명된다.

아마도 그럴 것이다. 지니는 자주 우리를 부를 것이다. 죽어 화학변화를 일으킨 후 바람에 섞여버렸으니 도처에 지니 천지다. 고통으로 몸부림치는 여신을 대신해 그녀가 곁에 있어 참 좋다.

7. 무소의 뿔처럼 혼자서 가라, 진짜로

다시 한번 과장만이 진리다. 최근 여성 작가들의 소설에 관한 한, 반동일시가 아니라 역동일시(폐쇄)만이 진리이고, '사자의 사유'가 아니라 '어린아이의 사유'(니체)만이 진리다. 제아무리 가부장제의 울타리로부터 탈출을 거듭해도, 무소의 뿔처럼 혼자서 가지 못한다면 여신의 세계는 다시 도래하지 않는다. 우리는 그처럼 '반동일시'적인 가출에 대한 이야기들을 그간 너무 많이 듣고 읽었다(이 책 324~341쪽 「집 나가는 여자들」 참조).

그 얘기를 '과장되게' 하고 싶었다. 이제 집을 나서는 아내들의 풍경이 너무 낯익고 관습적인 것은 아닌가 싶은 시기에, 남성에 반하는 여성이 아니라, '여성' 소설가가 아니라, 진짜로 무소의 뿔처럼 혼자서 가는 여성 작가들 얘기를 하고 싶었다. 힘겹게 한 발씩, 문학 자체를 여성화하는 작가들 얘기를 하고 싶었다.

(2003)

보유 : 파우스트와 종소리
— 서하진 단편소설 「종소리」에 관하여

종소리 하나

프랑코 모레티는 자신의 역저 『근대의 서사시』에서, 괴테의 『파우스트』를 최초의 '근대 서사시' 혹은 '세계 텍스트'로 규정한다. 자본주의의 거의 무한적인 영역 확장과 '지배', 그리고 그 폭력성을 은폐하는 '결백의 수사학'이 낳은 최초의 걸작이 바로 『파우스트』라는 것이다. 다음의 인용문은 모레티가 『파우스트』를 이해하는 방식이 어떠한가를 직접적으로 보여준다.

루카치는 『괴테와 그의 시대』에서 "『파우스트』는 본원적 축적의 시"라고 쓰고 있다. '피를 뚝뚝 흘리는' 자본의 이야기를 들려준다는 것이다. 정말 그렇다. 메피스토펠레스가 이 이야기에 나오는 것은 그러한 피의 저주를 스스로 떠맡기 위해서이다. 따라서 메피스토펠레스와 파우스트의 대위법에서는 자기가 세계를 지배하는 것은 자랑스러워하지만 그러한 지배를 유지하고 있는 폭력은 못 본 체하려는 서양의 전형적인 진

실과 거짓말의 혼합물이 생겨나게 된다.(프랑코 모레티, 『근대의 서사시』, 53쪽)[30]

모레티가 보기에 『파우스트』는 (루카치에게 그랬듯이) "본원적 축적의 시"이자 "피를 뚝뚝 흘리는 자본의 이야기"이다. 게다가 교묘하게도 악마 '메페스토펠레스'를 등장시켜 그에게 모든 죄악을 전가하고, 자본의 폭력성을 종교적 '선/악'의 문제로 대치시켜버림으로써 "결백의 수사학"(52쪽)을 전형적으로 보여주는 텍스트가 되기도 한다. '행동'에 목마른 파우스트가 2부의 후반부에서 보여주는 '개발 독재'는 사실 이러한 모레티의 지적에 상당 정도의 신빙성을 부여한다. 특히 4막의 다음과 같은 장면은 파우스트가 근대의 폭력성을 온몸으로 체현하고 있는 인물임을 보여주는 데 모자람이 없다.

> 파우스트 : 하지만, 저주스러운 곳이다!
> 바로 이곳이 참을 수 없도록 날 괴롭히고 있다.
> 만사에 능한 자네에게 고백하거니와
> 내 가슴을 쿡쿡 찌르는 것이 있어,
> 그것을 도저히 참을 수가 없다!
> 이런 말 하는 것이 부끄럽지만,
> 저 언덕 위의 노인들을 몰아내고
> 보리수 그늘을 내 자리로 삼고 싶다.
> 내가 갖지 못한 저 몇 그루 나무들이
> 세계를 차지한 보람을 망치고 있구나.

---

30) 이 글에서 인용, 참조한 텍스트는 다음과 같다. 프랑코 모레티, 『근대의 서사시』, 조형준 옮김, 새물결, 2001 ; 요한 볼프강 폰 괴테, 『파우스트』 2권, 정서웅 옮김, 민음사, 1999 ; 서하진, 『라벤더 향기』, 문학동네, 2000.

저곳에서 사면을 둘러보도록

나뭇가지 위에 발판을 만들고 싶다.

멀리까지 시야가 터지게 해서

내가 이룬 모든 것을 바라보겠다.

현명한 뜻으로 백성을 위해

넓은 복지의 땅을 마련해준

인간 정신의 걸작품을

한눈에 둘러보고 싶단 말이다.

부유한 가운데 결핍을 느낀다는 건

우리의 고통 중에 가장 혹독한 것이다.

저 종소리와 보리수 향기

교회와 무덤 속인 양 나를 휩싸는구나.

더없이 강력한 의지의 선택도

이 모래에 부딪히면 산산이 부서진다.

어찌하면 마음속에서 몰아낼 수 있으랴!

저 종소리 울리면 미칠 것만 같구나.

(요한 볼프강 폰 괴테, 『파우스트』 2권, 348~349쪽)

　인용문을 토대로 파우스트가 처해 있는 상황을 재구성해보자. 파우스트는 지금 거대한 바다를 메워 농토를 만드는(새만금에서도 일어날 뻔했던) 대공사를 지휘하고 있다. 행동주의자 파우스트는 인간의 힘에 의해 정복당하지 않는, 그리고 그 거대한 불멸의 리듬으로 인간을 자주 패배주의와 운명론에 빠뜨리는 '바다'에 대해 불만이 많다. 그렇다면 그가 내전에서 반군을 물리치는 데 혁혁한 전과를 세우고도 금은보화와 권력 대신 '행동'을 택한 이유 역시 이해가 간다. 그는 지배당하지 않는 '자연'을 그냥 내버려둘 수가 없었던 것이다. 그러니 그를 두고 최초의 근대 영웅이라고 지적한 모레티의 언급은 타당해 보인다.

그런 파우스트를 괴롭히는 일이 한 가지 있다. 그의 "가슴을 쿡쿡 찌르는" 것, 그가 부끄럽지만 "도저히 참을 수가 없"다고 고백하는 것, 그것은 바로 멀리 그의 눈앞에 보이는 어떤 평화로운 '언덕'이다. 대사로 미루어볼 때, 그 언덕엔 노인들이 산다(이후에 그들의 이름이 그리스 신화 속의 '바우키스'와 '필레몬'이란 사실이 밝혀질 것이다). 보리수 그늘이 아름답고, 파우스트 자신이 가지지 못한 몇 그루 나무들이 서 있는 언덕, 요컨대 전근대적 가치들의 상징으로 보이는 그 언덕이 그로 하여금 "세계를 차지한 보람"을 느끼지 못하게 막는다. 지배의 욕망으로 가득 찬 근대의 영웅에게 단 한 평이라도 제 휘하에 들어오지 않는 어떤 영역이 있다면 그처럼 참을 수 없는 일도 없으리라. 게다가 그 영역에서 정복자 자신이 이루어놓은 '행동'의 업적을 비웃기라도 하듯이 전근대적인 '종소리'마저 울려나온다면 더더욱 그럴 것이다. 그래서 그는 바로 그 언덕에서 울려나오는 종소리 때문에 미칠 지경이다. 그 전근대적 종소리가 '새벽종이 울렸네, 새아침이 밝았네'의 그 근대적 '종소리'로 변하기 전까지 그에게 만족은 없다. 요컨대 박정희주의의 창시자 파우스트는 여유로운 것, 노동하지 않는 것, 은은한 것, 느린 것, 그래서 자꾸 인간을 '생산'으로부터 멀어지게 하는 전근대적 가치들에 대해 화가 나 있다.

메피스토펠레스는 어쨌든 파우스트가 죽기 전까지는 그의 종이다. 종의 입장에서 주인의 이와 같은 의중을 읽었으니 그냥 듣고 말 수는 없었을 것이다. 그는 조치를 취한다. 메피스토펠레스가 보낸 세 명의 종복들에 의해 두 노인들은 화형(미필적 고의이긴 했으나)당한다. 사실상 자신이 시킨 일이나 다름없음에도 불구하고 이 사실을 확인한 파우스트의 대사는 이렇다.

파우스트 : 너희들은 내가 말할 때 귀가 먹었었느냐?

바꾸려고 했지, 빼앗으려던 게 아니었다.

그렇듯 무모한 짓을 하다니 저주스럽구나.

이 저줄랑 네놈들 셋이 나누어 가져라!

(『파우스트』 2권, 354쪽)

파우스트의 이러한 이중성이 바로 '결백의 수사학'이다. 원하는 대로 되었으되, 그 죄는 내 죄가 아니로다. 나는 자본의 영웅이로되 폭력은 내 탓이 아니로다. 이와 같은 수사학을 우리는 오랫동안, 그것도 아주 자주 지켜보아왔는바, 박정희 이후의 여러 파우스트들이 산을 허물고, 바다를 메우고, 댐을 만들고, 공장을 세울 때 내세웠던, 그리고 최근에는 새만금과 위도에서 내세웠던 바로 그 '개발 논리'라는 것이 다 이 모양이었다. 이름을 여러 차례 바꾸었다고는 하나, 괴테 이후로 파우스트는 여전히 바우키스와 필레몬들을 여기저기서 화형시키고 있다.

종소리 둘

서하진의 단편 「종소리」(『라벤더 향기』)는 그런 장면들 중 하나에 대한 기록이다. 『파우스트』 4막에서처럼 소설의 초입에서도 '종소리'가 울린다.

산사의 풍경처럼 울리는 그 소리는 누군가의 짜증 섞인 푸념을, 어제처럼, 또 그 전날처럼 이어지는 지루한 숙취의 날을 한순간 잊게 만들었다. 깜박 놓쳐버린 간밤의 꿈자락을 떠올리는 사람도 있었다. 잠시 몸을 세우고 종소리를 듣노라면 기억나지 않는 그 꿈이 깃털처럼, 풀어진 연기처럼 아련하게 여겨지고 막 시작된 이 아침도 그처럼 한없이 가볍게 여겨지는 것이었다.(225쪽)

보다시피 이 종소리는 '새벽종이 울렸네, 새아침이 밝았네'의 그 힘찬 종소리가 아니다. '초가집도 없애고 마을길도 넓'혀야 할 사람들이 들어서는 안 될 성질의 종소리다. "산사의 풍경처럼 울리는" 종소리, "어제처럼, 또 그 전날처럼 이어지는" 일상의 리듬을 잊게 만드는 종소리, 게다가 "깜박 놓쳐버린 간밤의 꿈" 따위나 떠오르게 하는 그런 종소리, 말하자면 자본주의 제일의 철칙인 '생산 중심주의'에 반하는 종소리다. 막 시작된 아침을 "한없이 가볍게" 여겨지도록 만드는 종소리, 그래서 파우스트가 들었다면 다시 한번 메피스토펠레스로 하여금 '조처'를 취하도록 종용했을 법한 그런 종소리다.

그 종소리는 도대체 어디서 흘러나오는가? 이번엔 보리수나무가 서 있는 언덕이 아니라 '신도시 개발의 와중에' 버려진 숲속의 오래된 집에서 울려나온다.

무뚝뚝한 거인처럼 서 있는 나무들이 지우는 그늘에 묻혀 집은 더욱 낡고 어두워 보였다. 이따금 생각났다는 듯이 흔들리는 나뭇잎 사이로 햇살 한줄기가 비칠 때면 슬레이트가 반쯤 내려앉은 낮은 시멘트 건물, 헛간이었거나 우사였을 듯한 건물 주위로 여윈 고양이와 살찐 쥐들이 번갈아 들락거리는 것을 볼 수 있었다. 사람의 기척은 보이지 않는 집, 사람이 살 수 없을 듯한 그 집 어느 곳에서 아름답고 맑은 종소리가 울려나온다는 것을 신도시의 사람들은 오랫동안 알지 못했다.(228쪽)

그 아름답고 맑은 종소리는 숲속의 오래되고 낡은 집, 사람들의 눈을 피해 있음으로 해서 다행히도 파우스트들이 손을 대지 못한 집에서 울려나온다. 이쯤 되면 우리는 그 집이 그냥 건축물로서의 집이 아니라 하나의 '상징'임을, 그래서 다소 비약하자면 바로 파우스트에 의해 화형당한 바우키스와 필레몬 노인들이 살던 바로 그 집임을 쉽사리 짐작할 수 있게 된다. 아슬아슬하게 파우스트의 개발 논리를 피한 집, 그래서 숲속 어두운 그늘 속에서 신화적인 풍모로 낡아가는 집, 그리고 바로 그 이유로 산사의 풍경처럼 '반생산적인' 종소리를 뿜어낼 수 있게 된 집이 바로 이 집이다.

지모신(地母神)

그 오래된 집에는 누가 사는가? 물론 신들을 정성껏 봉양했던 유일한 사람, 그래서 대홍수로부터 살아남을 수 있었던 바우키스 노인이 살아야 맞다. 그러나 서하진 소설 속의 바우키스 노인은 단순히 신에 대한 봉양자의 수준을 넘어서는 데가 있다. 소설 속의 바우키스 노인은 이런 노인이다.

잠은 달고 깊었다. 깊은 잠 속에서 여자는 물었다. 여기서 어떻게, 무얼 먹고 사시나요? 뱀과 개구리와 지렁이를 먹고 살지. 가끔 너 같은 인간도 잡아먹고. 하얀 얼굴의 여자가 종횡으로 얽어맨 그물 같은 천조각을 들고 다가왔다. 여자의 얼굴은 판판했으며 젊어진 여자는 이상하게도 슬퍼 보였다. 그물에 사로잡히면서도 여자는 두려움이 느껴지지 않았다. 가느다란 은사로 얽어진 그물의 끝자락마다 작은 쇠종이 달려 있었다. 여자를 가둔 여자가 은이 굴러가듯 웃음을 터뜨렸다.(234쪽)

그네는 발리의 빛나는 태양과는 전혀 상관없어 보였다. 아니, 빛나는 그 어떤 것과도 무관한 삶을 사는 사람 같았다. (234쪽)

뱀과 개구리와 지렁이는 모두 온몸을 대지에 맞대고 사는(그래서 학대받는) 동물들이다. 대지와 가장 친근한 동물들을 제 몸 속으로 거두어들이는 여성이라면 지모신에 다름아니겠다. 게다가 가끔 인간도 잡아먹는다고 했거니와, 최종적으로 인간을 잡아먹는 것은 아무래도 '대지'이다. 어떤 인간도 죽음과 함께 대지의 위장(胃腸) 속으로 산화하지 않을 수 없다. 그렇다면 이 범상치 않은 꿈속의 대화는 오래된 집에 사는 노인에게 여신의 풍모를 부여하고 있다고 말할 수 있겠다. 그녀는 오래 전 사라져버린, 그리고는 역시 결백의 수사학에 의해 사탄이나 악마의 형상을 덮어쓰게 된 대지의 여신(비근한 예로 메두사를 보라. 그녀는 얼마나 아름다운 우주 여신이었던가), 지모신의 메타포이다.

이어지는 인용문은 그녀에게 부여된 신화적 풍모를 더욱 강화하는데, "발리의 빛나는 태양과는 전혀 상관없어 보였다"라는 구절은 그녀가 바로 제우스나 포세이돈, 아폴론, 하데스 등에 의해 가부장적이고 계몽(enlightenment, 빛을 비추다)적으로 위계화된 '태양신' 계열에 속한 여신이 아니란 점을 상기시켜준다. 헤라나 아프로디테는 여신인가, 남신인가? 그녀들에게 부여된 시기와 질투, 그리고 관능과 육욕의 덕목은 여성성 본연의 것인가, 남성의 기호(嗜好)에 의해 가공된 이차적 여성성인가? 답은 당연히 후자이겠거니와, 헤라나 아프로디테 같은 여신들은 실상은 가부장제에 적응한 여신, 모권사회의 부권사회화에 의해 가공된 여신, 그래서 결국은 남신화된 여신이다. 그러나 이 오래된 집에 사는 늙은 여신은 태양신들의 질서와 완전히 동떨어져 있다. "빛나는 그 무엇과도 무관한" 그녀는 죽음과 탄생의 신이자 밤과 달의 신이다. 요컨대 가부장적 신들이 이성과 빛을 무기로 세계를 구획하고 위계화하기 전 시대의 여신, 아직 여성성이 가부장적 질서에 의해 잠식당하기 전 모계제 사회의 고대신이다.

통과의례

그렇다면 그 오래된 집과 소설의 화자가 사는 신도시 아파트 사이에는 시간적으로나 공간적으로나 거대한 거리가 존재한다고 해야 맞다. 그 거리는 인력으로 쉽사리 메워질 수 있는 그런 거리가 아니다. 계(界)를 달리하기 때문이다. 그런 이유로 신도시의 아파트에서 여신의 공간에 발을 들여놓기 위해서는 접신(接神)을 위한 통과의례(initiation)가 필요해진다. 그 어떤 인간도 통과의례 없이는 신의 영역에 발을 들여놓을 수 없기 때문이다. 그리하여 소설 속에 통과의례가 준비되어야만 한다. 화자는 '뱀'에게 물리고 나서야 여신의 처소에 발을 들여놓을 수 있다.

금방이라도 발이 퉁퉁 부어오를 것만 같았다. 허둥거리며 신발을 고쳐 신고 막 그루터기를 내려설 때 여자는 가까운 곳에서, 바로 귓가에서 울리는 듯한 종소리를 들었다.
그 집에 다가가는 데는 용기가 필요했다. 집은 오랜 세월 참고 견딘, 누구라도 다가가면 그대로 삼키고 말 듯한 기괴한 괴물처럼 보였다. 여자는 몸을 돌려 나가고 싶었지만 마을은 너무 멀리, 통증은 바로 발목 아래 있었다.(232쪽)

화자는 숲속을 산책하다가 뱀에 물렸다. 그리고는 바로 그 상처로 인해 노인의 처소에 발을 들여놓는다. 뱀에 물리고 나서야 화자의 귓가에 들리는 종소리는 사실 그녀가 이제 통과의례를 거쳤다는 사실의 확인에 다름아닐 것이다. 원래 그 집에 다가가는 데에는 용기가 필요했다. 그 오래된 신화적 풍모를 간직한 집은 아무래도 파우스트적으로 구획화된 시대의 인간들에게는 금단의 영역이었을 터이니 말이다. 그러나 뱀에 물린 상처는 그녀로 하여금 아직도 여신이 살고 있는 그 위험한 영역으로의 여행을 합리화해준다.

게다가 뱀이 어떤 동물이던가? 이브를 꾀었던, 그래서 이브로 하여금 금단의 열매를 따먹고 신의 금기를 범하게 한 바로 그 동물 아니던가? 사실 야훼가 사탄이라는 불명예를 씌우기 전까지 뱀은 지혜의 상징이자 죽음과 탄생의 순환을 주관하는 신적인 존재로 추앙받았다. 허물을 벗음으로써 항상 새로워지고 젊음을 다시 누리는 뱀의 능력을 보라. 바로 그 능력으로 하여 고대에는 뱀이 세계 전역에서 재탄생의 신비를 관장하는 존재로서의 지위를 차지하고 있었다고 한다. 어둠이라는 허물을 벗고 다시 차오르는 달과 마찬가지로, 뱀이 벗는 허물은 재탄생의 신비를 보여주는 천상의 표지였다. 그런 이유로 뱀은 또한 시간의 주관자였다. 즉 탄생의 신비에 대한 주관자인 동시에 죽음의 신비에 대한 주관자이기도 하다. 말하자면 달(찼다가 기우는)과 뱀(허물을 벗음으로써 죽음과 탄생을 반복하는)은 각각 여신의 리듬이고 여신의 신수(神獸)였다. 이제 그 뱀에게 물림으로써 화자는 여신의 세계에 발을 들여놓을 자격을 얻은 셈이다.

훼손

그러나 알다시피 이브는 뱀의 꾐에 빠졌다는 이유로 낙원으로부터 추방당했다. 가부장신 야훼는 자신의 금기를 어긴 인간에 대해서는 악랄하고 가혹하다. 현대에 와서도 사정은 마찬가지로 보인다(이라크에

성전의 이름으로 퍼부어진 폭탄들을 보라). 다만 징벌자로서의 신이 약화
된 만큼 '사회'가 그 역할을 대신하는 것으로 보일 뿐인데, 아니나 다를
까, 소설 속 화자의 신화세계 복귀 시도는 참혹한 결과를 초래하기에
이른다. 알고 보니 남편이 파우스트였던 것이다. 어느 날 남편은 이렇
게 말한다.

> 그 집 뒷산 너머로 골프장이 들어설 건데, 그 같잖은 노인네가 길을 안
> 내주는 거야. 충분히 보상하겠다, 살 곳을 찾아주겠다, 별별 소릴 다 해
> 도 들은 척도 않는다는 거야. 뒤로 앞으로 산이 다 깎여나갈 게 뻔한데
> 길 한가운데 그 귀신 같은 집이 덜렁, 앉아 있을 거란 말이야. 생각해봐,
> 진입로에 그런 집이 버티고 있으면 골프 치러 올 맘이 나겠어? 새삼 화
> 가 나는 듯 그가 덜 꺼진 꽁초를 문지르듯 비볐다.(242쪽)

여자의 남편은 신도시 인근의 정부종합청사 개발과 직원이다. 요컨
대 그는 개발자 파우스트였던 것인데(이로써 이 소설은 또한 페미니즘
소설이 된다. '파괴자 남성 / 치유자 여성'의 대립이 부각되기 시작한다),
그는 결국 메피스토펠레스를 숲으로 보낸다. 고립되고 허약한 그 늙고
오래된 숲과 여신이 메피스토펠레스를 이겨낼 수 있을까? 『파우스트』
에서 메피스토펠레스가 보낸 '세 명의 용사'들을 연상시키는 검은 양복
의 사내들에 의해 오래된 집의 노인과 화자는 구타당하고 겁탈당한다.

남자들이 동시에 두 여자를 향해 덤벼들었다.
남자들은 민첩하게, 소리없이 움직였다. 젊은 남자가 크고 앙상한 손
으로 여자의 살찐 허벅지를 누르고 달랑 남방 하나가 전부인 웃옷을 벗
기는 동안 다른 남자는 나이 든 여자를 움직일 수 없도록 짓밟고 있었다.
그들은 전혀 주저하지 않았다. 여자가 지르는 소리가 숲에 묻히고 매미

들의 울음에 걸려 결코 길 저편으로 새어나가지 못하는 것을 잘 알고 있는 것 같았다. 땅바닥에 등을 댄 채 온몸을 더럽히며 저항했지만 누군가와 힘으로 겨루기를 한 경험이 단 한 번도 없었던 여자는 기계처럼 움직이는 남자의 상대가 아니었다. 혼신의 힘을 다했다고 느낀 어느 순간 손끝과 머리카락, 발끝을 타고 여자에게서 무언가가 빠져나갔다. 지푸라기를 헤치듯 가볍게 남자가 여자의 몸 안으로 들어왔다.

먼 하늘에서 천둥소리가 들렸다. 땀과 미끈거리는 액체, 혼절할 듯 아득한 가운데도 여자는 바지를 추스른 남자가 동료에게 건네는 말을 들었다. 이건 이쯤 해두고 그건 어쩔 거요? ……불을 확 싸질러버려? (244~245쪽)

이 장면은 그러므로 폭력적 근대에 의해 전근대적 가치가 파괴되는 장면이자 남성성에 의해 여성성이 유린당하는 장면이며, 문명에 의한 자연의 폭력적 지배와 이성에 의한 신화의 훼손을 폭로하는 장면이기도 하다.

대홍수

'권선징악'은 물론 제대로 된 소설의 결말일 수 없다. 그것은 홍길동전의 시대를 살던 순진한 독자들에게나 어울릴 것이다. 아도르노의 말마따나 '거짓 화해'는 기만에 불과하다. 「종소리」는 그렇게 끝나지 않는다.

지하 변전소의 물이 빠지고 전기배선들이 복구된 것은 다음날 아침이었다. 비는 멎을 듯 멎지 않았다. 텔레비전을 켜자마자 여자는 그 소식을 들었다. 무너져내린 산. 부러진 나무들. 흙더미, 흙더미, 흙더미뿐인 화면 뒤에서 기자가 말했다. 이번 산사태는 인재라는 지적입니다. 골프장을 건설하기 위해 산을 깎고…… 여자는 숨을 멈추고 무너진 흙더미를 쳐다보았다. 뒤집었다 놓은 듯한 산, 시뻘건 황토는 거대한 괴물의 토사물처럼, 물컹물컹 쏟아낸 피처럼 보였다.(250쪽)

신화에서처럼 삼 일 밤낮의 비가 내린다. 그러나 신화 속의 대홍수와는 달리, 비는 바우키스와 필레몬을 제외한 모든 것을 쓸어가기는커녕, 오히려 그들만을 쓸어가버린다. 숲속의 오래된 집은 마치 "물컹물컹 쏟아낸 피"와 같은 시뻘건 황토 속으로 잠겨버렸다. 파우스트는 승리했다. 그러나 그 승리는 또한 패배이기도 한데, 홍수는 바로 그 파우스트들이 깎아놓은 산으로부터 발생했기 때문이다. 파우스트들은 오늘도 승리하고 있다. 그러나 그 승리는 멀게는 파멸을 향해 가는 승리이다.

(2003)

병 없는 자들의 신음 소리

1. 횡보(橫步)의 후예 : 김원우

근 두어 달 읽어 모은 적지 않은 소설들 중 단연 압권은 김원우의 신작 중편 「무병신음기(無病呻吟記)」(『21세기문학』 2001년 여름호)였다. 제목부터 범상치가 않았는데, 일단 이 알 듯도 모를 듯도 한 작품 제목을 작가 스스로 에둘러 설명하는 구절을 읽어보자.

따지고 보면 자식 때문에, 남편 때문에 무병신음들을 한다지만 그 밑바닥에는 여러 제도의 불공정, 불평등, 불합리 같은 것이 암류하고 있어서 표원자들이 끊임없이 속출하게 되어 있다. 돈을 떼이고도 하소연할 길이 없는 억울감, 허울 좋은 일부일처제 아래서 한쪽의 일방적인 성적 방종과 그 피해 정황, 어떤 의미에서도 돈은 사람살이에 있어서 부대적인 의미밖에 없는데도 그것이 그들을 끙끙거리게 만든다고 착각한다. 그런데 그런 시비거리가 몽땅 해소되었다고 해서 과연 앓는 소리가 사라질까. 역설적이게도 사람은 앓을 거리를 쉴새없이 장만하며 살아간다. 물론 그 형형색색의 신음을 어떤 식으로든든 끄기 위해 더 모질게 앓을 수밖에 없을 테고, 여러 장애요인들과 고군분투하기는 할 테지만.(124~125쪽)[31]

멀쩡한 육신을 갖고서도 끙끙 앓는 무병신음(無病呻吟). 김원우에 따르면 "낮 동안에는 씩씩거리면서도 밤만 되면 털버덕 주저앉아서" 앓기를 마다 않는 이 병은 "개인적인 생병이라기보다도 일종의 사회적인 증후군"인데, 대개 자본주의적 화폐 유통이나 일부일처제와 같은 필수불가결한, 그러나 분명 살아 있는 인간에게는 금제이자 억압이어서 항시 버거울 수밖에 없는, '제도'에서 연원한다.

소설의 주인공들, 예를 들어 화자인 이 교수의 무병신음은 전세 계약상 빚어진 사소한 오해와 실수로 인해, 돈이 있음에도 불구하고 변변한 잠자리 한 군데 못 구한 채, 근 한 달 동안 연구실 의자 신세를 지게 된 저간의 내막에서 비롯된다. 한편 장모의 무병신음은 미군부대 PX에서 흘러나온 장물로 치부(致富)했지만 결국엔 양주 탓에 간이 부어 죽은 장인의 이력에서 비롯되며, 처제의 무병신음은 거의 외상화되어버린 난민의식 때문에 항시 가방에 피난용품을 챙겨 다니던 눈 푸른 남편과의 지난했던 부부관계에서 비롯된다. 그외에 그와 아파트 전세 계약 건으로 사소한 마찰을 빚었던 도씨네 부부며, 산부인과 의사인 아내의 무병신음도 있다. 다들 육신은 멀쩡한데 신음 소리는 높다.

말하자면 그의 소설들 속의 모든 인물들은 다 이 해괴한 병을 앓는 셈인데, 어쩔 수 없는 일이겠다. 그들이 천상 제도나 관계 속에서 벗어날 수 없는 한, 몸의 건강과는 상관없이 앓을 수밖에 없는 것이 이 병인 바

---

31) 이 글에서 인용, 참조한 텍스트는 다음과 같다. 김원우, 「무병신음기(無柄呻吟記)」, 『21세기 문학』 2001년 여름호 ; 김종광, 「안골친목회」, 『문학과경계』 2001년 여름호 ; 김종광, 「많이많이 축하드려유」, 『경찰서여, 안녕』, 문학동네, 2000 ; 조윤정, 「행복을 꿈꾸는 한 남자의 짧은 로맨스」, 『현대문학』 2001년 6월호.

에야…… 더 나열할 것도 없이 김원우가 말하는 무병신음이란 사회적 동물로서의 인간이라면 누구나 겪는 만인의 병, 즉 뼛속까지 스며들어 거의 버릇이 되어버린 '생활고'이다.

그렇다면 줄거리나 주제만 놓고 볼 경우 사실상 이 소설은 그다지 새로울 것도 없는 셈 아닌가? 소설치고 인간사의 세목에서 비롯된 무병신음을 소재로 삼지 않은 경우는 없을 터이기 때문이다. 고로 이 소설이 풍기는 중후하고도 독특한 매력은 다른 데서 찾아야 하겠다. 소설 중간쯤 '무병신음'이란 말의 또다른 용법이 등장한다.

호적(胡適)은 문학 개량을 위한 여덟 개의 강령을 제시하면서 네번째 항목에다 이 말을 못 박았다. 문학이란 반드시 문법을 갖춰야 하고, 진부한 상투어를 버려야 하며, 대구를 따져서는 안 되고, 속자·속어을('를'의 오자로 보임) 피하지 말라는, 곧 일상어를 활수히 쓰라는 항목들은 크게 봐서 언어의 운용에 대한 교과서적 훈시에 그치고 있지만, 나머지 네 항목들은 주로 무엇을 써야 하느냐는 것이다. 그 내용을 조작하는 하나의 방법론으로 병도 없이 신음하는 짓을 '지어서는 안 된다(不做)'고 단언해두고 있다. 허장성세에 대한 경계, 과장벽에 대한 징치, 남의 염병이 내 고뿔보다 못하다는 식의 엄살에 대한 재갈물림. 내용적으로도 그래야 할 테지만 표현적으로도 당연히 그래야 할 것이다. 뿐만이 아니었다. 다른 뜻으로 쓰이기는 했지만 『장자』에도 '무병자구(無病自炙)'라는 말이 보였다. 공연히 번뇌를 일삼고, 사서 생고생을 한다는, 그래서 병도 없는데 스스로 뜸을 뜬다는. 그것도 공자가.(121쪽)

호적이 제시하고 있는 문학 개량의 여덟 강령을 설명하고 있는 부분인데, 앞의 네 항목들, 즉 문법을 갖추고, 상투어를 버리며, 형식에 얽매이지 말고, 일상어를 활용하라는 언어 운용에 관한 강령들 모두가 김원우의 소설 속에서는 한치의 어긋남도 없이 지켜진다. 그의 문체가 사실상 이와 같다. 그의 문장들은 문어체의 장문이 많되 문법에서 어긋나는 예가 없으며, 각 문장을 이루는 어휘들의 선택은 지극히 적확하고 세밀해서 어디선가 읽은 듯한 상투적인 표현을 찾기가 힘들다. 게다가 산문정신에 투철해서, 형식의 아름다움을 위해 자주 절과 단락을 나누거나, 미문을 위해 수사를 동원하지도 않을 뿐 아니라, 거의 사어화(死語化)되어가는 우리 입말을 살려 쓰는 배려 또한 남다르다. 그는 출중한 스타일리스트이다.

　제재나 소재에 있어서도 마찬가지인데, 그는 만인의 무병신음을 호적의 강령 그대로 치밀하게 기록하되, 과장하거나 엄살을 떠는 식으로 하는 것이 아니라, 일상에서 흔히 볼 수 있을 법한 사소한 말다툼, 수다, 표원(表怨), 잡다한 의식주의 세목을 통해 기록한다. 스스로 '엄살 부리지 않겠다'고 공언한 대로, 그의 소설에는 상징이라거나 알레고리, 영탄이나 과장이 없다. 그리하여 그는 또한 아주 치밀한 리얼리스트이기도 하다.

　이 소설이 주는 중후하고도 독특한 매력의 비밀이 이제 드러난다. 김원우는 인간사 도처에 만연한 '무병신음'을 내용으로 취하되, '무병신음' 특유의 과장과 엄살을 가급적 피한 형식 속에 그것을 담는다. 엄살 없이 엄살을 이야기하는 형국, 자신은 아무런 신음 없이 장삼이사들의 신음 소리를 소설화하는 형국이다. 그처럼 냉철한 거리 두기를 통해서만 결국에는 그 많은 무병신음 배후에 존재하는 일부일처제, 가혹한 현대사, 그리고 무엇보다도 '돈'이라고 하는 무소불위의 애물단지가 모습을 드러낸다.

　요컨대 김원우는 지금 일찍이 염상섭이 내놓은 길의 한복판에 서 있다.

2. 카니발과 다큐 사이에서 : 김종광

장삼이사들의 무병신음을 기록하는 데는 나이로 치자면 김원우보다 훨씬 뒷세대인 김종광 또한 만만치 않다. 그의 많은 소설들이 충남 보령 지방의 농사꾼들이 쏟아내는 걸쭉한 무병신음들로 이루어져 있음은 이미 알려진 사실이다. 신작 「안골친목회」(『문학과경계』 2001년 여름호)에서도 사정은 마찬가지이다. 그의 트레이드마크이다시피 한 다수 화자들의 등장도 여전하고, 그들이 쏟아내는 기층 사투리도 여전하다. 딱히 비중 있는 화자 없이 수십 명의 화자가 제각각 입담 좋게 한 목소리씩 거들고 나서는 말의 난장(亂場) 또한 여전하다.

그간의 작품들로 미루어볼 때 김종광 소설 특유의 재미와 해방감은 바로 이 기층 언어들의 난장에서 비롯된다. 그리 길지 않은 단편소설인데도 육십육 명(제대로 센 건지 확실치는 않다)의 인물이 제각각 한 소리씩 하기 전에는 소설 밖으로 나가는 법이 없고(「많이많이 축하드려유」), 혹은 시점이 총 열다섯 차례에 걸쳐 바뀌기도 하는데(「전당포를 찾아서」), 말하자면 중심인물이나 고정된 시점 없이 마치 장터 거리에서 막무가내로 들리는 온갖 잡담들을 한꺼번에 다 듣고 있는 듯한 느낌을 주는 그의 소설을 이르기에는 아마 바흐친의 '카니발(carnival)'이란 용어가 개중 적당할 것이다.

그러나 이번 소설 「안골친목회」의 경우 카니발 특유의 그 해방감과 재미가 덜하다. 이유가 뭘까 생각해보니, 적(敵)이 없다. 입심 좋은 다수 화자들이 토해내는 말의 난장에 치여 진땀 흘리는 행정권력이 등장하지 않았던 것이다. 해방감이란 상대할 적(사람이 되었건 제도가 되었건)이 있을 때, 그리고 그 적이 보기 좋게 패퇴당하는 순간에 발생하는 것인데, 가령 그의 가장 탁월한 작품 「많이많이 축하드려유」를 상기해보자. 가진 건 입심밖에 없는 육십육 명의 면허시험 응시자들 앞에서,

출장 나온 경위나 순경들의 훈화란 애초에 쇠귀에 경을 읽느니만 못한 격이다. 김종광 특유의 말잔치가 가장 빛을 발하는 지점이 여기인데, 기층 언어의 난장 앞에서 행정권력(고상하게 말을 바꾸면 미시권력)의 언어들이 어쩔 줄 몰라 진땀을 흘리다가, 완전히 해체되는가싶기 무섭게, 되레 그 말의 무더기 앞에 동화되어버리는 지경에 이를 때, 김종광 소설 특유의 카니발이 완성되었던 것이다.

그러나 이번 소설의 경우 무화시키고 해체시켜야 할 그 적이 등장하질 않는다. 다수의 화자에 의한 시점의 변화와 말의 난장은 여전하되, 그 말들이 적을 만나질 못하고 내내 고만고만한 처지의 가난한 백성들 사이를 떠나질 못하니, 자연 카니발 특유의 해방감이 살아나질 않는다. 다만 농사꾼들의 무병신음만이 한 번씩 제 차례를 누리고는 사라진다.

물론 그 병 없는 농군들의 신음이 가볍게 일축해버릴 성질의 것은 아님에 틀림없다. 예를 들어 오탁환(43세)이 "이승호(이태 전 자살)처럼 농약을 막걸리처럼 들이켤 용기는 없고, 이렇게 마시다 마시다 죽어버릴 수만 있다면 얼마나 기쁘랴. 아버지 말이 맞어. 술 마시다 죽는 게 제일 행복한 거여"라고 울부짖을 때 그러하다. 고통과 술의 함수관계를 아는 사람치고 공감하지 않을 수 없는 대목이다. 이 신음은 무병신음이 아니라 저 내장 깊은 곳에서 토해내는 절규에 속한다.

어쨌거나 (애정을 다해서 말하건대) 김종광은 지금 어떤 기로에 서 있는 듯만 싶다. 한 작가에게 특유한 개성적 형식 또한 얼마 지나면 참신성을 잃고 관습이 되는바, 이를 피해 고향에서 무병신음을 앓는 이들의 친목회로 돌아간 김종광. 그는 다큐멘터리식 자연주의와 카니발 사이 어딘가에서 목하 고심중이다.

3. 위악으로만 지탱되는 행복 : 조윤정

김원우가 사방에 창궐한 병 없는 신음 소리들을 거리를 두고, 엄살 없이, 장년의 나이에 걸맞은 의고풍의 문체로 느릿느릿 기록하고 있다면, 조윤정은 그 반대다. 신작 「행복을 꿈꾸는 한 남자의 짧은 로맨스」(『현대문학』 2001년 6월호)는 한 속물 샐러리맨의 무병한 생활 속으로 들어가 신음 소리를 직접 내지르고, 그 신음의 허위를 폭로하고 조롱한다. 말하자면 위악을 감행한다.

얼마나 위악적인가 하면, 가령 가장 절친한(?) 친구 상완이 자신의 약혼녀 사진을 가져와 보여줄 때 화자인 인혁의 말이 이렇다.

결론적으로 그녀가 고등학교만 졸업하고 유학을 간 대부분의 사람들처럼 대입에 낙방해서 유학을 갔으니 머리가 나쁠 것이고, 외국에, 더군다나 잘생기고 여자 앞에서 도무지 후퇴할 줄 모르는 로마군단의 후예들이 득실거리는 이태리에 팔 년간 있었으니 밤마다 혼자 침대 위를 뒹굴진 않았을 것이고, 아마도 지금 그녀의 머릿속엔 이제 놀 만큼 놀았으니 아버지에게 효도 한번 하는 셈치고 돈 많은 멍청이랑 결혼해주자는 생각이 들어 있을 것……(133쪽)

그런 이야기를 나누고도 저녁에는 단란주점 '미인'에 들러 한바탕 주지육림을 누비다가, 계산할 때는 네가 내라 아니다 네가 내라 싸우는 참으로 '절친한' 친구들이 이들이다. 더 재미있는 것은 이 인용문에서 인혁이 추측한 그 여자 '하림'의 됨됨이가 사실 꼭 그대로란 점이다. 그녀는 '정복당하는 여자가 아니라 정복하는 여자'였다. 어찌어찌해서 하림(친구 상완과 이미 결혼식 날까지 잡은 참이다)과 잠자리를 같이한 후에야 늦었지만 인혁은 그녀의 정체를 파악한다. 김원우의 주인공들에 비할 때 그들의 무병신음엔 연륜과 역사가 없고, 김종광의 주인공들에 비할 때 그들의 무병신음엔 절실함이 없다.

그러나, 실수로 아내를 임신시키고, 결혼하고, 어쩔 수 없이 딸아이를 사랑하게 되고(사랑한다고 믿어야 되고), 하루가 멀다 하고 친구 등을 떠밀어 단란주점엘 들락거리고, 정기적으로 혼외정사를 치르지 않고서는 삶의 활력을 얻을 데라곤 없다고 생각하는 속물 인혁에게조차도 상처는 있었던 것인데, 그 상처의 흔적을 우리는 그의 깊은 허무주의로부터 발견한다. 하림에게 버림받은 그가 술자리에서 자신이 다니는 출판사 주간에게 하는 말이다.

주간님은 썩었어요. 저만큼 썩었죠. 우리 모두 다 썩었어요. 썩고 부패하고 곪아 터져서 가망이 없는 거예요. 아세요?(160쪽)

개연성 없는 연기는 아닌 듯하니, 병 없는 자의 신음 소리임에는 틀림이 없는데, 그 신음 소리가 그나마 믿을 만한 것인지는 두고 볼 일이다. 소설 말미에서 바로 그 썩었다는 주간과 춤추는 인혁의 모습이 이와 같으니 말이다.

그는 사람들이 한 목소리로 따라 부르는 인생의 찬가와 짐승 같은 숨소리 속에서 계속 춤을 추었다. 그리고 드디어 웃기 시작했고, 행복을 느끼기로 마음먹었다. 다섯 평 남짓한 좁은 룸 안에서 썩어가고 있는 이 모든 사람들과 자신과, 자신의 삶을 용서하기로 했다. 어차피 그럴 수밖에 없지 않은가. 하지만 그는 고쳐지지 않는 나쁜 습관처럼 또 눈물을 흘렸고, 이 모습을 측은한 눈길로 지켜보던 주간이 애정의 손을 뻗쳐 그를 감싸안았다.(161쪽)

물론 주간이 뻗은 그 애정의 손은 작가의 손과 동일한 손이 아니다. 조윤정 소설의 악마성이 여기에 있는데, 작가는 내내 썩어가는 자기 주인공들의 한바탕 난장판을 아무런 애정 없이, 차갑고 조롱 섞인 눈초리로 지켜보고 기록한다. 되레 작가가 위악적으로 보일 지경인데, 아이러니네, 풍자네 할 것도 없이 자신의 주인공들을 이토록 내놓고 멸시하는 작가를 만나는 것은 드문 일에 속한다.

아무래도 이 작가의 장기는 위악이 아니고서는 행복을 찾기 힘든 도시 장삼이사들의 거짓 신음 소리를 폭로하고 조롱하는 데에 있는 듯싶다.

(2001)

호접몽(胡蝶夢)

1. 나비 꿈

여기 그 유명한 장주(莊周)의 나비 꿈이 있다.

昔者 / 莊周夢爲胡蝶 / 栩栩然胡蝶也 / 自喩適志與 / 不知周也 / 俄然覺 / 則蘧蘧然周也 / 不知周之夢爲胡蝶與 / 胡蝶之夢爲周與 / 周與胡蝶 / 則必有 分矣 / 此之謂物化

언젠가, 장주는 나비가 된 꿈을 꾸었는데, 훨훨 나는 나비이니, 마음 내키는 대로 유쾌하게 날아다녔는지라, 장주였는지 스스로 몰랐다. 갑자 기 꿈을 깨니, 놀랍게도 장주구나. 모르겠다! 장주가 꿈에 나비가 되었 나? 나비가 꿈에, 장주가 되었나? 장주와 나비는, 반드시 구별이 있을 것 이니, 이러한 것을 만물의 변화라 이른다.(『莊子』, 1999)[32]

---

32) 이 글에서 인용, 참조한 텍스트는 다음과 같다. 『莊子』, 최효선 역해, 고려원, 1999 ; 안 정효, 「나비 채집」, 『현대문학』 2001년 9월호 ; 윤후명, 「나비의 전설」, 『작가세계』 2001년

이로부터 어떤 이는 인간을 포함한 자연 만물의 오롯한 조화라는 동양적 깨달음을 얻을 수도 있겠고, 어떤 이는 나비가 되면 나비로 살고 인간으로 돌아오면 또한 인간인 채로 살 뿐이라는 자유자적의 가르침에 이를 수도 있겠다. 또 어떤 이는 이 구절로부터 인간과 대상을 구분짓는 경계의 무상함에 대해 숙고할 수도 있을 것이고, 현대 철학에 다소라도 조예가 있는 사람들이라면 주체와 객체의 경계가 장자에게서 어떻게 허물어지는가를 두고 오랜 얘기를 나눌 수 있을 듯도 싶다. 많지는 않겠지만 마르크스를 끌어와 그의 '물화(物化)'와 호접몽 일화의 마지막 문장 '이를 일러 물화라 한다(此之謂物化)'의 '물화'가 어떻게 다른가, 그리하여 동양과 서양이 '물(物)'을 대하는 방식에서 얼마나 많은 차이를 보여주는지를 역설하는 이들도 있겠다. 물론 나와 같은 문외한으로서는 도저히 상상할 수도 없는 어떤 '도(道)'가 그 안에 있을지도 모를 일이다(좀체로 납득할 수 없긴 하지만).

그러나 아주 더러는 장주의 호접몽으로부터 안정효처럼 한국 현대사를 떠올리는 이들도 있는 모양이다.

2. 홍점동은 틀림없이 장자를 읽었다

안정효의 신작 「나비 채집」(『현대문학』 2001년 9월호)의 주인공 홍점동 노인은 "육이오가 끝난 다음 지금까지, 농사짓고 밥해먹는 일 말고는 나비만 잡으러" 다닌 나비 수집광이다. 그러니 그가 충청도 일원의 모든 표본은 다 수집해놓았을 거라는 풍문이 돌고, 소설의 화자인 곤충

가을호 : 김인숙, 「여행」, 『작가세계』 2001년 가을호.

학자 백시현 교수 같은 이들이 그를 만나기 위해 삼사 일쯤 대수롭지 않게 동네 이장 집에서 진을 치곤 하는 일도 이해 못 할 바 아니다. 문제는 홍 노인이 전혀 사람들을 만나주지 않는다는 데 있다. 어느 정도냐 하면 홍 노인은 자신의 포도원 주변에 "꼭 무슨 독일의 포로수용소나 월남전 당시의 중대전술기지"처럼 철조망을 둘러놓고는 외부와 완전히 고립된 채로 의식주에 필요한 몇 사람 외에는 아예 눈도 마주치질 않을 정도다. 농사 외에 그가 하는 일이라고는 주위 사람들을 피해 외지로 나비를 수집하러 다니는 일뿐이다.

이쯤 되면 그가 그토록 사람들을 기피하는 이유, 오로지 사십 년 넘게 나비만 수집해온 이유가 궁금해지지 않을 수 없다. 화자 백시현 교수에게도 그 궁금증은 마찬가지였던 모양인지, 그는 나비 대신 홍 노인에 대한 소문들을 채집하고 다니기에 이른다. 먼저 동네 이장과, 그 동네에서 가장 고령자인 옛 훈장 어른 얘기를 들어보자.

"도대체 혼자 사는 노인이 이런 큰 땅을 어디서 마련했대요? 듣자 하니 젊어서는 머슴이었다면서."

"다 전쟁통에 그렇게 되었답니다. 공산당이 쳐내려와서 세상이 뒤집힌 다음에요. 왜 아시잖아요. 낫하고 죽창 들고 돌아다니며 지주들 잡아다 인민재판에 걸어 어쩌고 하던 시절요. 홍 노인은 저 땅의 주인이었던 한 대감 댁에서 머슴 노릇을 했는데, 빨갱이들이 한 대감 가족을 몰살시킨 다음 머슴이었던 홍 영감이 재산을 차지해버렸다고 하더군요. 휴전이 된 다음에도 유산을 상속할 사람이 아무도 나서지를 않아 어영부영 영원히 홍 영감 소유가 되어버렸고요. 포도원 한가운데 저 집 보이죠?" (37쪽)

이상은 동네 이장의 진술이다.

"홍 노인이 마을 사람들을 그렇게 괴롭혔던 무슨 특별한 이유라도 있었나요?"

"이유 또 무슨 이유겠소. 그냥 다 미쳐 돌아가는 세상이었으니까 어린 나이에 덩달아 미쳐 그랬던 모양이지. 따발총과 딱콩총 든 인민군들이 큼직한 견장을 단 누런 제복을 입고 여기저기 설치고 돌아다니는 꼴이 꽤나 좋아 보여서, 아마 한몫 끼고 싶은 욕심에 그렇게 어울려 장단을 맞췄는지도 모르지. 그래. 아마 그랬는지도 몰라. 분명히 그랬을 거야. 위원장 동무 퍼런 서슬에 겁이 나서 너도 나도 옳소, 옳소 소리치며, 반동분자들 색출한다고 떼지어 몰려다니던 머슴이니 뭐니, 그늘에서 주눅들려 살아온 젊은 것들이 프롤레타리아라는 소리가 무슨 신흥 귀족이라도 되는 줄 알고 양반이니 지주니 탄압 계급을 다 없앤다고 패거리 지어서 혁명에 앞장을 섰으니, 어디 누구 하나 정신차릴 겨를도 없었어."(41〜42쪽)

이상은 옛날 동네 훈장 어른의 진술이다.

이 두 사람의 진술을 종합해보건대, 화자 백시현 교수가 홍 노인의 포도원에 둘러쳐진 철조망을 "누가 쳐들어와서 땅을 빼앗아가지 못하게 쌓아올린 성벽"으로 이해한다거나, 홍 노인을 두고 "지금까지도 언젠가는 공산당이 돌아올 거라고 굳게 믿으면서 기다린다"라고 지레 짐작한다거나, 아니면 그를 "우리 민족의 비극적인 분단이 낳은 무슨 상징처럼 여겨"진다라고 얘기하는 것은 일단은 당연한 일이다.

그러나 다른 두 사람의 진술을 더 듣고 나면 사정이 달라진다. 다른 두 사람, 즉 홍 노인의 감찰을 담당하고 있는 경찰서의 보안계 형사와, 홍 노인과는 거의 유일하게 접촉을 유지하고 있는 차 선생이란 자의 진술을 들어보자.

"훈장 영감님 약간 맛이 가신 분예요. 눈치채셨겠지만요. 하도 연로하

셔서인지, 치매의 초기 증상도 보이고요."(43쪽)

"괴도 루팡은 별로 어울리지도 않은 별명예요. 그리고 알고 보면 홍점
동 영감은 무서워할 위인도 아니죠. 전쟁 때도 모두들 떠들썩하니까 앞
장서서 남들보다 좀 큰 소리로 아우성치고 돌아다니긴 했지만, 사람을
직접 죽였다거나 하는 그런 범법행위도 저지른 게 하나도 없어요. 그리
고 전쟁 이후에는, 아무리 자신이 빨갱이라고 자처하면서 공산당이 빛날
날이 오기를 기다린다고는 하지만, 주위 사람들이나 대한민국에 전혀 아
무런 해도 안 끼치잖아요. 좌익이랍시고 무슨 반정부운동을 하나, 어디
조직에 가입해서 파괴공작이나 공식 활동을 하나, 이중으로 철조망 쳐놓
고 살면서 나비를 잡으러 돌아다니는 건 죄도 아니잖아요."(46쪽)

이상, 담당 형사의 이야기다.

"교수님 뭔가 착각하고 계신 모양이에요."
"뭐가요?"
"홍 영감 그렇게 비극적인 분 아닙니다."
"그럼요?"
"전에 기자들이 찾아왔을 때도 그런 얘기들 하더구만요. 민족 분단 비
극의 주인공이라나 뭐라나 하면서요. 하지만 내가 보기엔 이 고장에서
홍 영감처럼 행복한 사람도 없어요. 마치 전쟁의 희생자처럼 얘기하는
사람들도 만났지만, 홍 영감이야 전쟁 때문에 희생을 당하기는커녕 횡재
를 한 분이잖아요."
"그런데 나비는 왜 그렇게 열심히 잡는답니까?"
"무슨 이유가 따로 있겠어요? 예쁘니까 잡아서 모았든지, 할 일이 없
어 심심하니까 잡았든지, 그건 저도 모르겠습니다."(49~50쪽)

이상은 차 선생의 이야기이다. 그리고 소설의 마지막이기도 하다.

보안계 형사 왈, 훈장 선생은 "맛이 갔다". 그렇다면 홍 노인에 대한 훈장의 증언은 신빙성을 상실한다. 대신 홍 노인의 죄질은 그간 들은 것보다 가벼워져 그저 멋모르고 소리 좀 지르고 다닌 정도로 축소된다. 또 차 선생의 말에 따르면 홍 노인은 분단의 비극을 등에 지고 다니는 희생의 상징도 아니란다. 홍 노인에 대한 정보는 번복된다.

이 부분이 소설의 마지막이므로, 결국 독자는 도대체 홍 노인을 분단 비극의 희생자로 보아야 할 것인지 아닌지, 그는 여전히 공산당 집권을 기다리고 있는 것인지, 혹은 그가 둘러친 철책은 죄책감의 상징인지 보호본능의 상징인지, 결정하지 못한 채 소설 읽기를 마쳐야 한다. 앞의 두 사람의 진술과 뒤의 두 사람이 진술이 엇갈리기 때문이다. 게다가 백시현 교수는 끝내 나비는커녕 홍 노인의 얼굴조차 보지 못하고 말았으니 제대로 된 사실을 홍 노인의 입을 통해 직접 들을 수도 없는 노릇이다.

다른 무엇보다도 홍점동 노인이 사십 년 넘게 모은 나비의 의미가 드러나질 않는다. 그는 왜 나비를 채집했던가? 소일거리였던가? 회개의 행위였던가? 혹은 정신적 외상이 낳은 신경증의 일환이었던가?

아마도 이것들 중 어느 하나를 정답으로 결정하는 것이 이 소설을 읽은 적절한 해법은 아닐 터이다. 나는 다만 이쯤 해서 홍점동 노인이 철책 둘러진 포도원에서 어느 날 장주의 호접몽을 읽었을 거라 지레 짐작할 뿐인데, 아무래도 장주의 호접몽을 읽으면서 그가 떠올렸을 나비는 붉은색이었지 싶고, 그것도 아주 오래 전, 한갓 머슴에 불과했던 그에게 죽창과 완장과 멋모르고 소리지를 권력이 주어졌던 '꿈같던' 시절의 나비가 아닐까 싶은 것이다.

그렇게 장주의 호접몽을 다시 읽어보자.

언젠가, 홍점동은 붉은 나비가 된 꿈을 꾸었는데, 훨훨 나는 나비이니,
마음 내키는 대로 유쾌하게 날아다녔는지라, 자신이 홍점동이었는지도
스스로 몰랐다. 갑자기 꿈을 깨니, 놀랍게도 홍점동이로구나. 모르겠다!
홍점동이 꿈에 나비가 되었나? 나비가 꿈에, 홍점동이 되었나? 홍점동과
나비는, 반드시 구별이 있을 것이니, 이러한 것을 만물의 변화라 이른다.

굳이 '언젠가' 란 인공기가 마을을 지배하던 전쟁중의 어느 때를 말한
다거나, 붉은 '나비' 의 손에 죽창이나 마르크스가 들려 있었을 것이라
거나, 나비의 '훨훨' 나는 몸짓이 홍점동이 활개치던 모습을 비유하고
있다거나, 그렇듯 홍점동은 꿈같은 기복(祈福) 이데올로기와 손에 잡은
권력에 취해 본연의 제 모습을 성찰할 틈도 없었을 것이라거나, 역사란
또한 만물을 변화시키는 것이어서 오랜 시간이 지난 어느 날 본래의 홍
점동으로 돌아온 그에게는 그 몇 날들이 마치 꿈과 같았을 것이라거나,
그리하여 오늘도 홍점동은 꿈같았던 몇 날의 의미가 무엇인지, 그것의
유전(流轉)과, 그것에의 향수와 그것의 무상함을, 거의 무게가 없고 노
는 듯 허망하게 나는 아름다운 곤충 나비를 수집함으로써 보여주고 있
다는 축자적인 해석을 덧붙일 필요는 없을 줄 안다.
  확인하건대, 홍점동은 틀림없이 장자를 읽었던 것이다.

3. 「나비의 전설」, 기타

  윤후명의 신작 「나비의 전설」(『작가세계』 2001년 가을호)은 호접몽의
소설적 번안이다. 가령 일 년 전 나비떼의 기억을 찾아 산사 근처에 들
른 화자가, 식당에서 심부름하는 소녀의 뒷모습을 두고 "두 갈래로 묶
은 머리가 걸음걸이마다 팔랑거린다고 나는 느꼈다. 팔랑거린다……

그와 함께 나는 나비를 연상했다"라고 말하면서 호접몽은 시작된다. 그리고 "순간 나는 '나비', 하고 생각을 멈추었다. 음식점 소녀가 실제로 초원의 구릉을 넘어간 것일까, 아니었다. 그럼에도 불구하고 나는 몽골 초원의 소녀와 음식점 소녀를 함께 보고 있는 것이었다. 나비 탓이 틀림없었다"라는 구절이나, 지난해 몽골에서 만난 소녀를 떠올리며 "말과 나와 소녀는 혼연일체가 되어 초원 속으로 묻히고 있었다"라고 말하는 구절은 사실상 호접몽의 전개에 해당한다. 장자도 그와 같이 나비와 섞여버리지 않았던가?

그리하여 "손님, 식사는 안 하세요?"라는 식당 주인의 말에 퍼뜩 정신을 차려 원래의 자신으로 돌아올 때, 호접몽은 장자의 꿈에서와 마찬가지로 짙은 여운을 남기며 끝나는 것인데, 한바탕 백일몽과 같은 그 기억 연상들 후에 화자는 근자에 자신이 받은 정신적 육체적 상처로부터 다소간 치유되는 듯해 보인다. 윤후명 또한 근래에 장자를 읽었거나 다시 읽고 있는 것임에 틀림없다.

이외에도 김인숙의 「여행」(『작가세계』 2001년 가을호)에도 나비 모티프가 등장한다. 노인정의 효도 행사에 참여하고 돌아와 잠시 누워 있던 노인네가 한순간 정신을 놓고 집 안에 있는 "모든 끈과 천마다 나비 매듭을 지으셨다"고 하니, 그 누워 있던 잠시 동안 꾼 꿈이 궁금해지기는 하지만, 아무래도 그 꿈마저 호접몽이라고 우기다가는 소위 '과도한 일반화의 오류'를 범하기 쉬울 듯해 말을 삼가기로 한다.

아울러 지난 두어 달 동안 발표된 소설들 속으로 날아든 이 나비떼들에 어떤 하나의 그럴듯한 이유를 부여해보고 싶은 욕심(예를 들면 동양철학의 소설화 경향이라거나, 새로운 전망으로서의 동양적 사유의 등장이라거나 하는) 역시 동일한 이유로 자제하기로 한다.

(2001)

아비를 떠나는, 혹은 떠나지 못하는 여자들

1. '아비는 결핵 보균자였다' : 천운영 단편소설 「포옹」

천운영은 이즈음 월경(越境)중이다. 이미 그녀는 지난 계절에도 아비와 어미가 서로를 죽이고 배신했던 집을 떠나 철길을 따라 월경한 바 있다(「월경」, 『세계의문학』 2001년 여름호). 같은 시기에 그녀는 또한 「눈보라콘」(『창작과비평』 2001년 여름호)의 주인공 표용수로 하여금 '복천사 담벼락에 붙어 서 있는 돌부처 머리에 오줌을 누'고 그 머리를 딛고 담을 넘게 하기도 했다. 복천사 주지에게 덧붙여진 지독한 남성성의 기호들로 미루어보건대 용수는 그날 그렇게 부친을 모욕하고 어른이 되었어야 옳다. 부모의 세계를 떠난 주인공이 입사식을 거쳐 어른에 이르는 성장소설들의 결말이 대개 그러하기 때문이다. 그러나 (다행히도) 그렇게 되지는 못했던지, 그녀는 오늘 또 한번 자신의 두 주인공들에게 서로 포옹한 채로 아버지의 영역으로부터 월경할 것을 명한다.(「포옹」, 『현대문학』 2001년 10월호). 아무래도 천운영에게 월경은 당분간 일종의 반복강박인 모양이다. 일단 월경하는 두 여자의 자태를 보자.

> 검었던 바다가 갑자기 환해진다. 집어등을 밝힌 배 한 척이 서서히 다가오고 있다. 잠든 물고기들을 깨우는 환한 불빛들. 눈을 찌를 것처럼 강력하게 뿜어져나오는 불빛 뒤로 부지런히 움직이는 뱃사람들의 실루엣이 보인다. 불빛이 손에 잡힐 듯하다. 그녀가 난간 밖으로 몸을 내민다. 머리칼을 하늘거리며 조금씩 떠오르는 그녀의 모습이 보인다. 그녀가 멀리서 손을 내민다. 내가 그녀의 손을 잡자 시간이 멈춘 듯 사방이 고요해진다. 파도 소리도 엔진 소리도 들리지 않는다. 집어등 불빛만이 환하게 빛난다. 발끝이 살짝 들린다. 나는 한없이 가벼워진다. 그녀와 나는 손을 마주 쥐고 춤을 추기 시작한다. 불빛을 돌며 춤을 춘다.(120쪽)[33]

두 주인공의 월경은 제주도행 청해진호의 갑판 난간에서 이루어진다. 곧 오늘의 월경은 죽음을 향한 것인데, 그러나 그 죽음의 월경이 아름답기도 하려니와, 상징으로 읽히는 데가 있어서 딱히 비극적으로만 여겨지지는 않는다.

어쨌거나 지금 나로서는 그녀들의 월경 후의 모습보다도 그녀들이 어떻게 월경을 결심하게 되었던가 하는 점이 더 궁금한데, 그녀들이 거기 청도와 청도 사이의 배 위에서 바다에 장사지낸 유골함이 그 궁금증을 해결하는 실마리가 되어줄 듯도 싶다. 둘은 그 안에 무엇을 담아 장사지냈던가?

---

33) 이 글에서 인용, 참조한 텍스트는 다음과 같다. 천운영, 「월경」, 『세계의문학』 2001년 여름호 ; 천운영, 「눈보라콘」, 『창작과비평』 2001년 여름호 ; 최인석, 「우울한 날의 알리바이」, 『문학과경계』 2001년 가을호 ; 강영숙, 「깊은 밤」, 『현대문학』 2001년 11월호 ; 함정임, 「소풍」, 『세계의문학』 2001년 가을호 ; 송재창, 「원」, 『문학사상』 2001년 10월호 ; 조경란, 「마리의 집」, 『문학사상』 2001년 10월호.

먼저 곱추인 인경은 그 안에 '상상 속에서' 자신과 결혼할 것으로 믿어왔던 남자의 하얀 양복을 태워 그 재를 담았다. '상상 속에서'라고 했거니와, 그녀는 내내 현실에서 자신의 굽은 등으로 인해 이룰 수 없었던 사랑과 결혼, 그리고 안온한 가정의 행복(사실상 이러한 모습의 행복이란 대개 남성들이 상상하는 행복의 투사인 경우가 많다)을 미래의 상상을 통해 실현함으로써 불구를 보상받아왔다. 그렇다면 그녀는 그 유골단지 안에 자기 기만, 즉 지금까지 스스로를 기만해왔던 자신을 담은 셈이다. 그녀는 이렇게 말한다. "완전히 연소하지 않은 검은 덩어리가 유골함 속에 웅크리고 있다. 몸을 구부리고 있는 사람의 형상 같다. 등이 굽은 여자의 형상. 모골이 송연해진다. 유골함을 집어던진다. 바닥에 구른 유골함에서 검은 덩어리가 흘러나온다. 나는 그 검은 덩어리가 무엇인지 잘 안다. 유골함에서 흘러나온 것은 나를 배반한 남자의 유골이 아니다. 그것은 나를 속인 또다른 나의 모습이다." 인경은 유골함 속에 자신을, 특히 자신의 굽은 척추를 담아 장사지냈던 것이다.

그리하여 이제 문제는 인경의 굽은 척추, 그것의 병인(病因)이다. 이야기를 조금만 더 거슬러올라가다보면 우리는 그 굽은 등의 연원을 다음과 같은 아주 낯익은 형식의 문장을 통해 확인하게 된다. "아버지는 결핵 보균자였다." 아버지의 몸 속에 잠복해 있던 그 결핵균이 정액 속의 정자를 거쳐 인경의 척추에 스며들어와 거대한 낙타 주머니와 같은 짐을 하나 남겨놓았다. 그렇다면 이렇게 말해도 되겠다. 그녀의 불구의 근원에는 아비 됨의 각인이 놓여 있었다고.

그러나 결핵 보균자 인경의 아비는 종이었던 서정주의 아비나, 빨치산이었던 김성동의 아비, 혹은 개흘레꾼이었던 김소진의 아비와 같은 '역사적' 아비가 아니라, 전염성 강하고, 일단 각인되면 쉬 사라지지 않는 신체적이고 심리적인 아비이다. 그녀의 등을 짓누르는 낙타의 물주머니와도 같은 혹의 무게를 여성들에게 드리워진 부성원리의 짙은 그늘로 해석해도 무방한 이유가 여기에 있다. 요컨대 인경은 최종적으로 유골단지에 아비를 담아 장사지냈던 것이다. 그리하여 인경의 월경은 아비로부터의 월경, 즉 자신을 불구로 만들고 또한 오래 불구를 감내하게 했던, 스스로를 백마 탄 왕자의 신화로 기만하게 했던 바로 그 부성원리로부터의 월경이란 의미를 부여받는다.

또다른 주인공, 인경의 월경 파트너이자, 경북 청도가 고향인 뷰티플래너 '나', 그녀는 유골함에 무엇을 담아 장사지냈던가? 그녀 또한 아비를 담아 장사지낸다.

피어올랐던 불꽃이 조금씩 가라앉고 있다. 나는 마지막 불꽃이 사그라지기 전에 건초의 기억을 모두 집어넣는다. 아버지와 주인 노인과 돌쇠를 불에 던진다. 푸른 불꽃이 화르르 일었다가 사그라든다. 이제 나는 청도를 기억하지 않으리라. 불꽃이 사라지고 검고 작은 덩어리만 남는다. 여자가 재를 모아 유골함에 집어넣는다. 청도도 따라 그곳으로 들어간다.(112~113쪽)

인경이 유골함에 아비로부터 물려받은 불구를 장사지낼 때, 그녀 역시 청도에 두고 온 아비와 관련된 일련의 기억들을 그 유골함에 함께 던져넣는다. 그녀의 아비는 결핵 보균자는 아니었으되, 남성적 폭력성의 체현자란 점에서 아비 됨의 각인자이기는 마찬가지였다.

그녀의 "아버지는 싸움소 훈련꾼이었다". 그 순하디순한 짐승들에게 싸움을 가르치고, 싸움에서 진 소와 자신에게 무차별적으로 채찍질을 퍼붓던 아비를 견디지 못해, 외양간에 불을 질러 아비를 함께 태우고 상경한 그녀. 그러나 청도에서의 기억은 오늘까지 그녀를 따라다니며 괴롭혀왔던 것인데, 상경 후 그녀를 성적으로 학대하던 집주인 노인은 사실상 그 아비의 분신 외에 다름아니었을 것이다. 그녀가 유골함 안에 아비의 기억과 함께 주인 노인의 기억을 던져넣는 이유는 여기에 있다. 그녀 또한 아비로부터 물려받은 보이지 않는 혹주머니를 등이 휘도록 지고 다녔던 것이다. 그녀의 아비와 인경의 아비 사이에 차이가 있다면, 하나는 아비 됨의 각인력, 전염력을 상징하는 반면, 하나는 아비 됨의 폭력성을 상징한다는 점, 다만 그 점뿐이다. 그리하여 갑판 난간을 넘어 월경하는 그들의 '포옹'은 아비의 부인(否認), 부성원리의 부인이라는 여성적 모험을 함께 감행하는 동성간의 동지적 연대로 읽히는 데가 있다.

한국의 청도와 중국의 청도가 횡으로 드리운 자장권의 경계를 돌파(월경)하는 중인 그녀들은 아름다운 추락과 함께 어쩌면 정말로 서해바다 속 깊은 데 자리한 아마존들의 왕국에 이를지도 모를 일이다. 그러나 그 왕국의 풍경이 자못 궁금함에도 불구하고, 나로서는 천운영의 주인공들이 월경에 성공하여 훌쩍 어른이 되기를 바라는 편은 아닌데, 지금 월경중인 그들의 고뇌가 아름답기도 하거니와, 남녀를 불문하고 월경에 성공한 이들로부터 나는 매혹당해본 적이 없기 때문이기도 하다. 천운영의 월경이 당분간 지속되기를 바란다.

2. 아직은 논게가 나온다지만 : 최인석 단편소설 「우울한 날의 알리바이」

천운영의 아비들이 신체적, 심리적 특징을 가진 아비들이라면 최인석의 소설 「우울한 날의 알리바이」(『문학과경계』 2001년 가을호)에 등장하는 아비들은 철두철미 사회적이고 가부장적이다. '아비들'이라고 했지만 최인석의 소설에는 사실상 아비는 단 한 명만이 등장한다. 그 아비는 다음과 같은 편지를 딸에게 보내는 아비이다.

영서야

니 에미가 이혼하자고 벅구통을 쳐 도대체 살 수가 없다.

애비가.(199쪽)

영서가 어리던 시절에, 그녀는 어미의 머리채를 쥐고 뜰을 질질 끌고 다니는 아비를 목격한 적이 있다. "아비는 술에 취해 있었고, 어미는 비명을 지르고 울부짖었고, 동네 사람들이 담 너머로 고개를 내밀고 구경을 했다." 게다가 겨울이면 아비는 "노름을 했고, 그 바람에 어미와 다툼이 벌어졌으며, 그때마다 아비는 어김없이 어미의 머리칼을 쥐고 뜰을 질질 끌고 다녔고, 어미는 비명을 질러댔다". 다행히 얼마 뒤부터는 그런 일이 없어졌지만 아비는 이번에는 노름 대신 "다방에 나가 다방 여자들을 집적거"리면서 "늘 자신을 홀아비라고 소개했"고, "그 때문에 어미는 더욱 약이 올라 어쩔 줄을 몰랐"단다. 그러던 아비였지만 결국 노쇠는 어쩔 수 없었던 모양이다. 위의 서신은 일종의 출두명령서이긴 하지만 이제 아비는 노쇠한 가부장이어서 딸 영서에게 그다지 강한 위협을 행사하지는 못한다. 되레 투정에 가까운 어조가 노쇠한 발신자가 지금 처해 있는 지위를 반증한다.

그러나 영서에게 날아온 출두명령서가 이 하나만은 아니란 데 문제가 있다. 한 사람의 가부장은 노쇠해서 사라질 수 있지만 제도로서의 가부장제는 세대를 거듭해서 수많은 가부장들을 재생산하는 법이다. 영서에게는 또다른 출두명령서가 날아온다. 강동경찰서 교통계에서 세 차례에 걸쳐 날아오는 출두명령서가 그것인데, 그중 마지막에 날아온 내용을 인용해본다.

최종 (3차) 출두요구서

귀하의 서울2거 6599 프라이드 승용차가 범한 속도 위반 사건에 관해

조사하고자 3차 (마지막) 출두요구서를 발송합니다.

이번에도 출두치 않을 시는 귀하의 승용차나 기타 재산을 압류할 수도 있다는 점을 최종적으로 통고합니다. (226쪽)

굳이 필요 없는 인용으로 장황함을 무릅쓴 것은, 권력 언어 특유의 무미건조함, 단조로움, 위압, 말하자면 경멸적인 의미에서의 남성성을 충분히 감상하기를 바랐던 탓이다.

이미 영서는 첫번째 출두명령서가 날아왔을 때, 강동경찰서에 출두하여 그 차가 자신의 차가 아님을 설명한 바 있다. 권위와, 불합리와, 위압과, 느글느글함을 겪을 대로 다 겪으면서 말이다. 그럼에도 출두명령서는 계속 날아든다. 아마도 작가는 이 부조리한 기호의 발신자가 바로 집요한 가부장적 권력 자체임을 보여주기 위해 출두요구서를 여러 차례 영서에게 보내지도록 했을 터이다. 소설 속에는 한 명뿐인 '아비'를 '아비들'이라고 했던 이유도 여기에 있다. 영서는 지금, 생물학적 가부장으로서의 아비로부터는 다소 해방되었으되, 그외의 무수한 아비들, 또다른 가부장들인 그들의 촘촘한 권력 그물 안에 사로잡혀 옴짝달싹하지 못하고 있다. 그녀가 택할 수 있는 방도는 이제 둘 중의 하나다. 다른 강력한 가부장에게 도움을 청해 그들을 물리치거나, 아니면 천운영의 주인공들처럼 '월경'하거나.

아마도 후자의 가능성이 떳떳하고 당당했으리라. 그러나 친구이자 선배인 유정과의 동맹 파기는 이 가능성의 실현을 애초부터 배제하게 한다. 가령 우리는 소설 초두에 유정이 다음과 같은 말을 흘릴 때 그녀가 영서의 동맹자임을 믿어 의심치 않는다.

유정은 침대에 네 활개를 펴고 엎어져 큰 소리로 떠들어댔다. 이놈의 남성권력체제 속에서 살다보면 누구나 마찬가지겠지. 사내놈들, 나라 꼴이 지경으로 만들어놓고, 기껏 린다 킴 같은 것한테 홀라당홀라당 나자 빠지는 주제 꼴에 뭣들이 그리 잘났다고 여자라고 따돌리기나 하고……
(195쪽)

그러나 얼마 지나지 않아 동맹관계는 파기된다. 영서의 전임강사 자리를 유정이 재력으로 가로챘던 것이다. 유정은 결국 영서와의 동맹관계를 파기하고 가부장제, 혹은 자본주의사회의 논리에 편승한다. 영서가 결국 유정이 자신의 자리를 돈으로 가로챘다는 사실을 안 후에, "화가 나야 하는데 화가 나는 것이 아니라 자꾸 눈물이 난다"라고 말한 연유도 여기에 있다. 그녀는 경쟁자에게 자리를 뺏긴 것이 아니라 동맹자를 잃었던 것이다. 월경의 가능성이 상쇄되는 지점도 여기이다. 함께 월경할 동맹자를 잃었으므로 영서는 이제 월경에의 의지를 잃는다.

이제 남아 있는 유일한 가능성은 또다른 강력한 가부장에게 원조를 구하는 것, 그외에는 없다. 그는 바로 기섭. 검사이자 자신의 약혼자이다. 아비로부터의 출두 요청, 그리고 연이은 김준배 형사로부터의 출두 요청, 거기에 유정의 배신이 더해져 거의 발작 직전에 이른 영서를 구하는 것이 바로 기섭이다. 그의 '전화 한 통화'는 부조리한 행정권력의 집요한 출두 요청으로부터 영서를 구하고, 그와 동반한 고향 방문은 그녀를 아비의 출두 요청으로부터 구한다. 그러니 소설의 결말에서 서양난 화분에서 자라나와 영서의 집 안을 온통 검은 장막으로 뒤덮어버린 그 우산(확장하는 가부장제의 권력에 대한 탁월한 상징이다)의 생명력은 실상 부분적으로나마 영서 자신으로부터 나온 것이기도 하다. 그녀 또한 자신도 모르는 사이에 가부장과 몸을 섞었던 것이다.

영서는 기섭의 모든 물건들, 예를 들면, 자동차와, 양복과, 우산 모두에게 검은색을 부여한 작가의 의도를 눈치챘어야 했다. 혹은 작가가 기섭의 목소리 앞에 항상 '엄격한'이라는 수사를 달고 있었다는 점에도 주의해야 했다. 그녀가 소설 말미에서 속도 위반을 한 기섭이 교통경찰에게 지어보이는 표정으로부터 김준배 형사의 얼굴을 떠올렸을 때는 이미 늦었다. 그사이 영서의 집 서양난 화분 위에서는 그녀의 그 단호하지 못한 월경에의 의지를 거름 삼아, 검은 우산이 무럭무럭 자라나고 있었던 것이다.

그렇다면 지금 우선은 영서의 생리 때마다 피와 함께 건강한 논게가 수마리씩 섞여 나온다고 하더라도, 그 논게가 빛바랜 우렁이나(유정), 피 묻은 구공탄(이십 년 동안 남편에게 구타당하며 살아온 여자의 생리에 섞여 나오는), 플라스틱 바가지(아비는 집을 나가고 어머니는 남자를 끌어들이며 자신은 원조교제로 생활비를 벌고 있는 명숙의 생리에 섞여 나오는), 죽은 해삼(아비에게 줄곧 강간당하고 사는 정은이의 생리에 섞여 나오는)으로 변하는 것은 시간 문제이다.

이 모든 상황을 치밀하게 계산하고 배치한 작가가 바로 최인석이니, 아! 그는 얼마나 철저한, 그러나 암울한 반가부장제 사회이론가인가?

3. 강영숙 단편소설 「깊은 밤」, 기타

강영숙의 「깊은 밤」(『현대문학』 2001년 11월호)은 천운영의 일련의 소설들과 같은 성장소설의 형태를 취하고 있으되, 아무런 '월경'의 의식(儀式)이 없다는 점에서 독특하다. 이즈음 우리 소설계에서 종종 보이는 '입사식 없는 성장소설'에 해당하겠다. 예를 들면 박현욱의 『동정 없는 세상』이 이에 해당하는데, 나는 이런 소설들의 출현을 하나의 징후로 본다. 라캉의 용어를 빌리자면 상징계로의 진입을 의식적으로 거부한 주체들이 이런 소설들의 주인공이 되는데, 그들은 근대적 기호체계에 진입을 거부한 주체들이 탄생하기 시작했음을 선포하는 것만 같

다. 강영숙에게 이런 징후는 특유의 '환유적 문체'를 통해 더욱 두드러
진다. 이 작가의 문장들은 충격적인 이미지들의 속도감 있는 연쇄로 이
루어져 있되, 그 충격적인 이미지들에 대한 수직적 차원에서의 어떠한
해석이나 부연설명도 허락하지 않는다. 그 이미지들은 휘하에 어떠한
어휘군도 거느리지 않음으로써 '의미장'의 구성을 스스로 포기한다.
마치 은유적 깊이를 모르는 실어증 환자의 자동기술과도 같은 그녀의
문체는 그리하여 입사식을 치른 자에게서만 볼 수 있는 '사후 의미화
과정'이 전혀 없다. 그렇다면 그녀의 소설이 결국 "그뒤로도 삶은 계속
되었다. 지금도"로 끝나는 것도 이해 못 할 바는 아니다. 입사식을 겪지
않은 주체에게 상상계와 상징계의 단절은 존재하지 않는다. 삶은 위계
적으로 의미화되지 못한 채, 육체적으로는 어른이 된 지금까지도 여전
히, 부조리하고, 불가해하며, 무질서한 사건들의 연쇄일 뿐이다.

　이외에도, 함정임의 「소풍」(『세계의문학』 2001년 가을호)에서 가까스
로 균열을 봉합한 채 지탱되고 있는 모계적 여성공동체와 그 뒤를 쫓는
'먹구름'에 대해, 송재창의 「원」(『문학사상』 2001년 10월호)이 박상륭
의 일련의 소설들에 진 빚에 대해, 조경란의 주인공 '장마리'에겐 자신
도 모르는 도플갱어 '정미림'이 있었다는 사실(「마리의 집」, 『문학사상』
2001년 10월호)에 대해 말하고 싶었다. 모두 다른 기회로 미룬다.

(2001)

정신분석 담론의 소설화

세르반테스의 『돈키호테』로부터 소설이 시작되었다라는 말에 별 이의 없이 동의할 경우, 그 말은 곧 소설이라고 하는 장르는 정신병리와 함께 시작되었다라는 말로도 번안이 가능하다. 세르반테스가 정신분석을 알았을 리는 만무하지만 돈키호테라는 인물이 일종의 '망상증' 환자였음에는 틀림이 없기 때문이다. 돈키호테는 세르반테스 판 '슈레버 판사'가 아니겠는가!

세르반테스만은 아닌데, 아무래도 병리적인 주인공들(특별히 카프카의 주인공들)에 대해 가장 적대적이었던 이론가였음에 틀림없을 게오르크 루카치마저도, 소설을 병리적인 것으로 정의하는 데에서는 세르반테스와 그다지 다를 바 없었다. 그가 자신의 주저 『소설의 이론』을 다음과 같은 비탄조의 문장으로 시작할 때 그는 이미 소설이라고 하는 장르가 비루한 현실에 적응하지 못한 무모한 주인공들, 말하자면 망상적인 인물들의 '퇴행' 혹은 '회귀'의 시도로부터 발생했음을 인정하고 있는 셈이다.

별이 빛나는 창공을 보고, 갈 수가 있고 또 가야만 하는 길의 지도를 읽을 수 있던 시대는 얼마나 행복했던가? 그리고 별빛이 그 길을 훤히 밝혀주던 시대는 얼마나 행복했던가?

기원적인 시대에 대한 향수, 돌이킬 수 없을 만큼 먼 과거에 속해버린 황금시대에 대한 예찬이 거의 다 그렇듯이, 루카치의 이 비탄조 문장들에서는 우리 시대 사람들이 '상상계' '코라(chora)' 등의 개념(그 내포는 다소 다를지라도)으로 지칭하는 어떤 영역, 오이디푸스 단계 이전의 포만상태에 대한 막연한 회귀 충동이 존재한다. 의도와는 무관하게 루카치 자신 역시 충분히 '퇴행적'이었던 셈이다. 말을 바꾸면 루카치 스스로도 자신이 그토록 비난해 마지않던 어떤 현대적 현상, 즉 지금보다 훨씬 나았던 기원적 상태를 상실해버렸다는 거대한 상실감, 그러나 데리다가 '기원의 형이상학'을 비판한 이후로 근거가 없어져버린 바로 그 강박관념의 포로였던 것이다.

이렇게 볼 때 사실상 모든 소설의 주인공들은 어떤 의미로든 돈키호테의 후예들이며, 루카치의 후예들일 수밖에 없다. 소설의 태생이 그러했고, 그 장르의 존재방식이 그러하기 때문이다. 기본적으로 그들은 '바라는 것'과 '누리는 것' 간의 균열로부터 파생된 병리적 상태의 증상이자 징후이며, 그런 이유로 퇴행적이고 나르시시즘적이다. 그리고 이 모든 사실들은 프로이트의 '히스테리는 예술 창조의 캐리커처'(「강박행동과 종교행위」)라는 주장과 완전히 부합하는 것이기도 하다.

사정이 그러할진대, 최근 발표된 소설 몇 편에서 병리적인 주인공들의 등장이 잦아졌다는 사실을 두고 새로운 '경향' 혹은 '현상' 운운하며 호들갑 떨 일은 아니다. 손창섭과 장용학으로 대변되는 50년대 소설사로 거슬러올라가지 않더라도 우리는 알게 모르게 무수한 병리적 주인공들을 만나온 터이기 때문이다.

그러나 만약 이즈음 발표된 소설들에서 다음과 같은 유형의 구절들
이 자주 발견된다면 사정은 달라진다.

> 그는 한 마리의 징그러운 벌레가 되어 있었다.
> 말하자면 변태가 거꾸로 진행된 것이었다. (……) 그에게는 구더기가
> 파리가 되고 애벌레가 나비가 되는 것의 반대과정이 일어난 것이다. 한
> 동안 그는 이걸 자궁 회귀 욕망의 돌연변이적인 실현이 아닐까 생각해보
> 았다. 하지만, 이건 정상적인 유충의 모습으로 변형되었을 경우에만 적
> 용될 수 있지, 그에게는 아니었다.(김연경, 「피진의 가을」, 『문학과사회』
> 2002년 가을호, 1013쪽)[34]

김연경의 주인공은 스스로 하나의 정신병리적 징후가 되는 데에 만
족하지 않는다. 그는 스스로 자신의 몸에 일어난 퇴행적 변태(變態)를
메타적 차원에서 해석해볼 만큼 지적이다. '자궁 회귀 욕망'이라고 하
는 프로이트적 어휘는 이 소설의 주인공이 소설 속 인물이면서 동시에
소설에 대한 해설자이기도 함을 암시하는데, 이런 현상이 우리 소설사
에서 그간 흔하게 있었던 일은 아니다.

손창섭의 주인공도, 장용학의 주인공도 스스로 어떤 정신병리적 현
상의 징후이긴 했으되 그 징후에 대한 해설자의 역까지 맡지는 못했다.
징후에 대한 해설은 다른 차원, 말하자면 비평이라고 하는 준(準)이론
적 언술의 차원에서 사후에 덧붙여질 성질의 것이었다. 그러나 심리학
적으로 충분히 조예가 깊어진 이즈음의 작가들은 작품 속에서 미리 비
평적 해석을 예견한다. 다른 예들이 여기 더 있다.

---

34) 이 글에서 인용, 참조한 텍스트는 다음과 같다. 김연경, 「피진의 가을」, 『문학과사회』
2002년 가을호 ; 표명희, 「3번 출구」, 『창작과비평』 2002년 가을호 ; 김유택, 『보라색 커
튼』, 문학과지성사, 2002 ; 박청호, 『질병과 사랑』, 문학과지성사, 2002.

그는 대단히 심각한 목소리로 말했다. "수술 결과에는 아무 문제 없습니다. 문제는 오히려 다른 데 있는 것 같군요." 장은 한참이나 '신체이형증후군'이니 '망상장애'니 하며 기괴하고 낯선 용어를 들먹이더니 차분하고 결단성 있는 어조로 말했다. "괜찮은 정신과 의사를 소개해드리죠." (표명희, 「3번 출구」, 『창작과비평』 2002년 가을호, 335쪽)

그렇다면 나는 어디서부터 잘못됐다는 말인가. 미국의 어떤 정신의학자는 말했다. 알코올 중독자들은 에덴 동산으로 돌아가고 싶어하는 자들이라고. 되돌아갈 수 없는데도 잘못된 길을 가는, 앞으로 가지 않고 거꾸로 뒤로 가는, 이 중독자들의 퇴행현상을 그는 모태로 돌아가려는 갈망이라 했다. (김유택, 『보라색 커튼』, 24쪽)

"이제 분열증은 정신질환이 아니야. 한 인간에게 있어 무의식적 분열은 너무나 자연스러운 것이라고들 말하고 있어. 넌 아무렇지도 않아. 약간 다친 것뿐이야."
의사로 돌아온 그가 대답했다. (박청호, 「사랑의 아픔」, 『질병과 사랑』, 65쪽)

여기에 김형경의 『사랑을 선택하는 특별한 기준』(여성 주인공의 정신분석 치료과정이 한 편의 소설 전체를 이루는)을 더할 수도 있겠거니와, 이 작품들로부터 하나의 '현상'을 찾아내기는 어렵지 않은 일이다. 외면적인 몇 가지 차이(가령 표명희의 경우 여성 주인공의 식칼에 대한 페티시즘 너머에 존재하는, 병인으로서의 억압적 가족제도를 탐구하는 반면, 김유택은 알코올 중독자로서의 자전적 체험을 기억의 연쇄에 따라 산포시키는 형식 실험을 시도하고 있다거나 하는, 혹은 김형경의 작품이 고전적인 정신분석에 가깝다면 박청호의 작품은 들뢰즈적인 의미에서 분열증 분석에 가깝다거나 하는)에도 불구하고 이들 작품들은 '정신분석 담론의 소설화'라고 불러 무방할 어떤 경향을 예시하고 있다.

'정신병리'의 소설화 경향이 아니라 '정신분석'의 소설화 경향이라고 한 데에는 이유가 있는데, 양자간에 존재하는 차이를 가급적 부각시키기 위함이다. 소설이라고 하는 장르가 근대에 특유한 일종의 정신병리의 기술로부터 출발한 것이란 점은 이미 살펴본 바 있다. 그러니 '정신병리'의 소설화 경향이란 그리 새로울 게 없는 현상이다. 게다가 우리는 카프카로 대변되는 이런 부류의 소설들에는 충분히 이골이 나 있는 상태이기도 하다. 그러나 후자의 경우는 사정이 다르다.

가령 '정신분석'의 소설화 작업은 필연적으로 소설의 지성화(知性化)를 수반한다. 병리적 주인공의 병인(사회적이건 개인적이건)과 그 의미를 밝히는 지적인 작업까지도 소설 속에 포함시키고자 하는 이론적 욕구가 그 배면에는 존재한다. 소설이 지적이고 논리적으로 된다거나, 라캉, 프로이트, 라이히 등과 같은 정신의학자들의 저술을 직접 인용하는 경우가 잦다거나, 비평적 해석을 미리 예견하면서 그 예견된 해석에 맞추는 글쓰기가 시도된다거나 하는 현상이 일어나는 것도 당연한 일이다. 요컨대 충분히 정신분석 담론에 익숙해진 이들 작가들은 진술의 욕구만 아니라 해설의 욕구마저 제 것으로 삼고 있는 셈이다.

이런 현상이 어떤 결과를 불러올지는 아직 미지수다. 그러니 예술이란 모름지기 지(知)보다는 정(情)에 호소하는 것이란 오래된 정답을 기준으로 미리 경고를 마다하지 않거나, 가뜩이나 독자를 잃어가는 작금의 소설적 위기상황에 오히려 독자의 범위를 축소시키는 결과를 가져오지나 않을까 우려하는 조급함은 일단 접어두기로 하자. 다만 나로서는 이러한 경향의 이면에 우리가 그간 '억압된 것의 귀환'이라 불렀던, 이제는 다소 식상해져버린 어떤 문화적 유행이 존재한다는 사실만은 지적하고 싶다.

물론 그 흐름의 시작은 마르크스주의로 대변되는 80년대의 사회학주의가 쇠퇴하기 시작한 시점과 일치한다. 사회학주의가 억압한 것은 또한 심리주의이기도 했던 것이다. 또한 그 시점은 우리 소설에 '후일담 소설' '고백체 소설' '여성소설의 주류화' '소설의 내면화' 등등의 어휘들이 자주 등장하게 된 시점과도 일치한다. 가라타니 고진의 지적대로 정치적 환멸은 사회를 향해 나 있던 리비도의 출구를 내면으로 돌려놓게 마련이며(대상 리비도, 즉 카섹시스의 철회), 그렇게 해서 충만해진 내면은 리비도를 재집중할 새로운 대상을 찾기 전까지 고백하고 추억하고 토로하기를 멈추지 못한다.

그리고 더러는, 아주 더러는 오랜 시간이 지나도록 발산되지 못한 채 지나치게 충만해진 내면이 신경증과 조울증과 분열과 히스테리를 낳기도 하는 법이거니와, 정신분석 담론이 필요해지는 지점이 바로 여기다. 무슨 말인가 하면, '정신분석 담론의 소설화 경향'은 우리가 지난 십여 년간 목도해온 '사후애도'의 마지막 장면일 수도 있다는 말이다.

(2002)

사후애도의 종결, 혹은 드디어 기원을 찾아서

1

가라타니 고진의 주저 『일본 근대문학의 기원』에는 종종 간과되곤 하는 다음과 같은 구절이 있다.

정치적 좌절로 인해 내면=문학으로 향하는 패턴은 그 이후에도 되풀이된다. 실제로 내가 본문을 통해 제시하고자 했던 것은 그러한 일이 1970년대 일본에 되풀이되고 있다는 점이었다.(『일본 근대문학의 기원』, 61쪽)[35]

---

35) 이 글에서 인용, 참조한 텍스트는 다음과 같다. 가라타니 고진, 『일본 근대문학의 기원』, 박유하 옮김, 민음사, 1999 ; 천운영, 『바늘』, 창작과비평사, 2001 ; 강영숙, 『흔들리다』, 문학동네, 2002 ; 김경욱, 『황금 사과』, 문학동네, 2002 ; 김연수, 『꾿빠이, 이상』, 문학동네, 2001 ; 김종광, 『71년생 다인이』, 작가정신, 2002 ; 김종광, 『모내기 블루스』, 창작과비평사, 2002 ; 김윤영, 『루이뷔똥』, 창작과비평사, 2002 ; 류소영, 『피스타치오를 먹는 여자』, 문학동네, 2001 ; 김연수, 『내가 아직 아이였을 때』, 문학동네, 2002.

　고진은 지금 하나의 패턴을 지적하고 있는데 그 패턴이란 사회적 변혁기에 주로 외부로 향해 있던 작가들의 대상 리비도는 '정치적 좌절'이란 표현에 상응하는 어떤 계기를 만나게 되면 언제라도 내면으로 되돌려지곤 한다는 점이다. 사실 이런 현상은 거의 하나의 법칙으로 간주해도 좋을 만큼 자주 반복되는데, 일본의 경우 메이지 20년대가 그러했고 70년대가 그러했다. 그리고 우리의 경우 20년대 카프 운동의 실패 이후 30년대 이상(李箱)이 그러했고, 50년대 전쟁 종결 이후 손창섭, 장용학 등이 그러했으며, 가깝게는 변혁기였던 80년대 이후 지금까지의 문학이 또한 그러했다.

　정치적 좌절로 인해 철회된 대상 리비도는 당연히 자아 리비도로 변형되고, 그 결과는 나르시시즘이다. 곧 비대한 자아가 형성되는 것이다. 아마도 90년대의 문학은 이 비대해진 자아 리비도의 자기 소모 과정이었다고 해도 과언은 아닐 것이다. 가령 90년대 초반에 유행한 후일담 소설들(옛날을 비웃는, 회고하는, 그리워하는 내면들의 발언 형식), 고백체의 여성소설들(느닷없이 '나'를 발견한, 억울한 그러나 거대한 타자들의 독백), 사회적 외부로부터 스스로를 완전히 차단시켜버린 나르시스트들의 문화탐닉증(대상세계에 대한 애정을 버린 주체들의 문화적 퇴행) 등등의 현상들은 모두 이와 같은 연원을 갖는다. 그리고 보면 새로운 세기에 접어들면서 문단 내부로부터 전 시대에 대한 십 년 묵은 사후애도과정이 너무 지리하게 되풀이되고 있지 않는가라고 되묻기 시작한 현상을 딱히 노파심 때문이라고만 치부해버릴 일도 아니다.

　그런 이유로 올 한 해의 문학을 결산한다는 것은 곧 십 년 동안 되풀이된 사후애도과정이 과연 종결되어가고 있는가? 만일 그렇다면 누구누구의 손에 의해 그러한가를 따져보는 것이어야만 할 줄 안다. 이 말은 곧 올해에도 '여전히' 탁월했던 작가들, 가령 『광야』(문이당, 1월)의 정찬, 『멸치』(문이당, 2월)의 김주영, 『붉은 소묘』(문학동네, 3월)의 민

경현, 『꽃그늘 아래』(창작과비평사, 4월)의 이혜경, 『나는 아주 오래 살
것이다』(문이당, 4월)의 이승우, 『푸른 수염의 첫번째 아내』(창작과비평
사, 3월)의 하성란, 『등대』(문학과지성사, 5월)의 임철우, 『우연』(문이
당, 5월)의 김인숙, 『잠의 열매를 매단 나무는 뿌리로 꿈을 꾼다』(문학
동네, 7월)의 박상륭, 『상속』(문학과지성사, 7월)의 은희경, 『열정의 습
관』(이룸, 1월)과 『검은 설탕이 녹는 동안』(문학동네, 10월)의 전경린,
『멋진 한세상』(창작과비평사, 8월)의 공선옥, 그리고 누구보다도 『황만
근은 이렇게 말했다』(창작과비평사, 6월)의 성석제와 『객수산록』(문학
동네, 6월)의 김원우 등의 경우, 바로 그 '여전함'으로 인해서 이 글이
목적으로 하는 올해의 '현상'이란 주제하에 묶어내기가 불가능했다는
말이기도 하다. 그들의 여전함은 확실히 미덕이지만, 이 글의 성격상
개개 작품의 탁월함을 일일이 나열하기는 불가능하다.

2

　그렇게 여전히 탁월한 작품을 써내고 있는 중견 작가들을 '어쩔 수
없이' 제외하고 나니 우선 눈에 띄는 것이 두 신예 여성 작가들이다.
『바늘』의 천운영과 『흔들리다』의 강영숙이 그들이다. 일단 이 두 작가
의 작품들은 형식적으로는 사소설적 고백체로부터 벗어나고 있으며,
내용 면에 있어서도 가족으로부터의 일탈이나 불륜 등과 같은 관습화
된 주제로부터 탈피하고 있다는 점에서 90년대 중반 이후의 주류 여성
작가들(은희경, 전경린, 김인숙, 공지영, 김형경 등등)의 작품세계와는
확연히 다른 면모를 보여준다. 좁은 지면에 한 해를 요약해야 하는 처
지에 자세한 얘기를 늘어놓을 계제는 아니다. 다만 천운영의 '육식'과
강영숙의 '정신병리'에는 분명히 공유하는 어떤 지점이 있단 사실만

지적하기로 하자. 물론 그 지점은 그들이 즐겨 쓰는 여성형 성장소설에서 발견된다.

작품 「월경」에서 천운영은 자신의 여성 주인공으로 하여금 아비와 어미가 서로를 죽이고 배신했던 집을 떠나 철길을 따라 월경하도록 한다. 그 철길이 아비를 향해 나 있는 것임에 틀림없으므로 이 여성 주인공이 소위 '일렉트라 콤플렉스'를 벗어나 '정상적으로' 어미와의 동일시를 이루게 될지는 미지수이다. 그녀는 또한 작품 「눈보라콘」의 주인공 표용수로 하여금 "복천사 담벼락에 붙어 서 있는 돌부처 머리에 오줌을 누"고 그 머리를 딛고 담을 넘게 하기도 했다. 복천사 주지에게 덧붙여진 지독한 남성성의 기호들로 미루어보건대 용수는 그날 "아버지의 이름"이 표상하는 상징계의 질서를 온몸으로 비웃어준 셈이다. 나아가 천운영은 작품 「포옹」에서마저도 다시 한번 자신의 두 주인공들에게 서로 포옹한 채로(말하자면 동성애적으로, 그러나 동성애란 또 얼마나 반가부장적이던가?) 아버지의 영역으로부터 월경할 것을 명한다. 말하자면 천운영은 부모의 세계를 떠난 주인공이 입사식을 거쳐 어른의 세계(이 세계는 대개 가부장적인 질서를 갖추고 있다)에 이르는 성장소설들의 결말에 대해 불만이 많다.

이런 특성은 강영숙의 성장소설 「깊은 밤」에서 다시 반복된다. 이 소설은 분명 성장소설임에 틀림없으나, 그 마지막은 이렇다. "그뒤로도 삶은 계속되었다. 지금도." '그뒤'란 구체적으로 소녀인 주인공이 신작로에 치여 죽은 개의 시신에 들꽃을 꺾어 덮어주고, 속옷만 입은 채로 고래고래 소릴 지르며 따라오는 무영 오빠에게 마지막으로 까마중 마술을 베푼 후 시내로 가는 첫번째 버스를 타고 가출한 뒤를 지칭한다. 곧 죽음과 광기와 의식(儀式)으로 이루어진 전형적인 통과의례 뒤로도 삶은 아무런 변화 없이 계속되었단 말이다. 그렇다면 강영숙의 주인공 역시 의식적이건 무의식적이건 입사식을 거부한 채로 상징계로의 질서에 편입되기를 망설이고 있음에 틀림없다. 죽음도 광기도 의식도 그녀의 삶을 바꾸어놓지는 못했으니 말이다.

바로 그 '망설임', 상징계라 불러도 좋고, 가부장적 질서라 불러도 좋고, 단순히 어른들의 세계라 불러도 좋은 어떤 세계 앞에서 천운영과 강영숙의 주인공들이 보여준 그 '망설임', 그것도 여성 주체들의 '망설임', 나는 그것을 작년 말부터 올해 초에 우리 문학에 등장한 '현상' 중 가장 중요한 것들 중 하나로 꼽는다. 가령 전경린의 주인공들, 혹은 김인숙이나 김형경의 주인공들과 그들을 비교해보라. 이미 어떤 질서 속에 성공적으로 안착한 성인 주체가 그 질서의 폭압성을 사후적으로 깨닫고 끝없이 그로부터 벗어나려고 하는 경우(일탈과 불륜의 방식이 일반적이다)와 아예 그 질서에 편입되기를 유년 시절부터 거절한 주체들의 경우를 비교해보라.

나는 이미 앞서 정치적 좌절이 내면으로의 회귀를 낳는다는 가라타니 고진의 언급을 인용한 바 있거니와, 전경린이나 김인숙의 주인공들에게 이 말은 참으로 적절해 보인다. 그들은 어떻게든 80년대에 한 발쯤은 담그고 있었음에 틀림없고, 바로 그 시대에 대한 환멸, 혹은 향수나 원한이 그들을 어느 순간 가족제도에 의해 희생당하는 '나'의 인식, 즉 '내면의식'으로 이어지게 했음을 추측해볼 수 있다. 달리 말해서 그들은 '사후적으로' 가부장제에 저항적이게 된 주인공들이다. 그들이 끊임없이 가족제도로부터의 일탈을 감행하지만, 그 일탈이 되풀이됨으로써 다소 반복강박적인 상태에 머무는 이유도 어쩌면 여기에 있을지 모른다. 그들은 기원에서부터 가부장적 질서에 대해 혹은 근대적 합리성이나 수컷들의 자본주의에 대해 불온한 주체들은 아니었던 것이다.

그러나 천운영과 강영숙의 주인공들은 다르다. 그들의 주인공은 기원부터 불온하다. 기원은 또한 미래이므로 그들은 영원히 불온하다. 입사식을 거부하고 상상계에 남아 있기로 작정한 인물들에게 다른 여지는 없다. 그들의 저항은 사후애도가 아니다. 그들은 '~으로부터' 일탈하는 것이 아니라 애초부터 '~에' 속해본 적도 없다. 그러므로 그들은 사용하는 언어부터가 다르다. 강영숙의 언어가 비대해진 내면의 '고백체'가 아니라 환유(끝없이 미끄러지는) 중심적이고 정신병리적인 언어로 이루어진 이유도 여기에 있고, 천운영의 작품들이 '여성＝식물성'이라는 오래된 통념으로부터 벗어나 항문기에나 누렸을 법한 가학 피학성의 육식 이미지로 얼룩져 있는 이유도 여기에 있을 것이다.

요컨대 이 두 신예 여성 작가의 작품들은 이제까지와는 전혀 다른 여성 주체가 탄생했음을 알리는, 혹은 드디어 불온한 여성 주체들이 기원을 발견했음을 알리는 '현상'이자 '징후'인 것이다.

3

올해 들어 기원을 발견한 주체들이 천운영과 강영숙의 주인공들만은 아니다. 올해는 또한 백민석, 김경욱, 김종광, 김연수, 류소영, 김윤영 등이 속한 세대 전체가 자신들의 기원을 대대적으로 찾아나서기 시작한 해이기도 하다.

학번으로 치면 90년대 초반 학번, 나이로 치면 삼십대 초반쯤에 해당할 이들 작가군의 존재는 사실 이미 익숙해진 터이다. 김경욱이 시도해온 영화적 글쓰기, 백민석이 추구해온 문화적 아나키즘, 김연수가 집요하게 탐구해온 이전 시대와 자신의 시대 간 인식론적 단절의 주제들은 90년대 중반부터 이미 진행중이었다. 그러나 얼마 전까지도(예컨대 김종광이 『경찰서여 안녕』을 출간하고 류소영이 『피스타치오를 먹는 여자』를 내놓기 전까지) 그들은 하나의 세대로 부르기엔 미흡한 점이 없지 않았는데, 그들이 동일한 세대로서 공유하고 있음에 틀림없는 어떤 '외상'

적 기억, 혹은 기원적 기억에 대해 스스로 무심했던 탓이 크다. 그들은 지나치게 나르시시즘적이어서, 스스로를 한 세대의 일부로 구성하는 데에는 별 관심이 없었던 듯하다. 그리하여 이들을 하나의 세대로 묶어 줄 원체험은 가령 백민석의 『헤이, 우리 소풍 간다』나 『불쌍한 꼬마 한스』, 혹은 김연수의 『가면을 가리키며 걷기』나 김경욱의 『아크로폴리스』 같은 비교적 초기 작품들에서 얼핏얼핏 스쳐 지나가곤 했지만, 이후로는 각자의 글쓰기상의 개성에 묻혀 은폐된 측면이 없지 않았던 것이다.

그러나 올해 들어 이들은 급격하게, 그리고 아주 자주 한국소설의 전면에 자신들의 세대적 경험을 진술하기 시작했다. 그 첫 포문은 김경욱이 열었다. 물론 그의 야심작 『황금 사과』는 그들의 세대적 자의식에 대한 직접 진술과는 거리가 먼 것이긴 했다. 그러나 이 작품은 김연수가 『꾿빠이, 이상』을 통해 이미 작년에 닦아놓은 어떤 길, 말하자면 정치적 좌절로 인해 비대해진 내면을 고백함으로써 소설가 생활을 시작한 세대가 삼인칭의 글쓰기를 통해 대상 리비도를 회복해가는 과정을 다시 보여줌으로써 이들 세대들에게 분명 글쓰기상의 어떤 규칙적인 진행과정 혹은 일관된 경향이 존재함을 보여주었다.

이어 김종광이 『71년생 다인이』를 내놓았다. 이 작품은 자신과 동갑내기인 '양다인'을 주인공으로 삼되, 그녀보다는 그녀 주변 인물들을 통해 그녀에 대해 말하게 하는 방식을 택함으로써 '세대적 자의식'에 값하는 진술양식을 시험해보고 있다. 그러나 정작 이 작품이 징후적인 것은 그 형식보다도 내용에 있다. 양다인의 학창 시절, 그러니까 분신 정국과 한총련 이적 규정, 전교조 파문 등으로 얼룩진 세대 경험이 이 소설에서만큼 직접적이고 자세하게 묘사된 적은 없었다. 물론 '부재하는 주인공'과 '주변인물에 의한 주인공의 재구성'이라고 하는 형식은 몇 달 후 김윤영에 의해 다시 참조될 것이다. 김종광의 또다른 소설집

『모내기 블루스』는 또다른 측면에서 이들 세대의 자산이 될 만한데, 이 작품집에 실린 「배신」은 오래 전에 우리 소설에서 자취를 감춰버린 노동운동을 소재로 삼되 이 세대 특유의 발랄함을 잃지 않음으로써 새로운 노동소설의 가능성에 대한 기대를 되불러올 만했고, 「열쇠가 없는 사람들」 「서울, 눈 거의 내리지 않음」 등의 작품은 '당대적'(사실 현재의 리얼리즘 소설들 중 상당수는 당대적이라기보다는 회고적이거나 시대착오적인 면이 없지 않다) 리얼리즘이라 불러도 좋을 현재성을 확보하고 있어 눈길을 끌었다. 요컨대 김종광은 이들 세대 작가들의 경험의 폭을 넓히고 있는 중이라 할 만하다.

여기에 김윤영의 첫 소설집 『루이뷔똥』과 올해는 아니더라도 비교적 최근에 출간된 류소영의 『피스타치오를 먹는 여자』 등을 더한다면 이제 이들 세대 작가들은 써내는 작품의 양에서나 질에서나 더이상 우리 문단의 소수는 아닌 듯하다. 더욱이 김연수가(마치 천운영과 강영숙이 불온한 여성 주체의 기원을 탐구하기 시작한 것과 마찬가지로) 급기야는 『내가 아직 아이였을 때』를 통해 자신이 속한 세대 주체들의 기원과 발생과정을 정리하기까지 했으니 말이다. 그들이 더이상 '90년대 중반 이후'에 만족하지 않기로 작정했음은 분명하다. 그들 또한 기나긴 사후 애도를 끝내고 차근차근 자신들의 기원부터 현재까지를 재구성하기 시작했다.

(2002)

문학동네 평론집
켄타우로스의 비평
ⓒ 김형중 2004

초판인쇄 | 2004년 9월 9일
초판발행 | 2004년 9월 15일

지 은 이 | 김형중
펴 낸 이 | 강병선
책임편집 | 차창룡 조연주 황문정 김송은
펴 낸 곳 | (주)문학동네
출판등록 | 1993년 10월 22일 제406-2003-045호

주   소 | 413-756 경기도 파주시 교하읍 문발리 파주출판도시 513-8
전자우편 | editor@munhak.com
전화번호 | 031) 955-8888
팩   스 | 031) 955-8855

ISBN 89-8281-859-6 03810

* 이 책의 판권은 지은이와 문학동네에 있습니다.
  이 책 내용의 전부 또는 일부를 재사용하려면 반드시 양측의 서면 동의를 받아야 합니다.

www.munhak.com